VIE D...

Collection « *Lettres gothiques* »

LETTRES GOTHIQUES

JOINVILLE

Vie de saint Louis

Texte établi, traduit, présenté et annoté
avec variantes par Jacques Monfrin

GARNIER

Cet ouvrage a paru sous la direction de Michel Zink.

© Garnier. coll. « Classiques Garnier », 1995.
ISBN : 978-2-253-06678-1 – 1re publication LGF

Le livre de Joinville est l'un des textes historiques les plus intéressants et les plus attachants que nous ait laissés le Moyen Âge. L'auteur raconte ce qu'il a personnellement connu du règne de saint Louis (1226-1270), essentiellement la croisade en Égypte et le séjour en Terre sainte (1248-1254) ; il se fait l'écho des propos édifiants du roi, qu'il vit souvent depuis leur retour en France, et de quelques-unes de ses décisions les plus remarquables. Mais Joinville parle presque autant de lui-même que du roi, le sujet de son livre ; il le fait d'une manière si naturelle qu'il ne donne jamais l'impression de vouloir se mettre en avant. Ces développements tout personnels ne sont pas pesants ; à les lire, l'intérêt ne faiblit pas. À côté de la haute figure de saint Louis se dessine celle, bien vivante, du chroniqueur. Nous avons ainsi, sur les façons de sentir et de penser d'un homme du XIIIe siècle, un éclairage incomparable.

Ce livre est une œuvre strictement personnelle : Joinville ne suit aucun modèle. C'est un seigneur champenois qui raconte ses souvenirs naturellement et sans recherche. Il n'est pas nécessaire d'être spécialiste de l'histoire et de la littérature du Moyen Âge pour le lire et l'apprécier pleinement.

La manière dont le livre est construit surprend parfois, mais Joinville est moins désordonné qu'on ne l'a dit. L'ensemble est clair, et l'on voit bien ce qu'il a voulu faire. La langue est sans apprêt, l'allure générale est celle du récit oral. Joinville avait dû raconter bien souvent ses souvenirs ; il ne change pas de ton lorsqu'il s'agit de les mettre par écrit, qu'il les ait dictés, ce qui est de beaucoup le plus vraisemblable, ou qu'il les ait écrits, ce dont il était certainement capable. Son vocabulaire est assez riche, simple et précis ; il n'accumule jamais les synonymes, comme le font les écrivains de profession ; la pratique de l'itération lexicale lui est étrangère. Sa phrase est rarement longue ; elle comporte souvent quelques subordonnées, sans jamais être embrouillée ni même complexe. L'usage si fréquent de la conjonction *et* lasse un peu, mais elle reflète bien les enchaînements sans recherche du conteur.

Joinville aime faire parler ses personnages ; il ne lui arrive pas souvent de rapporter leurs propos au style indirect ; lorsqu'il leur donne la parole, il le marque clairement par des annonces comme : « dit le roi », « fit-il », etc. Il ne leur prête jamais de discours comme l'avait fait Villehardouin.

Il raconte ce qu'il a vu, et il voyait bien, en observateur curieux et bienveillant. Il a un sens inné du détail précis, qui évoque de manière vivante une situation. Il nous transmet, avec une merveilleuse mémoire, et dans toute leur fraîcheur, ses impressions. Il peut s'agir de propos ou de faits et gestes du roi, de chevaliers au combat, ou de circonstances sans conséquence, comme la couleur d'un vêtement ou la simple beauté d'un feu. Il s'est intéressé au pays et aux gens d'Égypte et de Terre sainte ; il n'entreprend jamais de les décrire systématiquement, mais la somme des indications qu'il a réunies sur eux est importante, surtout à une époque que l'on dit peu soucieuse d'observation. Son chapitre sur les Bédouins est lumineux.

Les critiques de la fin du siècle dernier, même ceux qui admiraient le plus Joinville, ont cru voir en lui un homme naïf, qui ne raisonnait pas et avait, pour reprendre une expression de Gaston Paris, « la façon de sentir et de juger d'un enfant » ; Charles-Victor Langlois s'exprime à peu près dans les mêmes termes. Ces savants lui reprochent de ne pas avoir de vues d'ensemble, de ne pas réfléchir sur les événements et de ne pas rechercher leurs causes ; il ne saurait pas bâtir un plan, ou, s'il avait réussi à en esquisser un, il aurait été incapable de s'y tenir. « Son style n'est pas seulement dénué d'art, il est négligé au point d'être parfois incohérent, et très souvent il est obscur (...). Il a l'habitude d'entrer en matière comme si l'on savait déjà ce dont il va parler[1]. » Dans certaines parties de son livre, il y aurait même des traces de sénilité. Nous avons peut-être aujourd'hui d'autres critères, et je n'arrive pas à me persuader de la justesse de ces observations. On verra d'ailleurs, dans les pages qui suivent, que certains de ces reproches sont sans objet. Les répétitions, par exemple, plutôt que des négligences, sont, je pense, le résultat d'un parti pris conscient. Le récit des combats entre la ville de Mansûra et le Nil n'est, bien sûr, pas toujours clair ; mais l'affaire a été extrêmement confuse, et les affrontements ont eu lieu en ordre dispersé. Join-ville ne pouvait pas beaucoup mieux faire, dans la situation où il se trouvait, et d'ailleurs, à le lire attentivement, on voit assez bien ce qui s'est passé. Sa description des positions avant la grande bataille qui eut lieu quelques jours après est au contraire remarquablement méthodique.

Le roi avait trente-quatre ans au début de la croisade ; Joinville, lorsqu'il partit avec lui, n'en avait pas beaucoup plus de vingt-trois. Il ne possédait sans doute pas une grande expérience de la guerre, et l'affrontement avec les Sarrasins dut être une épreuve difficile. Il parle des combats avec une très grande sérénité, soulignant le cou-rage des uns et des autres sans mettre excessivement en valeur ses propres mérites. Il avait certainement le senti-ment d'avoir fait son devoir, mais il ne cache pas qu'il eut plusieurs fois très peur. Ce devait être un homme calme et de sang-froid. Il ne paraît pas être dominé par une hosti-lité aveugle contre les Infidèles ; il est loin d'être un fana-tique, bien qu'il ait été manifestement très attaché à la religion chrétienne, à ses doctrines, à sa morale et à ses pratiques.

Il avait conscience de son rang de sénéchal de Cham-pagne et de son appartenance à une classe supérieure (par exemple § 36). Il ne s'intéresse guère qu'aux actions des hommes de son milieu et ne parle presque jamais de ce qu'il appelle « la menue gent ». Il est cependant très conscient de la responsabilité qu'a chaque chevalier de

---

1. Paris 1898, p. 303, 452-453 ; Langlois 1897.

ramener au pays le « menu peuple » qu'il a conduit outre-mer (§ 421, 431).

Quelle valeur doit-on attacher au témoignage de Joinville ? Je le crois, comme on l'a toujours pensé, parfaitement sincère. Il est certain qu'il n'a aucune cause à défendre, car il n'a jamais exercé, au cours de la croisade, de grandes responsabilités. À cet égard, il y a une très grande différence entre son livre et celui de Villehardouin. La qualité de l'information paraît excellente. Il faut mettre à part les développements sur les soulèvements du début du règne (1227-1231). Le chroniqueur ne pouvait avoir pour cette période de souvenirs personnels, et, à côté de détails justes, il y a des confusions dans son récit. Je relève aussi certains flottements dans ce qu'il écrit sur la campagne de Poitou en 1242. Mais, à partir du début de la croisade de 1248, on ne le prend en défaut, sauf erreurs de détail sans conséquences, sur aucun des faits pour lesquels un recoupement est possible. J'ai essayé de le montrer dans les notes qui accompagnent le texte. Il faut évidemment laisser de côté ce qu'il rapporte expressément par ouï-dire et qui ne concerne pas le roi de France, ses digressions sur le Nil ou sur les Mongols par exemple. Pour le reste, il n'y a vraiment aucune raison de mettre en doute l'exactitude matérielle du récit, ou des propos qu'il met dans la bouche de saint Louis.

Cela posé, on peut se demander si la présentation générale des faits n'est pas conditionnée par sa propre personnalité, par ses conceptions, par son admiration pour le roi. La réponse est très délicate, car nous ne pouvons raisonner que sur des vraisemblances. Peut-être sa position de noble champenois, sa méfiance pour le gouvernement de Philippe le Bel, qui est bien marquée, ont pu l'amener à donner de la manière de gouverner de saint Louis une image proche de celle que, dans son milieu, on se formait d'un souverain idéal ; mais je ne pense pas qu'il ait jamais fait un choix conscient dans ses souvenirs pour arriver à ce résultat. Il faudrait aussi faire le bilan des silences de Joinville. En particulier, une comparaison avec les *Grandes Chroniques*, qu'il avait sous les yeux, ferait ressortir ce dont il n'a pas parlé ; mais il est bien probable que ce silence vient de ce qu'il n'avait pas connu directement ces faits.

On lit parfois, dans des publications récentes, que Joinville aurait voulu écrire ou avait écrit en fait un « miroir du prince », et aussi un code de bonne conduite du chevalier. Je ne crois pas que cette affirmation, même présentée avec des nuances, soit exacte. Le « miroir du prince » est un genre bien défini ; il s'agit d'un enseignement organisé, qui envisage les diverses qualités et les divers devoirs du souverain, même s'il présente, pour illustrer cet enseignement, des exemples. Joinville a une démarche différente. Il part de la personne de saint Louis ; l'objet de son livre est, dans la mesure où il est un témoin, de faire connaître ce qu'il a vu et entendu. Il pensait certainement, suivant l'idée commune, que son livre d'histoire pouvait avoir une valeur exemplaire, et exprime clairement l'idée que les successeurs de Louis IX feront bien de suivre l'exemple du saint roi (§ 18, 19, 761) ; le lignage risque d'être déshonoré s'il n'observe pas ce conseil. Mais il ne va pas plus loin ; il n'écrit pas un ouvrage de morale ; s'il parle de lui, ce n'est pas pour se donner en exemple ou dire comment doit se conduire un homme de sa condition.

Je donne là très brièvement ces quelques indications sur des questions importantes : langue et style, valeur de témoignage, intentions profondes ; il ne m'était pas possible de les développer dans une introduction sans donner à celle-ci une étendue excessive. Je me suis limité, dans les pages qui suivent, à traiter les points qui m'ont paru les plus directement utiles à la lecture du texte : présentation de Jean de Joinville, analyse de l'œuvre avec des précisions chronologiques et un minimum d'observations critiques, étude un peu plus poussée de ce que le livre nous apprend sur la personne de saint Louis ; date de la composition ; tradition du texte ; enfin quelques indications sur l'établissement du texte et sur la traduction. Les notes mêlent des précisions relatives à la constitution du texte et des renseignements historiques ; j'ai préféré les regrouper plutôt qu'obliger le lecteur à consulter deux séries. Je n'ai pas eu la possibilité de donner un glossaire, que la traduction rendait d'ailleurs moins nécessaire ;

j'ajoute que la *Vie de saint Louis* a été très soigneusement dépouillée par Tobler-Lommatzsch et qu'on trouve pratiquement tous les mots importants dans ce dictionnaire. Une étude sur le vocabulaire de Joinville serait intéressante, mais ce n'est pas ici le lieu d'en donner les résultats. L'index des noms de personne et de lieu est en principe complet.

En terminant cette édition, je ne peux oublier les encouragements et l'aide qui m'ont été apportés de bien des côtés. Je tiens aussi à dire tout ce qu'elle doit à Natalis de Wailly qui, dans la seconde moitié du XIXe siècle, a admirablement travaillé sur le texte de Joinville. Il a malheureusement eu l'idée, qui passa à l'époque pour un progrès, de se livrer, dans son édition de 1868 et dans celles qui ont suivi, à une modification systématique de la graphie et de la morphologie du manuscrit pour les ramener à l'usage qu'il avait observé dans les chartes originales de Joinville. Cette seule circonstance a empêché que son édition soit à peu près définitive. Le texte, pour le fond, est excellent. Je me suis vite convaincu à sa suite que s'en tenir à la lettre du seul manuscrit utilisable comme base, le manuscrit dit de Bruxelles, était impossible. J'emprunte à Natalis de Wailly sa division du texte en paragraphes pour toutes les références.

INTRODUCTION

I

JEAN DE JOINVILLE

La famille des Joinville

Jean de Joinville appartient à une famille qui, sans faire partie de la très haute noblesse, a tenu depuis le début du XIIᵉ siècle une place notable dans la Champagne orientale[1]. Il a marqué lui-même cette place en composant en 1311 une épitaphe pour le tombeau de son bisaïeul, Geoffroi III de Joinville (*c.* 1137-1188), enseveli dans l'église abbatiale de Clairvaux[2]. Il rappelle que celui-ci fonda plusieurs établissements religieux, se signala par quelques hauts faits de ce côté et de l'autre de la mer et reçut, à titre héréditaire, la sénéchaussée du comté de Champagne. L'épitaphe se poursuit avec une brève généalogie de la famille ; elle mentionne le fils de Geoffroi III, Geoffroi IV (1188-1190), puis trois des fils de ce dernier, Guillaume, évêque de Langres, ensuite archevêque de Reims, Simon, le père de Jean, sire de Joinville depuis 1204, mort en 1233, et Geoffroi V, dit Trouillard (1190-1203/1204), mort sans héritier en Terre sainte. L'épitaphe précise que son auteur rapporta à son retour d'outre-mer, où il avait passé six ans au service de saint Louis, l'écu de son oncle, qu'il fit placer dans la chapelle Saint-Laurent de Joinville. Ce texte donne bien l'image que Jean

---

1. Delaborde 1894. 2. Wailly 1874, p. 544-547.

de Joinville voulait, vers la fin de sa vie, laisser de son lignage. Il embellit quelque peu les choses, car la sénéchaussée de Champagne ne devint vraiment héréditaire qu'au temps de son père Simon, en 1226. Mais il reste modéré dans l'éloge.

Nous pouvons ajouter que, de génération en génération, des mariages avaient lié les Joinville à plusieurs familles importantes de la région, Brienne, Bourlémont, Dampierre, Grandpré, Vaudémont. Simon, son père, s'était marié deux fois ; lui-même était fils du second mariage. Sa mère, Béatrix, venait d'une grande maison ; elle était la fille d'Étienne, comte d'Auxonne, et de Béatrix, comtesse de Chalon. Étienne revendiquait, avec de sérieuses raisons, le titre de comte de Bourgogne, qui reviendra d'ailleurs sans contestation à son petit-fils Hugues de Chalon. Simon participa, en 1209-1210, à la croisade contre les Albigeois ; il joua un rôle important en Champagne, particulièrement au cours des problèmes successoraux qui troublèrent la régence de la comtesse Blanche de Champagne, en 1215, puis en 1218-1221.

Comme dans beaucoup de familles champenoises, la croisade était dans celle des Joinville une sorte de tradition. Geoffroi III, le bisaïeul, avait accompagné le fils du comte Thibaut, Henri de Champagne, en Terre sainte en 1147. Geoffroi IV était mort devant Acre en 1190. Geoffroi V, l'oncle de Jean, avait suivi son père à Acre ; il se croisa de nouveau en 1199 et partit en 1203 ; mais, à la différence de Villehardouin et de la majorité des barons, il passa directement dans le royaume de Jérusalem, pour aller mourir au Krak des Chevaliers, fin 1203 ou début 1204. Le chroniqueur Auberi des Trois Fontaines[1] parle de ce chevalier « très fameux par ses titres d'homme de guerre » *(titulis militiae famosissimus)* et le poète Guiot de Provins le cite dans sa *Bible*[2] :

« Queus estoit Jofrois de Joinville ?
Meillors chevaliers per saint Gille
N'avoit de lui de sa lou Far*. »

(* le détroit de Messine)

1. *Chronicon, M.G.H., S.S.* t. XXIII, p. 879, 1. 17 (Molinier n° 2521).
2. Éd. John Orr, Manchester – Paris, 1915, p. 24, v. 471-473.

Le frère de ce Geoffroi, Simon, le père de Jean, se trouvait au siège de Damiette en 1209-1210[1].

Jean de Joinville avant la croisade

On ne connaît pas avec certitude la date de naissance de Jean de Joinville. On peut la placer, d'après divers indices, dans le premier tiers de l'année 1225, peut-être au 1er mai[2]. Dès juin 1231, le comte de Champagne faisait connaître les conditions du mariage qui était projeté pour le fils de Simon avec Alix, la fille du comte de Grandpré. Simon de Joinville mourut peu après, entre mars et mai 1233. Sa veuve, Béatrix, dame de Joinville, prit aussitôt le titre de « sénéchale de Champagne » et exerça la tutelle de son fils. Les deux plus anciens actes où Jean s'intitule sire de Joinville et sénéchal de Champagne sont du 1er mai 1239[3]. Par l'un d'entre eux, confirmé dans les mêmes termes par sa mère, il s'engagea envers le comte de Champagne Thibaut IV à ne pas s'allier contre lui au comte de Bar, dont il était le vassal pour certaines terres du comté, par mariage ou autrement, et spécialement à ne pas épouser la fille de ce dernier.

Par l'autre, il confia à sa mère pour quatre années encore, à partir du 25 décembre suivant, c'est-à-dire jusqu'au 25 décembre 1243, la garde du fief qu'il tenait de Thibaut IV. Il épousa, en 1240 d'après Du Cange, suivant ce qui avait été décidé neuf ans auparavant, Alix de Grandpré.

En 1241, il accompagna son seigneur Thibaut IV aux fêtes données à Saumur pour la chevalerie du frère du roi, Alphonse, le 24 juin, et assista à Poitiers à la prise de possession par ce dernier de ses fiefs (§ 93-99). Un acte nous montre qu'il était de retour à Joinville en juillet 1241[4]. Il participa ensuite à la campagne de Poitou en 1242, sans prendre part aux combats parce qu'il était trop jeune : « Je n'avais, dit-il, alors jamais revêtu le haubert » (§ 103 et 104).

En dehors de ces événements et de quelques actes concernant l'administration quotidienne de ses biens,

---

1. Sur ces personnages, Delaborde 1894, p. 23-67.   2. *Ibid.*, p. 69-75.
3. *Ibid.*, *Catalogue*, n° 295-297.   4. *Ibid.*, n° 302.

nous ne savons presque rien des activités de Joinville
avant la croisade. Il fait allusion (§ 277 et 278) à une
opération de police, liée sans doute à une guerre privée
menée par son oncle maternel le comte Jean de Chalon.
Deux passages de l'histoire de saint Louis (§ 225 et 438)
donnent à penser qu'il avait fait un pèlerinage à saint
Jacques, peut-être à Compostelle, mais il n'y a sur ce
dernier point aucune certitude.

La croisade et la rencontre avec Louis IX

Joinville, dans son livre sur saint Louis, raconte longuement ses propres faits et gestes pendant la croisade.
Nous verrons, en analysant le texte, comment il vécut ces
années, depuis le départ en 1248, jusqu'au retour en 1254.
Je montrerai ici comment il fut amené progressivement,
par les circonstances et par la sympathie que lui montra
bientôt le roi, à entrer dans le proche entourage de celui-
ci. Joinville l'avait vu à Saumur en 1241 et sans doute à
Poitiers en 1242. Il n'avait à ce moment que seize ans. Il
avait rencontré de nouveau le roi à l'assemblée des barons
réunie à Paris en 1247 ou en 1248 pour préparer la croisade ; à cette occasion, il refusa de lui prêter serment,
parce qu'il n'était pas son homme ; il était en effet le
vassal direct du comte de Champagne (§ 114).

À son arrivée à Chypre, Joinville ne possédait plus, son
voyage payé, que 240 livres tournois et ses chevaliers
menaçaient de le quitter. Le roi leva la difficulté en lui
remettant une somme importante (§ 136), comme il fit
d'ailleurs pour d'autres, les sires de Chacenay, de Coucy,
de Dampierre par exemple [1]. C'est à Chypre que le roi lui
fit une observation sur son habitude de boire du vin pur ;
première leçon, semble-t-il, que devaient suivre beaucoup
d'autres (§ 23). Mais je ne pense pas que les deux
hommes aient eu alors de véritables relations personnelles.

Joinville rencontra à Chypre l'impératrice Marie de
Constantinople, qu'il eut l'occasion d'accueillir avec

---

1. Richard 1983, p. 211 ; A. Sayous, « Les mandats de saint Louis sur
son trésor pendant la septième croisade », *Revue Historique*, t. 167, 1931,
p. 265-267.

Érard de Brienne, cousin de Marie, et qu'il tira d'embarras, l'impératrice ayant perdu ses bagages (§ 137-139). Ses attaches champenoises le mirent en relation avec les principaux lignages de Terre sainte ; il y retrouva sa cousine germaine Eschive de Montbéliard, fille du connétable de Chypre, et Jean d'Ibelin, sire de Jaffa ; tous ces personnages étaient parents entre eux (§ 151, 158-160). Au moment du débarquement à Damiette, le roi en personne donna l'ordre au camérier Jean de Beaumont de procurer une galère au sénéchal et à Érard de Brienne (§ 150 et 151). Au camp devant la ville, un peu plus tard, Joinville va trouver Louis IX pour lui demander l'autorisation, d'ailleurs refusée par le camérier, de faire une sortie (§ 172). Il s'entretient librement avec le légat du pape Eudes de Châteauroux (§ 180), qui le considère comme un homme de haut rang (§ 328).

Lorsque eurent commencé la marche et les premiers combats sur la route du Caire, Joinville décrit sommairement l'organisation de l'armée ; il semble y avoir trois corps : le roi avec le comte d'Anjou et le comte de Poitiers ; le comte d'Artois ; enfin, dit-il : « nous de Champagne » (§ 200, 209). Le comte de Champagne ne participant pas à la croisade, Joinville, le sénéchal, se trouve naturellement placé au premier rang des Champenois ; c'est le titre de sénéchal que lui donnent le roi et les barons lorsqu'ils s'adressent à lui[1]. Il est renseigné sur les pertes des Templiers à Mansûra par le maître du Temple (§ 219). Pendant la bataille, il va se placer tout à côté du roi et assiste aux hésitations du commandement (§ 230-234). Quelques heures plus tard, il rencontre le comte Jean de Soissons, dont il avait épousé la cousine germaine[2] (§ 238). En fin de journée, il parle avec le connétable qui le renvoie auprès du roi avec la consigne de ne pas quitter celui-ci avant qu'il ne soit arrivé à sa

---

1. L'article de L. Foulet, *« Sire, Messire »*, dans *Romania*, t. 71, 1950, p. 180-205, donne, d'après l'emploi des titres donnés aux divers personnages, une idée très suggestive de la manière dont Joinville se situe parmi les croisés. 2. Jean II, comte de Soissons, n'était pas un cousin de Joinville ; contrairement à la généalogie proposée par Delaborde 1894, son père n'avait pas épousé Yoland, sœur de Simon et tante de Joinville ; W. M. Newman, *Les Seigneurs de Nesle en Picardie (XIIᵉ-XIIIᵉ s.)*, Paris, 1971, t. I, p. 66-67.

tente ; à cette occasion il lui fait enlever son heaume, et lui donne son chapeau de fer, moins pénible à porter sous le soleil d'Égypte.

C'est, je pense, au cours de la bataille de Mansûra qu'il approche vraiment le roi (§ 243). Lors de sa capture sur le fleuve, ses mariniers, pour lui éviter d'être massacré, ont l'idée de faire croire aux Sarrasins qu'il est cousin du roi, ce qui ne leur serait sans doute pas venu à l'esprit s'ils ne l'avaient pas considéré comme un personnage de haut rang (§ 320-322). À l'émir qui commande les galères égyptiennes, il avoue qu'il n'est pas cousin du roi, mais fait état de la parenté de sa mère avec l'empereur Frédéric II (§ 326). L'émir le conduit à une tente où se trouvent tous les hauts barons de l'armée (§ 333) : le comte Pierre de Bretagne, le comte de Flandre, le connétable de France Humbert de Beaujeu, les frères Baudouin et Gui d'Ibelin, respectivement sénéchal et connétable de Chypre, Jean de Soissons, Jean de Vallery, Philippe de Montfort, un seigneur de Terre sainte ; il les accompagne dans la galère qui les ramène à Damiette (§ 339, 344, 354-356).

Ces circonstances lui sauvèrent sans aucun doute la vie et lui assurèrent une libération rapide. Lorsque le roi fut libéré, Joinville fut invité à prendre place dans sa galère avec le comte d'Anjou, Geoffroi de Sergines, Philippe de Nemours, chambellan du roi, le maréchal de France Jean Clément, sire du Mez, et Nicolas, général de l'ordre des Trinitaires (§ 378). Il se trouva désormais dans l'entourage immédiat de Louis IX ; c'est lui qui se chargea d'aller chercher dans la galère du Temple les 30 000 livres qui manquaient pour payer la rançon (§ 381-386). Il ne quitta pas le roi au cours de la traversée de Damiette à Acre, qui dura six jours : « Moi qui étais malade, je m'asseyais toujours auprès du roi » (§ 404). Louis IX, très éprouvé par ses revers, par la perte de son frère Robert, mal entouré par les deux autres, Charles et Alphonse, qui ne s'occupaient pas de lui, devait à ce moment se sentir très seul. La compagnie de Joinville, de dix ans plus jeune, dut lui être d'un grand réconfort (§ 404-405).

Peu après l'arrivée à Acre, le roi l'envoya chercher et l'invita à venir manger avec lui tous les jours, matin et soir, jusqu'au moment où serait prise la décision soit de rester en Terre sainte, soit de rentrer immédiatement en France (§ 411-419). Après le conseil où Joinville exprima presque seul l'avis qu'il fallait rester, le roi le surprit en s'approchant de lui par-derrière et en lui posant, d'un geste familier, les mains sur la tête alors qu'il était tristement appuyé aux grilles d'une fenêtre (§ 432).

Lorsque les frères du roi quittèrent la Terre sainte, ils prièrent Joinville de prendre soin du roi, en lui disant que « parmi tous ceux qui restaient, il n'y avait personne sur qui ils comptaient autant » (§ 442). Il était, d'après le légat, « l'homme le plus riche qui fût dans le camp » (§ 328, 500, 596) ; il invitait à sa table les plus hauts barons de l'armée (§ 504). Il joua un rôle relativement important dans les opérations qui se déroulèrent en Palestine (§ 540-544). Il travaillait avec le roi pour recevoir les messagers qui se présentaient (§ 501) et l'accompagnait dans ses promenades à cheval (§ 588). Le roi le chargea un jour, comme il allait en pèlerinage à Notre-Dame de Tortose, d'acheter pour lui des pièces de drap, dont il offrit quatre à la reine Marguerite (§ 597-601) ; un autre jour le roi lui fit cadeau d'un fossile (§ 602). Quand Louis IX apprit la mort de sa mère, Blanche de Castille, Joinville fut l'un des premiers qu'il ait reçus (§ 603 et 604). En avril 1253, à Jaffa, le roi lui avait donné en fief une rente héréditaire de 200 livres sur son trésor[1] ; Joinville lui devait en retour l'hommage lige, sauf la fidélité qui le liait au comte de Champagne et au comte de Bar. Il était donc devenu, depuis cette date, l'homme du roi. Un peu plus tard, il fut chargé d'une mission de confiance : escorter la reine et les enfants royaux qui se rendaient par terre de Saïda à Tyr (§ 614). Le légat lui confia, au moment du retour en France, que le roi « se louait grandement de son service, et lui assurerait très volontiers profit et honneur » (§ 610).

Joinville s'embarqua sur la nef royale (§ 617) et resta auprès du roi et de la reine pendant toute la traversée. À la suite d'un début d'incendie, le roi le chargea de vérifier l'extinction des feux.

Après le retour en France, Joinville rencontra pour la

---

1. Delaborde 1894, *Catalogue*, n° 341.

première fois le roi à Soissous, les 27-28 octobre 1254. Cette occasion révéla aux barons restés en France l'amitié que celui-ci portait au sénéchal (§ 664).

Il est difficile de se représenter exactement quelles furent, à partir de ce moment, la fréquence et la durée des séjours de Joinville à la cour. On peut penser qu'il y accompagnait son seigneur. Nous avons conservé la trace d'une dizaine de voyages de Thibaut à Paris ou dans la région parisienne entre 1254 et 1270, notamment en 1267, en 1269 et en 1270[1] ; il n'est pas impossible que ses rencontres avec son beau-père aient été plus nombreuses. Rien ne nous dit que le sénéchal l'ait toujours suivi, ni d'ailleurs qu'il n'ait pas vu le roi plus souvent.

Joinville ne fut jamais, comme on l'a dit parfois, un des proches conseillers du roi pour les affaires du royaume. On ne trouve son nom dans aucun des documents diplomatiques publiés du règne de Louis IX. Il examinait certes, avec Simon, sire de Nesle, Jean de Nesle, comte de Soissons, et quelques autres (« nous, dit-il, qui estions entour li » [§ 57]) les affaires des plaideurs que Louis IX acceptait de régler lui-même, mais il est difficile de savoir si ces séances se renouvelaient fréquemment. Il était à Corbeil, probablement à la Pentecôte 1258, lors d'une cour solennelle (§ 35) ; il participa au conseil devant lequel Louis IX expertisa le sceau de la pièce qui décidait de la dévolution du comté de Dammartin-en-Goële en faveur de Mathieu de Trie (§ 66, 1266). Il se trouvait au Palais, dans la chambre aux plaids, où il attendait, avec les seigneurs laïques, le roi que les prélats avaient souhaité entretenir seul de leurs affaires (Parlement de la Saint-Martin d'hiver, le 11 novembre 1259 [§ 673]). Lorsqu'il était à Paris il assistait, souvent semble-t-il, aux repas du roi et aux libres conversations qui suivaient : « Quant nous estions priveement leans (...) » (§ 668). Tout cela, bien d'autres signes encore, et le ton même du texte donnent l'impression, sinon de rapports suivis entre les deux hommes, du moins d'une réelle familiarité.

Lorsque le roi prit de nouveau la croix, le 25 mars

---

1. D'Arbois de Jubainville 1865, p. 385-388.

1267, Joinville fut convoqué à Paris, mais il refusa de se croiser (§ 730-736). Retenons de l'entrevue avec Louis IX que celui-ci était si faible qu'il accepta que le sénéchal le portât entre ses bras de l'hôtel du comte d'Auxerre au couvent des Cordeliers. « Je pris, dit Joinville, congé de lui » (§ 737). En fait, il le revit certainement en juin suivant, à l'occasion de la chevalerie de Philippe, l'héritier du trône[1]. Il fut, comme il dit lui-même, « bien vingt-deux ans en sa compagnie » (§ 686), ce que confirme Guillaume de Saint-Parhus : le sire de Joinville fut avec lui à sa cour « assez priveement » et de sa maison pendant vingt-quatre ans[2].

Joinville après la mort de saint Louis

Louis IX mourut devant Tunis le 25 août 1270 ; Thibaut de Champagne à Trapani, en Sicile, le 4 décembre de la même année, sa femme Isabelle aux environs de Marseille le 23 avril 1271. Henri, frère de Thibaut, succéda à celui-ci dans le comté de Champagne et dans le royaume de Navarre. Il avait épousé Blanche, la fille de Robert d'Artois. En mai 1271, il prêtait hommage au nouveau roi, Philippe III le Hardi, et Joinville fut, avec d'autres, caution des 30 000 livres de relief que son seigneur devait payer au roi de France pour les comtés de Champagne et de Brie[3]. Mais il ne rencontra que rarement ce nouveau seigneur. Henri résida presque tout le temps en Navarre, où il mourut dès le 22 juillet 1274.

Il laissait une fille âgée de deux ans, Jeanne, qui fut son héritière. Dès 1275, elle fut fiancée à celui qui devait devenir roi de France sous le nom de Philippe IV le Bel. Sa mère Blanche se remaria avec le frère du roi d'Angleterre Édouard Ier, Edmond de Lancastre, qui devint régent de Champagne. Le comté fut cependant administré en fait par Jean d'Acre, bouteiller de France, le frère de l'impératrice Marie de Constantinople, que Joinville avait rencontrée à Chypre en 1248 ou 1249. La coutume de Champagne fixait à onze ans révolus l'âge de la majorité

---

1. Le Nain de Tillemont, V, p. 35 ; Delaborde 1894, p. 135.   2. Guillaume de Saint-Pathus 1899, p. 72 et 133.   3. Delaborde 1894, *Catalogue*, n° 491.

pour les femmes. Lorsque Philippe le Hardi voulut faire
jouer cette disposition pour mettre fin à la régence d'Edmond de Lancastre, Joinville fut l'un des commissaires
qui établit que Jeanne avait atteint l'âge requis pour prêter
hommage. Il fut certainement amené, après cette date, à
se rendre souvent à Paris pour exercer ses fonctions de
sénéchal auprès de la jeune comtesse de Champagne. En
1282, lors de l'enquête pour la canonisation de Louis IX,
il fit à Saint-Denis, deux jours durant, sa déposition
devant les commissaires pontificaux, Guillaume de Flavacourt, archevêque de Rouen, et frère Jean de Samois
(§ 760). Tout naturellement il assistait, le 25 août 1297,
toujours à Saint-Denis, à l'élévation du corps du nouveau
saint, canonisé par une bulle du 6 août 1297 (§ 761-763).

En décembre 1283, il siégeait aux Grands Jours de
Troyes. Lors de l'expédition d'Aragon, au début de 1285,
le prince Philippe, mari de Jeanne de Champagne et héritier
du trône, ayant accompagné son père Philippe III, Joinville
exerça avec Gautier de Chambly, archidiacre de Cou-
tances, les fonctions de garde général de Champagne. Le
6 octobre de la même année, le prince Philippe devenait roi
de France. On a dit que le nouveau souverain avait, en
1287, 1288 et 1289, écarté Joinville de la présidence des
Grands Jours de Troyes ; il n'y revint, seulement à titre de
membre, qu'en 1291. C'est une conjecture inconsistante [1].
Il est certain toutefois que, si Joinville était fort attaché à la
reine Jeanne, il n'appréciait guère Philippe le Bel. Il ne le
nommera pas, en 1309, à côté de ses fils, parmi ceux à qui
pourrait profiter la lecture de sa *Vie de saint Louis* (§ 18).
Cette omission n'est peut-être pas significative. Mais il a
eu dans son livre des mots très durs pour le roi (§ 42, 687,
peut-être 761). Quoi qu'il en soit, au début de l'année 1300
(§ 633), il était chargé avec le comte de Sancerre de
conduire Blanche de France, la sœur du roi, à Haguenau, où
elle devait rencontrer son fiancé Rodolphe, duc d'Autriche,
fils de l'empereur Albert.

Nous avons conservé la trace de sa présence à la cour
de France – la reine Jeanne restait comtesse de Champagne – du 5 au 29 juillet 1301, puis en février 1302.

---

1. Delaborde 1894, p. 138-141.

Quand commença la guerre en Flandre, il fut mis à contribution. Au lendemain de la défaite de Courtrai (8 juillet 1302), il dut, comme tous les nobles de France, envoyer la moitié de sa vaisselle d'argent à la monnaie. Il fut convoqué à l'armée en août 1303 ; au cours des opérations, il perdit son neveu, Gautier de Vaucouleurs, le fils de son frère[1].

Comme nous le verrons, c'est au cours de ces années que la reine Jeanne lui demanda d'écrire un livre sur saint Louis, qui était à la fois son propre grand-oncle et le grand-père de son mari. Mais elle mourut le 2 avril 1305 ; son fils aîné Louis devint roi de Navarre et comte de Champagne. C'est à ce dernier qu'en 1309 il offrit le livre commandé par la reine Jeanne.

À la fin de l'année 1311, il prit part, sur ordre de Philippe le Bel, à une chevauchée contre le château de Darney (Vosges, arrondissement d'Épinal). Il s'agissait de représailles contre le duc de Lorraine qui s'était livré à des sévices à l'égard d'habitants de villes placées sous la garde du comte de Champagne[2].

La fin du règne de Philippe le Bel fut troublée par des mouvements de mécontentement qui se produisirent dans la noblesse contre les impôts et la violation des coutumes. Les nobles de Bourgogne furent les premiers à s'organiser. Les nobles de Champagne suivirent ; en novembre 1314, ils donnèrent leur adhésion au mouvement. Jean de Joinville, sénéchal de Champagne, est nommé le second dans la liste des protestataires. Les choses s'apaisèrent vite par suite de la mort de Philippe le Bel (29 novembre 1314) et des mesures prises par Louis X[3].

Un seigneur champenois

Jean de Joinville avait commencé en 1241 à expédier sous son nom des actes concernant la gestion de sa seigneurie ou des actes de juridiction gracieuse. Le premier qu'il ait scellé de son propre sceau est de juin 1245.

Nous possédons encore près de deux cents chartes intitulées à son nom, ce qui est pour l'époque, et

1. Delaborde 1894, p. 143-146.   **2.** *Ibid.*, p. 157-160.   **3.** Favier 1978, p. 517-519.

quoique les archives de la région aient été assez bien conservées, un nombre relativement très élevé[1]. Fait plus remarquable encore, ces chartes sont pratiquement toujours en français ; l'emploi du latin est très rare et peut presque toujours s'expliquer par une circonstance particulière. Quelques-unes d'entre elles sont même signées par le chapelain ou le clerc qui les a préparées, sans doute à l'imitation d'un usage que l'on relève dans les actes des comtes de Champagne. Cas unique à ma connaissance parmi les actes seigneuriaux, cinq de ces chartes portent une apostille autographe de Joinville lui-même ; l'écriture est rapide et ferme, et dénote une main exercée[2].

Joinville usait dès 1245 d'un sceau de type équestre soigneusement gravé. Il le renouvela après la croisade ; on peut supposer qu'il avait jeté le premier dans le Nil, avec son « écrin » lors de sa capture en 1250. Au revers de ce nouveau sceau, se trouve suivant l'usage l'empreinte d'un sceau dit sceau du secret, destiné, lorsqu'il est utilisé seul, au scellement d'actes moins solennels, ou à cacheter les lettres missives. À l'intérieur de la légende circulaire figurent les empreintes de trois pierres gravées, probablement antiques. Ce détail révèle un certain goût pour les objets curieux. Anseau, fils de Jean de Joinville, scellait lui aussi avec des intailles[3].

Je dois mentionner ici, parce qu'elle s'inspire très certainement de l'attitude de saint Louis dans l'affaire du comté de Dammartin-en-Goële (§ 66 et 67), l'expertise du sceau de son père à laquelle Joinville se livra en avril 1292 ou 1293. Frère Gilbert, maître des Chevaliers teutoniques de Beauvoir, lui avait apporté une charte d'octobre 1224 scellée du sceau de Simon en faveur des religieux en lui demandant de faire renouveler le sceau. Je lui laisse ici la parole :

« Et pour ce que je vis que li scaus mon pere n'estoit pas touz antiers, je fis venir plusours autres lettres davant

---

1. Delaborde 1894, *Catalogue*, n° 302-758, dont il faut déduire les actes intitulés au nom de divers parents. **2.** *Ibid.*, n° 603, 614, 644, 679 bis, 742. Voir un fac-similé dans Wailly 1874, p. 521, et dans *Musée des Archives départementales*, Paris, 1878, n° 99. **3.** Wailly 1874, p. 550-553.

moi saalees dou seel de mon pere, et vis davant mon consoil les unes contre les autres. Et pour ce que mes consoz regarda que li scaus estoit bien ancor teix que on le devoit recevoir en toutes courz, je lour ai saalee la tenour de lour lettre[1] ».

J'ai insisté sur la chancellerie et les chartes de Joinville parce qu'elles dénotent un souci de bonne administration et une participation personnelle du seigneur à la gestion. Les documents, malheureusement trop fragmentaires, en dépit de leur relative abondance, permettront peut-être un jour d'esquisser une histoire de la seigneurie.

Je note à titre d'exemple quelques actes de gestion d'une relative importance. En 1258, le sénéchal octroya une charte de franchise aux habitants de Joinville et, en 1261, il précisa leurs droits d'usage[2]. L'année suivante, il établit dans un village voisin, Montot, un marché hebdomadaire et une foire annuelle[3] ; en 1267, il donna une charte de franchise à la ville neuve de Ferrières, qu'il avait commencé à faire bâtir en défrichant une partie de ses grands bois de Mathon, dans l'actuel canton de Joinville[4]. Enfin, en 1307, il fonda dans un village qu'il avait bâti près d'Esclaron, dans l'actuel canton de Saint-Dizier, une église dédiée à Notre-Dame, saint Jean-Baptiste et saint Sulpice[5]. En décembre 1274, il avait mis à contribution ses bourgeois de Joinville pour la chevalerie de son fils, mais il dut reconnaître que cette prestation n'était pas coutumière, et il leur accorda en compensation quelques menues libertés[6].

Il est très difficile de connaître la situation financière de Joinville et l'importance économique de sa seigneurie ; au moment de son départ à la croisade, il n'avait pas mille livres de rente (§ 112) et il avait dû engager ses terres à Metz pour financer son voyage. A son retour, il avait constaté que, pendant ses six années d'absence, « les sergents du roi de France et du roi de Navarre lui avaient détruit ses hommes et les avaient appauvris » (§ 735). Dès ce moment il avait repris en main l'administration de ses domaines. Il disposa bien-

---

1. Wailly 1870, pièce T, p. 173-174. **2.** Delaborde 1894, *Catalogue*, n° 382 et 397. **3.** *Ibid.*, n° 404. **4.** *Ibid.*, n° 459. **5.** *Ibid.*, n° 710. **6.** *Ibid.*, n° 504.

tôt de revenus nouveaux. Sa mère était morte le 11 avril 1260. Vers la même époque, il avait perdu sa première femme, Alix de Grandpré, et s'était remarié (avant le 11 décembre 1261) avec Alix de Reynel, unique héritière d'une importante seigneurie voisine. Celle-ci devait disparaître à son tour vers 1288[1].

Nous avons quelques indications sur certains autres de ses revenus. En août 1268, Joinville emprunta au comte de Champagne 528 livres tournois, et s'engagea à les rendre en trois termes : 164 livres le 30 novembre 1268 et le 30 novembre 1269 sur ses appointements de sénéchal, et 200 livres que le roi devait lui verser au titre de son fief-rente le 1er novembre 1269[2]. Un rapport de la Chambre des comptes, daté de 1331, nous apprend qu'il percevait à titre de sénéchal de Champagne, avant le règne de Philippe le Bel, 10 sous tournois par jour lorsqu'il était personnellement présent à la cour ; depuis les environs de 1300, son indemnité était passée à 20 sous[3]. Il était attentif, sans doute à la fois par principe et par besoin d'argent, à exercer tous ses droits et à n'en laisser périmer aucun. Le sénéchal de Champagne avait le privilège de prendre possession de la vaisselle d'argent avec laquelle il avait servi, dans certaines circonstances solennelles, le comte, son seigneur. Joinville revendiqua, en avril 1268, celle qui avait été utilisée au banquet de noces de Philippe de France, l'héritier du royaume, en 1262 et lors de sa chevalerie le 5 juin 1267. Malheureusement pour le sénéchal, cette vaisselle appartenait au roi de France, et le comte de Champagne ne pouvait en disposer. Mais dans la charte où ce dernier constate la raison de son refus, il confirme le droit attaché à la fonction de son vassal[4]. Joinville fut amené, vers la fin de sa vie (mai 1310), à garantir une obscure opération de constitution de rente montée sous le couvert de la commune de Joinville par son fils Anseau, et à toucher à cette occasion un millier de livres[5].

---

1. Delaborde 1894, p. 131 et 141.   **2.** *Ibid., Catalogue*, n° 465. **3.** Firmin Didot 1870, p. 201-203.   **4.** Delaborde 1894, *Catalogue*, n° 461.   **5.** *Ibid.*, n° 727 et 728.

Joinville et l'abbaye de Saint-Urbain

Dans la *Vie de saint Louis*, Joinville a évoqué ses diffé-
rends avec l'abbé et l'abbaye bénédictine de Saint-Urbain
au sujet de la garde de l'établissement (§ 675-677). Les
sires de Joinville étaient avoués de l'abbaye depuis le
début du XIᵉ siècle. En gros, l'avoué, ou le seigneur gardien, exerçait le pouvoir séculier de l'abbé sur les
hommes du monastère. Il protégeait, le cas échéant, l'abbaye et ses biens. En retour, il percevait un certain
nombre de revenus, fixes ou occasionnels, et bénéficiait
d'avantages comme le droit de gîte. La garde était loin
d'être un profit négligeable pour le seigneur gardien.
Cette situation pouvait entraîner des conflits, et les rapports entre les sires de Joinville et l'abbaye furent toujours difficiles. Il ne paraît pas que Jean de Joinville se
soit comporté ni mieux ni plus mal que n'importe quel
autre seigneur. Mais il n'est pas indifférent de voir agir
celui qui écouta si souvent les enseignements du saint
roi ; on sait d'ailleurs que celui-ci était très attentif au
respect de ses droits.

En juillet 1264, le sénéchal et sa femme s'engagèrent,
au terme de longs conflits, à respecter une minutieuse
sentence d'arbitrage qui réglait les droits d'usage et les
profits du sénéchal sur les hommes de l'abbaye et les
redevances à lui dues à propos des foires de Saint-Urbain
et d'autres lieux [1]. Le 27 août 1266, les deux parties s'ac-
cusèrent réciproquement de nouvelles voies de fait qui
donnèrent lieu à un nouvel arbitrage (7 novembre 1266) ;
celui-ci paraît plutôt défavorable à Joinville [2]. Il est précisé que les arbitres ne pourront connaître des questions
relatives « à la garde, à la saisine et à la propriété ». Questions qui devront rester dans l'état où elles se trouvaient
avant que l'abbé et le couvent en aient appelé au roi de
France. Car c'est le droit d'avouerie de Joinville qui est
mis en cause. Vers cette époque en effet, le 24 mai 1266,
l'abbé Geoffroi avait fait ajourner Joinville devant le roi.
Le 21 mai, le roi Thibaut avait écrit à Louis IX pour le
prier de se déclarer incompétent. En 1267 le Parlement
de Paris refusa au comte de Champagne la connaissance

---

1. Delaborde 1894, *Catalogue*, 442-447.   **2.** *Ibid.*, n° 442 et 447.

du débat[1]. Nous retrouvons ici un conflit dont Joinville (§ 676 et 677) dit que le roi le régla en refusant que l'affaire ne soit plaidée, en se satisfaisant des résultats de l'enquête qu'il ordonna alors, et en attribuant à Joinville la garde de l'abbaye par un acte de sa chancellerie. Celui-ci n'a pas été retrouvé, et, s'il a été réellement expédié (ce serait aller bien loin que de suggérer que Joinville a pu l'inventer), il n'a pas terminé la querelle. Le 17 novembre 1268, un différend ponctuel est réglé entre Joinville et Saint-Urbain sans que le problème de la garde soit évoqué[2]. En juillet 1275, l'abbé et les religieux s'engagèrent, par un acte solennel, à défendre leurs droits contre les prétentions à la garde de l'abbaye que le sire de Joinville voulait faire valoir devant le roi de France ou ailleurs. En octobre 1288, les religieux renouvelèrent, plus solennellement encore, leur engagement[3]. La même année, une enquête ordonnée par le Parlement de Paris sur la garde est renvoyée aux Grands Jours de Troyes. Les religieux produisent alors une charte tendant à prouver, cette fois, que la garde appartenait au comte de Champagne. Joinville protesta que l'acte était faux, et l'affaire fut renvoyée à une session suivante[4].

Le 11 juin 1308, un acte du bailli de Chaumont nous apprend qu'une solution avait été donnée à l'affaire : sans attendre l'issue du procès engagé devant la cour comtale de Champagne, Joinville renonçait à la garde de Saint-Urbain et acceptait, moyennant 1 200 livres versées par les religieux, qu'elle fût transportée au roi[5].

Mais il ne cessa pas pour autant de tracasser Saint-Urbain. Les moines se plaignirent de lui dans une supplique adressée au légat du pape. Le sire de Joinville, cet « ennemi de toujours de l'abbaye », aurait, entre autres méfaits, fait dérober par des religieux gagnés à sa cause, dans le chartrier de l'abbaye, les privilèges de Saint-Urbain ; ceux-ci auraient été portés au château de Joinville, où ils auraient été brûlés. On ne sait quelle suite eut cette supplique ; quoi qu'il en soit, Louis, roi de Navarre et comte de Champagne, fit savoir le

---

1. Delaborde 1894, *Catalogue*, n° 441 et 458.   **2.** *Ibid.*, n° 467. **3.** *Ibid.*, n° 507 et 574.   **4.** Simonner 1875, p. 184.   **5.** Delaborde 1894, *Catalogue*, n° 711.

21 septembre 1310 qu'un accord avait été établi par sa cour entre les deux parties. Cet acte semble avoir terminé l'affaire[1].

La piété de Joinville

Le Credo

Les conflits du genre de celui que nous venons d'évoquer étaient fréquents, et ne préjugeaient pas de la piété de ceux qui les provoquaient. Joinville entretint de bons rapports avec la collégiale de Saint-Laurent de Joinville, fondée, si l'on en croit la tradition, par son bisaïeul Geoffroi III. L'église servait de chapelle aux seigneurs de Joinville, qui reconnaissaient qu'aucun autel ne pouvait être installé dans leur château, à l'intérieur duquel ils n'avaient pas le droit de faire dire la messe. Simon de Joinville, s'étant brisé la jambe à la fin de 1231, avait obtenu du doyen et du chapitre l'autorisation de faire célébrer par un clerc de Saint-Laurent le service divin dans son château, tant qu'il serait immobilisé chez lui. Nous verrons que par deux fois, en 1266 et en 1271, Joinville, malade, obtint une autorisation analogue, assurant que cela ne saurait faire précédent[2].

Comme tous les hommes de son temps, saint Louis en premier lieu, Joinville avait le culte des reliques. En août 1277, il emprunta au chapitre Saint-Laurent 40 livres tournois, et donna aux religieux, entre autres gages, des reliquaires de saint Jean Chrysostome, de saint Georges et de saint Étienne[3]. Il est possible que deux de ces reliquaires aient fait partie des quatre « tableaux avec des reliques, apportés de Terre sainte » qu'il laissa à sa mort à Saint-Laurent[4]. En 1309, confirmant une donation qu'avait faite son père aux chanoines de Saint-Étienne de Châlons, il leur offrit : « un vayssau la ou il a dou chief mon signeur saint Estene que li princes de Anthioche moi donna[5]. » Il parle en effet dans son livre de ces reliques offertes par Bohémond VI en 1253 (§ 600).

---

1. Delaborde 1894, p. 154-156, et *Catalogue*, n° 729. 2. *Ibid.*, n° 276, 448, 492 et 499. 3. *Ibid.*, n° 519. 4. Delaborde 1894, p. 161, n. 3. 5. *Ibid.*, *Catalogue*, n° 722.

La foi de Joinville était profonde. Il scandalisa bien un jour le saint roi en considérant que la lèpre était un mal plus grave que trente péchés mortels (§ 27 et 28) et en manifestant la plus grande répugnance à laver les pieds aux pauvres le Jeudi saint (§ 29 et 688) ; ces réactions n'empêchent pas qu'il ait accompli très soigneusement les préceptes de la religion. On en a de trop nombreux exemples dans son livre pour que je puisse les présenter ici. Je noterai seulement, dans deux registres bien divers, son scrupule d'avoir mangé de la viande un vendredi à la table de l'amiral des galères sarrasines (§ 327), et sa résignation vraiment chrétienne devant la mort à un moment où il avait les plus grandes raisons de se sentir menacé (§ 355). Il avait peut-être fait le pèlerinage de Saint-Jacques-de-Compostelle. Il avait une particulière vénération pour saint Nicolas, dont il visita le sanctuaire comme pèlerin. Il fit représenter dans la chapelle Saint-Laurent et dans les verrières de l'église de Blécourt le miracle de Notre-Dame de Vauvert (§ 651 ; cf. aussi § 597). Il croyait aussi à la vertu des processions (§ 129 et 180). Il recueillit avec une attention fidèle les enseignements que lui prodiguait saint Louis.

On peut juger de la profondeur de ses sentiments religieux en feuilletant le petit ouvrage d'édification qu'à son retour de captivité il composa à Acre, durant l'automne et l'hiver 1250-1251. Il l'a intitulé *Li romans as ymages des poinz de nostre foi*[1]. Il s'agit d'un livret de vingt-sept pages où l'image vient, suivant un programme réfléchi, appuyer un bref commentaire du *Credo*. Ce commentaire examine successivement, suivant un système souple, les douze articles du *Symbole des Apôtres*. Tous les articles ne sont pas traités avec la même ampleur. Certains (art. 8 et 9) sont regroupés, d'autres sont divisés en plusieurs fragments. L'article 4, par exemple (qui souffrit sous Ponce Pilate...), en comporte six. Chaque fragment est en principe accompagné d'une image et de deux textes bibliques. L'un résume un événement de l'Ancien Testament, préfigurant l'épisode en cause de la vie du Christ ; l'autre cite et glose rapidement un prophète annonçant cet

---

1. Friedmann 1958 ; Langlois 1928.

épisode. Ce sont, pour reprendre les expressions mêmes
de Joinville, la « prophétie de l'œuvre » et la « prophétie
de la parole ». Les images illustrent aussi bien la vie du
Christ que les figures de l'Ancien Testament.

Référence est parfois faite aux propos de saint Louis,
soit pour la conception d'ensemble, soit sur divers points
du développement. On trouve aussi le récit illustré d'une
circonstance dramatique de la captivité de Joinville et des
barons, raconté en des termes très voisins de ceux de la
Vie de saint Louis (§ 334-339)[1]. Le *Credo*, comme on a
pris l'habitude de l'appeler, est destiné à tous les fidèles,
particulièrement aux mourants que le diable, ne pouvant
plus les faire pécher en action, assaille de tentations
contre la foi. Leur entourage pourra leur lire le texte pendant qu'ils regarderont les images.

Cet opuscule atteste une réelle culture religieuse. Il est
possible que Joinville se soit fait aider par quelque clerc ;
mais la façon de présenter les choses, le style sont tellement dans sa manière que l'œuvre lui appartient pleinement.

Le manuscrit unique qui nous a conservé le *Credo* n'est
pas l'original. Il paraît remonter au début du XIVᵉ siècle.
L'illustration n'est pas complète ; il contient vingt-six
peintures, mais le texte en annonce une dizaine de plus
pour lesquelles aucun espace n'a été réservé. Un certain
nombre d'indices laissent supposer qu'il s'agit d'une
seconde rédaction revue et complétée qui pouvait dater
des environs de 1287. Ainsi Joinville aurait, au seuil de
la vieillesse, remanié l'ouvrage de ses vingt-six ans.

Le programme d'illustration du *Credo* a été repris deux
fois, sans le texte. D'abord dans une série de dessins disposés sur deux feuillets de parchemin, destinés peut-être
à servir de modèle à une décoration murale ; il paraît
manquer un ou plusieurs feuillets. L'autre se trouve dans
un bréviaire provenant de Saint-Nicaise de Reims ; le
cycle est ici complet, en dix-huit pages peintes, plusieurs
comportant deux scènes ou plus. Ces œuvres, l'une et
l'autre de qualité, paraissent dater de la fin du XIIIᵉ. Elles

1. Friedmann 1958, p. 39-41.

montrent que le petit ouvrage de Joinville a connu un certain succès.

La figure du vieux sénéchal

Un notaire toscan, Francesco da Barberino, nous a laissé sur le sire de Joinville un témoignage fort intéressant. Barberino est l'auteur de deux ouvrages, le *Reggimento e costumi di donna* et les *Documenti d'Amore*. Il a également laissé un commentaire très étendu, en latin, des *Documenti d'Amore*, qui témoigne, entre autres, d'une bonne connaissance des troubadours, et donne toutes sortes d'informations sur les sujets les plus divers[1]. Barberino fut amené, pour des raisons que nous ignorons, à faire de 1309 à 1313 un séjour en France. Il fréquenta la cour de Philippe le Bel et celle de Louis, comte de Champagne et roi de Navarre, où il rencontra Jean de Joinville. Il eut l'occasion d'entendre de la bouche du vieillard des avis sur diverses questions d'étiquette et de convenances.

Ainsi, lorsque se trouvent placées côte à côte à table deux personnes de rang égal, celui qui a le couteau à sa droite doit faire l'office d'écuyer tranchant : « Une fois, dans un lieu que l'on appelle Poissy, près de la Normandie, j'interrogeai sur ce point messire Jean de Joinville, un chevalier fort âgé et le plus expert en ces questions de tous les hommes de notre temps, et aux avis de qui est attachée une grande autorité aussi bien par messire le roi de France que par les autres ; et il répondit comme je l'ai dit plus haut ; et il ajouta que pour cette raison les couteaux doivent être posés et sont posés à table par les bons serviteurs à main droite[2]. » Barberino entendit aussi Joinville faire de vifs reproches à un jeune écuyer qui avait servi à table sans s'être lavé les mains ; déclarer qu'un seigneur s'acquérait plus d'honneur à laisser son écuyer servir son voisin qu'il n'avait d'utilité à s'en réserver les services[3] ; expliquer aussi à son fils que celui qui multiplie les protestations d'affection n'est pas toujours l'ami le plus fidèle et qu'il vaut mieux faire confiance à celui

---

1. Francesco da Barberino 1905-1927. **2.** Francesco da Barberino, I, p. 132-133 ; Thomas 1883, p. 25-27. **3.** Francesco da Barberino, I, p. 264-265.

qui vous a servi dans la nécessité, même s'il ne vous a pas exprimé en paroles son attachement[1]. Le dernier propos du sire de Joinville est plein de nuances : « Je lui demandai une fois quelle était la plus grande preuve de discernement chez celui qui honore ; il répondit : "honorer tout le monde". Je lui demandai comment. Il me répondit : "Avec un grand profit pour celui qui honore." Je le priai de m'expliquer cela d'une autre manière encore ; il dit : "Si tu honores ton seigneur et en son absence tu fais son éloge et le place très haut, tu t'élèveras d'autant plus haut que tu te trouveras avec un plus grand seigneur. Si c'est quelqu'un de placé plus haut que toi, bien que ce ne soit pas ton seigneur, tu t'acquerras, en le louant, du mérite, et une bonne renommée, et tu prouveras que tu es pur d'envie. Si c'est ton égal ou ton compagnon, on fera ton éloge parce que tu estimes que les autres sont vertueux et que tu t'entoures de gens de bien. Si c'est quelqu'un qui dépend de toi, tu en paraîtras plus grand et meilleur par ce que tu as un bon serviteur. Si c'est quelqu'un d'un rang inférieur, qui ne dépend pas de toi, tu prouveras que tu es humble et bienveillant, et tu marqueras que tu ne tombes pas dans le travers d'être dédaigneux[2]." »

Ces quelques propos sont bien en accord avec le ton de la *Vie de saint Louis*. Ils donnent de Joinville l'image d'un chevalier très âgé, expert en matière de bons usages et plein d'une délicate sagesse. C'est ainsi qu'on le voyait dans les cours au début du XIVe siècle.

La fin de la vie de Joinville est comme une belle conclusion de cette longue existence. Au début de 1315, le roi dut convoquer ses barons pour une expédition contre le comte de Flandre, Robert, qui avait refusé de lui prêter en personne à Paris l'hommage qu'il lui devait. Joinville fut convoqué à Authies, dans la Somme, pour le 15 juin 1315[3]. Les lettres du roi n'arrivèrent au château de Joinville que le 8 juin. Joinville répondit le jour même que le délai était trop court pour qu'il arrivât au jour fixé, mais qu'il ferait le nécessaire pour être dès que possible au lieu où le roi le convoquait. Nous avons conservé l'ori-

1. Francesco da Barberino, II, p. 97.   **2.** *Ibid.*, p. 351.   **3.** Delaborde 1894, p. 160-161.

ginal de cette lettre. Le scribe avait écrit : « (...) et plus
tost que je porray, je et ma gent seront apparilié et nous
apparilons pour aler ou il vous plaira », puis a biffé « je
et » et « et nous apparilons ». Le sénéchal s'était rendu
compte qu'à quatre-vingt-dix ans il ne pouvait pas en personne conduire ses hommes et avait fait corriger le texte
en conséquence.

Il termina cette lettre, qui est le dernier écrit que nous
ayons de lui, par une phrase qu'il faut citer : « Sire, qu'il
ne vous déplaise qu'aux premiers mots je ne vous ai
appelé que "bon seigneur" ; car je n'ai pas fait autrement
avec mes seigneurs les rois qui ont été avant vous, que
Dieu absolve ! Que notre seigneur soit votre garde [1] ! »

Le vieux sénéchal était resté jusqu'à la fin fidèle au
ton qui s'était établi entre saint Louis et lui. Il mourut le
24 décembre 1317 [2].

II

« *LE LIVRE DES SAINTES PAROLES ET DES BONS FAIZ NOSTRE SAINT ROY LOOŸS* »

L'œuvre de Joinville ne porte pas de titre dans les
manuscrits. Ce sont les éditeurs modernes qui lui ont
donné celui d'*Histoire* ou de *Vie de saint Louis*, ou encore
de *Mémoires*. L'auteur lui-même la désigne plus justement, dans son prologue, comme « livre des saintes
paroles et des bons faiz nostre saint roy Looÿs » (§ 2).

Ce livre s'ouvre par une dédicace à Louis, roi de
Navarre et comte de Champagne (§ 1) ; il avait été
demandé à Joinville par la mère de Louis, Jeanne de
Navarre, reine de France ; mais celle-ci était morte le
2 avril 1305, avant que le travail ne soit achevé (§ 2).
Suit un prologue où l'auteur annonce un plan en deux
parties : dans la première, il parlera de la sainteté de vie
du roi, dans la seconde de ses hauts faits (§ 2). Il s'efforce

---

1. Wailly 1874, p. 448-451, et fac-similé. **2.** Delaborde 1894, p. 161,
n. 3.

ensuite de préciser le contenu de la première partie : par
sa vie et aussi par sa mort, sur laquelle l'a renseigné un
témoin, Pierre d'Alençon, le propre fils du roi, Louis IX
aurait mérité d'être canonisé comme martyr (§ 3-6). Joinville prélude enfin à la seconde partie en évoquant les
quatre moments où il a vu Louis IX exposer sa vie : sa
hâte à débarquer devant Damiette (§ 7 et 8, cf. § 162),
son refus, quand la retraite a été décidée après l'échec
devant Mansûra, de se laisser évacuer par bateau vers
Damiette (§ 9 et 10, cf. § 306) ; son séjour de quatre ans
en Terre sainte, avec des forces très inférieures à celles
des Sarrasins (§ 11 et 12) ; son refus de quitter son navire
accidenté devant Chypre (§ 13-16, cf. § 618-629). Le premier, le troisième et le quatrième de ces passages résu-
ment l'exposé principal. Le prologue se termine par une
nouvelle annonce du récit des derniers moments du roi
(§ 17) et une reprise de la dédicace au roi de Navarre,
insistant sur la valeur exemplaire du livre (§ 18).

Première partie : « Saintes paroles »

Le texte commence avec une nouvelle suscription, qui
donne à Joinville l'occasion de préciser ses intentions – il
dira ce qu'il a entendu et vu au cours des six années
passées outre-mer avec saint Louis, et après le retour
(§ 19) – et d'annoncer de nouveau son plan. Notons que,
dans la première partie, on ne trouve pas seulement des
propos du roi ; Joinville y souligne aussi certaines de ses
vertus. Il est presque impossible de retrouver un plan dans
ces pages où un souvenir en évoque un autre.

La première vertu de saint Louis est son amour de Dieu
(§ 20) ; il aime aussi son peuple au point de préférer que
celui-ci soit gouverné par un étranger et non par son
propre fils, si ce fils était indigne. Il aime enfin la vérité,
comme le montre un fait qui sera raconté plus tard (§ 21,
cf. § 387 et 764). Le roi est sobre dans son alimentation,
modéré dans ses paroles (§ 22) ; il conseille à Joinville
d'éviter l'abus du vin pur (§ 23), de ne jamais rien dire
ou faire dont il se sente gêné de revendiquer la responsabilité ; il lui recommande de ne pas démentir inutilement
les gens (§ 24). Le roi pense qu'en matière de vêtement
et d'équipement il convient de s'en tenir à un juste milieu,

ni trop de luxe ni trop peu ; occasion pour Joinville de rappeler la prodigalité de Philippe III (§ 25). Joinville évoque ensuite une question que le roi lui posa un jour : « Qu'est-ce que Dieu ? » (§ 26). Cette même conversation se poursuit avec l'interrogation fameuse sur le choix entre le péché mortel et la lèpre (§ 27 et 28) ; il est difficile de décider si la suivante, sur le lavement des pieds aux pauvres le Jeudi saint, est du même moment (§ 29). Saint Louis avait une telle estime pour les hommes pieux qu'il n'hésita pas à nommer connétable de France, après 1250, un hennuyer, Gilles le Brun, connu pour la ferveur de ses sentiments religieux (§ 30).

Dans l'entourage du roi se trouvait un clerc de haute valeur, le fondateur du collège de Sorbonne, Robert de Sorbon, bien connu par ailleurs. Autour de ce personnage se groupent un certain nombre de souvenirs, qui sont tous postérieurs à la croisade. D'abord une leçon de courtoisie : maître Robert et Joinville s'attirèrent un jour une remarque assez vive du roi parce qu'ils avaient fait, à sa table, des apartés à voix basse (§ 31). D'autres fois, le roi s'amusait à provoquer une discussion entre les deux hommes, autour de la question : « Pourquoi un prud'homme vaut-il mieux qu'un dévot ? » Il préférait, lui, être un prud'homme, beau mot à prononcer (§ 32)[1]. Cette remarque phonétique en amène une autre sur *rendre*, mot qui écorche la gorge et fait penser au diable. Le démon pousse subtilement les usuriers et les voleurs à faire des aumônes avec l'argent mal acquis, dont seule la restitution pourrait effacer le péché (§ 33). Joinville est chargé de dire à Thibaut V, qui est en train de dépenser de grosses sommes pour bâtir un couvent, de s'examiner sur ce point (§ 33 et 34, vers 1269-1270).

Après cette digression nous revenons à Robert de Sorbon. Celui-ci entreprend Joinville sur ses vêtements, en présence du roi, à Corbeil, sans doute en mai 1258 : il est vêtu plus richement que ce dernier. Joinville répond assez brutalement que son vêtement lui vient de ses parents, et qu'il a toutes raisons de le porter, alors que le fils de vilain qu'est maître Robert est précisément habillé avec

---

1. Cf. p. 120 et Bériou 1994.

un drap de plus belle qualité que celui que porte le roi. Ce dernier, sur le moment, vient au secours de l'homme d'Église (§ 35 et 36). Après le départ de celui-ci, il fait venir son fils Philippe, son gendre Thibaut V, ainsi que Joinville, et leur explique qu'il n'a pas voulu accabler Robert de Sorbon ; il répète devant les trois hommes son propos sur la juste mesure dans le vêtement et l'équipement (§ 37 et 38 ; cf. § 25). À cet entretien est attaché pour Joinville un autre souvenir : il n'a pas hésité à s'asseoir tout près du roi, qui l'y invitait, jusqu'à toucher sa robe, alors que les deux jeunes gens, n'osant pas trop approcher le souverain, avaient tergiversé et s'étaient fait rappeler fermement à l'obéissance.

Joinville passe sans transition à un autre enseignement, lié à l'accident survenu à la nef royale devant les côtes de Chypre, le 25 avril 1254, et à la tempête qui suivit ; de tels événements sont des avertissements de Dieu ; cet assez long morceau (§ 39-41) se retrouve presque textuellement dans le récit de la traversée (§ 634-637). Joinville, au passage, s'exprime durement sur Philippe le Bel, le roi régnant au moment où il écrit (1285-1314), qui devrait bien tirer la leçon d'un grave danger auquel il a échappé, probablement à la bataille de Mons-en-Pévèle, le 18 août 1304 (§ 42).

Les paragraphes suivants s'ordonnent assez bien autour du problème de la foi. Le roi se préoccupe de fortifier la foi de son interlocuteur ; il le met en garde contre les subtiles tentations du démon, qui s'ingénie à faire pécher sur ce point les mourants auxquels il ne peut plus enlever le mérite de leurs bonnes œuvres (§ 43 et 44). Notons que c'est cette idée qui a amené Joinville à composer son Credo. Il faut croire, même si la croyance est fondée sur un ouï-dire : chacun de nous croit bien être l'enfant de son père (§ 45). Après cette comparaison *(similitudo)*, trois exemples. L'évêque de Paris, Guillaume d'Auvergne (1228-1249), apaisant les scrupules d'un maître en théologie assailli de tentations contre la foi (§ 46-49) ; le comte Amauri de Montfort († 1241), refusant d'aller voir un miracle eucharistique, car il n'a pas besoin de cela pour croire à la présence réelle (§ 50) ; l'intervention brutale d'un vieux chevalier dans un débat organisé à l'abbaye de Cluny entre docteurs juifs et docteurs chrétiens ; le roi tire de cette histoire une conclusion radicale : celui qui n'est pas clerc ne doit pas défendre la foi chrétienne par la parole, mais par les armes (§ 51-53). Suivent, sans lien, un paragraphe consacré aux habitudes liturgiques de saint Louis, qui entend plusieurs offices par jour (§ 54), puis l'histoire de la rencontre du roi, débarquant à Hyères de retour de Terre sainte, avec le cordelier Hugues de Digne qui lui recommande par-dessus tout la justice (§ 55 et 56, cf. § 657-660).

C'est de la justice de saint Louis que traite la fin de la dernière partie : d'abord saint Louis rendant lui-même la justice à Vincennes ou à Paris (§ 57-60) ; ensuite saint Louis refusant aux évêques de mettre sans examen le pouvoir civil à leur disposition pour contraindre certains excommuniés à se faire absoudre (§ 61-64 ; cf. § 669-671, daté traditionnellement de 1263) ; le troisième fait – restitution, par le traité de 1258, de territoires autrefois justement enlevés au roi d'Angleterre, consentie pour le bien de la paix (§ 65, cf. § 678 et 679) – montre saint Louis plus attaché à celle-ci qu'à la lettre du droit. Le quatrième fait – reconnaissance par le roi, contre son intérêt et contre l'avis de son conseil, de la validité d'une charte dont le sceau est en mauvais état – va dans le même sens : l'équité prévaut sur la forme (§ 66 et 67, affaire de Dammartin-en-Goële, 1266).

Deuxième partie : « Bons faiz »

Le deuxième livre est en principe consacré au récit des hauts faits de saint Louis. On peut y distinguer plusieurs parties, d'allure très différente. D'abord quelques renseignements sur l'histoire du règne, du début jusqu'au départ de la croisade (§ 68-109) ; ensuite l'histoire de la croisade d'Égypte et du séjour en Terre sainte jusqu'au retour (§ 110-666) ; enfin une série de données sur la personne du roi et sur certains de ses gestes significatifs postérieurs à son retour (§ 667-729). Le livre se termine par quelques indications sur la croisade de 1270, la mort du roi et sa canonisation (§ 730-768).

De la naissance de Louis IX à la croisade de 1248

Joinville rapporte d'abord deux dates, celle de la naissance du roi, le 25 avril 1214, et celle de son couronnement, le 29 novembre 1226, l'une et l'autre signifiantes (§ 68-70). Louis, grâce aux bons enseignements de sa mère, mit toujours sa confiance en Dieu, et Dieu lui vint en aide dès sa jeunesse (§ 71). Je rappelle ici qu'il avait perdu son père, le roi Louis VIII, le 8 novembre 1226, et s'était trouvé placé sous la tutelle de sa mère, Blanche de Castille. Il se produisit au début de la régence des troubles, dont Joinville donne un récit rapide et partiellement inexact.

Je résume d'abord l'essentiel de ce qu'il dit. Après le couronnement, les barons de France, ayant mis à leur tête Philippe Hurepel, comte de Boulogne, fils de Philippe Auguste, s'assemblèrent à Corbeil et manifestèrent à la régente leurs exigences. Le jeune roi et sa mère, étant à Montlhéry, durent, pour revenir à Paris, se faire escorter par les habitants de la ville, afin d'éviter de tomber aux mains des conjurés (§ 72 et 73). Le plan de ceux-ci était le suivant : le comte de Bretagne, Pierre Mauclerc, entrerait en rébellion ; le roi serait conduit à faire appel à ses barons pour le ramener à l'obéissance ; lorsqu'il les convoquerait, ils rejoindraient bien l'armée royale, mais en ne se faisant accompagner que par deux chevaliers, au lieu du contingent qu'ils devaient normalement amener ; ainsi l'armée royale serait hors d'état de tenir tête aux troupes du comte de Bretagne. Le comte Thibaut IV de Champagne fit échouer ce plan en ralliant le roi avec trois cents chevaliers. Le comte de Bretagne déposa alors les armes ; pour obtenir la paix, il dut céder au roi le comté d'Anjou et le comté du Perche (§ 74 et 75).

Là-dessus, Joinville expose une situation dont les barons entendent tirer parti pour se venger de Thibaut IV. L'aïeul de celui-ci, Henri Ier le Libéral, avait eu deux fils, Henri et Thibaut. Henri lui avait d'abord succédé (Henri II), mais était parti pour la croisade et était devenu, par son mariage, roi de Jérusalem ; il était mort en Terre sainte en 1197. Il n'avait laissé que deux filles, et c'est son frère cadet, Thibaut, qui lui avait succédé dans le comté de Champagne (Thibaut III). Celui-ci était mort dès 1201, laissant un fils posthume, Thibaut IV. Ce Thibaut IV était donc le représentant de la branche cadette. Les barons imaginèrent de faire valoir contre lui, qui les avait abandonnés, les droits de sa cousine, la fille aînée d'Henri II, Alix, qui était devenue par son mariage reine de Chypre (§ 76-79). Certains, adoptant une autre tactique, auraient essayé de réconcilier par un mariage le comte de Champagne et le comte de Bretagne, qui promit sa fille au premier ; il la lui envoya même en Champagne. Mais le roi interdit la réalisation de ce projet (§ 80 et 81). L'union s'étant refaite contre Thibaut IV dans le camp des barons, ceux-ci envahirent la Champagne, les uns par le nord et l'ouest, les autres, dont le duc de Bourgogne, par le sud. Troyes fut sauvée par Simon de Joinville, père de Jean (§ 83 et 84). Mais le salut du comte de Champagne vint du roi qui marcha contre les coalisés ; ceux-ci n'osèrent pas affronter les troupes commandées par le souverain en personne et furent contraints à faire la paix. Le comte de Champagne désintéressa la reine de Chypre en lui accordant une rente de deux mille livres sur des terres, et une indemnité de quarante mille livres. Le roi paya lui-même cette grosse somme, moyennant quoi Thibaut IV lui céda définitivement la mouvance des comtés de Blois, de Chartres, de Sancerre, et de la vicomté de Châteaudun (§ 85-88). Joinville précise les raisons pour lesquelles ces fiefs mouvaient au comté de Champagne (§ 89 et 92). À cette occasion, il raconte une anecdote sur le riche bourgeois Artaud de Nogent (§ 90 et 91), d'ailleurs également transmise par des recueils d'*exempla*.

Ce récit de Joinville a retenu un certain nombre de faits qui se sont effectivement passés au début de la minorité de Louis IX et qu'il devait connaître par la tradition champenoise ; mais il les présente avec beaucoup d'inexactitudes. Je les rappelle brièvement ici [1]. Une première coalition des barons se noua dès 1227, peu après la mort du roi Louis VIII (8 novembre 1226). Les meneurs, Pierre Mauclerc, comte de Bretagne, et Hugues Le Brun, comte de La Marche (il n'est pas alors question de Philippe Hurepel), menacèrent le domaine royal du côté de l'ouest. Thibaut IV cependant, un moment lié à la coalition, se rallia vite à la régente. L'armée royale prit position à Chinon, et Blanche de Castille réussit à imposer la

---

1. Richard 1983, p. 88-96 ; Berger 1895, p. 47-252.

paix aux deux comtes (traité de Vendôme, 16 mars 1227). Peu après, d'autres barons, réunis à Corbeil, menacèrent d'enlever le roi qui revenait d'Orléans à Paris ; celui-ci se réfugia à Montlhéry et fut – le souvenir de Joinville (§ 73) est ici exact – escorté jusqu'à Paris par les bourgeois de la capitale et d'autres villes, ainsi que par des chevaliers du domaine royal.

Au début de 1228, une nouvelle coalition se forma, dont faisait cette fois partie Philippe Hurepel (§ 72) qu'un certain nombre de barons souhaitaient voir devenir régent. Elle était dirigée autant contre Thibaut IV que contre Blanche de Castille. En octobre 1229, Pierre Mauclerc reportait son hommage du roi de France au roi d'Angleterre Henri III et menaçait à nouveau l'ouest du royaume. C'est à ce moment que se situe la convocation de l'armée royale à laquelle les barons répondirent en limitant leur contingent à deux chevaliers, sauf Thibaut IV qui en amena trois cents (§ 75). Il y eut deux campagnes, en janvier et en mai 1230, au cours desquelles l'armée royale remporta de nets succès contre Pierre Mauclerc. En juillet 1230, c'est la Champagne qui devint le théâtre de la guerre, comme Joinville le raconte (§ 82-86) ; le conflit se termina par un accord imposé par le roi en septembre 1230. C'est seulement après cet accord, à partir de fin juillet 1231, que fut envisagé par quelques barons le mariage de la fille de Pierre Mauclerc, Yolande de Dreux, avec Thibaut IV, projet que le roi fit interdire par le pape Grégoire IX pour cause de consanguinité (§ 80 et 81). En juin 1231, les opérations reprirent contre Pierre Mauclerc qui accepta en juillet la trêve évoquée par Joinville (§ 75), par laquelle il renonçait à ce qu'il avait acquis en Anjou et dans le Perche lors de la paix de Vendôme.

La reine de Chypre, dont les barons avaient prétendu faire valoir les droits au comté de Champagne, n'arriva en France que beaucoup plus tard, en 1233. Elle parvint rapidement à s'entendre avec son cousin Thibaut IV (début 1234) aux conditions exposées par Joinville (§ 86 et 87). Celui-ci omet complètement de parler d'une nouvelle alliance de Thibaut IV avec Pierre Mauclerc en 1236, scellée cette fois par le mariage de la fille du premier, Blanche, avec le fils du second, Jean le Roux, héritier de la Bretagne, et d'une nouvelle ligue, vite avortée, contre la régente et le roi. Il semble que le sénéchal de Champagne ait évité de mettre en lumière le rôle très douteux joué au cours de ces années par son seigneur direct. Notons aussi qu'il ne dit pas un mot d'autres affaires, en particulier du règlement de la question toulousaine et du traité de Meaux-Paris du 11 avril 1229.

Revenant, comme il dit, « à sa matière », Joinville décrit le repas solennel offert lors de la cour plénière tenue par Louis IX à Saumur, à l'occasion de l'adoubement d'Alphonse, frère du roi, le 24 juin 1241. Les détails qu'il donne montrent que ses impressions avaient été très vives (§ 93-97). Le roi conduisait Alphonse vers le comté de Poitiers et les autres fiefs dont il devait prendre possession. Le puissant Hugues, comte de La Marche, qui avait épousé Isabelle d'Angoulême, veuve du roi d'Angleterre Jean sans Terre et mère d'Henri III, fit des difficultés avant de prêter hommage à Alphonse. Il y eut pendant une quinzaine de jours de nombreuses tractations avec le roi ; l'issue des négociations ne fut pas aussi défavorable pour celui-ci que Joinville l'a entendu dire (§ 98 et 99).

Il raconte alors qu'après le retour du roi à Paris, Henri III passa la mer et débarqua en Gascogne (en fait à Royan), vers la mi-mai 1242 ; il était déjà à Pons le 20 de ce mois. Joinville présente les deux armées – celle du roi anglais étant renforcée des troupes du comte de La Marche – de part et d'autre de la Charente, à Taillebourg. Les Français passèrent de vive force le fleuve sur un pont étroit, et la bataille à laquelle participait le roi s'engagea. Les Anglais perdirent vite courage et refluèrent sur Saintes. Il y eut dans la ville une altercation entre Hugues de La Marche et Henri III, déçu de n'avoir pas trouvé en France les appuis promis. Celui-ci se retira (le 23 juillet) en Gascogne (§ 100-102) ; le comte de La Marche, de son côté, vint avec sa famille se rendre à la merci du roi de France et obtint la paix moyennant des clauses que Joinville dit ne connaître qu'imparfaitement et par ouï-dire, car, trop jeune, il n'assistait pas à cette affaire (§ 103). Il place la soumission du comte de La Marche à Poitiers ; il raconte l'histoire de Geoffroi de Rancogne, qui se fit à cette occasion publiquement couper la barbe et les cheveux : il avait juré de les porter longs jusqu'au jour où il se serait vu vengé d'une offense que lui avait faite le comte de La Marche (§ 104). En conclusion Joinville souligne que le roi fit pendant cette campagne de grandes largesses, ainsi qu'il l'entendit dire à ceux qui en revinrent, sans grever ses hommes ou ses bonnes villes ; Louis IX, ajoute-t-il, ne leva d'ailleurs jamais d'aide qui ait soulevé des protestations (§ 105).

Le récit de la campagne de Poitou de 1242 est sommaire, mais dans ses grandes lignes exact[1]. Joinville omet seulement de dire qu'elle avait commencé parce que le comte de La Marche et sa femme avaient lancé un défi à leur seigneur Alphonse de Poitiers dès la Noël 1241, que le roi de France avait réagi en prononçant la confiscation des fiefs d'Hugues et qu'il était entré en campagne contre lui, pour exécuter la sentence, dès la fin avril 1242. C'est à l'appel du comte que le roi d'Angleterre avait débarqué ; les deux alliés s'étaient portés sur la rive gauche de la Charente en face de Taillebourg, située sur la rive droite. Louis IX avait occupé la ville et le château que lui avait livrés le seigneur du lieu, Geoffroi de Rancogne (21 juillet 1242). La véritable bataille eut lieu devant Saintes, le 22. Le comte de La Marche fit sa soumission le 26 juillet 1242 ; la paix fut conclue au camp devant Pons, le 1er août. La formule « quant nous fumes a Poitiers » (§ 104) que Joinville utilise pour localiser le geste théâtral de Geoffroi de Rancogne, qu'il dit avoir vu, et la soumission du comte de La Marche, fait dans ces conditions difficulté : toute l'affaire s'est déroulée aux environs de Saintes. Il précise par ailleurs que lui-même ne participa pas aux opérations (§ 103) et qu'il fut renseigné « par ceux qui en revinrent » (§ 105). Il y a dans tout cela une certaine incohérence, qui ne lui est pas habituelle ; je me limite ici à la signaler.

La situation de l'Orient latin
et les préparatifs de la croisade de 1248.

J'arrêterai un moment l'analyse du livre de Joinville,

1. Bémont 1893.

avant qu'il n'aborde le récit de l'expédition de Louis IX. La croisade a été en effet préparée dans des circonstances qu'il est d'autant plus important de connaître que Joinville en avait dans une certaine mesure conservé la mémoire et y fait de nombreuses allusions [1].

Les états latins d'Orient comprenaient, du nord au sud, la principauté d'Antioche et le comté de Tripoli, réunis entre les mains d'une même dynastie, puis le royaume de Jérusalem. Celui-ci était constitué, à la fin de la deuxième décennie du XIIIe siècle, par une bande côtière continue allant du nord de Beyrouth jusqu'à Ascalon, avec les villes de Sidon, Tyr, Acre, Césarée, Arsuf, Jaffa ; Jérusalem avait été reprise aux Latins par Saladin en 1187 et restait aux mains des musulmans. La dynastie des anciens rois de Jérusalem n'était plus représentée que par une enfant, Marie. Elle fut mariée, en 1210, sur le conseil de Philippe Auguste, à un seigneur champenois, Jean de Brienne, qui prit alors le titre de roi de Jérusalem.

Du côté musulman, le Proche-Orient était partagé entre divers membres de la famille de Saladin, la dynastie des Aiyûbides : royaume d'Alep, royaume de la Jazîra (Djézireh ou Haute-Mésopotamie), principauté de Hamâ, principauté de Homs, royaume de Damas, principauté de Kérak (Transjordanie), royaume d'Égypte, qui s'étendait jusqu'au sud de la Palestine. Ces princes entretenaient entre eux des relations complexes, souvent conflictuelles ; certains réunissaient parfois entre leurs mains, pour un temps plus ou moins long, deux ou plusieurs de ces territoires. L'Asie mineure était occupée par le sultanat seljûqide de Rum (sultan d'Iconium). Le calife abbasside, installé à Bagdad, jouissait encore d'un certain prestige religieux. La puissance musulmane, de manière générale, reposait principalement sur le royaume de Damas et surtout sur l'Égypte.

L'idée s'était fait jour, au début du XIIIe siècle, que c'est en attaquant l'Égypte que les Latins auraient le plus de chances d'assurer la sécurité de ce qui restait du royaume de Jérusalem, et d'en recouvrer quelques autres parties. La ville sainte était hors de portée d'une armée venue

---

1. Cet exposé très schématique et partiel repose entièrement sur Grousset 1936, Prawer 1970, Jordan 1979, et surtout Richard 1983.

d'Acre ou d'un autre point de la côte. Il était plus facile de s'emparer des ports d'Alexandrie ou de Damiette, et de marcher sur Le Caire. On prendrait ainsi en Égypte des gages que l'on pourrait échanger contre certains territoires de la Palestine, et peut-être même Jérusalem. C'est dans cette perspective que fut organisée, à partir de 1217, ce que l'on appelle traditionnellement la cinquième croisade. Dirigée par le roi de Jérusalem Jean de Brienne, bientôt rejoint par le légat pontifical Pélage, une armée, où se trouvait le père de Joinville, débarqua devant Damiette fin mai 1218, et finit par prendre la ville après un long siège le 5 novembre 1219. Comme il avait été espéré, le sultan d'Égypte Al-Kâmil proposa de livrer Jérusalem et un grand nombre d'autres places de l'ancien royaume contre Damiette. Les négociations échouèrent par la faute du légat. Une marche sur Le Caire se solda par un désastre, causé par l'imprudence des croisés partis au moment de la crue du Nil (juillet-août 1221). Jean de Brienne évacua l'Égypte après avoir réussi à conclure, dans les pires conditions, une trêve de huit ans avec Al-Kâmil et le sultan de Damas. Les renforts que devait envoyer l'empereur Frédéric II arrivèrent trop tard.

En novembre 1225, Frédéric II, qui avait épousé la fille de Jean de Brienne, devint roi de Jérusalem ; dès 1226, il envoya un de ses lieutenants prendre possession du royaume. Le pape ne cessait de presser l'empereur d'accomplir la promesse de croisade qu'il avait renouvelée à plusieurs reprises depuis 1215. Frédéric ne se décida à partir qu'en juin 1228, d'ailleurs excommunié à cause de ses atermoiements. Il pratiquait depuis longtemps une politique d'entente avec les musulmans et avait noué des relations amicales avec Al-Kâmil ; il aurait, suivant Joinville (§ 198), armé chevalier un des hommes de confiance du sultan ; il comptait plus sur la diplomatie, au cours de cette expédition, que sur des opérations militaires pour obtenir des résultats favorables au royaume latin. Au terme d'une négociation avec Al-Kâmil, à laquelle fut associé l'Aiyûbide qui détenait Damas, un traité de paix pour dix ans fut conclu à Jaffa (18 février 1229). Il rétrocédait aux Latins Jérusalem, Bethléem et Nazareth, et de vastes territoires qui élargissaient vers l'intérieur la bande côtière qu'ils détenaient jusqu'alors. Frédéric II se rendit ensuite à Jérusalem, et se couronna lui-même au Saint-Sépulcre. Il se rembarqua le 1er mai 1229. Malgré ces succès, il laissait le royaume faible. Au cours de son séjour il y avait eu de graves frictions avec les barons du pays, dirigés par les Ibelins, frictions aggravées par la situation à Chypre, sur laquelle l'empereur avait fait valoir des prétentions ; ces dissensions continuèrent avec les régents, puis avec le légat de l'empire qu'il avait laissés pour le représenter après son départ.

Par ailleurs, une donnée nouvelle était apparue depuis quelques années : l'invasion des Mongols, sous la conduite de Gengis-Khan, commençait à menacer le Proche-Orient. Au cours des années 1220-1222, Gengis-Khan avait écrasé l'empire turc du Khwârizm, qui couvrait la Transoxiane et la Perse. D'autres hordes mongoles avaient ravagé l'Azerbaïdjan, battu l'armée géorgienne (1221), puis l'armée russe entre la Volga et le Don. Dans les années suivantes, les Mongols revinrent et occupèrent successivement la Perse (1230-1233), l'Azerbaïdjan, la Géorgie et la Grande Arménie. L'empire du Khwârizm, qui s'était rétabli, fut définitivement ruiné ; des bandes importantes de ces populations particulièrement combatives et sauvages, que Joinville appelle « Coremins » (§ 489, 531) se replièrent vers l'ouest et se mirent à vendre leurs services aux princes aiyûbides.

Le traité de Jaffa procura une dizaine d'années de paix au royaume latin. La mort d'Al-Kâmil, en 1238, fut l'occasion de conflits qui affaiblirent les musulmans ; cependant la date de 1239 à laquelle expirait le traité risquait de réserver aux Francs de nouvelles difficultés. Le pape Grégoire IX, inquiet de l'avenir, avait fait prêcher une nouvelle croisade, principalement en France et en Angleterre. De très nombreux seigneurs français, dont Thibaut IV, comte de Champagne et roi de Navarre, chef de l'expédition, le duc de Bourgogne Hugues IV, Pierre Mauclerc, qui venait de remettre à son fils le comté de Bretagne, le comte Henri de Bar, Amauri VI de Montfort répondirent à cet appel. Un bon nombre de ces personnages avaient fait vœu de croisade à la suite de leurs révoltes contre le pouvoir royal au début du règne de

Louis IX. Les croisés débarquèrent à Acre le 1er septembre 1239. Ils n'arrivèrent pas à organiser une action
cohérente. Les musulmans en profitèrent pour réoccuper
Jérusalem, qui était pratiquement sans défense. Une chevauchée imprudente vers Gaza, dont le comte de Bar,
accompagné par Amauri de Montfort et de nombreux chevaliers français, avait pris l'initiative, tourna à la cata-
strophe ; il y eut beaucoup de morts et de prisonniers
(13 novembre 1239) ; ce souvenir semble hanter Joinville
(§ 286, etc.). Cependant les croisés, profitant des dissensions entre princes musulmans, obtinrent ensuite par la
négociation la cession de quelques places importantes et
fortifièrent Ascalon. Ils se rembarquèrent fin septembre
1240.

Au mois d'octobre de la même année, une nouvelle
expédition, organisée par Richard de Cornouailles, frère
du roi d'Angleterre Henri III et beau-frère de l'empereur
Frédéric, arriva à Acre. Richard reprit les négociations
qui aboutirent à la rétrocession par les musulmans de très
vastes territoires, dont la ville de Jérusalem avec ses
routes d'accès (printemps 1241) ; un échange de prisonniers libérait les captifs de l'affaire de Gaza.

Cette situation, somme toute inespérée, ne dura que
quelques mois. Les Francs eurent l'imprudence de faire
alliance avec le sultan de Damas, celui de Transjordanie
et celui d'Homs, contre le sultan d'Égypte Al-Sâlih
Aiyûb, second fils d'Al-Kâmil. Pour renforcer son armée,
Sâlih Aiyûb fit appel aux bandes khwarizmiennes. L'une
de celles-ci, le 23 août 1244, s'empara sans difficulté de
Jérusalem, la pilla et massacra les habitants. La ville ne
devait jamais retourner aux Latins ; les khwarizmiens partis, elle fut occupée par les Égyptiens. D'autres bandes
ravagèrent le plat pays, autour de Jaffa et Acre. Peu après
(le 17 octobre 1244), la coalition franco-musulmane fut,
comme se souvient Joinville, sévèrement battue près de
Gaza (La Forbie) par l'armée égyptienne et ses contingents khwarizmiens. L'armée franque, et surtout les
ordres militaires, subirent des pertes énormes et furent
pratiquement annihilés (§ 527-538). Après avoir paru
rétablie, la situation extérieure du royaume latin redeve-
nait précaire, d'autant que Sâlih-Aiyûb, poursuivant ses

succès, s'empara de Damas (octobre 1245). Les deux royaumes musulmans étaient désormais unis sous le pouvoir de celui qui sera en 1249 le premier adversaire de Louis IX. À l'intérieur, les difficultés continuaient. Les barons d'outre-mer, menés par les Ibelins, étaient en lutte ouverte avec le représentant de Frédéric II. En 1243, ils s'avisèrent que le fils de ce dernier, Conrad, était majeur et devenait du chef de sa mère roi de Jérusalem à la place de son père. Mais Conrad n'étant pas sur place, les Ibelins eurent l'idée de donner la régence à Alix de Chypre, la parente la plus proche de la couronne, et à son nouveau mari Raoul de Soissons, que nous retrouverons à Acre dans l'entourage de Louis IX (§ 470). Cette régence dura peu ; Raoul quitta sa femme et le pays, Alix mourut en 1246.

Autre cause de faiblesse : les ordres religieux, Hospitaliers et Templiers, avaient entre eux des rapports rendus ; les premiers étaient partisans d'une alliance avec l'Égypte, les seconds regardaient vers Damas (§ 511-514). Les ressortissants des communes italiennes, qui commerçaient dans le pays, Gênois, Pisans et Vénitiens, se livraient une lutte inexpiable. Toutes ces circonstances expliquent que Louis IX ne trouva, quand il arriva en Palestine, aucun pouvoir officiel et qu'il put agir à sa guise, en accord avec les barons du pays et les ordres militaires.

Il est probable que seule la nouvelle de la prise de Jérusalem, en août 1244, était connue en Europe lorsque Louis IX, en décembre, tomba gravement malade ; celle du désastre de La Forbie ne lui était certainement pas encore parvenue. Après le 14 décembre, une crise aiguë laissa le roi dans un état d'inconscience qui fit croire un instant à son entourage qu'il avait cessé de vivre. À peine ranimé, il demanda à l'évêque de Paris, Guillaume d'Auvergne, de lui donner la croix des pèlerins de Terre sainte. Cette décision surprit tout le monde, à commencer par sa mère ; le roi semble n'avoir jamais envisagé auparavant d'entreprendre une expédition outre-mer. Jean Richard a finement analysé les motivations de la décision que prit Louis IX de se croiser. Il y voit l'expression de la conscience d'un devoir personnel du prince chrétien,

« par delà ses devoirs envers son royaume » ; exigence intime qui est plus décisive que la conjoncture politique et militaire.

Pourtant tout le Proche-Orient et toute l'Europe orientale étaient exposés au péril mongol. Nous avons signalé l'apparition des Mongols de 1220 à 1233. Après cette date, ils continuèrent leurs raids vers la Russie centrale et l'Ukraine (1237-1240), la Pologne et la Hongrie (1241). La mort du Grand Khan (printemps 1242) les ramena un moment en Asie centrale, mais dès 1243 ils revinrent. Le 26 juin, une armée mongole écrasa en Asie mineure celle du sultan d'Iconium (*le sultan du Coyne* de Joinville, § 143). Le royaume arménien chrétien de Cilicie, comme le calife de Bagdad et l'empereur byzantin de Nicée durent se reconnaître les vassaux des envahisseurs ; le prince d'Antioche fut sommé de les imiter.

Le pape Innocent IV chercha à s'informer sur ce peuple terrifiant. Il envoya, fin mars 1245, trois ambassades, dirigées respectivement par deux dominicains, André de Longjumeau et Ascelin de Crémone, et un franciscain, Jean de Plancarpin. En même temps qu'ils devaient s'informer, les trois religieux étaient chargés de protester contre les attaques menées jusqu'en Occident et d'inviter les Mongols à se convertir au christianisme. La mission d'Ascelin et celle de Plancarpin rapportèrent des lettres menaçantes du chef mongol Baidjou et du Grand Khan Güyük, qui réclamaient la soumission inconditionnelle de tous les princes d'Occident. Un compagnon d'Ascelin, Simon de Saint-Quentin, et Plancarpin écrivirent des rapports circonstanciés livrant toutes sortes d'informations sur les Mongols. Certaines parurent assez encourageantes ; ces barbares n'étaient animés d'aucun fanatisme religieux et n'avaient pas d'hostilité particulière contre le christianisme ; de très nombreux chrétiens nestoriens vivaient en paix sous leur domination, et occupaient même dans l'entourage du Khan et de ses généraux des postes importants. De là l'idée que ce peuple guerrier pourrait utilement menacer les principautés musulmanes sur leurs arrières et que, peut-être, des perspectives missionnaires s'ouvraient en son sein. Louis IX fut certainement informé des rapports de Simon de Saint-Quentin et de Jean de Plancarpin. Nous le verrons organiser une mission analogue (§ 133-135, 471). Il s'intéressa, au cours des derniers mois de 1252, au voyage du franciscain flamand Guillaume de Rubrouck, qui lui rapporta, au milieu de 1255, un récit d'un très vif intérêt.

En janvier 1245, alors que Louis IX avait déjà pris sa décision, le pape annonça la convocation d'un concile pour étudier à la fois les moyens d'organiser la défense de la chrétienté contre les Mongols et de venir au secours du royaume de Jérusalem. Le concile se tint à Lyon en juin et en juillet, il lança un appel à la croisade générale ; entre autres mesures, il décida de lever dans toute la chrétienté une contribution d'un vingtième sur les revenus ecclésiastiques pour financer l'expédition. En août, le cardinal Eudes de Châteauroux, ancien chancelier de l'Église de Paris, fut désigné pour prêcher la croisade en France. Louis IX convoqua à Paris le 9 octobre une assemblée pour faire connaître officiellement et approuver son vœu par les barons de France, inviter ceux-ci à se croiser, et prendre les mesures préliminaires à la croisade : interdiction des guerres privées et moratoire des intérêts des dettes pour trois ans à partir du 24 juin 1246. Le départ était sans doute prévu à l'origine pour l'été 1247, et le retour pour l'été 1249.

La croisade fut préparée très minutieusement. Il fallait d'abord assurer la sécurité du royaume pendant l'absence du roi. La trêve intervenue avec l'Angleterre en 1243 après la campagne du Poitou expirait en 1248 ; Louis IX ne put en obtenir la prolongation, et dut partir sans assurance de ce côté (§ 419). Il écrivit à la plupart des souverains de la chrétienté dans l'espoir de recueillir des concours. Ces démarches n'eurent guère de succès. Le conflit aigu qui avait éclaté en 1239 entre la papauté et Frédéric II ne facilitait pas les choses. Le roi de France avait réussi à maintenir de bonnes relations à la fois avec Innocent IV et avec l'empereur, mais il ne parvint pas à les réconcilier. Sans participer à la croisade, Frédéric II se montra prêt à faciliter l'achat de navires, de ravitaillement et de chevaux dans la péninsule, et à autoriser le passage des croisés qui voudraient transiter par ses ports.

Ce qui ne l'empêcha pas, nous apprend un historien musulman, d'avertir discrètement le sultan d'Égypte des projets de Louis IX. Il n'y eut pratiquement pas de croisés d'Allemagne, d'Italie, de la péninsule ibérique et de Scandinavie ; seul un petit groupe d'Anglais se joignit aux croisés français ; la croisade fut essentiellement une affaire française.

Les grands barons du royaume prirent la croix, à commencer par les trois frères du roi, Robert d'Artois, Charles d'Anjou, Alphonse de Poitiers ; le duc de Bourgogne Hugues IV, le comte de Flandre Guillaume de Dampierre, Pierre Mauclerc, qu'on appelait toujours comte de Bretagne, le comte de La Marche Hugues et son fils ; Hugues de Châtillon, comte de Saint-Pol, les comtes de Boulogne, de Forez, de Montfort, de Soissons, de Vendôme, Archambaud, sire de Bourbon, le connétable de France Humbert de Beaujeu, le chambrier Jean de Beaumont, pour citer les plus importants. Raymond VII de Toulouse s'était engagé à partir, mais il mourut à la veille de s'embarquer. Thibaut de Champagne s'était abstenu. On a évalué ainsi l'effectif total de l'armée : 2 500 à 2 800 chevaliers, accompagnés de 5 000 à 6 000 écuyers ou valets d'armes, 5 000 arbalétriers et 10 000 hommes à pied, soit environ 25 000 hommes, et de 7 000 à 8 000 chevaux. Un certain nombre des grands barons et des chevaliers avaient déjà participé à la croisade de 1239. Il semble que, dès l'origine, l'Égypte ait été comme en 1218 le but de l'expédition. Le premier point de ralliement fut l'île de Chypre.

Le roi acheta en quantité de l'armement et du ravitaillement, qu'il commença à faire transporter dans l'île dès 1246. Il n'avait pas de flotte. Des navires furent acquis ou loués à Gênes et à Marseille. Le lieu d'embarquement principal était un port du royaume, Aigues-Mortes, alors en construction, et dont les travaux furent poussés pour la circonstance. Certains croisés affrétèrent, souvent à plusieurs, comme Joinville (§ 113), des nefs à titre privé, et partirent de Marseille. Le financement des opérations était assuré en partie par la taxe du vingtième sur les revenus ecclésiastiques décrétée par le concile de Lyon ; le roi obtint qu'elle fût portée au dixième pour l'Église de France (§ 427). Il ne recourut pas à l'aide féodale, pesant sur ses vassaux (tous les croisés en auraient été d'ailleurs exempts), mais s'adressa aux villes pour qu'elles fournissent une contribution ou consentent à financer un emprunt, qui fut le plus souvent à fonds perdu. La taxe ecclésiastique du dixième était perçue directement par les très grands seigneurs dans l'étendue de leurs domaines. C'est qu'ils devaient, comme d'ailleurs les moindres personnages (Joinville en est un exemple), payer leur passage et subvenir à l'entretien de leurs chevaliers et de leurs hommes d'armes. Mais le roi dut aider les moins fortunés, vite hors d'état, comme Joinville, de faire face à la dépense.

La préparation de la croisade ne fut pas seulement une opération technique. Les croisés étaient des pèlerins qui devaient avant leur départ purifier leur conscience par la confession, la pénitence et la prière. Le roi, dès le lendemain de son vœu, réduisit son train de vie et s'interdit tout luxe, et pas seulement par mesure d'économie. Il se mit en devoir de réparer les torts que lui-même et ses officiers avaient pu faire subir à ses sujets, et pour les connaître organisa dans le royaume toute une série d'enquêtes confiées en général – ce qui n'était pas l'habitude – à deux frères mendiants. Il sollicita des ordres religieux des prières spéciales. Nous verrons que Joinville, à son niveau, agit dans le même esprit (§ 111, 120-122).

La tradition voulait qu'avant d'engager des opérations militaires le roi de France aille prendre l'oriflamme de Saint-Denis, conservé dans l'abbaye. Louis IX, le 12 juin 1248, se rendit avec ses frères à Saint-Denis, reçut le bâton et l'écharpe du pèlerin des mains du légat Eudes de Châteauroux et leva l'oriflamme. Après une messe à Notre-Dame et une visite à l'abbaye cistercienne de Saint-Antoine (sur l'emplacement de l'actuel hôpital), il quitta Paris et se rendit à petites journées à Aigues-Mortes, en visitant sur la route de nombreux établissements religieux. À Lyon, il s'entretint avec le pape Innocent IV et lui demanda l'absolution plénière. L'embarquement eut lieu le 25 août 1248, l'arrivée au port de Limassol, à Chypre, les 17-18 septembre.

Je reprends maintenant l'analyse de la *Vie de saint Louis*.

Aussitôt après avoir raconté la campagne du Poitou en 1242, Joinville passe à la maladie du roi et aux circonstances dans lesquelles celui-ci prit la croix ; il en parle par ouï-dire et se trompe en plaçant cet événement à Paris, alors qu'il eut lieu à Pontoise, fin 1244. Il énumère ensuite quelques-uns des croisés les plus notables, en donnant une place particulière au comte de Sarrebrück et au frère de ce dernier, Gobert d'Aspremont, ses cousins, avec qui il affréta une nef (§ 106-109).

Joinville raconte ensuite comment il réunit, à Pâques (le 19 avril) 1248 ses hommes et ses vassaux à Joinville, mit en ordre ses affaires et alla à Metz emprunter les fonds nécessaires à l'expédition en engageant sa terre, puis revint sur l'arrangement conclu avec le comte de Sarrebrück (§ 110-113). Il fait sans doute retour en arrière pour parler, sans donner de date, d'une convocation à Paris des barons, au cours de laquelle le roi leur demanda de jurer fidélité à ses enfants pour le cas où il lui arriverait malheur au cours de l'expédition. Joinville était présent mais il refusa le serment, en mettant en avant qu'il n'était que l'arrière-vassal du roi et ne pouvait prêter serment qu'entre les mains de son seigneur direct (§ 114). On sait qu'une réunion eut lieu à partir du 7 mars 1247 ; il pourrait s'agir de celle-là, mais il est possible aussi qu'il y en ait eu une autre entre Pâques 1248 et le départ du roi de Paris, le 12 juin[1]. C'est au cours de ce séjour à Paris, en 1247 ou en 1248, que se situe l'anecdote du clerc qui tua trois sergents du roi qui l'avaient dévalisé (§ 115-118).

La croisade

À partir de ce moment, le récit change d'allure ; il est relativement suivi, détaillé et selon toute apparence le plus souvent fidèle. Le témoignage de Joinville, en effet, n'est pas le seul dont on dispose sur la croisade de 1248-1254. Il en existe un autre, bien connu des historiens sous le titre de *Continuation Rothelin*, du nom de l'érudit qui possédait au XVIIIe siècle le manuscrit unique l'ayant conservé. Il s'agit d'une continuation de l'*Estoire de Eracles*, traduction française de l'*Historia rerum in parti-*

---

1. Le Nain de Tillemont III, p. 148 ; Berger 1893, p. 178, n. 1.

bus transmarinis gestarum de Guillaume de Tyr[1]. Ce texte hétérogène, qui va de 1229 à 1261, contient, entre autres morceaux, la lettre française de Jean Sarrasin, chambellan de Louis IX, à son ami Nicolas Arrode, bourgeois de Paris, sur le débarquement du 4 juin 1249 et la prise de Damiette, et un récit suivi de la campagne de Mansûra et du séjour de saint Louis en Terre sainte. Il est peu vraisemblable, comme on l'a dit, que ce récit ait été composé en France[2]. L'hypothèse de Mas-Larrie, qui le considère comme rédigé à Acre par un Français, peut-être un Champenois, est plus sérieuse[3]. Je pense cependant qu'il est dû, au moins en partie, à un témoin oculaire dont l'information, on ne l'a pas encore noté, était, surtout pour la campagne de Mansûra, presque la même que celle donnée par Joinville. Il ne paraît cependant pas que l'un des auteurs ait disposé du manuscrit de l'autre ; mais il est probable qu'ils assistaient côte à côte aux mêmes événements, avec bien sûr une acuité de regard et des dons de conteur qui ne sont pas comparables[4].

Je ne relèverai pas dans les notes tous les points où les deux textes sont proches, pour ne pas alourdir cette édition. Je me limiterai à donner, dans une analyse rapide, le sommaire des faits en précisant ou ajoutant des dates, et éventuellement en rectifiant celles que donne Joinville.

On ne sait pas précisément quand Joinville quitta son château ; il s'embarqua à Marseille au mois d'août 1248 ; la traversée se fit sans incident, à ceci près que la nef passa au large d'une montagne (probablement dans une île, non identifiée) dans des conditions telles que les passagers et l'équipage eurent l'impression de ne pouvoir s'en éloigner (§ 119-129). Il arriva à Chypre après le roi

---

1. *Estoire de Eracles empereur* 1859, p. 489-639 ; Molinier 1903, p. 122-123, n° 2559 ; A. Foulet 1924[1] ; 1924[2]. Une autre continuation, dite *Continuation Noailles*, se poursuit jusqu'en 1275. Elle ne contient que de maigres informations sur la période qui nous intéresse, avec cependant quelques dates précises ; elle est également publiée dans le t. II des *Historiens occidentaux*, p. 436-441. 2. *Estoire de Eracles* 1859, p. X ; Molinier 1903, p. 123 ; Foulet 1924[2], p. VII-VIII. 3. *Chronique d'Ernoul* 1871, p. 546-549. 4. L'intérêt de la *Continuation Rothelin* n'a pas échappé à Francisque Michel, qui en a reproduit le texte dans son édition de Joinville, Michel 1859 et 1881, p. 253-313. J'ai comparé en détail les versions données par Joinville et par l'auteur anonyme de la *Continuation* de l'épisode de la mort de Gautier d'Autrèches ; Monfrin 1976, p. 280-285.

qui, parti d'Aigues-Mortes le 25 août, y avait débarqué les 17-18 septembre 1248 (§ 130-132). Il y hiverna avec toute l'armée. L'arrivée à Nicosie des envoyés du chef mongol Eljigidäi, représentant en Perse du grand Khan Güyük, eut lieu le 14 décembre ; le départ de l'ambassade de Louis IX auprès de Güyük, le 27 janvier 1249 (§ 133-135)[1]. Pendant l'hiver 1248-1249 Joinville, comme d'autres barons dont les ressources commençaient à s'épuiser, reçut un subside du roi (§ 136) ; à la même époque se placent l'arrivée à Chypre de Marie, la femme de l'empereur latin de Constantinople (§ 137-140), peut-être la guerre entre le roi du royaume chrétien de Petite Arménie, allié des Mongols, contre le sultan de Koniya (§ 141-143), enfin le séjour en Syrie du sultan du Caire Al-Malik al-Sâlih Aiyûb et le siège de Homs (que Joinville confond avec Hamâ, § 144 et 145).

Les préparatifs de l'embarquement pour l'Égypte commencèrent au début de mars 1249. Pour les événements qui suivent, Joinville donne une chronologie précise et détaillée : embarquement à Limassol le vendredi avant la Pentecôte (21 mai), départ de la flotte qui s'ancra quelques milles plus au sud à la pointe du cap Gala, le samedi 22 ; messe à terre le 23, jour de la Pentecôte, départ vers l'Égypte le lundi 24 mai, arrivée devant Damiette le jeudi après la Pentecôte (27 mai), débarquement le vendredi avant la Trinité (28 mai 1249, § 146-150). Cette chronologie est entièrement erronée, probablement par suite d'une consultation trop rapide d'un calendrier au moment de la rédaction des souvenirs. L'embarquement eut lieu en fait le 13 mai ; des retards divers et un temps défavorable retardèrent le départ définitif jusqu'au 30 ; la flotte arriva en vue de Damiette le vendredi 4 juin, le débarquement étant fixé au lendemain, samedi 5. Les troupes de Louis IX entrèrent le 6 juin dans Damiette évacuée par les Sarrasins (§ 151-165)[2].

Nous ne disposons d'aucun point de repère qui permette de préciser les dates des divers événements que

---

1. Richard 1983, p. 493-496 ; Pelliot 1931, p. 151-175 ; Richard 1976 et 1992. **2.** Monfrin 1976, p. 268-280. Il semble que Joinville utilise indifféremment les mots *Sarrazins* ou *Turcs* pour désigner les adversaires des croisés.

Joinville place pendant le long séjour des Français à Damiette – partage du butin, harcèlement du camp de la part des Sarrasins – si ce n'est que vers la Saint-Remi (le 1ᵉʳ octobre) on commença à s'inquiéter du retard du comte de Poitiers, qui avait quitté la France le 25 août 1249 ; il arriva seulement le 24 octobre (§ 166-183).

L'armée se mit en marche presque un mois après, au début de l'Avent, le 20 novembre, après la décrue du Nil, en suivant la rive droite de la branche du fleuve qui aboutit à Damiette. Elle franchit facilement un canal qui se détachait vers l'est du cours principal. Le 6 décembre, jour de la Saint-Nicolas, il y eut un premier engagement avec les Sarrasins, l'armée française eut le dessus (§ 184-186). Joinville place ici, pour éclairer son récit, une digression sur les bras du Nil, les crues, les épices que charrierait le fleuve, les tentatives d'exploration en remontant le cours (§ 187-190). C'est vers le 21 décembre, après avoir en un mois parcouru à peine plus d'une cinquantaine de kilomètres, que l'armée fut arrêtée par un bras du Nil, le Bahr al-Seghîr, ou canal d'Ashmûn, qui, se séparant de la branche de Damiette immédiatement en aval de la ville de Mansûra, coulait vers le nord-est en direction de l'ancienne ville de Tanis. Joinville le désigne constamment par erreur sous le nom de bras de Rexi (Rosette). Le camp du sultan était établi sur l'autre rive de ce bras, en avant de Mansûra. Les Français étaient donc bloqués dans le triangle formé, sur leur droite par le Nil de Damiette, devant eux et vers leur gauche par le Bahr al-Seghîr ; ils se heurtaient à d'insurmontables difficultés dans leurs tentatives de construire une chaussée pour barrer ce bras parce que le courant était fort et la rive battue par les machines de guerre de l'ennemi (§ 191-195). Ils repoussèrent une première attaque par le nord le jour de Noël, puis, quelques jours plus tard, une seconde, bien plus importante du fait de forces égyptiennes qui, elles, avaient réussi à traverser en d'autres points les deux bras du Nil (§ 196-202).

Cependant il devint évident, au bout d'un mois, que les efforts faits pour établir la chaussée étaient vains (§ 203-214). Un Bédouin indiqua alors au connétable Humbert de Beaujeu un gué situé en aval du camp français, vers l'ouest, par où il serait possible de passer le Bahr al-Seghîr. L'armée, laissant le camp à la garde du duc de Bourgogne et des barons de Terre sainte, le franchit, le mardi 8 février 1250. C'est ce jour qu'eurent lieu la désastreuse attaque du comte d'Artois et des Templiers sur Mansûra et les divers combats qui aboutirent à l'occupation du camp sarrasin. Joinville raconte avec détail et simplicité ceux auxquels il participa avec ses chevaliers, dont quatre furent gravement blessés (lui-même étant atteint, plus légèrement semble-t-il), et donne un certain nombre d'indications sur les mouvements du roi et de son corps de bataille (§ 215-247). Les Bédouins ayant pillé le camp sarrasin, il introduit une digression sur les mœurs et les croyances de ces nomades (§ 248-253). Les troupes françaises qui avaient traversé le Bahr al-Seghîr passèrent la nuit sur place. Avant l'aube du mercredi 9 les forces égyptiennes les attaquèrent sans succès ; Joinville raconte quelques incidents de la journée (§ 254-263). Le vendredi 11 eut lieu un assaut général que les croisés eurent la plus grande peine à repousser (§ 264-279) ; sur le récit de la bataille se greffe une digression relative au sire de Brancion, parent de Joinville, blessé à mort ce jour-là (§ 277 et 278).

Le sultan Al-Malik al-Sâlih Aiyûb étant mort le 24 novembre 1249, son fils et successeur, Tûrân Shâh, arriva en Égypte le 28 février 1250 ; c'est l'occasion pour Joinville d'une digression sur la garde mameluke des sultans aiyûbides, digression qui éclaire les événements ultérieurs et en particulier l'assassinat de Tûrân Shâh (§ 280-288).

L'armée de Louis IX, immobilisée sur place à partir du 11 février 1250, commença à se trouver en situation difficile. Un pont avait été finalement jeté sur le Bahr al-Seghîr et les communications étaient rétablies entre le camp du duc de Bourgogne, au nord, et celui du roi, au sud. Mais, de leur côté, les Égyptiens avaient réussi à faire passer des galères sur le Nil de Damiette en aval des camps français et à couper ainsi la voie d'eau qui amenait de la ville le ravitaillement. Le manque de nourriture et la maladie épuisaient les hommes. Vers Pâques, le

27 mars, la situation devint intenable. Joinville lui-même avait dû s'aliter à la mi-carême, le 6 mars (§ 289-300) ; le roi décida dès le début d'avril d'entamer des négociations avec le sultan et de repasser le Bahr al-Seghîr pour regrouper son armée sur la rive nord (§ 301-303).

Dans la soirée du mardi 5 avril, il donna l'ordre de faire retraite vers Damiette, par terre et par eau. Il devait accompagner sur la rive ce qui lui restait de troupes valides ; Joinville de son côté s'était embarqué avec les malades (§ 304-307). Il interrompt ici le récit de ses propres aventures, pour raconter comment le roi épuisé par la maladie fut fait prisonnier dans la soirée du mercredi 6 (§ 308-312). Il explique ensuite comment il fut lui-même pris sur l'eau le vendredi 8 ; il rencontra l'amiral des galères sarrasines, puis, le dimanche 10 avril, il fut conduit à Mansûra et interné avec d'autres prisonniers de très haut rang, dont il partagea désormais le sort (§ 313-339). Les négociations du roi avec le sultan se poursuivirent pendant ces journées : il fut convenu que Damiette serait rendue et le roi libéré au début de mai (§ 340-344). Mais, à la suite d'une conspiration, le sultan Tûrân Shâh fut assassiné dès le 2 mai par les émirs mameluks de sa garde. Les négociations reprirent avec ces émirs, et l'accord fut reconduit (§ 345-368).

Le jeudi soir 5 mai, jour de l'Ascension, le roi et les prisonniers de haut rang, dont Joinville, furent amenés devant le pont de Damiette ; la ville fut rendue le matin du vendredi 6 mai, et les prisonniers libérés à la fin de la journée (§ 369-378). Le paiement de la rançon fut effectué le samedi 7 et le dimanche 8 (§ 379-389). À ce point du récit, Joinville revient en arrière pour conter quelques épisodes de ces désastreuses journées et évoquer la situation et le rôle joué par la reine Marguerite à Damiette tandis que son mari était prisonnier (§ 390-400). La flotte des croisés quitta aussitôt l'Égypte et arriva le 14 mai à Acre (§ 404 et 405).

Le récit des opérations de l'arrivée devant Damiette jusqu'à l'embarquement pour Acre occupe environ cent trente-cinq pages du manuscrit de Bruxelles (p. 75-210), celui du séjour du roi et de Joinville en Terre sainte, à peu près cent douze (p. 210-322).

Joinville, pendant la traversée de Damiette à Acre, n'avait guère quitté le roi. Il assista à Acre aux trois conseils au cours desquels le roi prépara, puis annonça sa décision de rester en Terre sainte, les dimanches 19 et 26 juin et 3 juillet 1250 ; il souligne le rôle qu'il y joua ; son avis rencontra celui du roi[1] (§ 406-437). Un mois après environ, le 25 juillet 1250, celui-ci le prit à ses gages jusqu'à Pâques de l'année suivante (16 avril 1251, § 438-441).

Les autres événements survenus pendant le séjour à Acre sont difficiles à dater précisément, sauf le retour en France des frères du roi (10 août 1250, § 442 et 443). Il y eut des négociations avec le sultan de Damas qui souhaitait conclure avec les Français une alliance contre le nouveau sultan et les mameluks d'Égypte ; Louis IX fit une réponse dilatoire conditionnant un accord à l'attitude qu'auraient les Égyptiens sur la question des prisonniers ; puis des négociations avec le Vieux de la Montagne, le chef des Assassins (§ 444-464). C'est probablement au cours de l'hiver 1250-1251 que se situe la première mission de Jean de Valenciennes au Caire et le retour d'Égypte de prisonniers, parmi lesquels la quarantaine de chevaliers champenois que le roi prit à son service pour les adjoindre au corps de bataille de Joinville (§ 465-468).

Jean de Valenciennes fut d'ailleurs renvoyé au Caire pour négocier un accord avec le sultan mameluk contre le sultan de Damas (§ 469 et 515), Joinville place ici deux digressions sur la secte des Assassins (§ 451-463) et sur Jean l'Ermin, chargé de l'artillerie du roi (§ 446-450).

Vers le début du carême 1251 (qui commençait cette année-là le 1er mars), Joinville accompagna le roi qui allait fortifier Césarée, où ce dernier resta de mars 1251

---

1. Une très belle chanson composée à Acre au cours de ces semaines plaide vigoureusement en faveur de la prolongation du séjour du roi en Terre sainte ; Paris 1893 ; Bédier-Aubry 1909, p. 259-267. G. Paris suggère, avec beaucoup de réserves, qu'elle pourrait être attribuée à Joinville ; je n'irai pas plus loin que lui. Je profite de l'occasion pour noter que Joinville cite plusieurs seigneurs qui ont composé des chansons, Thibaut de Champagne, Hugues de La Marche, Philippe de Nanteuil, Raoul de Soissons, Thibaut de Bar.

à mai 1252 (§ 470-516)[1]. C'est à Césarée que vinrent les messagers mongols, avec André de Longjumeau et son compagnon, portant la réponse de la veuve du Khan Güyük à l'ambassade partie de Chypre deux ans auparavant (§ 471-473 et 490-492). Joinville se livre à ce propos à une longue digression sur les Mongols (§ 473-489), et à une autre, plus brève, sur les Comans (§ 496-498). À Césarée aussi furent engagés Elnart de Seninghem (§ 493 et 494) et Philippe de Toucy (§ 495). Vers Pâques sans doute, qui tombait en 1251 le 16 avril, le roi renouvela l'engagement de Joinville jusqu'à Pâques de l'année suivante (§ 499 et 500). À Césarée eurent lieu quatre jugements que Joinville rapporte après avoir donné quelques détails sur la manière dont il avait organisé sa vie (§ 501-514). C'est dans la même ville encore que les envoyés du sultan d'Égypte vinrent trouver le roi, à la suite de la seconde mission au Caire de Jean de Valenciennes (cf. § 469). L'accord conclu prévoyait que le roi se rendrait à Jaffa pour faire sa jonction avec les Égyptiens à Gaza, mais le sultan de Damas, prévenant ceux-ci, occupa cette dernière ville (§ 515 et 516).

Louis IX quitta Césarée pour Jaffa en avril 1252 et se mit en devoir de rebâtir l'enceinte de la ville ; il poursuivit ce travail jusqu'à la fin de juin 1253 (§ 516-562). Il engagea au cours de cette période Jean d'Eu, nouvellement arrivé en Terre sainte, et reçut la visite de Bohémond VI, prince d'Antioche (§ 521-526). Les négociations se poursuivirent avec les Égyptiens, qui renvoyèrent les restes d'un certain nombre de chevaliers morts en captivité (§ 518-520). Joinville parle longuement, à cette occasion, du comte Gautier de Brienne, sire de Jaffa, de la bataille de la Forbie (17 octobre 1244), où ce dernier fut pris, et de sa mort en captivité (*c.* 1250), enfin de la destruction des bandes de khwarizmiens (mai 1246, § 527-538). En avril 1253, Égyptiens et Damasquins s'accordèrent et firent la paix ; c'en était fait pour les Français de l'espoir d'une alliance égyptienne (§ 539).

---

1. Joinville ne semble pas avoir accompagné Louis IX à Nazareth (mars 1251) ; il ne parle pas, ce qui est surprenant, de ce pèlerinage ; Geoffroi de Beaulieu *HF*, 1840, p. 14 ; Prawer 1970, p. 343-344 ; Richard 1983, p. 252.

Les troupes du sultan de Damas remontèrent de Gaza vers le nord ; il y eut quelques accrochages avec elles, en particulier à la Saint-Jean, après Pâques (6 mai 1253). Elles allèrent ensuite inquiéter les faubourgs d'Acre, avant de ravager le bourg de Saïda, massacrant les ouvriers que le roi avait envoyés pour le fortifier (§ 543-553). Tandis que le roi était à Jaffa, on lui suggéra qu'il pourrait aller en pèlerinage à Jérusalem, mais, sur l'avis de son conseil qui mit en avant l'exemple de Richard Cœur de Lion, il y renonça. Digression sur Richard et le duc Hugues III de Bourgogne (§ 554-560), vaillant mais peu éclairé.

Les fortifications étant terminées à Jaffa (§ 561 et 562), l'armée quitta la ville le 29 juin 1253 et se dirigea vers Saïda, pour reprendre les travaux de défense, qui durèrent jusqu'en février 1254 (§ 563-616). Joinville donne quelques indications sur le trajet et raconte de menus faits qui se produisirent en cours de route (§ 563-569). Vers la fin du parcours, à Tyr, un gros détachement dont il faisait partie reçut l'ordre d'aller attaquer la ville de Bânyâs, à une cinquantaine de kilomètres à l'intérieur des terres. L'expédition ne donna aucun résultat ; elle ne dura que quelques jours et Joinville, après avoir couru de sérieux dangers, rejoignit rapidement le roi à Saïda (§ 569-583). Il y entendit dire, mais c'était un faux bruit, que les Mongols avaient pris Bagdad et fait périr le calife ; il se fait l'écho d'une fable qui circulait à ce sujet (§ 584-587) [1]. Il accompagnait souvent le roi dans ses promenades (§ 588-590). Il vit arriver à Saïda un envoyé de l'empereur grec de Trébizonde, puis la reine qui, à Jaffa, venait d'accoucher d'une fille, Blanche (§ 591-594). Il raconte aussi l'adoption, par des grands seigneurs de l'armée, des enfants d'un pauvre chevalier (1er novembre 1253, § 595 et 596), puis son pèlerinage à Notre-Dame de Tortose, sur la côte au nord de Tripoli (§ 597-601). L'événement le plus important que Joinville place à Saïda est la nouvelle que l'on apporta au roi de la mort de sa mère, la reine Blanche, survenue le 26 ou 27 novembre 1252. Il est sur ce point en contradiction avec Geoffroi de Beaulieu et la *Continuation d'Eracles*, selon lesquels cette nouvelle

---

1. Bagdad ne fut prise qu'en 1258 ; dans sa *Chronique*, Guillaume de Nangis, éd. Géraud 1843, p. 211, donne la date de 1254.

parvint au roi quand il était encore à Jaffa[1]. Joinville rapporte à ce propos quelques souvenirs venant probablement de la reine Marguerite sur l'hostilité qu'elle rencontra chez sa belle-mère (§ 603-608).

Vers la fin des travaux à Saïda, le roi commença à songer au retour en France. Joinville fut chargé de conduire la reine à Tyr, où elle attendit que son mari la prenne au passage en regagnant Acre, au début du carême, fin février 1254 (§ 609-616).

Les préparatifs du départ durèrent jusqu'après Pâques (12 avril 1254). L'embarquement eut lieu le 24 avril (§ 617). La nef royale, à bord de laquelle se trouvait Joinville, heurta un banc de sable devant Chypre, sans conséquences graves (§ 618-629), et, aussitôt après, essuya une tempête (§ 630-637). La traversée dura, dit Joinville, dix semaines ; elle fut marquée par une escale à Lampedusa (§ 638 et 639), une brève descente à terre des équipages de quatre galères à Pantelleria (§ 640-644), un début d'incendie dans la cabine de la reine (§ 645-649) et le sauvetage d'un homme tombé à la mer (§ 650 et 651).

La nef royale aborda près d'Hyères, et le roi débarqua vers le vendredi 3 juillet (§ 652-654). Il y reçut la visite de l'abbé de Cluny (§ 655-656), puis rencontra le franciscain Hugues de Die (§ 657-660). D'Hyères le roi se dirigea par Aix, d'où il fit, avec Joinville, un pèlerinage à la Sainte-Baume, vers Beaucaire (§ 661-663). Le sénéchal de Champagne le quitta dans cette ville, sans doute vers la fin de juillet, pour rentrer chez lui (§ 663).

Il retrouva le roi trois mois après à Soissons, vers le mardi 27 octobre, puis à un parlement à Paris, au début de décembre 1254. Au cours de cette réunion fut décidé le mariage d'Isabelle, fille du roi, avec Thibaut V de Champagne, après qu'eut été réglé un différend entre ce dernier et son beau-frère, le duc Jean de Bretagne. Le mariage eut lieu à Melun, le 6 avril 1255 (§ 664-666). Le récit suivi s'arrête à cet événement.

---

1. Geoffroi de Beaulieu *HF* 18, p. 17 ; *Eracles, Continuation Noailles, HC* 1859, p. 440 ; Berger 1895, p. 415-416.

Du retour de la croisade à la mort du roi

La composition de la fin du second livre ne répond pas exactement au plan annoncé. Elle présente, au moins jusqu'au paragraphe 692, un certain ordre, et rappelle, par son esprit et son contenu et avec quelques répétitions, celle du premier livre. Ensuite, Joinville s'inspire des *Grandes Chroniques de France*, ou les transcrit en y mêlant des souvenirs personnels (§ 693-769).

Après quelques notations sur les sévères habitudes vestimentaires et alimentaires du roi (§ 667, cf. § 22 et 23), sa courtoisie à l'égard des ménestrels, son goût de la libre conversation, son affabilité pour ses invités (§ 668), viennent divers épisodes destinés, à faire apparaître les premiers, la sagesse du roi (§ 669-677), les seconds, son goût pour la paix (§ 678-684). Le roi est capable de se former rapidement un avis personnel, et de l'exprimer avec fermeté et avec esprit. Nous connaissons déjà le premier exemple, celui des évêques réclamant l'intervention du pouvoir séculier contre les excommuniés, que Joinville rapporte peut-être par ouï-dire, à moins que le roi ne le lui ait raconté (§ 669-671) ; cet épisode illustrait dans le premier livre (§ 61-64) la justice du roi. Il est présenté ici dans une perspective un peu différente : c'est son aisance pour répondre seul, sans ses conseillers, devant l'assemblée des évêques de France, qui est mise en valeur.

Le second exemple est aussi un affrontement entre les évêques et le roi, qui eut lieu probablement en 1261. Les évêques avaient là encore tenu à voir le roi seul, avec l'illusion qu'il serait moins ferme hors de la présence de ses conseillers. Trois affaires étaient en jeu, la garde de l'abbaye de Saint-Remi de Reims, dont l'archevêque de Reims, Thierry de Beaumetz, prétendait qu'elle lui appartenait et non au roi (§ 673), le temporel de l'évêché de Chartres, qui avait été saisi par le roi (§ 674), enfin la désignation de l'abbé de Saint-Urbain ; nous savons que cette question touchait de près le sénéchal qui, à l'occasion d'une vacance du siège, avait imposé son candidat, l'abbé Geoffroi (§ 672 et 675). À ce propos, Joinville rapporte son conflit avec cet abbé, qui, peu reconnaissant de sa nomination, tenta de faire croire que la garde de l'abbaye appartenait au roi et non à lui Joinville (§ 676 et 677).

Quatre circonstances entre autres permettent de mesurer le grand amour de saint Louis pour la paix : Joinville les expose brièvement. D'abord le traité avec l'Angleterre (§ 678 et 679, cf. § 65). À la suite d'un rapprochement qui date des mois suivant le retour du roi en France, puis de véritables négociations commencées en septembre 1257 et achevées au printemps de 1258, le roi de France conclut avec le roi d'Angleterre le traité de Paris (28 mai 1258), par lequel le premier abandonnait au second, dans le Limousin, le Quercy et le Périgord, des domaines importants, et lui reconnaissait la possession de Bordeaux, de Bayonne et de toute la Gascogne. De son côté, le roi d'Angleterre renonçait à toutes ses revendications sur la Normandie, l'Anjou, la Touraine, le Maine et le Poitou, et se reconnaissait, pour tout ce qu'il possédait sur le continent, le vassal de la couronne de France. Les deux rois se rencontrèrent à Abbeville en 1259. Le 4 décembre, Henri III fit à Paris hommage à Louis IX, et prolongea son séjour pour assister aux obsèques du prince Louis, héritier de la couronne, mort au début de 1260.

La paix entre Jean de Chalon, oncle de Joinville, et son fils Hugues, comte de Bourgogne, en guerre pour des questions de dévolution d'héritage, intervint en 1256 (§ 680). Deux ans après, les deux belligérants réconciliés entraient en guerre avec le comte Thibaut V de Champagne à propos de la garde de l'abbaye de Luxeuil (20 août 1258). L'intervention de Gervaise d'Escrennes, médiateur envoyé par saint Louis, est à placer dans les mois suivants (§ 681). La quatrième et dernière affaire – la guerre entre le comte Thibaut de Bar et le comte Henri de Luxembourg au sujet de la suzeraineté du château et de la châtellenie de Ligny-en-Barrois – éclata en 1266 ; elle aurait pu s'étendre à la Champagne, sans l'arbitrage que le roi imposa en octobre 1267 (§ 682)[1]. Les deux paragraphes suivants sont la conclusion de ces récits

---

1. Berger 1902, p. XXVII-XLI : Richard 1983, p. 342-345.

des interventions du roi de France en faveur de la paix (§ 683 et 684).

Joinville passe ensuite à quelques notations. Il relève l'horreur qu'avait saint Louis du blasphème et donne deux exemples de punitions infligées par lui à des blasphémateurs ; il avait vu l'une à Césarée (mars 1251-mai 1252) et entendu parler de l'autre, qui eut lieu à Paris après le retour d'outre-mer (§ 685). Il souligne la délicatesse du souverain qui évitait de jurer par Dieu, la Vierge ou les saints et de prononcer le nom du diable en lui vouant qui que ce soit ; au passage il explique qu'il imposait la même réserve à ses gens au château de Joinville (§ 686 et 687). Le portrait moral du roi s'achève par quelques mots sur ses habitudes de piété : lavement des pieds aux pauvres le Jeudi saint, auquel Joinville n'arrivait pas à se résoudre (§ 688, cf. § 29), enseignements à ses enfants (§ 689), générosité dans les aumônes et service des pauvres (§ 690), fondations d'abbayes et d'hôtels-Dieu (§ 691), choix scrupuleux des clercs qui obtenaient un bénéfice à la collation du roi et visites chez les religieux mendiants (§ 692).

À partir du paragraphe sur le blasphème (§ 685), Joinville s'inspire plus ou moins librement, avec de larges coupures mais en y mêlant quelques souvenirs personnels, des *Grandes Chroniques de France*, qui présentent dans le même ordre des chapitres sur les points suivants : horreur du roi pour les blasphémateurs, réserve dans le langage, habitude de laver les pieds aux pauvres, éducation donnée à ses enfants, amour des pauvres, fondations d'établissements religieux, prudence dans l'attribution des bénéfices, habitude de visiter les couvents dominicains et franciscains. Je note au passage qu'il laisse de côté, peut-être par délicatesse, des détails intimes (continence dans la vie conjugale, fréquente confession, usage du cilice et de la discipline) sur lesquels s'étend le chroniqueur officiel[1].

À cet endroit, Joinville insère le texte de l'ordonnance de décembre 1254 sur la réforme de l'administration, en la faisant précéder d'une brève introduction (§ 693-714).

---

1. *Grandes Chroniques* VII, 1932, p. 196-197 ; X, 1953, p. 113-115.

Il a trouvé texte et introduction dans les *Grandes Chroniques*, un peu avant les pages qu'il a démarquées pour compléter le portrait moral du roi. Peut-être par erreur, il a placé avant la clause finale de l'ordonnance (§ 719) les paragraphes sur la réforme de la prévôté de Paris (§ 715-718) qu'il copie aussi dans les *Grandes Chroniques* ; ils s'y trouvaient à leur place logique, après la clause finale. Ils étaient suivis de la série de chapitres dont nous avons parlé plus haut.

Il n'y revient pas ici, mais, bien qu'il ait déjà dit quelques mots de la sollicitude du roi envers les pauvres et des fondations d'établissements religieux (§ 691), il recopie les longs chapitres consacrés à ces sujets par les *Grandes Chroniques* (§ 720-729).

Le livre redevient original à partir de la convocation de l'auteur par le roi, à Paris, pour le carême 1267. Joinville raconte le songe qu'il eut dans cette ville pendant les matines de la nuit qui précédait l'Annonciation (25 mars). Il rapporte comment le roi prit la croix et le pressa vivement de se croiser lui-même, ce qu'il refusa de faire (§ 730-735). Il exprime fortement ses regrets que, dans le mauvais état de santé où le souverain se trouvait, celui-ci se soit engagé dans une telle expédition (§ 736 et 737).

Joinville précise bien qu'il ne veut rien dire sur la croisade de Tunis, à laquelle il n'assistait pas (§ 738). Il donne quand même quelques indications sur la mort de Louis IX, empruntées pour l'essentiel aux *Grandes Chroniques*. Il reproduit, avec le paragraphe d'introduction (fin du § 738 et § 739) les *Enseignements* de saint Louis à son fils Philippe (§ 740-754), puis le récit des derniers moments du roi (§ 755-759) en coupant le texte à deux reprises (§ 756 et 757) par une référence au témoignage de Pierre d'Alençon son avant-dernier fils, qui authentifie en quelque sorte les phrases copiées dans les *Grandes Chroniques* ; et en y insérant une jolie comparaison entre le scribe qui enlumine son livre, et saint Louis qui avait enluminé son royaume d'abbayes, de couvents et d'hôtels-Dieu (§ 758).

Les dernières pages appartiennent à Joinville, qui rappelle en quelques phrases l'enquête pour la canonisation en 1282, au cours de laquelle il fut interrogé, la décision pontificale de placer Louis IX au nombre des saints confesseurs (11 août 1297, § 760 et 761), la cérémonie de l'élévation du corps (25 août 1298) avec le sermon de Jean de Samois (§ 762-765). Il termine avec un dernier souvenir, le songe où le roi lui apparut et la fondation d'un autel en son honneur à la chapelle Saint-Laurent de Joinville (§ 766 et 767). Le livre est en quelque sorte scellé par une déclaration de véracité et par la date, octobre 1309 (§ 768 et 769).

Les adresses au public

Que le livre ait été destiné soit à une lecture faite à haute voix devant un individu ou un groupe, soit à une lecture privée, Joinville s'adresse toujours à son public comme s'il s'agissait d'auditeurs. La formule *aussi (ci, ainsi) comme vous orrez ci après (ci après orrez)* revient souvent pour annoncer un développement qui suit immédiatement (§ 6, 43, 57, 71, 313, 397 ; cf. aussi § 39, 76, 345, 406, 505) ou qui se situe parfois assez loin dans le livre. C'est particulièrement net dans les paragraphes où sont résumées, au début de l'ouvrage, les quatre circonstances où le roi exposa sa vie : § 10, renvoi à § 306 etc., § 12, renvoi à § 406 etc., § 14, renvoi à § 39 et 618-629, § 16, renvoi à § 629 et 652 ; il est fait allusion, au § 21, au scrupule du roi qui s'indigne qu'au moment du paiement de la rançon on ait trompé les Sarrasins de 10 000 livres : *Si comme vous orrez ici après* renvoie au § 386 où l'affaire est racontée en détail ; l'histoire du comte Gautier de Brienne (§ 527) est annoncée par la même formule au § 486. Le renvoi peut être général (§ 20 et 73). On trouve une fois la formule au passé, *aussi comme vous avez oÿ* (§ 551) dans la reprise résumée de faits exposés en détail, immédiatement auparavant.

Ces annonces sont destinées à guider l'auditeur ou le lecteur. On doit souligner que Joinville est attentif à signaler ce qu'il considère comme des digressions, développements qui ne font pas immédiatement partie de sa *matiere*, mais éclairent certaines situations. Les affaires de Champagne, au début du règne de Louis IX, ne s'expliquent que si l'on connaît la généalogie des anciens comtes. Ces données généalogiques sont fournies en deux fois. La première série s'ouvre ainsi : *Pour ce que il affiert a ramentevoir aucunes choses que vous orrez ci aprés me couvient laissier un pou de ma matiere. Si dirons ainsi que* (§ 76), et se conclut : *De la femme mon seigneur Erart de Brienne ne vous dirai je ore riens, ainçois vous parlerai de la royne de Cypre qui affiert maintenant a ma matiere, et disons ainsi (...)* (§ 78). Suivent quelques épisodes de la guerre entre les barons et le comte de Champagne, qui doit finalement vendre au roi la mouvance de certains fiefs. Joinville enchaîne ensuite : *Pour ce que vous sachiez dont ces fiez (...) vindrent* (§ 89), avec de nouveaux détails généalogiques, qui l'amènent à parler du comte Henri le Libéral, à propos duquel il raconte l'histoire d'Artaud de Nogent, laquelle est vraiment un hors-d'œuvre. Joinville en est conscient : *Si comme il apparut ou fait de Ertaut de Nongent et en moult d'autres liex que je vous conteroie bien se je ne doutoie a enpeeschier ma matiere* (§ 89). Il revient donc rapidement au récit de la cour de Saumur en 1241 : *Or revenons a nostre matiere et disons ainsi que (...)* (§ 93).

La digression sur le Nil, nécessaire à l'intelligence des événements de la campagne, est ainsi encadrée : *Il nous convient premierement parler du flum qui vient en Egypte (...) et ces choses vous ramentoif je pour vous fere entendant aucunes choses qui affierent a ma matiere (...)* (§ 187). *Or revenons a nostre premiere matiere et disons ainsi que (...)* (§ 191). De même l'exposé sur les Bédouins : *Pour ce que il affiert a la matere vous dirai je quel gent sont les Beduyns (...)* (§ 249). *Or disons ainsi que a l'anuitier* (§ 254). Mais en parlant de la religion des Bédouins, Joinville est amené à les comparer aux Assassins, les quelques lignes qui leur sont consacrées se terminent ainsi : *Du Veil de la Montaigne nous tairons orendroit, si dirons des Beduyns* (§ 249). Les pages sur la garde du sultan commencent par une phrase un peu plus explicite encore : *Pour ce que il nous convient poursuivre nostre matiere, la quele il nous convient un pou entrelacier pour faire entendre comment les soudanc tenoient leur gent (...)* (§ 280). La fin est conforme à ce que nous avons déjà vu : *Or revenons a nostre matiere, et disons ainsi que (...)* (§ 287). Racontant l'envoi par le roi, alors à Chypre, de deux frères prêcheurs au grand Khan mongol, Joinville dit un mot de leur retour, deux ans plus tard, à Césarée : *et en ce que il raporterent au roy pourrez oïr moult de nouvelles, les queles je ne weil pas conter, pour ce que il me couvendroit derompre ma matiere que j'ai commenciee, qui est tele* (§ 135). En effet, ces nouvelles sont données plus loin, aux § 470-493, lorsqu'il est question du séjour du roi à Césarée ; *et les nouvelles que il nous aporterent vous dirons nous (...).* La digression se termine par la phrase habituelle : *Or revenons a nostre matiere et disons ainsi que* (§ 490, répétée à 493). On retrouve encore deux fois la formule : *or revenons (revenrons) a nostre matiere et disons ainsi que (...)* (§ 172), une première fois après le long développement sur les torts du roi, de ses gens, des barons et du *commun peuple* pendant le séjour à Damiette (§ 165-171), qui n'est cependant pas une véritable digression, mais une réflexion sur les événements, et une seconde après la brève description de la nef d'argent offerte par la reine en ex-voto à Saint-Nicolas-de-Port et revue par Joinville dans l'église en 1300 (§ 633 et 634).

Le verbe *ramentevoir* également ouvre ou conclut une incidente ; au § 76, il introduit les passages sur le début du règne. À propos du sire de Brancion, blessé à mort dans la grande bataille du 11 février 1250, Joinville se souvient d'un épisode de sa jeunesse ; il avait combattu contre des Allemands qui pillaient une église aux côtés de ce chevalier, qui avait alors prié Dieu de le faire mourir à la croisade (§ 277 et 278) : *Du seigneur de Brancion vous dirai (...). Et ces choses vous ai je ramenteu pour ce que je croi que Dieu li otroia.* C'est le mot *ramentevoir* qui annonce la liste des chevaliers qui entourent le roi : *les preudeshomes chevaliers qui estoient avec le roy vous ai je ramenteu* (§ 173). Enfin, Joinville souligne et regrette l'indifférence au moins apparente du roi à l'égard de sa femme et de ses enfants : *Et ces choses vous ramentoif je pour ce que je avoie (...)* (§ 593).

À côté des digressions, c'est souvent une précision, ou un détail qui sont annoncés : *Et vous dirai pour quoy il le me semble* (§ 95, à propos des grandes dimensions des halles de Saumur). *Je ne weil pas oublier aucunes besoignes qui avindrent en Egypte tandis que nous y estions. Tout premier je vous dirai* (§ 390) ; *Ci aprés vous dirai comment je ordenai et atirai mon affère* (organisation de sa vie en Terre sainte, § 501) ; *Je vous conterai des jeus que le conte d'Eu nous fesoit* (facéties du comte Jean d'Eu, § 583) ; *Si parlerons de nostre saint roy sanz plus et dirons ainsi que (...)* (le roi à Tunis, § 738) *Encore weil je cy aprés dire de nostre saint roy* (songe de Joinville, § 766).

Rarement Joinville omet de marquer qu'il interrompt le fil de son récit : il s'attarde sur le Vieux de la Montagne et les Assassins (§ 451-463) et sur les Comans (§ 495-498), mais il rapporte là les dires respectivement de frère Yves le Breton et de Philippe de Toucy. Seuls les propos de Jean l'Hermin (§ 449 et 450), le jugement sévère de Philippe Auguste sur le duc de Bourgogne Hugues III (§ 559 et 560), l'évocation des *duretés* de la reine Blanche à l'égard de sa belle-fille la reine Marguerite (§ 606-608) sont insérés directement dans le texte.

Je signalerai les quelques cas où Joinville ponctue simplement son récit par une formule : *Je vous prenré premierement au roi* (§ 167), *Or disons ainsi que* (§ 254), *Tout premier je vous dirai* (§ 266), *De sa sapience vous dirai je* (§ 669). Enfin, il identifie clairement les récits de deux séries d'événements concomitants. Ainsi, ayant raconté, au début de la retraite vers Damiette, son propre embarquement sur le Nil, il passe au récit de la capture du roi : *Or vous lerai ici, si vous dirai comment le roy fu pris* (§ 308). Ou, pour expliquer les difficultés de la reine Marguerite à Damiette, pendant l'expédition vers Mansûra : *Or avez oÿ ci devant les grans persecucions que le roy et nous souffrimes, les quiex persecucions la royne n'en eschapa pas, si comme vous orrez ci aprés* (§ 397).

Enfin, il peut réparer un oubli par la formule *Je vous avoie oublié a dire*, soit immédiatement (§ 160), soit nettement plus loin au cours du livre (§ 464, renvoyant à 444). On sera étonné que le récit de la messe des obsèques d'Hugues de Landricourt, au cours de laquelle les chevaliers de Joinville firent scandale, en se demandant par plaisanterie quel nouveau mari pourrait épouser

la veuve du défunt, soit inséré après la retraite de l'armée
en deçà du Bahr al-Seghîr, qui eut lieu après le 27 mars.
En effet, cet incident se produisit le 10 février : *La vegile
de quaresme pernant vi une merveilles que je vous weil
raconter* (§ 297). Ce décalage chronologique s'explique
parce que Joinville conclut son récit du passage du Bahr
al-Seghîr en soulignant la valeur dont fit preuve à cette
occasion un chevalier luxembourgeois, Geoffroi de Meysembourg. Or il résulte d'un article des rôles des fiefs du
comte de Champagne que ce Geoffroi avait épousé après
la croisade la veuve d'Hugues de Landricourt[1]. La mention de Geoffroi de Meysembourg a rappelé à Joinville
l'histoire des obsèques du premier mari de la dame. Il lui
arrive ainsi de composer par associations d'idées.

On a souvent reproché à Joinville une certaine mala-
dresse dans la construction de son livre. Les remarques
qui précèdent me paraissent montrer qu'il reste presque
toujours, avec une grande fermeté, maître de son exposé.

III

LA COMPOSITION ET LA DATE

Joinville a dédié son ouvrage à Louis, comte de Champagne et roi de Navarre, après la mort de la reine Jeanne
de France, mère de ce prince, survenue le 2 avril 1305 ;
le livre n'était donc pas achevé à cette date[2]. C'est une
première donnée chronologique ; par ailleurs, le manuscrit du xive siècle, dit manuscrit de Bruxelles, se termine
par une clausule ainsi libellée : « Ce fut escrit en l'an de
grace mil .ccc. et .ix., ou moys d'octovre ». Il ne peut

1. Longnon 1901, p. 273, n° 6190 (Hommages à Thibaut V, 1256-
1270). **2.** Il est impossible de savoir à quelle date remontait la demande
de la reine. Celle-ci était née en 1270, et avait épousé Philippe le Bel en
1284. Il est peu vraisemblable qu'elle ait eu l'idée de cette vie de saint
Louis dans sa première jeunesse. Par ailleurs, la rédaction du livre n'a pas
dû demander à Joinville très longtemps. Je ne crois pas qu'il se soit mis au
travail avant les premières années du xive siècle. On peut rappeler à ce
propos que Blanche de France, la fille du saint roi, commanda vers 1302
son livre à Guillaume de Saint-Pathus.

s'agir de la date de la copie de ce manuscrit, visiblement postérieur. C'est donc soit la date de l'achèvement de la *Vie de saint Louis*, soit la date d'un manuscrit, probablement celui offert au prince Louis, ayant servi de modèle à celui dont nous disposons.

Natalis de Wailly avait remarqué, au fil du texte, d'autres points qui peuvent servir de repère[1].

D'abord un *terminus a quo :* à côté de la mort de la reine Jeanne de Navarre le 2 avril 1305 (§ 2 et 18), il signale la mort du comte Gui de Flandre, qui survint peu avant celle de Jeanne, le 7 mars 1305 (§ 108), puis celle d'un duc de Bourgogne, « l'aieul cesti duc qui est mort nouvellement » (§ 555). Natalis de Wailly l'a identifié, après quelques hésitations, au duc Robert II, mort en mai 1306. Nous pouvons donc considérer que Joinville était au travail après le début de 1306.

Par ailleurs, un *terminus ante quem :* au § 35, Joinville parle du duc de Bretagne, Jean II, comme d'un personnage encore vivant. Or Jean II est mort le 18 novembre 1305. Le livre serait donc antérieur à cette date, ce qui ne laisse pour la rédaction qu'un laps de temps très court. Cette datation ne vaut, à la limite, que pour le passage en question. On peut penser que Joinville aura continué à travailler, après cette date, plusieurs mois ou même deux ou trois ans encore ; il suffit que la remarque sur le duc de Bretagne n'ait pas été corrigée dans la rédaction définitive.

Nous verrons que c'est en 1308 ou en 1309 qu'il a ajouté le passage sur sa vision et sur l'autel dédié à saint Louis.

La *Vie de saint Louis* aurait donc été écrite entre 1305 et 1309. C'est la conclusion à laquelle s'était arrêté Natalis de Wailly dans son édition de 1874.

Cette conclusion a été discutée, en 1894, par Gaston Paris[2]. Celui-ci a cru pouvoir montrer que le livre n'avait pas été composé d'un seul jet. Joinville aurait d'abord écrit, spontanément et pour son propre compte, vers 1272-1273, ses souvenirs sur la croisade (texte correspondant aux paragraphes 110 à 666). Lorsque la reine Jeanne lui

1. Wailly 1874, p. 480-481. Voir aussi pour tout le chapitre Monfrin 1994.   2. Paris 1898, p. 426-433, 439-446.

demanda de préparer pour elle un livre sur saint Louis, il aurait rédigé hâtivement la première partie, consacrée aux vertus et aux paroles mémorables du roi (§ 19-67), les chapitres sur le début du règne (affaires de Champagne et campagne du Poitou (§ 68-105), enfin toute la dernière partie, dont il faut bien reconnaître qu'elle est peu cohérente (§ 667-768). Manquant d'informations, Joinville aurait complété cette partie en empruntant littéralement de nombreux passages aux *Grandes Chroniques de France*. Je reviendrai sur les paragraphes 106-109. L'épître dédicatoire (§ 1-6, 17-18), les paragraphes sur les quatre « faits » à l'occasion desquels saint Louis s'exposa à la mort (§ 7-16) et la clausule finale (§ 769) auraient été ajoutés au moment où le volume fut préparé pour être offert à Louis, comte de Champagne et roi de Navarre.

Gaston Paris se fondait sur des arguments sérieux. D'abord la différence de proportion entre les diverses parties du livre : quarante-deux paragraphes pour le début du règne, moins d'une centaine pour la fin, d'ailleurs « assez incohérents » et pour une part empruntés, et plus de cinq cent cinquante pour la croisade ; celle-ci n'a duré que six années alors que saint Louis a régné pendant quarante-quatre ans. Ensuite le caractère du récit de la croisade, qui a l'allure de souvenirs personnels et où saint Louis « n'est jamais l'objet principal de la narration » et celle-ci « ne s'occupe de lui que quand Joinville se trouve en sa compagnie ».

Diverses circonstances tendent à faire croire, explique G. Paris, que les « Mémoires » auraient été rédigés une trentaine d'années avant l'entreprise suscitée par Jeanne de Navarre. D'abord, dans les paragraphes antérieurs et postérieurs le roi est souvent qualifié de « saint », tandis qu'il n'est nommé dans les « Mémoires » que « le roi » ou tout au plus « le bon roi » (§ 342). Seul ferait exception le § 207, où il est dit « nostre saint roy », mais ce paragraphe paraît avoir été ajouté après coup, ce qui tendrait à dire que les « Mémoires » sont antérieurs à la canonisation du 11 août 1297. G. Paris élimine de plus des allusions à des événements de 1291 (§ 613, chute d'Acre), 1295 (§ 400, mort de la reine Marguerite de Pro-

vence) et 1300 (§ 633, voyage de Joinville à Haguenau
pour accompagner Blanche, sœur de Philippe le Bel)
comme ayant « le caractère d'additions postérieures ».
Enfin, les répétitions que l'on remarque entre certains épisodes racontés dans ce que Joinville appelle la première
partie de son livre, consacrée aux saintes paroles et aux
bons enseignements de saint Louis (§ 19-67), et dans les
« Mémoires » (§ 39-41 = § 634-637, § 55-56 = § 657-
660), s'expliqueraient par le fait que Joinville aurait écrit
cette première partie longtemps après ses « Mémoires ».

À ce point intervient la mention, signalée plus haut, de
la mort du duc de Bourgogne. Elle va permettre à G. Paris
de proposer une date pour la rédaction des « Mémoires
sur la croisade ». Il interprète le texte à la lettre : il ne
peut s'agir que du petit-fils d'Hugues III, Hugues IV, et
Joinville a écrit cette phrase peu après la mort de ce duc,
survenue fin 1272. Il a oublié de modifier « nouvellement » en insérant ses « Mémoires » dans son livre sur
saint Louis. De plus, ajoute G. Paris, « en 1272, le fils
aîné de Joinville avait épousé Mabille de Villehardouin,
apparentée au maréchal de Champagne », historien de la
IVe croisade ; il n'est pas impossible que « les relations
qui s'établirent alors entre les deux familles aient fait
connaître à Joinville l'œuvre de son illustre devancier et
qu'il ait eu l'idée de lui donner un pendant ». Les « Mémoires » auraient été écrits en 1272-1273.

G. Paris n'a pas insisté sur un argument qu'il aurait pu
faire valoir en faveur de sa thèse : la précision et la fraîcheur des souvenirs sur la croisade s'expliqueraient
mieux si le texte avait été écrit en 1272 plutôt qu'en 1305-
1309. Peut-être l'a-t-il trouvé spécieux, et, si je le formule, c'est pour l'écarter. La mémoire de Joinville est
excellente ; en 1305, les images de la cour de Saumur de
1241 sont d'une netteté parfaite ; et il se souvient très
précisément des tristes journées de 1267 où le roi prit la
croix pour la seconde fois.

L'autorité de Gaston Paris a fait accepter généralement
ses conclusions. En 1923, Joseph Bédier a pris, pour des
raisons de fond, nettement position contre elles : « Hypothèse ingénieuse, écrivait-il, mais à notre sens, erronée.
Le sénéchal a écrit l'histoire du roi Louis, l'histoire de

saint Louis et l'histoire de Jean de Joinville, et ces trois histoires forment un chef-d'œuvre complexe, mais d'une seule venue, où tout est concerté pour que son ami revive tout entier[1]. » La question a été reprise, une vingtaine d'années plus tard, par Alfred Foulet, qui a esquissé une réfutation méthodique des arguments de G. Paris[2]. Je renvoie pour l'ensemble à cet article convaincant ; je compléterai toutefois sur certains points la discussion.

Il est bien vrai que Geoffroi de Joinville était marié, en juin 1273, avec Mabille, arrière-petite-fille de Villehardouin. Mais il semble bien que le mariage ait eu lieu dès mai 1270, ce qui affaiblirait l'argument de Gaston Paris[3]. D'ailleurs, les deux familles n'avaient pas attendu cette date pour se connaître. Aux générations précédentes, le sénéchal de Champagne, Geoffroi de Joinville, grand-père du chroniqueur, avait certainement été en rapports, à la cour du comte, avec le maréchal Geoffroi de Villehardouin ; Simon de Joinville, le père de Jean, était sénéchal alors que le fils de Geoffroi de Villehardouin, Érard, puis son petit-fils, Guillaume, étaient maréchaux. Enfin Jean de Joinville avait certainement connu ce Guillaume : ils exercèrent leur charge ensemble de 1239 à 1246, date de la mort de Guillaume, qui s'était croisé comme Joinville en 1244[4].

Voyons les autres points. Et d'abord la qualification de « saint », appliquée à Louis IX, n'apparaîtrait pas dans les « Mémoires ». G. Paris l'avait relevée une fois au § 207, mais considérait ce paragraphe comme ajouté après coup. Je ferai ici deux observations. Le § 207 est parfaitement à sa place et il est inexact de dire, compte tenu des habitudes de Joinville, qu'il interrompt le récit. De plus, il y a dans les « Mémoires » au moins deux autres cas (§ 120, présence du roi à Clairvaux, et § 385, Joinville rapporte au roi les sommes prélevées dans la galère du Temple) où le roi est qualifié de saint. Je ne compte pas un troisième exemple (§ 565 et 566) : l'épithète est ici placée dans la bouche de pèlerins venus de la Grande Arménie, qui cherchent à voir Louis IX en

1. Bédier 1923, p. 112. **2.** Foulet 1941. **3.** Delaborde 1894, p. 233, *Catalogue*, n° 501 ; Longnon 1939, p. 131 et n. 9. **4.** Longnon 1939, p. 50, 125, 130-131.

raison précisément de sa réputation de sainteté ; Joinville
reprend à son compte le propos, avec un sourire, devant
le roi qui, lui, rit « très clairement ». En fait, Joinville
ajoute assez souvent l'épithète de « saint » au nom du roi
lorsqu'il rapporte un propos édifiant, mais il l'utilise peu
dans le récit, qu'il s'agisse des quelques données sur le
début et la fin du règne ou de l'histoire de la croisade[1].

Il est par ailleurs arbitraire de considérer toutes les allusions, dans le texte, à des faits postérieurs à 1273 comme
des additions tardives, alors qu'elles ne se présentent pas
différemment d'autres allusions jugées par G. Paris
comme faisant vraiment corps avec le récit (§ 112, mort
de la mère de Joinville, 1260 ; § 466, son second mariage,
1261 ; § 286, campagne d'Arménie de Baîbars, 1265).

De plus, Gaston Paris est obligé d'admettre que les
paragraphes racontant comment Louis prit la croix au
cours de sa maladie de 1244 et donnant la liste des seigneurs qui imitèrent son exemple (§ 106-109), dont il
sent bien qu'ils sont anciens, ont été remaniés lors de
la composition du livre sur saint Louis pour expliquer
l'allusion à la mort du comte de Flandre Gui de Dampierre (§ 108). Ils seraient dans leur rédaction actuelle
destinés à assurer la soudure des deux textes ; ils constitueraient le remaniement d'un prologue qui aurait été à
l'origine placé en tête des « Mémoires ».

Les répétitions signalées par G. Paris ne prouvent pas
grand-chose : l'enseignement en mer (§ 39-41 = § 634-
637) et le sermon d'Hugues de Digne (§ 55-56 = § 657-
660) figurent une première fois dans la première partie
parce que, dans l'esprit de Joinville, il y a intérêt à regrouper les « saintes paroles » ; il le dit lui-même à deux
reprises, aux § 19 et 68 : avant de raconter les hauts faits,
il racontera les saintes paroles « afin qu'on puisse les
trouver les unes après les autres pour l'édification de ceux
qui les entendront » ; et « celles-ci, les lecteurs pourront

---

1. Bédier a souligné que Joinville avait évité de donner à son livre une
allure hagiographique. A. Foulet va plus loin lorsqu'il explique l'absence
presque complète du mot *saint* dans le récit de la croisade en considérant
que Joinville a voulu réagir contre l'image conventionnellement pieuse de
Louis IX donnée par les religieux. Joinville éviterait même *saint* pour bien
marquer son rapport amical avec le roi en tant qu'homme, garantie de l'authenticité de son témoignage.

en faire leur profit mieux que s'ils avaient été rapportés au milieu de ses actions ». La question du duc de Bourgogne « mort nouvellement » (§ 555) est plus délicate. La solution proposée par Natalis de Wailly me paraît acceptable. *Aieul* peut avoir été employé sans précisions ou par erreur. Il y a bien, dans le système de Wailly, une contradiction. On ne peut, à la lettre, écrire à un même moment qu'est tout récent un décès survenu en mai 1306 et que vit encore un personnage dont nous savons qu'il est mort dès novembre 1305. Mais cette légère distorsion s'explique fort bien par le temps nécessaire à la composition du livre dans les derniers mois de 1305 et les premiers de 1306 ; il est bien naturel que Joinville n'ait pas songé à harmoniser ces détails au moment de la copie définitive.

Je crois avoir montré que l'hypothèse de la rédaction de « Mémoires » en 1272-1273 est mal fondée. Il ne reste pas moins que les observations de G. Paris sur la disproportion et la différence d'allure entre la partie consacrée à la croisade et le reste du livre sont incontestables. Elles peuvent être interprétées différemment. Je dirai seulement ici que Joinville avait dû raconter bien souvent, au cours de sa vie, ses souvenirs sur la croisade et ainsi les vivifier année après année, ce qui en explique la fraîcheur et la précision.

A. Foulet a fait observer très judicieusement que le témoignage qui fut demandé en 1282 au sénéchal de Champagne au cours de l'enquête pour la canonisation fut une occasion pour lui de passer ses souvenirs en revue et de les mettre en ordre. Il en aurait introduit certains en 1287 dans une seconde rédaction de son *Credo*, mais l'existence de cette rédaction reste une conjecture [1].

Tout naturellement, lorsque la reine lui demanda d'écrire sur saint Louis, il raconta les seules années où il avait vécu avec lui. Joinville est un chevalier ; ce n'est pas un clerc habile à composer des livres, un chroniqueur habitué à rechercher des informations écrites et orales. Il a répondu selon sa conscience en offrant son témoignage ;

---

1. Foulet 1941, p. 238-239. Utile table de concordance entre l'enquête, le *Credo* et la *Vie*, p. 240-242.

ce qu'il a vu ou entendu de la bouche du roi, soit en
Orient, soit à la cour, à Paris ou ailleurs.

Il a d'abord vu le roi de loin, à Saumur en 1241. Il ne
l'a vu de façon suivie qu'en Égypte, puis en Terre sainte
et pendant le voyage de retour. C'est de cette période que
tout naturellement il parle, parce qu'il peut, là, engager
sa parole. Il faut inverser le propos de G. Paris ; ce n'est
pas : la narration ne s'occupe du roi que quand Joinville
se trouve en sa compagnie, mais : Joinville ne parle du
roi que quand il s'est trouvé auprès de lui : il justifie ainsi
qu'il s'exprimait comme témoin. Dans cette perspective,
on explique bien que pour le début du règne il ne parle
que des affaires de Champagne, dont il avait une idée par
des souvenirs de famille. La chevalerie d'Alphonse de
Poitiers en 1241 à laquelle il assistait l'a entraîné à dire
quelques mots de la cérémonie. L'origine de ce qu'il
raconte sur la campagne de Poitou en 1242 reste incertaine.

Il faut noter qu'il ne dit pas un mot d'affaires importantes, comme de la question toulousaine[1], qui n'entrait
pas dans son horizon, du mariage royal et du couronnement de la reine, de l'arrivée à Paris de la couronne
d'épines et d'une partie de la vraie Croix. Il reste silen-
cieux sur l'affaire d'Enguerrant de Coucy, sur laquelle on
serait heureux d'avoir son sentiment[2].

Il évoque très brièvement une bonne partie des faits
notables de la période 1255-1270 : la paix avec l'Angleterre[3], les arbitrages en Bourgogne et en Lorraine[4], qui
le touchaient de près (le comte Jean de Chalon est son
oncle) ; il constate avec un véritable plaisir la fermeté du
roi vis-à-vis des évêques.

Il exprime une réserve au sujet de ce qu'il rapporte par
ouï-dire et des emprunts qu'il reconnaît avoir faits à un
livre en français dont il ne donne pas le titre (§ 768). Il
veut être sûr de lui : *je ne weil chose dire ne mettre en
mon livre de quoy je ne soie certain* (§ 738).

Ce recours aux *Grandes Chroniques* pose bien des
questions. Pourquoi Joinville en a-t-il retenu quelques

1. Richard 1983, p. 96-108. **2.** *Grandes Chroniques* VII, 1932,
p. 190-193 ; X, 1953, p. 106-110. Faral, 1948. **3.** Richard 1983, p. 347-
356. **4.** Berger 1902, p. xxvii-xl ; Richard 1983, p. 342-347.

parties, et celles-là et non d'autres ? Le désir d'étoffer un peu la dernière partie de son livre, la lassitude, bien compréhensible chez un homme de son âge. L'insertion de l'ordonnance de 1254 et des *Enseignements du roi à son fils Philippe* ne l'engageait pas beaucoup. L'authenticité de ces documents ne faisait de doute pour personne ; la liste des fondations pieuses était de notoriété publique.

Son récit est conforme à ce qu'il avait l'habitude de raconter : « Sénéchal, par la quoife Dieu, encore en parlerons entre vous et moy de ceste journee dans la chambre des dames », lui disait, en pleine bataille de Mansûra, le bon comte de Soissons (§ 242).

Peut-être Joinville a-t-il eu recours à des calendriers pour retrouver certaines dates. J'ai montré que cette hypothèse était à peu près la seule qui permette d'expliquer certaines erreurs de chronologie dans le récit du débarquement et de la prise de Damiette[1]. S'il a beaucoup parlé de lui-même, c'est pour bien confirmer sa présence. Les souvenirs d'autres périodes sont épisodiques, comme ont dû l'être ses rencontres avec le roi avant 1248, et de 1255 à 1270.

A. Foulet explique le décalage entre la composition du livre (1305-1306) et l'hommage qui en est fait en 1309 à Louis, comte de Champagne et roi de Navarre, par le souci qu'aurait eu Joinville de faire coïncider cet hommage avec l'entrée du jeune prince dans sa vingtième année, en octobre 1309[2]. Je me demande si ce n'est pas là prêter à Joinville une idée moderne. N. Corbett observe par ailleurs avec bon sens que le grand âge de Joinville devait engager celui-ci à ne pas tarder et que la préparation du manuscrit de présentation avait dû prendre du temps[3]. A. Foulet considère aussi que les paragraphes relatifs au songe de Joinville, qui se présentent comme un post-scriptum (§ 766 et 767), avaient été rédigés à un moment où l'auteur ne savait pas qu'il allait offrir son œuvre au prince Louis ; en effet dans ce paragraphe il parle de celui-ci comme d'un tiers : « et ces choses ai je ramentues a mon seigneur le roy Looys, qui est heritier

1. Monfrin 1976, p. 273-276.   **2.** Foulet 1941, p. 234.   **3.** Corbett 1977, p. 10-13.

de son non » (§ 767)[1]. C'est oublier que le livre ne s'adressait pas qu'à Louis, mais aussi à ses frères et à ses proches (§ 18).

Je pense que ce paragraphe n'a pu être rédigé au plus tôt qu'en 1308, donc à une date très proche de la dédicace : Joinville raconte le songe au cours duquel le saint roi lui serait apparu. À la suite de cette apparition, il eut l'idée « d'héberger le roi dans sa chapelle » ; car, dit-il, « je li ai establi un autel a l'honneur de Dieu et de li, la ou l'on chantera a tous jours mais en l'honneur de luy » (§ 767). Ce qu'il appelle sa chapelle est la collégiale de Saint-Laurent de Joinville, qui semble, si l'on examine ce qui nous reste des actes de Joinville relatifs à cet établissement, avoir veillé très jalousement à son indépendance[2]. Nous avons vu par exemple que Joinville, malade, souhaita par deux fois qu'un prêtre de Saint-Laurent vienne dire la messe dans l'oratoire de son château. Il fut alors obligé de donner aux religieux une lettre de non-préjudice, stipulant qu'il s'agissait là d'une circonstance exceptionnelle, qui ne pourrait jamais servir de précédent. La fondation d'un autel sous le vocable du saint dans la chapelle collégiale n'aurait pu avoir lieu sans l'autorisation des religieux : or nous avons conservé une trace de cette autorisation. C'est par un titre de 1308 que le chapitre Saint-Laurent consentit à cette fondation[3]. L'autel n'a donc pu être établi avant cette date, et l'achèvement définitif du livre est donc très proche de la date donnée par la clausule.

Celle-ci appartient sûrement à Joinville. Elle ne ressemble pas en effet aux formules utilisées par les copistes de manuscrits qui libellent en général autrement leurs colophons. En revanche, « Ce fut escript en l'an de grace mil .ccc. et .ix., au moys d'octovre » est presque littéralement la formule de datation utilisée dans les chartes[4]. Le jour où Joinville voulut authentifier une phrase complémentaire autographe qu'il avait ajoutée à une charte, il précisa : « Ce fut escrit de ma mein »[5]. Autrement dit, la clausule du manuscrit de Bruxelles a été écrite ou dictée

1. Foulet 1941, p. 234.   **2.** Delaborde 1894, à l'index, p. 527-528. **3.** Delaborde 1894, *Catalogue*, n° 714.   **4.** Wailly 1870, pièce O, mai 1278, et Y, déc. 1303.   **5.** Wailly 1870, pièce U, oct. 1294.

par Joinville pour dater le document. Terminée comme
une charte, la *Vie de saint Louis* commence par une formule de type diplomatique : « A son bon seigneur Looys,
filz du roy de France (...) Jehan, sire de Joinville, son
séneschal de Champagne, salut et amour et honneur et
son service appareillé. Je fais savoir a tous que ». Lorsqu'en 1315 Joinville écrit à ce même Louis, devenu entre-
temps roi de France, pour s'excuser du retard avec lequel
lui et ses hommes répondent à une convocation pour la
campagne de Flandre, il commence ainsi : « A son bon
seignour Loys, par la grace de Dieu roy de France et
de Navarre, Jehans, sires de Joinville, ses senechax de
Champaigne, salut et son servise apparilié[1]. » De même,
le § 768, où Joinville authentifie les faits qu'il a vus et
entendus, et émet une réserve pour les autres, empruntés
aux *Grandes Chroniques de France,* se présente comme
une clause de charte : « *Je fais savoir a touz* que j'ai
ceans mis grant partie des faiz nostre saint roy devant dit
(...). »

En l'enfermant entre une formule d'adresse, une formule
de confirmation et une formule de datation, Joinville présente la *Vie de saint Louis* comme un document authentique.

L'ensemble, sous la forme que nous connaissons,
constitue un tout, écrit d'un seul jet. Il n'y a aucune
preuve que le récit de la croisade ait été composé auparavant. Joinville n'a travaillé à la *Vie de saint Louis*
qu'après la commande de Jeanne de Navarre, puis au
cours des derniers mois de 1305, et ne l'a terminée qu'en
octobre 1309.

IV

LE SAINT LOUIS DE JOINVILLE

Joinville, à la différence de Geoffroi de Beaulieu et de
Guillaume de Saint-Pathus, n'a pas cherché à tracer un
portrait de saint Louis en énumérant, suivant un ordre

---

1. Wailly 1874, p. 448.

convenu, ses vertus et ses mérites. Dans la première et dans la dernière partie de son livre, en rapportant des propos ou en décrivant des comportements, il donne de nombreux éléments en ordre dispersé. Je rappelle seulement ici les traits essentiels. Amour de Dieu, soumission à sa volonté, humilité, horreur du péché mortel, strictes habitudes de piété ; zèle pour la foi, fondation d'établissements religieux, recherche de la compagnie des frères mineurs et des frères prêcheurs ; estime pour les hommes pieux, hostilité à l'égard des juifs et sévérité pour les blasphémateurs. Le roi est d'une générosité inépuisable : il distribue à toute occasion des aumônes et sert de ses mains les pauvres et les malades. Il aime son peuple, qu'il ne veut jamais abandonner dans le malheur ; il tient à la paix. Il est un roi juste, et plus attaché à la justice qu'à la lettre du droit. Il respecte inconditionnellement la vérité. Il est également un roi sage. Il est sobre, aussi bien en ce qui concerne la table que le vêtement.

Louis est un saint, presque même un martyr. Il est aussi, à tous égards, le prud'homme qu'il voulait être.

À côté de ces indications explicites, Joinville livre, au fil du texte, bien d'autres notations sur la personne du roi, son caractère et ses habitudes.

Il ne parle que rarement avec précision de son aspect ; il évoque alors la prestance de Louis IX qu'il aperçoit à cheval pendant la bataille de Mansûra, au milieu de ses hommes, sur une levée de terre : « Jamais je ne vis un homme en armes aussi beau, car il se détachait, depuis la hauteur des épaules, au-dessus de tous ses gens, un heaume doré sur la tête, une épée d'Allemagne à la main » (§ 228). Au moment de la retraite, le roi a laissé ses armes ; il est monté sur un petit cheval et a revêtu une blouse de soie (§ 309). En captivité, comme il a perdu ses bagages, il s'habille avec les vêtements que lui a donnés le sultan, en satin noir fourré de vair et de petit gris, avec des boutons d'or (§ 403). Joinville se rappelait avoir vu le roi dans sa jeunesse à Saumur, en 1241, avec de somptueux vêtements d'apparat ; seul « un chapeau de coton » déparait cette tenue (§ 94). Il insiste sur la sévérité des habitudes vestimentaires du roi après le retour de la croisade ; plus de fourrures de vair ou de petit gris, mais des peaux de qualité commune, plus d'étriers ni d'éperons dorés. Ses cottes étaient coupées dans du camelin, un lainage brun, ou dans un drap bleu sombre et terne (§ 667) ; Robert de Sorbon en portait de plus fin (§ 36). C'est ainsi, en cotte de camelin, en surcot de tiretaine, lainage mêlé de coton, sur les épaules un manteau noir en soie, bien peigné, les cheveux découverts, avec un cercle de tête garni de plumes de paon que Joinville l'avait souvent vu rendre la justice dans le jardin du palais (§ 60). Quand le roi pense que le bateau va couler, aux abords de Chypre, il n'hésite pas à sortir sur le pont pour prier, « sans chausses, en simple cotte et tout échevelé » (§ 39 et 622).

Le roi est un chevalier dont le courage physique est remarquable. Joinville souligne son impétuosité à Taillebourg, où, voyant ses troupes vivement engagées en face d'un ennemi supérieur en nombre, il se jette dans la mêlée (§ 101) ; devant Damiette, il entre dans la mer jusqu'aux épaules au moment du débarquement (§ 162) ; à Mansûra, dans la confusion du combat et sans évaluation de la situation, il se porte au secours de son frère le comte d'Artois, dont on lui signale qu'il est en difficulté (§ 233). Dans la bataille du premier vendredi de carême, il se lance sur les Sarrasins pour dégager le comte d'Anjou, si avant que ceux-ci mirent le feu, au moyen du feu grégeois, à la croupière de son cheval (§ 267). Il fait preuve d'un grand sang-froid ; son corps de bataille ayant été refoulé, et six Sarrasins ayant saisi son cheval par la bride, il se dégage seul à grands coups d'épée (§ 236). Pendant la retraite il organise calmement le passage du Bahr al-Seghîr (§ 295) ; plus tard il quitte son corps de bataille pour se placer au point le plus exposé, à l'arrière-garde (§ 308). Bien qu'il fût épuisé par la maladie, il avait refusé de s'embarquer sur une galère et d'essayer de rejoindre Damiette, pour ne pas abandonner son peuple. Joinville ne se trouvait pas là, puisque lui-même était évacué par bateau. Mais nous avons le témoignage de Charles d'Anjou : celui-ci supplia son frère de sauver sa vie en entrant dans un navire ; le roi fort ému lui répondit, le visage courroucé : « Comte d'Anjou ! Comte d'Anjou ! Si je vous suis à charge, débarrassez-vous de moi, mais je ne me débarrasserai jamais de mon peuple. » C'est sans doute à cette scène, ou à de semblables que pensait Joinville lorsqu'il citait comme l'un des quatre hauts faits de saint Louis son refus de se séparer de ses gens (§ 9 et 10). Même dans des circonstances moins dramatiques, le roi a une réaction semblable. Il ne quitta pas, après l'accident survenu devant Chypre, la nef endommagée qui n'était plus sûre ; et pourtant, dit-il avec simplicité, « personne n'aime sa vie autant que je fais la mienne » (§ 628). Et son courage tranquille et sa grande humilité se manifestent jusque dans des occasions toutes simples : malgré les appréhensions de Joinville il aurait, dans une petite église de campagne, en Palestine, laissé s'approcher de lui un clerc de mauvaise mine qui lui apportait la « paix » à baiser (§ 588-590).

Il reste inflexible devant les menaces de torture (§ 340 et 341) et répond aux conseillers du sultan qu'il est leur prisonnier et qu'ils peuvent faire de lui ce qu'ils veulent. Même réponse lorsque les émirs exigent de lui qu'il prête un serment dont il juge les termes blasphématoires, et menacent pour le faire plier d'exécuter sous ses yeux le patriarche de Jérusalem (§ 363 et 364). Grande dignité aussi lorsqu'il déclare que seule la ville de Damiette peut lui servir de rançon ; le roi de France ne se rachète pas à prix d'argent (§ 343). Il oppose le silence à la question brutale de l'émir Faraquataye, après le meurtre du sultan : « Que me donneras-tu, car j'ai tué ton ennemi ? » (§ 353).

La loyauté du roi apparaît en de nombreuses occasions. Son mécontentement lorsqu'on lui apprend qu'il y aurait eu tromperie lors du paiement de la rançon aux Sarrasins a beaucoup impressionné Joinville, qui y revient trois fois (§ 21, 387, 764). Il s'en était largement expliqué dans sa déposition de 1282. Le roi a scrupule à laisser sortir sa galère du Nil pour se mettre en sécurité sur sa nef mouillée au large, tant que la rançon n'aura pas été entièrement versée, suivant les conventions avec les Sarrasins (§ 388). Il n'accepte pas le mariage du roi Thibaut de Navarre avec sa fille Isabelle tant que celui-ci n'aura pas désintéressé sa sœur Blanche de Champagne, femme du comte Jean de Bretagne (§ 665). J'évoquerai plus loin l'affaire de Renaut de Trie (§ 66). Dans un autre registre, le roi n'hésite pas à reconnaître devant Joinville qu'il a été sensible aux présents de l'abbé de Cluny (§ 656).

Joinville a insisté, dans la première partie de son livre, sur la foi et la piété du roi. Dans son récit, il nous fait apercevoir quelques gestes. Quand Louis IX entend le feu grégeois s'abattre sur ses hommes, il se dresse dans son lit et élève les mains au ciel en pleurant : « Beau sire Dieu, gardez-moi mes gens » (§ 207). Il avait l'habitude, quand il était prisonnier, chaque fois qu'il sortait de sa tente, de se prosterner en croix sur le sol et de faire des signes de croix sur sa personne (§ 367) ; cela impressionnait beaucoup les Sarrasins, qui le jugeaient « le plus ferme chrétien qu'on puisse trouver ». Au moment où tout le monde croyait, devant Chypre, que la nef va couler, il se jette les bras en croix sur le pont devant le Saint-Sacrement (§ 39 et 622). En ouvrant, à Acre, le conseil qui va délibérer de la question du retour en France, il invoque le Saint-Esprit et se signe sur la bouche (§ 435). Il se signe aussi quand il entend, avec un étonnement manifeste, le porte-parole des prélats lui reprocher que « la chrétienté se perd entre ses mains » (§ 61).

Joinville le montre ensevelissant, sans dégoût apparent, les cadavres en décomposition des victimes de l'attaque des Sarrasins contre Saïda (§ 582). Il faut noter au passage que le sénéchal n'insiste pas, comme Guillaume de Saint-Pathus par exemple, sur le côté macabre de la scène[1]. Il est d'ailleurs tout aussi réservé lorsqu'il rapporte, en évitant les détails repoussants, que saint Louis nourrissait les pauvres et, le jeudi saint, leur lavait les pieds[2]. Le roi ne jure jamais et évite de prononcer le nom du diable (§ 686 et 687).

Malgré son courage et son énergie, saint Louis est accessible à la souffrance et ne dissimule ni ses émotions ni ses tristesses. On a vu à l'instant qu'il priait « en pleurant » lorsque ses hommes étaient exposés au feu grégeois des Sarrasins. Il est « très affecté » du massacre des chrétiens devant Saïda (§ 552). Lorsqu'on lui apprend la mort de son frère le comte d'Artois, de grosses larmes coulent de ses yeux, ce qui ne l'empêche pas de demander que

---

1. Guillaume de Saint-Pathus 1899, p. 100-102.   2. *Ibid.*, p. 93-99.

« Dieu soit adoré pour ce qu'il lui donnait » (§ 244). Ce deuil ne quitte pas sa mémoire (§ 404). Sa réaction à la nouvelle de la mort de sa mère est très vive : pendant deux jours personne ne peut lui parler, et lorsqu'au bout de ce temps il fait venir Joinville, il reçoit celui-ci en étendant les bras avec ces simples mots d'accablement : « Ah ! Sénéchal, j'ai perdu ma mère » (§ 603).

Il se dégage des récits de Joinville l'impression d'une grande fermeté et même d'une certaine sévérité dans le caractère de saint Louis. Joinville insiste en deux occasions sur sa fermeté devant la délégation des prélats de France ; ces passages sont riches d'enseignements (§ 61-64, 670, 673-677). Dans les conseils, nous le verrons, le roi parle net (§ 429). Il est très sec avec son fils Philippe et son gendre Thibaut qui ont hésité, pour un motif d'ailleurs compréhensible, à s'asseoir tout près de lui quand il les y a invités (§ 37). La manière dont il retient à ses gages, pour aller outre-mer, le clerc qui s'était trop bien défendu contre les sergents détrousseurs, n'admet pas de réplique (§ 118). Il est inflexible avec les débauchés (§ 171, 505 ; voir aussi § 502). Il est sans aucune pitié pour Gautier d'Autrèches qui s'est fait tuer en enfreignant les ordres (§ 176). Il n'admet pas, même à titre de plaisanterie, les propos de Philippe de Nemours au sujet des dix mille livres qui auraient été escroquées aux Sarrasins. Le renégat qui lui apporte des fleurs et du lait caillé se fait renvoyer par la simple phrase : « Allez-vous en ; je ne vous adresserai plus la parole » (§ 395). Joinville, moins sévère ou plus curieux, s'intéresse en revanche à son cas. Les fils de bourgeois qui par leur gloutonnerie ont retardé la flotte se voient envoyés jusqu'à la fin de la traversée dans une chaloupe à la traîne (§ 643). Et même Joinville, qui, malade, s'excuse de ne pas venir à Paris quand le roi le convoque, s'entend répondre qu'il y a d'excellents médecins à Paris (§ 730).

Saint Louis avait un caractère vif. Joinville le montre se fâchant contre son frère qui, à peine libéré, s'était mis à jouer, et jetant le tablier et les dés à la mer (§ 405). Après un mois de séjour à Acre, constatant que ses conseillers n'avaient pas engagé de chevaliers, « il hausse le ton, comme en colère » (§ 439). Il s'emporte contre le maître du Temple et contre le maréchal, frère Hugues de Jouy, qui avaient entamé sans l'informer, mais cependant sous réserve de son approbation, une négociation avec le sultan de Damas ; il organise pour les punir une mise en scène humiliante (§ 512). On le voit exaspéré par le retard de son écuyer Ponce à lui amener son cheval (§ 661). Il faisait preuve, à l'occasion, d'une certaine nervosité (§ 162 et 647). Il lui arrivait même parfois, surtout lorsque quelque chose l'avait indigné, de prendre une décision impulsive. Dans ces conditions, il était difficile de le faire revenir sur celle-ci. « À aucun moment le roi ne voulut écouter personne » (§ 388 ; voir aussi des formules analogues aux § 8, 10, 514, 644, 652). Un jour, Joinville fait remarquer au roi sa vivacité : « Vous vous mettez en colère quand on vous demande quelque chose » (§ 500) ; sur quoi celui-ci rit « mout clerement ». L'écho de cette réflexion se retrouve quelques jours après : Joinville ayant demandé au roi d'attribuer à un pauvre gentilhomme la monture d'un chevalier qui vient d'être chassé de l'armée, le roi le lui refuse, et ajoute en riant : « Dites tout ce que vous voudrez, je ne me mets pas en colère » (§ 506).

Car saint Louis savait être gai et rire : quand il apprend que son frère Alphonse de Poitiers vient d'être libéré, il s'exclame joyeusement « Alume ! Alume ! » (§ 389). Lorsque le roi « était d'humeur joyeuse », il se plaisait à faire discuter le sire de Joinville et Robert de Sorbon, dont les rapports paraissent avoir été complexes ; il s'amuse de l'opposition des deux hommes sur les mérites respectifs du dévot et du prud'homme (§ 32). Joinville, lui amenant les pèlerins arméniens qui veulent voir « le saint roi », lui explique qu'il ne veut pas de sitôt « baiser ses os » (§ 566). C'est en riant encore, et visiblement très content de lui, que le roi raconte à ses conseillers nobles les réponses qu'il avait faites aux prélats (§ 673). Et Joinville, en rêve, entend encore le roi lui répondre en riant (§ 766).

Le souverain est simple d'allures. Les célèbres scènes de la justice rendue à Vincennes ou à Paris le montrent bien (§ 58-60). Il semble, et pas seulement d'après Joinville, avoir l'habitude de s'asseoir par terre, ou un peu n'importe où (§ 37, 566, 634, 653). Il est d'une grande courtoisie ; il ne supporte pas qu'on fasse des apartés à table (§ 31) ; il écoute patiemment les ménestrels, dont plusieurs sources nous disent qu'il ne les tenait pas en grande estime (§ 668) ; il est de bonne compagnie particulièrement lorsque des étrangers viennent lui faire visite. Sa délicatesse apparaît lorsqu'au terme d'une discussion un peu tendue entre Joinville et Robert de Sorbon, il attend le départ de ce dernier, quelque peu décontenancé, pour se ranger à l'avis du sénéchal (§ 36-38). De même c'est en tête-à-tête qu'il lui reproche d'avoir préféré trente péchés mortels à la lèpre (§ 26 et 27). On lira aussi l'histoire du « chat chateau » de Charles d'Anjou (§ 212).

Louis IX est un bon roi, il n'a jamais levé d'aides qui aient soulevé des plaintes (§ 105). Il est large. Au cours de la campagne de Poitou, il a donné libéralement à ses chevaliers. Les approvisionnements en vin et en céréales stockés à Chypre sont considérables (§ 130). Il n'hésite pas à engager des dépenses énormes pour fortifier Jaffa (§ 561), ni même à payer à Joinville, malgré l'avis d'un de ses conseillers, les sommes que celui-ci demandait pour engager la quarantaine de chevaliers de Champagne qui venaient d'être libérés (§ 468).

Le roi prend conseil de ses barons pour chaque affaire importante, sans pour autant suivre toujours leur avis. Il a autour de lui un groupe de chevaliers éprouvés qui lui servent d'état-major et veillent à sa sécurité : ce sont les « bons chevaliers », les « prud'hommes chevaliers qui étaient avec le roi » (§ 162, 172 et 173, 232 ; voir aussi § 138, 168, 339, 438, 571). Il y en avait, dit Joinville, huit, mais il n'en nomme que quatre. Charles d'Anjou les mentionne aussi dans sa déposition [1]. Plusieurs de ces hommes avaient déjà participé à la croisade de 1239. Après l'arrivée à Chypre, le roi tient conseil pour savoir si l'on attendra dans l'île le rassemblement de ses forces ou s'il poursuivra vers l'Égypte (§ 132) ; nouveau conseil pour décider si le débarquement aura lieu immédiatement après l'arrivée de la flotte devant Damiette ; il ne suit d'ailleurs pas l'avis reçu, mais il donne ses raisons (§ 149) ; de même pour la répartition du butin pris à

1. Riant 1884, p. 171.

Damiette, où là aussi il impose sa solution (§ 167-169).
Il demande conseil pour savoir si l'on occupera Alexandrie ou si l'on marchera sur Le Caire ; l'avis du comte
d'Artois prévaut contre l'opinion générale (§ 183) ; réunion des barons aussi quand il se révèle impossible d'établir une chaussée sur le Bahr al-Seghîr (§ 214). Pendant
la bataille de Mansûra, le roi prend de nouveau conseil
de ses « bons chevaliers » (§ 231). Un peu plus tard, a
lieu une réunion pour ranimer le courage des barons
(§ 279). La décision de repli semble bien avoir été délibérée (§ 294). Les conseils tenus à Acre au moment où se
pose la question du retour du roi en France montrent que
celui-ci sait imposer sa volonté (§ 419-437). En revanche,
il renonce, devant l'avis général, à se rendre en pèlerinage
à Jérusalem avec un sauf-conduit du sultan de Damas
(§ 554). Il prend encore conseil après l'accident survenu
à sa nef en vue des côtes de Chypre (§ 623-626), mais,
là encore, il suit sa propre opinion et la justifie. Il refuse
longtemps, avant de le suivre, l'avis qu'on lui donne de
débarquer à Hyères, pour ne pas prendre le risque de
poursuivre jusqu'à Aigues-Mortes (§ 653 et 654).

Pour une décision importante comme le traité avec le
roi d'Angleterre en 1258, le roi fait prévaloir son avis
contre tout son conseil (§ 65, 678 et 679). La reconnaissance des droits de Mathieu de Trie à l'héritage du comté
de Dammartin est une affaire moins grave, mais le roi
sait, là aussi, convaincre ses conseillers (§ 67). D'ailleurs,
dit Joinville, le roi était sage et fort capable, lorsqu'on
le saisissait d'une question qui lui paraissait simple, de
répondre immédiatement au fond, sans dire : « je prendrai
conseil » (§ 669). Il savait bien s'entourer : pour recevoir
les envoyés du Vieux de la Montagne, il s'adjoint le
maître du Temple et le maître de l'Hôpital, habitués à
négocier avec les Assassins (§ 454).

Rentré en France, le roi a autour de lui des conseillers
excellents. Pierre le chambellan « est l'homme le plus
loyal et le plus juste que j'aie jamais vu dans un hôtel de
roi » (§ 438). La réforme de l'administration du royaume
est entreprise aussitôt. C'est pour bien faire connaître les
mesures prises que Joinville insère vers la fin du livre
l'ordonnance de 1254, qui réglemente strictement les

fonctions des officiers royaux. Il reproduit aussi les *Enseignements* à Philippe, héritier du trône, qui sont le testament spirituel du roi et visent à amener le jeune homme à suivre la tradition de son père.

L'image du gouvernement de saint Louis que donne Joinville est peut-être conditionnée par ses origines et ses conceptions. Sa méfiance à l'égard des successeurs de saint Louis est perceptible en plusieurs endroits de son livre ; il n'estimait pas Philippe le Bel, à propos duquel il a des mots sévères ; il a participé à la ligue nobiliaire de 1314 ; comme beaucoup de ses pairs, il était hostile à certaines attitudes des évêques. Il a dû apprécier, au temps du saint roi, la rareté des prélèvements financiers frappant la noblesse, les limites strictes imposées à l'action des officiers royaux et à l'ingérence du clergé dans les affaires civiles. Il a pu se complaire à montrer saint Louis rendant personnellement la justice et à donner une valeur générale à ce qui est peut-être resté un fait assez rare. L'exercice du pouvoir royal, tel qu'il l'a vu en Égypte et en Terre sainte, a pu faire naître ou confirmer en lui des images simples. Presque tout passait par le roi ; on pouvait le rencontrer facilement en cas de difficulté ; les barons étaient souvent consultés, le personnel administratif réduit. Rien de comparable avec l'organisation de plus en plus complexe de la cour du roi à Paris. Les rapports que Joinville y conserva avec le roi, sans être vraiment mêlé aux affaires, n'ont peut-être pas effacé cette représentation un peu illusoire qu'il s'était forgée en Orient. À la fin du siècle, le temps du saint roi lui apparut sans doute comme un âge privilégié.

Joinville devant saint Louis

J'ai essayé dans un précédent chapitre de montrer comment des rapports confiants étaient nés et s'étaient développés entre le roi et Joinville. Le quotidien de la croisade et la vie de camp en Terre sainte avaient donné aux relations entre le roi et ses barons une allure plus libre. Le respect ne s'efface cependant pas. Quand un jour, en Palestine, Joinville va voir le roi, il s'agenouille devant lui, mais ce dernier le fait aussitôt lever et s'asseoir (§ 440) ; une autre fois il n'hésite pas à interrompre une conversation avec le légat pour accueillir Joinville (§ 499).

Bien des propos que celui-ci a rapportés montrent la liberté de parole qu'il avait acquise vis-à-vis du roi à qui, affirme-t-il, il ne mentit jamais (§ 27). Il n'hésite pas à lui dire « qu'il aurait bien agi comme un fou » s'il avait accepté que les émirs le fassent sultan du Caire comme ils en avaient eu, disait-on, l'idée (§ 366). Lorsque le roi, ayant décidé de rester en Terre sainte, se propose d'engager Joinville comme chevalier à ses gages, ses conseillers trouvent que le sénéchal de Champagne demande trop cher. Le roi le convoque et lui dit : « Sénéchal, vous savez que j'ai beaucoup d'affection pour vous, et mes gens me disent qu'ils vous trouvent dur. Comment cela se fait-il ? » Le sénéchal justifie calmement sa demande (§ 440). Un peu plus tard, voici le marché qu'il propose lorsque le roi le reprend à ses gages pour une nouvelle année : « Vous ne vous mettrez pas en colère si je vous demande quelque chose, et je ne me mettrai pas en colère si vous la refusez » (§ 500) ; ces mots établissent, dans leur formulation, une sorte de réciprocité familière. Nous connaissons la phrase sur les conventions rompues à propos du cheval refusé (§ 506). Quand le roi essaie de minimiser l'affront infligé par un de ses sergents à un chevalier de Joinville, la réponse de celui-ci est assez brutale : « Je ne passerai pas sur cette affaire, et si vous ne me faites pas droit, je quitterai votre service » (§ 509). Je rappelais plus haut la réaction du roi à la phrase prononcée lorsque les pèlerins d'Arménie voulaient le voir ; celle de Joinville me paraît s'éclairer d'un sourire et d'une sorte de respectueuse tendresse (§ 566). En revanche, la remarque faite au roi qui vient de perdre sa mère est un peu désinvolte : « Il fallait bien qu'elle meure ; mais je m'étonne que vous, un homme sage, ayez manifesté une si grande douleur » (§ 604). Le sénéchal fait la leçon au roi qui s'obstine à ne pas vouloir débarquer à Hyères : « Sire, ce serait bien juste qu'il vous arrivât comme il est arrivé à Madame de Bourbon » (§ 653). Il est plus hardi encore lorsque, il est vrai dans un moment de grande émotion, il lui remontre qu'il n'a dépensé que l'argent de l'Église, et n'a pas encore touché au sien propre (§ 427). À l'arrivée à Hyères, il n'hésite pas à demander au roi s'il n'a pas écouté avec plus de bienveillance l'abbé de Cluny venu lui parler de ses affaires parce que celui-ci lui a fait présent de deux chevaux de prix ; mais le ton devait rester juste puisque le roi non seulement acquiesce, mais s'empresse de faire profiter son conseil de la leçon (§ 655 et 656). Le roi s'attire une remarque désapprobatrice de Joinville lorsqu'il réprimande Ponce l'écuyer : « C'est un vieux serviteur et vous devriez lui passer bien des choses » (§ 661).

Les entretiens rapportés dans la première partie, qui sont tous, rappelons-le, postérieurs à la croisade, se déroulent sur ce ton familier. Je crois qu'il y a une marque d'estime, et non de l'ironie dans la phrase du roi : « Je n'ose vous parler, à cause de l'intelligence subtile qui est la vôtre, de chose qui concerne Dieu » (§ 26). La liberté se manifeste même par des gestes. Joinville, alors que le fils et le gendre du roi avaient hésité à le faire, s'assied près du roi, si près que leurs robes se touchent (§ 37). Détail infime, mais plus significatif peut-être : il lui paraît naturel, pour remontrer à Robert de Sorbon qu'il s'habille de drap plus fin que le roi, de prendre dans sa main, pour comparer les tissus, un pan du surcot de ce dernier (§ 36).

Joinville garde une grande liberté de parole et liberté de geste lorsqu'il est en face du roi. Il n'a pas hésité non plus à confier quelques réserves à son livre. Le roi, en imposant pour le partage du butin pris à Damiette une répartition contraire aux usages de la Terre sainte, a « brisé les bonnes coutumes anciennes » (§ 169). Le roi et tous les barons « furent bien aveuglés » lorsqu'ils s'obstinèrent à vouloir établir une chaussée pour barrer le cours du Bahr al-Seghîr (§ 194). Joinville n'hésite pas à révéler des propos sur la dureté de la reine Blanche et son hostilité à la femme de son fils, qu'il connaît sans doute par une confidence de la reine Marguerite, à qui il ne craint pas de dire qu'elle « haïssait » sa belle-mère (§ 605, 606-608). Il est vrai que le roi n'est pas ici en cause. Mais Joinville reproduit aussi une réflexion échappée à la reine : « le roi est si divers », disons si difficile, si contrariant (§ 631). Ce qui l'a vraiment choqué, c'est la froideur du roi lorsque Marguerite, qui venait d'accoucher à Jaffa, arriva à Saïda avec l'enfant nouveau-né, Blanche. Le roi, qui était dans sa chapelle, ne sortit pas. Joinville au contraire se leva pour aller au-devant de la reine, et, dit-il, « je vous mentionne toutes ces choses parce que j'avais déjà été cinq ans auprès de lui et il ne m'avait encore jamais parlé ni de la reine ni de ses enfants, du moins que j'aie entendu, ni à d'autres ; et ce n'était pas une bonne manière, comme il me semble, d'être si étranger à sa femme et à ses enfants » (§ 594). Il ne s'agit bien sûr là que d'une réserve qui n'a pu jeter une ombre sur l'image qu'il conservait.

En 1267, lorsque Louis IX et Thibaut de Navarre le pressèrent de prendre la croix, Joinville s'opposa ferme-ment au roi et refusa tout net, en critiquant vivement l'ad-ministration comtale et royale. Il mit en avant une raison précise : lors de son absence, de 1248 à 1254, pendant « qu'il était au service de Dieu et du roi, les sergents du roi de France comme ceux du roi de Navarre avaient détruit et appauvri ses hommes au point que ni lui ni eux ne pouvaient connaître une situation pire » (§ 735). Il explique qu'aujourd'hui son devoir est de rester pour défendre ses gens ; s'il les abandonnait, « il susciterait la colère de Dieu, qui exposa son corps pour sauver son peuple ». Il faut noter que Joinville reprend ici presque littéralement les phrases qu'en d'autres circonstances il appliquait à saint Louis (§ 6 et suiv.). Il ne livre malheu-reusement pas la réaction de ce dernier. Joinville allait plus loin. Il pensait que le devoir du roi aussi était de ne pas quitter un royaume qui avait besoin de lui. Les expressions sont fortes : « ceux qui lui ont conseillé le départ ont fait un péché mortel ; depuis son départ, l'état du royaume n'a fait qu'empirer » (§ 736). La raison du refus du sénéchal est-elle vraiment celle qu'il avança ? Il a pu y en avoir bien d'autres, et il serait vain de les imagi-ner ; celle-ci ne me paraît pas sans lien avec l'attitude de réserve vis-à-vis du souverain qu'il manifesta plus tard.

Il n'est pas possible de tirer du livre de Joinville un véritable portrait de saint Louis. Le sénéchal a dit beau-coup de choses, il en livre parfois d'autres, probablement sans le vouloir. Ce n'est jamais que le regard d'un seul

homme. Mais ce regard a perçu des traits qui paraissent
correspondre à une profonde vérité. C'est qu'il avait pour
le roi un attachement sincère, et le roi avait confiance en
lui. Le petit dialogue qu'en rêve, après la canonisation,
Joinville crut voir s'instaurer entre le saint et lui-même
évoque bien, dans sa simplicité, cette affection réciproque
(§ 766).

V

LA TRADITION DU TEXTE

La tradition manuscrite de l'œuvre de Joinville ne se
présente pas dans des conditions très favorables. L'éditeur dispose d'une seule copie ancienne, postérieure de
deux ou trois décennies à l'achèvement du livre. Il n'a,
pour la contrôler, que deux états tardifs du texte. L'un
peut être considéré comme une véritable traduction de
l'original ; il remonte au troisième tiers du XVe siècle.
L'autre présente un rajeunissement systématique de la
langue ; ce dernier travail a dû être effectué dans le
deuxième quart du XVIe siècle [1].

Joinville offrit certainement à Louis le Hutin, en 1309,
un exemplaire de ses souvenirs sur saint Louis. Nous ne
savons pas s'il s'agissait d'une simple copie, ou d'un
volume pourvu d'un décor. La dernière hypothèse n'est
pas à exclure ; le sénéchal de Champagne avait sans doute
le goût des beaux livres ; il compara un jour saint Louis,
qui avait orné la France de belles églises, à « l'écrivain
qui a fait son livre, qui l'enlumine d'or et d'azur »
(§ 758). Faut-il reconnaître le volume remis à Louis X
dans la « Vie de monseigneur saint Louis » que posséda
son frère Philippe V, puis dans cet article du catalogue de
la librairie de Charles V en 1373 : « Une grant partie de la
vie et des faiz de monseigneur saint Loys que fist fere le
seigneur de Jainville, tres bien escripte et historiee » [2] ?

---

1. Voir pour tout ce chapitre Monfrin 1994.   2. Delisle 1881, p. 323 ;
Delisle 1907, t. II, p. *153, n° 935.

L'hypothèse est très vraisemblable ; elle a été retenue comme une certitude par N. de Wailly et par G. Paris. On n'a plus trace de ce volume depuis le dernier inventaire de la bibliothèque du Louvre, dressé en 1424, après la mort de Charles VI. Il a dû, comme l'ensemble de la collection, être acquis par le duc Jean de Bedford, régent du royaume, et transporté soit directement en Angleterre, soit au château de Rouen, où résidait Bedford et où il mourut en 1435[1].

Charles V possédait deux autres manuscrits de Joinville, lorsque le garde de la librairie Gilles Malet rédigea l'inventaire de 1373. L'un de ces volumes était entre les mains du roi ; il n'a pas été repris dans les inventaires postérieurs et il a disparu comme le premier[2]. L'autre, en revanche, a été conservé. Il avait été offert au roi par Gilles Malet lui-même[3]. On le retrouve encore en 1424 dans la librairie royale ; il passa ensuite directement, ou après la mort de Bedford, entre les mains de Philippe le Bon, duc de Bourgogne ; il se trouvait à Bruges lors de son inventaire après décès en 1467. Il fut ensuite transporté à Bruxelles ; en 1487 il avait été placé dans un coffre contenant plus d'une centaine de « livres fort anciens et caducques », que vraisemblablement on oublia. À la suite de la prise de Bruxelles par les troupes françaises sous les ordres du maréchal de Saxe, en 1746, ce coffre fut retrouvé par hasard dans les sous-sols de la chapelle du Palais ducal et son contenu expédié à la Bibliothèque du roi à Paris[4]. L'intérêt présenté par un manuscrit de Joinville fut immédiatement reconnu, car on ne disposait alors que des états tardifs du texte, dont nous verrons plus loin combien ils s'éloignent de l'original. On crut d'ailleurs à ce moment que le manuscrit de Bruxelles, comme on l'appela désormais, remontait à 1309, et donc qu'il était contemporain de Joinville lui-même, et que peut-être il avait été exécuté sous ses yeux. La découverte d'une copie aussi authentique d'une biographie du saint roi n'avait pas qu'une importance d'ordre scientifique ; elle était d'une véritable portée politique ; c'est par ordre

1. Delisle 1907, t. I, p. 138-141.   **2.** Delisle 1907, t. II, p. *153, n° 936.   **3.** Delisle 1907, t. I, p. 318-319 ; t. II, p. *154, n° 940.
4. Paris 1898, p. 372-374.

de Louis XV lui-même que fut mise en chantier une édition qui parut en 1761 sur les presses de l'Imprimerie royale[1].

À la suite de N. de Wailly, nous désignons par le sigle *A* le manuscrit de Bruxelles, qui se trouve aujourd'hui à la Bibliothèque nationale sous la cote manuscrit français 13568.

C'est un volume de 391 pages de 225 x 150 mm, écrit à deux colonnes. La première page est décorée d'un encadrement d'or et de feuillages ; la partie supérieure de cette page est occupée par une peinture montrant au centre l'écrivain revêtu d'un large surcot fendu, à ses armes, présentant son livre à Louis, comte de Champagne et roi de Navarre. Le roi est assis à droite. Deux sergents à masse et quatre autres personnages groupés occupent la partie gauche de la peinture. La page 83 offre un encadrement semblable, avec, dans la partie médiane de la page, une autre peinture représentant, de manière tout à fait conventionnelle, la prise de Damiette par les croisés[2]. Elle est néanmoins intéressante. La porte de la ville, à droite, est défendue du haut des remparts par quatre Sarrasins qui brandissent des épées ou lancent des pierres ; des flèches sortent des murs par des meurtrières. L'armée des croisés à cheval s'avance de gauche à droite. La porte est ouverte. Un chevalier français est engagé très avant sous la herse levée ; on doit, je pense, l'identifier, grâce à une partie de l'écu qui reste visible (écu de France brisé par une bordure) avec un frère du roi (comte d'Anjou ou de Poitiers)[3] ; un autre frère du roi (écu de France brisé par une barre) le suit, la hache levée. Ces deux personnages se trouvent au second plan. Derrière eux, au centre de la peinture, au premier plan, l'épée haute, le sire de Joinville. Derrière Joinville, vers la gauche, au second

---

1. Melot, Sallier, Capperonnier 1761.   2. Moranvillé 1909, p. 9-10 du tiré à part.   3. Ces armoiries ne correspondent pas à celles qu'ont portées le comte d'Anjou et le comte de Poitiers ; cf. Pinoteau 1966, p. 12-16 ; je pense cependant qu'étant donné le contexte, il est très vraisemblable qu'en leur attribuant un écu de France avec brisure le peintre a voulu identifier les frères du roi ; les armes du comte de Bretagne sont, elles aussi, approximatives ; écu semé d'hermines, mais il n'y a pas de doute sur l'identification ; Pinoteau 1966, p. 16-18. Celles du comte d'Artois sont au contraire tout à fait conformes ; *ibid.*, p. 10-11.

plan, l'avant du cheval à demi caché par la croupe de celui du sénéchal, le roi portant verticalement une lance avec, au bras gauche, l'écu aux armes de France. Au troisième plan, visible entre Joinville et le roi, Pierre de Bretagne, dont on ne voit que la tête et l'écu, et au quatrième plan, partiellement caché par Pierre, un chevalier portant la bannière fleurdelisée. À gauche de la peinture, derrière le roi, en retrait, le comte d'Artois, avec un écu à ses armes, très précisément reconnaissable (écu de France à un lambel châtelé), puis à l'arrière-plan, un groupe de chevaliers, la lance levée. On distingue seulement le visage des deux premiers, l'armure de tête des autres. Tous ces personnages portent le bassinet sans visière, sauf le roi, Joinville, l'un des frères du roi (Anjou ou Poitiers) et le comte Pierre de Bretagne, coiffés, les deux premiers d'un heaume sans charnière, les deux autres d'un bassinet à visière levée. Le costume et l'armement des personnages sont ceux du premier tiers du xive siècle, ce qui est en accord avec la datation proposée plus loin.

Cette peinture donne à Joinville une place éminente et irréelle auprès du roi, parmi les quatre plus hauts personnages de l'armée. Il est tentant de penser que c'est le sénéchal de Champagne ou quelqu'un de son proche entourage qui en a établi le programme.

Le texte placé sous ces peintures commence par une initiale historiée ; page 1, il s'agit du tout début du prologue (personnage lisant à haute voix un livre) ; page 83, l'initiale ne correspond pas à une articulation du récit (personnage frappant deux timbales) ; on trouve une troisième initiale dorée page 8, au début du texte proprement dit, après le prologue. En revanche, aucune marque ne signale particulièrement le début du second livre, page 35.

Le texte est découpé en paragraphes commençant chacun par une initiale dorée avec vrilles développées dans la marge. Cette division remonte à l'auteur, puisqu'on la retrouve dans les autres manuscrits et que des restes très significatifs se laissent observer dans une édition. L'écriture est soignée et très régulière. Lorsqu'il reste au scribe, en fin de ligne, l'espace d'une seule lettre après qu'il ait terminé un mot, il le remplit, pour éviter de laisser un blanc, en y inscrivant la même lettre que celle qui commence, à la ligne au-dessous, le mot suivant, ou un petit trait vertical, parfois brisé. Il lui arrive souvent de biffer par un très léger trait de plume les lettres ou les mots qu'il a écrits par erreur. Son travail a été revu par un réviseur qui inscrivait dans les marges les corrections à apporter ; celles-ci ont été introduites dans le texte après grattage. Dans la plupart des cas, la correction marginale a été effacée, mais il en reste suffisamment pour qu'il soit possible de se rendre compte de la manière dont l'opération a été conduite[1].

Ce manuscrit est certainement postérieur à 1309, date de l'achèvement de l'œuvre, et antérieur à 1373, date de la rédaction du catalogue de la librairie de Charles V. L. Delisle le datait, d'après l'écriture, du troisième quart du XIVᵉ siècle[2] ; Charles Samaran avait la même opinion. Il est probable, à en juger par les peintures qui se laissent dater avec plus de précision que l'écriture, qu'il faut en reculer l'exécution vers les années 30-40 du même siècle. En effet, notre manuscrit paraît bien avoir été copié par le même copiste qu'un exemplaire de la *Vie et Miracles de saint Louis* composés par le confesseur de la reine Marguerite, Guillaume de Saint-Pathus, à la demande de l'une des filles du couple royal, Blanche, vers les années 1302-1303[3] ; les deux volumes ont été illustrés par le même peintre, l'enlumineur Mahiet, à qui on doit aussi l'illustration de la dernière partie des *Heures* de Jeanne de Navarre. La production de Mahiet s'échelonne, d'après François Avril qui a identifié sa main, de 1330 à 1340 environ[4]. Il n'est pas exclu que ce soit Jeanne, fille de Louis X le Hutin, qui ait fait copier l'œuvre que Joinville avait offerte à son père en même temps que celle de Guillaume de Saint-Pathus ; elles illustraient l'une et l'autre le souvenir de leur ancêtre.

Quoi qu'il en soit, il ne semble pas que l'œuvre de Joinville ait été diffusée à ce moment. Si l'on fait excep-

---

1. Pour alléger les variantes, je n'ai relevé aucune de ces corrections. 2. Delisle 1907, t. I, p. 318. 3. Paulin Paris, *Nouvelles recherches sur les manuscrits du sire de Joinville*, réimprimé dans *Joinville*, éd. Michel 1859, p. CLXVIII-CLXXXIX ; 1881, p. 131-152. 4. Expo. *La Librairie de Charles V* 1968, nº 192, p. 110, et nº 152, p. 81 ; Expo. *Les Fastes du gothique* 1981, nº 247, p. 299-300, et nº 265, p. 312-314. Expo. *La France aux portes de l'Orient* 1991, nº 53, p. 188.

tion de la librairie de Charles V, aucun des nombreux catalogues de bibliothèques médiévales que nous avons conservés n'en signale d'exemplaire. Par ailleurs, aucun écrivain du Moyen Âge n'y fait allusion, aucun chroniqueur postérieur ne l'utilise. Ce silence peut dans une certaine mesure s'expliquer. Joinville avait travaillé à la demande d'une reine de France et remis le livre au fils de celle-ci. Il leur avait livré ses souvenirs personnels, pour l'usage de la famille royale ; il n'est pas certain qu'une véritable mise en circulation de l'ouvrage dans un public plus large ait été alors envisagée. D'un autre côté, le caractère très personnel du livre, si différent de toutes les autres chroniques, pouvait dérouter ceux qui avaient l'habitude d'en lire. Quelques parties : un jugement sévère sur Philippe le Bel (§ 42, voir aussi § 687 et 736), les confidences de la reine Marguerite sur l'hostilité que lui portait Blanche de Castille (§ 606-608) et sur le caractère difficile du roi (§ 631), une certaine liberté de ton vis-à-vis de la personne royale, pouvaient faire hésiter les proches à en organiser la diffusion [1]. Enfin, les *Grandes Chroniques de France* offraient au public la version française de la *Vie de saint Louis* de Guillaume de Nangis, biographie beaucoup plus complète et de forme beaucoup plus traditionnelle que celle de Joinville [2]. Cette dernière paraît bien être restée confidentielle au cours du XIVᵉ et du XVᵉ siècle.

Dans le dernier quart du XVᵉ siècle, le culte de saint Louis s'est certainement développé. La monarchie française et la famille de Bourbon, descendante en droite ligne du roi par son sixième fils, Robert de Clermont, se sont préoccupées de mettre en valeur cette illustration de la dynastie [3]. En témoignent au moins deux ouvrages : *Le Livre des faits de Monseigneur saint Louis*, volume

---

1. L'œuvre de Joinville n'a pas été reprise par les moines de Saint-Denis dans leur entreprise historique des *Grandes Chroniques de France*. Celle de Guillaume de Saint-Pathus n'est connue que par trois manuscrits, dans une tradition très groupée ; Delaborde 1899, p. x-xx. On sait cependant qu'elle a été connue dans sa version originale latine, aujourd'hui perdue, par le moine Yves de Saint-Denis, auteur d'une compilation historique latine dédiée à Philippe V le Long ; Delisle, *Journal des Savants*, 1901, p. 228-239. **2.** *Grandes Chroniques* 1932 et 1953. **3.** Beaune 1985, p. 126.

magnifiquement illustré offert par le cardinal de Bourbon à sa belle-sœur, la duchesse de Bourbon (vers 1480-1488)[1] ; *La Saincte Vie et les haultz faictz [...] de Monseigneur saint Louis*, biographie abrégée rédigée par Louis Le Blanc, greffier en chef de la Chambre des comptes de Paris[2] en 1498. Par ailleurs, la biographie de saint Louis a été portée au théâtre ; nous possédons un mystère anonyme, *La Vie de saint Louis par personnages*, daté de 1472, et un autre sur le même sujet, celui-là versifié par Pierre Gringore (vers 1514)[3]. C'est sans doute dans ce contexte qu'a été exécutée la traduction du livre de Joinville, qui représente la deuxième source dont nous disposons pour connaître le texte de l'historien.

Aucun manuscrit de cette traduction n'a survécu ; nous la connaissons par deux éditions. L'une a été publiée à Poitiers, en 1547, sur les presses de Jean et Enguilbert de Marnef, avec une dédicace à François Ier.

L'histoire et Chronique de treschrestien roy s. Loys, IX. du Nom, et XLIIII. Roy de France. Escripte par feu messire Jehan Sire, seigneur de Jonville, et Seneschal de Champaigne, familier, et contemporain dudict Roy S. Loys. Et maintenant mise en lumiere par Anthoine Pierre de Rieux (...) *a Poictiers, a l'enseigne du Pelican, M.D XLVII.*

Toujours en suivant de Wailly, nous désignerons cette édition par le sigle *P*. Elle était due à un polygraphe du nom d'Antoine Pierre, né à Rieux dans le Minervois. Pierre avait découvert son manuscrit à Beaufort-en-Vallée, dans l'actuel Maine-et-Loire, parmi de vieux registres provenant du roi René d'Anjou. Il ne s'était fait aucun scrupule de modifier l'ordre des chapitres et d'introduire dans le texte les noms de personnages appartenant à des familles du midi de la France, en leur prêtant en Terre sainte des exploits aussi glorieux que fantaisistes, destinés à flatter la vanité de ces lignages ; il avait même inséré des chapitres entiers sur l'histoire de la région[4].

L'autre édition de la traduction a été donnée par un

---

1. Gousset, Avril, Richard 1990.   **2.** François 1946, p. 377-380 ; Expo. *La France de saint Louis* 1970, n° 239, p. 122-123.   **3.** *Mystère de s. Louis* 1871 ; Pierre Gringore 1877.   **4.** Latour (de) 1978 ; il existe un manuscrit de dédicace offert à François Ier ; P. Meyer, *Romania*, t. 23, 1894, p. 303.

érudit d'un tout autre sérieux, Claude Ménard, lieutenant à la Prévôté d'Angers en 1617.

Histoire de S. Loys IX. du nom, roy de France par Messire Jean sire de Jonville, seneschal de Champagne, nouvellement mise en lumière suivant l'original ancien de l'Autheur, avec diverses pièces du mesme temps non encor imprimées, et quelques Observations Historiques, Paris, Sébastien Cramoisy, M.D. CXVII.

C'est à Laval que Ménard avait trouvé son manuscrit, certainement différent, comme nous le verrons plus loin, de celui d'Antoine Pierre. À la différence de ce dernier, Ménard a certainement reproduit fidèlement le document qu'il avait sous les yeux. Le découpage du texte en paragraphes suit d'assez près celui du ms. *A*. Il a joint au texte de Joinville de très remarquables *Observations sur l'histoire du roy saint Loys* et une édition soignée des vies latines de saint Louis par Geoffroi de Beaulieu et par Guillaume de Chartres, ainsi que des deux sermons et de la bulle de canonisation de Boniface VIII ; ces textes étaient alors inédits. L'édition de Ménard sera désignée par le sigle *M*.

Un troisième témoignage sur cette traduction se réduit à quelques citations, dont les deux plus étendues sont relatives au comte Pierre de Bretagne, insérées par un historien breton, Pierre Le Baud, dans une histoire de Bretagne qu'il dédia à la duchesse Anne, reine de France, vers 1498-1505. Le Baud ne dit pas où il a trouvé le texte, mais c'est très certainement dans la région de l'ouest, dont il ne semble pas être sorti. Notons qu'il a été chanoine de Vitré et de Laval[1]. Les deux ou trois pages que nous a conservées Le Baud n'ont pas une très grande importance pour l'établissement de notre texte, car, bien que celui-ci soit un historien digne de la plus grande attention, il ne cite pas littéralement, suivant l'usage de son temps ; cette même liberté interdit de savoir si le manuscrit utilisé par Le Baud était celui vu par Pierre, celui vu par Ménard ou un troisième. Ces citations ont surtout le mérite de nous prouver que la traduction était antérieure aux dernières années du xve siècle. Elle a été

---

1. Cassard 1985.

répandue dans l'ouest de la France ; le fait qu'une copie ait été trouvée dans des archives provenant du roi René, qui avait épousé sa seconde femme Jeanne de Laval en 1453 et lui avait donné Beaufort-en-Vallée, a suggéré l'hypothèse que cette traduction aurait pu être établie dans l'entourage de ce prince, mais toute vérification est évidemment impossible [1].

Le troisième état du texte de Joinville est constitué par deux manuscrits qui paraissent remonter au deuxième quart du XVIe siècle. L'un d'eux a été découvert en 1740, à Lucques, par Lacurne de Sainte-Palaye, donc six ans avant celui de Bruxelles ; il fut acheté l'année suivante par la Bibliothèque du roi. On le désigne par le sigle *L*, Paris, Bibliothèque nationale, fr. 10148. C'est un volume sur vélin de 272 × 181 mm, de 160 pages, écrit à longues lignes. Les deux premiers feuillets sont indépendants et non paginés. Le premier est blanc. Au recto du deuxième se trouve une peinture de présentation à pleine page, dans un encadrement ; au bas de cet encadrement figure un écu écartelé aux armes d'Antoinette de Bourbon et de celles de son mari, Claude de Lorraine, duc de Guise et seigneur de Joinville. Au verso de ce deuxième feuillet, l'espace inscrit dans un encadrement est divisé en quatre compartiments ; chacun est occupé par une petite peinture représentant les quatre circonstances dans lesquelles saint Louis s'exposa à la mort, correspondant aux paragraphes du début du livre de Joinville (§ 7-16). Ces images sont brièvement commentées dans un texte copié à la page 1 :

Les ymaiges qui cy devant son painctes et faictes pour ramentevoir quatre des plus grans fais que oncques nostre sainct roy feist. Et comment il les feist, ce trouverez vous en ce livre par escript cy aprés.

Le premier de ses grans fais qu'il feist si feust tel qu'il descendist de sa nef et saillit en la mer tout armé, l'escu au coul et le heaume au chief. Et courut sur les Sarrazins quant il vint a la rive, et estoit a pied, et feussent les Sarrazins a cheval, se ne feust sa gent qui le retindrent, ainsi comme vous orrez cy aprés.

Les aultres de ses fais feurent telz qu'il feust bien venu a

---

1. Paris 1898, p. 380-390. Il y a peu à tirer des hypothèses aventurées d'E. Cesbron 1947.

Damiette s'il eust voulu, et sans blasme et sans reproche, mais pour les infirmitez de l'ost et pour les grandes malladies qu'il y avoit ne voulut, ains demoura avecques sa chevallerie qu'il ne voulut laisser, et a grant meschief de son corps, car il fut prins pour l'amour qu'il avoit en sa chevallerie, comme vous orrez cy aprés.

Le tiers feust tel qu'il fust bien revenu en France, se il eust voullu, honnorablement, pour ce que ses freres et les barons qui estoient en Acre [*suppléer* li looient] tuit ainsi comme vous orrez cy aprés. Et il ne revint point, ains demoura par l'espace de quatre ans, dont les peuples crestiens du roy[aume] de Jherusalem furent saulvez et guarantiz, ainsi comme vous orrez cy aprés.

Le quart feust tel que quant nous reve[n]ismes d'oultre mer, nostre nef heurta si perilleusement comme vous orrez. Et luy dist le marronnyer qu'il entrast en une aultre nef, pour ce qu'il n'entendoit pas que nostre nef se peust deffendre aux ondes selon le coup qu'elle avoit receu, mais il ne les en voullut oncques croire, et nous dist qu'il aymoit myeulx mettre son corps en adventure et sa femme et ses enfants, que vii.cc [*sic*] personnes qui estoient en la nef demourassent en Chipre, pour ce qu'il disoient bien que en la nef ne demourroient pas, se le roy en descendoit, ainsi comme vous orrés cy aprés.

Voici la liste des autres peintures :

P. 2, à demi-page au début du prologue ; scribe assis à un pupitre devant une étagère garnie de livres.

P. 6, à demi-page, entre le prologue et le début du texte, § 19 ; saint Louis sur son lit de mort donnant ses *Enseignements* à son fils.

P. 18, à demi-page, avant § 68, début du deuxième livre : grande initiale sur fond d'or.

P. 58, à demi-page, avant § 228 : scène de bataille.

P. 77, à demi-page, dans le § 304, avec la légende : *Comment le roy fut prins*.

P. 119, occupant la presque totalité de la page, avant § 618 ; nef chargée d'hommes avec la légende : *Comment le roy monta sur mer pour revenir en France*.

Le texte est divisé en paragraphes commençant avec des initiales rouges ou bleues sur fond or ; ils correspondent dans l'ensemble avec ceux de *A*.

Deux lacunes, correspondant à la perte de deux cahiers entre les p. 84-85 (§ 337-434) et d'un cahier entre les p. 96 et 97 (§ 479-527), sont à noter.

Lorsqu'il arriva à la Bibliothèque du roi, le manuscrit contenait, à la suite du texte de Joinville, les *Récits d'un ménestrel de Reims*, dont plusieurs chapitres parlent de saint Louis, copiés de la même main et modernisés dans les mêmes conditions. Cet ouvrage a été relié à part et porte la cote fr. 10149 [1].

Le second manuscrit n'a été signalé qu'en 1865 par Paulin Paris, auquel l'avait montré un libraire de Reims, Brissart-Binet. Il fut offert peu après à la Bibliothèque Impériale. N. de Wailly [2] lui a donné le sigle *B*. Paris, Bibliothèque nationale, nouv. acq. fr. 6273. Papier (filigranes, Briquet 2996 et 12168 Nord-est de la France, *c*. 1530), 183 × 268 mm, à longues lignes, 200 pages dont une chiffrée par erreur 54-55, une autre 171-172 ; une p. 109 bis, remontée sur onglet. Déchirures avec petites lacunes dans le texte aux p. 179-200.

P. 1, début du prologue, § 1, grandes initiales bleues et rouges.

P. 4, début du texte, § 19.

P. 16, début du deuxième livre, § 68.

P. 79, titre avant § 308 : *Comment nostre sainct roy Loys fut prins des Sarrazins* ; le v° (p. 80) est blanc.

P. 98, titre, avant § 377 : *Comment sainct Loys roy de France fut délivré des mains des Sarrazins* ; le v° (n.c.) est blanc.

P. 132, § 505, grande initiale.

P. 184, § 694, *Nous Loys* en grandes lettres sur toute la ligne.

P. 194, § 740, titre : *Ensuyvent les beaulx enseignemens que nostre sainct roy Loys donna a son filz*.

Petites initiales de paragraphes, alternativement rouges et bleues. Les paragraphes correspondent à ceux des ms. *L* et *A*. Les titres et pages blanches réservées pour des peintures ne correspondent que partiellement au découpage de *L*.

---

1. Wailly 1875, p. XVII-XVIII.   2. Wailly 1865.

À la fin du texte, d'une écriture soignée (XVIᵉ s.) : *[(...) Nicho]laum de Quercu Rothomagensis*, qui pourrait être une signature du copiste. Au-dessous, mention de possesseur : Beaumont (XVIIIᵉ s.) ; p. 49, marge inférieure : Jean Françoi Mirau (XVIIIᵉ s. ?).

La présence des armes d'Antoinette de Bourbon associées à celles de son mari Claude de Lorraine montre que le ms. *L* a été exécuté pour cette princesse postérieurement à son mariage (1513) et antérieurement à 1550, date de la mort de son mari. On sait par ailleurs qu'elle était en possession de ce texte vers 1540, car elle en prêta vers ce moment un exemplaire au proviseur du Collège de Navarre, Louis Lasseré ; celui-ci s'en servit pour une biographie de saint Louis qu'il inséra, on ne sait pourquoi, dans la troisième édition d'une *Vie de saint Jérôme*, publiée à Paris en 1541. N. de Wailly, puis G. Paris, ont considéré que le rajeunissement du texte de Joinville conservé par les manuscrits *P* et *B* avait été exécuté à la demande d'Antoinette de Bourbon[1].

Ce n'est qu'une hypothèse ; elle est cependant très vraisemblable. Antoinette de Bourbon descendait en ligne directe de saint Louis ; elle appartenait à la branche cadette de la famille, les Bourbon-Vendôme. Elle résidait volontiers au château de Joinville, propriété de son mari ; Claude de Lorraine descendait du chroniqueur par l'arrière-petite-fille de celui-ci, Marguerite de Joinville (XVᵉ s.). Le couple avait toutes les raisons de s'intéresser à la *Vie de saint Louis*. L'académicien Bimard de La Bastie, auteur d'un très remarquable mémoire sur le sujet[2], a même suggéré en 1743 qu'Antoinette aurait trouvé au château de Joinville un exemplaire ancien, et peut-être l'original de l'auteur, à partir duquel elle aurait fait effectuer le travail conservé par les manuscrits *L* et *B*. N. de Wailly a accepté sans discussion cette dernière hypothèse, à propos de laquelle G. Paris s'est montré beaucoup plus réservé. Il reste certain que le rajeunissement *BL* date des années 1520-1540.

Il a existé, au XVIᵉ, un autre manuscrit de Joinville. Dans sa *Bibliothèque* (1584), La Croix du Maine a publié

---

1. Paris 1898, p. 377-380, 400-401.   **2.** Bimard de La Bastie 1743, p. 703 et 739.

une notice sur Joinville dans laquelle il indique que celui-ci « a escrit une histoire très ample de la vie, faicts et gestes du roy St Loys son maistre, laquelle nous avons par devers nous écrite à la main sur parchemin en langage françois usité pour lors[1] ». Ce manuscrit ne peut se confondre avec ceux utilisés par L. Lasseré et par A. Pierre, puisque La Croix du Maine parle dans sa notice de ces deux ouvrages et ne dit pas que les auteurs ont travaillé sur son manuscrit. Il ne peut s'agir non plus du manuscrit de Ménard, puisque, à cette époque, celui-ci était assurément en Anjou.

Le manuscrit de La Croix du Maine a disparu sans laisser de traces, et Du Cange, qui l'a certainement cherché, n'a pas pu, vers 1668, le retrouver.

Étant donné les lacunes du dossier, on ne doit pas négliger deux traditions indirectes. Dans son *Credo* écrit en 1250-1251, Joinville rapporte quelques propos de saint Louis, et raconte assez longuement un épisode de sa captivité, la visite du vieux Sarrasin qui évoqua devant les prisonniers la résurrection du Christ (§ 334-339). Une partie des propos et le récit se retrouvent dans la *Vie de saint Louis* en termes très proches ; il ne s'agit cependant pas d'une reproduction littérale[2]. Par ailleurs, Joinville avait témoigné au cours de l'enquête de canonisation en 1282. Sa déposition a été utilisée, comme les autres, par Guillaume de Saint-Pathus pour composer sa *Vie* du saint. La rédaction du confesseur de la reine Marguerite paraît avoir conservé les termes mêmes utilisés par le témoin. Ils recoupent en plusieurs points les souvenirs de ce dernier[3]. On peut ainsi voir comment, à près de soixante ans de distance dans un cas, à trente dans l'autre, Joinville racontait, avec de menues variations, les mêmes histoires.

Nous sommes donc aujourd'hui en présence de trois branches de la tradition :

A, le manuscrit de la bibliothèque de Charles V (Bruxelles), datable des années 1330-1340 et probablement exécuté dans le cercle de la famille royale ;

1. La Croix du Maine, *La Bibliothèque (...)*, Paris, 1584, p. 235 ; les *Bibliothèques françaises*, nouv. éd. Rigolet de Juvigny, Paris, 1772, t. 2, p. 521-524. **2.** Friedman 1958, p. 39-41 ; Foulet 1941, p. 242. **3.** Delaborde 1899, dans les notes ; Foulet 1941, p. 240.

B et *L*, transcription modernisée, un peu avant le milieu du XVIᵉ s., d'un manuscrit plus ancien que *A*, qui paraît se rattacher à Antoinette de Bourbon ;

M et *P*, traduction antérieure aux années 1500 qui paraît localisable en Anjou et que l'on a supposé exécutée pour le roi René.

Un premier examen fait apparaître que, malgré de menues différences, le texte donné par *BL* est en substance – le travail de rajeunissement mis à part – le même que celui qu'offre *A*. Les choses sont bien différentes en ce qui concerne *MP*.

Il est manifeste que Ménard suit de près le manuscrit qu'il utilise, et, lorsque le texte de *P* s'en écarte, c'est qu'Antoine Pierre s'est laissé aller à sa fantaisie. L'accord de *MP* permet, selon toute apparence, de remonter à l'état premier de la traduction, puisqu'ils sont indépendants l'un de l'autre.

Cette traduction avait laissé de côté un nombre relativement important de membres de phrases, de phrases entières et également de passages d'une certaine étendue. Il s'agit de suppressions délibérées, car elles n'entraînent pas de lacunes apparentes.

Dès le début, le traducteur adapte le prologue en reprenant le § 1, puis en réunissant le début du § 2 avec la dernière phrase du § 18. Il omet l'annonce du plan et les quatre traits d'héroïsme de saint Louis (§ 3-17), qui lui ont sans doute paru faire double emploi avec la suite du récit. Après les quelques lignes d'entrée en matière ainsi obtenues, le livre commence au § 19.

Dans la suite, sont supprimés des détails ou des digressions qui ont été jugés inutiles : § 95, 96 et en partie 97 (fêtes de Saumur), § 104 (histoire de Geoffroi de Rancogne), § 105, § 115-119 (clerc qui tua les trois sergents), § 401 et 402 (conversation de frère Raoul avec Faracataie), § 446-450 (histoire de Jean l'Ermin), § 487-492 (mœurs des Mongols et retour des messagers auprès du Grand Khan), § 511-514 (jugement du maréchal du Temple à Césarée), § 525 et 526 (les trois ménestrels arméniens), § 540-542 (histoire du maître de Saint-Lazare), § 588-596 (Joinville apporte la « paix » au roi, messagers de l'empereur de Trébizonde, adoption d'un enfant) ; § 643 et 644 (les fils de bourgeois de Paris à Pantelleria), § 645-649 (incendie à bord), § 661 et 662 (histoire de Ponce l'écuyer), § 722-725 et 727-729 (libéralités et fondations pieuses).

Une autre série de suppressions est particulièrement significative : celle de la plupart des paragraphes relatifs à Joinville lui-même : § 137-140 (accueil de l'impératrice Marie de Constantinople), § 154 (écuyer armé chevalier par Joinville), § 407-415 et 417-418 (mésaventures de Joinville à Acre), § 420-421 (conversation avec le légat Eudes de Châteauroux), § 501-504 (organisation de sa vie en Terre sainte), § 583 (taquineries du comte d'Eu), § 613 (les péchés commis à Acre), § 620 (un chevalier apporte un surcot à Joinville), § 672-677 (conflit avec l'abbé de Saint-Urbain).

Le manuscrit utilisé par Ménard avait quelques coupures de plus, qui paraissent avoir, elles aussi, été intentionnelles. G. Paris a très justement défini les procédés du traducteur : « il ajoute des membres de phrases qui amplifient inutilement le texte, des rappels qui ont pour but de l'éclaircir, des gloses qui parfois en faussent le sens en prétendant le préciser. Il cherche à tout comprendre dans son texte, et se tire assez adroitement d'affaire quand il ne comprend qu'en gros (...) mais il lui arrive de commettre des contresens parfois assez graves (...). Partout le même souci de comprendre et d'expliquer, mais avec trop de liberté de commentaire et non sans de fréquentes méprises (...) il s'efforce d'interpréter son texte, mais il le comprend souvent de travers et donne sans sourciller des explications extraordinaires[1]. »

Allongeant d'une part, résumant ou coupant de l'autre, l'auteur de la traduction arrive à un texte amputé d'environ un sixième, mais mieux centré autour de saint Louis. Il n'en reste pas moins que son témoignage, lorsqu'il est recevable, c'est-à-dire chaque fois qu'il n'a pas été trop remanié, est fort intéressant.

B et *L* sont très proches ; cependant un certain nombre

---

1. Paris 1898, p. 385.

de menues divergences excluent que l'un de ces manuscrits ait été copié sur l'autre. Ils paraissent dépendre d'un même modèle immédiat, qui n'était assurément pas un manuscrit médiéval. Le travail de rajeunissement est en effet beaucoup trop complexe et ici beaucoup trop régulier pour avoir été réalisé sans passer par l'intermédiaire d'un brouillon. *B* et *L* sont-ils des mises au net séparées de ce brouillon, ou y a-t-il eu un ou plusieurs intermédiaires ? Il est impossible, et à la limite peu utile, de le savoir. Ce qui est important, c'est que le manuscrit médiéval qui est à la base du travail présentait un état de la morphologie un peu plus ancien que le manuscrit de Bruxelles ; de très nombreuses fautes de *BL* s'expliquent parce que l'auteur du rajeunissement ne comprenait plus le système de l'ancienne déclinaison. N. de Wailly a très bien mis en lumière cette particularité[1]. Encore ne faut-il pas lui accorder une valeur absolue. L'observation des règles traditionnelles de la morphologie – et surtout celles de la déclinaison à deux cas – n'est pas toujours un indice d'ancienneté. À ce détail près, le travail a été conduit avec intelligence et avec beaucoup de méthode et de régularité ; les formes verbales propres à l'ancien français sont remplacées par des formes plus modernes ; à des mots ayant paru vieillis vers 1530, le réviseur a substitué des termes de son temps.

Si l'on compare *BL* avec *A* on constate qu'il y a beaucoup de membres de phrases qui apparaissent dans les premiers et sont absents du second. Nous rechercherons s'il s'agit d'additions de *BL* ou de lacunes de *A*. Mais cette catégorie de variantes écartée, il est bien net que *BL*, n'ajoutent aucun développement fantaisiste et que l'on n'a jamais l'impression que ce rajeunissement tourne, comme c'est le cas pour *MP*, à la paraphrase.

Natalis de Wailly, puis Gaston Paris ont construit des systèmes ingénieux pour expliquer les rapports que ces traditions entretiennent entre elles[2]. N. de Wailly n'a formulé le sien de façon systématique que dans la réponse qu'il fit au compte rendu, par G. Paris, de son édition de

---

1. Wailly 1867, p. xviii-xxvi.   2. Wailly 1867, p. xxvii-xxxiii ; 1868, p. xv-xvi ; 1874, p. xi-xiv.

1874 [1]. Il suppose qu'il aurait existé, au point de départ, un texte dicté par Joinville à son clerc. De cette sorte de minute aurait été tirée une copie, sans doute luxueuse, que cependant Joinville, peu satisfait de son exécution, aurait gardée par-devers lui. Cette copie serait la source de l'exemplaire offert à Louis de Navarre. *A* dériverait de cet exemplaire. La copie soignée, ou même luxueuse, gardée par Joinville serait restée dans la famille, au château de Joinville, et y aurait été retrouvée au XVIe siècle par Antoinette de Bourbon. Elle aurait servi de base au rajeunissement commandé par cette dernière, conservé par les exemplaires *L* et *P*, *L*, avec ses peintures, en particulier celle de la page initiale, divisée en quatre compartiments et expliquée dans un texte d'accompagnement, refléterait l'exemplaire du château de Joinville. Quant à la traduction dite « angevine », conservée par les éditions d'Antoine Pierre et de Claude Ménard *(PM)*, elle remonterait directement à la dictée enregistrée par le clerc de Joinville.

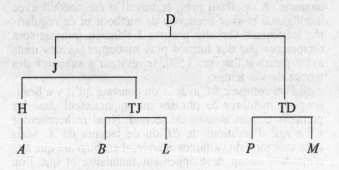

D   dictée écrite par le clerc.
J   ms. conservé par Joinville.
H   ms. offert à Louis de Champagne-Navarre.
TJ   brouillon du rajeunissement du XVIe s.
TD   traduction abrégée ou paraphrasée du XVe s.

Ce classement donne, pour l'établissement du texte, une très grande importance à *MP* ; il repose sur un certain

1. Paris 1874, p. 404-405 ; Wailly, *Romania*, t. 3, 1874, p. 488-493.

nombre de fautes communes, mais aussi de conjectures invérifiables relatives à l'histoire des manuscrits. G. Paris en a montré la fragilité. Je ne peux reproduire ici la discussion.

Le système proposé par G. Paris est plus simple [1]. Tous les textes existants dépendraient du manuscrit de dédicace, offert par Joinville à Louis de Champagne-Navarre (H).

Le manuscrit de Bruxelles *(A)* en serait une copie, légèrement modernisée par un scribe que n'embarrassait pas la déclinaison à deux cas. Louis d'Anjou, fils du roi Jean le Bon et frère de Charles V, aurait fait exécuter une autre copie de l'exemplaire de dédicace ; cette copie (x) serait la source à la fois de l'ancêtre de *BL* (G) et de celui de *PM* (T).

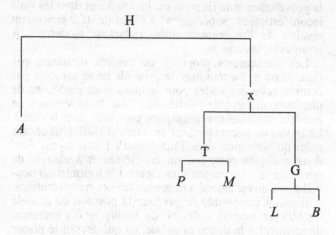

Le schéma proposé par G. Paris comporte une certaine part d'hypothèse, en particulier l'existence du manuscrit de Louis d'Anjou. Il se fonde cependant sur un examen des leçons plus systématique et plus complet que celui de N. de Wailly.

Il a été accepté dans l'ensemble par A. Foulet, qui juge cependant impossible de préciser si l'archétype est le

---

1. Paris 1898, p. 398-402.

manuscrit présenté à Louis de Champagne-Navarre, ou une copie personnelle que Joinville aurait gardée par-devers lui[1]. Noël L. Corbett a donné à son tour, dans son édition, une mise au point claire des problèmes avec quelques observations personnelles intéressantes[2]. Je ne le suivrai cependant pas lorsqu'il dit que le premier manuscrit de Charles V, l'archétype H, pourrait être resté à Rouen après la mort du duc de Bedford dans cette ville en 1435, en se fondant sur le fait que *B* aurait été copié par un scribe d'origine rouennaise. Je n'accepte pas non plus sa supposition que *A* aurait été donné par Bedford à Philippe le Bon entre 1425 et 1435.

Par ailleurs, Corbett renonce formellement à utiliser *MP* : « Quelle autorité faut-il donner à deux éditions imprimées dont on ne possède plus le texte original, dont la provenance et la filiation est incertaine et dont les trois leçons estimées "supérieures" à celles de *ALB* pourraient résulter de l'ingéniosité d'un traducteur moderne ? À notre avis, aucune. »

Les classements proposés ne doivent d'ailleurs pas faire illusion. La tradition de Joinville ne se présente pas comme celle des textes pour lesquels nous disposons de plusieurs manuscrits médiévaux. Nos trois témoins ne peuvent pas, sauf exception, être comparés dans le détail. Le travail de rajeunissement dans un cas *(LB)*, plus encore celui de réécriture dans l'autre *(MP)* l'interdisent. Sauf dans quelques passages, on en est réduit à essayer de retrouver le texte ancien sous-jacent à la formulation nouvelle, et l'on est amené à raisonner sur ces reconstitutions.

Il paraît impossible de préciser la position du modèle de *MP* par rapport à *BL*. N. de Wailly le fait remonter directement à la dictée originale, ce qui devrait le placer dans une position d'arbitre entre *A* et *BL*, chaque fois qu'on peut atteindre, à travers la traduction, le texte ancien.

G. Paris, en considérant que *BL* et *MP* ont un ancêtre commun, qu'il place sur le même plan que *A*, enlève au texte transmis par les imprimés une grande partie de sa valeur. Il signale bien six points (§ 354, 404, 372, 477,

---

1. Foulet 1945.   2. Corbett 1977, p. 24-34.

561, 758), où *MP* ont une leçon meilleure que *ABL*, mais c'est pour affirmer qu'il s'agit, dans ces six cas, d'une correction intelligente. Je puis signaler, sans entrer dans le détail de la discussion, quelques autres cas où *MP* sont les seuls à conserver le bon texte (§ 31, 203, 334, 749, 750, 756). Au § 31 *(parlions a conseil)* et § 203 *(Gautier de Curel[1])*, il n'est pas vraisemblable qu'il s'agisse d'une correction, et cette simple constatation remet en cause l'hypothèse de G. Paris sur les « corrections intelligentes ». Cependant, si *MP* paraissent parfois indépendants d'*ABL*, on ne peut nier qu'il n'y ait aussi des fautes communes à *BLMP* (§ 33, 60, 386), ce qui semble contradictoire. Par ailleurs, il y a un très grand nombre de cas où *BL* sont fautifs alors que *AMP* donnent la bonne leçon, un moins grand nombre où *A* est fautif en face d'un texte correct *BLMP*. Il résulte de ces observations qu'il est bien difficile, ici comme ailleurs, d'arriver à définir les rapports entre nos trois traditions *A*, *BL*, *MP*. Ce qui me paraît certain, c'est que la traduction *MP*, à supposer qu'elle constitue une famille avec le rajeunissement *BL*, se situe beaucoup plus haut dans la tradition et qu'il faut attacher une grande importance à ses lectures, car elle a conservé en plusieurs endroits, mieux que *A* ou *BL*, le bon texte.

Ces remarques rapides, que je développerai dans un mémoire spécial, inspirent la méthode que j'ai suivie ; elle ne diffère pas beaucoup des pratiques de N. de Wailly et de N. L. Corbett : corriger *A* non seulement partout où il est évidemment fautif, mais lorsqu'il existe des erreurs moins manifestes ; les plus fréquentes dans *A* sont des omissions. Les raisons de cohérence interne, les possibles sauts du même au même, les habitudes d'écriture de Joinville, suggèrent de les corriger d'après *BLMP*, éventuellement *BL* seuls ou *MP* seuls.

Il n'y a rien là de mécanique, et j'ai essayé chaque fois de peser le pour et le contre. Je ne dispose pas ici de la place suffisante pour exposer la question dans le détail : l'énumération d'un certain nombre de cas typiques mon-

---

1. Le personnage est bien identifié ; Monfrin, Fossier, Gigot 1974, n° 11, 17, 18.

trera comment j'ai procédé. On verra ainsi ce que l'on peut attendre de chaque branche de la tradition, et comment on peut raisonnablement corriger le manuscrit *A*, qu'il faut de toute nécessité prendre pour base.

J'ai dit plus haut qu'il paraissait soigné. Ce souci de correction formelle ne doit pas faire illusion. Il y a peu de passages inintelligibles, mais le copiste commet beaucoup de petites erreurs. Il a un défaut plus grave : il omet souvent, et peut être délibérément, des membres de phrases. Il faut être sur ce point très attentif, car ces omissions n'entraînent pas toujours une lacune reconnaissable du premier coup. J'en donnerai ici quelques exemples.

Joinville se prépare à débarquer devant Damiette avec ses hommes. Ceux-ci sont descendus inconsidérément de la grande nef dans une chaloupe qui, surchargée, commence à s'enfoncer dangereusement. Le sénéchal essaie de porter remède à la situation.

§ 152

– Texte du manuscrit *A* :
Je demandai au mestre combien il li avoit trop de gens. Et si li demandai se il menroit bien nostre gent a terre se je le deschargoie de tant gent.

Si on lit vite, on comprend ; mais la formule « *le deschargoie de tant gent* » évoque un nombre précis d'hommes à évacuer, qui n'apparaît pas dans le texte de *A*. La réponse du maître à la première question de Joinville a été omise. Les autres témoins la donnent.

— Texte de *BL* (d'après *L*) :
Je demandé au maistre combien il y avoit trop de gens ; et il me dist : « Ving hommes a armes. » Et je luy demandé se il menroit bien le demourant a terre, et je le deschargeroye de tant de gens.

— Texte de *MP* (d'après Ménard, p. 58) :
Je demandé au maistre, de combien ilz avoit trop de gens en la barque. Et il me dist, qu'il y en avoit trop de dix huit hommes d'armes. Et tantost l'en deschargé d'autant (...).
Malgré les variantes de détail, *BL* et *MP* fournissent le moyen de combler la lacune, et on peut dans ce cas être

à peu près sûr de la correction. Parfois l'omission est très visible et s'explique par un saut du même au même.

§ 191
– Texte de *A* :
L'une de ses branches va en Damiete, l'autre en Alixandre, la tierce a Tenis, la quarte a Raxi d'autre par devant nostre ost pour nous deffendre le passage.
— Texte de *LB* (d'après *L*) :
L'une de ses branches va a Damiette, l'autre va en Alexandrie, l'autre a Tenis, la quarte a Rexi. Et a celle branche qui va a Rexi vint le roy de France atout son ost et si se logea entre le fleuve de Damiette et celuy de Rexi. Et toute la puissance du soudam se logerent sur le fleuve de Rexi d'autre part devant nostre ost pour nous deffendre le passaige.
— Texte de *MP* (d'après Ménard, p. 75) :
(...) dont l'une de ses branches vient à Damiete, l'autre en Alixandrie, l'autre à Tunis et l'autre à Rexi. A celle branche, qui vient à Rexi, alla le Roy de France à tout son ost, et se logea entre le fleuve de Damiete et le fleuve de Rexi. Et trouvasmes tout le pouvoir du Souldan logié sur le rivage du fleuve de Rexi, de l'autre part de nous, pour nous défendre et garder le passage.
La présence à trois reprises de *Rexi* a troublé le copiste qui a sauté deux phrases. Je remarque au passage, tout à fait subsidiairement, que *A* a omis le *t* de *par*, à moins que Joinville ait écrit *d'autre part, par devant nostre ost* ; mais sur ce point on ne peut rien dire de certain. Ces cas sont clairs. Il y en a de nombreux pour lesquels nous restons incertains. En voici un exemple :

§ 289
– Texte de *A* :
Car au chief de neuf jours, les cors de nos gens que il avoient tuez vindrent au desus de l'yaue, et dit l'en que c'ettoit pour ce que les fielz en estoient pourriz. Vindrent flotant jusques au pont (...)
— Texte de *BL* (je ne note que les lieux variants) :
(...) que ilz avoient tuez a la Massoure vindrent (...) pourriz. Ilz en vindrent flottant (...)

— Texte de *M* (d'après Ménard, p. 119-120) :
(...) qui avoient esté occis et tuez en celles batailles sur la rive du fleuve qui estoit entre noz deux ostz et qu'on avoit gectez dedans tous se leverent sur l'eaue (...) pourry. Et descendirent cesdiz corps mors (...)
— Texte de *P* (A. Pierre, fol. XCIr.)
(...) qui avoyent esté tuez en la bataille, qu'on avoyt jectez dans le fleuve qui estoit entre les deux ostz, se leverent sur l'eau (...) pourry, et descendirent ces corps (...)

On peut hésiter sur deux points ; les trois mots : *a la Massoure* de *BL* doivent-ils être introduits dans le texte ? Ils ne sont pas nécessaires au sens ; ils sont cependant soutenus dans une certaine mesure par *en la bataille* de *MP*. *Ils en vindrent* est-il meilleur que *Vindrent* ? On peut observer que Joinville commence rarement une phrase par un verbe.

Je donnerai maintenant un exemple d'erreur que l'on trouve fréquemment dans *A*. Joinville raconte comment le roi le retint à ses gages.

§ 500

– Texte de *A* :
(...) et me dit que il me retenoit par tel convenant. Et me prist par tel convenant, et me mena par devers le legat.
— Texte de *BMP* (*L* manque pour ce passage) :
(...) convenant. Et me prist par la main et me mena (...)
L'œil du copiste de *A*, qui venait d'écrire : « *et me prist par* » a accroché le *par* qui précédait immédiatement : *me retenoit par* et a mécaniquement répété : *par tel convenant* ». La leçon de *BMP* s'impose.

Le § 457 fournit un bon exemple de la manière dont on peut utiliser *MP* en interprétant une de leurs leçons manifestement fautive. Joinville énumère les présents offerts à saint Louis par le Vieux de la Montagne ; il s'agit de divers objets en cristal, un éléphant et (je transcris littéralement *A*) : *une beste que l'on appelle orafle, de cristal aussi, peint de divers manieres de cristal* ; « peint » n'offre aucun sens ; *BL* donnent la bonne leçon ; *(...) de cristal aussi, pommes de diverses manieres (...)* *MP* omettent la girafe et donnent, au lieu de *pommes*, *diverses figures d'hommes*. On peut penser que *hommes* est, au point de départ, une mauvaise lecture de *pommes* ; *figures* aura été introduit pour rendre le texte plus coulant ; *diverses* vient de *de diverses manieres*.

Dans un très grand nombre de cas, le recours à *MP* est impossible, soit que le traducteur ait omis le passage, soit que la traduction soit trop éloignée de son modèle. On est alors amené à faire un choix, forcément arbitraire. Un haut personnage du peuple des Comans vient d'être enseveli (§ **498**). Les assistants, suivant *A*, lancèrent *sus la fosse planches bien chevillees*. *B* (*L* manque) écrit : *lancerent sur le pertuis de la fosse*. Faut-il, comme l'ont fait de Wailly et Corbett, introduire dans le texte *le pertuis de* ? Je ne l'ai pas fait parce que *M*, d'une part, écrit p. 203 : « *ils couvrirent celle fosse (...) de planches de bois bien chevillees* », et *P*, d'autre part (fol. CLIII v) : *ilz couvrirent la fosse (...) et y misrent des planches de boys bien chevillees*, laissant de côté le *pertuis*, qui ne devait apparemment pas se trouver dans la source de la traduction.

Il est donc impossible d'échapper à un certain arbitraire. N. de Wailly et à sa suite N. L. Corbett ont pris le parti d'introduire dans le texte de *A* tous les mots ou les groupes de mots supplémentaires qu'offraient *BL*, lorsque ces additions paraissaient s'y insérer comme naturellement. Comme on l'a vu, j'ai été un peu plus réservé, quoique j'aie très largement corrigé et complété *A*. De Wailly n'a eu qu'occasionnellement recours à *MP*, Corbett les a délibérément écartés. J'ai essayé par un examen systématique d'évaluer dans chaque cas l'aide qu'ils pouvaient apporter à la constitution du texte.

VI

PRÉSENTATION DU TEXTE. LA TRADUCTION

Natalis de Wailly, dans son édition de 1867, a imprimé le texte de *A*, corrigé au moyen de *L* et de *B*, qui venait

d'être découvert, et éventuellement de *MP*. On sait que,
dans ses éditions de 1868, 1874 et plus encore de 1881,
il a restitué la morphologie et la graphie suivant les règles
qu'il avait dégagées de l'étude des chartes de Joinville.
N. L. Corbett, en 1977, est revenu au texte de *A* ; son
édition est très proche de celle de N. de Wailly 1867.

La base de la présente édition est, je l'ai dit, le manuscrit *A*. Je n'ai pas ici la place de décrire la graphie de *A*,
qui est très régulière et n'a pas de caractère bien marqué ;
on y relève quelques traits du nord-est de la France, qui
ne soulèvent aucune difficulté de lecture. J'ai gardé le *w*
dans les mots du type *weil (vueil)* et *widie (vuidie)*, car
c'est la graphie presque constante dans le manuscrit.

Je note également une habitude du copiste, qui met
souvent un *s* à la place de *c* et inversement ; c'est le cas
dans les pronoms personnels et démonstratifs : *c'estoit (=
s'estoit)* § 16, *s'estoient (= c'estoient)* § 162 ; *ces (= ses)*
§ 68, *ses (= ces)* § 26, 153.

On trouve aussi *seans (= ceans)* § 53, *sa (= ça)* § 105,
ci (= si) § 28, 37, *Cezile (= Sezile)* § 108, 296, 641. Cette
pratique peut parfois causer une certaine gêne, mais j'ai
préféré ne pas régulariser.

Le copiste n'use que d'abréviations usuelles ; il écrit le
plus souvent, lorsqu'il développe, avec deux *m* les mots
*comme, comment, commandement, commun, femme,
preudomme*, et, d'autre part, *combien, compaignie,
emporta*. Je développe donc par *m* le trait d'abréviation
dans ces mots et dans les mots du même type.

Il n'utilise comme ponctuation que le point ; celui-ci a
deux valeurs : il indique soit une distinction faible, équi-
valant à notre virgule, soit une distinction forte. Dans ce
dernier cas, il arrive, mais ce n'est pas constant, que le
mot suivant commence par une majuscule. Il arrive aussi
que le copiste place un point suivi de majuscule là où
nous ne mettrions qu'une virgule.

J'ai suivi dans l'édition, à quelques très rares excep-
tions près, la division du texte en paragraphes telle que la
présente le manuscrit ; j'ai montré plus haut qu'elle pourrait remonter à l'auteur[1].

---

1. J'ai rattaché aux § 65 et 584 la dernière phrase qui forme un alinéa
dans le manuscrit. J'ai coupé aux § 2, 22, 289, 380, 393 quand l'auteur

Natalis de Wailly n'avait tenu aucun compte de cette présentation. Il avait divisé le texte en 149 chapitres, et l'avait subdivisé en 769 courts alinéas numérotés. Ce système imposait au récit de Joinville un découpage qui en brisait souvent le rythme. Cependant, ces alinéas numérotés constituent un système de référence très commode, qui est passé dans un grand nombre de publications historiques et philologiques. Il y avait tout intérêt à le conserver. La numérotation de Natalis de Wailly apparaît ici imprimée en corps gras. Ces numéros tombent souvent au début d'un paragraphe de l'édition et beaucoup plus souvent à l'intérieur, puisqu'il y a beaucoup plus d'alinéas dans N. de Wailly que de paragraphes dans le manuscrit.

Je n'aborderai pas le problème de la langue de Joinville. Je signale seulement deux points qui peuvent arrêter un instant le lecteur. Joinville emploie souvent *car* avec la valeur de *que* (§ 129, 224, etc.). Par ailleurs, on rencontre souvent la conjonction *et* en tête de la principale (§ 46, 104, 192, 194, etc.).

Les variantes et la constitution du texte

Le choix des variantes est très sélectif. Je n'ai retenu les variantes de *BL*, que lorsqu'elles étaient significatives ; je n'ai jamais signalé celles qui résultaient d'une évidente modernisation. Le modèle de *MP* avait pratiqué des coupures ; même lorsqu'on dispose de ce témoin, il est souvent si éloigné de l'original qu'il n'est pas utilisable pour la constitution du texte. Je n'ai fait figurer dans les variantes que ce qui me paraissait utile, en essayant de tirer le plus large parti possible de cette source. L'appel de note (par *a b c*...) a été placé en principe au dernier mot commun à tous les manuscrits qui précède la variante. Ce système m'a paru le seul convenable dans le cas de figure où l'on se trouve ici, avec des sources d'allure très diverse. Les variantes de *BL* sont données d'après *L*, celles de *MP* d'après *M*.

---

commençait un nouveau développement. L'ordonnance de 1254, les chapitres suivants empruntés aux *Grandes Chroniques* et les *Enseignements* sont copiés à la suite. Je les ai divisés suivant le sens (§ 693-719, § 740-754).

J'ai très largement corrigé *A*, comme d'ailleurs l'avait fait de Wailly, au moyen des autres manuscrits. Je considère que *M* (et dans une moindre mesure *P*), comme je l'ai dit plus haut, a conservé des leçons originales que je n'ai pas hésité à introduire dans le texte.

Les fautes de *A* apparaissent souvent lorsqu'on examine soigneusement le contexte (voir par exemple § 40, 82, 98, 125, 138, 141, 145, etc.). Elles ressortent aussi lorsque *A* est isolé en face de *BLMP*, ou de *BL*. Il s'agit souvent d'omissions, ou de lacunes, qui s'expliquent fréquemment, mais pas toujours, par saut du même au même (cf. § 98 *b*, 184 *a*, 191 *b*, 197 *e*, 260 *a*, 304 *a*, 415 *a*, 434 *b*, etc.).

Cette tendance à abréger peut inciter à croire que certaines variantes de *BL*, que j'ai considérées comme des additions au texte, en ont fait partie à l'origine. Je n'ai cependant pas voulu les y introduire, surtout lorsqu'elles n'étaient pas confirmées par *MP*. J'en donne ici une liste à peu près complète : § 21 *a*, 26 *a*, 48 *a*, 51 *b*, 67 *a*, 85 *d*, 89 *a*, 90 *a*, 104 *b*, 121 *a*, 131 *a*, 146 *a*, 152 *d*, 191 *c*, 201 *b*, 204 *b*, 223 *c*, 236 *b*, 238 *a*, 244 *d*, 255 *a*, 295 *a*, 365 *a* et *b*, 366 *a*, 387 *a*, 394 *b*, 396 *b*, 469 *d*, 490 *a*, 498 *c*, 541 *a*, 595 *a*, 605 *a*, 653 *b*, 672 *b*.

En revanche, comme Joinville a l'habitude de bien préciser, dans les dialogues, l'intervention de chacun de ceux qui prennent la parole, par des formules du type *dit il, il me dist, et je lui respondi*, j'ai toujours restitué ces marques d'après *BL*, éventuellement *MP* (cf. § 45, 126, 399, 429, 452, 506, 513, 603).

Je ne suis pas intervenu pour de menues fautes d'accord, ou pour des graphies singulières. Je n'ai pas corrigé les premières personnes du passé simple en -*a* (au lieu de -*ai*), qui ne se rencontrent que quatre fois : *otroia* § 113, *conta* § 326, *donna* § 499, *trouva* § 602 ; cette réduction a parfois été signalée ailleurs [1].

Tous les mots qui ont été modifiés par rapport à *A*, même lorsque la modification ne concerne qu'une seule

1. Förster, *Chevalier as deux espees*, p. XXXIII ; Curtis, *Tristan*, t. I, p. 224, § 337, 31 et p. 26, XVIII ; Fouché, *Verbe français*, § 127 *a* ; Régnier, *Rom. Philol.*, XIV, 1961, p. 260.

lettre, et bien entendu toutes les additions, ont été imprimés en italique, et la leçon de *A* a été reproduite dans les variantes. Il est donc toujours possible de retrouver sans équivoque le texte de *A*. Les mots empruntés aux autres manuscrits, *BLPM*, sont donnés littéralement. Je n'ai pas tenté d'harmoniser leur graphie avec celle de *A*. Il en résulte quelques disparates, mais je les crois préférables à une restitution qui ne pourrait être que problématique.

La traduction

J'ai choisi de traduire en conservant le plus possible l'allure de la phrase de Joinville. Je n'ai pas cherché à faire disparaître les répétitions de mots, et j'ai presque toujours traduit un même mot par le même équivalent. J'ai conservé, en tête de phrase, les *et* par lesquels Joinville les commence si souvent, enchaînant les éléments successifs de son discours.

Un certain nombre de mots ne sont pas susceptibles de traduction, la chose ou la notion qu'ils désignent étant propres à la civilisation médiévale. Je les ai conservés et je donne ici quelques précisions sur la signification de ceux qui reviennent souvent. D'abord des mots concernant le vêtement. Les *braies* sont une sorte de caleçon assez large descendant au moins jusqu'aux genoux, les *chausses* un vêtement collant couvrant le pied et la jambe, et montant jusqu'à l'entrejambe. Par-dessus la chemise et les braies, on porte la *cotte*, tunique garnie de manches longues étroites, et descendant à mi-mollet ou à la cheville. Le *surcot* se porte par-dessus la cotte, il peut être sans manches, laissant apparaître celles de la cotte. Le *manteau* est fait d'une pièce d'étoffe coupée en rond avec une encolure et une fente de l'encolure au bord. La *cotte d'armes* est un surcot que l'on porte par-dessus le haubert. Le tissu peut être épais et amortir les coups ou les impacts de flèches. Les tissus les plus souvent nommés sont le *camelin*, lainage beige, à l'origine en poil de chameau, ensuite en laine mêlée de poil de chèvre ; le *cendal*, taffetas de soie souple ; l'*écarlate*, drap de qualité supérieure, pas toujours rouge ; le *pers*, drap de laine grossier, d'un ton bleu foncé noirâtre ; le *samit*, drap de soie fort, avec parfois une trame de lin ; la *tiretaine*, drap léger de laine sur chaîne de fil. Le *vair* est une fourrure en damier faite avec des dos (gris) et des ventres (blancs) d'écureuil. Le *gris* est une fourrure unie de dos d'écureuil[1].

J'ai gardé également les mots servant à désigner les chevaux. Si *destrier* (cheval de bataille) et *palefroi* (cheval de voyage ou de cérémonie) ne font pas difficulté, *roncin* a un sens moins net ; c'est souvent un cheval de charge ou de trait, mais il peut s'agir aussi d'un cheval utilisé au combat ; le terme a une valeur dépréciative au § 434.

Joinville n'utilise guère de mots abstraits qui soient difficiles à traduire. Je préciserai seulement ici l'usage qu'il fait du mot *prud'homme*[2]. Saint Louis disait à Robert de Sorbon qu'il voudrait bien « avoir la réputation d'être prud'homme, à condition de l'être, et que tout le reste lui demeurât. Car *prud'homme* est une chose si grande et si bonne que rien qu'à prononcer le mot, il remplit la bouche » (§ 32), impression donnée sans doute par les voyelles arrondies du mot. Philippe Auguste (le propos a dû être rapporté à Joinville par le roi son petit-fils) voyait une grande différence entre un homme « preux » c'est-à-dire courageux, « qui ne fut jamais tenu pour sage ni à l'égard de Dieu, ni à l'égard du monde », et un « prud'-homme », personnage dont le courage se doublait de piété (§ 559 et 560). La *preudommie* est un don de Dieu, *prud'-homme* dénote l'excellence. Il s'agit d'un homme qui possède à un très haut degré les qualités de piété, de courage, de bonté, d'intelligence et de sagesse. Le mot s'applique à des religieux (§ 31, 56, 120, 121, 129, 613, 742), aussi bien qu'à des laïques, chevaliers ou autres (§ 157, 224, 268, 278, 391, 572). Ce sont les bons conseillers (§ 105, 713, 744, 745, 751) et également les hommes rassis et sages, ennemis d'un luxe excessif (§ 25 et 38). Le roi est entouré, dans les combats, de « preudeshommes chevaliers » qui assurent sa sécurité et le conseillent (§ 138,

1. Yvonnes Deslandres, *Le Costume du roi saint Louis. Étude iconographique et technique*, dans *Septième centenaire* 1976, p. 105-114. 2. Spitzer 1947 ; Bériou 1994.

162, 168, 172, 230, 232, 339, 438, 571). Joinville dit qu'ils étaient huit, mais n'en nomme que quatre. Charles d'Anjou, dans sa déposition, énumère six des chevaliers de l'entourage du roi[1] *(cum familiaribus suis militibus)*.

---

1. Riant 1884, p. 175.

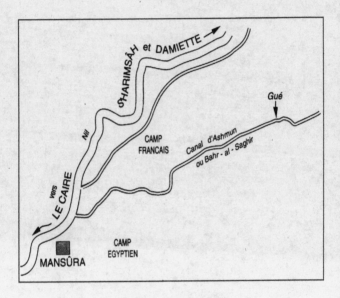

Bataille de Mansûra

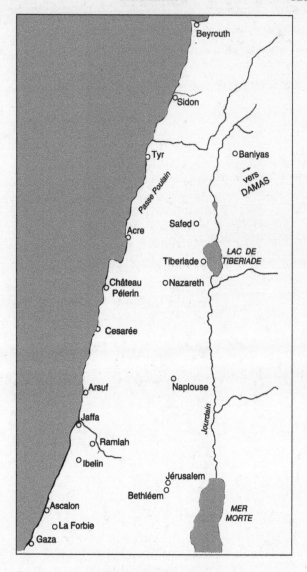

Royaume de Jérusalem

SOURCES
ET
BIBLIOGRAPHIE

SAINT LOUIS

Les historiens de saint Louis

La vie de saint Louis (1214-1270) nous est connue, en dehors de Joinville, par plusieurs ouvrages. Je dois citer ici les principaux. D'abord des chapitres du *Speculum historiale* du frère prêcheur Vincent de Beauvais, histoire universelle arrêtée en 1250. Un moine de Saint-Denis, Primat, a écrit avant la canonisation du roi (1297) une chronique du règne qui ne nous est conservée qu'à partir de 1250 ; elle ne subsiste plus en effet que dans une traduction qui constitue la suite du *Speculum historiale*, due à un religieux du XIVe siècle, Jean de Vignay, qui a donné, sous le titre de *Miroir historial*, une version complétée de l'œuvre de Vincent de Beauvais.

Après 1272, à la demande du pape Grégoire X, le dominicain Geoffroi de Beaulieu (mort en 1274 ou 1275), confesseur du roi pendant plus de vingt ans, et qui l'accompagna aux croisades d'Égypte et de Tunis, a composé un panégyrique de son pénitent, ordonné suivant les mérites du roi biblique Josias. Guillaume de Chartres, dominicain, chapelain de saint Louis, qu'il suivit en Égypte, a ajouté un complément à Geoffroi de Beaulieu, s'occupant comme lui principalement de l'homme privé et du saint.

Un autre moine de Saint-Denis, Guillaume de Nangis, a écrit sous le règne de Philippe III, entre 1270 et 1285, une chronique de saint Louis suivant cette fois l'ordre chronologique. Ce religieux a utilisé un texte aujourd'hui perdu, d'ailleurs inachevé, dû à son confrère Gilon de Reims, ainsi que les œuvres de Primat, de Geoffroi de

Beaulieu et d'autres sources mineures. L'ouvrage de Guillaume de Nangis, traduit en français, a été incorporé dans *Les Grandes Chroniques de France*. C'est sous cette forme que Joinville l'a connu.

Enfin, un frère mineur, Guillaume de Saint-Pathus, rédigea à son tour un ouvrage sur saint Louis et un recueil de ses miracles, en utilisant les dossiers du procès de canonisation en même temps que les témoignages qu'il avait recueillis. Il avait en effet été confesseur de la reine Marguerite, puis d'une fille du couple royal, Blanche. C'est à la prière de cette dernière qu'il entreprit son livre, vers 1302-1303. C'est un éloge du roi, classé thématiquement suivant les vertus que celui-ci avait pratiquées.

Sources

BÉDIER (Joseph) et AUBRY (Pierre), *Les Chansons de croisade*, Paris, 1909.

CAROLUS-BARRÉ (Louis), *Le Procès de canonisation de saint Louis (1272-1297)*, Rome, 1994 (*Collection de l'École française de Rome*, 195).

Chronique d'Ernoul et de Bernard le Trésorier, p.p. L. de Mas-Latrie, Paris, 1871 *(SHF)*.

DELABORDE (H.-François), « Le texte primitif des Enseignements de saint Louis à son fils », *Bibl. de l'École des Chartes*, t. 73, 1912, p. 73-100 et 237-262.

Documents linguistiques de la France (série française), p.p. JACQUES MONFRIN *avec le concours de* LUCIE FOSSIER, I. *Chartes en langue française antérieures à 1271 conservées dans le département de la Haute-Marne, volume préparé par* Jean-Gabriel Gigot, Paris, 1974 *(Documents, études et répertoires publiés par l'Institut de Recherche et d'Histoire des Textes, XVII)*.

Estoire de Eracles empereur, dans *Recueil des historiens des croisades, Historiens occidentaux*, t. II, Paris, 1859.

FRANCESCO DA BARBERINO, *Documenti d'amore, secondo i manoscritti originali a cura di* Francesco Egidi, Rome, 1905-1927, 4 vol. (*Società filologica romana*, I).

GEOFFROI DE BEAULIEU, *Vita et sancta conversatio piae memoriae Ludovici quondam regis Francorum*, dans *His-

toriens de la France, t. XX, 1840, p. 3-26 (Molinier n° 2542).

Grandes Chroniques de France (Les), *p.p.* J. Viard, t. VII, 1932, p. 25-296 ; t. X, 1953, p. 1-188 *(SHF)*.

GUILLAUME DE CHARTRES, *De vita et actibus (...) regis (...) Ludovici et de miraculis (...)*, dans *Historiens de la France*, t. XX, 1840, p. 28-41 (Molinier n° 2543).

GUILLAUME DE NANGIS, *Gesta Ludovici regis*, dans *Historiens de la France*, t. XX, 1840, p. 312-465 (Molinier n° 2532-2533).

GUILLAUME DE NANGIS, *Chronique latine, p.p.* Hercule Géraud, Paris, 1843 *(SHF)* (Molinier n° 2535).

GUILLAUME DE SAINT-PATHUS, *Vie de saint Louis, p.p.* H.-François Delaborde, Paris, 1899 (Molinier n° 2544).

GUILLAUME DE SAINT-PATHUS, *Les Miracles de saint Louis, p.p.* P. B. Fay, Paris, 1932 *(CFMA, 70)*.

IBN WASIL, *voir Storici arabi delle crociate* 1973.

Layettes du Trésor des Chartes, t. 2, 1224-1246, n° 1591-3573, *p.p.* M. A. Teulet, Paris, 1866. T. 3, 1247-1260, n° 3574-4663, *p.p.* Joseph de Laborde, Paris, 1875-1881. T. 4, 1261-1270, n° 4664-5744, *p.p.* Élie Berger, Paris, 1902. T. 5, *Supplément*, 632-1270, n° 1-903, *p.p.* H.-François Delaborde, Paris, 1909.

Lettres françaises du XIIIᵉ siècle. Jean Sarrasin, Lettre à Nicolas Arrode (1249), *p.p.* Alfred Foulet, Paris, 1924 *(CFMA 43)*.

MAQRIZI, *voir Storici arabi delle crociate* 1973.

MATTHAEI PARISIENSIS (...), *Chronica majora, ed.* H. R. Luard, t. V, *A.D. 1248 to A.D. 1259*, Londres, 1880 ; t. VI, *Additamenta*, Londres, 1882. *(Rerum Britannicarum medii aevi scriptores)* (Molinier n° 2730).

Mystère de saint Louis (Le), roi de France, p.p. Francisque Michel, Westminster, 1871.

O'CONNEL (David), *The Teachings of Saint Louis, A critical Text*, Chapel Hill, 1972 *(Univ. of North Carolina Studies in the Romance Languages and Literatures*, 116).

O'CONNEL (David), *Les Propos de saint Louis, présentés par* D. O'Connel *et préfacés par* Jacques Le Goff, Paris, 1974.

O'CONNEL (David), *The Instructions of Saint Louis. A*

critical Text, Chapel Hill, 1979 (*Univ. of North Carolina Studies in the Romance Languages and Literatures*, 216).

PIERRE GRINGORE, *Vie Monseigneur saint Louis*, dans *Œuvres complètes de Gringore, p.p.* A. de Montaiglon et J. de Rothschild, t. II, Paris, 1877.

PRIMAT, *Chronique, traduite par Jean du Vignay*, dans *Historiens de la France*, t. XXIII, 1876, p. 5-106 (Molinier n° 2525 et 2531).

Récits d'un ménestrel de Reims au XIIIe siècle, p.p. Natalis de Wailly, Paris, 1875 *(SHF)*.

RIANT (Le comte), *Déposition de Charles d'Anjou pour la canonisation de saint Louis (1282)*, dans *Notices et documents publiés pour la Société de l'Histoire de France à l'occasion du cinquantième anniversaire de sa fondation*, Paris, 1884 *(SHF)*, p. 155-176.

SIMON DE SAINT-QUENTIN, *Histoire des Tartares, p.p.* Jean Richard, Paris, 1965 (*Documents relatifs à l'histoire des croisades publiés par l'Académie des Inscriptions et Belles-Lettres*, 8).

Storici arabi delle crociate a cura di Francesco Gabrieli, Torino, 1973 (*Nuova universale Einaudi* 34) ; Ibn Wasil, p. 279-295 ; Maqrizi, p. 295-297.

VINCENT DE BEAUVAIS, *Speculum historiale*, éd. de Douai, 1624 (Molinier n° 2524).

Études

ARBOIS DE JUBAINVILLE (Henri d'), *Histoire des ducs et des comtes de Champagne*, t. IV, 1181-1285, Paris, 1865 ; t. V, *Catalogue des actes des comtes de Champagne*, 1863 ; t. VI, *Catalogue, Tables*, 1866 ; t. VII, *Livre des vassaux du comté de Champagne et de Brie (1172-1222), p.p.* A. Longnon, 1869.

BEAUNE (Colette), *Naissance de la nation France*, Paris, 1985, en particulier ch. IV, « Saint Louis ».

BÉMONT (Charles), « La campagne de Poitou, 1242-1243. Taillebourg et Saintes », *Annales du Midi*, t. 5, 1893, p. 289-314.

BERGER (Élie), *Saint Louis et Innocent IV. Étude sur les rapports de la France et du Saint-Siège*, Paris, 1893.

BERGER (Élie), *Histoire de Blanche de Castille, reine de*

France, Paris, 1895 (*Bibliothèque des Écoles françaises d'Athènes et de Rome*, 70).

BERGER (Élie), *Les Dernières Années de saint Louis d'après les layettes du Trésor des Chartes*, Paris, 1902 (Introduction aux *Layettes*, t. IV, et à part).

BÉRIOU (Nicole), *Robert de Sorbon, Le prud'homme et le béguin*, dans *Comptes rendus de l'Académie des Ins-criptions et Belles-lettres*, 1994, p. 469-510.

BOUTARIC (Edgard), *Saint Louis et Alfonse de Poitiers*, Paris, 1870.

CAHEN (Claude), *La Syrie du Nord à l'époque des croi-sades et la principauté franque d'Antioche*, Paris, 1940 (*Institut français de Damas. Bibliothèque Orientale*, I).

CAHEN (Claude), *Saint Louis et l'Islam*, dans *Saint Louis et l'Orient*, 1970, p. 3-12.

CAMPBELL (Gerard J.), « The protest of Saint Louis », *Traditio*, t. 15, 1959, p. 405-418.

CAMPBELL (Gerard J.), « The attitude of the monarchy toward the Use of Ecclesiastical Censures in the Reign of Saint Louis », *Speculum*, t. 35, 1960, p. 535-555.

CAMPBELL (Gerard J.), « Temporal and Spiritual Rega-lia during the Reigns of St. Louis and Philip III », *Tradi-tio*, t. 20, 1964, p. 351-383.

CASSARD (Jean-Christophe), « Un historien au travail : Pierre Le Baud », *Mémoires de la Société archéologique de Bretagne*, t. 6, 1985, p. 67-95.

CAZELLES (Raymond), *Nouvelle histoire de Paris. De la fin du règne de Philippe Auguste à la mort de Charles V*, Paris, 1972.

CESBRON (E.), « Recherches sur un manuscrit de la bibliothèque de la reine Jeanne de Laval », *Bulletin de la Commission historique et archéologique de la Mayenne*, t. 61, série II, 1947, p. 59-65.

Champenois et la croisade (Les). Actes des 4ᵉ journées rémoises (27-28 nov. 1987), p.p. Y. Bellenger et D. Qué-ruel, Paris, 1989.

DELISLE (Léopold), *Le Cabinet des manuscrits de la Bibliothèque Nationale*, t. III, Paris, 1881.

DELISLE (Léopold), *Recherches sur la librairie de Charles V*, Paris, 1907, 2 vol. et un album de planches.

DEMURGER (Alain), *Vie et mort de l'Ordre du Temple*, Paris, 1985.

Dictionnaire des lettres françaises. Le Moyen Âge, ouvrage préparé par Robert Bossuat, Louis Pichard et Guy Raynaud de Lage. *Édition entièrement revue et mise à jour sous la direction de* Geneviève Hasenohr et Michel Zink, Paris, 1992.

DIMIER (R. P. Anselme), *Saint Louis et Cîteaux*, Paris, 1954.

DU CANGE (Ch. du Fresne), *Les Familles d'Outre-mer*, éd. E. G. Rey, Paris, 1869 *(Documents inédits sur l'histoire de France)*.

Exposition *Saint Louis à la Sainte-Chapelle*, Paris, 1960.

Exposition *La Librairie de Charles V*, Bibliothèque nationale, Paris, 1968.

Exposition *La France de saint Louis*, Palais de Justice, Paris, 1970.

Exposition *Les Fastes du gothique. Le siècle de Charles V*, Grand Palais, 1981.

Exposition *La France aux portes de l'Orient. Chypre, XIIᵉ-XVᵉ siècle*, Paris, 1991.

FARAL (Edmond), « Le procès d'Enguerrand IV de Coucy », *Revue historique de droit français et étranger*, t. 26, 1948, p. 213-258.

FAVIER (Jean), *Philippe le Bel*, Paris, 1978.

FOLZ (Robert), *Les Saints Rois du Moyen Âge en Occident*, Bruxelles, 1984 *(Subsidia hagiographica* 68).

FOULET (Alfred), « Les sources de la Continuation Rothelin de l'*Eracles* », *Romania*, t. 50, 1924, p. 427-435.

FRANÇOIS (Michel), *Les Rois de France et les traditions de l'abbaye de Saint-Denis à la fin du* XVᵉ *siècle*, dans *Mélanges (...) Félix Grat*, t. 1, Paris, 1946, p. 367-382.

GLORIEUX (Palémon), *Aux origines de la Sorbonne. I. Robert de Sorbon. L'homme, le collège, les documents*, Paris, 1966 *(Études de Philosophie médiévale*, 53).

GOUSSET (Marie-Thérèse), AVRIL (François), RICHARD (Jean), *Saint Louis, roi de France. Livre des faits de Monseigneur Saint Louis*, Paris, 1990.

GRIFFITHS (Quentin), « Les origines et la carrière de

Pierre de Fontaines, jurisconsulte de saint Louis. Une reconsidération avec documents inédits », *Revue historique de droit français et étranger*, t. 48, 1970, p. 544-567 [Griffiths 1970¹].

GRIFFITHS (Quentin), « New Men among the Lay Counselors of Saint Louis' Parlement », *Mediaeval Studies*, t. 32, 1970, p. 234-272 [Griffiths 1970²].

GROUSSET (René), *Histoire des Croisades et du royaume franc de Jérusalem*, t. III, *La Monarchie musulmane et l'anarchie franque*, Paris, 1936.

HAMBIS (Louis), *Saint Louis et les Mongols*, dans *Saint Louis et l'Orient*, 1970, p. 25-33.

JORDAN (William Chester), *Louis IX and the challenge of the Crusade. A study in Rulership*, Princeton, 1979.

LANGLOIS (Charles-Victor), *La Vie en France au Moyen Âge*, t. IV, Paris, 1928.

LE GOFF (Jacques), « Saint Louis a-t-il existé ? », *L'Histoire*, n° 40, déc. 1981, p. 90-99.

LE GOFF (Jacques), *Saint de l'Église et Saint du peuple : les miracles officiels de saint Louis entre sa mort et sa canonisation (1270-1297)*, dans *Histoire sociale ; Sensibilités collectives et mentalités. Hommage à un historien européen du XXᵉ siècle* [Robert Mandrou], Paris, 1984, p. 169-180.

LE GOFF (Jacques), *Royauté biblique et idéal monarchique médiéval ; Saint Louis et Josias*, dans *Les Juifs au regard de l'histoire. Mélanges en l'honneur de Bernhard Blumenkranz*, Paris, 1985, p. 157-167.

LE GOFF (Jacques), « Saint Louis croisé idéal », *Notre histoire*, n° 20, fév. 1986, p. 42-47.

LE GOFF (Jacques), *Saint Louis et la parole royale*, dans *Le Nombre du temps, en hommage à Paul Zumthor*, Paris, 1988, p. 127-136 (*Nouvelle Bibliothèque du Moyen Âge*, 12).

LE NAIN DE TILLEMONT, *Vie de saint Louis, roi de France, p.p.* J. de Gaulle, Paris, 1847-1851, 6 vol. *(SHF)*.

LLOYD (S.) et HUNT (T.), « William Longuespee II : The Making of an English Crusading Hero – The Anglo-Norman poem on William Longuespee », *Nottingham Medieval Studies*, t. 36, 1992, p. 79-125.

LONGNON (Auguste) 1869, *voir* Arbois (d') de Jubainville.

LONGNON (Auguste) *Documents relatifs au comté de Champagne et de Brie, 1172-1361*, t. I, *Les Fiefs*, Paris, 1901 *(Documents inédits sur l'histoire de France)*.

LONGNON (Jean), *Recherches sur la vie de Villehardouin (...)*, Paris, 1939 (*Bibl. de l'École des Hautes Études*, 276).

LONGNON (Jean), *L'Empire latin de Constantinople et la principauté de Morée*, Paris, 1949.

MOLINIER (Auguste), *Les Sources de l'histoire de France (...)*, t. III, *Les Capétiens, 1180-1328*, Paris, 1903.

PARIS (Gaston), « La chanson composée à Acre en juin 1250 », *Romania*, t. 22, 1893, p. 541-547.

PELLIOT (Paul), « Les Mongols et la papauté », *Revue de l'Orient chrétien*, t. 23, 1923 ; t. 24, 1924 ; t. 28, 1931.

PINOTEAU (Hervé) et LE GALLO (Claude), *L'Héraldique de saint Louis et de ses compagnons (Les Cahiers Nobles, 27)*, Paris, 1966.

PRAWER (Joshua), *Histoire du royaume latin de Jérusalem*, Paris, t. I, 1969 ; t. II, 1970.

RICHARD (Jean), *Orient et Occident au Moyen Âge. Contacts et relations (XIIe-XVe s.)*, Londres, 1976.

RICHARD (Jean), *La Politique orientale de saint Louis. La Croisade de 1248*, dans *Septième centenaire*, 1976, p. 197-207.

RICHARD (Jean), *La Papauté et les missions d'Orient au Moyen Âge (XIIIe-XVe s.)*, Rome, 1977, (*Collection de l'École française de Rome*, 33) [Richard 1977[1]].

RICHARD (Jean), *Les Relations entre l'Orient et l'Occident au Moyen Âge. Études et documents*, Londres, 1977 [Richard 1977[2]].

RICHARD (Jean), *Saint Louis, roi d'une France féodale, soutien de la Terre sainte*, Paris, 1983.

RICHARD (Jean), *Croisés, missionnaires et voyageurs. Les perspectives orientales du monde latin médiéval*, Londres, 1983.

RICHARD (Jean), *Croisades et États latins d'Orient*, Londres, 1992.

ROUX (Jean-Paul), *Histoire de l'Empire mongol*, Paris, 1993.

« Saint Louis et l'Orient », *Journal asiatique*, t. 258, 1970, p. 3-42.

Septième centenaire de la mort de saint Louis. Actes des colloques de Royaumont et de Paris (21-27 mai 1970), Paris, 1976.

« Septième centenaire de saint Louis », *Revue d'histoire de l'Église de France*, t. 57, 1971, p. 5-45.

Le Siècle de saint Louis, ouvrage collectif, Paris, 1970.

SIVÉRY (Gérard), *Saint Louis et son siècle*, Paris, 1983.

SIVÉRY (Gérard), *Marguerite de Provence, une reine du temps des cathédrales*, Paris, 1987.

STRAYER (Joseph R.), *The Crusades of Saint Louis*, dans K.M. Setton, *History of the Crusades*, t. 2, *The later Crusades*, ed. by R.L. Wolff and H.W. Hazard, Madison, 1969, p. 487-518.

THOMAS (Antoine), *Francesco da Barberino et la littérature provençale en Italie au Moyen Âge*, Paris, 1883 (*Bibl. des Écoles françaises d'Athènes et de Rome*, 35).

VAUCHEZ (André), *La Sainteté en Occident aux derniers siècles du Moyen Âge. (...)*, Rome, 1981 (*Bibl. des Écoles françaises d'Athènes et de Rome*, 241).

VIOLLET (Paul), « Note sur le véritable texte des Instructions de saint Louis à sa fille Isabelle et à son fils Philippe le Hardi », *Bibl. de l'École des Chartes*, t. 30, 1869, p. 129-148.

VIOLLET (Paul), « Les Enseignements de saint Louis à son fils », *Bibl. de l'École des Chartes*, t. 35, 1874, p. 1-56.

VIOLLET (Paul), « Les Enseignements de saint Louis à son fils. Lettre à M. le comte François Delaborde », *Bibl. de l'École des Chartes*, t. 73, 1912, p. 490-501.

WALLON (Henri), *Saint Louis et son temps*, Paris, t. I, 1875 ; t. 2, 1876.

JEAN DE JOINVILLE

Éditions

L'histoire et Chronique du treschrestien roy s. Loys, IX. du Nom, et XLIIII. Roy de France. Escripte par feu Messire Jehan Sire, seigneur de Jonville, et Seneschal de

Champaigne, familier, et contemporain dudict Roy S. Loys. Et maintenant mise en lumiere par Anthoine Pierre de Rieux, (...) a Poictiers a l'enseigne du Pelican, 1547.

Histoire de S. Loys IX. du nom, roy de France, par messire Jean sire de Jonville, seneschal de Champagne, nouvellement mise en lumiere, suivant l'original ancien de l'Autheur, avec diverses pieces du mesme temps non encor imprimees, et quelques observations historiques par Me Claude Menard, Paris, Sebastien Cramoisy, 1617.

Histoire de S. Louys, IX. du nom, roy de France, écrite par Jean, sire de Joinville, seneschal de Champagne, par Ch. Du Fresne Du Cange, Paris, 1668.

[D'après Antoine Pierre et Cl. Ménard, avec un commentaire étendu.]

Histoire de saint Louis par Jehan, sire de Joinville, éd. J.B. Mellot, Cl. Sallier, J. Capperonnier, Paris, 1761.

[Première édition d'après le manuscrit de Bruxelles.]

Histoire de saint Louis par Joinville, p.p. Pierre C. F. Daunou et J. Naudet, dans *Recueil des historiens de la France*, t. 20, 1840, p. 110-304.

[D'après le manuscrit de Bruxelles et le manuscrit de Lucques.]

Mémoires de Jean, sire de Joinville ou Histoire et Chronique [de] [...] saint Louis, par Francisque Michel, *précédés de Dissertations par* Ambr. Firmin Didot et *d'une Notice sur les manuscrits du sire de Joinville par* Paulin Paris, Paris, 1859.

Nouv. éd. augmentée des *Dissertations* sous le titre *Études sur la vie et les travaux de Jean, sire de Joinville*, Paris, 1870. Nouv. éd. des *Mémoires*, des *Dissertations* et de la *Notice*, Paris, 1881.

[Les dissertations, la notice et les appendices (*Continuation Rothelin*, poème sur William Longuespee) sont commodes.]

JEAN DE JOINVILLE, *Œuvres, comprenant l'histoire de saint Louis, le Credo et la lettre à Louis X, par* Natalis de Wailly, Paris, Adrien Le Clère, 1867.

[Édition fondée sur le ms. de Bruxelles, reproduit littéralement, et corrigé par les mss. de Lucques et Brissard-Binet. Traduction.]

MEYER (Paul), Compte rendu de Wailly 1867, *Revue Critique*, t. 2, 1867, p. 87-93 et t. 4, 1869, p. 3-11.

JEAN DE JOINVILLE, *Histoire de saint Louis, suivie du Credo et de la lettre à Louis X, texte ramené à l'orthographe des chartes du sire de Joinville*, par Natalis de Wailly, Paris, 1868 *(SHF)*.

[La morphologie du ms. de Bruxelles a été entièrement remaniée d'après les chartes de Joinville ; corrections d'après Lucques et Brissard-Binet.]

JEAN, SIRE DE JOINVILLE, *Histoire de saint Louis, Credo et lettre à Louis X (...)*, par Natalis de Wailly, Paris, Didot, 1874.

[Texte de 1868 revu : traduction, nombreux et utiles *Éclaircissements*. Cartes pour l'intelligence des deux croisades ; carte de la France en 1259, dressées et commentées par Auguste Longnon.]

PARIS (Gaston), Compte rendu de Wailly 1874, *Romania*, t. 3, 1874, p. 401-413.

WAILLY (Natalis de), « Lettre à M. Gaston Paris sur le texte de Joinville », *Romania*, t. 3, 1874, p. 488-493.

JOINVILLE, *Histoire de saint Louis, texte original ramené à l'orthographe des chartes (...)*, par Natalis de Wailly, Paris, Hachette, 1881. Nombreuses réimpressions jusqu'en 1931.

[Texte de l'édition de 1874, l'éditeur a introduit une grande partie des corrections proposées par G. Paris dans son compte rendu.]

Historiens et Chroniqueurs du Moyen Âge. Robert de Clari, Villehardouin, Joinville, Froissart, Commynes, éd. Albert Pauphilet, Paris, *Bibliothèque de la Pléiade*, 1952.

[Texte de de Wailly modernisé, avec des coupures.]

Nouv. éd. par Edmond Pognon, *ibid.*, 1963 [Texte complet].

La Vie de saint Louis. Le témoignage de Jehan, seigneur de Joinville. Texte du XIVe siècle, par Noel L. Corbett, Sherbrooke, 1977.

[Texte fondé sur le ms. de Bruxelles corrigé d'après Lucques et Brissart-Binet, très proche de celui de de Wailly, 1867. Étude de la langue et de la graphie du ms. de base (p. 49-66).]

FOULET (Alfred), Compte rendu de l'édition Corbett, *Romance Philology*, t. 33, 1979, p. 220-225.

PARIS (Gaston), Jeanroy (Alfred), *Extraits des chroniqueurs français (...)*, Paris, 1893, p. 87-164.
[Édition des § 19-67, 214-253, 419-437, 499-504, 766-769 avec quelques coupures.]

HENRY (Albert), *Chrestomathie de la littérature en ancien français. I. Textes, II. Notes (...)*, Berne, 1978.
[Édition des § 21-34, 318-324, 429-437.]

Traductions françaises

MARY (André), *Le Livre des saintes paroles et des bons faits de nostre saint roi Louis*, mis en français moderne, Paris, 1922 ; nouv. éd., 1928.

LONGNON (Henri), *La Vie du saint roi Louis dictée et faite écrire par Jean, seigneur de Joinville*, et mise en nouveau langage, Paris, 1928.

JOINVILLE, *Histoire de saint Louis, Introduction, traduction et notes de* Eugène Jarry, Angers, 1941.
[L'introduction, les notes et les notices biographiques de l'index sont utiles.]

Saint Louis, par Joinville, extraits traduits par Andrée Duby, Paris, 1963.

Études

On trouvera l'essentiel de la bibliographie de Joinville dans R. BOSSUAT, *Manuel bibliographique de la littérature française du Moyen Âge*, Paris, 1951 ; *Supplément 1949-1953, avec le concours de* Jacques Monfrin, 1955 ; Supplément 1954-1960, Paris, 1961 ; *Troisième supplément 1960-1980, par* Françoise Vielliard *et* Jacques Monfrin, Paris, 1986 et 1991, et dans *Repertorium Fontium Historiae Medii aevi*, t. VI, Rome, 1990, p. 530-533.

ARCHAMBAULT (Paul), « The silences of Joinville », *Papers on Language and Literature*, t. 7, 1971, p. 115-132.

ARCHAMBAULT (Paul), *Seven French chroniclers ; Witness to History*, Syracuse, 1974, p. 41-57, *Joinville : History as Chivalric Code*.

BÉDIER (Joseph), *Jean de Joinville*, dans *Littérature française, publ. sous la direction de* J. Bédier *et* P. Hazard, 1923 ; *nouv. éd.*, 1948, p. 108-112.

BEMENT (Newton S.), « Latin remnants in Joinville's French », *Philological quarterly*, t. 26, 1947, p. 289-301.

BEMENT (Newton S.), « Linguistic value of the Michel edition of Joinville's *Histoire de saint Louis* », *Romanic Review*, t. 38, 1947, p. 193-202.

BILLSON (Marcus K.), « Joinville's *Histoire de saint Louis* : Hagiography, History and Memoir », *The American Benedictine Review*, t. 31, 1980, p. 418-442.

BIMARD DE LA BASTIE (Joseph), *Dissertation sur la vie de saint Louis écrite par le sire de Joinville*, dans *Mémoires de l'Académie des Inscriptions et Belles-Lettres*, t. 15, 1743, p. 692-745.

CORBETT (Noel L.), *Joinville's Vie de Saint Louis : A Study of the vocabulary, Syntax and Style*. Thèse de doctorat de l'Université de Toronto, 1967, 407 p. dactylographiées.

DELABORDE (Henri-François), *Jean de Joinville et les seigneurs de Joinville, suivi d'un catalogue de leurs actes*, Paris, 1894.

FOULET (Alfred), « Notes sur la *Vie de saint Louis* de Joinville », *Romania*, t. 58, 1932, p. 551-564.

FOULET (Alfred), « When did Joinville write his *Vie de Saint Louis* ? », *Romanic Review*, t. 32, 1941, p. 233-243.

FOULET (Alfred), « The Archetype of Joinville's *Vie de Saint Louis* », *Modern Language Quarterly*, t. 6, 1945, p. 77-81.

FOULET (Alfred), *Notes sur le texte de Joinville*, dans *Mélanges de linguistique et de littérature romanes offerts à Mario Roques*, t. I, Bade-Paris, 1950, p. 59-62.

FOULET (Lucien), « *Sire, Messire* (Deuxième article). Le XIIIe siècle : Joinville », *Romania*, t. 71, 1950, p. 180-221.

FRIEDMANN (Lionel J.), *Text and iconography for Joinville's Credo*, Cambridge (Mass.), 1958 (*The medieval Academy of America*, 68).

HATZFELD (Helmut), *A Sketch of Joinville's prosa style*, dans *Medieval Studies in honor of J.D. Matthias Ford*, Cambridge (Mass.), 1948, p. 69-80.

HATZFELD (Helmut), *Studien zum Prosastil Joinvilles*, dans *Studia Romanica, Gedenkschrift für Eugen Lerch*, Stuttgart, 1955, p. 220-251.

LANGLOIS (Charles-Victor), *Joinville*, dans L. Petit de Julleville, *Histoire de la langue et de la littérature française des origines à 1900*, t. II, *Moyen Âge*, Paris, 1897, p. 301-308.

LATOUR (Philippe de), « Mérites et facéties d'une publication oubliée de 1547 : la première édition de la chronique de Joinville par trois méridionaux », *Annales du Midi*, t. 90, 1978, p. 207-214.

LOZINSKI (Grégoire), « Recherches sur les sources du *Credo* de Joinville », *Neuphilologische Mitteilungen*, t. 31, 1930, p. 170-231.

MÉNARD (Philippe), *L'Esprit de la croisade chez Joinville, Étude des mentalités médiévales*, dans *Les Champenois et la croisade*, 1989, p. 131-147.

MONFRIN (Jacques), *Joinville et la mer*, dans *Études de langue et de littérature du Moyen Âge offertes à Félix Lecoy*, Paris, 1973, p. 445-468.

MONFRIN (Jacques), *Joinville et la prise de Damiette*, dans *Comptes rendus de l'Académie des Inscriptions et Belles Lettres*, 1976, p. 268-285.

MONFRIN (Jacques), *Jean de Joinville, Histoire de saint Louis*, dans *EPHE, IVᵉ section, Annuaire 1976/1977* [Rapport sur les conférences], p. 605-609.

MONFRIN (Jacques), *Joinville et l'Orient*, dans Bourlet (Caroline) et Dufour (Annie) éd., *L'Écrit dans la société médiévale (...). Textes en hommage à Lucie Fossier*, Paris, 1991, p. 259-267.

MONFRIN (Jacques), *Philologie et histoire : l'exemple de Joinville*, dans *La Filologia testuale e le scienze umane. Convegno internazionale dell'Accademia dei Lincei, 19-22 aprile 1993*, Rome, 1994, p. 33-59.

MORANVILLÉ (Henri), « Note sur le ms. français 13568 de la Bibliothèque nationale. Histoire de saint Louis par le sire de Joinville », *Bibl. de l'École des Chartes*, t. 70,

1909, p. 303-312 ; voir le compte rendu injuste de P. Meyer, *Romania*, t. 38, 1909, p. 631-632.

PARIS (Gaston), « La Composition du livre de Joinville sur saint Louis », *Romania*, t. 23, 1894, p. 508-524 ; repris dans Paris, 1898.

PARIS (Gaston), *Jean, sire de Joinville*, dans *Histoire littéraire de la France*, t. 32, 1898, p. 291-459.

PERRET (Michèle), « L'Espace d'une "vie" et celui d'une langue. Combinatoire des expressions locatives dans la "Vie de saint Louis" de Joinville et dans la langue du XIᵉ au XVIᵉ siècle », *Langue française*, t. 40, 1978, p. 18-31.

PERRET (Michèle), « *A la fin de sa vie ne fuz-je mie* », *Revue des Sciences humaines*, nº 183, 1981, p. 17-37.

SIMONNET (J.), *Essai sur l'histoire et la généalogie des sires de Joinville (1008-1386)*, Langres, 1875.

SLATTERY (Maureen), *Myth, Man and Sovereign Saint. King Louis IX in Jean de Joinville's Sources*, New York, 1985, (*American University Studies. Series II. Romance Languages and Literature*, 11).

SPITZER (Leo), « Joinville étymologiste *(preu homme-preudomme)* », *Modern Language Notes*, t. 62, 1947, p. 505-514.

STRUBEL (Armand), *Joinville, historien de la croisade*, dans *Les Champenois et la croisade*, 1989, p. 149-156.

UITTI (Karl D.), *Nouvelle et structure hagiographique. Le récit historiographique nouveau de Jean de Joinville*, dans *Mittelalterbilder aus neuer Perspektive*, Munich, 1985, p. 380-391.

WAILLY (Natalis de), *Notice sur le manuscrit français nr. 10148 de la Bibliothèque impériale*, dans *Comptes rendus de l'Académie des Inscriptions et Belles-Lettres*, 1865, p. 251-256.

WAILLY (Natalis de), *Mémoire sur la langue de Joinville*, dans *Mémoires de l'Académie des Inscriptions et Belles-Lettres*, t. XXVI-2, 1870, Voir Wailly, *Addition* 1883.

WAILLY (Natalis de), « Joinville et les Enseignements de saint Louis », *Bibl. de l'École des Chartes*, t. 33, 1872, p. 386-423.

WAILLY (Natalis de), « Mémoire sur le "romant" ou

chronique en langue vulgaire dont Joinville a reproduit plusieurs passages », *Bibl. de l'École des Chartes*, t. 35, 1874, p. 217-248.

WAILLY (Natalis de), « Addition au Mémoire sur la langue de Joinville », *Bibl. de l'École des Chartes*, t. 44, 1883, p. 12-25.

YVON (Henri), « Les expressions négatives dans la *Vie de saint Louis* de Joinville », *Romania*, t. 81, 1960, p. 99-111.

ZINK (Michel), « Joinville ne pleure pas mais il rêve », *Poétique*, t. 33, 1978, p. 28-45 (= *Les Voix de la conscience*, Caen, 1992, p. 15-32).

ZINK (Michel), *La Subjectivité littéraire*, Paris, 1985 (PUF Écriture), p. 218-239.

LIVRE DES SAINTES PAROLES ET DES BONS FAIZ NOSTRE SAINT ROY LOOŸS

Livre des saintes paroles
et des bons faiz nostre
saint roy Looÿs

1 A son bon seigneur Looÿs, filz du roy de France, par la grace de Dieu roy de Navarre, de Champaigne et de Brie conte palazin, Jehan, sire de Joinville, son seneschal de Champaigne, salut et amour et honneur et son servise appareillé.

2 Chier sire, je vous foiz a savoir que ma dame la royne, vostre mere, qui moult m'amoit, a cui Dieu bone merci face, me pria si a certes comme elle pot que je li feisse faire un livre des saintes paroles et des bons faiz nostre[a] roy saint Looÿs, et je[b] les y oi en couvenant, et a l'aide de Dieu le livre est assouvi en .II. parties.

La premiere partie si devise comment il se gouverna tout son tens selonc Dieu et selonc l'Eglise et au profit de son regne.

La seconde partie du livre si parle de ses granz chevaleries et de ses granz faiz d'armes. **3** Sire, pour ce qu'il est

---

2-18 *om. MP*   **2a** n.s.r. L. *BL* –   **b** j. sire luy acordé et a l'a. *BL*

Vie de saint Louis

1 À son bon seigneur Louis, fils du roi de France, par la grâce de Dieu roi de Navarre, comte palatin de Champagne et de Brie, Jean, sire de Joinville, son sénéchal de Champagne, salut et amour et honneur, et assurance qu'il est prêt à son service.

2 Cher seigneur, je vous fais savoir que madame la reine, votre mère, qui m'aimait beaucoup – que Dieu lui accorde un bon pardon –, me pria avec toute l'insistance qu'elle put de lui faire écrire un livre des saintes paroles et des bonnes actions de notre saint roi Louis ; et je m'y engageai et Dieu aidant, le livre est terminé en deux parties.

La première partie expose comment il régla pendant toute sa vie sa conduite selon Dieu et selon l'Église, et pour le profit de son royaume.

La seconde partie du livre parle de ses grandes actions de chevalier et de ses grands faits d'armes. **3** Sire, puisqu'il

---

1. Louis, fils aîné de Philippe le Bel, dit le Hutin, roi de Navarre et comte de Champagne du chef de sa mère, Jeanne de Navarre (1305), devenu roi de France en 1314. **2a.** Foulet, 1950, p. 59-60 ; 1979, p. 222, propose de corriger d'après *BL* et § 68 *n. saint roy L.* – **b.** Je garde *et je les y oi en c., les* pouvant renvoyer par un accord libre à *des saintes paroles et des bons faiz ; y* utilisé pour *lui.*

escript : « Fai premier ce qu'il afiert a Dieu et il te adrescera toutes ces[a] autres besoignes », ai je[b] *tout premier* fait escrire ce qui afiert aus troiz choses desus dites, c'est a savoir ce qui affiert au profit des ames et des cors, et ce qui affiert au gouvernement du peuple.

4 Et ces autres choses ai je fait escrire aussi a l'onneur du vrai cors saint, pour ce que par ces choses desus dites en pourra veoir tout cler que onques homme lay de nostre temps ne vesqui si saintement de tout son temps, des le commencement de son regne jusques a la fin de sa vie. A la fin de sa vie ne fus je mie, maiz le conte Pierre d'Alançon, son filz, y fu, qui moult m'aimma, qui me recorda la belle fin que il fist, que vous trouverez escripte en la fin de cest livre. **5** Et de ce me semble il que en ne li fist mie assez quant en ne le mist ou nombre des martirs, pour les grans peinnes que il souffri ou pelerinage de la croiz par l'espace de .VI. anz que je fu en sa compaignie, et pour ce meismement que il ensuï Nostre Seigneur ou fait de la croiz ; car se Diex morut en la croiz, aussi fist il car croisiez estoit il quant il *mourut*[a] a Thunes.

6 Le secont livre *vous*[a] parlera de ses granz chevaleries et de ses granz hardemens, les quiex sont tiex que je li vi quatre foiz mettre son cors en aventure de mort, aussi comme vous orrez ci aprés, pour espargnier le doumage de son peuple.

7 Le premier fait la ou il mist son cors en avanture de mort ce fu a l'ariver que nous feimes devant Damiete, la ou tout son conseil li loa, ainsi comme je

3a tes *corr. Wailly om. BL* – **b** j. tout pr. f. *BL om. A* **5a** mourut *BL* fu *A* **6a** vous *BL* nous *A*

est écrit : « Fais en premier lieu ce qui appartient à Dieu, et il mettra en ordre pour toi toutes les autres affaires », j'ai fait écrire en premier lieu ce qui se rapporte aux trois choses susdites, à savoir ce qui concerne le profit des âmes et des corps et ce qui concerne le gouvernement du peuple.

4 Et ces autres choses, je les ai fait écrire aussi en l'honneur de ce véritable saint, car par les choses dites ci-dessus on pourra voir bien clairement que jamais un laïc de notre époque ne vécut si saintement, tout le temps qui lui fut donné, depuis le commencement de son règne jusqu'à la fin de sa vie. Je n'assistai pas aux derniers moments de sa vie, mais le comte Pierre d'Alençon, son fils, qui avait beaucoup d'affection pour moi, y fut présent, qui me rapporta la belle fin que fit le roi, que vous trouverez écrite à la fin de ce livre. **5** Et il me semble à ce propos que l'on ne fit pas assez pour lui quand on ne le mit pas au nombre des martyrs, si l'on considère les grandes souffrances qu'il supporta au cours du pèlerinage de la Croix, pendant l'espace de six ans où je me trouvai en sa compagnie, et spécialement parce qu'il suivit Notre Seigneur jusque sur la croix ; car si Dieu mourut sur la croix, le roi fit de même, car il était croisé lorsqu'il mourut à Tunis.

6 Le second livre vous parlera de ses hauts faits de chevalier et de ses grandes hardiesses ; ils sont tels que je le vis par quatre fois exposer sa personne à la mort, comme vous l'entendrez ci-après, pour épargner un dommage à son peuple.

7 Le premier fait où il exposa sa personne à la mort, ce fut à notre arrivée devant Damiette, lorsque tout son conseil lui donna l'avis, comme je l'ai entendu dire,

---

3. *Matth.* 6, 23, *Luc* 12, 31.   **4.** N. de Wailly considère que *ces autres choses* renvoie aux comportements du roi décrits dans la première partie ; Foulet (1950, p. 60-61) à *ces autres besoignes* de la citation biblique et aux actions racontées dans la seconde. La suite de la phrase me fait penser que la première interprétation est la bonne.

l'entendi, que il demourast en sa neif tant que il veist que sa chevalerie feroit, qui aloit a terre. **8** La reson pour quoy en li loa ces choses si estoit tele que se il arivoit avec eulz, et sa gent estoient occis et il avec, la besoigne seroit perdue ; et se il demouroit en sa neif, par son cors peust il recouvrer a[a] reconquerre la terre de Egypte. Et il ne voult nullui croire, ains sailli en la mer tout armé, l'escu au col, le glaive ou poing, et fu des premiers a terre.

9 La seconde foiz qu'il mist son cors en avanture de mort si fu tele que au partir qu'il fist de l'Aumasourre[a] pour venir a Damiete, son conseil li loa, si comme l'en me donna a entendre, que il s'en venist a Damiete en galies ; et ce conseil li fu donné, si comme l'en dit, pour ce que se il li mescheoit de sa gent, par son cors les peust delivrer de prison ; **10** et especialment ce conseil li fu donné pour le meschief de son cors ou il estoit par pluseurs maladies qui estoient teles car il avoit double tierceinne et menoison moult fort et la maladie de l'ost en la bouche et es jambes. Il ne[a] voult onques nullui croire, ainçois dist que son peuple ne lairoit il ja, mez feroit tele fin comme il feroient. Si li en avint ainsi que par la menoison qu'il avoit que il li couvint le soir couper le fons de ses *braiez*[b], et par la force de la maladie de l'ost se *pasma*[c] il le soir par pluseurs foiz, aussi comme vous orrez ci aprés.

11 La tierce foiz qu'il mist son cors en avanture de mort ce fu quant il demoura *quatre*[a] *ans* en la sainte Terre aprés ce que ses freres en furent venuz. En grant avanture de mort fumes lors, car quant le roy fu demouré en Acre, pour un home a armes que il avoit en sa compaignie, ceulz d'Acre en avoient bien .xxx. quant la ville fu prise. **12** Car je ne sai autre reson pour quoy les Turz ne nous vindrent prenre en la ville fors que pour l'amour que Dieu

---

de rester dans sa nef jusqu'à ce qu'il ait vu ce que feraient ses chevaliers qui allaient à terre. **8** La raison pour laquelle on lui donna ce conseil était que, s'il débarquait avec eux, et si ses hommes étaient tués et lui avec eux, l'affaire serait perdue ; et s'il restait à bord de sa nef, il pourrait recommencer en personne la reconquête de la terre d'Égypte. Et il ne voulut écouter personne, mais il sauta à la mer en armes, l'écu au cou, la lance au poing, et il fut parmi les premiers à terre.

9 La seconde fois qu'il exposa sa personne à la mort fut celle-ci : lorsqu'il quitta Mansûra pour aller à Damiette, son conseil lui donna l'avis, comme je l'ai entendu dire, d'aller à Damiette en galère ; et ce conseil lui fut donné, à ce qu'on dit, parce que, s'il arrivait malheur à ses gens, il aurait pu par son action personnelle les délivrer de captivité ; **10** cet avis lui fut donné particulièrement en raison du mauvais état de santé dans lequel il se trouvait par suite de plusieurs maladies que voici : il avait une double fièvre tierce et une très violente diarrhée, et la maladie de l'armée à la bouche et aux jambes. Il ne voulut jamais écouter personne, mais il dit qu'il n'abandonnerait jamais son peuple, et qu'il partagerait jusqu'à la fin le sort de celui-ci. Il lui arriva qu'à cause de la diarrhée qu'il avait, on fut obligé le soir de couper le fond de ses braies, et la violence de la maladie de l'armée le fit s'évanouir à plusieurs reprises dans la soirée, comme vous l'entendrez ci-après.

11 La troisième fois qu'il exposa sa personne à la mort, ce fut quand il resta quatre ans en Terre sainte, après le retour de ses frères. Nous fûmes alors en grand danger de mort, car pour un homme d'armes que le roi avait avec lui à l'époque de son séjour à Acre, les habitants d'Acre en avaient bien trente lors de la prise de la ville. **12** Je ne vois en effet aucune autre raison qui ait empêché les Turcs de venir s'emparer de nous dans la ville, sinon

---

11. Acre prise par les Sarrasins en 1291.

avoit au roy, qui la poour metoit ou cuer a nos ennemis
pour quoy il ne nous osassent venir courre sus. Et de ce
est escript : « Se tu creins Dieu, si te creindront toutes les
riens qui te verront. » Et ceste demouree fist il tout contre
son conseil, si comme vous orrez ci après. Son cors mist
il en avanture pour le peuple de la terre garantir, qui eust
esté perdu des lors se il ne se feust lors remez.

13 Le quart fait la ou il mist son cors en avanture de
mort ce fu quant nous revenismes d'outre mer et
venismes devant l'ille de Cypre, la ou nostre neif hurta si
malement que la terre la ou elle hurta enporta .III. toises
du tyson sur quoy nostre neif estoit fondee. **14** Après ce,
le roy envoia querre .XIIII. mestres nothonniers, que de
celle neif que d'autres qui estoient en sa compaignie, pour
li conseiller que il feroit. Et touz li loerent, si comme
vous orrez ci après, que il entrast en une autre neif, car il
ne veoient pas comment la neif peust soufrir les copz des
ondes, pour ce que les clous de quoy les planches de la
nef estoient atachiez estoient touz eloschez. Et moustrerent au roy l'exemplaire du peril de la nef, pour ce que a
l'aler que nous feismes outre mer une nef en semblable
fait avoit esté perie. Et je vi la femme et l'enfant chiez le
conte de Joyngny, qui seulz de ceste nef eschaperent.

15 A ce respondi le roy : « Seigneurz, je voi que se je
descens de ceste nef, que elle sera de refus ; et voy que
il a cean .VIII^C. persones et plus, et pour ce que chascun
aime autretant sa vie comme je faiz la moie, n'oseroit
nulz demourer en ceste nef, ainçois demourroient en
Cypre ; par quoy, se Dieu plait, je ne mettrai ja tant de
gent comme il a ceans en peril de mort, ainçois demourrai
ceans pour mon peuple sauver. » **16** Et^a *demoura et*
Dieu, a cui il s'atendoit, nous saulva en peril de mer bien
.X. semainnes, et venimes a bon port si comme vous orrez

16a Et d.e. D. *BL om. A*

l'amour que portait au roi Dieu, qui installait la peur au cœur de nos ennemis, et cela les empêchait d'oser venir nous attaquer. Et il est écrit à ce sujet : « Si tu crains Dieu, tous les êtres qui te verront te craindront. » Et ce séjour, il le fit tout à fait contre l'avis de son conseil, comme vous l'entendrez ci-après. Il exposa sa personne pour protéger la population du pays, qui eût été dès ce moment perdue s'il n'était alors resté sur place.

13 Le quatrième fait où il exposa sa personne à la mort fut lorsque nous revînmes d'outre-mer et arrivâmes devant l'île de Chypre, quand notre nef heurta le fond si malencontreusement que la terre qu'elle heurta arracha trois toises de la pièce de bois qui en formait le fondement. **14** Après cet accident le roi envoya chercher quatorze maîtres mariniers, tant de cette nef que des autres qui étaient en sa compagnie, pour lui donner conseil sur ce qu'il devrait faire. Et tous lui donnèrent ce conseil, comme vous entendrez ci-après, de monter à bord d'une autre nef, car ils ne voyaient pas comment sa nef pourrait résister aux coups des vagues, parce que tous les clous qui en fixaient les planches étaient ébranlés. Et ils donnèrent au roi un exemple du danger que courait la nef : à l'aller, dans notre passage outre-mer, une nef qui se trouvait dans une situation semblable avait péri. Et je vis chez le comte de Joigny la femme et l'enfant qui furent les seuls rescapés de cette nef.

15 À cela le roi répondit : « Seigneurs, je vois bien que, si je quitte cette nef, personne n'en voudra plus ; et je vois qu'il y a ici huit cents personnes et plus, et comme chacun tient à sa vie autant que je tiens à la mienne, personne n'oserait rester sur cette nef, mais ils resteraient à Chypre ; c'est pourquoi, s'il plaît à Dieu, je ne mettrai certainement pas autant de gens qu'il y en a ici en danger de mort, mais je resterai à bord pour sauver mon peuple. » **16** Et il resta et Dieu, en qui il mettait sa confiance, nous sauva du péril de mer bien dix semaines durant, et nous

---

12. *Se tu creins Dieu*, citation non identifiée. – *tout contre* ; Foulet 1950, p. 60, corrige d'après *BL contre tout*.

ci aprés. Or avint ainsi que Olivier de Termes, qui bien
et viguereusement c'estoit maintenu outre mer, lessa le
roy et demoura en Cypre, lequel nous ne veismes puis
d'an et demi aprés. *Ainsi*[b] destourna le roy le doumage
de .VIII[c]. personnes qui estoient en la nef. **17** En la dareniere partie de cest livre parlerons de sa fin, comment il
trespassa saintement.

18 Or diz je a vous, mon seigneur le roy de Navarre,
que je promis a ma dame la royne vostre mere, a cui
Diex bone merci face, que je feroie cest livre, et pour
moy aquitier de ma promesse l'ai je fait. Et pour ce
que ne voi nullui qui si bien le doie avoir comme vous
qui estes ses hoirs, le vous envoie je pour ce que vous
et vostre frere et les autres qui l'orront y puissent
prenre bon exemple, et les exemples mettre a oevre,
par quoy Dieu[a] leur en sache gré.

19 En nom de Dieu le tout puissant, je, Jehan, sire de
Joyngville, seneschal de Champaigne, faiz escrire la vie
nostre saint[a] *roy* Looÿs, ce que je vi et oÿ par l'espace
de .VI. ans que je fu en sa compaignie ou pelerinage
d'outre mer, et puis que nous revenimes. Et avant que
je vous conte de ses grans faiz et de sa chevalerie vous
conterai je[b] *ce* que je vi et oÿ de ses saintes paroles
et de ses bons enseignemens, pour ce qu'il soient trouvez l'un aprés l'autre pour edefier ceulz qui les orront.

20 Ce saint home ama Dieu de tout son cuer, et ensuivi
ses oeuvres ; et y apparut en ce que aussi comme Dieu
morut pour l'amour que il avoit en son peuple mist il
son cors en avanture par pluseurs foiz pour l'amour
que il avoit a son peuple ; et s'en feust bien soufers

16*b* Ainsi *BL* Aussi *A*   18*a* D. et Nostre Dame... saichent g.
BL   19*a* s. roy L. *BL om. A* – *b* ce *BL om. A*

arrivâmes à bon port, comme vous entendrez ci-après. Il advint ainsi qu'Olivier de Termes, qui avait eu outre-mer une belle et énergique conduite, laissa le roi et resta à Chypre, et nous ne le vîmes qu'un an et demi après. Le roi détourna ainsi le malheur de huit cents personnes qui étaient à bord de la nef. **17** Dans la dernière partie de ce livre nous parlerons de sa fin, de la manière dont il mourut saintement.

18 Maintenant je vous dis, monseigneur le roi de Navarre, que je promis à ma dame la reine votre mère – que Dieu lui accorde un bon pardon – que je ferais ce livre, et pour m'acquitter de ma promesse je l'ai fait. Et comme je ne vois personne qui ait autant de titres à l'avoir que vous, qui êtes son héritier, je vous l'envoie pour que vous et vos frères et les autres qui l'entendront puissent y prendre de bons exemples, et mettre ces exemples en pratique de façon que Dieu leur en sache gré.

19 Au nom de Dieu tout-puissant, moi Jean, sire de Joinville, sénéchal de Champagne, fais écrire la vie de notre saint roi Louis, ce que j'ai vu et entendu pendant l'espace de six ans au cours desquels je me suis trouvé en sa compagnie au pèlerinage d'outre-mer et après notre retour. Et avant de vous raconter ses hauts faits et sa conduite de chevalier, je vous raconterai ce que j'ai vu et entendu de ses saintes paroles et de ses bons enseignements, afin qu'on puisse les trouver les uns après les autres pour l'édification de ceux qui les entendront.

20 Ce saint homme aima Dieu de tout son cœur et se conforma à ses œuvres ; et cela se manifesta quand le roi, de la même manière que Dieu mourut pour l'amour de son peuple, exposa sa personne à plusieurs reprises pour l'amour de son peuple ; et il aurait bien pu s'en

---

16. Olivier de Termes, seigneur languedocien qui participa aux soulèvements dans la région (1228-1241), puis fit sa soumission au roi de France. Il accompagna saint Louis en Égypte et en Terre sainte, où il retourna de 1264 à 1269, puis à Tunis. Revenu en Orient en 1273, il y mourut en 1275.

se il vousist, si comme vous orrez ci aprés.
21 L'amour[a] qu'il avoit a son peuple parut a ce qu'il
dit a[b] *monseigneur Loÿs*, son ainsné filz, en une moult
grant maladie que il ot a Fonteinne Bliaut : « Biau filz,
fist il, je te pri que tu te faces amer au peuple de ton
royaume. Car vraiement je ameraie miex que un Escot
venist d'Escoce et gouvernast le peuple du royaume
bien et loialment que que tu le gouvernasses mal apertement. » Le saint *roy*[c] ama tant verité que neis aus
Sarrazins ne voult il pas mentir de ce que il leur avoit
en convenant, si comme vous orrez ci aprés.

22 De *sa*[a] bouche fu il si sobre que onques jour de ma
vie je ne li oÿ deviser nulles viandes, aussi comme maint
richez homes font, ainçois manjoit paciemment ce que
ses queus li appareilloient[b] *et mectoit on* devant li. En ses
paroles fu il *si*[c] attrempez car onques jour de ma vie je
ne li oÿ mal dire de nullui ne onques ne li oÿ nommer le
dyable, lequel *nom*[d] est bien espandu par le royaume, ce
que je croy qui ne plait mie à Dieu. **23** Son vin trempoit
par mesure selonc ce qu'il veoit que le vin le pooit soufrir. Il me demanda en Cypre pour quoy je ne metoie de
l'yaue en mon vin, et je li diz que ce me fesoient les
phisiciens, qui me disoient que j'avoie une grosse teste et
une froide fourcelle et que je nen avoie pooir de enyvrer.
Et il me dist que il me decevoient, car se je ne[a] l'appre-
noie *a tremper* en ma joenesce et je le vouloie temperer
en ma vieillesce, les goutes et les maladies de fourcelle
me prenroient que ja mez n'avroie santé ; et se je bevoie
le vin tout pur en ma vieillesce, je m'enyvreroie touz les
soirs, et ce estoit trop laide chose de vaillant home de soy
enyvrer. **24** Il me demanda se je vouloie estre honorez
en ce siecle et avoir paradis a la mort ; et je li diz :
« Oÿl ». Et il me dist : « Donques vous gardez que vous

21a La grant a. *BL* – *b* a Monseigneur (Monsieur L) – Loys s. *BLM*
om. A – *c* roy *BLM om. A*　　**22a** sa *BLM* la *A* – *b* a. et mectoit on d.
BL on lui ataignoit et mettoit d. *M om. A* cf. 667 – *c* si *BL om. A*
– *d* nom *BLM* nous *A*　　**23a** n. l'avoie trempé e. *BL* n. apprenoye a le
tramper e. *M om. A.*

dispenser, s'il l'avait voulu, comme vous l'entendrez ci-après. **21** L'amour qu'il avait pour son peuple se manifesta dans les propos qu'il tint à messire Louis, son fils aîné, pendant une très grave maladie qu'il eut à Fontainebleau : « Cher fils, dit-il, je te prie de te faire aimer du peuple de ton royaume. Car j'aimerais vraiment mieux qu'un Écossais vînt d'Écosse et gouvernât bien et justement le peuple du royaume plutôt que tu le gouvernes mal. » Le saint roi aima tellement la vérité que, même aux Sarrasins, il ne voulut pas mentir au sujet de l'accord qu'il avait avec eux, comme vous l'entendrez ci-après.

22 De sa bouche, il fut si sobre que jamais aucun jour de ma vie je ne lui entendis commander aucun plat, comme font beaucoup de hauts personnages ; au contraire il mangeait sans rien dire ce que son cuisinier lui préparait et qu'on mettait devant lui. Dans ses propos il fut mesuré, car jamais jour de ma vie je ne lui ai entendu dire du mal de personne et jamais je ne lui ai entendu prononcer le nom du diable, ce nom qui est largement répandu dans le royaume, chose qui, je crois, ne plaît pas à Dieu. **23** Il était attentif à la quantité d'eau qu'il mettait dans son vin, dans la mesure où il voyait que le vin pouvait le supporter. Il me demanda à Chypre pourquoi je ne mettais pas d'eau dans mon vin ; et je lui dis que je suivais l'avis des médecins, qui me disaient que j'avais une grosse tête et un estomac froid, et que je n'avais pas la possibilité de m'enivrer. Et le roi me dit qu'ils me trompaient, car, si je ne prenais pas l'habitude dans ma jeunesse de mettre de l'eau dans mon vin, et que dans ma vieillesse je voulais le couper, je serais sujet à la goutte et aux maladies d'estomac et je me porterais toujours mal ; et si je buvais du vin pur dans ma vieillesse je m'enivre-

---

21. Louis, né le 25 février 1244, mort dans les premiers jours de 1260. On date habituellement la maladie du roi de 1258 ; Wailly 1874, p. 508. – *que que* ; A. Henry 1978, t. 2 p. 93, n° 168, 6 corrige en *que ce que* ; – *verité* ; cf. § 387 et 764. **22.** Cf. § 687. **23.** *vaillant* ; Paris 1874, p. 405, propose de corriger en *vieil*.

ne faites ne ne dites a vostre escient nulle riens que se tout
le monde le savoit, que vous ne peussiez congnoistre : "Je
ai ce fait, je ai ce dit." »

Il me dit que je me gardasse que je ne desmentisse ne ne
desdeisse nullui de ce que il diroit devant moy puis que
je n'i avroie ne pechié ne doumage ou souffrir, pour ce
que des dures paroles meuvent les mellees dont mil
homes sont mors.

25 Il disoit que l'en devoit son cors vestir et armer en
tele maniere que les preudeshomes de cest siecle ne deissent que il en feist trop ne que les joenes homes ne deissent que il *en*[a] feist pou. Et[b] ceste chose me ramenti le
pere le roy qui orendroit est pour les cotes brodeez a
armer que en fait hui et le jour, et li disoie que onques en
la voie d'outre mer la ou je fuz je n'i vi cottes brodees
ne les *le*[c] roy ne les autrui. Et il me dit qu'il avoit tiex
atours brodez de ses armes qui li avoient cousté .VIII. cenz
livres de parisis. Et je li diz que il les eust miex emploies
se il les eust donnez pour Dieu et eust fait ses atours de
bon cendal[d] enforcié *batu* de ses armes, si comme son
pere faisoit.

26 Il m'apela une foiz et me dist : « Je n'ose parler a
vous, pour le soutil senz dont vous estes, de chose qui
touche a Dieu. Et pour ce ai je appelé ses[a] freres qui ci
sont que je vous weil faire une demande. » La demande

25a en *BL* om. *A* — **b** En cc. ramenti je le p. *BL* Et par ce dit me
remembré ge une foiz du bon seigneur roy p. *M* — **c** le om. *A* — **d** c.
renforcé batu de (a *M*) s. *BLM* om. *A*   **26a** ces deux f. *BL*

rais tous les soirs, et c'était une chose très indigne pour un homme de valeur de s'enivrer. **24** Il me demanda si je voulais être honoré dans ce monde et avoir le paradis à ma mort ; et je lui dis oui. Et il me dit : « Alors gardez-vous de ne rien faire et de ne rien dire, à votre escient, dont vous ne puissiez, si tout le monde le savait, revendiquer la responsabilité : "J'ai fait cela, j'ai dit cela." »

Il me dit de me garder de démentir ou de contredire personne au sujet de propos tenus devant moi, à condition qu'il n'y ait pour moi ni péché ni dommage à les accepter : les propos durs font éclater les rixes dont mille hommes sont morts.

25 Il me disait que l'on devait se vêtir et s'armer de telle manière que les prud'hommes de ce siècle ne disent pas que l'on en faisait trop, et les jeunes gens que l'on n'en faisait pas assez. Et le père du roi qui règne actuellement m'a remis à l'esprit ce propos, au sujet des cottes d'armes brodées que l'on fait maintenant, et je lui disais que jamais au cours du voyage d'outre-mer où je fus je ne vis de cottes brodées ni au roi ni à quelqu'un d'autre. Et il me dit qu'il avait certains équipements brodés de ses armes qui lui avaient coûté huit cents livres parisis. Et je lui dis qu'il les aurait mieux employées s'il les avait données pour Dieu et avait fait faire ses équipements de bon taffetas renforcé frappé de ses armes, comme faisait son père.

26 Il me fit venir une fois et me dit : « Je n'ose vous parler, à cause de l'intelligence subtile qui est la vôtre, de chose qui concerne Dieu. Et pour cette raison j'ai fait venir ces frères qui sont ici, car je veux vous faire une

---

25. *le pere le roy*, Philippe III le Hardi, né le 30 avril 1245, roi le 25 août 1270, mort le 5 octobre 1285 ; cf. § 38. – L'avis de saint Louis sur la sobriété du vêtement rappelle à Joinville, lorsqu'il écrit, une conversation qu'il eut avec Philippe III ; c'est également l'interprétation de *M ; BL* ont compris que Joinville rapporte cet avis à Philippe III ; cf. § 180 *je ramentu le legat.*

fu tele : « Seneschal, fist il, quel chose est Dieu ? » Et je
li diz : « Sire, ce est si bone chose que meilleur ne peut
estre. – Vraiment, fist il, c'est[b] *moult* bien respondu, que
ceste response que vous avez faite est escripte en cest
livre que je tieing en ma main. **27** Or vous demande je,
fist il, lequel vous ameriés miex, ou que vous feussiés
mesiaus ou que vous eussiés fait un pechié mortel ? » Et
je, qui onques ne li menti, li respondi que je en ameraie
miex avoir fait .xxx. que estre mesiaus. Et quant les freres
s'en furent partis, il m'appela tout seul et me fist seoir a
ses piez et me dit : « Comment me deistes vous hier ce ? »
Et je li diz que encore li disoie. Et il me dit : « Vous
deistes comme hastis musarz, car[a] *vous devez savoir que*
nulle si laide mezelerie n'est comme d'estre en pechié
mortel, pour ce que l'ame qui est en pechié mortel est
semblable au dyable, par quoy nulle si laide meselerie ne
peut estre. **28** Et bien est voir que quant l'omme meurt,
il est *gueri*[a] de la meselerie du cors, mes quant l'omme
qui a fait le pechié mortel meurt, il ne sceit pas ne n'est
certeins que il ait eu[b] *en sa vie* tele repentance que Dieu
li ait pardonné, par quoy grant poour doit avoir que celle
mezelerie li dure tant comme Diex yert en paradis. Ci
vous pri, fist il, tant[c] comme je puis que vous metés vostre
cuer a ce, pour l'amour de Dieu et de moy, que vous
amissiez miex que tout meschief avenit au cors de mezelerie[d] et de toute *autre* maladie que ce que le pechié mortel venist a l'ame de vous. »

29 Il me demanda se je lavoie les piez aus povres le jour
du grant jeudi[a]. « Sire, diz je, en mal eur les piez de ces
vilains ne laverai je ja. » – Vraiment, fist il, ce fu mal
dit, car vous ne devez mie avoir en desdaing ce que Dieu
fist pour nostre enseignement. Si vous pri je, pour
l'amour de Dieu premier et pour l'amour de moy, que
vous les acoustumez a laver. »

26b c. moult b. *BM om. A*   **27a** c. vous... que n. *BL om. A*   **28a** gary
BL guerie *A* – **b** e. en sa v. t. *BLM om. A* – **c** t. acertenement c. *BL*
– **d** m. et de toutes aultres m. vous venissent au corps que le p. *BL* m. et
aultres maulx et meschiefs vous viensissent au corps que commettre un seul
p. *M* autre *om. A*   **29a** j. Fy, fis je *L* Fy fy *BM*

demande. » La demande fut telle : « Sénéchal, fit-il, qu'est-ce que Dieu ? » Et je lui dis : « Sire, c'est une chose si bonne qu'il ne peut y en avoir de meilleure. – Vraiment, fit-il, c'est très bien répondu, car la réponse que vous avez faite est écrite dans ce livre que je tiens à la main. **27** Maintenant je vous demande, fit-il, ce que vous aimeriez mieux, ou être lépreux ou avoir fait un péché mortel ? » Et moi, qui jamais ne lui mentis, lui répondis que j'aimerais mieux en avoir fait trente que d'être lépreux. Et quand les frères furent partis, il me fit venir tout seul et me fit asseoir à ses pieds et me dit : « Comment avez-vous pu me dire cela hier ? » Et je lui dis que je le lui disais encore. Et il me dit : « Vous avez parlé comme un étourdi trop pressé, car vous devez savoir qu'il n'y a pas de lèpre aussi affreuse que d'être en état de péché mortel, parce que l'âme qui est en état de péché mortel est semblable au diable ; c'est pourquoi il ne peut y avoir de lèpre aussi affreuse. **28** Et il est bien vrai que, quand l'homme meurt, il est guéri de la lèpre du corps, mais quand l'homme qui a commis le péché mortel meurt, il ne sait pas et n'est pas certain qu'il ait eu en sa vie un repentir tel que Dieu lui ait pardonné ; c'est pourquoi il doit avoir grande peur que cette lèpre ne lui dure aussi longtemps que Dieu sera au paradis. Je vous prie, fit-il, tant que je peux, de disposer votre cœur, pour l'amour de Dieu et de moi, à préférer qu'arrive n'importe quel malheur à votre corps, lèpre ou toute autre maladie, plutôt que le péché mortel vienne dans votre âme. »

29 Il me demanda si je lavais les pieds aux pauvres le jour du Jeudi saint. « Sire, dis-je, par malheur, je ne laverai certainement pas les pieds de ces vilains ! – Vraiment, dit-il, vous avez mal parlé, car vous ne devez pas mépriser ce que Dieu a fait pour notre enseignement. Je vous prie, en premier lieu pour l'amour de Dieu, et pour l'amour de moi, de prendre l'habitude de les laver. »

28c Foulet 1950, p. 60-61, corrige *t. a certes c.* d'après *BL* et § 2, 425 et 568.

30 Il ama tant toutes manieres de gens qui Dieu creoient et amoient que il donna la connestablie de France a mon seigneur Gilles le Brun, qui n'estoit pas du royaume de France, pour ce qu'il estoit de grant renommee de croire Dieu et amer, et je croy vraiement que tel fu il.

31 Maistre Robert de Cerbone[a], pour la grant renommee que il avoit d'estre preudomme, il le faisoit manger a sa table. Un jour avint que il manjoit de lez moy[b] *et parlions a conseil* l'un a l'autre. Et nous reprist, et dit : « Parlés haut, fist il, car voz compaignons cuident que vous mesdisiés d'eulz. Se vous parlés au manger de chose qui *nous*[c] doie plaire, si dites haut, ou se ce non, si vous taisiés. »
32 Quant le roy estoit en joie, si me disoit : « Seneschal, or me dites les raisons pour quoy preudomme vaut miex que beguin. » Lors si encommençoit la tençon de moy et de maistre Robert. Quant nous avions grant piesce desputé, si rendoit sa sentence et disoit ainsi : « Maistre Robert, je vourroie[a] bien avoir le non de preudomme mes que je le feusse, et tout le remenant vous demourast. Car preudomme est si grant chose et si bone chose que neis au nommer emplist il la bouche. »

33 Au contraire disoit il que male chose estoit de prendre de l'autrui, car le rendre estoit si grief que neis au nommer le rendre escorchoit la gorge par les erres

---

30 Il aima tant toutes les personnes qui croyaient en Dieu et qui l'aimaient qu'il donna la connétablie de France à messire Gilles le Brun, qui n'était pas du royaume de France, parce que celui-ci avait une grande réputation de croire en Dieu et de l'aimer ; et je crois vraiment qu'il a été ainsi.

31 Pour la grande réputation que maître Robert de Sorbon avait d'être prud'homme, il le faisait manger à sa table. Il arriva un jour que maître Robert mangeait à côté de moi et que nous parlions bas l'un avec l'autre. Le roi nous reprit et dit : « Parlez à haute voix, fit-il, car ceux qui sont à table avec vous pensent que vous médisez d'eux. Si vous parlez à table d'une chose qui doive nous plaire, exprimez-vous à haute voix ou, sinon, taisez-vous. » **32** Quand le roi était d'humeur joyeuse, il me disait : « Sénéchal, dites-moi donc les raisons pour lesquelles un prud'homme vaut mieux qu'un dévot. » Alors recommençait la dispute entre moi et maître Robert. Quand nous avions discuté un grand moment, le roi rendait sa sentence et disait ainsi : « Maître Robert, je voudrais bien avoir la réputation d'être prud'homme, à la condition de l'être, et que tout le reste vous demeurât. Car *prud'homme* est une chose si grande et si bonne que rien qu'à prononcer le mot, il remplit la bouche. »

33 Au contraire, il disait que c'était une mauvaise chose que de prendre le bien d'autrui, car rendre était si dur que rien qu'à prononcer le mot, *rendre* écorchait

---

30. Gilles le Brun, seigneur du Hainaut. Il n'est pas, comme on l'a dit parfois, le beau-frère de Joinville ; Pinoteau 1966, p. 23-25 ; *Biographie nationale de Belgique*, t. 25, 1930, col. 577-581.   **31.** Robert de Sorbon (1201-1274), fondateur du collège de Sorbonne, en 1257, avec l'aide de saint Louis ; Glorieux 1966, p. 1-67. – *preudomme* voir Introduction, p. 120 ; Spitzer 1947. – Dans le texte de *A* l'intervention du roi ne s'explique pas ; *BL* et *MP* donnent chacun l'explication : *BL nous devisions l'un a l'autre, MP nous parlions a conseil.* Le texte de *MP* représente mieux une formulation du XIVᵉ s., et conserve l'opposition avec le « *parlés haut* » de saint Louis.   **32.** *Beguin*, laïc ayant une vie religieuse particulièrement intense ; *Dict. de Spiritualité* I, 1935, col. 1341-1352 ; Bériou 1994. Le mot est le plus souvent pris en mauvaise part ; il désigne un personnage dont la vertu et la piété affichées ne sont pas sincères.

qui y sont, les quiex[a] *erres* senefient les ratiaus[b] au dyable qui touz jours tire ariere[c] vers li ceulz qui l'autrui chatel veulent rendre. Et si soutilment le fait le dyable car[d] aus grans usuriers et aus granz robeurs les attice il si que il leur fait donner pour Dieu ce que il devroient rendre. **34** Il me dist que je deisse au roy Tibaut de par li que il se preist garde a la meson des Preescheurs de Provins, que il faisoit, que il n'encombrast l'ame de li pour les granz deniers que il y metoit. « Car les sages homes, tandis que il vivent, doivent faire du leur aussi comme executeurz en devroient faire, c'est a savoir que les bons executeurs desfont premierement les torsfaiz au mort et rendent l'autrui chatel, et du remenant de l'avoir au mort font aumosnes. »

35 Le saint roy fut a Corbeil a une Penthecouste, la ou il ot[a] *bien trois cens* chevaliers. Le roy descendi aprés manger ou prael desouz la chapelle et parloit a l'uys de la porte au conte de Bretaigne, le pere au duc qui ore est[b], que Dieu gart. La me vint querre mestre Robert de Cerbon[c], et me prist par le cor de mon mantel et me mena au roy, et tuit li autre chevalier vindrent aprés nous. Lors demandai je a mestre Robert : « Mestre Robert, que me voulez vous ? » Et me dist : « Je vous veil demander, se le roy se seoit en cest prael et vous vous aliez seoir sur son banc plus haut que li, se en vous en devroit bien blasmer. » Et je li

33a q.e. s. *BL* om. *A* – **b** l. rentes a. *BLMP* – **c** a. vous et les aultres q. *BL* – **d** c. a ses g. u. et a ses g. *BL*, ses u. *M* **35a** o. bien trois cens c. *BLMP* quatre vins *A* – **b** q. D. g. om. *BLP* e. de qui Dieu ait l'ame *M* – **c** Sorbon *BLPM*.

la gorge, à cause des *r* qui y sont ; car ces *r* signifient les râteaux du diable, qui toujours tire en arrière vers lui ceux qui veulent rendre le bien d'autrui. Et le diable agit si habilement qu'il excite les grands usuriers et les grands voleurs, et les pousse à donner pour l'amour de Dieu ce qu'ils devraient rendre. **34** Il me dit de faire savoir de sa part au roi Thibaut de prendre garde au couvent des Frères prêcheurs de Provins, que celui-ci était en train de construire, pour qu'il ne mette pas son âme en situation difficile à cause des grandes sommes qu'il y dépensait. « Car les hommes sages, pendant qu'ils sont vivants, doivent faire de leur argent ce que leurs exécuteurs testamentaires devraient en faire, à savoir que les bons exécuteurs réparent d'abord les torts causés par le défunt, et avec le reste des biens du défunt ils font des aumônes. »

35 Le saint roi se trouvait à Corbeil lors d'une fête de Pentecôte où il y avait bien trois cents chevaliers. Le roi descendit après le repas au jardin sous la chapelle, et parlait sur le pas de la porte au comte de Bretagne, le père du duc qui est maintenant – Dieu le garde ! Maître Robert de Sorbon vint là me chercher et me prit par le coin de mon manteau et me mena au roi ; tous les autres chevaliers nous suivirent. Alors je demandai à maître Robert : « Maître Robert, que me voulez-vous ? » Et il me dit : « Je veux vous poser cette question : si le roi était assis dans ce jardin et que vous alliez vous asseoir sur son banc plus haut que lui, n'aurait-on pas raison de vous le reprocher ? » Et je lui dis que oui. **36** Et

33. *erres*, Huon le Roi de Cambrai, *Œuvres. Abecés par ekivoche*, éd. A. Långfors, Paris, 1925 (*CFMA* 13) vers 241-252, p. 8-9 ; Spitzer 1947. Comparer : *Errannment vindrent au chastel / Le deable a tot un rastel / Virent ambedui maintenant / Tote la ville porprenant*, *Vie des Pères*, éd. F. Lecoy, t. 2, Paris, 1993 (*SATF*), vers 11434-11437. – *d* Foulet 1979, p. 225, propose de corriger, d'après *BL* et *M*, *a ces g.u. et a ces g.r.* **34.** Thibaut V, comte de Champagne et roi de Navarre, né vers 1240, mort le 4 décembre 1270, marié à Isabelle, fille de Louis IX. – *faisoit*, vers 1269-1270 ; D'Arbois IV, 1865, p. 384-385 et 605. **35.** *Pentecôte*, probablement 12 mai 1258 ; *Hist. de la France*, t. 21, 1865, p. 417. Glorieux 1966, p. 44-45. Wailly 1874, p. 508, propose 1260. – Jean Ier, comte de Bretagne, fils du comte Pierre ; Jean II, son fils, comte en 1286, duc en 1297, mort le 18 novembre 1305.

diz que oïl. **36** Et il me dit : « Dont faites vous bien
a blasmer quant vous estes plus noblement vestu que
le roy, car vous vous vestez de vair et de vert, ce que
li roys ne fait pas. » Et je li diz : « Mestre Robert,
salve vostre grace, je ne foiz mie a blasmer se je me
vest de vert et de vair, car cest abit me lessa mon pere
et ma mere ; mes vous faites a blasmer, car vous estes
filz de vilain et de vilainne, et avez lessié l'abit vostre
pere et vostre mere, et estes vestu de plus riche camelin
que le roy n'est. » Et lors je pris le pan de son seurcot
et du seurcot le roy et li diz : « Or esgardez se je di
voir. » Et lors le roy entreprist a deffendre mestre
Robert de paroles de tout son pooir.

37 Aprés ces choses, mon seigneur li roys appella mon
seigneur Phelippe, son filz, le pere au roy qui ore est,
et le roy Tybaut[a] *aussi*, et s'asist a l'uys de son oratoire
et mist la main a terre et dist : « Seez vous ci bien
pres de moy pour ce que en ne nous oie. – Ha, sire,
firent il, nous ne nous oserions asseoir ci pres de
vous. » Et il me dist : « Seneschal, seez vous ci. » Et
si fiz je si pres de li que ma robe touchoit a la seue ;
et il les fist asseoir aprés moy et leur dit : « Grant mal
apert avez fait quant vous estes mes filz et n'avez fait
au premier coup tout ce que je vous ai commandé ; et
gardés que il ne vous avieingne jamais. » Et il dirent
que non feroient il. **38** Et lors me dist que il nous[a]
avoit appelez pour li confesser a moy de ce que a tort
avoit deffendu[b] mestre Robert *encontre*[c] moy. « Mes,
fist il, je le vi si esbahi que il avoit bien mestier que
je li aidasse. Et toute voiz ne vous tenez pas a chose
que je en deisse pour mestre Robert deffendre, car aussi
comme le senechal dit, vous vous devez bien vestir et
nettement, pour ce que vos femmes vous en ameront
miex et vostre gent vous en priseront plus. Car ce dit
le sage : "En se doit assemer en robes et en armes en
tel maniere que les preudeshommes de cest siecle ne

37*a* T. aussi e. *BL* aussi le r. T. *M* aussi *om. A*   38*a* n. avoit a. *BLM*
om.A – *b* d. a m. *A* – *c* encontre *BL* contre *M* et contre *A*

il me dit : « Alors vous méritez bien des reproches, quand vous êtes plus luxueusement habillé que le roi ; car vous vous habillez de vair et de drap vert, ce que le roi ne fait pas. » Et je lui dis : « Maître Robert, sauf votre grâce, je ne suis pas à blâmer si je m'habille de drap vert et de vair, car c'est mon père et ma mère qui m'ont laissé ce vêtement ; mais c'est vous qui êtes à blâmer, car vous êtes fils de vilain et de vilaine, et vous avez abandonné le vêtement de votre père et de votre mère et vous êtes vêtu d'un drap plus riche que celui du roi. » Et alors je pris le pan de son surcot et le pan de celui du roi, et je lui dis : « Regardez si je ne dis pas vrai. » Là-dessus le roi commença à parler pour défendre maître Robert de tout son pouvoir.

37 Après cela, monseigneur le roi fit venir messire Philippe, son fils, le père du roi actuel, et aussi le roi Thibaut, et s'assit à la porte de son oratoire, mit la main à terre et dit : « Asseyez-vous ici, bien près de moi, pour que l'on ne nous entende pas. – Ah ! sire, firent-ils, nous n'oserions pas nous asseoir si près de vous. » Et il me dit : « Sénéchal, asseyez-vous ici. » Et je m'assis si près de lui que ma robe touchait la sienne ; et il les fit asseoir après moi et leur dit : « Vous avez bien mal agi : vous êtes mes fils et vous n'avez pas fait du premier coup tout ce que je vous ai commandé ; et prenez garde que cela ne vous arrive jamais. » Et ils dirent que cela ne leur arriverait plus. **38** Et alors il me dit qu'il nous avait fait venir pour reconnaître devant moi qu'il avait défendu à tort maître Robert contre moi. « Mais, fit-il, je le vis si déconcerté qu'il avait bien besoin que je l'aide. Et toutefois, ne vous en tenez pas à ce que j'ai pu dire pour défendre maître Robert, car, comme le dit le sénéchal, vous devez vous habiller bien et proprement, car vos femmes vous en aimeront mieux et vos gens vous en estimeront davantage. Car, comme dit le sage : "On doit se parer, qu'il s'agisse de vêtements ou d'armes, de manière que les prud'hommes de ce monde dient que on en face trop, ne les joenes gens de cest siecle ne dient que en en face pou." »

39 Ci aprés orrez un enseignement que il me fist en la mer quant nous revenions d'outre mer. Il avint que nostre nef hurta devant l'ille de Cypre par un vent qui a non guerbin, qui n'est mie des .IIII. mestres venz. Et de ce coup que nostre nef prist furent li notonnier si desperez que il dessiroient leur robes et leur barbes. Le roy sailli de son lit tout deschaus, car nuit estoit, une cote sanz plus vestue, et se ala mettre en croiz devant le cors Nostre Seigneur, comme cil qui n'atendoit que la mort. L'endemain que ce nous fu avenu m'apela le roy tout seul et[a] *me dist :* **40** « Seneschal, ore nous a moustré Dieu une partie de son[a] *grant* pooir. Car un de ses petiz venz[b], *qui est si petit que a peinne le sceit on nommer,* deut avoir le roy de France, ses enfans et sa femme et ses gens noiés. Or dit saint Anciaumes que ce sont des menaces Nostre Seigneur, aussi comme se Diex vousist dire : "Or vous eusse je bien mors se je vousisse." Sire Dieu, fait li sains, pourquoy nous menaces tu ? car es menaces que tu nous faiz, ce n'est pour ton preu ne pour ton avantage, car se tu nous avoies touz perdus, si ne seroies tu ja plus povre[c] *et se tu nous avois tous gaignez, tu n'en serois ja* plus riche. Donc n'est ce pas pour ton preu la menace que tu nous as faite, mes pour nostre profit, se nous le savons mettre a oeuvre. **41** A oeuvre devons nous mettre ceste menace que Dieu nous a faite en tele maniere que se nous sentons que nous aions en nos cuers et en nos cors chose qui desplese a Dieu, oster le devons hastivement. Et quanque nous cuiderons qui

---

39a e. me dist : S. *BLM* e. m'apela : S. *A.*   **40a** S. grant p. *BLM om.* *A* — *b* v. qui e. si p. q. *BL om. A* — *c* p. et se tu nous... ja plus r. *BL* p. et aussi si tu ne nous avoys tous perduz tu n'en serois ja plus r. *M* p. ne plus r. *A*

ne disent pas que l'on en fait trop et que les jeunes gens
de ce monde ne disent pas que l'on en fait trop peu." »

39 Vous entendrez ci-après une leçon qu'il me donna
en mer, quand nous revenions d'outre-mer. Il advint
que notre nef heurta le fond devant l'île de Chypre,
par un vent que l'on appelle *garbin*, qui n'est pas l'un
des quatre vents principaux. Et les marins furent si
désespérés de ce choc que notre nef reçut qu'ils déchi-
raient leurs vêtements et leurs barbes. Le roi sauta de
son lit sans chausses, car c'était la nuit, avec une cotte
pour tout vêtement, et alla se mettre les bras en croix
devant le corps de Notre-Seigneur, comme un homme
qui n'attend plus que la mort. Le lendemain du jour
où cela nous arriva, le roi me fit venir tout seul et me
dit : **40** « Sénéchal, Dieu vient de nous montrer une
partie de sa grande puissance. Car un de ces petits
vents, qui est si petit qu'on a peine à savoir son nom,
aurait dû noyer le roi de France, ses enfants, sa femme
et ses gens. Or saint Anselme dit que ce sont des
menaces de Notre-Seigneur, comme si Dieu avait voulu
nous dire : "Je vous aurais donc bien fait mourir, si je
l'avais voulu." Sire Dieu, dit le saint, pourquoi nous
menaces-tu ? Car rien dans les menaces que tu nous
fais n'est ni à ton profit ni à ton avantage, car si tu
nous avais tous perdus, tu ne serais sûrement pas plus
pauvre, et si tu nous avais tous gagnés, tu n'en serais
pas plus riche. Donc la menace que tu nous as faite
n'est pas pour ton avantage, mais pour notre profit, si
nous savons en tirer parti. **41** Nous devons tirer parti
de cette menace que Dieu nous a faite, de manière que,
si nous sentons que nous avons en nos cœurs ou en

---

38. *face pou* ; cf. § 25. — **39.** Cf. § 634-637, § 13 et 618. – *Garban*,
vent léger du sud-ouest, ital. *garbino* ; Monfrin 1973, p. 464. – *a et m'apela*
de *A* semble une reprise erronée de la ligne précédente ; *et me dist* de *BLM*
est justifié par le retour de la formule § 26, 483, 485, 563, 650, 653, 654,
etc. — **40.** Je n'ai rien retrouvé de semblable dans les œuvres de saint
Anselme. – *c* L'omission de *A* n'est pas entièrement mécanique, le copiste
rétablit la cohérence de la phrase en introduisant un *ne* : *plus povre ne plus
riche*. La correction s'impose, puisque le même propos est repris textuellement au § 637.

li plese nous nous devons esforcier hastivement du
prenre ; et se nous le faisons ainsinc, Nostre Sire nous
donra plus de bien en cest siecle et en l'autre que nous
ne saurions deviser ; et se nous ne le faison ainsi, il
fera aussi comme le bon seigneur doit faire a son
mauvais sergant. Car après la menace, quant le mauvais
serjant ne se veut amender, le seigneur[a] *le* fiert ou de
mort ou de autres greingneurs mescheances, qui piz
valent que mort. » **42** Si[a] y preingne garde li roys qui
ore est, car il est eschapé de aussi grant peril ou de
plus que nous ne feimes ; si s'amende de ses mesfais
en tel maniere que Dieu ne fiere en li ne en ses choses
cruelment.

43 Le saint roy se esforça de tout son pooir par ses
paroles de moy faire croire fermement en la loy crestienne que Dieu nous a donnee, aussi comme vous
orrez ci après. Il disoit que nous devions croire si
fermement les articles de la foy que, pour mort ne pour
meschief qui avenist au cors, que nous n'aiens nulle
volenté d'aler encontre par parole ne par fait. Et disoit
que l'ennemi est si soutilz que, quant les gens se meurent, il se travaille tant comme il peut que il les puisse
faire mourir en aucune doutance des poins de la foy,
car il voit que les bones oeuvres que l'omme a faites
ne li peut il tollir, et voit[a] *aussi* que il l'a perdu se il
meurt en vraie foy. **44** Et pour ce se doit on garder et
en tele maniere deffendre de cest agait que en die a
l'ennemi quant il envoie tele temptacion : « Va t'en,
doit on dire a l'ennemi, tu ne me tempteras ja a ce
que je ne croie fermement touz les articles de la foy.
Mes[a] se tu me fesoies touz les membres tranchier, si
weil je vivre et morir en cesti point. » Et qui ainsi le

41a le *BL om. A*   **42a** Si... cruelment *om. BL* Donques si fera nostre
Seigneur au mauvais pecheur qui pour sa menace ne se veult amender. Car
il le frappera en soy ou en s.c.c. *M ; P n'a pas le passage*   **43a** v. aussi
q. *BL om. A*   **44a** Nes *corr. Corbett ; cf. Credo* § 775

nos corps une chose qui déplaise à Dieu, nous devons l'ôter en hâte. Et tout ce que nous croirons devoir lui plaire, nous devrons nous efforcer en hâte de le prendre ; et si nous agissons ainsi, Dieu nous donnera plus de bien en ce siècle et en l'autre que nous ne saurions dire ; et si nous n'agissons pas ainsi, il fera comme le bon maître doit faire avec son mauvais serviteur. Car après la menace, quand le mauvais serviteur ne veut pas se corriger, le maître le frappe ou de mort ou d'autres plus grands malheurs, qui sont pires que la mort. » **42** Que le roi qui règne aujourd'hui y prenne garde, car il a échappé à un péril aussi grand, ou plus, que nous ne l'avons fait ; qu'il s'amende de sa mauvaise conduite de telle manière que Dieu ne le frappe cruellement en sa personne ou en ses affaires.

43 Le saint roi s'efforça de tout son pouvoir par ses paroles de me faire croire fermement à la loi chrétienne que Dieu nous a donnée, comme vous l'entendrez ci-après. Il disait que nous devions croire les articles de la loi si fermement que, pour la mort ou pour un malheur qui pourrait arriver à notre corps, nous n'ayons aucune volonté d'aller à l'encontre en paroles ou de fait. Et il disait que le diable est si subtil que, quand les gens sont à la mort, il se donne toute la peine qu'il peut pour arriver à les faire mourir dans quelque doute sur les points de la foi, car il voit que les bonnes œuvres que l'homme a faites, il ne peut les lui enlever ; et il voit aussi qu'il a perdu cet homme si celui-ci meurt dans la vraie foi. **44** Et à cause de cela, on doit se garder et se défendre de ce piège de telle manière que l'on dise au diable, quand il envoie une pareille tentation : « Va-t'en, doit-on dire à l'ennemi, tu ne me tenteras certes pas au point que je ne croie fermement tous les articles de la foi. Mais même si tu me faisais

---

42. Peut-être allusion à un épisode de la bataille de Mont-en-Pévèle, où Philippe le Bel fut renversé de son cheval (18 août 1304) ; Favier 1978, p. 245.

fait, il vaint l'ennemi de son baston et de[b] *son espee*
dont l'ennemi le vouloit occirre.

45 Il disoit que foy et creance estoit une chose ou nous
devions bien croire fermement, encore n'en feussiens
nous certeins mez que par oïr dire. Sus ce point il me fist
une demande, comment mon pere avoit non ; et je li diz
que il avoit non Symon. Et il me dit[a] comment je le
savoie ; et je li diz que je en cuidoie estre certein et le
creoie fermement, pour ce que ma mere[b] le *m*'avoit tesmoingné[c]. *Lors il me dist :* « Donc devez vous croire fermement touz les articles de la foy, les quiex les apostres[d]
nous tesmoingnent, aussi comme vous oez chanter au
dymanche[e] en la CREDO. »

46 Il me dist que l'esvesque Guillaume de Paris li avoit
conté que un grant mestre de divinité estoit venu a li et li
avoit dit que il vouloit parler a li. Et il li dist : « Mestre,
dites vostre volenté. » Et quant le mestre cuidoit parler a
l'evesque et[a] commença a plorer trop fort. Et l'evesque li
dit : « Maistre, dites, ne vous desconfortés pas, car nulz
ne peut tant pechier que Dieu ne peut plus pardonner. –
Et je vous di, sire, dit li mestres, je n'en puis mais se je
pleure, car je cuide estre mescreant pour ce que je ne puis
mon cuer ahurter a ce que je croie ou sacrement de l'autel
ainsi comme sainte Esglise l'enseigne ; et si sai bien que
ce est des temptacions l'ennemi. **47** – Mestre, fist li
evesques, or me dites, *quant*[a] l'ennemi vous envoie ceste
temptacion, se elle vous plet. » Et le mestre dit : « Sire,
mes m'ennuie tant comme il me peut ennuier. – Or vous
demande je, fist l'evesque, se vous prenriés ne or ne
argent par quoy vous regeïssiez de vostre bouche nulle
riens qui feust contre le sacrement de l'autel ne contre les

    44b d. son espee *BL* d. ses espees *A*   **45a** demanda *BL* – *b* m. le
m'a. t. *BL* m. le m'a dit *M* m. l'a. t. *A* – *c* t. Lors il me dist : D. *BL*
Adonques fist il : D. *M om. A* – *d* a. nous t. *BL om. A* – *e* d. en saincte
Eglise *BL*   **46a** et *om. BL*   **47a** quant *BL* qua *A*

couper tous les membres, je veux vivre et mourir en cette croyance. » Et celui qui agit ainsi vainc le diable avec le bâton et l'épée avec lesquels le diable voulait le tuer.

45 Il disait que la foi et la croyance étaient des choses auxquelles nous devions bien croire fermement, encore que nous n'en soyons assurés que par ouï-dire. Sur ce point, il me fit une demande : comment mon père s'appelait-il ? et je lui dis qu'il s'appelait Simon. Et il me demanda comment je le savais ; et je lui dis que je pensais en être certain et le croyais fermement parce que ma mère m'en avait rendu témoignage. Et alors il me dit : « Vous devez donc croire fermement tous les articles de la foi, dont nous rendent témoignage les apôtres, comme vous l'entendez chanter le dimanche au *Credo*. »

46 Il me dit que l'évêque Guillaume de Paris lui avait raconté qu'un grand maître en théologie était venu le voir, et lui avait dit qu'il voulait lui parler. Et l'évêque lui dit : « Maître, dites ce que vous voulez dire. » Et quand le maître voulut parler à l'évêque, il commença à pleurer très fort. Et l'évêque lui dit : « Maître, parlez, ne perdez pas courage, car personne ne peut tant pécher que Dieu ne puisse lui pardonner davantage. – Et je vous le dis, messire, dit le maître, je n'y peux rien si je pleure ; car je pense ne pas avoir la foi, parce que je ne peux pas forcer mon cœur à croire au sacrement de l'autel comme la sainte Église l'enseigne. Et je sais bien que ce sont là des tentations du diable. **47** – Maître, dit l'évêque, dites-moi, quand le diable vous envoie cette tentation, vous plaît-elle ? – Et le maître dit : « Messire, au contraire, elle me pèse autant que chose peut me peser. – Je vous demande alors, fit l'évêque, si vous accepteriez de l'or ou de l'argent pour professer de votre bouche quoi que ce

45. Simon de Joinville, mort en 1233. Sa femme, Béatrix d'Auxonne, dame de Marnay et de Vaucouleurs, fille d'Étienne III, comte d'Auxonne, et de Béatrix, comtesse de Chalon-sur-Saône.   **46.** Guillaume d'Auvergne, évêque de Paris de 1228 à 1249 ; *DLF* 1992, p. 606.

autres sains sacremens de l'Esglise. – Je, sire, fist li
mestres, sachiez que il n'est nulle riens ou monde que
j'en preisse, ainçois ameroie miex que en m'arachast touz
les membres du cors que je le regeïsse. **48** – Or vous dirai
je autre chose, fist l'evesque. Vous savez que le roy de
France guerroie au roy d'Engleterre, et savez que le chastiau qui est plus en la marche de eulz .II. c'est la Rochelle
en Poitou. Or vous weil faire une demande, que se li roys
vous avoit baillé la Rochelle a garder, qui est en la[a]
marche, et il m'eust baillé le chastel de *Montleheri*[b] a
garder, qui est ou cuer de France et en terre de paix, au
quel li roys devroit savoir meilleur gré en la fin de sa
guerre, ou a vous qui avriés gardé la Rochelle sanz
perdre, ou a moy qui li avroie gardé le chastel de *Montleheri*[c] sanz perdre ? – En non Dieu, sire, fist le mestre,
a moy, qui avroie gardé la Rochelle sanz perdre.
49 – Mestre, dit l'evesque, je vous di que mon cuer est
semblable au chastel de Montleheri, car nulle temptacion
ne nulle doute je n'ai du sacrement de l'autel. Pour la
quel chose je vous di que, pour un gré que Dieu me scet
de ce que je le croy fermement et en paix, vous en scet
Dieu quatre pour ce que vous li gardez vostre cuer en la
guerre de tribulacion, et avez si bone volenté envers li
que vous pour nulle riens terrienne ne pour meschief que
on feist du cors ne le relenquiriés. Dont je vous di que
soiés tout aese, que vostre estat plet miex a Nostre Seigneur en ce cas que ne fait le mien. » Quant le mestre oÿ
ce, il s'agenoilla devant l'evesque et se tint *bien*[a] pour
poiez.

50 Le saint roy me conta que pluseurs gent des Aubigois
vindrent au conte de Monfort, qui lors gardoit la terre de
Aubijois pour le roy, et li distrent que il venist veoir le
cors Nostre Seigneur, qui estoit devenuz en sanc et en

48*a* l. male m. *BL* – *b* Montlehery *BLM* Monlaon *A* – *c* Montlehery
BL Monlaon *A*.   49*a* bien *BL* bin *A*

soit qui fût contre le sacrement de l'autel ou contre les autres saints sacrements de l'Église. – Moi, messire, fit le maître, sachez qu'il n'y a quoi que ce soit au monde que je puisse accepter à cette condition, mais j'aimerais mieux qu'on m'arrachât tous les membres du corps plutôt que professer une chose semblable. **48** – Maintenant, je vous dirai autre chose, fit l'évêque. Vous savez que le roi de France est en guerre avec le roi d'Angleterre, et vous savez que le château qui est situé le plus exactement à la frontière de l'un et de l'autre, c'est La Rochelle en Poitou. Alors je veux vous faire une demande : si le roi vous avait confié la garde de La Rochelle qui est sur la frontière, et s'il m'avait confié la garde du château de Montlhéry, qui est au cœur de la France et en terre de paix, auquel de nous deux le roi devrait-il être le plus reconnaissant à la fin de sa guerre, à vous qui auriez gardé sans perte La Rochelle ou à moi qui aurais gardé sans perte le château de Montlhéry ? – Au nom de Dieu, messire, fit le maître, à moi qui aurais gardé sans perte La Rochelle. **49** – Maître, dit l'évêque, je vous dis que mon cœur est semblable au château de Montlhéry ; car je n'ai aucune tentation ni aucun doute à propos du sacrement de l'autel. C'est pourquoi je vous dis que, pour une fois que Dieu me sait gré d'y croire fermement et en paix, Dieu vous en sait gré quatre fois, parce que vous lui gardez votre cœur au milieu de la guerre et de l'épreuve, et que vous avez envers lui une volonté si bonne que pour aucun bien au monde, ni pour les tourments que l'on pourrait faire subir à votre corps, vous ne l'abandonneriez. Je vous dis donc de vous sentir tout à fait tranquille, car votre état plaît mieux à Notre-Seigneur en cette affaire que ne fait le mien. » Quand le maître entendit cela, il s'agenouilla devant l'évêque, et se considéra comme bien satisfait.

50 Le saint roi me conta que plusieurs personnes d'entre les Albigeois vinrent trouver le comte de Montfort, qui gardait alors la terre des Albigeois pour le roi, et lui dirent de venir voir le corps de Notre-Seigneur, qui était devenu

char entre les mains au prestre. Et il leur dist : « Alez le
veoir, vous qui *ne*[a] le creez, car je le croi fermement aussi
comme sainte Esglise nous raconte[b] le sacrement de l'autel. Et savez vous que je y gaignerai, fist le conte, de ce
que je le croy en ceste mortel vie aussi comme sainte
Esglise le nous enseigne ? Je en avrai une coronne es
ciex, plus que les angres, qui le voient face a face, par
quoy il convient que il le croient. »

51 Il me conta que il ot une grant desputaison de clers
et de juis ou moustier de Clygni. La ot un[a] *vieil* chevalier a qui l'abbé avoit donné le pain leens pour Dieu,
et requist a l'abbé que il li lessast dire la premiere
parole, et en li otria[b] a peinne. Et lors il se leva et
s'apuia sus sa croce et dit que l'en li feist venir le
plus grant clerc et le plus grant mestre des juis, et si
firent il. Et li fist une demande qui fu tele : « Mestre,
fist le chevalier, je vous demande se vous creez que la
Vierge Marie, qui Dieu porta en ses flans et en ses
bras, enfantast vierge, et que elle soit mere de Dieu. »
52 Et le juif respondi que de tout ce ne *creoit*[a] il riens.
Et le chevalier li respondi que moult avoit fait que fol
quant il ne la creoit ne ne l'amoit, et estoit entré en
son moustier et en sa meson. « Et vraiement, fist le
chevalier, vous le comparrez. » Et lors il hauça sa
potence et feri le juif les l'oÿe et le porta par terre. Et
les juis tournerent en fuie et enporterent leur mestre
tout blecié ; et ainsi demoura la desputaison. **53** Lors
vint l'abbé au chevalier et li dist que il avoit fait grant
folie ; et le chevalier dist que encore avoit il fait grein-
gneur folie d'assembler tele desputaison, car avant que
la desputaison feust menee a fin avoit il seans grant
foison de bons crestiens qui s'en feussent parti touz

50a q. ne le c. pas *BL* q. en doubtez *M* om. *A* – **b** r. ou s. *BL*   **51a** u.
vieil c. *BL* u.c. viel et ancien *M* om. *A* – **b** o. a moult grant p. *BL* o. a
paine *M*   **52a** creoit *BLM* croit *A*

sang et chair entre les mains du prêtre. Et il leur dit :
« Allez le voir, vous qui n'y croyez pas, car moi, j'y crois
fermement, suivant l'enseignement de la sainte Église sur
le sacrement de l'autel. Et savez-vous ce que j'y gagnerai,
fit le comte, à y croire en cette vie mortelle, comme la
sainte Église nous l'enseigne ? J'en aurai une couronne
au ciel, plus que les anges, qui le voient face à face, et
pour cela sont bien forcés d'y croire. »

51 Il me conta qu'il y eut un grand débat entre des
clercs et des juifs en l'église de Cluny. Se trouvait là
un vieux chevalier à qui l'abbé avait assuré sa subsistance en ce lieu pour l'amour de Dieu, et il demanda
à l'abbé de lui laisser entamer la discussion, et on le
lui accorda avec difficulté. Et alors il se leva et prit
appui sur sa béquille, et dit que l'on fasse venir le plus
grand savant et le plus grand docteur des juifs ; et on
fit comme il voulut. Et il posa au juif la question
suivante : « Maître, fit le chevalier, je vous demande
si vous croyez que la Vierge Marie, qui porta Dieu
dans ses flancs et dans ses bras, demeura vierge en
donnant naissance à son enfant, et qu'elle soit mère de
Dieu. » **52** Et le juif répondit qu'il ne croyait rien de
tout cela. Et le chevalier lui répondit qu'il avait agi
comme un fou, alors qu'il ne croyait pas en la Vierge
et ne l'aimait pas, en entrant dans son église et dans
sa maison. « Et vraiment, fit le chevalier, vous le paie-
rez. » Et alors il leva sa béquille et frappa le juif près
de l'oreille, et le jeta à terre. Et les juifs prirent la
fuite et emportèrent leur docteur tout blessé ; et ainsi
le débat en resta là. **53** Alors l'abbé s'approcha du
chevalier et lui dit qu'il avait fait une grande folie. Et
le chevalier dit que l'abbé en avait fait une plus grande

---

53. Berger 1893, p. 300-311 ; comparer Guillaume de Saint-Pathus
1899, p. 25 : « (...) il le devoient ocirre de leur propre espee » ; Peter
Browe, *Die Judenmission im Mittelalter und die Päpste*, Rome, 1942
[*Miscellanea Historiae Pontificiae* VI], p. 63-65. Gérard Nahon, *Les
Ordonnances de saint Louis sur les Juifs*, dans les *Nouveaux cahiers*,
t. 23, 1970, p. 18-35. L'interdiction pour les laïcs de discuter de questions religieuses avec les Juifs ou les hérétiques est fréquente dans les
statuts synodaux.

mescreanz par ce que il n'eussent mie bien entendu les
juis. « Aussi vous di je, fist li roys, que nulz, se il n'est
tres bon clerc, ne doit desputer a eulz. Mes l'omme loy,
quant il ot mesdire de la lay crestienne, ne doit pas
desfendre la lay crestienne ne mais de l'espee, de quoy
il doit donner par mi le ventre dedens tant comme elle
y peut entrer. »

54 Le gouvernement de sa *vie*[a] fu *tel*[b] que touz les jours
il ooit a note ses heures et une messe de REQUIEM sanz
note et puis la messe du jour ou du saint, se il y cheoit,
a note.

Touz les jours il se reposoit aprés manger en son lit, et
quant il avoit dormi et reposé, si disoit en sa chambre
priveement[c] des mors entre li et un de ses chapelains
avant que il oït ses vespres. Le soir ooit ses complies.

55 Un cordelier vint a li au chastel de Yeres, la ou nous
descendimes de mer ; et pour enseigner le roy dit en son
sermon que il avoit leu la Bible et les livres qui parlent
des princes mescreans, et disoit que il ne trouvoit ne es
creans ne es mescreans que onques reaume se perdist ne
chanjast de seigneurie a autre mez que par defaute de
droit : « Or se preingne garde, fist il, le roy qui s'en va
en France que il face bon droit et hastif a son peuple, par
quoy Nostre Sire li seuffre son royaume a tenir en paix
tout le cours de sa vie. » **56** En dit que ce[a] *preudomme
qui ce* enseignoit le roy gist a Marseille, la ou Nostre
Seigneur fait pour li maint bel miracle. Et ne voult onques

54a vie *B* Son g. *M* terre *AL* — *b* tel *BLM* tele *A* — *c* priveement *BL*
premierement *A*   **56a** c. pr. qui ce e. *BL* ce bon pr. cordelier qui e. *M*
om. *A*

encore d'organiser un tel débat ; car se trouvait là un grand nombre de bons chrétiens qui, avant que le débat ait été terminé, l'auraient quitté en ayant complètement perdu la foi, parce qu'ils n'auraient pas bien compris les juifs. « Aussi vous dis-je, fit le roi, que personne, à moins d'être très savant, ne doit discuter avec eux. Mais le laïc, quand il entend mal parler de la loi chrétienne, ne doit pas la défendre autrement qu'avec l'épée, dont il doit donner dans le ventre aussi loin qu'elle peut entrer. »

54 L'organisation de sa vie fut réglée ainsi : tous les jours il entendait ses heures avec chant et une messe de *Requiem*, sans chant, puis la messe du jour ou du saint, suivant le cas, avec chant.

Tous les jours il se reposait dans son lit après son repas ; et quand il avait dormi et s'était reposé, il disait en privé dans sa chambre, seul avec un de ses chapelains, l'office des morts avant d'entendre ses vêpres. Le soir, il entendait ses complies.

55 Un cordelier se présenta à lui au château d'Hyères, où nous débarquâmes ; et pour donner un enseignement au roi, il dit dans son sermon qu'il avait lu la Bible et les livres qui parlent des princes infidèles, et il disait qu'il ne trouvait, ni chez les croyants, ni chez les Infidèles, qu'un royaume se soit jamais perdu ou ait changé de maître sinon par défaut de justice : « Que le roi qui s'en va en France prenne garde de faire bonne et rapide justice à son peuple, pour que Notre-Seigneur lui permette de conserver en paix son royaume tout au long de sa vie. » **56** On dit que ce prud'homme qui donnait cet enseignement au roi est enseveli à Marseille, où Notre-Seigneur fait pour

---

54a. La leçon de *AL* n'est pas satisfaisante bien qu'elle paraisse remonter haut ; il s'agit ici de la vie privée de saint Louis ; la leçon de *B* est peut-être une « correction intelligente » ; celle de *M* esquive la difficulté. – *c. premierement des mors ;* Foulet 1950, p. 61 ; la correction *l'office (les prieres, le service) d.m.* est inutile. **55.** Cf. § 657-660.

demourer avec le roy, pour priere que il li sceut faire, que une seule journee.

57 Le roy n'oublia pas cest enseignement, ainçois gouverna sa terre bien et loialment et selonc Dieu, si comme vous orrez ci aprés. Il avoit sa besoigne atiree en tele maniere que mon seigneur de Neelle et le bon conte de Soissons et nous autres qui estions entour li, qui avions oïes nos messes, alions oïr les plez de la porte, que en appelle maintenant les requestes. **58** Et quant il revenoit du moustier, il nous envoioit querre, et s'asseoit au pié de son lit et nous fesoit touz asseoir entour li et nous demandoit se il y avoit nulz a delivrer que en ne peust delivrer sanz li ; et nous li nommiens, et il les faisoit envoier querre, et il leur demandoit : « Pour quoy ne prenez vous ce que nos gens vous offrent. » Et il disoient : « Sire, que il nous offrent pou. » Et il leur disoit en tel maniere : « Vous devriez bien ce prenre[a] qui le vous voudroit faire. » Et se traveilloit ainsi le saint home a son pooir comment il les metroit en droite voie et[b] en resonnable.

59 Maintes foiz avint que en esté il aloit seoir au boiz de Vinciennes aprés sa messe, et se acostoioit a un chesne et nous fesoit seoir entour li. Et touz ceulz qui avoient afaire venoient parler a li, sanz destourbier de huissier ne

lui beaucoup de beaux miracles. Et il ne voulut jamais rester avec le roi qu'une seule journée, quelque prière que celui-ci lui sût faire.

57 Le roi n'oublia pas cet enseignement ; bien plutôt, il gouverna bien son royaume, selon la justice et selon Dieu, comme vous l'entendrez ci-après. Il avait organisé ses affaires de telle manière que messire de Nesle et le bon comte de Soissons et nous autres qui étions de son entourage, après avoir entendu nos messes, allions entendre les procès de la porte, que l'on appelle maintenant les requêtes. **58** Et quand il revenait de l'église, il nous envoyait chercher et s'asseyait au pied de son lit ; il nous faisait tous asseoir autour de lui et nous demandait s'il y avait des gens dont l'affaire devait être réglée, et ne pouvait pas être réglée sans lui ; nous lui donnions les noms et il les envoyait chercher et leur demandait : « Pourquoi n'acceptez-vous pas ce que mes gens vous offrent ? » Et ils disaient : « Sire, c'est qu'ils nous offrent peu. » Et il leur disait ainsi : « Vous devriez bien prendre cela si on vous le propose. » Et ainsi le saint homme se donnait du mal, tant qu'il pouvait, pour les amener à une solution juste et raisonnable.

59 Il arriva bien des fois qu'en été il allait s'asseoir au bois de Vincennes, après sa messe, et s'adossait à un chêne et nous faisait asseoir autour de lui. Et tous ceux qui avaient une affaire venaient lui parler, sans être gênés

---

57. Guillaume de Saint-Pathus 1899, p. 142-145. C'est un droit fondamental du roi de juger en personne, avec les conseillers de son choix. La cour du roi s'organise sous saint Louis et Philippe III. A. Luchaire, *Manuel des institutions françaises*, Paris, 1892, p. 564-566 et 574. Les maîtres des requêtes apparaissent sous Philippe III ; Ch. V. Langlois, *Le règne de Philippe III le Hardi*, Paris, 1887, p. 304-322 ; Guillois 1909. – Simon, sire de Nesle, conseiller de Louis IX, garde du royaume pendant la croisade de 1270. – Son cousin Jean de Nesle, comte de Soissons, cf. § 242. W. M. Newmann, *Les Seigneurs de Nesle en Picardie (XIIe-XIIIe s.)*, Paris, 1971, 2 vol., t. I, p. 50-58 et 67 ; Griffiths 1970², p. 239-242. – *b.* La leçon de *M* est en substance la même que celle de *A* ; *BL* innovent. **59.** Pierre de Fontaines, bailli, auteur d'un traité de droit coutumier en français ; *DLF* 1992, p. 1174-1176 ; Griffiths 1970¹, Griffiths 1970², p. 251-259. – Geoffroi de Villette, bailli de Tours en 1261 et 1262 ; Griffiths 1970², p. 244.

d'autre. Et lors il leur demandoit de sa bouche : « A yl ci
nullui qui ait partie ? » Et cil se levoient qui partie
avoient, et lors il disoit : « Taisiés vous touz, et en vous
deliverra l'un aprés l'autre. » Et lors il appeloit mon seigneur Pierre de Fonteinnes et mon seigneur Geffroy de
Villete, et disoit a l'un d'eulz : « Delivrez moy ceste partie. » **60** Et quant il veoit aucune chose a amender en la
parole de ceulz[a] qui *parloient pour luy ou en la parolle
de ceux qui* parloient pour autrui, il meismes l'amendoit
de sa bouche. Je le vi aucune foiz en esté que pour delivrer sa gent il venoit ou jardin de Paris, une cote de cha-
melot vestue, un seurcot de tyreteinne sanz manches, un
mantel de cendal noir entour son col, moult bien pigné et
sanz coife, et un chapel de paon blanc sus sa teste ; et
fesoit estendre tapis pour nous seoir entour li. Et tout le
peuple qui avoit afaire par devant li estoit entour li en
estant, et lors il les faisoit delivrer en la maniere que je
vous ai dit devant du bois de Vinciennes.

61 Je le revi *une*[a] autre foiz a Paris, la ou touz les prelaz de
France le manderent, que il vouloient parler a li ; et le roy ala
ou palaiz pour eulz oïr. Et la estoit l'evesque Gui d'Ausserre,
qui fu fuiz mon seigneur Guillaume de Mello, et dit au roy
pour touz les prelaz en tel maniere : « Sire, ces seigneurs qui
si sont, arcevesques, evesques, m'ont dit que je vous deisse
que la crestienté[b] *qui deust estre gardee par vous se*[c] *pert
entre vos mains.* » Le roys se seigna[d] *quant il oÿst la parolle*
et dist : « Or me dites comment ce est. **62** – Sire, fist il,

---

60a q. parloient pour luy ou en la parolle de ceulx qui p. *BL om. A M a
le même texte qu'*A   **61a** une *BL* un *A* – **b** c. estant en voz mains et
qui deust estre gardee par vous s. *BL* c. et qu'elle se p. entre v. *M om. A*
– **c** s. pert *BLM* s. perit *A* ; *cf. § 523* – **d** s. q. il oÿst la p. *BL om. AM*

par des huissiers ou par d'autres gens. Et alors il leur demandait de sa propre bouche : « Y a-t-il ici quelqu'un qui ait une affaire ? » Et ceux qui avaient une affaire se levaient, et il leur disait : « Taisez-vous tous, et l'on réglera vos affaires l'un après l'autre. » Et alors il appelait messire Pierre de Fontaine et messire Geoffroi de Villette et il disait à l'un d'eux : « Réglez-moi cette affaire. »
60 Et quand il voyait quelque chose à corriger dans les propos de ceux qui parlaient pour lui ou de ceux qui parlaient pour un autre, il le corrigeait lui-même de sa propre bouche. Je le vis quelquefois, en été, venir pour juger ses gens au jardin de Paris avec une cotte de camelot, un surcot de tiretaine sans manches, un manteau de taffetas noir sur les épaules, très bien peigné et sans coiffe, et avec sur la tête un chapeau garni de plumes de paon blanc ; et il faisait étendre des tapis pour nous asseoir autour de lui. Et tous les gens qui avaient une affaire à lui soumettre se tenaient debout autour de lui. Et alors il faisait régler leurs affaires de la même façon qu'au bois de Vincennes, comme je vous l'ai dit auparavant.

61 Je le revis une autre fois à Paris, où tous les prélats de France lui firent savoir qu'ils voulaient lui parler, et le roi alla au palais pour les entendre. Et il y avait là l'évêque d'Auxerre, Gui, qui était le fils de messire Guillaume de Mello ; et au nom de tous les prélats, il tint au roi ce propos : « Sire, ces seigneurs qui sont ici, archevêques, évêques, m'ont chargé de vous dire que l'Église, qui devrait être gardée par vous, se perd entre vos mains. » Le roi fit le signe de croix quand il entendit ce propos et dit : « Dites-moi

60a. La leçon de *BL* paraît plus satisfaisante, mais *M* a le même texte que *A*. – *Jardin de Paris :* jardin du Palais de la cité ; Jean Guérout, dans *Mémoires de la Société de l'Histoire de Paris et de l'Île de France*, t. I à III, 1949-1951.   **61.** Cf. § 669-671.   **62.** Les évêques abusaient de l'excommunication contre les seigneurs et les officiers du roi dans des affaires d'intérêts matériels ; Paul Viollet, *Établissements de saint Louis (SHF)*, t. I, Paris, 1881, p. 256-257, et t. IV, 1886, p. 120-122 ; voir aussi *Bibl. École des Chartes*, t. 31, 1870, p. 174-177 ; Campbel, 1950, p. 546-547 ; Y. Congar, *L'Église et l'État sous saint Louis* dans *Septième centenaire 1976*, p. 257-271 ; Favier 1978, p. 253. La date proposée (1263) est hypothétique.

c'est pour ce que en prise si pou les excommeniemens hui et le jour que avant se lessent les gens mourir excommeniés que il se facent absodre, et ne veulent faire satisfaccion a l'Esglise. Si vous requierent, sire, pour Dieu et pour ce que faire le devez, que vous commandez a vos prevoz et a vos baillifz que touz ceulz qui se soufferront[a] escommeniez an et jour, que en les contreingne par la prise de leur biens a ce que il se facent absoudre. »

63 A ce respondi le roys que il leur commanderoit volentiers de touz ceulz dont en le feroit certein que il eussent tort. Et l'evesque dit que il ne le feroient a nul feur[a], que il li deveissient la court de leur cause. Et le roy li dist que il ne le feroit autrement, car ce seroit contre Dieu et contre raison se il contreignoit la gent a eulz absoudre quant les clers leur feroient tort. **64** « Et de ce, fist le roy, vous en doins je un exemple du conte de Bretaigne, qui a plaidé .VII. ans aus prelas de Bretaingne tout excommenié, et tant a esploitié que l'apostole les a condempnez touz. Dont se je eusse contraint le conte de Bretaigne la premiere annee de li faire absoudre, je me feusse meffait envers Dieu et vers li. » Et lors se soufrirent les prelaz, ne onques puis nen oÿ parler que demande feust faite des choses desus dites.

62a s. estre e. *BL*   **63a** f. qu'il luy dissent la cause de leur court *BL* et l'evesque dist qu'il ne leur appartenoit a congnoistre de leurs causes *M*

comment cela se fait-il ? **62** – Sire, dit-il, c'est parce qu'on fait aujourd'hui si peu de cas des excommunications que les gens se laissent mourir excommuniés avant de se faire absoudre, et ne veulent pas se mettre en règle avec l'Église. Ces prélats vous demandent donc, sire, pour l'amour de Dieu et parce que c'est votre devoir, de donner l'ordre à vos prévôts et à vos baillis que tous ceux qui se laisseront aller à rester excommuniés pendant un an et un jour, qu'on les oblige, en saisissant leurs biens, à se faire absoudre. »

63 À cela le roi répondit qu'il donnerait volontiers un tel ordre à l'égard de tous ceux dont on lui apporterait la certitude qu'ils étaient dans leur tort. Et l'évêque dit qu'ils ne le feraient en aucune manière, car ils lui interdiraient la connaissance de leurs causes. Et le roi dit qu'il n'agirait pas autrement, car ce serait aller contre Dieu et contre la raison, s'il contraignait les gens à se faire absoudre alors que les clercs leur faisaient du tort. **64** Et de cela, fit le roi, je vous donne un exemple : le comte de Bretagne, qui a plaidé sept ans contre les prélats de Bretagne, tout excommunié qu'il était, et qui a si bien fait que le pape les a tous condamnés. Alors, si j'avais contraint le comte de Bretagne, la première année, à se faire absoudre, je me serais mis dans mon tort envers Dieu et envers lui. Et alors les prélats se résignèrent, et je n'ai jamais entendu dire depuis qu'une demande ait été faite sur ce point.

---

63. *deveissient* fait difficulté. La solution de Foulet (1950, p. 61 ; 1979, p. 225) ne me convainc pas. La variante de *BL* n'a pas de sens. *M* a compris en gros. Il paraît s'agir d'une forme de *deveer* : « lui dirent (...). parce qu'ils lui refuseraient de se présenter à sa cour, à son jugement, pour les causes relevant du for ecclésiastique. »   **64.** Il peut s'agir (c'est l'avis de B. Pocquet du Haut-Jussé) de Pierre Mauclerc ; plusieurs fois excommunié, celui-ci fut absous par Grégoire IX par une bulle du 30 mai 1230 ; mais l'affaire était ancienne à la date où nous nous trouvons ; il est plus vraisemblable que saint Louis pensait au fils de Pierre, le comte Jean Ier, qui fut lui aussi solennellement absous de diverses excommunications épiscopales par Alexandre IV (7-26 avril 1256) ; B. Pocquet du Haut-Jussé, *Les Papes et les ducs de Bretagne*, Paris, 1928 (*BEFAR* 133) p. 53 et p. 130-135. – *Nen oÿ ;* Joinville semble bien utiliser la vieille négation *nen*, cf. § 215, 276 ; Yvon 1960, p. 101.

65 La paix qu'il fist au roy d'Angleterre fist il contre la
volenté de son conseil, lequel li disoit : « Sire, il nous
semble que vous perdés la terre que vous donnez au roy
d'Angleterre, pour ce que il n'i a droit, car son pere la
perdi par jugement. » Et a ce respondi le roy que il savoit
bien que le roy d'Angleterre n'i avoit droit ; mes il y avoit
reson par quoy il li devoit bien donner, « car nous avon
.II. seurs a femmes et[a] sont nos enfans cousins germains,
par quoy il affiert bien que paiz y soit. Il[b] m'est moult
grant honneur en la paix que je foiz au roy d'Angleterre,
pour ce que il est mon home, ce que il n'estoit pas
devant. »

66 La leaulté du roy peut l'en veoir ou fait de monseigneur[a] *Renaut* de Trie, qui[b] *apporta* au saint unes lettres
les quiex disoient que le roy avoit donné aus hoirs la
contesce de Bouloingne, qui morte estoit novellement, la
conté de Danmartin en Gouere. Le sceau de la lettre estoit
brisié si que il n'i avoit de remenant fors que la moitié
des jambes de l'ymage du seel le roy et l'eschamel sur
quoy li roys tenoit ses piez ; et il le nous moustra a touz,
qui estions de son conseil[c], et que nous li aidissons a
conseiller. **67** Nous deismes trestuit sanz nul descort que
il n'estoit de riens tenu a la lettre mettre a execucion. Et
lors il dit a Jehan Sarrazin, son chamberlain, que il li
baillast la lettre que il li avoit commandee[a]. Quant il tint
la lettre, il nous dit : « Seigneurs, veez ci[b] *le* seel de quoy
je usoy avant que je alasse outre mer, et voit on[c] *tout* cler
par ce seel que l'empreinte du seel brisee est semblable
au seel entier ; par quoy je n'oseroie en bone conscience
ladite contee retenir. » Et lors il appela mon seigneur
Renaut de Trie et li dist : « Je vous rent la contee. »

65*a* e. est nostre enfant cousin germain *BL* – *b paragraphe et initiale
rubriquée A*   **66***a* m. Regnault d. *BLMP om. A* – *b* q. luy apporta u.
BL lequel apporta a icelui saint homme u. *M om. A* – *c* c. pour ayder a le
conseiller. N. *BL* c. pour le conseiller en ce. N. *M*   **67***a* c. ce qu'il fist
et a luy apporta.q. (et... a. *om. B) BL* ; *MP ont le même texte que A* – *b* c.
le s. *BLM om. A* – *c* tout *BL om. A*

65 La paix qu'il fit avec le roi d'Angleterre, il la fit contre la volonté de son conseil, lequel lui disait : « Sire, il nous semble que vous perdez la terre que vous donnez au roi d'Angleterre, parce qu'il n'y a pas droit ; en effet son père la perdit par jugement. » Et à cela le roi répondit qu'il savait bien que le roi d'Angleterre n'y avait aucun droit ; mais il y avait une raison pour laquelle il devait bien la lui donner : « C'est que nos femmes sont deux sœurs, et nos enfants cousins germains ; il est donc bien nécessaire qu'il y ait la paix. C'est un grand honneur que je retire de la paix que je fais avec le roi d'Angleterre, parce qu'il est maintenant mon vassal, ce qu'il n'était pas auparavant. »

66 On peut bien voir la loyauté du roi dans l'affaire de messire Renaut de Trie ; celui-ci apporta au saint une lettre qui disait que le roi avait donné aux héritiers de la comtesse de Boulogne, qui était morte récemment, le comté de Dammartin-en-Goële. Le sceau de la lettre était brisé de telle sorte qu'il ne restait, de l'image du sceau du roi, que la moitié des jambes et l'escabeau sur lequel reposaient les pieds du roi ; et il nous le montra, à nous tous qui faisions partie de son conseil, en nous demandant de l'aider à prendre une décision. **67** Nous dîmes tous, sans aucun avis contraire, qu'il n'était en rien tenu de mettre la lettre à exécution. Et alors il dit à Jean Sarrasin, son chambellan, de lui remettre la lettre qu'il lui avait demandée. Quant il eut la lettre en mains, il nous dit : « Mes seigneurs, voici le sceau dont je faisais usage avant que j'aille outre-mer, et on voit bien clairement par ce sceau que l'empreinte du sceau brisé est semblable au sceau entier ; à cause de cela, je n'oserais pas, en bonne conscience, garder le comté. » Et alors il appela messire Renaut de Trie et lui dit : « Je vous rends le comté. »

---

65. Cf. § 678-679, Traité de Paris du 28 mai 1258. Louis IX avait épousé Marguerite, et Henri III Aliénor, toutes deux filles de Raimon Bérenger IV, comte de Provence.   **66.** Mahaut, comtesse de Boulogne, veuve de Philippe Hurepel, morte en janvier 1258. La décision paraît de fin 1266 ; Le Nain, t. IV, p. 173 et 202, Richard 1983, p. 313 et 379. – Joinville se trompe ; il ne s'agit pas de Renaud, mais de son fils Mathieu.   **67.** Jean Sarrasin ; Foulet 1924, p. III-IV. – *Archives nationales. Corpus des sceaux français du Moyen Âge*, t. II. *Les sceaux des rois et de régence* par Martine Dalas, Paris, 1991, p. 156-159. – *c. tout cler* ; la formule revient aux § 4, 165, 612, 735.

68 En non de Dieu le tout puissant avons ci ariere escriptes partie de bones paroles et de bons enseignemens nostre saint roy Looÿs, pour ce que cil qui les orront les truissent les unes aprés les autres[a], que cil qui les orront en puissent miex faire leur profiz que ce que elles feussent escriptes entre ces faiz. Et ci aprés commencerons de ses faiz, en non de Dieu et en non de li.

69 Aussi comme je li oÿ dire, il fu né le jour saint Marc Euvangeliste aprés Pasques. Celi jour porte l'en croix *en*[a] processions en moult de liex, et en France les appelle l'en les Croiz noires. Dont ce fu aussi comme une prophecie de la grant foison de gens qui moururent en *ces*[b] douz croisement, c'est a savoir en celi de Egypte et en l'autre la ou il mourut en Carthage, que maint grant deul en furent en cest monde et maintes grans joies en sont en paradis de ceulz qui en *ces*[c] douz pelerinage moururent vrais croisiez.

70 Il fu coronné le premier dymanche des Advens. Le commencement de celi dymanche de la messe si est AD TE LEVAVI ANIMAM MEAM, et ce qui s'ensuit aprés, et *dit*[a] ainsi : « Biaus sire Diex, je leverai m'amme a toy, je me fie en toy. » En Dieu ot moult grant fiance[b] *de son enfance* jusques a la mort, car la ou il mouroit, en ses darrenieres paroles reclamoit il Dieu et ses sains, et especialment mon seigneur saint Jaque et ma dame sainte Genevieve.

71 Dieu, en qui il mist sa fiance, le gardoit touz jours des s'enfance jusques a la fin ; et especialment en s'enfance le garda il la ou il *luy*[a] fu bien mestier, si comme vous orrez ci aprés ; comme a l'ame de li le garda Dieu par les bons enseignemens de sa mere, qui l'enseigna a Dieu croire et a amer, et li attrait entour li toutes gens de religion ; et

---

68*a* a. par quoy ilz en p. *BL*   69*a* en *BLM* au *A* — *b* ces *BL* ce *A* — *c* ces *BL* ce *A*   70*a* dit *BL om. A* — *b* de son e. *BLM om. A*   71*a* luy *BL om. A*

68 Au nom de Dieu le tout puissant, nous avons écrit jusqu'ici une partie des bonnes paroles et des bons enseignements de notre saint roi Louis, pour que ceux qui les entendront les trouvent les uns après les autres, pour que ceux qui les entendront puissent en faire leur profit mieux que s'ils avaient été rapportés au milieu de ses actions. Et ci-après nous commencerons le récit de ses actions, au nom de Dieu et en son nom.

69 Comme je le lui ai entendu dire, il naquit le jour de saint Marc l'évangéliste après Pâques. Ce jour-là, en beaucoup d'endroits, on porte en procession des croix ; en France on les appelle les Croix noires. Ce fut une manière de prophétie de la multitude d'hommes qui moururent au cours de ces deux croisades, à savoir celle d'Égypte et l'autre, celle de Carthage, où il mourut ; et cela a été un sujet de maintes grandes tristesses en ce monde et c'est un sujet de maintes grandes joies au Paradis que la mort de ceux qui moururent en vrais croisés au cours de ces deux pèlerinages.

70 Il fut couronné le premier dimanche de l'Avent. Le commencement de la messe de ce dimanche est : *Ad te levavi animam meam* et la suite. Ce qui veut dire : « Beau sire Dieu, j'élèverai mon âme à Toi, je mets ma confiance en Toi. » Il eut la plus grande confiance en Dieu depuis son enfance jusqu'à la mort ; car au moment de mourir il invoquait en ses dernières paroles Dieu et ses saints, et particulièrement monseigneur saint Jacques et madame sainte Geneviève.

71 Dieu, en qui il mit sa confiance, l'a constamment protégé depuis son enfance jusqu'à la fin ; et il l'a protégé particulièrement dans son enfance, à un moment où il en eut bien besoin comme vous l'entendrez ci-après. Et c'est vrai aussi de son âme : Dieu le protégea grâce aux bonnes leçons de sa mère, qui lui apprit à croire en Dieu et à

69. Le 25 avril 1214.   **70.** Le 29 novembre 1226, cf. § 756-757. – Ps. 24, 1-2 ; Joinville cite la Vulgate, mais il traduit *levavi* par un futur, d'après le texte du *Psautier juxta hebraeos*.   **71.** Guillaume de Saint-Pathus, éd. Delaborde 1899, p. 13.

li faisoit, si enfant comme il estoit, toutes ses heures
et les sermons faire et oïr aus festes. Il recordoit que sa
mere li avoit fait aucune foiz a entendre que elle ameroit
miex que il feust mort que ce que il feist un pechié
mortel.

72 Bien li fu mestier que il eust en sa joenesce l'aide de
Dieu, car sa mere, qui estoit venue de Espaigne, n'avoit
ne parens ne amis en tout le royaume de France. Et pour
ce que les barons de France virent le roy enfant et la
royne sa mere femme estrange firent il du conte de Bouloingne, qui estoit oncle le roy, leur chievetain, et le
tenoient aussi comme pour seigneur. Aprés ce que le roy
fu couronné, il en y ot des barons qui requistrent a la
royne granz terres que elle leur donnast ; et pour ce que
ele n'en voult riens faire, si s'assemblerent touz les
barons a Corbeil. **73** Et me conta le saint roy que il ne
sa mere, qui estoient a Montleheri, ne oserent revenir a
Paris jusques a tant que ceulz de Paris les vindrent querre
a armes. Et me conta que des Monleheri estoit le chemin
plein de gens a armes et sanz armes jusques a Paris, et
que touz crioient a Nostre Seigneur que il li donnast bone
vie et longue, et le deffendit et gardast de ses ennemis ;
et Dieu si fist, si comme vous orrez ci aprés.

74 A ce parlement que les barons firent a Corbeil, si
comme l'en dit, establirent les barons qui la furent que le

l'aimer, et attira dans son entourage quantité de religieux ;
et dès sa plus tendre enfance elle avait fait dire devant lui
et lui avait fait entendre toutes les heures et des sermons
les jours de fête. Il rappelait que sa mère lui avait quelquefois déclaré qu'elle aurait mieux aimé qu'il fût mort
plutôt qu'il ait commis un péché mortel.

72 Il eut bien besoin, dans sa jeunesse, de l'assistance de
Dieu, car sa mère, qui était venue d'Espagne, n'avait ni
parents ni amis dans tout le royaume de France. Et quand
les barons de France virent que le roi était un enfant et la
reine, sa mère, une femme étrangère, ils mirent à leur tête
le comte de Boulogne, qui était l'oncle du roi, et ils le
reconnaissaient comme leur seigneur. Après le couronnement du roi, il y en eut parmi les barons qui réclamèrent
à la reine de vastes territoires, prétendant qu'elle devait
les leur donner ; et comme elle n'en voulut rien faire, tous
les barons s'assemblèrent à Corbeil. **73** Et le saint roi me
conta que ni lui ni sa mère, qui se trouvaient à Monthléry,
n'osèrent revenir à Paris jusqu'au moment où les gens de
Paris vinrent en armes les chercher. Et il me conta que,
depuis Montlhéry jusqu'à Paris, le chemin était plein de
gens en armes ou sans armes, et que tous imploraient
Notre-Seigneur de lui accorder bonne et longue vie, et de
le défendre et de le garder contre ses ennemis ; et Dieu les
exauça, comme vous l'entendrez ci-après.

74 Dans l'assemblée que les barons firent à Corbeil, à ce
qu'on dit, les barons présents décidèrent que le bon che-

72. Philippe Hurepel, fils de Philippe-Auguste et d'Agnès de Méranie,
demi-frère de Louis VIII, né en 1201, comte de Boulogne par son mariage
en 1216. Contrairement à ce que dit Joinville, il ne participa pas aux premières révoltes ; Berger 1895, p. 81-111. La réunion de Corbeil et l'affaire
de Montlhéry sont de 1227 ; cf. *Grandes chroniques* VII, 1932, p. 38-40,
et Introduction, p. 39. **74.** Pierre de Dreux, dit Mauclerc, comte de Bretagne par sa femme (1213), puis comme tuteur de son fils Jean ; il laissa le
comté à ce dernier, lorsque celui-ci devint majeur, fin 1237 ; mais on conti-
nua à l'appeler jusqu'à la fin de sa vie comte de Bretagne. Il ne cessera
d'intriguer contre le roi de France au moins jusqu'à la croisade de 1239 ;
J. Levron, *Pierre Mauclerc, duc de Bretagne*, dans *Mémoires de la Soc.
d'hist. et d'archéol. de Bretagne*, t. 14, 1933, p. 203-295, et t. 15, 1934,
p. 199-329, et à-part, Paris, 1935 ; S. Painter, *The Scourge of the Clergy :
Peter of Dreux, Duke of Britanny*, Baltimore, 1937.

bon chevalier le conte Pierre de Bretaigne se reveleroit
contre le roy ; et acorderent encore que leur cors iroient
au mandement que le roy feroit contre le conte, et chascun
n'avroit avec li que .II. chevaliers. Et ce firent il pour
veoir se le conte de Bretaigne pourroit fouler la royne,
qui estrange femme estoit, si comme vous avez oÿ. Et
moult de gent dient que le conte eust foulé la royne et le
roy se Dieu n'eust aidié au roy a cel besoing, qui onques
ne li failli. **75** L'aide que Dieu li fist fu tele que le conte
Tybaut de Champaigne, qui puis fu roy de Navarre, vint
servir le roy a tout .IIIᶜ. chevaliers, et par l'aide que le
conte fist au roy couvint venir le conte de Bretaigne a la
merci le roy ; dont il lessa au roy, par paix faisant, la
contee de Ango, si comme l'en dit, et la contee du Perche.

76 Pour ce que il affiert a ramentevoir aucunes choses
que vous orrez ci aprés, me *couvient*[a] laissier un pou
de ma matiere. Si dirons *ainsi*[b] que le bon conte Henri
le Large ot de la contesce Marie, qui fut seur au roy
de France et seur au roy Richart d'Angleterre, .II. filz,
dont l'ainsné ot nom Henri et l'autre Thybaut. Ce
Henri, l'ainsné, en ala croisié en la sainte Terre en
pelerinage, quant le roy Phelippe et le roy Richart
assiegerent Acre et la pristrent. **77** Si tost comme Acre
fu prise, le roy Phelippe s'en revint en France, dont il
en fu moult blasmé. Et le roy Richart demoura en la
sainte Terre et fist tant de grans faiz que les Sarrazins

76a convient *BL* convint *A* — **b** ainsi *corr. Wailly* aussi *A*

valier le comte Pierre de Bretagne entrerait en rébellion
contre le roi ; et ils décidèrent encore qu'ils répondraient
en personne à la convocation que ferait le roi contre le
comte, et que chacun n'aurait avec lui que deux chevaliers. Et ils firent cela pour voir si le comte de Bretagne
réussirait à venir à bout de la reine, qui était une femme
étrangère, comme vous l'avez entendu. Et beaucoup de
gens dirent que le comte aurait eu raison de la reine et du
roi si Dieu, qui ne lui manqua jamais, n'était, dans cette
difficulté, venu au secours du roi. **75** Le secours accordé
au roi par Dieu fut tel que le comte Thibaut de Champagne, qui fut depuis roi de Navarre, vint se mettre au
service du roi avec trois cents chevaliers, et l'aide donnée
au roi par le comte de Champagne obligea le comte de
Bretagne à venir à la merci du roi ; et il abandonna au
roi, pour conclure la paix, le comté d'Anjou, à ce qu'on
dit, et le comté du Perche.

76 Comme il est nécessaire de rappeler certains faits
que vous entendrez ci-après, je suis obligé d'interrompre un moment mon récit. Nous dirons donc que
le bon comte Henri le Large eut de la comtesse Marie,
qui fut sœur du roi de France et sœur du roi Richart
d'Angleterre, deux fils, dont l'aîné s'appelait Henri, et
le second Thibaut. Cet Henri, l'aîné, prit la croix et
s'en alla en pèlerinage en Terre sainte, quand le roi
Philippe et le roi Richart mirent le siège devant Acre
et prirent la ville. **77** Aussitôt qu'Acre fut prise, le
roi Philippe retourna en France, ce qu'on lui reprocha
beaucoup. Et le roi Richart resta en Terre sainte et

---

75. Thibaut IV, né posthume en 1201, comte à sa naissance, roi de
Navarre en 1234, croisé en 1239, auteur de chansons. *DLF* 1992, p. 1424-
1425. On le disait amoureux de la reine Blanche ; Berger 1895, p. 146-150.
– Pierre Mauclerc occupait l'Anjou et une partie du Perche en vertu de la
paix conclue à Vendôme en 1227 ; à la suite du nouveau soulèvement, ces
territoires lui furent retirés (trèves de juillet 1231).   **76.** *Contesce Marie* ;
Marie de France, fille d'Aliénor d'Aquitaine et de Louis VII, est la demi-
sœur de Philippe-Auguste, fils de Louis VII et d'Adèle de Champagne, et la
demi-sœur de Richart d'Angleterre, fils d'Aliénor et d'Henri II Plantagenet ;
elle épousa en 1164 Henri le Libéral, comte de Champagne.   **77.** En
1191 ; Grousset 1936, p. 45-121 ; Prawer 1970, p. 63-99. – Le « Livre de la
Terre sainte » est soit l'*Estoire de Eracles*, éd. *HC* 1859, p. 189, soit la
Chronique d'Ernoul, éd. Mas-Latrie 1871, p. 282.

le doutoient trop, si comme il est escript ou livre de
la Terre sainte, que quant les enfans au Sarrazins
braioient, les femmes les escrioient et leur disoient :
« Taisiez vous, vez ci le roy Richart », et pour eulz
faire taire ; et quant les chevaus aus Sarrazins et aus
Beduins avoient poour d'un bysson, il disoient a leur
chevaus : « Cuides tu que[a] ce soit le roy Richart. »

78 *Le*[a] roy Richart pourchassa tant que il donna au conte
Henri de Champaingne, qui estoit demouré avec li, la
royne de Jerusalem, qui estoit droit her du royaume. De
la dite royne ot le conte Henri .II. filles, dont la premiere
fu royne de Cypre, et l'autre ot mesire Herart de Brienne,
dont grant lignage est issu, si comme il appert en France
et en Champaingne. De la femme mon seigneur Erart de
Brienne ne vous dirai je ore riens, ainçois vous parlerai
de[b] *la* royne de Cypre, qui affiert maintenant a ma
matiere, et dirons ainsi.

79 Aprés ce que le roy eust foulé le conte Perron de
Bretaingne, tuit li baron de France furent si troublez
envers le conte Tybaut de Champaingne que il orent
conseil de envoier querre la royne de Cypre, qui estoit
fille de l'ainsné filz de Champaingne, pour desheriter
le conte Tybaut, qui estoit filz du secont fil de Cham-

77a q. le r. R. y soit *BL* ; *M a le texte de A*   **78a** *L'enlumineur a peint
par erreur un* E Celuy *BL* – **b** d. la r. *BLM om. A*

accomplit tant de faits d'armes que les Sarrasins en avaient très peur, comme il est écrit dans l'histoire de la Terre sainte. Quand les enfants des Sarrasins pleuraient, les femmes leur criaient après et leur disaient, pour les faire taire : « Taisez-vous, voici le roi Richart ! » ; et quand les chevaux des Sarrasins et des Bédouins avaient peur d'un buisson, ceux-ci disaient à leur cheval : « Crois-tu que ce soit le roi Richart ? »

78 Le roi Richart négocia tant qu'il donna en mariage au comte Henri de Champagne, qui était resté avec lui, la reine de Jérusalem, qui était la légitime héritière du royaume. Le roi Henri eut de ladite reine deux filles, dont la première fut reine de Chypre, et la seconde épousa messire Érart de Brienne, dont est issue une nombreuse descendance, comme on peut le constater en France et en Champagne. Je ne vous dirai rien à présent de la femme de monseigneur Érart de Brienne ; mais je vous parlerai de la reine de Chypre, qui appartient maintenant à mon sujet ; et voici ce que nous dirons.

79 Après que le roi eut battu le comte Pierre de Bretagne, tous les barons de France furent si montés contre le comte Thibaut de Champagne qu'ils décidèrent d'envoyer chercher la reine de Chypre, qui était fille du fils aîné de Champagne, pour deshériter le comte Thibaut, qui était fils du second fils de Champagne.

---

78. Henri II, comte de Champagne (1182) croisé en Terre sainte en 1190, épousa Isabelle, fille et héritière d'Amauri Ier, roi de Jérusalem, en 1192 ; mort à Saint-Jean-d'Acre en 1197, laissant deux filles, Alix et Philippe ; son frère Thibaut avait été désigné comme successeur dans le comté de Champagne. Ce dernier mourut à son tour en 1201, laissant un fils posthume, Thibaut IV. La première fille d'Henri II, Alix, avait d'abord épousé Hugues Ier, roi de Chypre (mort en 1218), d'où son titre de reine de Chypre. Elle épousa ensuite Bohémond V, prince d'Antioche ; le mariage fut annulé en 1227 ; cette même année Pierre Mauclerc songea à l'épouser ; Berger 1895, p. 155. Peu après 1239, devenue régente du royaume de Jérusalem, elle épousa Raoul de Soissons, qui quitta sa femme et le pays après 1243, pour y revenir avec saint Louis (§ 470). Alix mourut en 1246. La seconde, Philippe, épousa en 1215 Érart de Brienne, qui tenta lui aussi de faire valoir les droits de sa femme sur le comté, soutenu entre autres par Simon de Joinville, jusqu'en 1221.

paingne. **80** Aucun d'eulz s'entremistrent d'apaisier le conte Perron au dit conte Tybaut, et fu la chose pourparlee en tele maniere que le conte Tybaut promist que il prenroit a femme la fille le conte Perron de Bretaingne. La journé fu prise que le conte de Champaingne dut la damoiselle espouser, et li dut en amener pour espouser a une abbaïe de Premoustré qui est delez Chastel Thierri, que en appelle Val Secré, si comme j'entent. Les barons de France, qui estoient auques touz parens le conte Perron, se[a] penerent de faire amener la damoiselle a Val Secré pour espouser, et manderent le conte de Champaingne, qui estoit a Chastel Thierri. **81** Et endementieres que le conte de Champaigne venoit pour espouser, mon seigneur Geffroy de la Chapelle vint a li de par le roy atout une lettre de creance et dit ainsinc : « Sire conte de Champaingne, le roy a entendu que vous avez couvenances au conte Perron de Bretaingne que vous prenrez sa fille par mariage. Si vous mande le roy que se vous ne voulez perdre quanque vous avez ou royaume de France, que vous ne le faites, car vous savez que le conte de Bretaingne a pis fait au roy que nul home qui vive. » Le conte de Champaingne, par le conseil que il avoit avec li, s'en retourna à Chastel Thierri.

82 Quant le conte Pierres et les barons de France oïrent ce, qui l'attendoient a Val Secré, il furent touz aussi comme desvez du despit de ce que il leur avoit fait et maintenant envoierent querre la royne de Cypre. Et si tost comme elle fu venue, il pristrent un commun acort, qui fu tel que il manderoient ce que il pourroient avoir de gent a armes et enterroient en Brie et en Champaingne par devers France, et que le duc de Bour-

---

80a s. travaillerent de ce faire et amenerent l. *BL*

80 Quelques-uns d'entre eux s'entremirent pour réconcilier le comte Pierre avec le comte Thibaut, et la négociation aboutit en telle manière que le comte Thibaut promit d'épouser la fille du comte Pierre de Bretagne. On fixa le jour où le comte de Champagne devait épouser la demoiselle, et on devait la lui amener, pour le mariage, à une abbaye de Prémontré, à côté de Château-Thierry qui, comme je le crois, s'appelle Val Secret. Les barons de France, qui étaient presque tous parents du comte Pierre, s'employèrent à faire amener la demoiselle, pour le mariage, à Val Secret, et envoyèrent chercher le comte de Champagne, qui était à Château-Thierry. **81** Et pendant que le comte de Champagne venait pour les noces, messire Geoffroi de La Chapelle vint le trouver de la part du roi, avec une lettre de créance, et parla ainsi : « Sire comte de Champagne, le roi a appris que vous avez un accord avec le comte Pierre de Bretagne aux termes duquel vous prendrez sa fille en mariage. Le roi vous fait savoir que, si vous ne voulez pas perdre tout ce que vous avez dans le royaume de France, vous ne devez pas le faire ; car vous savez que le comte de Bretagne s'est conduit avec le roi plus mal qu'homme qui vive. » Le comte de Champagne, sur le conseil de ceux qui étaient avec lui, retourna à Château-Thierry.

82 Quand le comte Pierre et les barons de France qui l'attendaient à Val Secret apprirent cela, ils furent tous comme fous de rage de ce que le comte de Champagne leur avait fait et envoyèrent aussitôt chercher la reine de Chypre. Et dès qu'elle fut arrivée, ils prirent d'un commun accord la décision suivante : ils convoqueraient ce qu'ils pourraient avoir d'hommes d'armes et entreraient en Brie et en Champagne du côté de l'Île-

80. Il s'agit de Yolande de Bretagne. Elle épousera Hugues, le fils du comte de La Marche ; Berger, 1895, p. 207-208. **81.** Geffroi de la Chapelle, bailli de Caux, conseiller de la régente ; Griffiths 1970[2], p. 236-238. **82.** Guerre contre Thibaut, 1229-1230 ; Berger 1895, p. 153-160, 186-193. – Hugues IV, duc de Bourgogne (1218), mort en 1272. – Robert, comte de Dreux (1218-1234), frère aîné de Pierre Mauclerc ; sa fille Yolande, première femme d'Hugues IV.

goingne, qui avoit la fille au conte Robert de Dreues, ranterroit en la conté de Champaingne par devers Bourgoigne[a] ; *et prindrent journee qu'ilz se assembleroient par devant la cité de Troies pour icelle* prenre se il pooient. **83** Le duc manda quant que il pot avoir de gent, les barons manderent aussi ce que il en porent avoir. Les barons vindrent ardant et destruiant[a] *tout* d'une part, le duc de Bourgoigne d'autre, et le roy de France d'autre part pour venir combattre a eulz. Le *desconfort*[b] fu tel au conte de Champaingne que il meismes ardoit ses villes devant la venue des barons pour ce que il ne les trouvassent garnies. Avec les autres villes que le conte de Champaingne ardoit ardi il Espargnay et Vertuz et Sezenne.

84 *Les*[a] bourgois de Troies, quant il virent que il avoient perdu le secours de leur seigneur, il manderent a Symon, seigneur de Joingville, le pere au seigneur de Joinville qui ore est, qu'i les venist secourre. Et il, qui avoit mandé toute sa gent a armes, mut de Joingville a l'anuitier si tost comme tes nouvelles li vindrent, et vint a Troyes ainçois que il feust jour, et par ce faillirent les barons a leur esme que il avoient de prenre la dite cité ; et pour ce les barons passerent par devant Troyes[b] *sans aultre chose faire* et se alerent logier en la praerie d'*Ylles*[c], la ou le duc de Bourgoingne estoit.

85 Le roy de France, qui sot que il estoient la, il s'adreça tout droit la pour combatre a eulz. Et les barons li manderent et prierent que il son cors se vousist traire arieres, et il se iroient combatre au conte de Champaingne et au duc de Lorreinne[a] et a tout le remenant de sa gent, a. III[c].

82a B. et prindrent journee... pour icelle pr. *BL* B. et la journee assignee qu'ilz se devoient tous trouver ensemble devant la cité de Troie pour la pr. *M* B. et s'assignerent journee pour assembler leurs armees devant la ville de Troye pour la pr. *P* B. pour la c. de T. pr. *A*   **83a** d. tout d. *BL* d. tout le pays *M om. A* – *b* desconfort *BL* descort *A*   **84a** *L'enlumineur a peint par erreur un* C – *b* T. sans aultre chose faire e. *BL om. A* – *c* d'Isles *BP om. M* deles *A*   **85a** Bourgongne *BL*

de-France ; et le duc de Bourgogne, qui était gendre
du comte Robert de Dreux, entrerait de son côté dans
le comté de Champagne du côté de la Bourgogne, et
ils fixèrent un jour où ils se rassembleraient devant la
cité de Troyes pour prendre celle-ci s'ils le pouvaient.
83 Le duc convoqua tout ce qu'il put avoir de monde,
les barons convoquèrent aussi tout ce qu'ils purent
avoir. Les barons avancèrent d'un côté, en brûlant et
en détruisant tout, le duc de Bourgogne de l'autre, et
d'autre part le roi de France avançait pour venir engager le combat avec eux. Le désespoir du comte de
Champagne fut tel que lui-même mettait le feu à ses
villes au fur et à mesure que les barons avançaient,
pour qu'ils ne les trouvent pas approvisionnées. Entre
autres villes que le comte de Champagne brûla, il brûla
Épernay et Vertus et Sézanne.

84 Les bourgeois de Troyes, quand ils virent qu'ils ne
devaient pas compter sur le secours de leur seigneur,
demandèrent à Simon, sire de Joinville, le père de l'actuel
sire de Joinville, de venir les secourir. Et celui-ci, qui
avait convoqué tout ce qu'il avait d'hommes d'armes,
partit de Joinville à la tombée de la nuit, dès que lui parvinrent ces nouvelles, et arriva à Troyes avant le jour ; et
ainsi les barons échouèrent dans leurs prévisions de
prendre ladite ville ; et à cause de cela ils passèrent devant
Troyes sans rien faire d'autre et allèrent se loger dans la
prairie d'Isle, où se trouvait le duc de Bourgogne.

85 Le roi de France, qui apprit qu'ils étaient là, marcha
directement sur ces lieux pour engager le combat avec
eux. Et les barons lui firent demander et le prièrent de
vouloir bien se retirer lui-même, et ils iraient livrer
bataille au comte de Champagne, au duc de Lorraine et à

---

85. Les barons n'osent pas, par respect pour la personne royale, engager
le combat avec une armée commandée par le roi lui-même.

chevaliers moins que le conte n'avroit[b] ne le duc. Et le
roy leur manda que a sa gent ne se combatroient il ja que
son cors ne feust avec. Et il revindrent[c] a li et li manderent
que il feroient volentiers entendre la royne de Cypre a[d]
paiz se il li plaisoit. Et le roy leur manda que a nulle paix
il n'entendroit ne ne soufferroit que le conte de Champaigne y entendit tant que il eussent widié la contee de
Champaigne. **86** Et il la widierent en tel maniere que des
Ylles[a] la ou il estoient, il[b] *se* alerent logier dessous Juylli ;
et le roy se loja a Ylles dont il les avoit chaciés. Et quant
il seurent que le roy fu alé la, il s'alerent logier a Chaorse,
et n'oserent le roy attendre, et s'alerent logier a Laingnes,
qui estoit au conte de Nevers, qui estoit de leur partie. Et
ainsi le roy acorda le conte *de*[c] Champaingne a la royne
de Chypre. Et fu la paiz faite en tel maniere que le dit
conte de Champaingne donna a la royne de Cypre entour
.ii. mille livrees de terre, et .xl[M]. livres que le roy paia
pour le conte de Champaingne. **87** Et le conte de Champaingne vendi au roy, parmi les .xl. mille livres, les fiez
ci aprés nommez, c'est a savoir le fié de la conté de
Bloiz[a], le fié de la contee de Chartres, le fié de la contee
de Sanserre, le fyé de la vicontee de Chasteldun. Et
aucunes gens si disoient que le roy ne tenoit ces devant
diz fiez que en gaje, mes ce n'est mie voir, car je le
demandai nostre saint roy Looÿs outre mer.

88 La terre que le conte Tybaut donna a la royne de
Cypre *tient*[a] le conte de Brienne qui ore est et le conte de
Joigny, pour ce que l'aiole le conte de Brienne fu fille a

85b et *biffé après* avroit *A* — **c** renvoyerent *BL* — **d** a bonne p. *BL*
86a Isles *BL* Ylles *MP* — **b** il se a. *BL* om. *A* — **c** de om. *A*   **87a** le f.
de la c. de Chartres, le f. de la c. de Sanserre *om. BL ; MP ont le même
texte que A*   **88a** tiennent *BL* tient *MP* tint *A*

tout le reste de l'armée royale ; ils auraient trois cents chevaliers de moins que n'auraient le comte et le duc. Et le roi leur fit savoir qu'ils n'engageraient pas le combat avec son armée sans qu'il fût en personne avec elle. Et ils lui envoyèrent d'autres messages pour lui faire savoir qu'ils amèneraient volontiers la reine de Chypre à faire la paix, s'il le souhaitait. Et le roi leur fit savoir qu'il n'envisagerait aucune paix, et qu'il n'accepterait pas que le comte de Champagne en envisage une avant qu'ils n'aient évacué le comté de Champagne. **86** Et ils l'évacuèrent en telle manière que d'Isle, où ils se trouvaient, ils allèrent se loger sous les murs de Jully ; et le roi s'installa à Isle, d'où il les avait chassés. Et quand ils surent que le roi était allé là, ils allèrent se loger à Chaource et ils n'osèrent pas attendre le roi, et ils allèrent se loger à Laignes, qui était au comte de Nevers, lequel avait partie liée avec eux. Et ainsi le roi mit d'accord le comte de Champagne avec la reine de Chypre. Et la paix fut faite en telle manière que le dit comte de Champagne donna à la reine de Chypre environ deux mille livres de rente en terres, et quarante mille livres que le roi paya pour le comte de Champagne. **87** Et le comte de Champagne vendit au roi, moyennant ces quarante mille livres, les fiefs dont les noms suivent : à savoir la mouvance du comté de Blois, la mouvance du comté de Chartres, la mouvance du comté de Sancerre, la mouvance de la vicomté de Châteaudun. Et certaines personnes disaient que le roi ne tenait ces fiefs qu'en gage ; mais cela n'est pas vrai, car je l'ai demandé à notre saint roi Louis outre-mer.

88 La terre que le comte Thibaut donna à la reine de Chypre est tenue par l'actuel comte de Brienne et par le comte de Joigny, parce que la grand-mère du comte de

---

86. Guigues V, comte de Forez et du chef de sa femme comte de Nevers, Auxerre et Tonnerre. – *Acorda*, en septembre-novembre 1234 ; Berger 1895, p. 213-214.   **87.** Les titulaires de ces fiefs relèveront désormais non plus du comte de Champagne, mais du roi de France ; Wailly 1874, p. 482-483.   **88.** Gautier IV, dit le Grand, comte de Brienne et de Jaffa, avait épousé Marie, fille d'Alix, reine de Chypre (voir § 527-538) ; Du Cange-Rey, p. 347-348 ; de leur fils Hugues naquit Gautier V, comte de Brienne, qui devint duc d'Athènes en 1309, au moment où Joinville terminait son livre ; J. Longnon 1949, p. 294-298. Jean, comte de Joigny, avait épousé sa sœur.

la royne de Cypre et femme le grant conte Gautier de
Brienne.

89 Pour ce que vous sachiez dont ces fiez que le sire de
Champaingne vendi au roy vindrent vous foiz je a savoir
que le grant conte Tybaut, qui gist a Laingny, ot .III. filz ;
le premier ot non Henri, le secont ot non Tybaut, le tiers
ot non Estienne. Ce Henri desus dit fust conte de Champaingne et de Brie, et fu appellé le conte Henri le Large,
et dut bien ainsi estre appelé car il fu large a Dieu et au
siecle ; large a Dieu, si comme il appiert a l'esglise Saint
Estienne de Troies et aus autres[a] eglises que il fonda en
Champaingne ; large au siecle, si comme il apparut ou
fait de Ertaut de Nongent et en moult d'autres liex que je
vous conteroie bien se je ne doutoie a enpeeschier ma
matiere. **90** Ertaut de Nogent fu le bourgois du monde
que le conte creoit plus, et fu si riche que il fist le chastel
de Nogent l'Ertaut de ses deniers. Or avint chose que le
conte Henri descendi de ses sales de Troies pour aler oïr
messe a Saint Estienne le jour d'une Penthecouste. Aus
piez des degrez[a] s'agenoilla un povre chevalier et li dit
ainsi : « Sire, je vous pri pour Dieu que vous me donnés
du vostre par quoy je puisse marier mes .II. filles que vous
veez ci. » **91** Ertaut, qui aloit dariere li, dist au povre
chevalier : « Sire chevalier, vous ne faites pas que courtois de demander a mon seigneur, car il a tan donné que
il n'a mez que donner. » Le large conte se tourna devers
Ertaut et li dist : « Sire vilain, vous ne dites mie voir de
ce que vous dites que je n'ai mez que donner, si ai vous
meismes. Et tenez, sire chevalier, car je le vous donne, et

89a a. belles e. *BL* om. *MP*　　**90a** d. vint au devant de luy ung p.c. qui
se agenoilla devant luy et luy d. *BL* d. de l'eglise se trouva a genoulx ung
pouvre chevalier lequel a haulte voix s'escria *MP*.

Brienne était fille de la reine de Chypre et femme du grand comte Gautier de Brienne.

89 Pour que vous sachiez d'où vinrent ces fiefs que le sire de Champagne vendit au roi, je vous fais savoir que le comte Thibaut le Grand, qui est enseveli à Lagny, eut trois fils ; le premier s'appelait Henri, le second Thibaut, le troisième Étienne. Cet Henri fut comte de Champagne et de Brie, et fut appelé le comte Henri le Large ; et il mérita bien ce surnom, car il fut large envers Dieu et envers le monde : large envers Dieu, comme l'atteste l'église Saint-Étienne de Troyes et les autres églises qu'il fonda en Champagne ; large envers le monde, comme cela se manifesta dans l'affaire d'Artaud de Nogent, et dans bien d'autres occasions que je vous raconterais bien, si je ne craignais de surcharger ma matière. **90** Artaud de Nogent était le bourgeois au monde en qui le comte avait le plus de confiance ; et il fut si riche qu'il construisit de ses deniers le château de Nogent l'Artaud. Il arriva donc que le comte Henri descendit de son palais de Troyes pour aller entendre la messe à Saint-Étienne, un jour de Pentecôte. Au bas des marches un pauvre chevalier se mit à genoux, et lui tint ce propos : « Messire, je vous prie au nom de Dieu que vous me donniez du vôtre, avec quoi je puisse marier mes deux filles, que vous voyez ici. » **91** Artaud, qui suivait le comte, dit au pauvre chevalier : « Sire chevalier, ce n'est pas courtois de demander à monseigneur, car il a tant donné qu'il n'a plus rien à donner. » Le large comte se tourna vers Artaud, et lui dit : « Sire vilain, vous ne dites pas vrai, en disant que je n'ai

---

89. Thibaut le Grand (*c.* 1090-1152) était comte de Champagne, de Blois et de Sancerre ; chacun de ses fils lui succéda dans un comté. **90.** Artaud est un personnage considérable ; A. Longnon 1869, p. 260-261 ; l'anecdote est passée dans les recueils d'*exempla* : *Die exempla aus den Sermones feriales et communes des Jakob von Vitry*, hgg von J. Greven, Heidelberg, 1914, p. 17, n° 17 ; *Die exemplades Jacob von Vitry, p.p.* G. Frenken, Munich 1914, p. 106, n° 17 ; *Anecdotes historiques, légendes et apologues tirés du recueil inédit d'Étienne de Bourbon,... p. p.* A. Lecoy de La Marche, Paris, 1877 *(SHF)*, p. 124, n° 146 et n. 2 ; recueil de Tours ; A. Lecoy de La Marche, *Le Rire du prédicateur, présentation de* Jacques Berlioz, Brepols, 1992, n° 64, p. 70 (= *L'Esprit de nos aïeux*, Paris, 1888) ; *La Scala Caeli de Jean Gobi*, éd. M.-A. Polo de Beaulieu, Paris, 1991, p. 282, n° 278.

si le vous garantirai. » Le chevalier ne fu pas esbahi, ainçois le prist par la chape et li dist que il ne le lairoit jusques a tant que il avroit finé a li ; et avant que il li eschapast ot Ertaut finé a li de .v^{c}. livres.

92 Le secont frere le conte Henri ot non Thibaut et fu conte de Blois ; le tiers frere ot non Estienne et fu conte de Sancerre. Et ces .ii. freres tindrent du conte Henri touz leurs heritages et leur .ii. conteez et leur apartenances, et les tindrent aprés des hoirs le conte Henri qui tindrent Champaingne jusques alors que le roy Tybaut les vendi au roy de France, aussi comme il est devant dit.

93 *Or*^{a} *revenons*^{b} a nostre matiere et disons ainsi que aprés ces choses tint le roy une grant court a Saumur en Anjo ; et la fu je et vous tesmoing que ce fu la miex aree que je veisse onques. Car a la table le roy manjoit emprés li le conte de Poitiers, que il avoit fait chevalier nouvel a une Saint Jehan ; et aprés le conte de Poitiers mangoit le conte Jehan de Dreuez, que il avoit fait chevalier nouvel aussi ; aprés le conte de Dreuez mangoit le conte de la Marche ; aprés le conte de la Marche le bon conte Pierre de Bretaigne. Et devant la table le roy, endroit le conte de Dreuez, mangoit mon seigneur le roy de Navarre, en cote et en mantel de samit, bien paré de courroie, de fermail et de chapel d'or ; et je tranchoie devant li. **94** Devant le roy servoit du mangier le conte d'Artoiz, son frere ; devant le roy tranchoit du coutel le bon conte Jehan de Soissons. Pour la table *du roy*^{a} garder estoit mon seigneur Ymbert de Biaugeu, qui puis fu connestable de France, et mon seigneur Engerran de Coucy et mon seigneur Herchanbaut de Bourbon ; darieres ces .iii. barons avoit bien .xxx. de leur chevaliers, en cottes de drap de soie, pour eulz garder ; et darieres ces chevaliers avoit

---

93a *L'enlumineur a peint par erreur un E* — **b** revenons *BLM* revenrons *A*   **94a** du roy *BLM* om. *A*

plus rien à donner ; je vous ai vous-même. » Et tenez, sire chevalier, je vous le donne, et je me porte garant du don. Le chevalier ne perdit pas son sang-froid, mais il prit Artaud par son manteau, et lui dit qu'il ne le laisserait pas tant qu'il ne l'aurait pas payé ; et avant qu'il lui échappât, Artaud lui avait payé cinq cents livres.

92 Le second frère du comte Henri s'appelait Thibaut, et fut comte de Blois ; le troisième frère s'appelait Étienne, et fut comte de Sancerre. Et ces deux frères tinrent en fief du comte Henri tous leurs biens et leurs deux comtés et ce qui en dépendait, et ils les tinrent ensuite des héritiers du comte Henri qui tinrent le comté de Champagne, jusqu'à ce que le roi Thibaut les vende au roi de France, comme il est dit ci-devant.

93 Revenons maintenant à notre sujet, et disons qu'après ces événements le roi tint une grande cour à Saumur en Anjou ; et je m'y trouvai et je vous témoigne que ce fut la mieux ordonnée que j'aie jamais vue. Car à la table du roi mangeait, auprès de lui, le comte de Poitiers, qu'il avait fait nouveau chevalier à la Saint-Jean ; et après le comte de Poitiers mangeait le comte Jean de Dreux, qu'il avait aussi fait nouveau chevalier ; après le comte de Dreux mangeait le comte de La Marche ; après le comte de La Marche le bon comte Pierre de Bretagne. Et devant la table du roi, en face du comte de Dreux, mangeait messire le roi de Navarre, en cotte et en manteau de satin, bien paré d'une ceinture, d'une agrafe et d'un chapeau d'or ; et je tranchais sa viande devant lui. **94** Devant le roi servait à manger le comte d'Artois, son frère ; devant le roi tranchait la viande, avec le couteau, le bon comte Jean de Soissons. Pour garder la table du roi, il y avait messire Humbert de Beaujeu, qui fut depuis connétable de France, et messire Enguerran de Coucy et messire Archambaut de Bourbon ; derrière ces trois seigneurs il y avait bien trente de leurs chevaliers, en cottes de drap de

93. Le 24 juin 1241 ; *Grandes Chroniques*, VII, p. 85 = X, p. 28. E. Boutaric, « Compte des dépenses de la chevalerie d'Alphonse, comte de Poitiers », *Bibl. École des Chartes*, 3ᵉ série, t. 4, 1853, p. 22-42 ; et Boutaric 1870, p. 43-47 ; Berger 1895, p. 345-347.

grant plenté de sergans vestus des armes au conte de Poitiers batues sur cendal. Le roy avoit vestu une cotte de samit ynde et seurcot et mantel de samit vermeil fourré d'ermines, et un chapel de coton en sa teste, qui moult mal li seoit pour ce que il estoit lors joenne homme. **95** Le roy tint cele feste es hales de Saumur, et disoit l'en que le grant roy Henri d'Angleterre les avoit faites pour ses grans festes tenir ; et les hales sont faites a la guise des cloistres de ces moinnes blans, mes je croi que de trop[a] il n'en soit nul si grant. Et vous dirai pour quoy il le me semble, car a la paroy du cloistre ou le roy mangoit, qui estoit environné de chevaliers et de serjans qui tenoient grant espace, mangoient[b] a une table .xx. que evesques que arcevesques ; et encore aprés les evesques et les arcevesques mangoit encostre cele table la royne Blanche, sa mere, au chief du cloistre, de celle part la ou le roy ne mangoit pas. **96** Et si servoit a la royne le conte de Bouloingne, qui puis fu roy de Portingal, et le bon conte *Huel*[a] de Saint Pol et un Alemant de l'aage de .xviii. ans que en disoit que il avoit esté filz saint Helizabeth de Thuringe, dont l'en disoit que la royne Blanche le besoit ou front par devocion pour ce que ele entendoit que sa mere l'i avoit maintes foiz besié.

97 Au chief du cloistre d'autre part estoient les cuisines, les bouteilleries, les paneteries et les despenses. De celi *chef*[a] servoient devant le roy et devant la royne de char, de vin et de pain. Et en toutes les autres elez et eu prael d'en milieu mangoient de chevaliers si grant foison que

---

95, 96 début,　　**97** *om.* MP　　**95** *a* loing *BL* – *b* m. encore a *BL*　　**96a** Huel *BL om. A*　　**97a** chef *BL* cloistre *A*

soie, pour les garder ; et derrière ces chevaliers il y avait une grande quantité de sergents vêtus aux armes du comte de Poitiers appliquées sur taffetas. Le roi avait revêtu une cotte de drap bleu, et un surcot et un manteau de satin rouge fourré d'hermine, avec un chapeau de coton sur la tête, qui lui allait très mal parce qu'il était alors jeune homme. **95** Le roi donna cette fête dans les halles de Saumur ; et l'on disait que le grand roi Henri d'Angleterre les avait fait bâtir pour donner ces grandes fêtes ; et ces halles sont bâties à la manière des cloîtres des moines blancs ; mais je crois qu'il n'y en a, et il s'en faut de beaucoup, aucun d'aussi grand. Et je vous dirai pourquoi il me le semble, car le long du mur du cloître où mangeait le roi, et il était entouré de chevaliers et de sergents qui tenaient beaucoup de place, mangeaient à une table vingt archevêques ou évêques ; et encore après les évêques et les archevêques mangeait à côté de cette table la reine Blanche, sa mère, au bout du cloître, du côté où le roi ne mangeait pas. **96** Le service de la reine était assuré par le comte de Boulogne, qui fut depuis roi de Portugal, et le bon comte Hugues de Saint-Pol, et un Allemand âgé de dix-huit ans, dont on disait qu'il était fils de sainte Élisabeth de Thuringe ; on disait que la reine Blanche lui baisait le front par dévotion, en pensant que sa mère le lui avait bien souvent baisé.

97 Au bout du cloître, de l'autre côté, se trouvaient les cuisines, les bouteilleries, les paneteries et les offices. De ce bout on servait devant le roi et devant la reine la viande, le vin et le pain. Et dans toutes les autres ailes et dans le jardin du milieu mangeait un si grand nombre de

---

95. Moines blancs, de l'ordre de Cîteaux.　**96.** Alphonse, fils du roi de Portugal, attiré en France par Blanche de Castille, avait épousé Mahaut, comtesse de Boulogne, fille de Renaud de Dammartin, veuve de Philippe Hurepel, en 1238. Il la quitta pour devenir régent (1245), puis roi (1248) de Portugal. – Hermann, fils d'Élisabeth de Hongrie et du landgrave de Thuringe, né en 1222, lui-même landgrave de Thuringe (1231-1241) ; R. Folz, *Les Saintes Reines du Moyen Âge en Occident (vi^e-xiiie s.)*, Bruxelles 1992 (*Subsidia hagiographica* 76), p. 105-129.

je ne scé le nombre. Et dient[b] moult de gent que il
n'avoient onques veu autant de seurcoz ne d'autres garne-
mens de drap d'or[c] *et de soye* a une feste comme il ot la,
et dient[d] que il y ot bien .III[M]. chevaliers.

98 Aprés celle feste mena le roy le conte de Poytiers a
Poitiers pour reprenre ses fiez. Et quant le roy vint a Poytiers, il vousist bien estre arieres a Paris, car il trouva que
le conte de la Marche, qui ot mangié a sa table le jour de
la Saint Jehan ot assemblé tant de gent a armes[a] *a Lusi-*
gnan delez Poitiers[b] *comme il en peust finer.* A Poitiers
fu le roy pres de quinzeinne, que onques ne s'osa partir
tant que il fu acordé au conte de la Marche, ne je ne scé
comment. **99** Pluseurs foiz vi venir le conte de la Marche
parler au roy a Poitiers[a] *de Lusignan*, et touzjours amenoit
avec li la royne d'Angleterre, sa femme, qui estoit mere
au roy d'Angleterre. Et disoient moult de gent que le roy
et le conte de Poitiers avoient fait mauvese paiz au conte
de la Marche.

100 Aprés ce que le roy fu revenu de Poitiers ne tarja
pas grandement aprés ce que le roy d'Angleterre vint en
Gascoingne pour guerroier le roy de France. Nostre saint
roy a quanque il pot avoir de gent chevaucha pour
combatre a li. La vint le roy d'Angleterre et le conte de
la Marche pour combatre[a] *au roy* devant un chastel que
en appelle Taillebourc, qui siet sus une male riviere que
l'en appelle Tarente[b], la ou en ne peut passer que a un

97b distrent *BL* — *c* o. et de soye a *BL om. A ; M a le même texte que*
A — *d* et dit on *BL*   **98a** a. a Lusignan d. *BL* a. ilec joignant d.
A — *b* P. comme il peust (pot *B*) avoir *BL* P. tant qu'il en peust finer *M*
om. A   **99a** P. de Lusignan *BL* P. delez joingnant *A*   **100a** c. au roy
d. *BL om. A* — *b* Tarence *BL* Carente *M* Tarante a present Charante *P*

chevaliers que je n'en sais le compte. Et beaucoup de gens dirent qu'ils n'avaient jamais vu à une fête autant de surcots ni d'autres parures de drap d'or et de soie qu'il y en eut là ; et on dit qu'il y eut bien trois mille chevaliers.

98 Après cette fête, le roi conduisit le comte de Poitiers à Poitiers pour reprendre ses fiefs. Et quand le roi arriva à Poitiers, il aurait bien voulu être de retour à Paris, car il trouva que le comte de La Marche, qui avait mangé à sa table le jour de la Saint-Jean, avait rassemblé à Lusignan, près de Poitiers, autant d'hommes en armes qu'il put en avoir. Le roi resta à Poitiers près d'une quinzaine de jours, et il n'osa pas quitter la ville avant d'avoir conclu un accord avec le comte de La Marche, je ne sais en quels termes. **99** Plusieurs fois je vis le comte de La Marche venir de Lusignan s'entretenir avec le roi à Poitiers, et il amenait toujours avec lui la reine d'Angleterre, sa femme, qui était mère du roi d'Angleterre. Et bien des gens disaient que le roi et le comte de Poitiers avaient conclu avec le comte de La Marche une paix défavorable.

100 Après que le roi fut revenu de Poitiers, il ne passa pas beaucoup de temps que le roi d'Angleterre vienne en Gascogne pour faire la guerre au roi de France. Notre saint roi chevaucha avec ce qu'il put réunir de gens pour aller le combattre. Le roi d'Angleterre et le comte de La Marche vinrent là pour livrer bataille au roi devant un château que l'on appelle Taillebourg, qui est bâti sur une mauvaise rivière que l'on appelle Charente, à un endroit

---

98. *reprenre ses fiez* : « prendre possession de ses fiefs et recevoir l'hommage de ses vassaux ». **99.** La paix est en fait très loin d'être défavorable au roi ; Boutaric 1870, p. 48-90 ; Berger 1895, p. 86-87, 346-347 ; Richard 1983, p. 42, 114-115. – *La royne d'Angleterre*, Isabelle, veuve de Jean sans Terre († 1216) dont elle avait eu Henri III, remariée (1217) avec Hugues de Lusignan. **100-104.** Delaborde 1894, p. 74, considère que Joinville assistait à la campagne dans l'entourage de Thibaut de Champagne. Sur toute l'affaire, Boutaric 1870, p. 50-57 ; Berger 1895, p. 346-353 ; Bémont 1893. Voir Introduction, p. 40-42 et 48-49. **100b** Je conserve la forme *Tarente*, d'après *BLMP* ; elle peut remonter à Joinville.

pont de pierre moult estroit. **101** Si tost comme le roy
vint a Taillebourc et les hoz virent l'un l'autre, nostre
gent, qui avoient le chastel devers eulx, se esforcierent a
grant meschief et passerent perilleusement par nez et par
pons, et coururent sur les Anglois, et commença le poing-
naÿz fort et grant. Quant le roy vit ce il se mist ou peril
avec les autres, car, pour un homme que le roy avoit quant
il fu passé devers les Anglois, les Anglois en avoient[a] mil.
Toutevoiz avint il, si comme Dieu voult, que quant les
Anglois virent le roy passer, il se desconfirent et mistrent
dedens la cité de Saintes ; et pluseurs de nos gens entrerent en la cité mellez[b] *avecques eulx* et furent pris.

102 Ceulz de nostre gent qui furent pris a Saintes recor-
derent que il oïrent un grant descort naistre entre le roy
d'Angleterre et le conte de la Marche ; et disoit le roy
que le conte de la Marche l'avoit envoié querre car il
disoit que il trouverroit grant aide en France. Celi soir
meismes le roy d'Angleterre meust de Saintes et s'en ala
en Gascoingne.

103 Le conte de la Marche, comme celi qui ne le pot
amender, s'en vint en la prison le roy et li amena en sa
prison sa femme et ses enfans. Dont le roy ot par la pez
fesant grant coup de la terre le conte, mez je ne scé pas
combien, car je ne fu pas a celi fait, car je n'avoie onques
lors hauberc vestu ; mez j'oÿ dire que avec la terre[a] *que*
le roys emporta *luy quicta le conte de la Marche* .x^M.
livres de parisis que il avoit en ses cofres et chascun an
autant.

101a a. bien cent *LMP* a. .XX. *B* – **b** m. avecques eulx e. *BL* qui e.
avec eulx e. *M om. A*   **103a** t. que l. r. luy quicta le conte de la Marche
dix m. l. p. qu'il a tous les ans en s. c. *BL* t. que le r. eut, encores le c. de
la M. lui quitta dix m. l. p. de rente qu'il avait sur lui par chascun an *MP*
t. le r. e. X^m l. de p. que il a. en s.c. *A*

où on ne peut passer que sur un pont de pierre très étroit.
101 Aussitôt que le roi arriva à Taillebourg et que les
armées furent en vue l'une de l'autre, nos gens, qui
avaient le château de leur côté, firent tout ce qu'ils purent
à grand-peine et passèrent en prenant de grands risques
avec des bateaux et sur des ponts et attaquèrent les
Anglais, et l'engagement commença vif et rude. Quand
le roi vit cela, il s'exposa avec les autres ; car pour un
homme que le roi avait quand il passa du côté des
Anglais, les Anglais en avaient mille. Toujours est-il,
comme Dieu le voulut, que, lorsque les Anglais virent le
roi passer la rivière, ils perdirent courage et se jetèrent
dans la cité de Saintes ; et plusieurs de nos gens entrèrent
dans la cité mêlés avec eux et furent pris.

102 Ceux de nos gens qui furent pris à Saintes rapportèrent qu'ils entendirent un grave conflit naître entre le roi
d'Angleterre et le comte de La Marche ; et le roi disait
que le comte de La Marche l'avait envoyé chercher, en
lui disant qu'il trouverait de grands appuis en France. Ce
soir même, le roi d'Angleterre quitta Saintes et s'en alla
en Gascogne.

103 Le comte de La Marche, comme un homme qui ne pouvait améliorer la situation, vint se constituer prisonnier entre
les mains du roi et lui amena prisonniers sa femme et ses
enfants. Par suite de quoi le roi obtint, en faisant la paix, une
partie considérable de la terre du comte, mais je ne sais pas
combien, car je ne fus en effet pas présent à cette affaire, car
je n'avais alors jamais revêtu le haubert ; mais j'ai entendu
dire qu'avec la terre que le roi récupéra, le comte de La
Marche le tint quitte de dix mille livres parisis qu'il percevait
sur le trésor royal, et chaque année autant.

101a. Corbett suggère que *mil*, dans l'usage de Joinville, équivaut à
« beaucoup » ; cf. § 24, 112, 136, 234, 318, 333, etc., et peut-être 157.
– A. Thomas, « Une chanson française sur la bataille de Taillebourg », dans
Annales du Midi, t. 4, 1892, p. 362-370. Il semble bien que le récit ait été
enjolivé, que le passage de la Charente ait eu lieu presque sans combat, et
que la bataille ait été livrée sous les murs de Saintes. Le tableau de Dela-
croix suit les indications de Joinville.   **103.** Le chiffre donné par Joinville est excessif ; la rente n'était que de 5 000 livres ; Wallon 1875, p. 165.

104 Quant nous fumes a Poitiers, je vi un chevalier qui
avoit non mon seigneur Gyeffroy de Rancon, que pour
un grant outrage que le conte de la Marche li avoit fait,
si comme l'en disoit, et[a] avoit juré sur sains que il ne
seroit jamez roingné en guise de chevalier, mes porteroit
greve aussi comme les femmes fesoient jusques a tant que
il se verroit vengié du conte de la Marche ou par lui ou
par autrui. Et quant mon seigneur Geffroy vit le conte de
la Marche, sa femme et ses enfans agenoillez devant le
roy, qui li crioient merci, il fist aporter un tretel et fist
oster sa greve et se fist roingner[b] en la presence du roy,
du conte de la Marche et de ceulz qui la estoient. **105** Et
en cel ost contre le roy d'Angleterre et contre les barons,
le roy en donna de grans dons, si comme je l'oÿ dire a
ceulz qui en vindrent. Ne pour dons ne pour despens que
l'en feist en cel host ne autres desa mer ne dela, le roy
ne requist ne ne prist onques aide des siens barons n'a
ses chevaliers n'a ses hommes ne a ses bones villes, dont
en ce plainsist. Et ce n'estoit pas de merveille, car ce
fesoit il par le conseil de la bone mere qui estoit avec li,
de qui conseil il ouvroit, et des preudeshomes qui li
estoient demouré du tens son pere et du temps son ayoul.

106 Aprés ces choses desus dites avint ainsi comme Dieu
voult que une grant maladie prist le roy a Paris, dont il
fu a tel meschief, si comme[a] il le disoit, que l'une des
dames qui le gardoit li vouloit traire le drap sus le visage
et disoit que il estoit mort, et une autre dame qui estoit a
l'autre part du lit ne li souffri mie, ainçois disoit que il
avoit encore l'ame ou cors. **107** Comment que il oïst le
descort de ces .II. dames, Nostre Seigneur ouvra en li et

104 Quand nous nous trouvions à Poitiers, je vis un chevalier nommé messire Geoffroi de Rancogne, qui, à cause
d'une grave offense que lui avait faite le comte de La
Marche, à ce qu'on disait, avait juré sur les reliques qu'il
ne se ferait jamais couper court les cheveux, à la mode des
chevaliers, mais qu'il les porterait longs avec une raie
comme faisaient les femmes, jusqu'au moment où il se verrait vengé du comte de La Marche, ou par lui-même ou par
autrui. Et quand messire Geoffroi vit le comte de La
Marche, sa femme et ses enfants agenouillés devant le roi
et lui demandant grâce, il fit apporter un tréteau et fit enlever sa raie et se fit couper les cheveux en la présence du roi,
du comte de La Marche et de ceux qui étaient là. **105** Et
dans cette expédition contre le roi d'Angleterre et contre
les barons, le roi fit de grandes libéralités, comme je l'ai
entendu dire à ceux qui en revinrent. Et jamais en raison
des dons ou des dépenses que l'on fit dans cette expédition
ou dans d'autres, de ce côté ou de l'autre de la mer, le roi
ne requit ni ne prit à ses barons, à ses chevaliers, à ses
hommes ou à ses bonnes villes de contributions qui aient
soulevé des plaintes. Et ce n'était pas étonnant, car il faisait
cela avec les conseils de la bonne mère qui était avec lui,
sur le conseil de qui il agissait, et sur le conseil de ceux des
prud'hommes qui lui étaient restés du temps de son père et
du temps de son aïeul.

106 Il arriva, après ce qui vient d'être dit, ainsi que Dieu
le voulut, que le roi tomba gravement malade à Paris, et
il se trouva si mal, comme il le disait, que l'une des
dames qui le veillait voulait lui ramener le drap sur le
visage, et disait qu'il était mort ; et une autre dame, qui
était de l'autre côté du lit, ne la laissa pas faire, mais
disait qu'il avait encore l'âme au corps. **107** De quelque
façon qu'il ait entendu la discussion de ces deux dames,

---

105. Joinville est sensible au fait que saint Louis ait fort peu recouru à
l'aide féodale ; mais il a levé pour la croisade de nombreux impôts extraordinaires sur le clergé et les villes ; Boutaric 1870, p. 306-307 ; J. Favier,
Les Finances de saint Louis, dans *Septième centenaire* 1976, p. 133-
140.   **106.** Le roi tomba malade à Pontoise, non à Paris ; Berger 1893,
p. 37-39 ; Berger 1895, p. 355-357.

li envoia santé[a] tantost, car il estoit esmuÿs et ne pouoit parler. Il requist que en li donnast la croix et si fist on. Lors la royne sa mere oÿ dire que la parole li estoit revenue, et elle en fist si grant joie comme elle pot plus ; et quant elle sot que il fu croisié, ainsi comme il meismes le contoit, elle mena aussi grand deul comme se elle le veist mort.

108 Aprés ce que il fu croisié se croisierent Robert, le conte d'Artois, Auphons, conte de Poitiers, Charles, conte d'Anjou, qui puis fu roy de Cezile, touz troiz freres le roy. Et se croisa Hugue, duc de Bourgoingne, Guillaume, conte de Flandres, frere le conte Guion de Flandres nouvellement mort, le bon Hue, conte de Saint Pol, mon seigneur Gauchier, son neveu, qui moult bien se maintint outre mer et moult eust valu se il eust vescu. **109** Si i furent le conte de la Marche et mon seigneur Hugue le Brun, son filz, le conte de Salebruche, mon seigneur Gobert d'Apremont, son frere, en qui compaingnie je, Jehan, seigneur de Joinville, passames la mer en une nef que nous louames pour ce que nous estions cousins ; et passames de la atout .xx. chevaliers, dont il estoit li disiesme, et je moy disiesme.

110 A Pasques, en l'an de grace *que*[a] le milliaire couroit par mil .ii. cenz quarante et .viii., mandé je mes homes et mes fievez a Joinville. Et la vegile de la dite Pasque, que toute cele gent que je avoie mandé estoient venu, fu nez Jehan, mon filz, sire de *Ancerville*[b], de ma premiere femme, qui fu seur le conte de Grantpré. Toute celle semainne fumes en festes et en quarolles, que mon frere, le sire de Vauquelour, et les autres riches homes qui la estoient donnerent a manger chascun l'un aprés l'autre, le lundi, le mardi, le mercredi *et le jeudy*[c].

107a s. et si tost qu'il fut en estat pour parler requist *BL* o. en li et lui donna la parolle et demanda *M* 110a que *BL* qui *A* – b Ancerville *BL* Acerville *A* – c et le j. *BL* om. *A*

Notre-Seigneur œuvra en lui et lui envoya aussitôt la santé, car il avait perdu l'usage de la parole et ne pouvait s'exprimer. Il réclama qu'on lui donnât la croix, ce que l'on fit. Alors la reine, sa mère, entendit dire que la parole lui était revenue, et elle manifesta la plus grande joie qu'elle put ; et quand elle sut qu'il était croisé, ainsi qu'il le racontait lui-même, elle montra une douleur aussi grande que si elle l'avait vu mort.

108 Après que le roi eut pris la croix, se croisèrent Robert, comte d'Artois, Alphonse, comte de Poitiers, Charles, comte d'Anjou, qui depuis fut roi de Sicile, tous trois frères du roi. Prirent aussi la croix Hugues, duc de Bourgogne, Guillaume, comte de Flandre, frère du comte Gui de Flandre, mort récemment, le bon comte Hugues, comte de Saint-Pol, messire Gaucher, son neveu, qui eut une très belle conduite outre-mer et qui eût été un homme de grande valeur s'il avait vécu. **109** Il y eut aussi le comte de La Marche et messire Hugues le Brun, son fils, le comte de Sarrebrück, messire Gobert d'Apremont, son frère, en la compagnie de qui, moi, Jean, sire de Joinville, je passai la mer à bord d'un vaisseau que nous louâmes, parce que nous étions cousins ; et nous fûmes vingt chevaliers à faire le passage, neuf avec lui et neuf avec moi.

110 À Pâques, en l'an de grâce dont le millésime courant était mille deux cent quarante-huit, je convoquai mes hommes et mes vassaux à Joinville. Et la veille de ces Pâques, alors que tous les gens que j'avais convoqués étaient venus, naquit mon fils Jean, sire d'Ancerville, de ma première femme, qui était la sœur du comte de Grandpré. Toute cette semaine se passa en réjouissances et en danses : mon frère le sire de Vaucouleurs et les autres hauts personnages qui étaient là offrirent un repas, chacun l'un après l'autre, le lundi, le mardi, le mercredi et le jeudi.

---

107. Voir à ce propos une chanson ; Bédier-Aubry 1909, p. 237-245.   **108.** Gui de Dampierre mourut le 7 mars 1305. – Gaucher de Châtillon avait épousé Jeanne de Boulogne, fille de Philippe Hurepel, cousine germaine de saint Louis.   **110.** 19 avril 1248.

111 Je leur diz le vendredi : « Seigneurs, je m'en voiz outre mer et je ne scé se je revendré. Or venez avant ; se je vous ai de riens mesfait, je le vous desferai l'un[a] par l'autre, si comme je ai[b] acoustumé, a touz ceulz qui vourront riens demander ne a moy ne a ma gent. » Je leur desfiz par l'esgart de tout le commun de ma terre ; et pour ce que je n'eusse point d'emport, je me *levai*[c] du conseil et en ting quanque il raporterent, sanz debat.

112 Pour ce que je n'en vouloie porter nulz deniers a tort, je alé lessier a Mez en Lorreinne grant foison de ma terre en gage. Et sachiez que au jour que je parti de nostre païz pour aler en la Terre sainte, je ne tenoie pas[a] mil livrees de terre, car ma dame ma mere vivoit encore. Et si y alai moy disieme de chevaliers et moy tiers de banieres. Et ces choses vous ramantevoiz je pour ce que se Diex ne m'eust aidié, qui onques ne me failli, je l'eusse souffert a peinne par si lonc temps comme par l'espace de .vi. ans que je demourai en la Terre sainte.

113 En ce point que je appareilloie pour mouvoir, Jehan, sire d'Apremont et conte de Salebruche de par sa femme, envoia a moy et me manda que il avoit sa besoigne aree pour aler outre mer, li .x[e]. de chevaliers, et me manda que se je vousisse, que nous loïssons une nef entre li et moy, et je li otroiai ; sa gent et la moie louerent une nef a Marseille.

111 Je leur dis le vendredi : « Seigneurs, je m'en vais outre-mer, et je ne sais si je reviendrai. Avancez-vous ; si je vous ai causé quelque tort, je réparerai, chacun à son tour, comme j'ai l'habitude de le faire, pour tous ceux qui voudront réclamer quelque chose à moi ou à mes gens. » Je leur fis réparation d'après l'avis de tout le commun de ma terre ; et pour ne pas les influencer, je quittai le conseil, et je suivis toutes leurs conclusions, sans discussion.

112 Comme je ne voulais emporter aucun argent à tort, j'allai à Metz en Lorraine laisser en gage une grande quantité de ma terre. Et sachez que le jour où je partis de notre pays pour aller en Terre sainte, ce que je possédais de terre ne rapportait pas mille livres de rente, car madame ma mère vivait encore. Et j'y allai avec neuf chevaliers, et nous étions trois à porter bannière. Et je vous rappelle ces faits parce que, si Dieu, qui jamais ne me manqua, ne m'eût aidé, j'aurais eu de la peine à supporter la situation pendant un temps aussi long que la période des six années où je restai en Terre sainte.

113 Au moment où je faisais mes préparatifs pour prendre le départ, Jean, sire d'Apremont et comte de Sarrebrück du chef de sa femme, m'envoya un messager et me fit savoir qu'il avait pris ses dispositions pour aller outre-mer avec neuf autres chevaliers ; et il me fit savoir que, si je voulais, nous pourrions nous réunir pour louer, lui et moi, une nef ; je lui donnai mon accord ; ses gens et les miens louèrent une nef à Marseille.

---

112. Metz est une place financière où s'adressaient d'habitude les comtes de Sarrebrück ; J. Schneider, *La Ville de Metz au XIIIᵉ et au XIVᵉ siècle*, Nancy, 1950, p. 194 et 312. – Le chevalier portant bannière, ou banneret, est un chevalier situé au-dessus des autres, qui a davantage de montures et d'hommes autour de lui.   **113.** Sur les passages, Richard 1992, nᵒ VII, p. 31. – Joinville se trompe ; Jean était comte de Sarrebrück au moment où il l'écrivait ; il s'agit de Geoffroi ; Joinville sera témoin du testament de ce dernier, à Mansûra, en janvier 1250 ; Delaborde 1894, Cat. nᵒ 333.

114 Le roy manda[a] *tous* ses barons a Paris et leur fist faire serement que foy et loiauté porteroient a ses enfans se aucune chose avenoit de li en la voie. Il le me demanda, mes je ne voz faire point de serement, car je n'estoie pas son home. **115** Endementres que je venoie, je trouvé .III. homes mors sur une charrette, que un clerc avoit tuez, et me dist en que en les menoit au roy. Quant je oÿ ce, je envoié un mien escuier aprés pour savoir comment ce avoit esté. Et conta mon escuier que je y envoié que le roy, quant il issi de sa chapelle, ala au perron pour veoir les mors et demanda au prevot de Paris comment ce avoit esté. **116** Et le prevost li conta que les mors estoient .III. de ses serjans du Chastelet, et li conta que il aloient par les rues forainnes pour desrober la gent, et dist au roy que « il trouverent se clerc que vous veez ci et li tollirent toute sa robe. Le clerc s'en ala en pure sa chemise en son hostel et prist s'arbalestre et fist aporter a un enfant son fauchon. Quant il les vit, il les escria et leur dit que il y mourroient. Le clerc tendi s'arbaleste et trait et en feri l'un parmi le cuer ; et les .II. toucherent a fuie, et le clerc prist le fauchon que l'enfant tenoit et les ensuï a la lune, qui estoit belle et clere. **117** L'un en cuida passer parmi une soif en un courtil, et le clerc fiert du fauchon, fist le prevost, et li trancha toute la jambe en tele maniere que elle ne *tient*[a] que a l'estivall, si comme vous veez. Le clerc rensuï l'autre, le quel cuida descendre en une estrange meson la ou[b] gent veilloient encore ; et le clerc[c] *le* feri du fauchon parmi la teste si que il le fendi jusques es dens, si comme vous poez veoir, fist le prevost au roy. Sire, fist il, le clerc moustra son fait au[d] voisins de la rue et puis si s'en vint mettre en vostre prison, sire, et je le vous ameinne, si en ferez vostre volenté, et veez le ci. **118** – Sire clerc, fist le roy, vous avez perdu a estre prestre par vostre proesce, et pour vostre proesce je vous retieing a mes gages, et en venrez avec moy outre mer. Et ceste chose vouz foiz je encore *assavoir*[a] pour ce que je weil bien que ma gent voient que je ne les soustendrai

114-119 *om. MP*   **114a** m. tous s. *BLMP* tous *om. A*   **117a** tient *BL* tint *A* – **b** ou les g. *BL* – **c** c. le *BL om. A* – **d** a. prevost v. *A*   **118a** assavoir q. *BL om. A*

114 Le roi convoqua tous ses barons à Paris et leur fit prêter serment qu'ils garderaient foi et loyauté à ses enfants, si quelque chose lui arrivait au cours du voyage. Il me le demanda, mais je ne voulus pas prêter serment, parce que je n'étais pas son vassal. **115** Au moment où j'arrivais, je rencontrai une charrette chargée de trois hommes morts, qu'un clerc avait tués ; et on me dit qu'on les conduisait au roi. Quand j'entendis cela, j'envoyai un de mes écuyers après eux, pour savoir comment les choses s'étaient passées. Et mon écuyer que j'y envoyai me conta que le roi, lorsqu'il sortit de sa chapelle, se rendit sur le perron pour voir les morts, et demanda au prévôt de Paris comment les choses s'étaient passées. **116** Et le prévôt lui conta que les morts étaient trois de ses sergents du Châtelet ; et il lui conta qu'ils allaient par les rues écartées pour détrousser les gens, et il dit au roi qu'« ils ont rencontré ce clerc que vous voyez, et lui ont pris toutes ses affaires. Le clerc s'en alla en simple chemise à sa maison et prit son arbalète et donna son fauchon à porter à un enfant. Quand il les vit, il leur cria après et leur dit qu'ils y mourraient. Le clerc tendit son arbalète et tira, et en frappa un au cœur ; et les deux autres se mirent à fuir, et le clerc prit le fauchon que tenait l'enfant, et les poursuivit à la lumière de la lune, qui était belle et claire. **117** L'un d'eux essaya d'entrer dans un jardin en passant à travers une haie ; et le clerc le frappa avec le fauchon, dit le prévôt, et lui sectionna entièrement la jambe, de telle sorte qu'elle ne tient que par la botte, comme vous le voyez. Le clerc se remit à la poursuite de l'autre, qui tenta de pénétrer dans une maison qu'il ne connaissait pas, où des gens veillaient encore ; et le clerc le frappa avec le fauchon à la tête si bien qu'il la lui fendit jusqu'aux dents, comme vous pouvez le voir, dit le prévôt au roi. Sire, dit-il, le clerc montra ce qu'il avait fait aux voisins de la rue, puis vint se constituer prisonnier ; sire, et je vous l'amène, vous en ferez ce que vous voudrez ; et le voici. **118** – Sire clerc, fit le roi, vous avez perdu la possibilité d'être prêtre par votre prouesse, mais, pour votre

---

114. En 1247 ou en 1248 Joinville refuse de prêter serment, car il n'est pas le vassal direct du roi ; il ne pourrait s'engager qu'envers son seigneur, le comte de Champagne ; Berger 1893, p. 178.   **116.** *fauchon* : épée courbe à un seul tranchant.

en nulles de leur mauvestiés. » Quant le peuple qui la
estoit assemblé oÿ ce, il se escrierent a Nostre Seigneur
et li prierent que Dieu li donnast bone vie et longue, et le
ramenast a joie et a santé.

119 Aprés ces choses, je reving en nostre païs ; et atirames, le conte de Salebruche et moy, que nous envoie-
rions nostre harnois a charettes a Ausonne pour mettre
ilec en la riviere de Saonne[a] *pour aller jusques a Alle
depuis la Sone* jusques au Rone.

120 Le jour que je me parti de Joinville, j'envoié querre
l'abbé de Cheminon, que on tesmoingnoit au plus preudomme de l'ordre blanche. Un tesmoingnage li oÿ porter
a Clerevaus, le jour[a] *d'une* feste Nostre Dame que le saint
roy i estoit, a un moinne qui le moustra et me demanda
se je le cognoissoie, et je li diz pour quoy il le me demandoit. Et il me respondi : « Car je entent que c'est le
plus preudomme qui soit en toute l'Ordre blanche.
121 Encore sachez, fist-il, que j'ai oÿ conter a un preudomme qui gisoit ou dortouer la ou l'abbé de Cheminon
dormoit, et avoit l'abbé descouvert sa poitrine pour la[a]
chaleur que il avoit. Et vit ce preudomme qui gisoit ou
dortouer ou l'abbé de Cheminon dormoit la Mere Dieu
qui ala au lit l'abbé et li retira sa robe sur son piz pour
ce que[b] le vent ne li feist mal. »

122 Cel abbé de Cheminon si me donna m'escharpe et
mon bourdon. Et lors je me parti de Joinville sanz rentrer
ou chastel jusques a ma revenue, a pié, deschaus et en
langes, et ainsi alé a Blechicourt[a] *en pellerinage* et a Saint
Urbain et[b] *aus* autres cors sains qui la sont. Et endementieres que je aloie a Blechicourt[c] et a Saint Urbain, je ne

119a S. pour... depuys la Sone j. *BL om. A*　　　**120a** j. d'une f. *BL* j. de
f. *A*　　**121a** l. grant c. *BL* – *b* q. les raiz (du soleil *add. B*) ne li feissent
m. *BL*　　**122a** a Alechour en pellerinage e. *BLM* e. p. *om. A* – *b* e. aus
a. *BL om. A* – *c* Blehecourt *BL*

prouesse, je vous retiens à mes gages, et vous viendrez avec moi outre-mer. Et je vous fais encore savoir cela parce que je veux que mes gens voient que je ne les soutiendrai dans aucune de leurs mauvaises actions. » Quand le peuple qui était assemblé là entendit ces paroles, ils invoquèrent Notre-Seigneur, et le prièrent que Dieu donne bonne et longue vie au roi, et le ramène en joie et en santé.

119 Après ces événements, je revins dans notre pays ; et nous prîmes nos dispositions, le comte de Sarrebrück et moi, pour envoyer nos équipements à Auxonne sur des charrettes, pour les embarquer là sur la rivière de Saône et aller jusqu'à Arles depuis la Saône jusqu'au Rhône.

120 Le jour où je partis de Joinville, j'envoyai chercher l'abbé de Cheminon, qui au témoignage de tous était le plus grand prud'homme de l'ordre des moines blancs. J'ai entendu porter sur lui, à Clairvaux, le jour d'une fête de Notre-Dame, – le saint roi était là – un témoignage par un moine qui me le montra et me demanda si je le connaissais, et je lui demandai pourquoi il me posait cette question. Et il me répondit : « Car je pense que c'est le plus grand prud'-homme qui soit dans tout l'ordre des moines blancs. **121** Sachez encore, dit-il, ce que j'ai entendu raconter à un prud'homme qui couchait dans le dortoir où dormait l'abbé de Cheminon ; et l'abbé avait découvert sa poitrine à cause de la chaleur qu'il éprouvait. Et ce prud'homme, qui couchait dans le dortoir où dormait l'abbé de Cheminon, vit la Mère de Dieu aller au lit de l'abbé et lui ramener sa robe sur la poitrine pour que le courant d'air ne lui fasse pas de mal. »

122 Cet abbé de Cheminon me donna mon écharpe et mon bâton de pèlerin. Et alors je partis de Joinville, sans rentrer au château jusqu'à mon retour, à pied, sans chausses et la laine sur le corps, et j'allai ainsi en pèlerinage à Blécourt et à Saint-Urbain et aux autres corps de saints qui se trouvent là. Et tandis que j'allai à Blécourt

---

122. *escharpe et bourdon* : ce sont les insignes du pèlerin ; cf. Richard 1992, n° 11, p. 131. – Blécourt est une dépendance de Saint-Urbain.

voz onques retourner mes yex vers Joinville, pour ce que
le cuer ne me attendrisist du biau chastel que je lessoie
et de mes .II. enfans.

123 Moy et mes compaingnons mangames a la Fonteinne
l'Arcevesque devant Dongieuz ; et illecques l'abbé Adam de
Saint Urbain, que Diex absoille, donna grant foison de biaus
juiaus a moy et a[a] mes chevaliers que j'avoie. Des la nous
alames a *Ausone*[b] ; et en alames, atout nostre hernoiz que
nous avion fait mettre es nez, des *Ausone*[c] jusques a Lyon
contreval la Sone ; et encoste les nes menoit on les grans destriers.

124 A Lyon entrames ou Rone pour aler a Alles le blanc.
Et dedans le Rone trouvames un chastel que l'en appelle
Roche de *Glin*[a], que le roy avoit fait abbatre pour ce que
Roger, le sire du chastel, estoit criez de desrober les pele-
rins et les marchans.

125 Au mois d'aoust entrames en nos nez a la Roche de
Marseille. A celle journee que nous entrames en nos nez
fist l'en ouvrir la porte de la nef et mist l'en touz nos
chevaus ens que nous devions mener outre mer, et puis
reclost l'en la porte et l'enboucha l'en bien aussi comme
l'en naye un tonnel, pour ce que quant la nef[a] *est* en la[b]
grant mer toute la porte est en l'yaue. **126** Quant les chevaus furent ens, nostre mestre notonnier escria a ses noton-
niers qui estoient ou bec de la nef et leur dit : « Est aree vostre
besoigne[a] ? » *El ilz repondirent* : « *Oÿ*, sire, vieingnent avant
les clers et les proveres. » Maintenant que il furent venus, il
leur escria : « Chantez de par Dieu. » Et il s'escrierent touz
a une voiz : VENI CREATOR SPIRITUS. Et il escria[b] a ses noton-
niers : « Faites voille de par Dieu ! », et il si firent. **127** Et
en brief tens le vent se feri ou voille et nous ot tolu la veue
de la terre, que nous ne veismes que ciel et yaue, et chascun
jour nous esloigna le vent des païs ou nous avions esté nez.
Et ces choses vous moustré je, que celi est bien fol hardi qui

123a a neuf c. *BL* − **b** Nausone *AL* Ausonne *M* Auxonne *P om. B*
− **c** Aussone *B* Nausone *L* Ansone *A* **124a** Glin *BL* Gluy
A **125a** n. est e. *BL. om. A* − **b** l. grant m. *BL om. A* **126a** b. et i.
r. oÿ, v. *BL* et ilz dirent que oÿ vraiement *M om. A* − **b** e. a s. *BL om. A*

et à Saint-Urbain, je ne voulus jamais retourner mes yeux vers Joinville, de peur que mon cœur ne s'attendrisse sur le beau château que je laissais et sur mes deux enfants.

123 Moi et mes compagnons nous mangeâmes à la Fontaine l'Archevêque devant Donjeux ; et là, l'abbé Adam de Saint-Urbain (que Dieu absolve) me donna, à moi et à mes chevaliers qui étaient avec moi, une grande quantité de beaux joyaux. De là nous allâmes à Auxonne ; et nous allâmes, avec tous nos équipements que nous avions fait mettre sur des bateaux, d'Auxonne à Lyon, en descendant la Saône ; et on conduisait les grands destriers à côté des bateaux.

124 À Lyon, nous entrâmes dans le Rhône pour aller à Arles le Blanc. Et sur le Rhône nous trouvâmes un château que l'on appelle La Roche-de-Glun, que le roi avait fait abattre parce que Roger, le sire du château, était accusé de détrousser les pèlerins et les marchands.

125 Au mois d'août, nous embarquâmes dans nos nefs à la Roche de Marseille. Le jour où nous embarquâmes dans nos nefs, on fit ouvrir la porte de la nef et on mit à l'intérieur tous les chevaux que nous devions emmener outre-mer ; et puis on referma la porte et on la boucha bien, comme lorsque l'on étoupe un tonneau, parce que, quand la nef est en haute mer, toute la porte est sous l'eau. **126** Quand les chevaux furent dedans, notre maître marinier cria à ses marins, qui étaient à la proue de la nef, en leur disant : « Êtes-vous parés ? » Et ils répondirent : « Oui, sire ; que les clercs et les prêtres s'avancent. » Dès qu'ils furent venus, il leur cria : « Chantez, de par Dieu. » Et ils entonnèrent tous d'une voix : *Veni creator Spiritus*. Et il cria à ses marins : « Faites voile, de par Dieu » ; et ainsi firent-ils. **127** Et en peu de temps le vent remplit les voiles et nous déroba la vue de la terre, et nous ne vîmes que le ciel et l'eau, et chaque jour le vent nous éloigna des pays où nous étions nés. Et je vous raconte ces faits, parce qu'il est bien follement téméraire

124. *Roger* ; Berger 1893, p. 332 et n. 2.

se ose mettre en tel peril atout autrui chatel ou en pechié mortel, car l'en se dort le soir la ou en ne scet se l'en se trouverra
ou fons de la mer[a] *au matin.*

128 En la mer nous avint une fiere merveille, que nous
trouvames une montaigne toute ronde qui estoit devant
Barbarie. Nous la trouvames entour l'eure de vespres, et
najames tout le soir et cuidames bien avoir fait plus de .L.
lieues, et l'endemain nous nous trouvames devant icelle
meismes montaigne ; et ainsi nous avint par .II. foiz ou par
.III.. Quant les marinniers virent ce, il furent touz esbahiz et
nous distrent que nos nefz estoient en grant peril, car nous
estions devant la terre aus Sarrazins de Barbarie. **129** Lors
nous dit un preudomme prestre, que en appeloit doyen de
Malrut, car il n'ot onques persecucion en paroisse ne par
defaut d'yaue ne de trop pluie ne d'autre persecucion que
aussi tost comme il avoit fait .III. processions par .III. samedis, que Dieu et sa Mere ne[a] *le* delivrassent. Samedi estoit.
Nous feismes la premiere procession entour les .II. maz de
la nef ; je meismes m'i fiz porter par les braz pour ce que je
estoie grief malade. Onques puis nous ne veismes la montaigne, et venimes en Cypre le tiers samedi.

130 Quant nous venimes en Cypre, le roy estoit ja en
Cypre. Et trouvames grant foison de la pourveance le roy,
c'est a savoir les celiers le roy et les deniers et les gar-
niers. Les celiers le roy estoient tiex que sa gent avoient
fait enmi les champs, sus la rive de la mer, grans moyes
de tonniaus de vin, que il avoient acheté de .II. ans devant
que le roy venist, et les avoient mis les uns sus les autres,
que quant l'en les veoit devant, il sembloit que ce feussent
granches. **131** Les fourmens et les orges, il les ravoient
mis par monciaux enmi les champz, et quant en les veoit,
il sembloit que ce feussent montaignes[a], car la pluie qui
avoit batu les blez de lonc temps les avoit fait germer par
desus, si que il n'i paroit que l'erbe vert.

127a m. au matin *BLM om. A*   **129a** n. luy aydissent *BL* le *om.*
A   **131a** m. emmy les champs c. *BL*

celui qui ose s'exposer à un tel péril avec le bien d'autrui ou en état de péché mortel, car on s'endort le soir sans savoir si on se retrouvera le matin au fond de la mer.

128 Il nous arriva en mer une chose tout à fait merveilleuse ; nous aperçûmes une montagne toute ronde, qui était devant la côte de Barbarie. Nous l'aperçûmes vers l'heure de vêpres, et nous naviguâmes toute la soirée et nous crûmes bien avoir fait plus de cinquante lieues ; et le lendemain nous nous retrouvâmes devant cette même montagne ; et cela nous arriva deux ou trois fois. Quand les marins virent cela, ils furent tous effrayés, et nous dirent que nos nefs étaient en grand danger, car nous étions devant la terre des Sarrasins de Barbarie. **129** Alors un prud'homme prêtre, que l'on appelait le doyen de Maurupt, nous dit qu'il n'y avait jamais eu de calamités dans sa paroisse, ou par manque d'eau, ou par excès de pluie, ou autre calamité sans que, dès qu'il avait fait trois processions trois samedis, Dieu et sa mère ne l'aient délivré. On était samedi. Nous fîmes la première procession autour des deux mâts de la nef ; je m'y fis porter soutenu par les bras, parce que j'étais très malade. Depuis nous ne revîmes jamais la montagne, et nous arrivâmes à Chypre le troisième samedi.

130 Quand nous arrivâmes à Chypre, le roi était déjà à Chypre. Et nous trouvâmes en grande abondance les approvisionnements du roi, à savoir les celliers du roi et les deniers et les greniers. Les celliers du roi étaient ainsi : ses gens avaient fait, au milieu des champs, sur le bord de la mer, de grands tas de tonneaux de vin, qu'ils avaient achetés deux ans avant l'arrivée du roi ; et ils les avaient entassés les uns sur les autres, si bien que, quand on les voyait par-devant, on avait l'impression que c'était des granges. **131** Le froment et l'orge, ils en avaient fait des amoncellements au milieu des champs ; et quand on les voyait, on avait l'impression que c'étaient des collines ; car la pluie, qui avait depuis longtemps battu les céréales, avait fait germer les couches supérieures, si bien que n'était apparente que l'herbe verte.

---

128. Je n'ai pu identifier cette île.

Or avint ainsi que quant en les vot mener en Egypte, l'en abati les crotes de desus atout l'erbe vert, et trouva l'en le fourment et l'orge aussi frez comme[b] *se* l'en l'eust maintenant batu.

132 Le roy feust moult volentiers alé avant, sanz arester, en Egypte, si comme je li oï dire[a] *en Surie*, se ne feussent ses barons qui li loerent a attendre sa gent, qui n'estoient pas encore touz venuz.

133 En ce point que le roy sejournoit en Cypre envoia le grant roy des Tartarins ses messages a li, et li[a] manda moult *de bonnes et debonnaires* paroles ; entre les autres li manda que il estoit prest de li aidier a conquerre la Terre sainte et de delivrer Jherusalem de la main aus Sarrazins. **134** Le roy reçut moult debonnairement ses messages, et li renvoia les siens, qui demourerent .ii. ans avant que il revenissent a li. Et par les messages envoia le roy au roy des Tartarins une tente faite en la guise d'une chapelle, qui moult cousta, car elle fu toute faite de bone escarlate finne ; et le roy, pour veoir se il les pourroit atraire a nostre creance, fist entailler en la dite chapelle par ymages l'Anonciacion Nostre Dame et touz les autres poins de la foy. Et ces choses leur envoia il par .ii. Freres preescheurs qui savoient le sarrazinnois, pour eulz monstrer et enseigner comment il devoient croire. **135** Si[a] revindrent au roi les .ii. freres en ce point que les freres au roy revindrent en France, et trouverent le roy, qui estoit parti d'Acre, la ou ses freres l'avoient lessié, et estoit venu a Sezaire la ou il la fermoit, ne n'avoit ne pez ne treves aus Sarrazins. Comment les messages le roy de France

131*b* c. se *BL om. A*   **132***a* d. en Surie s. *BL om. A*   **133***a* l. mande
m. de b. et honnestes p. *BL* l. disdrent de b. p. et debonnaires *M* m. debonnairement p. *A*   **135***a* Il r. *A* les d. f. r. *BL*

Et il arriva que, quand on voulut les transporter en Égypte, on fit tomber les croûtes supérieures avec l'herbe verte, et on trouva le froment et l'orge aussi frais que si on venait de les battre.

132 Le roi serait très volontiers allé de l'avant, sans s'arrêter, jusqu'en Égypte, comme je le lui ai entendu dire en Syrie, s'il n'y avait eu ses barons qui lui conseillèrent d'attendre ses hommes qui n'étaient pas encore tous arrivés.

133 Au moment où le roi séjournait à Chypre, le grand roi des Tartares lui envoya ses messagers, et lui fit tenir des propos favorables et aimables ; entre autres, il lui fit savoir qu'il était prêt à l'aider à conquérir la Terre sainte, et à libérer Jérusalem des mains des Sarrasins. **134** Le roi reçut avec beaucoup de bienveillance ses messagers et envoya en retour les siens, qui restèrent deux ans avant de revenir à lui. Et le roi envoya par ses messagers au roi des Tartares une tente faite à la manière d'une chapelle, qui lui coûta très cher, car elle était toute de beau drap fin ; et le roi, pour voir s'il pouvait les gagner à notre foi, fit représenter dans cette chapelle en images l'Annonciation de Notre-Dame et tous les autres points de la foi. Et il leur envoya ces objets par deux frères prêcheurs qui savaient la langue des Sarrasins pour leur exposer et leur enseigner comment ils devaient croire. **135** Les deux religieux revinrent auprès du roi au moment où les frères de celui-ci retournèrent en France ; et ils trouvèrent le roi qui était parti d'Acre, où ses frères l'avaient quitté, et qui s'était rendu à Césarée, qu'il était en train de fortifier, et il n'avait ni paix ni trêve avec les

---

132a. La précision donnée par *BL* se trouvait certainement dans l'original. C'est seulement en Syrie que Joinville a eu des conversations étendues avec le roi.   **133.** Le pape et saint Louis ont cru qu'ils pourraient faire alliance contre les Sarrasins avec les Mongols, parmi les sujets desquels se trouvaient beaucoup de chrétiens nestoriens ; les Khans n'étaient pas systématiquement hostiles aux chrétiens. – C'est de la part d'Eljigideï, représentant en Iran du Grand Khan Güyük, que deux envoyés mongols arrivèrent à Chypre. Le roi lui renvoya sa réponse par André de Longjumeau et un autre frère prêcheur ; Pelliot 1923-1931 ; Richard 1983, p. 493-501 ; Richard 1976, n° XXVII et XVIII ; Richard 1992, n° XII.   **135.** Voir § 471, 490-493. – *a.* J'adopte ici la correction de P. Meyer 1869, *Revue critique*, t. 4, 2, 1869, p. 91.

furent receus vous diré je aussi comme il meismes le conterent au roy ; et en ce que il raporterent au roy pourrez oïr moult de nouvelles[b], les queles je ne weil pas conter[c], pour ce que il me couvendroit derompre ma matiere que j'ai commenciee, qui est tele. **136** Je, qui n'avoie pas mil livrees de terre, me charjai, quant j'alé outre mer, de moy .x[e]. de chevaliers et de .ii. chevaliers banieres portans. Et m'avint ainsi que quant je arivai en Cypre, il ne me fu demouré de remenant que .xii. vins livres de tournois, ma nef paiee ; dont aucuns de mes chevaliers me manderent que se je ne me pourveoie de deniers, que il me leroient. Et Dieu, qui onques ne me failli, me pourveut en tel maniere que le roy, qui estoit a Nichocie, m'envoia querre et me retint et me mist .viii[c]. livres en mes cofres ; et lors oz je plus de deniers que il ne me couvenoit.

137 En ce point que nous sejournames en Cypre me manda l'empereris de Constantinnoble que elle estoit arivee a Baphe, une cité de Cypre, et que je l'alasse querre[a] et mon seigneur Erart de Brienne. Quant nous venimes la, nous trouvames que un fort vent ot rompues les cordes des ancres de sa nef et en ot mené la nef en Acre ; et ne li fu demouré de tout son harnois que sa chape que elle ot vestue, et un seurcot a manger. Nous l'amenames a *Limeson*[b], la ou le roy et la royne et touz les barons[c] la recurent molt honorablement. **138** L'endemain, je li envoiai drap[a] *pour faire une robe et la pane de vair avec, et luy envoyé une tiretaine* et cendal pour fourrer la robe. Mon seigneur Phelippe[b] de Nanteil, le bon chevalier, qui estoit *entor*[c] le roy, trouva mon escuier qui aloit a l'empe-

---

135b *merveilles* BL – *c* c. *encores* BL ore corr. Corbett ; *la correction ne s'impose pas* ; cf. § 89　**137-140,** *om. MP*　**137a** q., moy e. BL – *b* Limeson *BL* la meson *A* – *c* b. de France et de l'ost l. BL　**138a** d. pour faire... une tiretaine et le c. *BL, om. A* – *b* Jehan BL – *c* entor BL encore A

Sarrasins. Comment les messagers du roi furent reçus, je vous le dirai suivant ce qu'eux-mêmes contèrent au roi ; et, dans le rapport qu'ils firent au roi, vous pourrez entendre bien des nouvelles que je ne veux pas raconter, parce que cela m'amènerait à rompre le fil de mon récit que j'ai commencé, qui est tel. **136** Moi, qui n'avais pas en terres mille livres de rente, me chargeai quand j'allai outre-mer de dix chevaliers, moi compris, et de deux chevaliers portant bannière. Et il m'arriva que, lorsque j'abordai à Chypre, il ne m'était resté, ma nef payée, que deux cent quarante livres tournois ; dans ces conditions, quelques-uns de mes chevaliers me firent savoir que, si je ne me procurais pas des fonds, ils me laisseraient. Et Dieu, qui ne m'abandonna jamais, pourvut à mes affaires de telle sorte que le roi, qui était à Nicosie, m'envoya chercher et me prit à son service et me mit huit cents livres dans mes coffres ; à partir de ce moment, j'eus plus d'argent qu'il ne m'était nécessaire.

137 Pendant notre séjour à Chypre, l'impératrice de Constantinople me fit savoir qu'elle était arrivée à Baffe, une cité de Chypre, et me demanda d'aller la chercher avec messire Érart de Brienne. Quand nous arrivâmes là, nous constatâmes qu'un vent violent avait rompu les cordes des ancres de sa nef, et avait amené celle-ci jusqu'à Acre ; et il ne lui était resté, de tous ses bagages, que son manteau qu'elle avait sur elle et un surcot à manger. Nous l'emmenâmes à Limassol, où le roi, la reine et tous les barons la reçurent avec beaucoup d'honneur. **138** Le lendemain, je lui envoyai du drap pour faire une robe, et la fourrure de vair avec ; et je lui envoyai une tiretaine et du taffetas pour doubler la robe. Messire Philippe de Nanteuil, le bon chevalier, qui était dans l'entou-

---

137. Marie, fille de Jean de Brienne, roi de Jérusalem puis empereur de Constantinople, avait épousé Baudouin de Courtenay, empereur de Constantinople après son beau-père ; l'empire latin d'Orient était aux abois et Marie s'efforçait de réunir des secours en argent et en hommes ; Longnon 1949, p. 170-186, 225-228 ; Berger 1895, p. 364. – Érart de Brienne est un cousin de Marie ; il est aussi le beau-frère d'Henri VI, comte de Grandpré, lui-même beau-frère de Joinville. Il est mort à Mansûra.   **138.** Richard 1983, p. 169 ; Grousset 1936, p. 372, 382, 391 ; sur Philippe de Nanteuil, *DLF*, p. 1147-1148.

reïs. Quant le preudomme vit ce, il ala au roy et li dist
que grant honte *avoie*[d] fait a li et aus autres barons de ses
robes que je li avoie envoié, quant il ne s'ent estoient
avisez avant. **139** L'empereïs vint querre secours au roy
pour son seigneur, qui estoit en Constantinnoble demourez, et pourchassa tant que elle emporta .c. paire de lettres
et plus, que de moy que des autres amis qui la estoient[a],
es quiex lettres nous estions tenus par nos seremens que
se le roy ou *le*[b] legaz vouloient envoier troiz cens chevaliers en Constantinnoble aprés ce que le roy seroit parti
d'outre mer, que nous y estions tenu d'aler par nos seremens. **140** Et je, pour mon serement aquiter, requis le
roy au departir que nous feismes, par devant le conte[a]
d'Eu dont j'é la lettre, que se il y vouloit envoier .iii[c].
chevaliers, que je iroie pour mon serement acquiter. Et le
roy me respondi que il n'avoit de quoy, et que il n'avoit
si bon tresor dont il ne feust a la lie. Aprés ce que nous
feumes arivés en Egypte[b], l'empereris s'en ala en France
et enmena avec li mon seigneur Jehan d'Acre, son frere,
lequel elle maria a la contesce de Monfort.

141 En ce point que nous venimes en Cypre, le soudanc
du Coyne estoit le plus riche roy de toute la paennime.
Et avoit faite une merveille car il avoit fait fondre grant
partie[a] de son or en poz de terre[b] *la ou on met le vin outre*
mer, et tenoit bien chacun de ces potz trois ou quatre
muiz de vin et fist brisier les poz, et les masses d'or
estoient demourees a descouvert enmi un sien chastel, que
chascun qui entroit ou chastel y pooit toucher et veoir ;
et en y avoit bien .vi. ou .vii. **142** Sa grant richesce apparut en un paveillon que le roy d'Ermenie envoia au roy

138*d* avoie *BL* avoit *A*   **139***a* e. esquelles l. *BL* et quiex l. *A* — *b* le
legat v. *BL* les legaz v. *A*   **140***a* c. d'Eu d. *BL om. A* — *b* Surie
BL   **141***a* parti *A* — *b* t. la... de vin e. *BL* t. la ou on met... le vin o. m.,
et tenoit bien chascun de ces potz trois ou quatre muiz de vin e. *MP om. A*

rage du roi, rencontra mon écuyer qui se rendait auprès de l'impératrice. Quand le prud'homme vit cela, il alla trouver le roi et lui dit que je lui avais grandement fait honte, à lui et aux autres barons, avec ces robes que j'avais envoyées à l'impératrice, alors qu'eux ne s'en étaient pas avisés avant. **139** L'impératrice vint chercher auprès du roi du secours pour son mari, qui était resté à Constantinople, et fit tant qu'elle remporta cent lettres de toute sorte et plus, tant de moi que des autres amis qui étaient là. En vertu de ces lettres nous étions tenus par nos serments, si le roi ou le légat voulaient envoyer trois cents chevaliers à Constantinople après que le roi serait parti d'outre-mer, nous étions tenus par nos serments d'y aller. **140** Et moi, pour faire honneur à mon serment, je demandai au roi, au moment du départ, devant le comte d'Eu dont j'ai la lettre, que s'il voulait envoyer trois cents chevaliers, j'irais pour faire honneur à mon serment. Et le roi me répondit qu'il n'avait pas de quoi, et qu'il n'avait si riche trésor qu'il n'ait vidé jusqu'à la lie. Après notre arrivée en Égypte, l'impératrice s'en alla en France, et elle emmena avec elle messire Jean d'Acre, son frère, à qui elle fit épouser la comtesse de Montfort.

141 Au moment où nous arrivâmes à Chypre, le sultan d'Iconium était le roi le plus riche de tous les pays païens. Et il avait fait quelque chose de très étonnant, car il avait fait couler une grande partie de son or dans des pots de terre qui servent outre-mer à mettre le vin, qui contiennent bien chacun trois muids ou quatre de vin ; et il fit briser les pots, et les masses d'or étaient restées à découvert dans un de ses châteaux, si bien que chacun qui entrait au château pouvait y toucher et les voir ; et il y en avait bien six ou sept. **142** Sa grande richesse apparut à

---

140. Jean II de Brienne, petit-fils du premier (§ 137), n'est devenu comte d'Eu qu'à la mort de son père Alphonse à Tunis en 1270 ; il est mort en 1294. – Jean d'Acre, frère de Marie et fils de Jean de Brienne, empereur de Constantinople, épousa en 1251, en secondes noces, Jeanne de Châteaudun, elle-même veuve du comte Jean de Montfort, mort à Chypre en 1249. Il devint bouteiller de France ; Pinoteau 1966, p. 30-32.   **141.** Indication analogue dans Simon de Saint-Quentin, éd. Richard 1965, p. 72.   **142.** Le royaume arménien chrétien se situait en Asie Mineure, au sud-est du Taurus, depuis la Cilicie à l'ouest, jusqu'aux rives du Haut-Euphrate et de ses affluents à l'est ;

de France, qui valoit bien .v^C. livres ; et li manda le roy de Hermenie que un « ferrais » au soudanc du Coyne li avoit donné. « Ferrais » est cil qui tient les paveillons au soudanc et qui li nettoie ses mesons.

143 Le roy d'Ermenie, pour li delivrer du servage au soudanc du Coine, en ala au roy des Tartarins et se mist en leur servage pour avoir leur aide ; et amena si grant foison de gens d'armes que il ot pooir de combatre au soudanc du Coyne. Et dura grant piece la bataille, et li tuerent les Tartarins tant de sa gent que l'en n'oÿ puis nouvelles de li. Pour la renommee qui estoit grant en Cypre de la bataille qui devoit estre passerent de nos gens serjans en Hermenie pour gaaingner et pour estre en la bataille, ne onques nulz d'eulz n'en revint.

144 Le soudanc de Babiloinne, qui attendoit le roy qu'il venist en Egypte au nouvel temps, s'apensa que il iroit

propos d'une tente que le roi d'Arménie envoya au roi de France, qui valait bien cinq cents livres ; et le roi d'Arménie fit savoir au roi de France qu'un *ferrais* du sultan d'Iconium la lui avait donnée. Le *ferrais* est celui qui s'occupe des tentes du sultan et lui tient propres ses habitations.

143 Le roi d'Arménie, pour se délivrer de la dépendance où le tenait le sultan d'Iconium, alla auprès du roi des Tartares et se plaça dans la dépendance de ceux-ci pour avoir leur aide ; et il amena une si grande quantité de gens d'armes qu'il eut la possibilité de faire la guerre au sultan d'Iconium. Et la bataille dura fort longtemps, et les Tartares tuèrent au sultan tant de ses hommes que depuis l'on n'entendit aucune nouvelle de lui. À cause du grand bruit fait à Chypre autour de la bataille qui allait avoir lieu, certains de nos hommes, des sergents, passèrent en Arménie pour faire du butin et pour se trouver à cette bataille ; et jamais aucun d'eux ne revint.

144 Le sultan du Caire, qui s'attendait à ce que le roi vienne en Égypte au printemps, eut l'idée d'aller abattre le

---

il se trouvait au sud en contact avec la principauté d'Antioche, à l'est avec le comté d'Édesse, et participa à la vie des États latins d'Orient ; Claude Mutafian, *La Cilicie au carrefour des empires*, Paris, 1988 ; *id. Le Royaume arménien de Cilicie, XIIᵉ-XIVᵉ s.*, Paris, 1993.

143. Ces indications sont imprécises ; une bataille décisive a eu lieu entre les Mongols et les Turcs du sultan d'Iconium Kaïkhosrau II au Közädâgh, au nord-est de Sébaste, en juin 1243 ; le sultan fut écrasé. Le roi d'Arménie, Héthoum, n'était pas encore allié aux Mongols à cette époque, et il semble que Kaïkhosrau ait été appuyé par des corps franco-arméniens, tandis que d'autres seigneurs arméniens combattaient avec les Mongols. Kaïkhosrau mourut en 1246 et ses deux fils, Kaïkâoûs et Qilîdji Arslân IV, se partagèrent le sultanat. Héthoum, après Közädâgh, se rallia aux Mongols, auxquels il envoya une première ambassade, suivie en 1248 de celle du connétable Sempad. Il n'y a pas de traces d'un affrontement important, qui n'était plus alors possible en 1249, et Joinville doit confondre les dates. Mais la situation était peut-être assez troublée pour attirer des mercenaires ; Richard 1983, p. 482-492 ; Simon de Saint-Quentin, éd. Richard 1963, p. 78 et n. 2, 3, p. 86 et n. 3 ; Cahen 1940, p. 693-696 ; Cl. Mutafian, *La Cilicie au carrefour des empires*, 1988, p. 177.　　**144.** Babylone est le nom d'une petite forteresse byzantine, prise par les Arabes en 941, sur l'emplacement duquel ils bâtirent la ville du Caire ; la dénomination est traditionnelle au Moyen Âge. André Raymond, *Le Caire*, Paris 1993, p. II et 90. – Le sultan d'Alep, Al-Malik al-Nâsir al-Yûsuf, s'était emparé en 1248 de Homs, chassant le sultan Al-Malik al-Ashraf. Le sultan d'Égypte, qui était alors aussi sultan de Damas, Al-Malik al-Sâlih Aiyûb, prenant fait et cause pour le

confondre le soudanc de Hamant, qui estoit son[a] *mortel*
ennemi, et l'ala assieger devant[b] la cité de Hamant. Le soudanc de Hamant ne se sot comment chevir du soudanc de
Babiloinne, car il veoit bien que se il vivoit longuement,
que il le confondroit ; et fist tant *barguigner*[c] au « ferrais »
le soudanc de Babiloinne que[d] *le* « ferrais » l'*empoisonna*.
145 Et la maniere de l'empoisonnement fu tele que le ferrais s'avisa que le soudanc venoit touz jours jouer aus
eschez aprés relevee sus les nates qui estoient au piez de
son lit, la quele natte sur quoy il sot que le soudanc s'asseoit
touz les jours il l'envenima. Or avint ainsi que le soudanc,
qui estoit deschaus, se tourna sus une escorcheure que il
avoit en la jambe ; tout maintenant le venin se feri ou vif et
li tolli tout le pooir de la moitié du cors[a], de celle part *dont*
il estoit entré ; et toutes les foys que le venin le poingnoit
vers le cuer, il[b] fu bien .II. jours que il ne but ne ne manja ne
ne parla. Le soudanc de Hamant lessierent en paiz, et[c] le
menerent sa gent en Egypte.

146 Maintenant que mars entra, par le commandement
le roy, le roy et les barons et les autres pelerins
commanderent que les nez refeussent chargiees de vins
et de viandes, pour mouvoir quant le roy le commanderoit. Dont il avint ainsi que quant[a] la chose fu bien
aree, le roy et la royne se requeillirent en leur nez, le
vendredi devant Penthecouste, et dist le roy a ses
barons que il alassent aprés li en leur nez droit vers
Egypte. Le samedi fist le roy voille et touz les autres
vessiaus aussi, qui moult fu belle chose a veoir, car il
sembloit que toute la mer tant comme l'en pooit veoir
a l'ueil feust couverte de touailles des voilles des ves-

144a s. mortel e. *BL om. A* – **b** dedans *BL* – **c** barguigner *BL* bagui-
gner *A* – **d** q. icelluy f. l'empoisonna *BL* qu'il le fist empoisonner *M* q.
les f. l'empoisonnerent *A*   **145a** c. de la partie dont il... le poingnoit *BL*
c. tellement qu'il devint perclus de tout le cousté du corps de celle jambe.
Et quant le venin le poignoit *M* ; *P très proche de M* dont... poignoit *om.*
A – **b** i. estoit bien deux jours qu'i ne mangeoit ne beuvoit ne parloit *BL*
i.e.b.d. j. sans boire, menger ne parler *M. P très proche de M* – **c** e. amena
ses gens e. *BL* le souldan de Babiloine fust emmené en E. par ses gens
MP   **146a** q. le roy veid que l. *BL*

sultan de Hamant qui était son mortel ennemi, et alla l'assiéger dans la ville de Hamant. Le sultan de Hamant ne
sut comment venir à bout du sultan du Caire car il voyait
bien que, si celui-ci vivait longtemps, il aurait raison de
lui ; et il négocia tant avec le *ferrais* du sultan du Caire
que le *ferrais* empoisonna ce dernier. **145** Le procédé de
l'empoisonnement fut tel : le *ferrais* s'avisa que le sultan
venait tous les jours jouer aux échecs, l'après-midi, sur
les nattes qui étaient au pied de son lit ; et il mit du poison
dans la natte sur laquelle il sut que le sultan s'asseyait
tous les jours. Or il arriva que le sultan, qui était sans
chausses, se tourna sur une écorchure qu'il avait à la
jambe ; immédiatement le poison entra dans la chair à vif,
et paralysa le sultan de toute la moitié du corps du côté
par lequel il était entré ; et toutes les fois que le poison
le touchait dans la région du cœur, il était bien deux jours
sans boire, sans manger et sans parler. Les gens du sultan
du Caire laissèrent le sultan de Hamant en paix, et ramenèrent leur maître en Égypte.

146 Dès le début de mars, sur l'ordre du roi, le roi,
les barons et les autres pèlerins donnèrent l'ordre que
les nefs soient à nouveau chargées de vin et de vivres,
pour se mettre en route quand le roi le commanderait.
Il arriva donc que, quand les choses furent bien préparées, le roi et la reine montèrent à bord de leur navire,
le vendredi avant la Pentecôte ; et le roi dit à ses
barons de le suivre sur leurs nefs droit vers l'Égypte.
Le samedi le roi fit voile et tous les autres vaisseaux
aussi, ce qui fut un très beau spectacle, car il semblait
que toute la mer, à perte de vue, était couverte de
linges, à cause des voiles des vaisseaux ; on compta

---

vaincu, se rendit à Damas et envoya ses lieutenants assiéger Homs ; en
1249, à l'arrivée des Français en Orient, il rentra en Égypte. Joinville se
trompe lorsqu'il parle de *Hamant* (Hamâ). Al-Sâlih Aiyûb était gravement malade (ulcère inguinal et maladie des poumons), mais l'histoire de
l'empoisonnement est fantaisiste ; Ibn Wasil, éd. Gabrieli 1973, p. 280 et
282.
146. *Vendredi*, 13 mai, date erronée ; Monfrin 1976, p. 273 ; lire 21 mai
1249.

siaus, qui furent nombrez a .XVIII^C. vessiaus, que granz que petiz. **147** Le roy^a *ancra* ou bout d'*un tertre* que l'en appele la pointe de Limeson, et touz les autres vessiaus entour li. Le roy descendi a terre le jour de la Pentecouste. Quant nous eumes oÿ la messe, un vent grief et fort qui venoit de vers Egypte leva en tel maniere que, de .II. mille et .VIII^C. chevaliers que le roy mena en Egypte, ne l'en demoura que .VII. cens que le vent ne les eust dessevrés de la compaignie le roy, et menez en Acre et en autres terres estranges, qui puis ne revindrent au roy de grant piece.

148 L'andemain de la Penthecouste, le vent fu cheu. Le roy et nous qui estions avec li demourez, si comme Dieu voult, feismes voille de rechief et encontrames le prince de la Moree et le duc de Bourgoingne, qui avoit sejourné en la Moree. Le jeudi aprés Penthecouste ariva le roy devant Damiete ; et trouvames la trestout le pooir du soudanc sur la rive de la mer, moult beles gent a regarder, car le soudanc porte les armes d'or, la ou le soleil feroit, qui fesoit les armes resplendir. La noise que il menoient de leur nacaires et de leurs cors sarrazinoiz estoit espouentable a escouter.

149 Le roy manda ses barons^a pour avoir conseil que il feroit. Moult de gens li loerent que il attendit tant que ses gens feussent revenus, pour ce que il ne li estoit pas demouré la tierce partie de ses gens ; et il ne les en voult onques croire, la reson pour quoy que il dit que il en donroit cuer a ses ennemis, et meismement que en la mer devant Damiete n'a point de port la ou il peut sa gent attendre, pour ce que un fort vent nes preist et les menast en autres terres aussi comme les autres avoient le jour de Penthecouste.

147a r. ancra au... tertre q. *L* r. arriva au b. d'un tertre q.. auquel lieu ancra *B* r. arriva... au b. d'un tertre q. *M* r. vint arriver au b. d'un t. *P* r. entra a. b. d'une terre q. *A*　　　**149a** et *biffé après* barons *A*

dix-huit cents vaisseaux, tant grands que petits. **147** Le roi jeta l'ancre à l'extrémité d'un tertre que l'on appelle la pointe de Limassol, et tous les autres vaisseaux s'ancrèrent autour de lui. Le roi descendit à terre le jour de la Pentecôte. Quand nous eûmes entendu la messe, un vent vif et fort, qui venait d'Égypte, se leva de telle manière que sur les deux mille et huit cents chevaliers que le roi emmena en Égypte, il n'en resta que sept cents que le vent n'ait pas séparés de la compagnie du roi, et chassés vers Acre ou vers d'autres terres étrangères, qui depuis ne revinrent pas au roi de longtemps.

148 Le lendemain de la Pentecôte, le vent était tombé. Le roi et nous qui étions demeurés avec lui, par la volonté de Dieu, fîmes voile de nouveau et rencontrâmes le prince de Morée et le duc de Bourgogne, qui avaient séjourné en Morée. Le jeudi après la Pentecôte, le roi arriva devant Damiette ; et nous trouvâmes là toutes les forces du sultan sur le bord de la mer ; ces gens étaient très beaux à regarder, car le sultan porte des armoiries d'or sur lesquelles frappait le soleil, qui les faisait resplendir. Le vacarme qu'ils menaient, avec leurs timbales et leurs cors sarrasins, était épouvantable à écouter.

149 Le roi convoqua ses barons pour avoir conseil sur ce qu'il ferait. Bien des personnes lui donnèrent avis d'attendre jusqu'à ce que ses gens soient revenus, parce qu'il ne lui en était pas resté le tiers ; et il ne voulut jamais les écouter, pour la raison que, disait-il, il donnerait courage à ses ennemis, et surtout parce qu'en mer, devant Damiette, il n'y a aucun port où il aurait pu attendre ses gens ; il craignait qu'un coup de vent ne les emporte et ne les chasse vers d'autres terres, comme avaient été chassés les autres le jour de la Pentecôte.

---

147. *Pentecouste*, 15 mai ; lire 23 mai. **148.** 16 mai ; lire 24 mai. – Wailly se trompe en identifiant le prince de Morée avec Geoffroi II de Villehardouin, mort en 1246 ; il s'agit de Guillaume de V. ; Longnon 1949, p. 218-219. – Jeudi après la Pentecôte, 27 mai ; lire 4 juin. – *Es armes feri li soloil Qui molt les faisoit resplandir*, *Continuations de Perceval*, t. V., éd. Roach 1983, vers 38421-22. **149.** *avoient le jour* : Paris 1874, p. 406, suivi par Wailly 1881, corrige *avoient esté mené le jour*.

150 Acordé fu que le roy descendroit a terre le vendredi devant la Trinité et iroit combatre aus Sarrazins se en eulz ne demouroit. Le roy commanda a mon seigneur Jehan de Biaumont que il feist bailler une galie a mon seigneur Erart de Brienne et a moy pour nous descendre et nos chevaliers, pour ce que les grans nefz n'avoient pooir de venir jusques a terre. **151** Aussi comme Diex voult, quant je reving a ma nef, je trouvai une petite nef que ma dame de Baruch, qui estoit cousinne germainne le conte de Monbeliart et la nostre, m'avoit donnee, la ou il avoit .VIII. de mes chevaus. Quant vint au vendredi, entre moy et mon seigneur Erart touz armés alames au roy pour la galie demander, dont mon seigneur Jehan de Biaumont nous respondi que nous n'en arions point.

152 Quant nos gens virent que nous n'ariens point de galie, il se lesserent cheoir de la grant nef en la barge de cantiers qui plus plus qui miex miex[a], *tant que la barge se vouloit enfondrer*. Quant les marinniers virent que la barge de cantiers se esfondroit pou a pou, il s'en fuirent en la grant nef et lesserent mes chevaliers en la barge de cantiers. Je demandai au mestre combien il i[b] avoit trop de gens[c] *et il me dist « Vingt hommes a armes »*. Et si li demandai se il menroit bien[d] nostre gent a terre se je le deschargoie de tant gent ; et il me respondi : « Oÿl », et je le deschargai en tel maniere que par .III. foiz il les mena en ma nef ou mes chevaus estoient. **153** Endementres que je menoie ses gens, un chevalier qui estoit a mon seigneur Erart de Brene, qui avoit a non Plonquet, cuida descendre de la grant nef en la barge de *cantiers*[a], et la barge esloingna, et cheï en la mer et fu noyé.

152a m. tant que la b. se v. e. *BL* en sorte que la barque affondrait peu a peu *P om. MA* – **b** li *A* – **c** g. et il me dist vingt hommes a armes *BL* g. et il me dist qu'il y en avait trop de dix huit hommes d'armes *MP, om. A* – **d** b. le demourant a *BL* **153a** cantiers *BL* cartiers *A*

150 Il fut convenu que le roi descendrait à terre le vendredi avant la Trinité et engagerait le combat avec les Sarrasins s'ils ne se dérobaient pas. Le roi commanda à messire Jean de Beaumont de faire donner à messire Érart de Brienne et à moi une galère pour que nous débarquions avec nos chevaliers, parce que les grandes nefs n'avaient pas la possibilité d'aller jusqu'à terre. **151** Comme Dieu le voulut, quand je revins à ma nef, je trouvai une petite nef que madame de Beyrouth, qui était la cousine germaine du comte de Montbéliard et la nôtre, m'avait donnée, où il y avait huit de mes chevaux. Quand arriva le vendredi, nous allâmes tout en armes, moi et messire Érart, auprès du roi pour demander la galère ; sur quoi messire Jean de Beaumont nous répondit que nous n'en aurions pas.

152 Quand nos hommes virent que nous n'aurions pas de galère, ils se laissèrent tomber à qui mieux mieux de la grande nef dans la chaloupe tant que la chaloupe commençait à s'enfoncer. Quand les marins virent que la chaloupe s'enfonçait peu à peu, ils s'enfuirent sur la grande nef et laissèrent mes chevaliers dans la chaloupe. Je demandai au maître combien il y avait de personnes en trop et il me dit : « Vingt hommes d'armes. » Et je lui demandai s'il conduirait bien nos hommes à terre, si je le déchargeais d'autant ; et il me répondit : « Oui. » Et je le déchargeai de telle sorte qu'en trois fois il les conduisit dans ma nef où se trouvaient mes chevaux. **153** Pendant que je conduisais ces hommes, un chevalier qui appartenait à messire Érart de Brienne, qui s'appelait Plonquet, voulut descendre de la grande nef dans la chaloupe ; et la chaloupe s'éloigna, et il tomba à la mer et fut noyé.

---

150. 28 mai ; lire 5 juin. – Jean de Beaumont avait commandé des armées royales depuis 1224 ; il paraît, comme chambrier de France, avoir eu la direction des opérations ; Pinoteau 1966, p. 28-31. **151.** *dame de Baruch :* Eschive de Montbéliard était la fille de Gautier de Montbéliard, dont le frère, le comte Richard III de Montbéliard, avait épousé une sœur de la mère de Joinville. Elle était cousine germaine du comte de Montbéliard, Thierri III, fils du précédent (*c.* 1237-1284), et cousine par alliance de Joinville. Eschive avait épousé en secondes noces Balian III d'Ibelin, sire de Beyrouth (1236-1247).

154 Quant je reving a ma nef, je mis en ma petite barge un escuier que je fiz chevalier, qui ot a non mon seigneur Hue de Wauquelour, et .II. moult vaillans bachelers, dont l'un avoit non mon seigneur Villain de Versey et l'autre mon seigneur Guillaume de Danmartin, qui *estoient*[a] en grief courine l'un vers l'autre, ne nulz n'en pooit faire la pez, car il s'estoient entrepris par les cheveus a la Moree. Et leur fiz pardonner leur maltalent et besier l'un l'autre, par ce que leur jurai sur sains que nous n'iriens pas a terre atout leur maltalent. **155** Lors nous esmeumes pour aler a terre et venimes par delez la barge de cantiers de la grant nef le roy, la ou le roy estoit ; et sa gent me commencerent a escrier, pour ce que nous alions plus tost que il ne fesoient, que je arivasse a l'ensaigne saint Denis, qui en aloit en un autre vaissel devant le roy ; mes je ne les en cru pas, ainçois nous fiz ariver devant une grosse bataille de Turs, la ou il avoit bien .VI. mille homes a cheval. **156** Si tost comme il nous virent a terre, il vindrent ferant des esperons vers nous. Quant nous les veismes venir, nous fichames les pointes de nos escus ou sablon et le fust de nos lances ou sablon et les pointes vers eulz. Maintenant que il[a] virent ainsi comme pour aler parmi les ventres, il tournerent ce devant darieres et s'en fouirent.

157 Mon seigneur Baudouin de Reins, un preudomme, qui estoit descendu a terre, me manda par son escuier que je l'attendisse ; et je li mandai que si feroie je moult volentiers, que tel preudomme comme il estoit devoit bien estre attendu a un tel besoing, dont il me sot bon gré toute sa vie. Avec li nous vindrent mille[a] chevaliers ; et soiés certain que quant je arrivé, je n'oz ne escuier ne chevalier ne varlet que je eusse amené avec moy de mon paÿs, et si ne m'en lessa pas Dieu a aidier.

154 *om. MP* **a** estoient *BL* estient *A* **156a** i. les v. *corr. Wailly* i. vindrent ainsi comme pour nous passer par dessus le v. *BL* i. virent ce *M* **157a** mille *BLMP* mi *corr. Paris*

154 Quand je revins à ma nef, je plaçai dans ma petite chaloupe un écuyer que je fis chevalier, qui s'appelait messire Hugues de Vaucouleurs, et deux très valeureux jeunes gens, dont l'un s'appelai messire Villain de Versy et l'autre messire Guillaume de Dammartin, qui avaient une violente rancœur l'un contre l'autre, et personne n'arrivait à leur faire faire la paix parce qu'ils s'étaient pris aux cheveux en Morée. Je les fis se pardonner mutuellement leur rancœur et s'embrasser, et leur jurai sur les reliques que nous n'irions pas à terre avec leur rancœur. **155** Alors nous fîmes mouvement pour aller à terre, et nous arrivâmes le long de la chaloupe de la grande nef du roi, où celui-ci se trouvait ; et ses gens commencèrent à me crier, car nous allions plus vite qu'eux, d'aborder en rejoignant l'enseigne de saint Denis, qui s'avançait dans une autre embarcation devant le roi ; mais je ne les crus pas et je nous fis plutôt aborder devant un gros corps de bataille de Turcs, où il y avait bien six mille hommes à cheval. **156** Aussitôt qu'ils nous virent à terre, ils vinrent vers nous en piquant des éperons. Quand nous les vîmes venir, nous fichâmes les pointes de nos écus dans le sable et aussi les fûts de nos lances dans le sable, les pointes vers eux. Aussitôt qu'ils les virent disposées comme pour les atteindre au ventre, ils tournèrent devant derrière et s'enfuirent.

157 Messire Baudouin de Reims, un prud'homme, qui était descendu à terre, me fit demander par son écuyer de l'attendre ; et je lui fis savoir que je le ferais bien volontiers, car un prud'homme comme lui devait bien être attendu dans une telle nécessité, ce dont il me fut reconnaissant toute sa vie. Avec lui vinrent à nous mille chevaliers ; et soyez certains que, quand je débarquai, je n'avais aucun écuyer, aucun chevalier, aucun garçon que j'eusse amené avec moi de mon pays, et pourtant Dieu ne manqua pas de me venir en aide.

157a. La correction de G. Paris 1874, p. 406 : *mi chevalier*, reprise par N. de Wailly 1881, est séduisante ; *mil* a peut-être ici comme ailleurs (cf. § 101) le sens de « beaucoup ».

158 A nostre main senestre ariva le conte de Japhe, qui estoit cousin germain le conte de Monbeliart, et du lignage de Joinville. Ce fu celi qui plus noblement ariva, car sa galie ariva toute peinte dedens mer et dehors a escussiaus de ses armes, les queles armes sont d'or a une croiz de gueules patee. Il avoit bien .ccc. nageurs en sa galie, et a chascun de ses nageurs avoit une targe de ses armes, et a chascune targe avoit un pennoncel de ses armes batu a or. **159** Endementieres que il venoient, il sembloit que la galie volast, par les nageurs qui la contreingnoient aus avirons, et sembloit que foudre cheïst des ciex au bruit que les pennonciaus menoient, et que les nacaires, les tabours et les cors sarrazinnois menoient qui estoient en sa galie. Si tost comme la galie fu ferue ou sablon si avant comme l'en l'i pot mener, et il et ses chevaliers saillirent de la galie moult bien armez et moult bien atirez, et se vindrent arranger de coste nous. **160** Je vous avoie oublié a dire que quant le conte de Japhe fu descendu, il fist[a] *tantost* tendre ses[b] *trez et ses* paveillons. Et si tost comme les Sarrazins les virent tendus, il se vindrent touz assembler devant nous et revindrent ferant des esperonz[c] *ainsi comme* pour nous courre sus ; et quant il virent que nous ne fuirions pas, il s'en ralerent tantost arieres.

161 A nostre main destre, bien le tret a une grant arbalestree, ariva la galie la ou l'enseigne saint Denis estoit ; et ot un Sarrazin, quant il furent arivez, qui se vint ferir entre eulz, ou pour ce que il ne pot son cheval tenir ou pour ce que il cuidoit que les autres le deussent suivre ; mes il fu tout decopé.

162 Quant le roy oÿ dire que l'enseigne saint Denis estoit a terre, il en ala grant pas parmi son vessel, ne onques

---

160*a* f. tantost t. *BLM om. A* — *b* s. trez *BL om. A* — *c* e. ainsi comme p. *BL om. A*

158 À notre main gauche aborda le comte de Jaffa, qui était cousin germain du comte de Montbéliard et appartenait au lignage de Joinville. Ce fut celui qui prit terre avec le plus de grandeur, car sa galère arriva toute peinte, aussi bien les parties immergées que celles hors de l'eau, d'écussons à ses armes, qui sont d'or à une croix pattée de gueules. Il y avait bien trois cents rameurs dans sa galère ; et pour chaque rameur il y avait une targe à ses armes, et avec chaque targe un pennon à ses armes avec application d'or. **159** Pendant qu'ils venaient, il semblait que la galère volait, à cause des rameurs qui l'entraînaient à la force des avirons ; et il semblait que la foudre tombait des cieux, au bruit que menaient les pennons, que menaient les timbales, les tambours et les cors sarrasins qui étaient dans sa galère. Aussitôt que la galère fut échouée sur le sable aussi loin qu'on avait pu la mener, lui et ses chevaliers sautèrent de la galère très bien armés et très bien équipés, et ils vinrent se ranger à côté de nous. **160** J'avais oublié de vous dire que, quand le comte de Jaffa eut débarqué, il fit aussitôt tendre ses tentes et ses pavillons. Et dès que les Sarrasins les virent tendus, ils vinrent tous se masser devant nous, et revinrent en piquant des éperons comme pour nous charger ; et quand ils virent que nous ne fuirions pas, ils se retirèrent rapidement.

161 À notre main droite, à bien une grande portée d'arbalète, aborda la galère où se trouvait l'enseigne de saint Denis ; et il y eut un Sarrasin, quand ils eurent débarqué, qui vint se jeter au milieu d'eux, soit qu'il n'ait pu retenir son cheval, soit qu'il ait cru que les autres allaient le suivre ; mais il fut tout taillé en pièces.

162 Quand le roi entendit dire que l'enseigne de saint Denis était à terre, il marcha à grands pas sur son bateau,

---

158. Jean d'Ibelin, comte de Jaffa, fils de Philippe d'Ibelin et d'Alix de Montbéliard, sœur de Gautier de Montbéliard (cf. § 151) ; il était donc cousin du comte Thierri III de Montbéliard, et cousin par les femmes de Joinville ; Du Cange-Rey, p. 348-350 ; Pinoteau 1966, p. 40. L'identification de N. de Wailly (n. 1) est erronée. **162.** Le légat est le cardinal Eudes de Châteauroux, qui a joué un rôle considérable dans l'histoire religieuse

pour le legat qui estoit avec li ne le voult lessier, et sailli
en la mer, dont il fu en yaue jusques aus esseles, et ala
l'escu au col et le heaume[a] en la teste et le glaive en la
main jusques a sa gent, qui estoient sur la rive de la mer.
Quant il vint a terre et il choisi les Sarrazins, il demanda
quele gent s'estoient, et en li dit que c'estoient Sarrazins.
Et il mist le glaive desous s'esselle et l'escu devant li, et
eust couru sus aus Sarrazins se ses preudeshomes qui
estoient avec li li eussent souffert.

163 Les Sarrazins envoierent au soudanc par coulons
messagiers, par .III. foiz, que le roy estoit arivé, que
onques message n'en orent pour ce que le soudanc estoit
en sa maladie ; et quant il virent ce il cuidierent que le
soudanc feust mort et lessierent Damiete. Le roy y envoia
savoir par un messager chevalier. Le chevalier s'en vint
au roy et dit que il avoit esté dedans les mesons au soudanc et que c'estoit voir. Lors envoia querre le roy le
legat et touz les prelas de l'ost, et chanta l'en hautement
TE DEUM LAUDAMUS. Lors monta le roy et nous touz, et
nous alames loger devant Damiete. **164** Mal apertement
se partirent les Turs de Damiete quant il ne firent coper
le pont, qui estoit de nez, qui grant destourbier nous eust
fait ; et grant doumage nous firent au partir de ce que il
bouterent le feu en la fonde, la ou toutes les marchean-
dises estoient et tout l'avoir de poiz. Aussi avint de ceste

---

et sans vouloir jamais renoncer à son geste, malgré le légat qui était avec lui, sauta à la mer, et se trouva avec de l'eau jusqu'aux aisselles, et, l'écu au cou, le heaume en tête et la lance à la main, il alla jusqu'à ses gens qui étaient sur le rivage de la mer. Quand il arriva à terre et qu'il aperçut les Sarrasins, il demanda qui étaient ces gens, et on lui dit que c'étaient des Sarrasins. Et il mit sa lance sous son aisselle et son écu devant lui, et il aurait chargé les Sarrasins, si ses prud'hommes qui étaient avec lui l'avaient laissé faire.

163 Les Sarrasins firent savoir par trois fois au sultan, par pigeons voyageurs, que le roi avait abordé, et ils ne reçurent du sultan aucun message, parce que celui-ci se trouvait en proie à sa maladie ; et quand ils virent cela, ils pensèrent que le sultan était mort, et ils abandonnèrent Damiette. Le roi y envoya aux nouvelles un chevalier messager. Le chevalier vint au roi et dit qu'il était allé à l'intérieur des demeures du sultan et que c'était vrai. Lors le roi envoya chercher le légat et tous les prélats de l'armée, et on chanta à voix bien haute *Te Deum laudamus*. Lors le roi et nous tous montâmes à cheval, et nous allâmes loger devant Damiette. **164** Les Turcs commirent une faute en quittant Damiette sans faire couper le pont, qui était un pont de bateaux, ce qui nous aurait causé de graves difficultés ; et à leur départ, ils nous firent un grand dommage en mettant le feu au bazar, où se trouvaient toutes les marchandises et les denrées qui se vendent au poids.

---

du règne de saint Louis ; c'est par erreur qu'on a dit qu'il était cistercien ; Dimier 1954, p. 205-208 ; Berger 1893, p. 31, 174, 298-301, 321-323 ; D.L. D'Avray, « Application of Theology to currents Affairs : Memorial Sermons on the Dead of the Mansurah and on Innocent IV », *Historical Research*, t. 63 (1990), p. 230 ; A. Charansonnet, *L'Évolution de la prédication du cardinal Eudes de Châteauroux (1190 ?-1273). Une approche statistique*, dans *De l'homélie au Sermon. Histoire de la prédication médiévale*, Colloque Louvain-la-Neuve, 9-11 juillet 1992 (Université de Louvain. Publications de l'Institut d'études médiévales. Textes. Études, Congrès 14).   **163.** L'armée des croisés avait débarqué à l'ouest de l'embouchure du Nil. Damiette se trouvait de l'autre côté du fleuve, sur la rive droite. Un pont de bateaux permettait les communications. Saint Louis établit son camp près de l'endroit où il avait débarqué, sur la rive gauche du Nil, entre la mer, le fleuve et un bras secondaire, le Bahr al-Shibin. Seules les dames et les malades furent installés dans la ville.   **164.** Le Petit Pont était couvert de maisons et de boutiques.

chose comme qui avroit demain bouté le feu, dont Dieu le gart, a Petit Pont[a] *de Paris*.

165 Or disons dont que grant grace nous fist Dieu le tout puissant quant il nous deffendi de mort et de peril a l'ariver, la ou nous arivames a pié et courumes sus a nos ennemis, qui estoient a cheval[a].

Grant grace nous fist Notre Seigneur de Damiete que il nous delivra, la quele nous ne deussions pas avoir prise sanz affamer ; et ce poons nous veoir tout cler pour ce que par affamer la prist le roy Jehan au tens de nos peres.

166 Autant peut dire Nostre Seigneur de nous comme il dit des filz Israel, la ou il dit : ET PRO NICHILO HABUERUNT TERRAM DESIDERABILEM. Et que dit[a] après ? Il dist que il oublierent Dieu, qui sauvez les avoit ; et comment nous l'oubliames vous diré je ci après.

167 Je vous prenré premierement au roy, qui manda querre ses barons, les clers et les laiz, et leur requist que il li aidassent a conseiller comment l'en departiroit ce que l'en avoit gaaingné en la ville. Le patriarche fu le premier qui parla, et dit ainsi : « Sire, il me semble que il iert bon que vous retenez les formens et les orges et les ris et tout ce de quoy en peut vivre, pour la ville garnir, et face l'en crier en l'ost que touz les autres meubles feussent aportez en l'ostel au legat sur peinne de escommeniement. » A ce conseil s'acorderent touz les autres barons. Or avint ainsi que tout le mueble que l'en apporta a l'ostel le legat ne monterent que a .VI. mille livres.

164a P. de (a *MP*) Paris *BLMP* de P. om. *A*   **165a** *Dans A peinture à mi-page sur deux colonnes représentant la prise d'une ville avec la légende* Ci devise comment Damiete fu prinse   **166a** d. il a. *BL*

Cette affaire fut comme si demain quelqu'un – Dieu l'en garde – avait mis le feu au Petit Pont de Paris.

165 Disons donc que Dieu le tout puissant nous fit une grande grâce en nous protégeant de la mort et du danger lors du débarquement, quand nous abordâmes à pied et attaquâmes nos ennemis, qui étaient à cheval.

Notre-Seigneur nous fit une grande grâce en nous livrant Damiette, que nous n'aurions pas dû prendre sans la réduire par la faim ; et nous pouvons le voir bien claire-ment, puisque c'est en l'affamant que le roi Jean la prit au temps de nos pères.

166 Notre-Seigneur peut dire de nous autant qu'il a dit des fils d'Israël, quand il a dit : *Et pro nihilo habuerunt terram desiderabilem*. Et que dit-il après ? Il dit qu'ils oublièrent Dieu qui les avait sauvés ; et comment nous l'oubliâmes, je vous le dirai ci-après.

167 Je commencerai par parler du roi, qui fit convoquer ses barons, les clercs et les laïcs, et les requit de l'aider à prendre une décision sur la manière de partager le butin que l'on avait fait dans la ville. Le patriarche fut le pre-mier à prendre la parole, et dit ainsi : « Sire, il me semble qu'il sera bon que vous reteniez le froment, l'orge et le riz et tout ce dont on peut se nourrir, pour ravitailler la ville ; et que l'on fasse crier dans l'armée que tous les autres biens meubles soient apportés à la maison du légat, sous peine d'excommunication. » Tous les autres barons donnèrent leur accord à cet avis. Or il arriva que tous les biens que l'on apporta à la maison du légat ne s'élevèrent qu'à six mille livres.

---

165. Jean de Brienne, roi de Jérusalem de 1210 à 1225. Les croisés étaient arrivés sous les murs de Damiette fin mai 1218 ; la ville ne fut prise que le 5 novembre 1219. Le père de Joinville participa aux opéra-tions. **166.** « Ils ont tenu pour rien une terre digne d'envie » ; *Ps.* 105, 24. Joinville résume une partie du verset suivant : *non exaudierunt vocem Domini* ; il connaissait bien le psautier.

168 Quant ce fu fait, le roy et les barons manderent querre mon seigneur Jehan de Waleri, le preudomme, et il distrent ainsi : « Sire de Waleri, dit le roy, nous avons acordé que le legat vous baillera les .VI. mile livres a departir la ou vous cuiderés que il soit miex. – Sire, fist le preudomme, vous me faites grant honeur, la vostre merci. Mez ceste honeur et ceste offre que vous me faites ne prenré je pas, se Dieu plet, car je desferoie les bones coustumes de la sainte Terre, qui sont teles car quant l'en prent les cités des ennemis, des biens que l'en treuve dedans le roy en doit avoir le tiers et les pelerins en doivent avoir les .II. pars ; **169** et ceste coustume tint bien le roy Jehan quant il prist Damiete. Et ainsi comme les anciens dient, les roys de Jerusalem qui furent devant le roy Jehan tindrent bien ceste[a] coustume. Et se il vous plet que vous me weillez bailler les .II. pars de fourmens et des orges, des ris et des autres vivres, je me entremetrai volentiers pour departir aus pelerins. » Le roy n'ot pas conseil du faire, et ainsi demoura la besoigne, dont mainte gent se tindrent mal a paié de ce que le roy desfit les bones coustumes anciennes.

170 Les gens le roy, qui deussent debonnerement[a] *les gens* retenir, leur loerent les estaus pour vendre leur danrees aussi chiers, si comme l'en disoit, comme il porent, et pour ce la renommee couru en estranges terres, dont maint marcheant lessierent a venir en l'ost.

Les barons, qui deussent garder le leur pour bien emploier en lieu et en tens, se pristrent a donner les grans mangers et les outrageuses viandes.

171 Le commun peuple se prist aus foles femmes, dont il avint que le roy donna congié a tout plein de ses gens quant nous revenimes de prison. Et je li demandé pour

169a c. bonne c. *BL*   **170a** d. les gens le r. *BL* deussent avoir entre-tenu debonnairement les marchans et gens suyvans l'ost avec leurs denrees et marchandises leur l. *M. texte de M remanié dans P* les gens *om. A*

168 Quand cela fut fait, le roi et les barons envoyèrent chercher messire Jean de Vallery, le prud'homme, et lui dirent ainsi : « Sire de Vallery, dit le roi, nous avons décidé que le légat vous remettra les six mille livres, à répartir là où vous jugerez que ce sera le mieux. – Sire, dit le prud'homme, vous me faites un grand honneur et je vous remercie. Mais cet honneur et cette offre que vous me faites, je ne les accepterai pas, s'il plaît à Dieu, car je contreviendrais aux bonnes coutumes de la Terre sainte, qui sont telles que, lorsque l'on prend les villes des ennemis, le roi doit avoir le tiers, et les pèlerins doivent avoir les deux tiers des biens que l'on trouve dedans ; **169** et le roi Jean observa bien cette coutume quand il prit Damiette. Et, comme les anciens le disent, les rois de Jérusalem qui précédèrent le roi Jean observèrent bien cette coutume. Et s'il vous plaît que vous veuillez me remettre les deux tiers du froment, de l'orge, du riz et des autres vivres, je m'emploierai volontiers à les répartir entre les pèlerins. » Le roi ne fut pas d'avis de le faire, et les choses en restèrent là, à la suite de quoi beaucoup de gens se considérèrent mal satisfaits de ce que le roi ait brisé les bonnes coutumes anciennes.

170 Les gens du roi, qui auraient dû retenir les gens par une attitude bienveillante, leur louèrent pour vendre leur marchandise les étals aussi cher, à ce que l'on disait, qu'ils le purent ; et pour cela le bruit en courut dans les pays étrangers, à la suite de quoi beaucoup de marchands renoncèrent à venir au camp.

Les barons, qui auraient dû garder leurs ressources pour les employer en lieu et temps convenables, se mirent à donner de grands repas en faisant étalage d'excès de nourriture.

171 Le commun peuple se mit à fréquenter les femmes de mauvaise vie, d'où il arriva que le roi donna congé à un grand nombre de ses gens lorsque nous revînmes de

quoi il avoit ce fait, et il me dit que il avoit trouvé de certein que au giet d'une pierre menue entour son paveillon tenoient cil leur bordiaus a qui il avoit donné congié, et ou temps du plus grant meschief que l'ost eust onques esté.

172 Or revenons a nostre matiere, et disons ainsi que un pou aprés ce que nous eussions pris Damiete vindrent devant l'ost toute la chevalerie au soudanc et assistrent nostre ost par devers la terre. Le roy et toute la chevalerie s'armerent. Je tout armé alai parler au roy et le trouvé tout armé, seant sus une forme, et des preudommes chevaliers qui estoient de sa bataille[a] avec li touz armés. Je li requis[b] *qu'il voulsist* que je et ma gent alissiens jusques hors de l'ost pour ce que les Sarrazins ne se ferissent en nos heberges. Quant mon seigneur Jehan de Biaumont oÿ ma requeste, il m'escria moult fort et me commanda de par le roy que je ne me partisse de ma herberge jusques a tant que le roy le me commenderoit. **173** Les preudeshomes chevaliers qui estoient avec le roy vous ai je ramenteu pour ce que il en y avoit avec li .VIII., touz bons chevaliers qui avoient eu pris d'armes desa mer et dela, et tiex chevaliers soloit l'en appeler[a] *bons* chevalier. Le non de ceulz qui estoient chevaliers entour le roy sont tiex : mon seigneur Geffroy de Sargines, mon seigneur Mahi de Marley, mon seigneur Phelippe de Nanteul, mon

---

172a b. estoient assis sur selles t. *BL* – **b** r. qu'il voulsist q. *BL* r. qu'il me donnast congié q. *MP* q. v. *om. A*   **173a** a. bons c. *BLMP* bons *om. A*

captivité. Et je lui demandai pourquoi il avait fait cela ; et il me dit qu'il avait constaté avec certitude que ceux qu'il avait renvoyés avaient établi leurs lieux de débauche à un jet de menue pierre autour de sa tente, et cela au moment de la pire situation où s'était jamais trouvée l'armée.

172 Revenons maintenant à notre sujet, et disons que, peu après que nous eûmes pris Damiette, toute la chevalerie du sultan vint devant le camp, et assiégea notre camp du côté de la terre. Le roi et tous les chevaliers s'armèrent. J'allai tout armé parler au roi et le trouvai tout armé, assis sur un banc, et avec lui des prud'hommes chevaliers qui étaient de son corps de bataille, tous armés. Je le priai d'accepter que moi et mes hommes allions jusqu'en dehors du camp, pour que les Sarrasins ne se jettent pas dans nos tentes. Quand messire Jean de Beaumont entendit ma requête, il se mit à crier très fort contre moi et me commanda, au nom du roi, de ne pas partir de ma tente jusqu'au moment où le roi me le commanderait. **173** J'ai fait mention de ces prud'hommes chevaliers qui étaient avec le roi parce qu'il y en avait avec lui huit, tous bons chevaliers, qui avaient eu des prix d'armes de ce côté de la mer et de l'autre ; on avait pris l'habitude d'appeler de tels chevaliers bons chevaliers. Les noms de ceux qui étaient chevaliers autour du roi sont les suivants : messire Geoffroi de Sergines, messire Mathieu de Marly, messire

---

171. *pierre menue :* manière d'exprimer une distance qui n'est pas grande ; cf. § 289. On jette plus loin une plus grosse pierre : *pierre poingnant* § 272 ; la forme usuelle est *poignal.* **173.** Geoffroi de Sergines, chevalier de la région de Sens, avait eu l'autorisation de transférer son hommage au roi en 1236 (*Layettes*, II, 2454) ; il accompagnera Louis IX pendant la retraite et la captivité. En quittant la Terre sainte en 1254, le roi lui confia le commandement des troupes qu'il laissait à la garde du pays. Rutebeuf se fait l'écho des difficultés qu'il rencontra alors ; Rutebeuf, *Œuvres complètes*, éd. Michel Zink, Paris, Classiques Garnier, 1989, 1990, rééd. « Lettres gothiques » 2001, p. 123-133, 414, 850, 856, 982. – Mathieu de Marly avait été lieutenant du roi en Albigeois en 1229, Berger 1895, p. 142 ; croisé en 1239, il s'était échappé lors de l'affaire désastreuse du comte de Bar ; cf. § 286. – Philippe de Nanteuil, fait prisonnier en Terre sainte en 1239, libéré en 1241. On a de lui des chansons ; *DLF* 1992, p. 1147. – *Mestre des arbalestriers :* Thibaut de Montliard, cf. § 543-546 ; ce doit être le même que Joinville appelle Symon de Monceliart, § 551.

seigneur Hymbert de Biaujeu, connestable de France, qui
n'estoit pas la, ainçois estoit au dehors de l'ost, entre li
et le mestre des arbalestriers, atout le plus des serjans a
armes le roy, a garder nostre ost, que les Turs n'i feissent
doumage. **174** Or avint que mon seigneur Gauchier
d'Autreche se fist armer en son paveillon de touz poins.
Et quant il fu monté sus son cheval, l'escu au col, le
hyaume en la teste, il fist lever les pans de son paveillon
et feri des esperons pour aler aus Turs ; et au partir que
il fist de son paveillon tout seul, toute sa mesnie escria[a]
a haulte voix : « Chasteillon ! » Or avint ainsi que avant
que il venist aus Turs, il chaï et son cheval li vola parmi
le cors, et s'en ala le cheval couvert de ses armes a nos
ennemis, pour ce que le plus des Sarrazins estoient montez sur jumens, et pour ce trait le cheval aus Sarrazins.
175 Et nous conterent ceulz qui le virent que .IIII. Turs
vindrent par le seigneur Gaucher, qui se gisoit par terre,
et au passer que il fesoient par devant li li donnoient grant
cops de leur maces la ou il gisoit. La le rescourent le
connestable de France et pluseurs des sergans le roy avec
li, qui le ramenerent par les bras jusques a son paveillon.
Quant il vint la il ne pot parler. Pluseurs des cyrurgiens
et des phisiciens de l'ost alerent a li, et pour ce que il leur
sembloit que il n'i avoit point de peril de mort, il le firent
seigner *des*[a] .II. bras. **176** Le soir tout tart me dit mon
seigneur Aubert de Narcy que nous l'alissons veoir, pour
ce que nous ne l'avions encore veu, et estoit home de
grant non et de grant valeur. Nous entrames en son paveillon, et son chamberlanc nous vint a l'encontre pour ce
que nous alissiens belement et pour ce que nous ne esveil-
lissiens son mestre. Nous le trouvames gisant[a] sus couver-
touers de menu ver, et nous traïmes tout souef vers li et
le trouvames mort. Quant en le dit au roy, il respondi que
il n'en vourroit mie avoir tiex mil, puis que il ne vousissent ouvrer de son commandement aussi comme il avoit
fait.

174a e. a h. v. *BL* om. *A*   **175a** des *BL* de *A*   **176a** g. sa c. de m.
v. sur luy *BL* g. sur son c. de m. v. *M*

Philippe de Nanteuil, messire Humbert de Beaujeu, connétable de France, qui n'était pas là, mais était en dehors du
camp, lui et le maître des arbalétriers, avec la plus grande
partie des sergents d'armes du roi, pour garder notre camp,
afin que les Turcs n'y fassent pas de dégâts. **174** Or il
arriva que messire Gautier d'Autrèches se fit armer
complètement à l'intérieur de sa tente. Et quand il fut
monté sur son cheval, l'écu au cou, le heaume en tête, il fit
relever les panneaux de sa tente et piqua des éperons pour
aller sur les Turcs ; et au moment où il partit de sa tente,
tout seul, toute sa maisonnée s'écria d'une voix forte :
« Châtillon ». Or il advint qu'avant qu'il ne parvienne aux
Turcs, il tomba, et son cheval lui vola sur le corps, et le cheval, couvert de ses armes, alla à nos ennemis, parce que la
plupart des Sarrasins étaient montés sur des juments ; et
c'est pourquoi le cheval fonça vers les Sarrasins. **175** Et
ceux qui virent la chose nous contèrent que quatre Turcs
vinrent sur messire Gautier, qui gisait à terre, et en passant
devant lui ils lui donnaient de grands coups de leurs masses
d'armes tandis qu'il gisait à terre. Le connétable de France
et plusieurs sergents du roi avec lui vinrent à son secours,
et le ramenèrent sur leurs bras jusqu'à sa tente. Quand il
arriva là, il ne put parler. Plusieurs des chirurgiens et des
médecins de l'armée allèrent à lui et, comme il leur semblait qu'il n'y avait pas péril de mort, ils le firent saigner
aux deux bras. **176** Le soir bien tard, messire Aubert de
Narcy me dit que nous allions le voir, parce que nous ne
l'avions pas encore vu, et c'était un homme de grande réputation et de grande valeur. Nous entrâmes dans sa tente, et
son chambellan vint au-devant de nous pour que nous fassions doucement, et pour que nous n'éveillions pas son
maître. Nous le trouvâmes couché sur des couvertures de
petit gris ; et nous nous approchâmes tout doucement de
lui, et le trouvâmes mort. Quand on le dit au roi, il répondit
qu'il ne voudrait pas en avoir mille comme lui, du moment
qu'ils ne voudraient pas agir suivant ses ordres, ainsi
qu'avait fait celui-là.

174. Gautier d'Autrèches était vassal de Gaucher de Châtillon, d'où son
cri de guerre ; *Layettes* II, 2823.   **176.** Un chevalier du nom de Pierre
de Narcy est resté en relations avec Joinville ; cf. Monfrin 1976, p. 282,
n. 37.

177 Les Sarrazins a pié entroient toutes les nuiz en l'ost et occioient les gens la ou il les trouvoient dormans. Dont il avint que il occistrent la gaite au seigneur de Courtenay et le lesserent gisant sur une table et li coperent la teste et l'emporterent ; et ce firent il pour ce que le soudanc donnoit de chascune teste des crestiens un besant d'or. **178** Et ceste persecucion avenoit pour ce que les batailles guetoient chascun a son soir l'ost a cheval ; et quant les Sarrazins vouloient entrer en l'ost, il attendoient tant que *la frainte*[a] des chevaus et des batailles estoient passees, si se metoient en l'ost par darieres les dos des chevaus et rissoient avant que jours feust. Et pour ce ordena[b] le roy que les batailles qui soloient guietier a cheval *guieteroient*[c] a pié, si que tout l'ost estoit asseur de nos gens qui guietoient, pour ce que il estoient espandu en tel maniere que l'un touchoit a l'autre.

179 Aprés ce que ce fu fait, le roy ot conseil que il ne partiroit de Damiete jusques a tant que *son*[a] frere le conte de Poitiers seroit venu, qui amenoit l'ariere ban de France. Et pour ce que les Sarrazins ne se ferissent parmi l'ost a cheval, le roys fist clorre tout l'ost de grans fossés ; et sus les fossés gaitoient arbalestriers touz les soirs et serjans, et aus entrees de l'ost aussi.

180 Quant la Saint Remy fu passee, que en n'oÿ nulles nouvelles du conte de Poitiers, dont le roy et touz ceulz de l'ost furent a grant messaise, car il doutoient que aucun meschief ne li feust avenu, lors je ramentu le legat comment le dien de Malrut nous avoit fait[a] faire .III. processions en la mer par .III. samedis, et devant le tiers samedi nous arivames en Cypre. Le legat me crut et fist crier les .III. processions en l'ost par .III. samedis. **181** La première procession commença en l'ostel du legat, et alerent au moustier Nostre Dame en la ville, le quel moustier

---

178a la frainate d. *BL* les frains d. *A* − ***b*** attira *BL* − ***c*** c. guecteroient *BL* guietoient *A* faire le guet a c. le feroient a p. *M* **179a** sont *A* **180a** f. faire *BLMP om. A*

177 Les Sarrasins à pied entraient toutes les nuits dans le camp et tuaient les gens qu'ils trouvaient endormis. D'où il arriva qu'ils tuèrent le guetteur du sire de Courtenay, et le laissèrent gisant sur une table, et ils lui coupèrent la tête, qu'ils emportèrent ; et ils firent cela parce que le sultan donnait un besant d'or de chaque tête de chrétien. **178** Et cette calamité arrivait parce que les corps de bataille assuraient à cheval, chaque soir à tour de rôle, la garde du camp ; et quand les Sarrasins voulaient s'introduire dans le camp, ils attendaient que soit passé le bruit des chevaux et des corps de troupe et ils s'introduisaient dans le camp en passant derrière le dos des chevaux et ressortaient avant qu'il soit jour. Et à cause de cela le roi donna l'ordre que les corps qui assuraient d'habitude la garde à cheval l'assureraient à pied ; ainsi tout le camp était en sûreté grâce à nos hommes qui montaient la garde, parce qu'ils étaient disposés de telle manière que l'un touchait l'autre.

179 Après que cela fut fait, le roi décida qu'il ne partirait pas de Damiette jusqu'à ce que soit arrivé son frère le comte de Poitiers, qui amenait l'arrière-ban de France. Et pour éviter que les Sarrasins ne se jettent dans le camp à cheval, le roi fit clore tout le camp de grands fossés ; et tous les soirs les arbalétriers et les sergents montaient la garde sur les fossés, ainsi qu'aux entrées du camp.

180 Quand la Saint-Remi fut passée et comme on n'avait entendu aucune nouvelle du comte de Poitiers (ce qui causait au roi et à tout le monde dans l'armée un grand malaise, car ils craignaient qu'un malheur ne lui fût arrivé), alors je rappelai au légat comment le doyen de Maurupt nous avait fait faire, quand nous étions en mer, trois processions trois samedis de suite ; et avant le troisième samedi, nous abordâmes à Chypre. Le légat me crut et fit crier dans le camp les trois processions trois samedis de suite. **181** La première procession commença

---

179. Alphonse de Poitiers avait quitté la France le 26 août 1249 ; Berger 1893, p. 338 et n. 2.   **180.** *Saint Remy :* le 1er octobre 1249.

estoit fait en la mahommerie des Sarrazins, et l'avoit le
legat dedié en l'onneur de la Mere Dieu. Le legat fist le
sermon par .ɪɪ. samedis. La fu le roy et les riches homes
de l'ost, aus quiex le legat donna grant pardon.

182 Dedans le tiers samedi vint le conte de Poitiers. Et
ne fu pas mestier que il feust avant venu, car dedans les
.ɪɪɪ. samedis fu si grant baquenas en la mer devant
Damiete que il y ot bien .xɪɪ. vins vessiaus que grans que
petiz brisiez et perdus, atout les gens qui estoient dedans
noyez et perdus ; dont se le conte de Poitiers feust avant
venu, et il et sa gent eussent esté touz confoundus.

183 Quant le conte de Poitiers fu venu, le roy manda
touz ses barons de l'ost pour savoir quel voie il tendroit,
ou en Alixandre ou en Babiloine. Dont il avint ainsi que
le bon conte Pierre de Bretaingne et le plus des barons de
l'ost s'acorderent que *le*[a] roy alast assieger Alixandre[b],
pour ce que devant la ville avoit bon port, la ou les nez[c]
arriveroient qui *aporteroient* les viandes en l'ost. A ce fu
le conte d'Artois contraire, et dit ainsi que il ne s'acorde-
roit ja que[d] en alast mais que en Babiloine, pour ce que
c'estoit le chief de tout le royaume d'Egypte ; et dit ainsi
que qui vouloit tuer[e] la serpent, il li devoit premier esqua-
cher le chief. Le roy lessa touz les autres conseulz de ses
barons et se tint au conseil de son frere.

184 En l'entré des Advens se esmut le roy et l'ost pour
aler vers Babiloine, ainsi comme le conte d'Artois l'avoit
loé. Assez prés de Damiete trouvames un flum qui issoit
de la grant riviere, et fu ainsi acordé que l'ost sejourna
un jour pour boucher le dit braz, par quoy en peust passer.
La chose fu faite assez legierement, car l'en boucha le dit

183*a* le *om. A* – ***b*** A. pour ce q. *BL om. A* – ***c*** n. a. qui a. l. *BL* port
a arriver les nefz... pour avitailler l. *MP* n. arrivent qui aportent l. *A* – ***d*** en
l'a *A* – ***e*** t. le s. il l. d. premier e. *BLMP* t. premier le s. il l. d. e. *A*

à la maison du légat, et on alla à l'église Notre-Dame dans la ville ; cette église était faite dans la mosquée des Sarrasins, et le légat l'avait consacrée en l'honneur de la Mère de Dieu. Le légat prononça le sermon deux samedis de suite. Le roi et les grands personnages de l'armée y assistaient, et le légat leur donna une indulgence plénière.

182 Le comte de Poitiers arriva avant le troisième samedi. Et il n'aurait pas fallu qu'il fût arrivé avant, car dans l'intervalle des trois samedis il y eut une si grande tempête en mer devant Damiette qu'il y eut bien cent quarante vaisseaux, grands et petits, de fracassés et de perdus, avec les gens qui étaient dedans, noyés et perdus. Ainsi, si le comte de Poitiers était arrivé auparavant, lui et ses gens auraient été tous anéantis.

183 Quand le comte de Poitiers fut arrivé, le roi convoqua tous ses barons de l'armée pour savoir par quelle voie il se dirigerait, ou vers Alexandrie ou vers Le Caire. Il arriva ainsi que le bon comte Pierre de Bretagne et la majorité des barons de l'armée furent d'avis que le roi allât assiéger Alexandrie, parce qu'il y avait devant la ville un bon port, où aborderaient les nefs qui apporteraient le ravitaillement à l'armée. Le comte d'Artois fut opposé à cet avis, et dit qu'il ne donnerait son accord qu'à une marche sur Le Caire, parce que c'était la tête de tout le royaume d'Égypte ; et il dit ainsi que celui qui voulait tuer le serpent devait tout d'abord lui écraser la tête. Le roi laissa tous les autres avis de ses barons et se tint à l'avis de son frère.

184 Au commencement de l'Avent, le roi et l'armée se mirent en marche vers Le Caire, comme le comte d'Artois en avait donné le conseil. Assez près de Damiette nous trouvâmes un cours d'eau qui sortait du grand fleuve. Et il fut décidé que l'armée s'arrêterait une journée pour barrer ledit bras, de manière qu'on pût passer. La chose fut

---

182. Alphonse de Poitiers arriva à Damiette le 24 octobre 1249.
184. Premier dimanche de l'Avent, 28 novembre 1249. – *b.* La mauvaise lecture *aidier*, pour *(h)ardier*, « harceler » doit remonter très haut, puisqu'elle se retrouve dans *L* et qu'elle est la source de la leçon de *MP* ; *troubler* de *B* doit être une correction.

bras rez a rez de la grant riviere[a] *en sorte que l'eaue se tourna assez legierement avecques la grant riviere.* A ce flum passer envoia le Soudanc .v[c]. de ses chevaliers les miex montez que il pot trouver en tout son host pour *hardier*[b] l'ost le roy, pour delaier nostre alee.

185 Le jour de la Saint Nicholas commenda le roy que il s'atirassent pour chevaucher, et deffendi que nulz ne feust si hardi que il poinsist a ces Sarrazins qui venus estoient. Or avint que quant l'ost s'esmut pour *chevaucher*[a] et les Turs virent que l'en ne *poindroit*[b] pas a eulz et sorent par leur espies que le roy l'avoit deffendu, il s'enhardirent et assemblerent aus Templiers, qui avoient la premiere bataille. Et l'un des Turs porta un chevalier du Temple a terre tout devant les piez du cheval frere Renaut de Bichiers, qui estoit lors marechal du Temple. **186** Quant il vit ce, il escria a ses freres : « Or a eulz de par Dieu, car ce ne pourroie je plus soufrir. » Il feri des esperons et[a] *tous ceulx de* l'ost aussi. Les chevaus a nos gens estoient frez et les chevaus aus Turs estoient ja foulez, dont je oÿ recorder que nul n'en y avoit eschapé que touz ne feussent mort, et pluseurs d'eulz en estoient entré ou flum et furent noyé.

187 Il nous couvient premierement parler du flum qui vient[a] *en* Egypte et de Paradis terrestre ; et ces choses vous ramentoif je pour vous fere entendant aucunes choses qui affierent a ma matiere. Ce fleuve est divers de toutes autres rivieres, car quant[b] *plus* viennent les autres rivieres aval et plus y chieent de petites rivieres et de petiz ruissiaus, et en ce flun n'en chiet nulles ; ainçois avient ainsi que il vient tout en un chanel jusques en

---

184a r. en sorte que... riviere. *BL* r. en telle façon que l'eau d'un cousté et d'autre ne se haulsa point et qu'on provoit passer a son aise *M, om. A* – *b* haydier *L* troubler *B* disans au roy qu'ils estoient venu pour le secourir *MP* aidier *A* hardier *corr. Wailly* **185a** chevauer *A* – *b* n. frappoit point sur e. *BL* poindrent *A* **186a** e. tous ceux de l'o. *BL* e.t. la compaignie de l'o. *MP om. A* **187a** v. par E. *L* v. en E. *B* qui passe par le païs d'E. *MP* v. de E. *A* – *b* q. plus v. *BL. om. A*

faite assez facilement, car on barra ce bras juste le long du grand fleuve, de sorte que l'eau se détourna assez facilement dans celle du grand fleuve. Au passage de ce cours d'eau le sultan envoya cinq cents de ses chevaliers, les mieux montés qu'il pût trouver dans toute son armée, pour harceler l'armée du roi et retarder notre marche.

185 Le jour de la Saint-Nicolas, le roi donna l'ordre de se préparer pour chevaucher et défendit que personne n'ait l'audace de charger ces Sarrasins qui étaient venus. Or il arriva que, quand l'armée se mit en marche pour chevaucher et que les Turcs virent qu'on ne les chargerait pas et surent par leurs espions que le roi l'avait défendu, ils s'enhardirent et attaquèrent les Templiers, qui formaient le premier corps de bataille. Et l'un des Turcs jeta à terre un chevalier du Temple, juste devant les pieds du cheval de frère Renaut de Vichiers, qui était alors maréchal du Temple. **186** Quand il vit cela, le maréchal cria à ses frères : « Maintenant, à eux de par Dieu ; car je ne pourrais plus supporter cela. » Il piqua des éperons et tous les hommes de l'armée aussi. Les chevaux de nos hommes étaient frais, et les chevaux des Turcs étaient déjà fatigués ; j'ai entendu raconter qu'aucun n'en avait échappé et que tous étaient morts, et plusieurs parmi eux étaient entrés dans le fleuve et furent noyés.

187 Il nous faut tout d'abord parler du fleuve qui vient en Égypte du Paradis terrestre ; et je vous raconte ces choses pour vous faire comprendre certains faits qui touchent à mon sujet. Ce fleuve est différent de toutes les autres rivières, car plus les autres rivières descendent leur cours, plus s'y jettent de petites rivières et de petits ruisseaux. Et dans ce fleuve il ne s'en jette aucune ; au contraire il se produit ceci, qu'il arrive par un seul chenal

---

185. Le 6 décembre 1249. – Le maréchal du Temple est le chef d'état-major des Templiers ; Demurger 1985, p. 83.   **187.** Joinville rapporte des idées courantes à l'époque ; voir *Chronique d'Ernoul* 1871, p. 70 et 440-441. Sur le Paradis terrestre, Jean Delumeau, *Une histoire du Paradis*, Paris, 1992, p. 59-95. – *c.* La leçon de *BMP, sept*, est confirmée par le début du § 188 ; il est moins évident qu'il faille corriger au § 191, comme le propose G. Paris 1874, p. 406.

Egypte, et lors gete de li *sept*[c] branches qui s'espandent parmi Egypte. **188** Et quant ce vient aprés la Saint Remy, les .VII. rivieres s'espandent par le païs et cuevrent les terres pleinnes ; et quant elles se retraient, les gaaingneurs vont chascun labourer en sa terre a une charue sanz rouelles, de quoy il *sement*[a] dedens la terre les fourmens, les orges, les comminz, le ris, et *viennent*[b] si bien que nulz n'i savroit qu'amender. Ne ne scet l'en dont celle *creue*[c] vient mez que de la volenté Dieu ; et se ce n'estoit, nulz biens ne venroient ou païs, pour la grant chaleur du solleil, qui ardroit tout pour ce que il ne pluet nulle foiz ou païz. Le flum est touzjours trouble, dont ceulz du païs qui boire en welent vers le soir le prennent et esquachent .IIII. amandes ou quatre feves, et l'endemain est si bone a boire que riens n'i faut. **189** Avant que le flum entre en Egypte, les gens qui ont acoustumé a ce faire getent leur roys desliees parmi le flum au soir ; et quant ce vient au matin, si treuvent en leur royz cel avoir de poiz que l'en aporte en ceste terre, c'est a savoir ginginbre, rubarbe, lignaloecy et canele. Et dit l'en que ces choses viennent de Paradis terrestre, que le vent abat des arbres qui sont en Paradis, aussi comme le vent abat en la forest en cest païs le bois sec ; et ce qui chiet du bois sec ou flum nous vendent les marcheans en ce païz. L'yaue du flum est de tel nature que quant nous la pendion en poz de terre blans que l'en fet ou païs aus cordes de nos paveillons, l'yaue devenoit ou chaut du jour aussi froide comme de fonteinne. **190** Il disoient ou païs que le soudanc de Babiloine avoit mainte foiz essaié dont le flum venoit ; et y envoioit gens qui portoient une maniere de pains que l'en appelle bequis, pour ce que il sont cuis par .II. foiz, et de ce pain vivoient tant que il revenoient arieres au soudanc. Et raportoient que il avoient cerchié le flum et que il estoient venus a un grant tertre de roches taillees, la ou nulz n'avoit pooir de monter ; de ce tertre cheoit le flum, et leur sembloit que il y eust grant foison d'arbres en la montaigne en haut ; et disoient que il avoient trouvé

187c ses *AL* sept *BMP*   **188**a tornent *BL* sement *MP* treuvent *A* – b viennent *BLM* vivent *A* – c creue *BL* crue *MP* treuue *A*

jusqu'en Égypte, et alors il se divise en sept bras, qui se
répandent à travers l'Égypte. **188** Et quand la Saint-Remi
est passée, les sept rivières se répandent dans le pays et
recouvrent le plat pays ; et quand elles se retirent, les
paysans vont chacun labourer leurs terres avec une char-
rue sans roues, avec laquelle ils sèment dans la terre le
froment, l'orge, le cumin, le riz ; et ces semences viennent si bien que nul ne saurait mieux faire. Et l'on ne sait
d'où vient cette crue, sinon de la volonté de Dieu ; et si
ce phénomène ne se produisait pas, rien ne viendrait dans
ce pays à cause de la grande chaleur du soleil qui brûlerait
tout, parce qu'il ne pleut jamais dans le pays. Le fleuve
est toujours trouble ; aussi les gens du pays qui veulent
en boire en puisent le soir, et y écrasent quatre amandes
ou quatre fèves ; et le lendemain elle est si bonne à boire
qu'elle ne laisse rien à désirer. **189** Avant que le fleuve
entre en Égypte les gens dont c'est la coutume jettent le
soir leurs filets déployés dans le fleuve ; et quand on vient
au matin, ils trouvent dans leurs filets ces denrées qui se
vendent au poids que l'on apporte dans ce pays, à savoir
le gingembre, la rhubarbe, le bois d'aloès, la cannelle. Et
l'on dit que ces produits viennent du Paradis terrestre, car
le vent les abat des arbres qui sont dans le Paradis,
comme le vent abat dans la forêt, en notre pays, le bois
sec ; et ce qui tombe de bois sec dans le fleuve, les marchands nous le vendent dans ce pays. L'eau du fleuve est
de telle nature que, lorsque nous la suspendions, dans des
pots de terre blancs que l'on fait dans le pays, aux cordes
de nos tentes, l'eau devenait, à la chaleur du jour, aussi
fraîche que de l'eau de source. **190** On disait dans le pays
que le sultan du Caire avait tenté maintes fois de savoir
d'où venait le fleuve ; et il y envoyait des gens qui emportaient une sorte de pain que l'on appelle biscuits, parce
qu'ils sont cuits deux fois ; et ils vivaient de ce pain jusqu'à leur retour auprès du sultan. Et ils rapportaient qu'ils
avaient exploré le fleuve et qu'ils étaient arrivés à un
grand massif de roches à pic, où personne n'avait la possi-

188a. *treuvent A* et *tornent BL* sont difficiles à comprendre ; je ne crois
pas que *sement de MP* soit une correction.   **189.** *L'yaue du flum :* c'est
le principe de l'alcarazas.   **190.** *dessus la riviere :* Foulet 1979, p. 226
corrige *de sus.*

merveilles de diverses bestes sauvages et de diverses
façons, lyon, serpens, oliphans, qui les venoient regarder
dessus la riviere de l'yaue aussi comme il aloient amont.

191 Or revenons a nostre premiere matiere et disons ainsi
que quant le flum vient en Egypte, il gete ses branches
aussi comme j'é ja dit devant. L'une de ses branches va
en Damiete, l'autre en Alixandre, la tierce a *Tenis*[a], la
quarte a Raxi[b]. *Et a celle branche qui va a Rexi vint le
roy de France atout son ost et si se logea entre le fleuve
de Damiette et celuy de Rexi ; et toute la puissance du
soudan se logerent sur le fleuve de Rexi*, d'autre *part* par
devant nostre ost pour nous deffendre le passage, la quele
chose leur estoit legiere[c], car nulz ne pooit passer la dite
yaue par devers eulz se nous ne la passions a nou.

192 Le roy ot conseil que il feroit faire une chauciee
parmi la riviere pour passer vers les Sarrazins. Pour garder ceulz qui ouvroient[a] a la chauciee et fist faire le roy
.II. beffrois, que l'en appelle chas chastiaus, car il avoit
.II. chastiaus devant les chas et .II. massons darieres les
chastiaus pour couvrir ceulz qui guieteroient, pour les
cops des engins aus Sarrazins, les quiex avoient .XVI.[b]
engins touz drois. **193** Quant nous venimes la, le roy fist
faire .XVIII. engins, dont Jocelin de Cornaut estoit mestre
engingneur. Nos engins getoient au leur et les leurs aus

191a Tenis *BL* Tunis *MP* Atenes *A* — **b** R. Et a celle... fleuve de Rexi
d'a. *BL* R. A celle branche qui vient a Rexi alla le roy de France atout son
ost et se logea entre le fleuve de Damiette et le fleuve de Rexi. Et trouvames
tout le pouvoir du souldan logié sur le rivage du fleuve de Rexi, d'a. p. p.
MP, om. *A* — **c** l. a faire *BL*   **192a** ouvreroient *BL* — **b** six *BL* seize
M

bilité de monter ; le fleuve tombait de ce massif, et il leur semblait qu'il y avait une grande quantité d'arbres en haut dans la montagne ; et ils disaient qu'ils avaient trouvé des merveilles, diverses bêtes sauvages et de diverses façons, lions, serpents, éléphants, qui venaient les regarder sur le bord de l'eau quand ils allaient en amont.

191 Revenons maintenant à notre première matière et disons que, lorsque le fleuve arrive en Égypte, il se divise en ses bras comme je l'ai dit devant. L'une des branches va à Damiette, l'autre à Alexandrie, la troisième à Tanis, la quatrième à Rexi. Et le roi de France arriva avec son armée à cette branche qui va à Rexi et vint se loger entre la branche de Damiette et celle de Rexi ; et toutes les forces du sultan s'installèrent sur la branche de Rexi de l'autre côté, en face de notre armée, pour nous interdire le passage, ce qui leur était facile, car personne ne pouvait traverser cette eau pour aller vers eux si nous ne la passions à la nage.

192 Le roi décida de faire faire une chaussée à travers la rivière pour passer du côté des Sarrasins. Pour défendre ceux qui travaillaient à la chaussée, le roi fit faire deux beffrois que l'on appelle chats-châteaux car il y avait deux châteaux devant les chats et deux maisons derrière les châteaux, pour couvrir ceux qui monteraient la garde, à cause des coups des engins des Sarrasins, qui avaient juste en face seize engins. **193** Quand nous arrivâmes là, le roi fit faire dix-huit engins, dont Jocelin de Cornant était maître ingénieur. Nos engins tiraient sur les leurs, et

---

191. Joinville fait erreur en croyant que le bras du Nil qui arrêta les croisés s'appelle la branche de Rexi (Rosette, arabe Rachid). Celle-ci se sépare de la branche de Damiette sur la rive gauche et se jette dans la Méditerranée à l'ouest de Damiette. Il s'agit en réalité de la branche de Tanis (Bahr al-Seghîr ou canal d'Ashmûn) qui se sépare de la branche principale un peu en aval de Mansûra, sur la rive droite, et coule vers le nord-est, pour se jeter vers Tanis, à l'est de Damiette.   **192.** Les *chats* sont des galeries couvertes montées sur roues destinées à permettre à des hommes de progresser à l'abri ; on combinait le chat avec une tour, roulante également, pourvue de plates-formes protégées (château) qui permettaient de lancer de haut des projectiles.   **193.** *venimes la semainne :* Foulet 1979, p. 226, corrige *v. la la s.*

nostres, mes onques n'oÿ dire que les nostres feissent biau cop. Les freres le roy guitoient de jours et nous li autre chevalier guieton de nuit les chaz. Nous venimes la semainne devant Nouel. **194** Maintenant que les chaz furent faiz, l'en emprist a fere la chauciee, et pour ce que li roy ne vouloit que les Sarrazins blesassent ceulz qui portoient la terre, les quiex traioient a nous de visee parmi le flum. A celle chauciee faire furent aveuglez le roy et touz les barons de l'ost ; car pour ce que il avoient bouché l'un des bras du flum, aussi comme je[a] vous ai dit devant, le quel firent legierement pour ce que il pristrent a boucher la ou il partoit du grant flum, et par cesti fait cuiderent il boucher le flum de Raxi, qui estoit ja parti du grant fleuve bien demi lieue aval. **195** Et pour destourber la chauciee que le roy fesoit, les Sarrazins fesoient fere caves en terre par devers leur ost ; et si tost comme le flum venoit aus caves, le flum se flatissoit es caves dedens et refaisoit une grant fosse ; dont il avenoit ainsi que tout ce que nous avions fait en .III. semainnes, il nous desfesoient tout en un jour pour ce que tout ce que nous bouchions du flum devers nous il relargissoient devers eulz pour les caves que il fesoient.

196 Pour le soudanc qui estoit mort et de la maladie que il prist devant Hamant la cité, il avoient fait chevetain d'un Sarrazin qui avoit a non Scecedinc, le filz au seic. L'en disoit que l'emperiere Ferris l'avoit fait chevalier. Celi manda a une partie de sa gent que il venissent assaillir nostre ost par devers Damiete ; et il si firent, car il alerent passer a une ville qui est sus le flum de Rixi, qui a non Sormesac. Le jour de[a] Noel, moy et mes chevaliers mangions avec mon seigneur Pierre d'Avalon. Tandis que nous mangion, il vindrent ferant des esperons jusques a nostre ost et occistrent pluseurs povres gens qui estoient alez aus chans a pié. Nous nous alames armer. **197** Nous

---

194a je *ajouté en interligne A*   **196a** de *om. A*

les leurs sur les nôtres, mais je n'entendis jamais dire que les nôtres aient abouti à beaucoup de résultats. Les frères du roi assuraient la garde des chats le jour, et nous, les autres chevaliers, nous l'assurions la nuit. Nous arrivâmes ainsi à la semaine avant Noël. **194** Dès que les chats furent faits, on entreprit de faire la chaussée, parce que le roi ne voulait pas que les Sarrasins, qui tiraient sur nous à vue à travers le fleuve, blessent ceux qui portaient la terre. Le roi et tous les barons de l'armée furent bien aveugles en faisant cette chaussée ; car, parce qu'ils avaient barré l'un des bras du fleuve, comme je vous l'ai dit devant – ce qu'ils firent facilement, étant donné qu'ils avaient entrepris le barrage à l'endroit où le bras se séparait du cours principal –, cela leur avait fait croire qu'ils pourraient barrer le bras de Rexi, qui était déjà séparé du cours principal et avait bien coulé une demi lieue. **195** Et pour faire obstacle à la chaussée que le roi faisait, les Sarrasins creusaient des excavations dans la terre, du côté de leur armée ; et aussitôt que le fleuve arrivait aux excavations, le fleuve s'engouffrait dans les excavations et refaisait une grande fosse ; si bien qu'il arrivait que tout ce que nous avions fait en trois semaines, ils nous le défaisaient tout en un jour, parce que tout ce que nous barrions du fleuve de notre côté, ils l'élargissaient à leur tour de leur côté avec les excavations qu'ils faisaient.

196 À la suite de la mort du sultan, de la maladie qu'il avait contractée devant la cité de Hamant, ils avaient fait leur chef d'un Sarrasin qui s'appelait Scecedin le fils du Scheik. On disait que l'empereur Frédéric l'avait fait chevalier. Celui-ci donna l'ordre à une partie de ses hommes d'aller assaillir notre armée du côté de Damiette ; et ainsi firent-ils, car ils allèrent traverser à une ville qui est sur le fleuve de Rexi, qui s'appelle Shârimsâh. Le jour de Noël, moi et mes chevaliers nous mangions avec messire Pierre d'Avallon. Pendant que nous mangions, ils arrivèrent piquant des éperons jusqu'à notre camp et tuèrent plusieurs pauvres gens qui étaient allés aux champs à

---

196. *soudanc qui estoit mort* : à Mansûra, le 23 novembre 1249. – Shârimsâh (Sormesac) est sur le Nil, à environ 25 km de Damiette.

ne sceumes onques si tost revenir que nous[a] trouvames
mon seigneur Perron, nostre oste, qui estoit au dehors de
l'ost, qui en fu alé aprés les Sarrazins. Nous ferimes des
esperons aprés et les[b] rescousismes aus Sarrazins, qui
l'avoient tiré a terre, et li et son frere, le seigneur du Val,
arieres en remenames[c] en l'ost. Les Templiers, qui
estoient venus au cri, firent l'ariere garde bien et hardiement. Les Turs nous vindrent hardoiant jusques en nostre
ost ; pour ce commanda le roy que l'en *cloussit*[d] nostre ost
de fossés par devers Damiete[e] *depuis le fleuve de Damiete*
jusques au flum de Rexi.

198 Scecedins, que je vous ai devant nommé, le chievetain des Turs, se estoit le plus prisié de toute la paennime.
En ses banieres[a] portoit les armes l'empereur qui l'avoit
fait chevalier. Sa baniere estoit bandee ; en[b] une des
bandes estoient les armes l'empereur qui l'avoit fait chevalier ; en l'autre estoient les armes le soudanc de *Halape*[c] ; en l'autre bande estoient les au soudanc de
Babiloine. **199** Son non estoit Secedin, le filz seic, ce
vaut autant a dire comme « le veel, le filz au veel ». Son[a]
non tenoient il a moult grant chose en la paiennime, car
ce sont les gens ou monde qui plus honneurent gens
anciennes, puis que il est ainsi que Dieu les a gardés de
vilain reproche jusques en leur vieillesce. Secedin, ce
vaillant[b] Turc, aussi comme les espies le roy le raporterent, se vanta que il mangeroit le jour de la feste saint
Sebastien es paveillons le roy.

200 Le roy, qui sot ces choses, atira son host en tel
maniere que le conte d'Artois, son frere, garderoit les
chaz et les engins ; le roy et le conte d'Anjou, qui puis
fu roy de Cecile, furent establiz a garder l'ost par devers
Babiloinne ; et le conte de Poitiers et nous de Cham-

197a n. ne trouvissions m. *BL* – b le *BL* – c revinsmes *BL*
– d cloist *BL* coussist *A* – e D. depuis le fleuve de D. j. *BL* D. depuis
le fleuve de la j. *M* D. depuis le fleuve qui vient dudict costé de D. j. *P*
om. *A*   **198a** E. sa baniere *BL* – b et *A* – c Halape *BL* Hallape *MP*
Haraphe *A*   **199a** celui *BL* – b vaillant *BL* vilein *A*

pied. Nous allâmes nous armer. **197** Nous n'arrivâmes pas à revenir assez vite et trouvâmes messire Pierre, notre hôte, qui était déjà hors du camp et avait poursuivi les Sarrasins. Nous piquâmes des éperons à sa suite, et nous le délivrâmes des Sarrasins qui l'avaient tiré à terre ; et nous le ramenâmes en arrière au camp, lui et son frère, le sire du Val. Les Templiers, qui étaient arrivés au cri d'alarme, firent l'arrière-garde efficacement et avec courage. Les Turcs vinrent en nous harcelant jusque dans notre camp ; à cause de cela, le roi ordonna que l'on entourât notre camp de fossés du côté de Damiette, du fleuve de Damiette jusqu'au fleuve de Rexi.

198 Scecedin, le chef des Turcs, que je vous ai nommé avant, était le plus apprécié parmi tous les païens. Il portait sur ses bannières les armes de l'empereur qui l'avait fait chevalier. Sa bannière était bandée ; sur l'une des bandes étaient les armes de l'empereur qui l'avait fait chevalier ; sur une autre étaient les armes du sultan d'Alep ; sur une autre bande encore étaient celles du sultan du Caire. **199** Son nom était Scecedin le fils du Scheik, ce qui revient à dire « le vieux, fils du vieux ». Ils tenaient ce nom pour une chose importante dans le pays païen ; car ce sont les gens du monde qui honorent le plus les personnes âgées, puisqu'il se trouve que Dieu les a gardées de reproche infâmant jusqu'en leur vieillesse. Scecedin, ce vaillant Turc, se vanta, ainsi que le rapportèrent les espions du roi, qu'il mangerait, le jour de la fête de saint Sébastien, dans les tentes du roi.

200 Le roi, qui sut cela, organisa son armée de telle manière que le comte d'Artois, son frère, aurait la garde des chats et des engins ; le roi et le comte d'Anjou, qui fut depuis roi de Sicile, furent chargés de garder le camp du côté du Caire ; et le comte de Poitiers et nous de

---

198. Cet émir avait mené les négociations du sultan d'Égypte Al-Kâmil avec Frédéric II depuis 1227. Comme son maître, il entretenait des relations amicales avec l'empereur ; E. Kantorowicz, *L'Empereur Frédéric II*, Paris, 1987, p. 174-182. Il commandait les troupes égyptiennes qui se replièrent au moment du débarquement des croisés ; il fut tué à Mansûra le 8 février 1250.   **199.** *Saint Sebastien*, le 20 janvier 1250.

paingne garderions l'ost par devers Damiete. Or avint
ainsi que le prince des Turs devant nommé fist passer sa
gent en l'ille qui est entre le flum de Damiete et le flum
de Rexi, la ou nostre ost estoit logié, et fist ranger ses
batailles des l'un des fleuves jusques a l'autre. **201** A
celle gent assembla le roy de Sezile et les desconfist ;
moult[a] en y ot de noiez en l'un fleuve et en l'autre[b] ; et
toute voies en demoura il grant partie aus quiex en n'osa
assembler pour ce que les engins des Sarrazins getoient
parmi les .II. fleuves[c] *a noz gens*. A l'assembler que le
roy de Cezile fist aus Turs, le conte Gui de Forez tres-
perça l'ost des Turs a cheval, et assembla li et ses chevaliers a une bataille de Sarrazins serjans qui le porterent a
terre ; et ot la jambe brisiee, et .II. de ses chevaliers le
ramenerent par les bras. A grant peinne firent traire le roy
de Sezile du peril la ou il estoit, et moult fu prisié de celle
journee.

202 Les Turs vindrent au conte de Poitiers et a nous,
et nous leur courumes sus et les chassames grant piesce ; de leur gens y ot occis, et revenimes sanz perdre.
203 Un soir avint, la ou nous guietions les chas chastiaus de nuit, que il nous *amenerent*[a] un engin que l'en
appele perriere, ce que il n'avoient encore fait, et mistrent le feu gregoiz en la fonde de l'engin. Quant mon
seigneur Gautier[b] *de* Cureil, le bon chevalier, qui estoit
avec moy, vit ce, il nous dit ainsi : **204** « Seigneurs,
nous sommes ou plus grant peril que nous feussions
onques mais, car se il ardent nos chastiaus et[a] *nous
demourons*, nous sommes perdu et ars ; et se nous
lessons nos deffenses que l'en nous a baillees a garder,
nous sonmes honnis : dont nulz de cest peril ne nous
peut deffendre fors que Dieu. Si vous loe et conseille
que toutes les foiz que il nous geteront le feu, que
nous nous metons a coutes et a genoulz, et prions
Nostre Seigneur que il nous gete[b] de ce peril. » **205** Si

201*a* tant *BL* — *b* a. que on n'en sçavoit le compte e. *BL* — *c* f. a noz
gens *BL* om. *A* **203***a* amenerent *BLMP* avierent *A* ; cf. § 209 amenerent
la p. — *b* G. d'Escuiré *L* G. le bon chevalier *B* G. de Curel *M* du C. *A*
om. *P* **204***a* e. nous demourons *BL* e. nos demeures *A* — *b* garde *BL*

Champagne, nous devions garder le camp du côté de Damiette. Or il arriva que le prince des Turcs devant nommé fit passer ses hommes dans l'île qui est entre le fleuve de Damiette et le fleuve de Rexi, où notre armée était installée, et fit ranger ses corps de bataille de l'un des fleuves jusqu'à l'autre. **201** Le roi de Sicile attaqua ces gens et les battit ; il y en eut beaucoup de noyés dans l'un et l'autre fleuve ; et toutefois il en resta une partie importante qu'on n'osa attaquer, parce que les engins des Sarrasins tiraient sur nos hommes par-dessus les deux fleuves. Lors de l'attaque que le roi de Sicile fit contre les Turcs, le comte Gui de Forez passa à cheval au travers de l'armée des Turcs et attaqua avec ses chevaliers un corps de bataille de sergents sarrasins qui le jetèrent à terre ; et il eut la jambe cassée, et deux de ses chevaliers le ramenèrent sur leurs bras. On eut beaucoup de peine à tirer le roi de Sicile du danger où il se trouvait, et cette journée lui valut une grande estime.

202 Les Turcs vinrent sur le comte de Poitiers et sur nous, et nous les chargeâmes et les poursuivîmes long-temps ; ils eurent des tués et nous revînmes sans perte. **203** Il arriva un soir, où nous étions de garde de nuit aux chats-châteaux, qu'ils nous amenèrent une machine que l'on appelle pierrier, ce qu'ils n'avaient pas encore fait, et ils placèrent le feu grégeois dans la poche de l'engin. Quand messire Gautier de Curel, le bon cheva-lier, qui était avec moi, vit cela, il nous dit ainsi : **204** « Seigneurs, nous courons le plus grand danger que nous ayons jamais couru ; car s'ils brûlent nos châteaux et que nous restions, nous sommes perdus et brûlés ; et si nous abandonnons les défenses dont on nous a confié la garde, nous sommes couverts de hon-te ; dans ces conditions, nul ne peut nous défendre de ce danger, excepté Dieu. Je vous donne l'avis et le conseil que toutes les fois qu'ils nous lanceront le feu, nous nous mettions sur les coudes et sur les genoux,

---

203. *Le feu gregoiz*, mélange de substances combustibles (soufre, poix, salpêtre, naphte) utilisé comme produit incendiaire. – Gautier de Curel était homme lige de Joinville ; Delaborde 1894, *Cat.* n° 326 et 327.

tost comme il geterent le premier cop, nous nous
meismes a coutes et a genoulz ainsi comme il nous
avoit enseigné. Le premier cop que il geterent vint
entre nos .ii. chas chastelz et chaï en la place devant
nous que l'ost avoit fait pour boucher le fleuve. Nos
esteingneurs furent appareillé pour estaindre le feu ; et
pour ce que les Sarrazins ne pooient trere a eulz, pour
les .ii. eles des paveillons que le roy y avoit fait fere,
il traioient tout droit vers les nues, si que li pylet leur
cheoient tout droit vers eulz. **206** La maniere du feu
gregois estoit tele que il venoit bien devant aussi gros
comme un tonnel de verjus, et la queue du feu qui
partoit de li estoit bien aussi grant comme un grant
glaive. Il fesoit tele noise au venir que il sembloit que
ce feust la foudre du ciel ; il sembloit un dragon qui
volast par l'air. Tant getoit grant clarté que l'en veoit[a]
aussi clair parmi l'ost comme ce il feust jour, pour la
grant foison du feu qui getoit la grant clarté. .iii. foiz
nous geterent le feu gregois celi soir, et le nous lancerent .iiii. fois a l'arbalestre a tour. **207** Toutes les foiz
que nostre saint roy ooit que il nous getoient le feu
grejois, il[a] *s'en estoit* en son lit et tendoit ses mains
vers Nostre Seigneur et disoit en plourant : « Biau Sire
Diex, gardez moy ma gent ! » Et je croi vraiement que
ses prieres nous orent bien mestier au besoing. Le soir,
toutes les foiz que le feu estoit cheu, il nous envoioit
un de ses chamberlans pour savoir en quel point nous
estions, et se le feu nous avoit fait point de doumage.
208 L'une des foiz que il nous geterent, si cheï encoste
le chat chastel que les gens mon seigneur de Courtenay
gardoient, et feri en la rive du flum. A tant es vous
un chevalier qui avoit non l'Aubigoiz : « Sire, fist il a
moy, se vous ne nous aidiés, nous sonmes touz ars ;
car les Sarrazins ont tant trait de leur pylés que il a
aussi comme une grant haye qui vient ardant vers
nostre chastel. » Nous saillimes sus et alames la et
trouvames que il disoit voir. Nous esteingnimes le feu,
et avant que nous l'eussions estaint, nous chargerent

206a v. aussi clair p. *BL* c. qu'il faisoit aussi cler dedans nostre o. *M
om. A*   **207a** i. se vestoit *AB* i. se mectoit *L corr. Paris et Wailly*

et que nous prions Notre-Seigneur qu'il nous tire de ce péril. **205** Aussitôt qu'ils tirèrent le premier coup, nous nous mîmes sur les coudes et les genoux, ainsi qu'il nous avait dit de le faire. Le premier coup qu'ils tirèrent arriva entre nos deux chats-châteaux, et tomba sur l'espace devant nous que l'armée avait aménagé pour barrer le fleuve. Nos pompiers se préparèrent à éteindre le feu ; et comme les Sarrasins ne pouvaient tirer sur eux, à cause des deux ailes des constructions que le roi y avait fait faire, ils tiraient tout droit vers les nues, si bien que les traits leur tombaient directement dessus. **206** L'aspect du feu grégeois était le suivant : la partie antérieure arrivait avec le volume d'un tonneau de verjus, et la queue de la flamme qui en partait était aussi grande qu'une grande lance. Il faisait en venant un tel bruit qu'il semblait que ce fût la foudre du ciel ; il ressemblait à un dragon qui volerait dans les airs. Il jetait une si grande clarté que l'on voyait aussi clair dans le camp que s'il eût été jour, à cause de la grande quantité du feu qui jetait une grande clarté. Ils nous lancèrent ce soir-là trois fois le feu grégeois et ils nous le lancèrent quatre fois avec l'arbalète à tour. **207** Toutes les fois que notre saint roi entendait qu'ils nous jetaient le feu grégeois, il se dressait sur son lit, et tendait les mains vers Notre-Seigneur, et disait en pleurant : « Beau sire Dieu, protégez-moi mes gens. » Et je crois vraiment que ses prières nous furent bien utiles dans la nécessité. Le soir, chaque fois que le feu était tombé, il nous envoyait un de ses chambellans pour savoir dans quelle situation nous étions, et si le feu ne nous avait pas causé de dommage. **208** Une des fois où ils nous tirèrent dessus, le feu grégeois tomba à côté du chat-château que gardaient les hommes de messire de Courtenay et toucha le bord du fleuve. Làdessus, voilà un chevalier qui s'appelait l'Aubigeois : « Sire, me dit-il, si vous ne nous aidez pas, nous sommes tous brûlés ; car les Sarrasins ont tiré tant de leurs traits qu'il y a comme une grande haie de feu

les Sarrazins touz de pylés que il traioient au travers
du flum.

209 Les freres le roy gaitoient les chas chastiaus[a] *de jour
et montoient ou chastel* en haut pour traire aus Sarrazins
des arbalestres de quarriaus qui aloient parmi l'ost aus
Sarrazins. Or avoit le roy ainsi atiré que quant le roy de
Sezile guietoit de jour les chas chastiaus, et nous les
devions guieter de nuit. Celle journee que le *roy[b] de
Cezille* guieta de jour et nous devions guieter la nuit et
nous estions en grant messaise de cuer pour ce que les
Sarrazins avoient tout confroissié nos chas chastiaus, les
Sarrazins amenerent la perriere de grant jour, ce que il
n'avoient encore fet que de nuit, et geterent le feu gregois
en nos chas chastiaus. **210** Leur engins avoient si acou-
plez aus chauciees que l'ost avoit fait pour boucher le
flum que nulz n'osoit aler aus chas chastiaus pour les
engins qui getoient les grans pierres et cheoient en la voie,
dont il avint ainsi que nos .II. chastiaus furent ars. Dont
le roy de Sezile estoit si hors du sens que il se vouloit
aler ferir ou feu pour estaindre ; et ce il en fu couroucié,
je et mes chevaliers en loames Dieu, car se nous eussiens
guietié le soir nous eussions esté touz ars.

211 Quant le roy vit ce, il envoia querre touz les barons[a]
de l'ost et leur pria que chascun li donnast du merrien de
ses nez pour faire un chat pour boucher le flum ; et leur
moustra que il veoient bien que il n'i avoit boiz dont en
le peut faire se ce n'estoit du merrien des nez qui avoient
amené nos harnois amont. Il en donnerent ce que chascun
voult ; et quant ce chat fu fait, le merrien fu prisé a .x.
mille livres et plus.

209a c. de jour e.m.o. chastel e. *BL om. A* − *b* r. de Cezille *BL* conte
d'Anjou *M om. PA* **211a** b. de l'ost e. *BL om. A*

qui se dirige en brûlant vers notre château. » Nous nous élançâmes et nous rendîmes sur place, et constatâmes qu'il disait la vérité. Nous éteignîmes le feu, et avant que nous l'ayons éteint, les Sarrasins nous accablèrent tous de traits qu'ils tiraient à travers le fleuve.

209 Les frères du roi assuraient la garde des chats-châteaux de jour, et montaient à l'étage supérieur du château pour tirer sur les Sarrasins avec des arbalètes dont les carreaux atteignaient le camp des Sarrasins. Le roi avait décidé que, quand le roi de Sicile assurait la garde de jour des chats-châteaux, nous devions l'assurer de nuit. Ce jour où le roi de Sicile assura la garde de jour, nous devions l'assurer de nuit, et nous avions le cœur bien serré parce que les Sarrasins avaient tout fracassé nos chats-châteaux ; les Sarrasins amenèrent le pierrier en plein jour, ce qu'ils n'avaient encore fait que de nuit, et lancèrent le feu grégeois sur nos chats-châteaux. **210** Ils avaient placé leurs engins si près des chaussées que l'armée avait faites pour barrer le fleuve que personne n'osait aller aux chats-châteaux, à cause des engins qui lançaient de grosses pierres qui tombaient sur le chemin ; il arriva donc que nos deux chats-châteaux furent brûlés. Le roi de Sicile en avait tellement perdu son sang-froid qu'il voulait aller se jeter dans le feu pour l'éteindre ; et s'il en fut furieux, moi et mes chevaliers nous en louâmes Dieu, car si nous avions monté la garde le soir, nous aurions été tous brûlés.

211 Quand le roi vit cette situation, il envoya chercher tous les barons de l'armée et les pria de lui donner chacun du bois de leurs navires pour faire un chat pour barrer le fleuve ; et il leur exposa qu'ils voyaient bien qu'il n'y avait pas de bois dont on pût le faire sinon le bois des navires qui avaient amené notre matériel en amont. Ils en donnèrent chacun ce qu'il voulut, et quand ce chat fut construit, le bois fut estimé à dix mille livres et plus.

212 Le roy[a] *attira ainsi* que l'en ne bouteroit le chat avant en la chauciee jusques a tant que le jour venroit que le roy de Sezile devoit guitier, pour restorer la mescheance des autres chas chastiaus qui furent ars a son guiet. Ainsi comme l'en l'ot atiré, ainsi fu fait ; car si tost comme le roy de Sezile fu venu a son gait, il fist bouter le chat jusques au lieu la ou les .II. autres chas chastiaus avoient esté ars. **213** Quant les Sarrazins virent ce, il atirerent que touz leurs .XVI. engins geteroient sur la chauciee la ou le chat estoit venu. Et quant il virent que nostre gent redoutoient a aler au chat pour les pierres des engins qui cheoient sur la chauciee par ou le chat estoit venu, il amenerent la perriere *et*[a] geterent le feu grejois ou chat et l'ardirent tout. Ceste grant courtoisie fist Dieu a moy et a mes chevaliers, car nous eussions le soir gueté en grant peril, aussi comme nous eussiens fait a l'autre guiet dont je vous ai parlé devant.

214 Quant le roy vist ce, il manda touz ses barons pour avoir conseil. Or accorderent entre eulz que il n'avroient pooir de faire chauciee par quoy il peussent passer par devers les Sarrazins, pour ce que nostre gent ne savoient tant boucher d'une part comme il en desbouchoient d'autre. **215** Lors dit le connestable mon seigneur Hymbert de Biaujeu au roy que un Beduyn estoit venu, qui li avoit dit que il enseigneroit un bon gué mes que l'en li donnast .v[c]. besans. Le roy *dist*[a] que il s'acordoit que en li donnast mes que il tenist verité de ce que il prometoit. Le connestable en parla au Beduyn, et il dit que il nen *enseigneroit*[b] ja gué se l'en ne li donnoit les deniers avant. Acordé fu que l'en les li bailleroit, et donnés li furent.

212a r. attira ainsi q. *BL* r. ne voulut pas qu'il fust mis *MP* r. vit aussi q. *A*   **213a** p. et firent gecter l. *BL* p. a g. *A*   **215a** dist *BL* om. *A. Le parchemin presente à cet endroit un trou qui a été réparé avant la copie* – **b** enseigneroit *BL* enseig *A*

212 Le roi prévit que l'on ne ferait pas avancer le chat sur la chaussée avant qu'arrive le jour où le roi de Sicile devait prendre la garde, pour compenser le malheur des autres chats-châteaux qui avaient été brûlés pendant sa garde. Il en fut fait comme il avait été décidé ; car aussitôt que le roi de Sicile eut pris son tour de garde, il fit pousser le chat jusqu'au lieu où avaient été incendiés les deux autres chats-châteaux. **213** Quand les Sarrasins virent cela, ils décidèrent que tous leurs seize engins tireraient sur la chaussée où le chat était arrivé. Et quand ils virent que nos hommes redoutaient d'aller au chat, à cause des pierres des engins qui tombaient sur la chaussée par laquelle le chat était venu, ils amenèrent le pierrier et lancèrent le feu grégeois sur le chat et l'incendièrent complètement. Dieu nous a fait cette grande courtoisie, à moi et à mes chevaliers, car nous aurions couru un grand danger en assurant la garde dans la soirée, ainsi que nous l'aurions fait à l'autre garde dont je vous ai parlé plus haut.

214 Quand le roi vit cela, il convoqua tous ses barons pour tenir conseil. Ils furent d'accord entre eux qu'ils n'auraient pas la possibilité de faire une chaussée qui leur permette de passer du côté des Sarrasins, parce que nos hommes n'arrivaient pas à établir un barrage d'un côté aussi vite que les Sarrasins dégageaient de l'autre. **215** Alors le connétable, messire Humbert de Beaujeu, dit au roi que s'était présenté un Bédouin qui lui avait dit qu'il lui enseignerait un bon gué, à la condition qu'on lui donne cinq cents besants. Le roi dit qu'il était d'accord qu'on les lui remette, à la condition qu'il tienne parole sur ce qu'il promettait. Le connétable en parla au Bédouin, et celui-ci dit qu'il n'enseignerait pas de gué si on ne lui donnait les deniers avant. Il fut décidé qu'on les lui remettrait, et ils lui furent donnés.

---

215. Le gué se trouvait vers l'est à quelque distance en aval du camp français, sur le Bahr al-Seghîr.

216 Le roy atira que le duc de Bourgoingne et les riches
homes d'outre mer qui estoient en l'ost guieteroient l'ost
pour ce que l'en n'i feist doumage, et que le roy et ses
.III. freres passeroient au gué la ou le Beduyn devoit enseigner. Ceste emprise[a] fu atiree a passer le jour de Quaresme prenant, a la quele journee nous venimes au gué le
Beduyn. Aussi comme l'aube du jour apparoit, nous nous
atirames de touz poins. Et quant nous feumes atirés, nous
en alames ou flum, et furent nos chevaus a nou. Quant
nous feumes alés jusques en mi le flum, si trouvames
terre la ou nos chevaus pristrent pié. Et sur la rive du
flun trouvames bien .III[C]. Sarrazins touz montez sur leur
chevaus. **217** Lors diz je a ma gent : « Seigneurs, ne
regardez[a] qu'a main senestre ; pour ce que chascun i tire,
les rives sont moillees et les chevaus leur cheent sur les
cors et les noient. » Et il estoit bien voir que il en y ot
des noiés au passer ; et entre les autres fu naié mon seigneur Jehan d'Orliens, qui portoit baniere a la wivre.
Nous acordames en tel maniere que nous tournames
encontremont l'yaue, et trouvames la voie essuyee et passames en tel maniere, la merci Dieu, que onques nul de
nous n'i cheï ; et maintenant que nous feumes passez, les
Turs s'en fouirent.

218 L'en avoit ordenné que le Temple feroit l'avant
garde, et le conte d'Artois avroit la seconde bataille aprés
le Temple. Or avint ainsi que si tost comme le conte d'Artois ot passé le flum, il et toute sa gent ferirent aus Turs
qui s'en fuioient devant eulz. Le Temple li manda que il
leur fesoit grant vileinnie quant il devoit aler aprés eulz

216*a* c. fu emprise fu a. *A* ceste chose fu entreprise et appareillee
BL　　**217***a* r. qui est a main senestre affin que ch. y t. *BL*

216 Le roi décida que le duc de Bourgogne et les hommes de haut rang d'outre-mer qui se trouvaient dans le camp assureraient la garde du camp pour que l'on n'y fasse pas de dommage ; et que le roi et ses trois frères passeraient au gué, à l'endroit que le Bédouin devait montrer. Cette opération fut préparée pour que le passage ait lieu le jour du mardi gras, auquel jour nous vînmes au gué du Bédouin. Comme l'aube du jour apparaissait, nous nous préparâmes de tous points. Et quand nous fûmes prêts, nous allâmes au fleuve et nos chevaux durent se mettre à nager. Quand nous fûmes allés jusqu'au milieu du fleuve, nous trouvâmes terre où nos chevaux prirent pied. Et sur la rive du fleuve nous trouvâmes bien trois cents Sarrasins, tous montés sur leurs chevaux. **217** Alors je dis à mes hommes : « Seigneurs, ne regardez qu'à main gauche ; parce que chacun se dirige de ce côté, les rives sont bourbeuses, et les chevaux leur tombent sur le corps et les font se noyer. » Et il était bien vrai qu'il y en eut de noyés au passage, et entre autres fut noyé messire Jean d'Orléans, qui portait une bannière à la guivre. Nous fûmes d'accord pour nous tourner en remontant le courant, et nous trouvâmes la voie sèche et nous traversâmes de telle manière, Dieu merci, qu'à aucun moment aucun de nous n'y fit de chute ; et dès que nous fûmes passés, les Turcs s'enfuirent.

218 On avait décidé que le Temple ferait l'avant-garde et que le comte d'Artois aurait le second corps de bataille après le Temple. Or il arriva ainsi qu'aussitôt que le comte d'Artois eut passé le fleuve, lui et tous ses gens se jetèrent sur les Turcs qui s'enfuyaient devant eux. Les Templiers lui firent savoir qu'il leur faisait un grand affront quand il

---

216. *Quaresme prenant :* le mardi gras, le 8 février 1250.   **217a.** Le passage n'est pas clair ; la leçon de *BL* est inintelligible. On peut comprendre que Joinville conseille à ses hommes de ne pas perdre de vue un endroit dangereux sur la gauche, qu'il veut précisément leur faire éviter. C'est ce qu'ont compris *MP*, p. 85 : *Et le roy qui l'aperceut, le monstra aux autres ; afin qu'ilz se donnassent garde de n'y tumber.* La correction proposée par G. Paris 1874, p. 406, *ne regardez qu'a main (destre, et ne vueillés mie passer a main) senestre* est fondée sur un saut du même au même qui est bien dans les habitudes du copiste de *A* ; mais elle est très hasardeuse.

et il aloit devant ; et li prioient que il les lessast aler devant, aussi comme il[a] *avoit esté* acordé par le roy. Or avint ainsi que le conte d'Artois ne leur osa respondre, pour mon seigneur Fourcaut du Merle qui le tenoit par le frain ; et ce Fourcaut du Merle, qui moult estoit bon chevalier, n'oioit chose que les Templiers deissent au conte, pour ce que il estoit seurs ; et escrioit[b] : « Or a eulz, or a eulz ! » **219** Quant les Templiers virent ce, il se penserent que il seroient honniz se il lessoient le conte d'Artois aler devant eulz ; si ferirent des esperons qui plus plus et qui miex miex, et chacerent les Turs, qui s'enfuioient devant eulz, tout parmi la ville de la Massourre jusques aus chans par devers Babiloine. Quant il cuiderent retourner arieres, les Turs leur lancerent trefz et merrien parmi les rues, qui estoient estroites. La fu mort le conte d'Artois, le sire de Couci que l'en appeloit Raoul, et tant des autres chevaliers que il furent esmé a .III[c]. Le Temple, ainsi comme[a] *le maistre le* me dit *depuis*, y perdi .XIIII[XX]. homes armés, et touz a cheval.

220 Moy et mes chevaliers acordames que nous irions sus courre a pluseurs Turs qui chargoient leur harnois a main senestre en leur ost et leur courumes sus. Endementres que nous les chacions parmi l'ost, je resgardai un Sarrazin qui montoit sur son cheval ; un sien chevalier li tenoit le frain. **221** La ou il tenoit ses .II. mains a sa selle pour monter, je li donné de mon glaive par desous les esseles et le getai mort. Et quant son chevalier vit ce, il lessa son seigneur et son cheval, et m'apoia, au passer que je fis, de son glaive entre les .II. espaules et me coucha sur le col de mon cheval et me tint si pressé que je ne povoie traire m'espee que j'avoie ceinte. Si me couvint

---

devait aller après eux et qu'il allait devant ; et ils le priaient de les laisser passer devant comme il avait été décidé par le roi. Or il se produisit que le comte d'Artois n'osa pas leur répondre, à cause de messire Fourcaut du Merle, qui le tenait par la bride. Et ce Fourcaut du Merle, qui était un très bon chevalier, n'entendait rien de ce que les Templiers pouvaient dire au comte, car il était sourd ; et il criait toujours : « Or à eux ! Or à eux ! » **219** Quand les Templiers virent cette situation, ils pensèrent qu'ils seraient déshonorés s'ils laissaient le comte d'Artois aller devant eux ; ils piquèrent des éperons à qui mieux mieux, et donnèrent la chasse aux Turcs qui s'enfuyaient devant eux tout au travers de la ville de Mansûra jusqu'aux champs du côté du Caire. Quand ils voulurent retourner en arrière, les Turcs leur lancèrent des poutres et des pièces de bois parmi les rues, qui étaient étroites. Là furent tués le comte d'Artois, le sire de Coucy, que l'on appelait Raoul, et tant d'autres chevaliers qu'ils furent estimés à trois cents. Le Temple, comme le maître me le dit depuis, y perdit deux cent quatre-vingts hommes d'armes, et tous à cheval.

220 Moi et mes chevaliers décidâmes que nous irions attaquer plusieurs Turcs qui chargeaient leur matériel à main gauche dans leur camp, et nous les attaquâmes. Pendant que nous les poursuivions dans le camp, mes regards tombèrent sur un Sarrasin qui montait sur son cheval ; un de ses chevaliers lui tenait la bride. **221** Tandis qu'il tenait ses deux mains à la selle pour monter, je le frappai de ma lance sous les aisselles et je le jetai mort à terre. Et quand son chevalier vit cela, il abandonna son maître et le cheval, et, au passage que je fis, pesa sur moi de sa lance entre mes deux épaules, et me coucha sur le cou de mon cheval, et me tint si pressé que je ne pouvais pas

---

218. Le débat entre les Templiers et le comte d'Artois est également rapporté par la *Continuation Rothelin* de l'*Estoire de Eracles* 1859, p. 604-605, par Matthieu Paris V, 1880, p. 147-151 ; VI, 1882, p. 192, et par *Récits d'un ménestrel de Reims* 1875, § 379-384.   **219.** Le maître du Temple Guillaume de Sonnac, rouergat, depuis 1247 ; il fut blessé mortellement le 11 février, § 270 ; le maître est le chef de l'ordre ; Demurger 1985, p. 82.

traire l'espee qui estoit a mon cheval ; et quant il vit que
j'oz m'espee traite, si tira son glaive a li et me lessa.

222 Quant moy et mes chevaliers venimes hors de l'ost
aus Sarrazins, nous trouvames bien .VI^M. Turs, par esme,
qui avoient lessiees leur herberges et se estoient trait aus
chans. Quant il nous virent, il nous vindrent sus courre,
et occistrent mon seigneur Hugue de Trichastel, seigneur
de Conflans[a], qui estoit avec moy a baniere. Moy et mes
chevaliers ferimes des esperons et alames rescourre mon
seigneur Raoul[b] *de Wanou*, qui estoit avec moy, que il
avoient tiré a terre. **223** Endementieres que je en revenoie, les Turs m'apuierent de leur glaives[a]. Mon cheval
s'agenoilla pour le fez que il senti, et je en alé outre parmi
les oreilles du cheval ; et[b] me resdresçai *au plus tost que
je peu*, mon escu a mon col et m'espee en ma main. Et
mon seigneur Erart de Severey, que Dieu absoille, qui
estoit entour moy, vint a moy et nous dit que nous nous
treissions emprés une meson deffaite, et illec attenderions
le roy qui venoit. Ainsi comme nous en alions[c] a pié et a
cheval, une grant route de Turs vint hurter a nous et me
porterent a terre, et alerent par desus moy et[d] volerent
mon escu de mon col. **224** Et quant il furent outre passez,
mon seigneur Erart de Syverey revint sur moy et m'enmena, et en alames jusques aus murs de la meson deffete ;
et illec revindrent a nous mon seigneur Hugues[a] d'Escoz,
mon seigneur Ferri de Loupey, mon seigneur Renaut de
Menoncourt. Illec les Turs nous assailloient de toutes
pars ; une partie d'eulz entrerent en la meson deffete et
nous piquoient de leur glaives par desus. Lors me dirent
mes chevaliers que je les preisse par les frains, et je si
fis, pour ce que les chevaus ne s'enfouissent. Et il se
deffendoient des Turs si viguereusement car il furent loez
de touz les preudommes de l'ost, et de ceulz qui virent le

222a Conflans *BL* Esconflans *M* Desconflans *P* – **b** R. de Vernon *L* R.
de Varnou *B* R. de Wanon *M* R. de Urbanon *P* R. Wanon *A*   **223a** g. tellement que il couvint a mon cheval se agenoiller p. *BL* – **b** e. me
r.a.p.t.q.j.p.m. *BL* e. resdreçai m. *A* – **c** a. luy a p. et moy a ch. *BL* – **d** e.
firent voller m. *BL*   **224a** H. de Cirey et messire Hugues Ferris de L. *BL*
H. d'Escosse, messire Ferreys de L. *MP*

tirer l'épée que j'avais à la ceinture. Je fus obligé de tirer l'épée qui était à ma selle ; et quand il vit que j'avais tiré l'épée, il ramena sa lance à lui et me laissa.

222 Quand moi et mes chevaliers sortîmes du camp des Sarrasins, nous trouvâmes bien six mille Turcs, au jugé, qui avaient abandonné leurs tentes et s'étaient retirés dans les champs. Quant ils nous virent, ils vinrent nous charger et tuèrent messire Hugues de Til-Châtel, sire de Coublanc, qui était avec moi et portait bannière. Moi et mes chevaliers piquâmes des éperons et allâmes à la rescousse de messire Raoul de Vanault qui était avec moi, qu'ils avaient jeté à terre. **223** Pendant que j'en revenais, les Turcs pesèrent sur moi de leurs lances. Mon cheval s'agenouilla sous le poids qu'il sentit et je m'en allai en avant par-dessus les oreilles du cheval ; et je me redressai le plus tôt que je pus, l'écu au cou et l'épée à la main. Et messire Érart de Sivry (que Dieu absolve), qui était à mes côtés, vint à moi et nous dit de nous avancer près d'une maison en ruines et que nous y attendrions le roi qui venait. Comme nous nous en allions à pied et à cheval, une forte bande de Turcs vint nous heurter, et me jetèrent à terre et passèrent sur moi, et firent voler mon écu de mon cou. **224** Et quand ils furent passés outre, messire Érard de Sivry revint vers moi et m'emmena, et nous nous en allâmes jusqu'aux murs de la maison en ruines ; et là revinrent à nous messire Hugues d'Écot, messire Ferri de Louppy, messire Renaut de Menoncourt. Là les Turcs nous assaillaient de tous les côtés ; une partie d'entre eux pénétrèrent dans la maison en ruines et nous piquaient d'en haut avec leurs lances. Alors mes chevaliers me dirent de les prendre par la bride, ce que je fis, pour que les chevaux ne s'enfuient pas. Et ils se défendaient contre les Turcs si vigoureusement qu'ils reçurent les éloges de tous les prud'hommes de l'armée et de ceux

---

222. Tous les manuscrits donnent *Conflans* ou une forme analogue. Le personnage est pourtant bien identifié ; *Chartes (...) Haute-Marne* 1974, n° 75. Tous ces chevaliers sont des proches de Joinville. **223d** Je ne corrige pas *volerent* de *A* en *firent voler* : la seule attestation relevée par le *FEW*, 14, p. 599 a et n. 3 est précisément celle de Joinville ; mais voir un exemple de Froissart, *Zeitsch. für rom. Phil.*, t. 5, 1881, p. 335.

fait et de ceulz qui l'oïrent dire. **225** La fu navré mon
seigneur Hugue d'Escos de .III. glaives ou visage, et mon
seigneur Raoul et mon seigneur Ferri de Loupey d'un
glaive parmi les espaules ; et fu la plaie si large que le
sanc li venoit du cors aussi come le bondon d'un tonnel.
Mon seigneur Erart de Syverey fu feru d'une espee parmi
le visage, si que le nez li cheoit sus le levre. Et lors il me
souvint de mon seigneur[a] saint Jaque : « Biau sire saint
Jaque, que j'ai requis, aidiés moy et secourez a ce
besoing ! » **226** Maintenant que j'oi faite ma priere, mon
seigneur Erart de Syverey me dit : « Sire, se vous cuidiés
que moy ne mes hers n'eussions reprouvier, je vous iroie
querre secours au conte d'Anjou que je voi la enmi les
chans. » Et je li dis : « Mesire Erart, il me semble que
vous feriés vostre grant honeur se vous nous aliés querre
aide pour nos vies sauver, car la vostre est bien en avanture. » Et je disoie bien voir, car il fut mort de celle bleceure. Il demanda conseil a touz nos chevaliers qui la
estoient, et touz li louerent ce que je li avoie loé. Et quant
il oÿ ce, il me pria que je li lessasse aler son cheval, que
je li tenoie par le frain avec les autres, et je si fiz. **227** Au
conte d'Anjou vint et li requist que il me venist secourre
moy et mes chevaliers. Un riche homme qui estoit avec
li li desloa, et le conte d'Anjou li dit que il feroit ce que
mon chevalier li requeroit. Son frain tourna pour nous
venir aidier, et pluseurs de ses serjans ferirent des esperons. Quant les Sarrazins les virent, si nous lessierent.
Devant ces sergans vint mon seigneur Pierre de Alberive,
l'*espee*[a] ou poing, et quant il *veit*[b] que les Sarrazins nous
eurent lessiés, il courut sur tout plein de Sarrazins qui
tenoient mon seigneur Raoul de Vaunou et le rescoÿ
moult blecié.

228 La ou je estoie a pié et mes chevaliers, aussi blecié
comme il est devant dit, vint le roy atoute sa bataille a

225a m.s. sainct J. que je requis : a. *BL* m. s. s. J. et lui dis : B. s.s.J.a.
M om. *P*   **227a** espe *A* –   *b* veid *BL* virent *A*

qui virent le fait et de ceux qui l'entendirent conter.
225 Là fut blessé messire Hugues d'Écot de trois coups
de lance au visage et messire Raoul et messire Ferri de
Louppy d'un coup de lance entre les épaules ; et la plaie
était si large que le sang lui sortait du corps comme par
la bonde d'un tonneau. Messire Érart de Sivry fut touché
d'un coup d'épée en plein visage, si bien que le nez lui
tombait sur la lèvre. Et à ce moment me revint le souvenir
de monseigneur saint Jacques : « Beau sire saint Jacques
que j'ai invoqué, aidez-moi et portez-moi secours dans ce
besoin ! » **226** Dès que j'eus fait ma prière, messire Érart
de Sivry me dit : « Sire, si vous pensiez que ni moi ni
mes descendants n'en eussions reproche, j'irais demander
du secours au comte d'Anjou, que je vois là au milieu
des champs. » Et je lui dis : « Messire Érart, il me semble
que vous vous feriez grand honneur si vous alliez nous
chercher du secours pour sauver nos vies, car la vôtre est
bien en danger. » Et je disais bien vrai, car il mourut de
cette blessure. Il demanda conseil à tous nos chevaliers
qui étaient là, et tous lui conseillèrent ce que je lui avais
conseillé. Et quand il entendit cela, il me demanda de lui
laisser aller son cheval, que je lui tenais par la bride avec
les autres ; et je fis ainsi. **227** Il alla au comte d'Anjou
et le pria de venir me secourir, moi et mes chevaliers.
Un homme de haut rang qui était avec le comte le lui
déconseilla ; et le comte d'Anjou lui dit qu'il ferait ce
que mon chevalier lui demandait. Il tourna bride pour
venir nous aider, et plusieurs de ses sergents piquèrent
des éperons. Quand les Sarrasins les virent, ils nous laissèrent. Avant ces sergents arriva messire Pierre d'Aube-
rive, l'épée au poing, et quand il vit que les Sarrasins
nous avaient laissés, il courut sur un grand nombre de
Sarrasins qui tenaient messire Raoul de Vanault, et le
délivra très gravement blessé.

228 Pendant que j'étais à pied, avec mes chevaliers blessés
comme il est dit devant, le roi arriva avec tout son corps de

---

225. *Que j'ai requis* pourrait signifier « au sanctuaire de qui je suis allé
en pèlerinage ».

grant noyse et a grant bruit de trompes et[a] *de* nacaires, et
se aresta sur un chemin levé. Mes onques si bel armé ne
vi, car il paroit de sur toute sa gent des les espaules en
amon, un heaume doré en son chief, une espee d'Alemaingne en sa main. **229** Quant il fu la haresté, ses bons
chevaliers que il avoit en sa bataille, que je vous ai avant
nommez, se lancerent entre les Turs, et pluseurs des vaillans chevaliers qui estoient en la bataille le roy. Et sachiés
que ce fu un tres biau fait d'armes, car nulz n'i traioit ne
d'arc ne d'arbalestre, ainçois estoit le fereïs de maces et
d'espees des Turs et de nostre gent, qui touz estoient mellez. Un mien escuier, qui s'en estoit fui atout ma baniere
et estoit revenu a moy, me bailla un mien roncin[a] *flament*
sur quoy je monté, et me trais vers le roy tout coste a
coste. **230** Endementres que nous estiens ainsi, mon seigneur Jehan de Waleri, le preudome, vint au roy et li dit
que il looit que il se traisist a main destre sur le flum,
pour avoir l'aide du duc de Bourgoingne et des autres qui
gardoient l'ost que nous avions lessié, et pour ce que ses
serjans eussent a boire, car le chaut estoit ja grant levé.
231 Le roy commanda a ses serjans que il li alassent
querre ses bons chevaliers que il avoit entour li de son
conseil, et les nomma touz par leur non. Les serjans les
alerent querre en la bataille, ou le hutin estoit grant d'eulz
et des Turs. Il vindrent au roy, et leur demanda conseil ; et
il distrent que mon seigneur Jehan de Waleri le conseilloit
moult bien. Et lors commanda le roy au gonfanon saint
Denis et a ses banieres qu'il se traississent a main destre
vers le flum. A l'esmouvoir l'ost le roy rot grant noise de
trompes[a] *et de nacaires* et de cors sarrazinnois. **232** Il
n'ot guieres alé quant il ot pluseurs messages du conte de
Poitiers, son frere, du conte de Flandres et de pluseurs
autres riches homes qui illec avoient leur batailles, qui
touz li prioient que il ne se meust, car il estoient si pressé
des Turs que il ne le pooient suivre. Le roy rapela touz
ses preudommes chevaliers de son conseil, et touz li loerent que il attendit. Et un pou après mon seigneur Jehan

---

228 *B présente une peinture à demi page, représentant un combat*
– a e. de n. *BL om. A* **229a** r. flament s. *BLMP om. A* **231a** t. e.
de n. e. *BL om. A*

bataille, au milieu d'un grand bruit de trompes et de timbales ; et il s'arrêta dans un chemin sur une levée de terre. Jamais je ne vis un homme en armes aussi beau, car il se détachait, depuis la hauteur des épaules, au-dessus de tous ses gens, un heaume doré sur la tête, une épée d'Allemagne à la main. **229** Quand il fut arrêté là, ses bons chevaliers qu'il avait dans son corps de bataille et que j'ai nommés ci-avant se lancèrent au milieu des Turcs, ainsi que plusieurs des vaillants chevaliers qui étaient dans le corps de bataille du roi. Et sachez que ce fut un très beau fait d'armes, car personne n'y tirait de l'arc ou de l'arbalète, mais c'était un combat à la masse et à l'épée entre les Turcs et nos gens, qui étaient tous mêlés. Un de mes écuyers, qui s'était enfui avec ma bannière et qui était revenu à moi, me donna un mien roncin flamand sur lequel je montai et je me dirigeai vers le roi tout côte à côte. **230** Tandis que nous étions ainsi, messire Jean de Vallery, le prud'homme, vint au roi et lui dit qu'il lui conseillait de se porter à main droite vers le fleuve, pour avoir l'appui du duc de Bourgogne et des autres que nous avions laissés à la garde du camp, et pour que ses sergents aient à boire, car la chaleur était déjà levée, très forte. **231** Le roi ordonna à ses sergents d'aller lui chercher ses bons chevaliers, qu'il avait autour de lui comme conseillers, et il les nomma tous par leur nom. Les sergents allèrent les chercher dans la mêlée, où la lutte entre eux et les Turcs était violente. Ils vinrent au roi, qui leur demanda conseil ; et ils dirent que messire Jean de Vallery lui donnait un excellent conseil. Et alors le roi commanda à l'oriflamme de saint Denis et à ses bannières de faire mouvement à droite vers le fleuve. Quand l'armée du roi se mit en mouvement, il y eut de nouveau un grand vacarme de trompes, de tambours et de cors sarrasins. **232** Il n'était pas allé bien loin lorsqu'il reçut plusieurs messagers du comte de Poitiers, son frère, du comte de Flandre et de plusieurs autres hauts personnages qui avaient là leur corps de bataille, qui tous le priaient de ne pas faire mouvement, car ils étaient serrés de si près par les Turcs qu'ils ne pouvaient

---

229. L'arc et l'arbalète ne sont pas des armes de chevalier.

de Waleri revint, qui blasma le roy et son conseil de ce
que il estoient en demeure ; aprés tout son conseil li loa
que il se traisist sur le flum aussi comme le sire de Waleri
li avoit loé. **233** Et maintenant le connestable, mon seigneur Hymbert de Biaujeu, vint a li et li dit que le conte
d'Artois, son frere, se deffendoit en une meson à la Massourre et que il l'alast secourre. Et le roy li dit : « Connestable, alés devant, et je vous suivré. » Et je dis au
connestable que je seroie son chevalier, et il m'en mercia
molt. Nous nous meismes a la voie pour aler a la Massourre. **234** Lors vint un serjant a mace au connestable
tout effraé, et li dit que le roy estoit aresté et les Turs
s'estoient mis entre li et nous. Nous nous tornames et
veimes que il en y avoit bien mil et plus entre li et nous,
et nous n'estions que .VI. Lors dis je au connestable :
« Sire, nous n'avon pooir d'aler au roy parmi ceste gent ;
maiz alons amont et metons cest fossé que vous veez
devant vous entre nous et eulz ; et ainsi pourrons revenir
au roy. » Ainsi comme je le louai le connestable le fist.
Et sachiez que se il se feussent pris garde de nous, il nous
eussent touz mors ; mez il entendoient au roy et aus autres
grosses batailles, par quoy il cuidoient que nous feusson
des leur.

235 Tandis que nous revenions aval par desus le flum
entre le ru et le flum, nous veimes que le roy estoit venu
sur le flum, et que les Turs en amenoient les autres
batailles le roy ferant et batant de maces et d'espees ; et
firent flatir toutes les autres batailles avec les batailles le
roy sur le flum. La fu la desconfiture si grant que pluseurs
de nos gens recuiderent passer a nou par devers le duc de
Bourgoingne, ce que il ne porent faire, car les chevaus
estoient lassez et le jour estoit eschaufé ; si que nous
voiens, endementieres que nous venion aval, que le flum
estoit couvert de lances et de escus et de chevaus et de
gens qui se noioient et perissoient. **236** Nous venimes a
un poncel qui estoit parmi le ru, et je dis au connestable
que nous demourissons pour garder ce poncel, « car se

le suivre. Le roi rappela tous les prud'hommes chevaliers de son conseil, et ils lui donnèrent tous l'avis d'attendre. Et un peu après revint messire Jean de Vallery, qui reprocha au roi et à son conseil d'être restés sur place ; après, tout son conseil lui donna l'avis de faire mouvement vers le fleuve, comme le sire de Vallery le lui avait conseillé. **233** Et sur ces entrefaites le connétable messire Humbert de Beaujeu vint à lui et lui dit que le comte d'Artois, son frère, se défendait dans une maison à Mansûra, et qu'il devait aller le secourir. Et le roi lui dit : « Connétable, allez devant, et je vous suivrai. » Et je dis au connétable que je serai son chevalier, et il m'en remercia beaucoup. Nous nous mîmes en route pour aller à Mansûra. **234** Là-dessus arriva un sergent à masse du connétable, tout ému, et il dit à celui-ci que le roi était arrêté, et que les Turcs s'étaient mis entre lui et nous. Nous nous retournâmes et vîmes qu'il y en avait bien un millier et plus entre lui et nous, et nous n'étions que six. Alors je dis au connétable : « Sire, nous n'avons pas la possibilité d'aller au roi au travers de ces gens, mais allons en amont, et mettons ce fossé que vous voyez devant vous entre nous et eux, et ainsi nous pourrons revenir au roi. » Le connétable fit comme je le lui conseillai. Et sachez que, s'ils avaient pris garde à nous, ils nous auraient tous tués ; mais ils étaient occupés du roi et des autres gros corps de bataille, c'est pourquoi ils pensaient que nous étions des leurs.

235 Tandis que nous revenions en aval le long du fleuve, entre le ruisseau et le fleuve, nous vîmes que le roi était arrivé sur le fleuve, et que les Turcs ramenaient les autres corps de bataille du roi, frappant à coups de masse et d'épées ; et ils rejetèrent sur le fleuve tous les autres corps de bataille avec ceux du roi. Là la déconfiture fut si grande que plusieurs de nos gens essayèrent de traverser à la nage du côté du duc de Bourgogne, ce qu'ils ne purent faire, car les chevaux étaient fatigués et que le jour était devenu chaud ; et nous voyions, pendant que nous allions en aval, que le fleuve était couvert de lances et d'écus, et de chevaux et de gens qui se noyaient et périssaient. **236** Nous arrivâmes à un petit pont qui traversait le ruisseau ; et je dis au connétable que nous devions res-

nous le lesson il ferront sus le roy par deça ; et se nostre
gent sont assailliz de .II. pars il pourront bien perdre » ;
et nous le feismes ainsinc. Et dit l'en que nous estions
trestous perdus des celle journee ce le cors le roy ne feust.
Car le sire de Courtenay et mon seigneur Jehan de Saille-
nay me conterent que .VI. Turs estoient venus au frain le
roy et l'emmenoient pris, et il tout seul s'en delivra aus
grans cops que il leur donna de[a] l'espee. Et quant sa gent
virent que le roy metoit deffense en li, il pristrent cuer et
lesserent le passage du flum[b] et se trestrent vers le roy
pour li aidier.

237 A nous tout droit[a] *qui gardions le poncel* vint le
conte Pierre de Bretaingne, qui venoit tout droit de
vers la Massourre, et estoit navré d'une espee parmi le
visage, si que le sanc li cheoit en la bouche. Sus un
bas[b] cheval bien fourni seoit ; ses renes avoit getees
sus l'arçon de sa selle et les[c] tenoit a ses .II. mains
pour ce que sa gent, qui estoient darieres, qui moult le
pressoient, ne le getassent du pas. Bien sembloit que il
les prisast pou, car quant il crachoit le sanc de sa
bouche, il disoit[d] *moult souvent* : « Voi ! pour[e] le chief
Dieu, avez veu de ces ribaus ! » En la fin de sa bataille
venoit le conte de Soissons et mon seigneur Pierre de
Noville, que l'en appeloit Caier, qui assez avoient souf-
fers de cops celle journee. **238** Quant il furent passez
et les Turs virent que nous gardions le pont, il les
lesserent[a], quant il virent que nous avions tourné les
visages vers eulz. Je ving au conte de Soissons, cui
cousine germainne j'avoie espousee, et li dis : « Sire,
je croi que vous feriés bien se vous demouriés a ce
poncel garder ; car se nous lessons le poncel, ces Turs
que vous veez ci devant vous se ferront ja parmi, et
ainsi iert le roy assailli par deriere et par devant. » Et
il demanda, se il demouroit, se je demourroie, et je li
respondi : « Oïl, moult volentiers. » Quant le connes-

236a de s'e. *BL* − *b* f. plusieurs d'eulx e. *BL* **237a** d. qui g. le p.
v. *BLMP om. A* − *b* beau *BL* ung gros courrault bas *MP* − *c* le *BL*
− *d* d. moult s. *BLMP om. A* − *e* par *BL* **238a** l. et q. *BL*

ter pour garder ce petit pont, « car si nous le laissons, ils se jetteront sur le roi de ce côté ; et si nos gens sont assaillis de deux côtés, ils risquent bien d'avoir le dessous » ; et nous fîmes ainsi. Et on dit que nous étions tous perdus dès cette journée, si le roi ne s'y était pas trouvé en personne. Car le sire de Courtenay et messire Jean de Seignelay me racontèrent que six Turcs étaient venus prendre le roi par la bride, et l'emmenaient prisonnier ; et il s'en libéra tout seul, en leur donnant de grands coups d'épée. Et quand ses gens virent qu'il se défendait lui-même, ils prirent courage, et renoncèrent à passer le fleuve et se portèrent vers le roi pour l'aider.

237 Directement sur nous qui gardions le petit pont vint le comte Pierre de Bretagne, qui venait tout droit de Mansûra, et il était blessé d'un coup d'épée au visage, si bien que le sang lui tombait dans la bouche. Il montait un cheval bas très robuste ; il avait jeté ses rênes sur l'arçon de sa selle et les tenait à deux mains, pour que ses gens qui étaient derrière et le pressaient fort ne lui fassent pas quitter le pas. Il semblait bien qu'il en faisait peu de cas, car, quand il crachait le sang de sa bouche, il disait très souvent : « Holà ! pour le chef Dieu, avez-vous vu ces ribauds ! » À la fin de son corps de bataille venaient le comte de Soissons et messire Pierre de Noville, que l'on appelait Caier, qui avaient essuyé quantité de coups au cours de cette journée. **238** Après leur passage, quand les Turcs virent que nous gardions le pont, et quand ils virent que nous leur faisions face, ils les laissèrent. Je m'approchai du comte de Soissons, dont j'avais épousé la cousine germaine, et je lui dis : « Sire, je crois que vous feriez bien si vous restiez pour garder ce petit pont ; car, si nous laissons ce pont, ces Turcs que vous voyez ici devant nous se jetteront au travers, et ainsi le roi sera assailli par-derrière et par-devant. » Et il demanda, s'il restait, si je resterais ; et je lui répondis : « Oui, très volontiers. » Quand le connétable entendit cela, il me dit de ne pas

---

235-236. La position du ruisseau et du pont n'est pas identifiable, et il n'est guère possible de se représenter les mouvements de Joinville.

table oÿ ce, il me dit que je ne partisse de la tant que il revenist, et il nous iroit querre secours.

239 La ou je demourai ainsi sus mon roncin me demoura le conte de Soissons a destre et mon seigneur Pierre de Noville a senestre. Atant et vous un Tur qui vint de vers la bataille le roy[a] ; dariere nous estoit, et feri par darieres mon seigneur Pierre de Noville d'une mace et le coucha sus le col de son cheval du cop que il li donna, et puis se feri outre le pont et se lansa entre sa gent. Quant les Turs virent que nous ne lerions pas le poncel, il passerent le ruissel et se mistrent entre le ruissel et le flum, ainsi comme nous estions venu aval. Et nous nous traisimes[b] *encontre* eulz en tel maniere que nous estions touz appareillés a eulz sus courre, se il vousissent passer vers le roy et se il vousissent passer le poncel.

240 Devant nous avoit .II. serjans le roy, dont l'un avoit non Guillaume de Boon et l'autre Jehan de Gamaches, a cui les Turs qui s'estoient mis entre le flum et le ru amenerent tout plein de vileins a pié qui leur getoient motes de terre ; onques ne les peurent mettre sus nous. Au darrien, il amenerent un vilain a pié qui leur geta .III. foiz[a] *le* feu gregois. L'une des foiz requeilli Guillaume de Boon le pot de feu gregoiz a sa roelle, car se il se feust pris a riens sur li, il eust esté[b] *tout* ars. **241** Nous estions touz couvers de pylés qui eschapoient des sergens. Or avint ainsi que je trouvai un gamboison d'estoupes a un Sarrazin. Je tournai le fendu devers moy et fis escu du gamboison, qui m'ot grant mestier, car je ne fu pas blecié de leur pylés que en .v. lieus, et mon roncin en .xv. lieus. Or avint encore ainsi que un mien bourjois de Joinville m'aporta une baniere[a] *de mes armes* a un fer de glaive. Et toutes les foiz que nous voions que il pressoient les serjans, nous leur courions sus, et il s'enfuioient.

239*a* r. qui d. *BL* − *b* t. encontre e. *BL* entre *A*   **240***a* f. le f. *BL* om. *A* − *b* e. tout a. *BL* om. *A*   **241***a* b. de (a *MP*) mes armes et u. *BLMP*, om. *A*

quitter les lieux jusqu'à ce qu'il revienne, et qu'il irait nous chercher du secours.

239 Tandis que je restais ainsi sur mon roncin, le comte de Soissons resta à ma droite, et messire Pierre de Noville à gauche. Là-dessus voilà qu'un Turc vint du côté du corps de bataille du roi ; il était derrière nous, et frappa par derrière d'une masse messire Pierre de Noville, et le coucha sur le cou de son cheval du coup qu'il lui donna, puis se jeta de l'autre côté du pont et se lança au milieu des siens. Quand les Turcs virent que nous ne laisserions pas le petit pont, ils passèrent le ruisseau et s'établirent entre le ruisseau et le fleuve, comme nous avions fait pour venir en aval. Et nous nous portâmes contre eux de telle manière que nous étions tout prêts à les attaquer, s'ils avaient voulu passer vers le roi et s'ils avaient voulu passer le petit pont.

240 Devant nous, il y avait deux sergents du roi, dont l'un s'appelait Guillaume de Boon et l'autre Jean de Gamaches, contre qui les Turcs, qui s'étaient mis entre le fleuve et le ruisseau, amenèrent tout plein de vilains à pied, qui leur jetaient des mottes de terre ; jamais ils ne purent les refouler sur nous. En dernier lieu, ils amenèrent un vilain à pied qui leur lança trois fois le feu grégeois. L'une des fois, Guillaume de Boon rattrapa le pot de feu grégeois avec sa rondache, car si le feu avait pris sur lui, il eût été entièrement brûlé. **241** Nous étions tout couverts des traits qui manquaient les sergents. Or il arriva que je trouvai une veste rembourrée d'étoupe qui avait appartenu à un Sarrasin. Je tournai la partie fendue vers moi, et je me fis un bouclier avec la veste, qui me fut bien utile, car je ne fus blessé de leurs traits qu'en cinq endroits, et mon roncin en quinze. Or il arriva encore qu'un de mes bourgeois de Joinville m'apporta une bannière à mes armes avec un fer de lance. Et toutes les fois que nous voyions que les Sarrasins serraient de trop près les sergents, nous les chargions, et ils prenaient la fuite.

---

240. Les sergents sont des hommes d'armes salariés, avec souvent un équipement lourd qui peut être semblable à celui des chevaliers.

242 Le bon conte de Soissons, en ce point la ou nous estions, se moquoit a moy et me disoit : « Seneschal, lessons huer ceste chiennaille, que, par la quoife Dieu ! (ainsi comme il juroit) encore en parlerons nous[a] *entre vous et moy* de ceste journee es chambres des dames. »

243 Le soir, au solleil couchant, nous amena le connestable les arbalestriers le roy a pié, et s'arangerent devant nous ; et quant les Sarrazins nous virent mettre pié[a] en *l'*estrier des *arbalestes*, il s'enfuirent[b] *et nous lessierent*. Et lors me dit le connestable : « Seneschal, c'est biens fait. Or vous en alez vers le roy, si ne le lessiés hui mez jusques a tant que il iert descendu en son paveillon. » Si tost comme je ving au roy, mon seigneur Jehan de Waleri vint a li et li dit : « Sire, mon seigneur de Chasteillon vous prie que vous li donnez l'ariere garde. » Et le roy si fist moult volentiers, et puis si se mist au chemin. Endementires que nous en venions, je li fis oster son hyaume et li baillé mon chapel de fer pour avoir le vent. **244** Et lors vint frere Henri de Ronnay[a], *prevost de l'Ospital*, a li, qui avoit passé la riviere, et li besa la main tout armee. Et il li demanda se il savoit nulles nouvelles du conte d'Artois, son frere ; et il li dit que il en savoit bien nouvelles, car estoit certein que son frere le conte d'Artois estoit en paradis. « Hé, Sire[b], *dit le prevost*, vous en ayés bon reconfort ; car si grant honneur n'avint onques[c] au roy de France comme il vous est avenu, car pour combatre a vos ennemis avez passé une riviere a nou, et les avez desconfiz et chaciez du champ, et gaaingné leur engins et leur heberges, la ou vous gerrés encore ennuit. » Et le roy respondi que Dieu en feust aouré de[d] ce que il li donnoit, et lors li cheoient les lermes des yex moult grosses.

242a n. entre (e. *om. MP*) vous et moy d. *BLMP om. A*　　**243a** p.e.l'e. d. arbalestes *BL* p.e.e.d. arbalestiers *A* – **b** e. et nous laisserent (en paix *MP*) E. *BLMP om. A*　　**244a** R. prevost (prieur *MP*) de l'O. a *BLMP om. A* – **b** S. dit le prevost *BL* Et le prieur frere Henry... lui dist *MP om. A* – **c** o.a r. *BL* – **d** d. tout c. *BL*

242 Le bon comte de Soissons, dans la situation où nous étions, plaisantait avec moi et me disait : « Sénéchal, laissons crier cette canaille ; car, par la coiffe Dieu – c'est comme cela qu'il jurait –, nous en parlerons encore, vous et moi, de cette journée, dans la chambre des dames. »

243 Le soir, au coucher du soleil, le connétable nous amena les arbalétriers à pied du roi, et ils se mirent en rangs devant nous ; et quand les Sarrasins les virent mettre le pied à l'étrier des arbalètes, ils s'enfuirent et nous laissèrent en paix. Et alors le connétable me dit : « Sénéchal, voilà qui est bien. Allez-vous-en maintenant auprès du roi, et ne le laissez plus désormais jusqu'à ce qu'il soit descendu dans sa tente. » Aussitôt que j'arrivai auprès du roi, messire Jean de Vallery s'approcha de lui et lui dit : « Sire, messire de Châtillon vous prie que vous lui donniez l'arrière-garde. » Et le roi le fit très volontiers, et puis se mit en route. Pendant que nous avancions, je lui fis ôter son heaume, et je lui donnai mon chapeau de fer pour qu'il ait de l'air. **244** Et alors arriva auprès de lui frère Henri de Ronnay, prévôt de l'Hôpital, qui venait de traverser la rivière, et lui baisa la main toute armée. Et le roi lui demanda s'il savait aucune nouvelle du comte d'Artois, son frère ; et il lui dit qu'il en savait bien des nouvelles, car il était certain que son frère, le comte d'Artois, était au paradis. « Hé, Sire, dit le prévôt, ayez-en bon réconfort ; car un aussi grand honneur n'est jamais échu à un roi de France comme il vous en est échu, car pour combattre nos ennemis vous avez passé une rivière à la nage, vous les avez battus et chassés du champ de bataille, et vous avez conquis leurs engins et leurs tentes, où vous coucherez maintenant cette nuit. » Et le roi répondit que Dieu soit adoré pour ce qu'il lui donnait ; et alors de très grosses larmes lui tombaient des yeux.

---

242. Un document d'archives confirme que le comte Jean de Soissons portait le surnom de « *La Coiffe Dieu* » ; L. Carolus-Barré, *Bull. de la Soc. nat. des Antiquaires de France*, 1964, p. 167-168.

245 Quant nous venimes a la heberge, nous trouvames que les Sarrazins a pié tenoient[a] *les cordes d'*une tente que il avoient estendue[b] d'une part, et nostre menue gent d'autre. Nous leur courumes sus, le mestre du Temple et moy, et il s'enfuirent ; et la tente demoura a nostre gent.

246 En celle bataille ot moult de gent[a], *et* de grant bobant, qui s'en vindrent moult honteusement fuiant parmi le poncel dont je vous ai avant parlé ; et s'enfuirent effreement ne onques n'en peumes nul arester delez nous, dont je en nommeroie bien, des quiex je me soufferré, car mort sont.

247 Mes de mon seigneur Guion Malvoisin ne me soufferrai je mie, car il en vint de la Massourre honorablement, et bien toute la voie que le connestable et moy en alames amont il revenoit aval. Et en la maniere que les Turs amenerent le conte de Bretaingne et sa bataille en ramenerent il mon seigneur Guion Malvoisin et sa bataille, qui ot grant los, il et sa gent, de celle jornee. Et ce ne fu pas de merveille se il et sa gent se prouverent bien celle journee, car l'en me dit, cil qui bien le savoient son couvine, que toute sa bataille, n'en failloit gueres, estoit toute de chevaliers de son linnage et de chevaliers qui estoient ses hommes liges.

248 Quant nous eumes desconfit les Turs et chaciés de leur herberges, et que nulz de nos gens ne furent demourez en l'ost, les Beduyns se ferirent en l'ost des Sarrazins, qui moult estoient grant gent. Nulle chose du monde il ne *lesserent*[a] en l'ost des Sarrazins que il n'emportassent tout ce que les Sarrazins avoient lessié ; ne je n'oÿ onques dire que les Beduyns, qui estoient sousjez aus Sarrazins, en vausissent pis de chose que il leur eussent tolue ne

245a t. les cordes d'u. *BLMP om. A* − *b* destendue *BL*   **246a** g. et d. *BL om. A*   **248a** laisserent *BL* lessoient *A*

245 Quand nous arrivâmes au camp, nous trouvâmes que les Sarrasins à pied tenaient d'un côté les cordes d'une tente qu'ils avaient démontée, et de petites gens à nous la tenaient de l'autre. Nous les chargeâmes, le maître du Temple et moi, et ils s'enfuirent, et la tente resta à nos gens.

246 Dans cette bataille il y eut bien des gens, et de grande prétention, qui traversèrent très honteusement en fuite le petit pont dont je vous ai parlé avant ; et ils prirent la fuite en perdant la tête, et nous n'arrivâmes jamais à en faire arrêter un auprès de nous. Il y en a dont je donnerais bien les noms ; je m'en abstiendrai, car ils sont morts.

247 Mais au sujet de messire Gui Malvoisin je ne m'abstiendrai pas, car il revint honorablement de Mansûra, en refaisant en aval bien tout le chemin que le connétable et moi avions parcouru en amont. Et de la même façon que les Turcs ramenèrent le comte de Bretagne et son corps de bataille, ils ramenèrent aussi messire Gui Malvoisin et son corps de bataille, qui reçut grands éloges, lui et ses hommes, de cette journée. Et ce n'est pas étonnant si lui et ses hommes se conduisirent bien au cours de cette journée, car l'on me dit, et c'étaient des gens qui connaissaient bien ses affaires, que tout son corps était composé – à peu d'exception près – de chevaliers de son lignage et de chevaliers qui étaient ses hommes liges.

248 Quand nous eûmes battu les Turcs et les eûmes chassés de leurs tentes, et que personne de nos gens ne fut resté dans le camp, les Bédouins, qui étaient très nombreux, se jetèrent dans le camp des Sarrasins. Ils ne laissèrent nulle chose au monde dans le camp des Sarrasins, et emportèrent tout ce que les Sarrasins avaient laissé ; et je n'ai jamais entendu dire que les Bédouins, qui étaient sujets des Sarrasins, aient été plus mal considérés à cause

---

247. Gui Mauvoisin, seigneur de la région de Mantes, qui avait scellé avec d'autres hauts seigneurs une plainte contre les évêques en 1235 ; *Layettes*, II. 2404. Croisé en 1239, il avait échappé à l'affaire du comte de Bar ; cf. § 286. On notera la force attribuée par Joinville au lignage et aux relations vassaliques ; Pinoteau 1966, p. 41-42.

robee, pour ce que leur coustume est tele et leur usage que il courent tousjours sus aus plus febles.

249 Pour ce que il affiert a la matere vous dirai je quel gent sont les Beduyns. Les Beduyns ne croient point en Mahommet, ainçois croient en la loy Haali, qui fut oncle Mahommet ; et[a] *aussi y croit* le Vieil de la Montaigne, cil qui nourrit les Assacis. Et croient que quant l'omme meurt pour son seigneur ou en aucune bone entencion, que l'ame d'eulz en va en meilleur *cors*[b] et en plus aasié que devant ; et pour ce ne font force li Assacis se l'en les occist quant il font le commandement du Veil de la Montaigne. Du Veil de la Montaigne nous tairons orendroit, si dirons des Beduyns.

250 Les Beduyns ne demeurent en villes ne en cités n'en chastiaus mez gisent adés aus champs. Et leur mesnies, leur femmes, leur enfans fichent le soir de nuit, ou de jours quant il fait mal tens, en unes manieres de herberges que il font de cercles de tonniaus loiés a perches, aussi comme les chers a ces dames sont ; et sur ces cercles getent piaus de moutons que l'en appelle piaus de Damas, conrees en alun. Les Beduyns meismes en *ont*[a] grans pelices qui leur cuevrent tout le cors, leur jambes et leur piés. **251** Quant il pleut le soir et fait mal tens de nuit, il s'encloent dedens leur pelices, et ostent les frains a leur chevaus et les lessent pestre delez eulz. Quant ce vient l'endemain, il restendent leur pelices au solleil[a] *et les frotent* et les conroient, ne ja n'i perra chose que eles aient esté moillees le soir. Leur creance est tele que nul ne peut morir que a son jour, et pour ce ne se veulent il armer ; et quant il maudient leur enfans, si leur dient : « Ainsi soies tu maudit comme le Franc qui s'arme pour poour de mort. » En bataille il ne portent riens que l'espee et le glaive. **252** Pres que touz sont vestus de seurpeliz, aussi

249a e. aussi y croient les V. *BL* e. ainsi il croient le V. *A* – *b* corps *BL* cours *A*   **250a** on *A*   **251a** s. et les f.e. *BL* s. les frottent (*om.* conroient) *MP om. A*

des biens qu'ils auraient pu leur enlever ou voler, parce que leur coutume et leur usage est tel qu'ils tombent toujours sur les plus faibles.

249 Puisque cela touche mon sujet, je vous dirai quelles gens sont les Bédouins. Les Bédouins ne croient pas à Mahomet, mais suivent la loi d'Ali, qui fut l'oncle de Mahomet ; et le Vieux de la Montagne, celui qui entretient les Assassins, croit aussi à cette loi. Et ils croient que, quand un homme meurt pour son seigneur, ou avec quelque bonne intention, son âme s'en va dans un corps meilleur et plus heureux qu'avant ; c'est pourquoi il importe peu aux Assassins qu'on les tue quand ils obéissent au commandement du Vieux de la Montagne. Nous nous tairons désormais sur le Vieux de la Montagne, et nous parlerons des Bédouins.

250 Les Bédouins ne demeurent ni dans des villages ni dans des cités, ni dans des châteaux, mais ils couchent toujours dans les champs. Et ils installent leurs serviteurs, leurs femmes, leurs enfants, le soir pour la nuit, ou de jour quand il fait mauvais temps, dans des sortes de tentes qu'ils font avec des cercles de tonneaux attachés à des perches, comme sont les chars des dames ; et sur ces cercles ils jettent des peaux de mouton que l'on appelle peaux de Damas, préparées dans l'alun. Les Bédouins eux-mêmes ont de grandes pelisses de ces peaux qui leur couvrent tout le corps, les jambes et les pieds. **251** Quand il pleut le soir et qu'il fait mauvais temps la nuit, ils s'enveloppent dans leurs pelisses, et ôtent les brides de leurs chevaux, et les laissent paître à côté d'eux. Et quand arrive le lendemain, ils étendent leurs pelisses au soleil et les frottent et les apprêtent ; et il ne paraîtra en rien qu'elles aient été mouillées le soir. Leur croyance est telle que nul ne peut mourir qu'à son jour, et pour cela ils ne veulent pas d'armes défensives. Et quand ils maudissent leurs enfants, ils leur disent : « Ainsi sois-tu maudit

249. Cf. § 451-453, 456-463. – *a.* Joinville veut dire que le Vieux de la Montagne est, comme les Bédouins, un fidèle d'Ali ; la leçon de *BL* est meilleure que celle de *A*, mais le pluriel *les vieulx* ne se justifie pas.

comme les prestres. De touailles sont entorteillees leur testes, qui leur vont par desous le menton, dont ledes gent et hydeuses sont a regarder, car les cheveus des testes et des barbes sont touz noirs. Il vivent du let de leur bestes, et achetent les pasturages es berries aus riches hommes, de quoy leur bestes vivent. Le nombre d'eulz ne savroit nulz nommer, car il en a ou reaume de Egypte, ou reaume de Jerusalem, et en toutes les autres terres des Sarrazins et des mescreans, a qui il rendent grant treüs chascun an.

253 J'ai veu en cest païs, puis que je revins d'outre mer, aucuns desloiaus crestiens qui tenoient la loy des Beduyns, et disoient que nulz ne pouoit morir qu'a son jour. Et leur creance est si desloiaus que il vaut autant a dire comme Dieu n'ait pouoir de nous aidier ; car il seroient folz ceulz qui serviroient Dieu, se nous ne cuidien que il eust pooir de nous eslongier nos vies et de nous garder de mal et de mescheance ; et en li devons nous croire, que il est poissant de toutes choses fere.

254 Or disons ainsi que a l'anuitier revenimes de la perilleuse bataille desus dite, le roy et nous, et nous lojames ou lieu dont nous avions chacié nos ennemis. Ma gent qui estoient demourez en nostre ost dont nous estions parti m'aporterent une tente que les Templiers m'avoient donnee, et la me tendirent devant les engins que nous avions gaingnés aus Sarrazins. Et le roy fist establir serjans pour garder les engins. **255** Quant[a] je fus couchié en mon lit, la ou je eusse bien mestier de reposer pour les bleceures que j'avoie eu le jour devant, il ne m'avint pas ainsi, car avant que il feust bien jour l'en escria en nostre ost : « Aus armes ! Aus armes ! » Je fiz lever mon chamberlain, *qui*[b] gisoit devant moy, et li diz que il alast veoir que c'estoit. Et il revint tout effraé et me dit : « Sire, or sus ! Or sus ! que vez ci les Sarrazins qui sont venus a

255a Q. ce vint que j. *BL* – *b* qui *BL* om. *A*

comme le Franc qui s'arme par peur de la mort. » Au combat, ils ne portent rien que l'épée et la lance. **252** Presque tous sont vêtus d'un surplis, comme les prêtres. Leurs têtes sont entortillées de linges qui leur passent par-dessous le menton, ce qui les rend gens très laids et hideux à regarder, car les cheveux de leur tête et les poils de leur barbe sont tout noirs. Ils vivent du lait de leurs bêtes, et achètent dans les plaines appartenant à des hommes de haut rang les pâturages dont vivent leurs bêtes. Leur nombre, personne ne saurait le dire, car il y en a dans le royaume d'Égypte, dans le royaume de Jérusalem et dans toutes les autres terres des Sarrasins et des païens, à qui ils rendent chaque année de grands tributs.

253 J'ai vu dans ce pays, depuis mon retour d'outre-mer, quelques chrétiens malhonnêtes qui suivaient la loi des Bédouins, et disaient que nul ne pouvait mourir qu'à son jour. Et leur croyance est si illégitime qu'elle équivaut à dire que Dieu n'a pas le pouvoir de nous aider ; car ils seraient fous ceux qui serviraient Dieu, si nous ne croyions pas qu'il ait le pouvoir d'allonger nos vies et de nous garder du mal et du malheur ; et nous devons croire en lui, car il a le pouvoir de faire toutes choses.

254 Or disons ainsi qu'à la tombée de la nuit nous revînmes, le roi et nous, de la dangereuse bataille dessus dite et que nous nous logeâmes à l'endroit d'où nous avions chassé nos ennemis. Mes gens, qui étaient restés dans notre camp dont nous étions partis, m'apportèrent une tente que les Templiers m'avaient donnée, et ils me la tendirent devant les engins que nous avions pris aux Sarrasins. Et le roi fit placer des sergents pour garder les engins. **255** Quand je fus couché dans mon lit, où j'aurais bien eu besoin de me reposer à cause des blessures que j'avais reçues le jour d'avant, ce ne fut pas ce qui m'arriva, car, avant qu'il fût bien jour, on cria dans notre camp : « Aux armes ! Aux armes !... » Je fis lever mon chambellan qui couchait devant moi, et lui dis d'aller voir ce que c'était. Et il revint tout effrayé et me dit : « Mes-

---

254. Le soir du 8 février 1250.

pié et a cheval et ont desconfit les serjans le roy qui gardoient les engins et les ont mis dedans les cordes de nos paveillons. »

256 Je me levai et getai un gamboison en mon dos et un chapel de fer en ma teste, et escriai a nos serjans : « Par saint Nicholas, ci ne demourront il pas. » Mes chevaliers me *vinrent*[a] si blecié comme il estoient, et reboutames les serjans aus Sarrazins hors des engins jusques devant une grosse bataille de Turs a cheval qui estoient touz rez a rez des engins que nous avions gaaingnés. Je mandai au roy que il nous secourust, car moy ne mes chevaliers n'avions pouoir de vestir haubers pour les plaies que nous avions eues ; et le roy nous envoia mon seigneur Gaucher de Chasteillon, lequel se loga entre nous et les Turs devant nous.

257 Quant le sire de Chasteillon ot rebouté ariere les serjans aus Sarrazins a pié, il se retrairent sus une grosse bataille de Turs a cheval qui estoit rangiee devant nostre ost pour garder que nous ne seurpreissions l'ost aus Sarrazins, qui estoit logie dariere eulz. De celle bataille de Turs a cheval[a] estoient descendus a pié .VIII. de leur chievetains molt bien armés, qui avoient fait un hourdeïs de pierres taillees pour ce que nos arbalestriers ne les bleçassent. Ces .VIII. Sarrazins traioient a la volee par mi nostre ost et blecerent pluseurs de nos gens et de nos chevaus. **258** Moy et *mes*[a] chevaliers nous meismes ensemble et acordames, quant il seroit anuité, que nous enporterions les pierres dont il se hourdoient. Un mien prestre, qui avoit a non mon seigneur Jehan de Voyssei, fu a[b] son conseil et n'atendi pas tant, ainçois se parti de nostre ost tout seul et s'adreça vers les Sarrazins, son gamboison vestu, son chapel de fer en sa teste, son glaive trainant le fer desouz l'essele pour ce que les Sarrazins ne l'avisassent. **259** Quant il vint pres des Sarrazins, qui riens ne le

---

sire, debout ! debout ! car voici les Sarrasins qui sont venus à pied et à cheval, et ont défait les sergents du roi qui gardaient les engins, et ils les ont mis dans les cordes de nos tentes. »

256 Je me levai et jetai sur mon dos une veste rembourrée et sur ma tête un chapeau de fer, et criai à nos sergents : « Par saint Nicolas, ils ne resteront pas ici ! » Mes chevaliers, tout blessés qu'ils étaient, vinrent à moi, et nous refoulâmes les sergents des Sarrasins hors des engins, jusque devant un gros corps de bataille de Turcs à cheval, qui étaient tout à côté des engins dont nous nous étions emparés. Je fis dire au roi qu'il nous donne du secours, car ni moi ni mes chevaliers n'avions la possibilité d'endosser un haubert, à cause des plaies que nous avions reçues ; et le roi nous envoya messire Gaucher de Châtillon, qui vint s'établir entre nous et les Turcs, devant nous.

257 Quand le sire de Châtillon eut rejeté en arrière les sergents à pied des Sarrasins, ceux-ci se retirèrent sur un gros corps de bataille de Turcs à cheval, qui étaient rangés devant notre camp, pour empêcher que nous ne surprenions l'armée des Sarrasins, qui était établie derrière eux. De ce corps de Turcs à cheval avaient mis pied à terre huit huit de leurs chefs très bien armés, qui avaient fait un retranchement de pierres de taille pour que nos arbalétriers ne les blessent pas. Ces huit Sarrasins tiraient à la volée dans notre camp, et blessèrent plusieurs de nos hommes et de nos chevaux. **258** Moi et mes chevaliers nous réunîmes et nous convînmes que, lorsque la nuit serait tombée, nous emporterions les pierres derrière lesquelles ils se retranchaient. Un prêtre, qui était à moi et qui s'appelait messire Jean de Voisey, n'écouta que lui-même et n'attendit pas tant ; mais il quitta tout seul notre camp, et se dirigea vers les Sarrasins, revêtu de sa veste rembourrée, le chapeau de fer en tête, laissant traîner sa lance, le fer sous l'aisselle pour que les Sarrasins ne le

---

258*b*. Je conserve la leçon de *A*, en comprenant que Jean de Voisey suit sa propre opinion ; cf. un exemple de Ph. Mousket, *TL*, 2, 715.

prisoient pour ce que il le veoient tout seul, il lança son glaive de sous s'essele et leur courut sus. Il n'i ot nul des .VIII. qui y meist deffense, ainçois tournerent touz en fuie. Quant ceulz a cheval virent que leur seigneurs s'en venoient fuiant, il ferirent des esperons pour eulz rescourre ; et il saillirent bien de nostre ost jusque a .L. serjans, et ceulz a cheval vintrent ferant des esperons, et n'oserent assembler a nostre gent a pié, ainçois ganchirent par[a] *devant* eulz. 260 Quant il orent ce fait ou .II. foiz ou .III., un de nos serjans tint son glaive parmi le milieu et le lança a un des Turs a cheval et li en donna parmi les costes[a] ; *et emporta celluy qui frappé estoit le glaive trainant dont il avoit le fer parmy les costes.* Quant les Turs virent ce, il n'i oserent[b] puis aler ne venir, et nos serjans emporterent les pierres. Des illec en avant fu mon prestre bien cogneu en l'ost et le moustroient l'un a l'autre et disoient : « Vez ci le prestre mon seigneur de Joinville, qui a les .VIII. Sarrazins desconfiz. »

261 Ces choses avindrent le premier jour de quaresme. Ce jour meismes, un vaillant Sarrazin que nos ennemis avoient fet chievetain pour *Secedinc*[a], le filz au Seic, que il avoient perdu en la bataille le jour de quaresme pernant, prist la cote le conte d'Artois, qui avoit esté mort en celle bataille, et la moustra a tout le peuple des Sarrazins et leur dit que c'estoit la cote le roy a armer, qui mort estoit. 262 « Et ces choses vous moustré je pour ce que cors sanz chief ne vaut riens a redouter, ne gent sanz roy. Dont, ce il vous plet, nous les assaurons[a] vendredi ; et vous y devez acorder, si comme il me semble, car nous ne devrons pas faillir que nous ne les prenons touz, pour ce que il ont perdu leur chievetein. » Et touz s'acorderent que il nous venroient assaillir vendredi.

259a p. devant e. *BLMP* devers *A*   260a c. et e... p. les costes *BL* c. et emporta la dague en son corps et en mourut *MP*, om. *A* – b o. oncques p. *BL*   261a Scecedin *BL* Scecedun *MP* Secedic *A*   262a a. vendredi *BL* et vendredi prochain les devons avoir *M* que v. p. chascun soit prest *P* a. samedi vendredi *A* ; samedi *paraît biffé*

remarquent pas. **259** Quand il arriva près des Sarrasins, qui n'attachaient à lui aucune importance parce qu'ils le voyaient tout seul, il sortit sa lance de dessous son aisselle et leur courut dessus. Il n'y eut aucun des huit qui essayât de se défendre, mais ils prirent tous la fuite. Quand ceux qui étaient à cheval virent que leurs chefs venaient en fuyant, ils piquèrent des éperons pour venir à leur secours ; et il y eut bien jusqu'à cinquante sergents qui sortirent de notre camp, et les hommes à cheval arrivèrent en piquant des éperons, et n'osèrent venir au contact de nos gens à pied, mais se détournèrent en arrivant sur eux. **260** Quand ils eurent fait cela deux ou trois fois, un de nos sergents prit sa lance par le milieu, et la lança sur l'un des Turcs à cheval, et l'atteignit dans les côtes ; et celui-ci, qui était touché, emporta en la traînant la lance dont il avait le fer dans les côtes. Quand les Turcs virent cela, ils n'osèrent plus aller ni venir, et nos sergents emportèrent les pierres. À partir de ce moment mon prêtre fut bien connu dans le camp, et on se le montrait l'un à l'autre en disant : « Voici le prêtre de messire de Joinville, qui a défait les huit Sarrasins. »

261 Ces événements eurent lieu le premier jour de carême. Ce jour même, un vaillant Sarrasin que nos ennemis avaient fait chef à la place de Scecedin le fils du Scheik, qu'ils avaient perdu dans la bataille le jour du mardi gras, prit la cotte du comte d'Artois, qui avait été tué dans cette bataille, et la montra à tout le peuple des Sarrasins, et leur dit que c'était la cotte d'armes du roi, qui était mort : **262** « Et je vous montre cela, parce qu'un corps sans tête ne vaut pas qu'on le redoute, ni des gens sans roi. Donc, s'il vous plaît, nous les attaquerons vendredi ; et vous devez être d'accord, comme il me semble, car nous ne devons pas manquer de les prendre tous, parce qu'ils ont perdu leur chef. » Et tous tombèrent d'accord qu'ils viendraient pour nous attaquer le vendredi.

---

261. Le mercredi 9 février 1250. – *un vaillant Sarrazin* : il s'agit du célèbre Baîbars ; cf. § 286.

263 Les espies le roy qui y estoient en l'ost des Sarrazins vindrent dire au roy ces nouvelles. Et lors commanda le roy a touz les cheveteins des batailles que il feissent leur gent armer des la mienuit, et se traisissent hors des paveillons jusques a la lice, qui estoit tele que il y avoit lons merriens pour ce que les Sarrazins ne se ferissent parmi l'ost ; et estoient atachiés en terre en tel maniere que l'en pooit passer parmi le merrien a pié. Et ainsi comme le roy l'ot commandé il fu fait.

264 A solleil levant tout droit, *le*[a] Sarrazins devant nommez, de quoy il avoient fait leur chievetain, nous amena bien .IIII. mille Turs a cheval et les fist ranger touz entour nostre ost et[b] *lui*, des le flum qui vient de Babiloine jusques au flum qui se partoit de nostre ost et en aloit vers une ville que l'en appele Risil. Quant il orent ce fait, il nous ramenerent si grant foison de Sarrazins a pié que il nous renvironnerent tout nostre ost, aussi comme il avoient[c] des gens a cheval. Aprés ces .II. batailles que je vous conte firent rangier tout le pooir au soudanc de Babiloine pour eulz aidier se mestier leur feust. **265** Quant il orent ce fait, le chievetain[a] *tout seul* vint veoir le couvine de nostre ost sur un petit roncin. Et selonc ce que il veoit que nos batailles estoient plus grosses en un lieu que en un autre, il raloit querre de sa gent et renforçoit ses batailles contre les nostres. Aprés ce fist il passer les Beduyns, qui bien estoient .III. mille, par devers[b] *l'ost que le duc de Bourgoigne gardoit, qui estoit entre* les .II. rivieres. Et ce fist il pour ce que il cuidoit que le roy eust envoié au duc de sa gent pour li aidier contre les Beduyns, par quoy l'ost le roy en feust plus feble.

266 En ces choses areer mist il jusques a midi. Et lors il fist sonner ses tabours, que l'en appelle nacaires, et lors nous coururent sus et a pié et a cheval. Tout premier je vous dirai du roy de Sezile, qui lors estoit conte d'Anjou,

---

263 Les espions du roi qui se trouvaient dans le camp des Sarrasins vinrent dire au roi ces nouvelles. Et alors le roi commanda à tous les chefs des corps de bataille de faire armer leurs hommes dès minuit et de se porter en dehors des tentes jusqu'à la barrière, qui était telle qu'il y avait de longs madriers, pour que les Sarrasins ne se jettent pas dans le camp ; et ils étaient attachés en terre de telle manière que l'on pouvait passer entre eux à pied. Et il fut fait comme le roi l'avait commandé.

264 Exactement au lever du soleil, le Sarrasin devant nommé, dont ils avaient fait leur chef, nous amena bien quatre mille Turcs à cheval et les fit ranger tout autour de notre camp et de lui, depuis le fleuve qui vient du Caire jusqu'au fleuve qui partait de notre camp et allait vers une ville que l'on appelle Rexi. Quand ils eurent fait cela, ils nous ramenèrent un si grand nombre de Sarrasins à pied qu'ils encerclèrent à leur tour tout notre camp, comme ils l'avaient fait avec les gens à cheval. Après ces deux corps de bataille dont je vous parle, il fit ranger toutes les forces du sultan du Caire, pour les aider si c'était nécessaire. **265** Quand ils eurent fait cela, le chef vint tout seul voir le dispositif de notre camp sur un petit roncin. Et suivant qu'il voyait que nos corps de bataille étaient plus gros en un point qu'en un autre, il retournait chercher de ses hommes et renforçait ses corps de bataille en face des nôtres. Après cela, il fit passer les Bédouins, qui étaient bien trois mille, vers le camp que gardait le duc de Bourgogne, qui était entre les deux rivières. Et il le fit parce qu'il calculait que le roi aurait envoyé au duc des hommes pour l'aider contre les Bédouins, ce qui aurait affaibli l'armée du roi.

266 Il mit jusqu'à midi pour organiser ce dispositif. Et alors il fit battre ses tambours, que l'on appelle nacaires, et alors ils nous attaquèrent à pied et à cheval. Je vous parlerai d'abord du roi de Sicile, qui était alors comte

---

264. Le vendredi 11 février 1250.

pour ce que c'estoit le premier par devers Babiloine. Il
vindrent a li en la maniere que l'en jeue aus eschez, car
il li firent courre sus a leur gent a pié en tel maniere que
ceulz a pié li getoient le feu grejois. Et les pressoient tant
ceulz a cheval et ceulz a pié que il desconfirent le roy de
Cezile, qui estoit entre ses chevaliers a pié. **267** Et[a] l'en
vint au roy et li dit l'en le meschief ou son frere estoit.
Quant il oÿ ce, il ferit des esperons parmi les batailles
son frere, l'espee ou point, et se feri entre les Turs si
avant que il li empristrent la *culiere*[b] de son cheval de feu
grejois. Et par celle pointe que le roy fist, il secouri le
roy de Cezile et sa gent, et enchacerent les Turs de leur
ost.

268 Aprés la bataille au roy de Cezile estoit la bataille
des barons d'outre mer, dont mesire Gui Guibelin[a] et
mesire Baudouin, son frere, estoient chievetein. Aprés
leur bataille estoit la bataille monseigneur Gautier de
Chateillon, pleinne de preudommes et de bone chevalerie.
Ces .ii. batailles se deffendirent si viguereusement que
onques les Turs ne les porent ne percier ne rebouter.

269 Aprés la bataille mon seigneur Gautier estoit frere
Guillaume de Sonnac, mestre du Temple, atout ce pou de
freres qui li estoient demourez de la bataille du mardi. Il
ot fait faire deffense endroit li des engins aus Sarrazins
que nous avions gaaingnés. Quant les Sarrazins le vindrent assaillir, il geterent le feu grejois ou hordis que il y
avoit[a] fait faire ; et le feu s'i prist de legier, car les Templiers y avoient fait mettre grans[b] *quantité de* planches de
sapin. Et sachez que les Turs n'atendirent pas que le feu

267a E. s'en v. au r. un sergent qui luy dist *BL* – **b** cropiere *BL* culliere
MP coliere *A*   **268a** Guibelin *ABL*   **269a** avoit *BL* avoient *A* – **b** m.
grant qu. (force *M*) de pl. *BLMP* om. *A*

d'Anjou, parce qu'il était le premier dans la direction du Caire. Ils vinrent sur lui de la façon que l'on joue aux échecs, car ils le firent attaquer par leurs gens de pied, et ces gens de pied lui lançaient le feu grégeois. Et les gens à cheval et les gens à pied attaquaient avec tant de vigueur qu'ils défirent le roi de Sicile qui était à pied au milieu de ses chevaliers. **267** Et l'on vint au roi et on lui dit la situation critique où se trouvait son frère. Quand il entendit cela, il piqua des éperons au travers des corps de bataille de son frère, l'épée au poing, et se jeta au milieu des Turcs si avant qu'ils mirent le feu, avec le feu grégeois, à la croupière de son cheval. Et par cette charge que fit le roi, il porta secours au roi de Sicile et à ses hommes, et ils chassèrent les Turcs de leur camp.

268 Après le corps de bataille du roi de Sicile se trouvait le corps des barons d'outre-mer, que commandaient messire Gui d'Ibelin et messire Baudouin son frère. Après leurs corps de bataille, se trouvait le corps de bataille de messire Gaucher de Châtillon, plein de prud'hommes et de bons chevaliers. Ces deux corps se défendirent si vigoureusement que les Turcs ne purent jamais y faire une percée ni les faire reculer.

269 Après le corps de bataille de messire Gautier se trouvait frère Guillaume de Sonnac, maître du Temple, avec ce peu de frères qui lui étaient restés du combat du mardi. Il avait fait faire un ouvrage défensif en face de lui avec les engins des Sarrasins que nous avions pris. Quand les Sarrasins vinrent l'assaillir, ils jetèrent le feu grégeois sur la palissade qu'il avait fait faire ; et le feu y prit facilement, car les Templiers y avaient fait mettre une grande quantité de planches de sapin. Et sachez que les Turcs

---

266. Charles, comte d'Anjou, est devenu roi de Sicile en février 1266.   **267b.** Il peut y avoir hésitation ; *A* écrit *coliere*, qui peut s'interpréter comme « harnachement du cou » ; *cropiere* de *BL* appuie cependant la forme *culliere* donnée par *MP* ; cf. § 392.   **268.** Baudouin et Gui sont les fils de Jean d'Ibelin, « le vieux sire de Beyrout », lui-même frère de Balian III d'Ibelin, sire de Beyrout, mari d'Eschive de Montbéliard, la cousine de Joinville ; Du Cange-Rey, p. 368-370.

feust tout ars, ains alerent sus courre aus Templiers parmi le feu ardant. **270** Et a celle bataille frere Guillaume, le mestre du Temple, perdi l'un des yex, et l'autre avoit il perdu le jour de quaresme pernant ; et en fu mort le dit seigneur, que Diex absoille. Et sachez que il avoit bien un journal de terre dariere les Templiers qui estoit si chargié de pylés que les Sarrazins leur avoient *lanciés*[a] que il n'i paroit point de terre pour la grant foison de pylés.

271 Aprés la bataille du Temple estoit la bataille mon seigneur Guion Malvoisin, la quele bataille les Turs ne porent onques vaincre ; et toute vois avint ainsi que les Turs couvrirent mon seigneur Guion Malvoisin de feu grejois[a], que a grant peinne le porent esteindre sa gent.

272 De la bataille mon seigneur Guion Malvoisin descendoit la lice qui clooit nostre ost, et venoit vers le flum bien le giet d'une pierre poingnant[a]. Des illec si s'adreçoit la lice par devant l'ost le conte Guillaume[b] *de Flandres* et s'estendoit jusques au flum qui[c] *descendoit* vers la mer. Endroit celi qui venoit de vers mon seigneur Guion Malvoisin estoit la nostre bataille. Et pour ce que la bataille le conte Guillaume de Flandres leur estoit encontre leur visages, il n'oserent venir a nous, dont Dieu nous fist grant courtoisie, car moy ne mes chevaliers n'avions[d] *nulz haubers vestus*, pour ce que nous estions touz bleciés de la bataille du jour de quaresme prenant.

273 Le conte de Flandres[a] *et sa bataille* coururent sus moult aigrement et viguereusement et a pié et a cheval. Quant je vi ce, je commandé a nos arbalestriers que il traississent a ceulz a cheval. Quant ceulz a cheval virent que en les bleçoit par devers nous, ceulz a cheval touchrent a la fuie. Et quant les gens le conte virent ce, il

270a lanciees *A*   **271a** *Corbett restitue inutilement* g. tant q. **272a** p. de plein poing *BL* — *b* G. de Flandres e. *BLMP om. A* — *c* q. s'en alloit v. l. *BL* q. descendait en l. *MP* q. s'estendoit v.l. *A* — *d* a. nulz haubers vestus *BL* a. pas ung harnois v. *M* de vestir aucun harnois *P* a. ne haubers ne escus *A*   **273a** F. et ses gens c. *BL* F. et sa bataille *MP om. A*

n'attendirent pas que le feu ait fini de brûler, mais ils allèrent attaquer les Templiers au travers du feu ardent. **270** Et lors de ce combat, frère Guillaume, le maître du Temple, perdit l'un des yeux ; et il avait perdu l'autre le jour du mardi gras et ledit seigneur, que Dieu absolve ! en mourut. Et sachez qu'il y avait bien un journal de terre, derrière les Templiers, qui était si couvert de traits que les Sarrasins leur avaient lancés que la terre ne paraissait pas à cause de la grande quantité des traits.

271 Après le corps de bataille du Temple se trouvait le corps de bataille de messire Gui Malvoisin, corps que les Turcs ne purent jamais vaincre, et toutefois il arriva que les Turcs couvrirent messire Gui Malvoisin de feu grégeois tant que ses hommes eurent grande peine à l'éteindre.

272 À partir du corps de bataille de messire Gui Malvoisin, la barrière qui fermait notre camp descendait et arrivait vers le fleuve à bien un jet de pierre qui peut tenir dans la main. De ce point la barrière se dirigeait par-devant les troupes du comte Guillaume de Flandre et s'étendait jusqu'au fleuve qui se dirigeait vers la mer. En face du fleuve venant du côté de messire Gui Malvoisin se trouvait notre corps de bataille. Et comme le corps de bataille du comte Guillaume de Flandre se trouvait vis-à-vis des Sarrasins, ceux-ci n'osèrent s'avancer jusqu'à nous ; en cela Dieu nous fit une grande courtoisie, car ni moi ni mes chevaliers n'avions revêtu de hauberts, parce que nous étions tous blessés après la bataille du jour du mardi gras.

273 Les Sarrasins attaquèrent le comte de Flandre et son corps de bataille avec beaucoup de mordant et de vigueur et à pied et à cheval. Quand je vis cela, je donnai l'ordre à nos arbalétriers de tirer sur les hommes à cheval. Quand les hommes à cheval virent qu'on arrivait à les blesser de notre côté, ils prirent la fuite. Et quand les hommes du comte

lessierent l'ost et se ficherent par desus la lice et coururent sus aus Sarrazins a pié, et les desconfirent. Pluseurs en y ot de mors, et pluseurs de leur targes gaaingnees. La se prouva vigueureusement Gautier de la Horgne, qui portoit la baniere mon seigneur d'Apremont.

274 Aprés la bataille le conte de Flandres estoit la bataille au conte de Poitiers, le frere le roy, la quele bataille du conte de Poitiers estoit a pié, et il tout seul estoit a cheval ; la quele bataille du conte les Turs desconfirent tout a net, et enmenoient le conte de Poitiers pris. Quant les bouchiers et les autres homes de l'ost et les femmes qui *vendoient*[a] les danrees oïrent ce, il leverent le cri en l'ost et a l'aide de Dieu il secoururent le conte et chacierent de l'ost les Turs.

275 Aprés la bataille le conte de Poitiers estoit la bataille mon seigneur Jocerant de Brançon, qui estoit venu avec le conte en Egypte, l'un des meilleurs chevaliers qui feust en l'ost. Sa gent avoit si aree que touz ces chevaliers estoient a pié, et il estoit a cheval, et son filz, mon seigneur Henri, et le filz mon seigneur Jocerant de Nantum ; et ceulz retint a cheval pour ce que il estoient enfant. Par pluseurs foiz li desconfirent les Turs sa gent. Toutes les foiz que il veoit sa gent desconfire, il feroit des esperons et prenoit les Turs par deriere ; et ainsi lessoient les Turs sa gent par pluseurs foiz pour li courre sus. **276** Toute voiz[a], *ce* ne leur eust riens valu que les Turs ne les eussent touz mors ou champ, se ne feust mon seigneur Henri de Coonne[b], qui estoit en l'ost le duc de Bourgoingne, sage chevalier et preus et apensé ; et toutes les foiz que il *veoit*[c] que les Turs venoient courre sus a mon seigneur de Brancion, il fesoit traire les arbalestriers le roy aus Turs parmi

---

274a vendoient *BLMP* rendoient *A*   **276a** v. ce n. *BL om. A* –
b Caonne *B* Crionne *L* Cone *M* Coué *P* –   **c** veoit *BPM* veoient *AL*

virent cela, ils quittèrent le camp et se lancèrent par-dessus la barrière, et chargèrent les Sarrasins à pied et les défirent. Il y eut plusieurs Sarrasins de tués et plusieurs de leurs targes furent prises. Dans ce combat fit preuve d'énergie Gautier de La Horgne, qui portait la bannière de messire d'Apremont.

274 Après le corps de bataille du comte de Flandre se trouvait le corps de bataille du comte de Poitiers, le frère du roi ; ce corps de bataille du comte de Poitiers était à pied, et lui tout seul était à cheval ; les Turcs défirent complètement le corps de bataille du comte, et étaient en train d'emmener le comte de Poitiers prisonnier. Quand les bouchers et les autres hommes du camp, et les femmes qui vendaient les denrées entendirent cela, ils poussèrent le cri d'alarme dans le camp, et à l'aide de Dieu, ils portèrent secours au comte et chassèrent les Turcs du camp.

275 Après le corps de bataille du comte de Poitiers se trouvait le corps de bataille de messire Joceran de Brancion, qui était venu avec le comte en Égypte, l'un des meilleurs chevaliers qui fût dans l'armée. Il avait organisé ses hommes de manière que tous ses chevaliers étaient à pied, et il était à cheval, ainsi que son fils, messire Henri, et le fils de messire Joceran de Nanton ; et il fit rester ceux-ci à cheval parce que c'étaient des enfants. À plusieurs reprises les Turcs défirent ses hommes. Toutes les fois qu'il voyait défaire ses hommes, il piquait des éperons et prenait les Turcs par-derrière ; et ainsi les Turcs laissèrent ses hommes à plusieurs reprises pour lui courir dessus. **276** Toutefois cela n'aurait servi à rien pour empêcher que les Turcs ne les aient tous tués sur le champ de bataille, s'il n'y avait eu messire Henri de Côné, qui était dans les troupes du duc de Bourgogne, un chevalier sage, courageux et réfléchi ; et toutes les fois qu'il voyait que les Turcs venaient attaquer messire de Brancion, il faisait

---

275. Joceran Gros, sire de Brancion, chevalier bourguignon. Je ne connais pas les raisons de sa parenté avec Joinville, sinon son cousinage avec Jean de Chalon, oncle du chroniqueur, ni qui sont les « Allemands » en cause. Le frère de Joinville dont il est question peut être Geoffroi, sire de Vaucouleurs (§ 110) ou Simon, sire de Marnay ; Delaborde 1894, p. 66-67 et 74 ; cf. § 277.

la riviere. Et[d] toute voiz eschapa le sire de Brancion du meschief de celle journee, que de .xx. chevaliers que il avoit entour li il en perdi .xii. sanz l'autre gent d'armes ; et il meismes fu si malement atourné que onques puis sus ses piez[e] *nen esta*, et fu mort de celle bleceure ou servise Dieu.

277 Du seigneur de Brancion vous dirai. Il avoit esté, quant il mourut, en .xxxvi. batailles et poingnëis dont il avoit porté pris d'armes. Je le vi en un ost le conte de Chalon, cui cousin il estoit ; et vint a moy et a mon frere, et nous dit, le jour d'un grant vendredi : « Mes neveus, venés[a] moy aidier et vous et vostre gent, car les Alemans brisent le moustier. » Nous alames avec li et leur courumes sus, les espees traites, et a grant peinne et a grant hutin les chassames du moustier. **278** Quant ce fu fait, le preudomme s'agenoilla devant l'autel et cria a Nostre Seigneur a haute voiz[a] et dit : « Sire, je te pri que il te preingne pitié de moy, et m'oste de ces guerres entre crestiens la ou j'ai vescu grant piesce, et m'otroie que je puisse mourir en ton servise, par quoy je puisse avoir ton regne de paradis. » Et ces choses vous ai je ramenteu pour ce que je croi que Dieu li otroia, si comme vous pouez avoir veu ci devant.

279 Aprés la bataille le premier vendredi de quaresme manda le roy touz ses barons devant li et leur dit : « Grant grace, fist il, devons a Nostre Seigneur de ce que il nous a fait tiex .ii. honneurs en ceste semainne, que mardi le jour de quaresme prenant, nous les chassames de leur herberges la ou nous sommes logés ; ce vendredi prochein qui passé est nous nous sommes deffenduz a eulz, nous a pié et il a cheval » ; et moult d'autres beles paroles[a] *leur dist* pour eulz reconforter.

276d E. ainsi e. *BL* E. fist tant que le s. de B. e. *MP* – *e* p. ne fut *BL* nen esta *corr. Corbett* n'aresta *A* **277a** a *exponctué aprés* venés *A* **278a** v. merci e. *BL, MP d'accord avec A* **279a** leur dist *BL* leur disoit *M om. A*

tirer les arbalétriers du roi sur les Turcs par-dessus la rivière. Et toutefois le sire de Brancion échappa au malheur de cette journée, dans des conditions telles que, sur vingt chevaliers qu'il avait autour de lui, il en perdit douze, sans compter les autres hommes d'armes ; et lui-même fut mis dans un si mauvais état que depuis il ne se tint jamais sur ses pieds, et qu'il mourut de cette blessure au service de Dieu.

277 Je vous parlerai du sire de Brancion. Il s'était trouvé, lorsqu'il mourut, dans trente-six batailles et combats où il avait remporté le prix des armes. Je le vis dans une expédition du comte de Chalon, dont il était le cousin ; et il vint à moi et à mon frère, et nous dit, un jour de vendredi saint ; « Mes neveux, venez m'aider, vous et vos hommes, car les Allemands saccagent l'église. » Nous allâmes avec lui, et nous les attaquâmes, l'épée à la main, et, à grand-peine et au prix d'une vive lutte, nous les chassâmes de l'église. **278** Quand ce fut fait, le prud'homme s'agenouilla devant l'autel et implora Notre-Seigneur à haute voix, et dit : « Sire, je te prie de prendre pitié de moi, et retire-moi de ces guerres entre chrétiens, où j'ai vécu très longtemps, et accorde-moi de pouvoir mourir à ton service, et que par cela je puisse avoir ton royaume de paradis. » Et je vous ai rappelé cet épisode, parce que je crois que Dieu le lui octroya, comme vous avez pu le voir ci-devant.

279 Après la bataille du premier vendredi de carême, le roi convoqua tous ses barons devant lui et leur dit : « Nous devons, dit-il, une grande reconnaissance à Notre-Seigneur de ce qu'il nous a fait deux honneurs au cours de cette semaine, tels que mardi, le jour du mardi gras, nous avons chassé les Sarrasins de leurs tentes, où nous sommes logés ; ce vendredi suivant qui est passé, nous nous sommes défendus contre eux, nous à pied et eux à cheval. » Et il leur dit beaucoup d'autres belles paroles pour les réconforter.

276d. On attendrait *n'eschapa*, mais les mss, malgré des variantes de détail, sont tous d'accord.

280 Pour ce que il nous convient poursuivre nostre matiere, la quele il nous convient un pou entrelacier pour faire entendre comment[a] *les* soudanc tenoient leur gent ordeneement et areement... Et est voir que le plus de leur chevalerie il avoient fet de gens estranges que marcheans prenoient en estranges terres pour vendre, et il les achetoient moult volentiers et chierement. Et ces gens que il menoient en Egypte prenoient en Orient, par ce que quant l'un des roys d'Orient avoit desconfit l'autre, si prenoit les povres gens que il avoit conquis et les *vendoit*[b] aus marchans ; et les marcheans les revenoient vendre en Egypte.

281 La chose estoit si ordenee que les enfans, jusques a tant que barbe leur venoit, le soudanc les nourrissoit en sa meson en tel maniere que selonc ce que il estoient, le soudanc leur fesoit faire arcz a leur point. Et si tost comme il enforçoient il getoient leur[a] *foibles* ars en l'artillerie au soudanc, et le mestre artillier leur baillet ars si fors comme il les *pooient*[b] teser. **282** Les armes au soudanc estoient d'or, et tiex armes comme le soudanc portoit portoient celle joene gent ; et estoient appelez bahariz.

Maintenant que les barbes leur venoient, le soudanc les fesoit chevaliers. Et portoient les armes au soudanc, fors que tant que il y avoit difference, c'est a savoir ensignes vermeilles, roses, ou bendes vermeilles ou oisiaus ou autres enseignes que il metoient sus armes d'or, teles comme il leur plesoit. **283** Et ceste gent que je vous nomme appeloit l'en de la Haulequa, car les beharis gesoient dedans les tentes au soudanc. Quant le soudanc estoit en l'ost, ceulz de la Haulequa estoient logiez entour

280a c. le s. tenoit ses g. *BLMP* le *A* — **b** l'un des roys prenoient... ils avoient... vendoient *BLMP* vendoient *A* **281a** l. foibles a. *BLMP* om. *A* — **b** povoient *BL* pooit *A*

280 Parce qu'il convient que nous poursuivions notre matière, que nous devons un peu entrelacer pour faire comprendre comment les sultans tenaient leurs hommes en ordre et en bonne organisation... Et il est vrai qu'ils avaient constitué la plus grande partie de leur corps de chevaliers avec des étrangers que les marchands prenaient dans les pays étrangers pour les vendre ; et les sultans les achetaient très volontiers et très cher. Et ces gens que les marchands amenaient en Égypte, ils les prenaient en Orient, parce que, quand l'un des rois d'Orient avait battu l'autre, il prenait les pauvres gens qu'il avait conquis et les vendait aux marchands, et les marchands venaient les revendre en Égypte.

281 Les choses étaient organisées de telle façon que le sultan élevait dans sa maison les enfants jusqu'à tant que la barbe leur vînt, de telle manière que, suivant ce qu'ils étaient, le sultan leur faisait faire des arcs à leur mesure. Et aussitôt qu'ils prenaient de la force, ils abandonnaient leurs arcs légers dans l'arsenal du sultan, et le maître de l'artillerie leur fournissait des arcs aussi puissants qu'ils avaient la force de les tendre. **282** Les armoiries du sultan étaient d'or ; et ces jeunes gens portaient les mêmes armoiries que celui-ci portait, et on les appelait *bahariz*.

Dès que la barbe leur poussait, le sultan les faisait chevaliers. Et ils portaient les armoiries du sultan, à ceci près qu'il y avait une différence, c'est à savoir des figures vermeilles, roses, ou des bandes vermeilles, ou des oiseaux, ou d'autres figures qu'ils plaçaient sur les armoiries d'or, telles qu'il leur plaisait. **283** Et ces hommes que je vous nomme, on les appelait de la Halca ; car les *bahariz* couchaient dans les tentes du sultan. Quand le sultan était au camp, les hommes de la Halca étaient logés

---

280. Je fais ici un paragraphe qui n'est pas dans le ms. – La phrase introduite par *Pour ce que* ne se construit pas ; il n'y a pas de variante dans *BL*, *M* remanie. – Il s'agit des mameluks ; ils sont nommés *bahariz* « du fleuve », car ils occupaient une caserne sur les bords du Nil dans l'île de Rauda, en face du Caire ; D. Ayalon, *The Mameluk Military Society*, Londres 1979, et autres ouvrages antérieurs.   **282.** *Difference*, ou brisure : pièce ajoutée aux armoiries principales.   **283.** *Haulequa*, ou *halca*, mot arabe signifiant « cercle », de là « garde ».

les heberges le soudanc et establiz pour le cors le soudanc garder. A la porte de la heberge le soudanc estoient logiez en une petite tente les portiers le soudanc et ses menestriers, qui avoient cors sarrazinnois et tabours et nacaires, et fesoient tel noise au point du jour et a l'anuitier que ceulz qui estoient delez eulz ne pooient entendre l'un l'autre, et clerement les oioit l'en parmi l'ost. **284** Ne les menestriers ne feussent ja si hardis que il sonnassent leur estrumens de jours ne mais que par le mestre de[a] *la* Haulequa. Dont il estoit ainsi que quant le soudanc vouloit charger, il envoioit querre le mestre de[b] *la* Haulequa et li fesoit son commandement ; et lors le mestre fesoit sonner les estrumens au soudanc, et lors tout l'ost venoit pour oïr le commandement au soudanc ; le mestre de la Hauleca le disoit et tout l'ost le fesoit.

285 Quant le soudanc se conbatoit, les chevaliers de la Hauleca, selonc ce que il se prouvoient bien en la bataille, le soudanc en fesoit amiraus, et leur bailloit en leur compaingnie .II^c. chevaliers ou .III^c., et comme miex le fesoient et plus leur donnoit le soudanc.

286 Le pris qui est en leur chevalerie si est tel que quant il sont si preus et si riches que il n'i ait que dire, et le soudanc a poour que il ne le tuent ou que il ne le desheritent, si les fait prendre et mourir en sa prison, et a leur femme[a] *et enfans* tolt ce que *ils*[b] ont. Et ceste chose fist le soudanc de ceulz qui pristrent le conte de Monfort et le conte de Bar. Et autel fist Boudendart de ceulz qui avoient desconfit le roy de Hermenie ; car pour ce que il

284a d. la H. *BL om. AMP* – **b** d. la H. *BLMP om. A*   **286a** f. et enfans t. *BLMP om. A* – **b** ilz *BLMP* elles *A*

autour des tentes du sultan, et ils étaient établis pour garder la personne du sultan. À la porte de la tente du sultan étaient logés, dans une petite tente, les portiers du sultan, et ses musiciens, qui avaient des cors sarrasins, des tambours et des timbales, et faisaient un tel vacarme au point du jour et à la tombée de la nuit que ceux qui étaient à côté d'eux ne pouvaient s'entendre l'un l'autre ; et on les entendait distinctement dans le camp. **284** Et les musiciens n'auraient jamais osé jouer de leurs instruments dans la journée, sinon sur l'ordre du maître de la Halca. D'où il arrivait que, quand le sultan voulait donner un ordre, il envoyait chercher le maître de la Halca et lui donnait ses ordres ; et alors le maître faisait jouer les instruments du sultan, et alors toute l'armée venait pour entendre les ordres du sultan ; le maître de la Halca les disait, et toute l'armée les exécutait.

285 Quand le sultan livrait bataille, les chevaliers de la Halca, dans la mesure où ils faisaient bien leurs preuves au combat, étaient faits émirs par le sultan, et il leur confiait en leur compagnie deux cents chevaliers ou trois cents ; et mieux ils se conduisaient, plus le sultan leur en donnait.

286 Le prix attaché à leurs qualités de chevaliers est tel que, quand ils sont si valeureux et si riches qu'il n'y a rien à redire et quand le sultan a peur qu'ils ne le tuent ou qu'ils ne le dépouillent, il les fait prendre et mourir dans sa prison et enlève à leurs femmes et à leurs enfants ce qu'ils ont. C'est le sort que le sultan réserva à ceux qui prirent le comte de Montfort et le comte de Bar. Baîbars en fit autant de ceux qui avaient battu le roi d'Arménie ; car, parce qu'ils

---

286. Amauri, comte de Montfort, et Henri, comte de Bar, avaient participé à la croisade de Thibaut de Champagne et des barons en 1239. Au cours d'une chevauchée imprudente en direction de Gaza, le groupe de chevaliers dont ils faisaient partie fut attaqué et sévèrement défait. Henri de Bar fut tué, Amauri de Montfort fait prisonnier en même temps que Philippe de Nanteuil (13 novembre 1239) ; l'événement eut un grand retentissement ; *Estoire de Eracles* 1859, p. 541-546 ; Joinville y revient cinq fois ; Grousset 1936, p. 378-383 ; Prawer 1970, p. 268, 272-275. – *Boudendars* : il s'agit de Baîbars, émir, puis sultan mameluk ; J. Sublet, *Les Trois Vies du sultan Baîbars*, Paris, 1993. – Baîbars attaqua le royaume de Petite Arménie en 1266 ; Prawer 1970, p. 482.

cuidoient avoir bien, il descendirent a pié et l'alerent saluer la ou il chaçoit aus bestes sauvages ; et il leur respondi : « Je ne vous salue pas », car il li avoient destourbé sa chace, et leur fist les testes coper.

287 Or revenons a nostre matiere, et disons ainsi que le soudanc qui mort estoit avoit un sien filz de l'aage de .xxv. ans, sage et apert et malicieus ; et pour ce que il doutoit que il ne le desheritast li donna un reaume que il avoit en Orient. Maintenant que le soudanc fu mort, les amirauls l'envoierent querre ; et si tost comme il vint en Egypte, il osta et tolli au seneschal son pere et au connestable et au mareschal les verges d'or, et les donna a ceulz qui estoient venus avec li d'Orient. **288** Quant il virent ce, il en orent si grant despit, et touz les autres aussi qui estoient du conseil le pere, pour le despit[a] que il leur avoit fait. Et pour ce que il doutoient que il ne feist autel d'eulz comme[b] son aieul avoit fait a ceulz qui avoient pris le conte de Bar et le conte de Monfort, ainsi comme il est devant dit, il pourchacerent tant a ceulz de la Halequa, qui sont devant nommez, qui le cors du soudanc devoient garder, que il leur orent couvent que a leur requeste il leur occirroient le soudanc.

289 Aprés les .ii. batailles devant dites commencierent a venir les grans meschiez en l'ost. Car au chief de .ix. jours, les cors de nos gens que il avoient tuez[a] *a la Massoure* vindrent au desus de l'yaue, et dit l'en que c'estoit pour ce que les fielz en estoient pourriz[b]. Vindrent flotant jusques au pont qui estoit entre nos .ii. os, et ne porent passer pour ce que le pont joingnoit a l'yaue[c]. *Si* grant foison en y avoit, que tout le flum estoit plein de mors des l'une rive jusques a l'autre, et de lonc bien le giet d'une pierre menue. **290** Le roy avoit loé .c. ribaus, qui

---

288a deshoneur *BL* – *b* il avoit *exponctué après* comme *A*   **289a** t. a la Massoure v. *Bl om. A* t. en celles batailles sur la rive du fleuve *MP* – *b* p. Ilz en v. *BL* – *c* y. Si g. f. *BL* en y a. tant q. *MP om. A*

croyaient avoir quelque récompense, ils descendirent de cheval et allèrent le saluer pendant qu'il chassait les bêtes sauvages ; et il leur répondit : « Je ne vous salue pas », parce qu'ils avaient troublé sa chasse, et il leur fit couper la tête.

287 Revenons donc à notre sujet et disons ainsi que le sultan qui était mort avait un fils de l'âge de vingt-cinq ans, intelligent, habile et rusé ; et comme il craignait d'être dépossédé par lui, il lui donna un royaume qu'il avait en Orient. Dès que le sultan fut mort, les émirs l'envoyèrent chercher ; et aussitôt qu'il arriva en Égypte, il retira et enleva au sénéchal de son père et au connétable et au maréchal les verges d'or, et les donna à ceux qui étaient venus avec lui d'Orient. **288** Quand les émirs virent cela, ils en furent très mécontents, ainsi que tous les autres qui appartenaient au conseil du père, à cause de l'affront qu'il leur avait fait. Et comme ils craignaient qu'il ne leur réservât le même sort que son aïeul avait réservé à ceux qui avaient pris le comte de Bar et le comte de Montfort, comme il a été dit auparavant, ils négocièrent tant avec ceux de la Halca qui sont mentionnés plus haut, qui devaient garder la personne du sultan, que ceux-ci leur promirent que sur leur demande ils leur tueraient le sultan.

289 Après les deux batailles devant dites, de grands malheurs commencèrent à venir dans le camp. Car au bout de neuf jours, les corps de nos hommes que les Sarrasins avaient tués à Mansûra remontèrent à la surface de l'eau ; et on dit que c'était parce que la bile en était pourrie. Ils vinrent en flottant jusqu'au pont qui était entre nos deux camps, et ne purent passer, parce que le pont touchait l'eau. Il y en avait un très grand nombre, si bien que tout le fleuve était plein de morts d'une rive à l'autre, bien sur la longueur du jet d'une petite pierre. **290** Le roi avait

---

287. Al-Sâlih Aiyûb mourut le 23 novembre 1249. Son fils est Mû'azzam Tûrân Shâh. – Les verges d'or sont l'insigne du pouvoir judiciaire et militaire.   **288.** L'aïeul de Tûrân Shâh, le sultan Al-Kâmil, l'ami de Frédéric II, était déjà mort en 1239 ; il ne peut s'agir que de son père Al-Sâlih Aiyûb.

bien y furent .VIII. jours. Les cors aus Sarrazins, qui
estoient retaillés, getoient d'autre part du pont et lessierent[a] aler d'autre part l'yaue ; et les crestiens faisoient
mettre en grans fosses l'un avec l'autre. Je y vi les chamberlans au conte d'Artois et moult d'autres qui queroient
leurs amis entre les mors, ne onques n'oÿ dire que nulz y
feust retrouvez.

291 Nous ne mangions nulz poissons en l'ost tout le quaresme mez que bourbetes, et les bourbetes manjoient les
gens mors, pour ce que ce sont glous poissons. Et pour
ce meschief et pour l'enfermeté du païs, la ou il ne pleut
nulle foiz goute d'yaue, nous vint la maladie de l'ost, qui
estoit tele que la char de nos jambes sechoit toute, et le
cuir de nos jambes devenoient tavelés de noir et de terre
aussi comme une vielz heuse ; et a nous, qui avions tele
maladie, venoit char pourrie es gencives, ne nulz ne
eschapoit de celle maladie que mourir ne l'en couvenist.
Le signe de la mort estoit tel que la ou le nez seignoit il
couvenoit morir. **292** A la quinzeinne aprés, les Turs,
pour nous affamer, dont moult de gent se merveillerent,
prirent pluseurs de leur galies desus nostre ost et les firent
treinner par terre et mettre ou flum qui venoit de Damiete,
bien une lieue desous nostre ost ; et ces galies nous donnerent famine, que nus ne nous osoit venir de Damiete
pour aporter garnison contremont l'yaue pour leur galies.
Nous ne sceumes onques nouvelles de ces choses jusques
a tant que un vaisselet au conte de Flandres, qui eschapa
d'eulz par force[a] *d'eau*, le nous dit et[b] que les galies du
soudanc avoient bien gaaingné .IIII[xx]. de nos galies qui
estoient venus[c] *de* vers Damiete, et tuez les gens qui
estoient dedans.

290a laissoient *BL*   **292a** f. d'eaue le n. d. et q. *BL om. A* — **b** d. et
q. *BL om. A.* — **c** v. de vers D. *BL* qui allaient a D. *MP* de om. *A*

loué les services de cent hommes de peine, qui y passèrent bien huit jours. Les corps des Sarrasins, qui étaient circoncis, ils les jetaient de l'autre côté du pont et les laissèrent aller de l'autre côté au fil de l'eau ; et ils faisaient mettre les chrétiens dans de grandes fosses, les uns avec les autres. Je vis là les chambellans du comte d'Artois et beaucoup d'autres, qui cherchaient leurs amis parmi les morts, et je n'ai jamais entendu dire qu'aucun y ait été retrouvé.

291 Nous ne mangions pas de poisson dans le camp pendant tout le carême, sinon des barbotes ; et les barbotes mangeaient les gens morts, parce que ce sont des poissons voraces. Et à cause de ce malheur, et à cause de l'incommodité du pays où il ne pleut jamais une goutte d'eau, nous vint la maladie de l'armée, qui était telle que la chair de nos jambes se desséchait toute, et la peau de nos jambes devenait tachetée de noir et de couleur terre, comme une vieille botte ; et à nous qui avions une telle maladie venait de la chair pourrie aux gencives, et personne ne réchappait de cette maladie, mais il lui fallait en mourir. Le signe de la mort était tel que, lorsque le nez saignait, il fallait mourir. **292** À la quinzaine après, les Turcs, pour nous affamer, ce qui provoqua l'étonnement de bien des gens, prirent plusieurs de leurs galères en amont de notre camp, et les firent traîner par terre et mettre dans le fleuve qui venait de Damiette, à bien une lieue en aval de notre camp ; et ces galères nous donnèrent la famine, car personne n'osait venir de Damiette pour nous apporter du ravitaillement en remontant l'eau, à cause de leurs galères. Nous n'eûmes jamais aucune nouvelle de cette chose jusqu'à tant qu'un petit vaisseau du comte de Flandre, qui leur échappa par la force du courant, nous dit que les galères du sultan avaient pris bien quatre-vingts de nos galères qui étaient venues de Damiette, et avaient tué les gens qui étaient dedans.

---

291. Il s'agit probablement du scorbut ; cf. § 299, 303, 324 ; J. Filliozat et P. Huard, *Les Épidémies au temps de saint Louis. La mort du roi*, dans *Saint Louis et l'Orient* 1970, p. 37-38.

293 Par ce avint si grant chierté en l'ost que tantost que la Pasque fu venue, un beuf valoit en l'ost quatre vins livres, et un mouton .xxx. livres, et un porc .xxx. livres, et un oef .xii. deniers, et un mui de vin .x. livres.

294 Quant le roy et les barons virent ce, il s'acorderent que le roy feist passer son ost par devers Babiloine en l'ost le duc de Bourgoingne, qui estoit sus le flum qui aloit a Damiete. Pour requerre sa gent plus sauvement fist le roy faire une barbaquane devant le pont qui estoit entre nos .ii. os, en tel maniere que l'en pooit entrer de .ii. pars en la barbaquane a cheval. **295** Quant la barbacane fu aree, si s'arma tout l'ost le roy ; et y ot grant assaut de Turs a l'ost le roy. Toute voiz ne se mut[a] l'ost ne la gent jusques a tant que tout le harnois fu porté outre ; et lors passa li roys et sa bataille aprés li, et touz les autres barons aprés, fors que mon seigneur Gautier de Chasteillon, qui fist l'ariere garde. Et a l'entrer en la barbacane rescout mon seigneur Erart de Walery mon seigneur Jehan, son frere, que les Turs enmenoient pris.

296 Quant toute l'ost fu entree dedans, ceulz qui demourerent en la barbacane furent a grant meschief, car la barbacane n'estoit pas haute, si que les Turs leurs traioient de visee a cheval, et les Sarrazins a pié leur getoient les motes de terre enmi les visages. Touz estoient perdus, se ce ne feust le conte d'Anjou, qui puis fu roy de Cezile, qui les ala rescourre et les enmena sauvement. De celle journee enporta le pris mon seigneur Geffroy de Mussanbourc[a], le pris de touz ceulz qui estoient en la barbacane.

293 À la suite de cela arriva une telle montée des prix dans le camp que, aussitôt que Pâques fut venue, un bœuf valait dans le camp quatre-vingts livres, et un mouton trente livres, et un porc trente livres, et un œuf douze deniers, et un muid de vin dix livres.

294 Quand le roi et les barons virent cette situation, ils convinrent que le roi ferait passer son armée, qui était du côté du Caire, dans le camp du duc de Bourgogne, qui était sur le fleuve qui allait à Damiette. Pour faire venir ses hommes avec plus de sécurité, le roi fit construire une barbacane devant le pont qui était entre nos deux camps, de telle manière que l'on pouvait entrer de deux côtés à cheval dans la barbacane. **295** Quand la barbacane fut arrangée, toute l'armée du roi prit les armes, et il y eut un grand assaut des Turcs contre le camp du roi. Toutefois ni l'armée ni les hommes ne firent mouvement jusqu'à ce que tous les bagages aient été portés de l'autre côté. Alors le roi passa, et tout son corps de bataille après lui, et tous les autres barons après, excepté messire Gaucher de Châtillon, qui fit l'arrière-garde. Et au moment d'entrer dans la barbacane, messire Érart de Vallery délivra messire Jean, son frère, que les Turcs emmenaient prisonnier.

296 Quand toute l'armée fut entrée à l'intérieur, ceux qui restèrent dans la barbacane se trouvèrent dans une situation très critique ; car la barbacane n'était pas haute, si bien que les Turcs à cheval leur tiraient dessus à vue, et les Sarrasins à pied leur jetaient des mottes de terre au visage. Ils étaient tous perdus s'il n'y avait eu le comte d'Anjou, qui devint depuis roi de Sicile, qui alla les dégager et les emmena en sécurité. Le prix de cette journée, messire Geoffroi de Meysembourg le remporta, le prix entre tous ceux qui étaient dans la barbacane.

---

293. À titre purement indicatif, en 1255, l'archevêque de Rouen estime une vache à un peu plus d'une livre, un mouton à 4 sous, 6 deniers ; 10 sous est le prix approximatif d'un porc ; L. Delisle, *Études sur la condition de la classe agricole en Normandie*, Évreux, 1851, p. 614.   **296-298.** *Geffroy de Mussanbourc* : il s'agit d'un chevalier luxembourgeois. Voir Introduction, p. 69.

297 La vegile de quaresme pernant vi une merveilles que je vous weil raconter. Car ce jour meismes fu mis en terre mon seigneur Hue de Landricourt, qui estoit avec moy a baniere. La ou il estoit en biere en ma chapelle, .VI. de mes chevaliers estoient apuiez sus pluseurs saz pleins d'orge ; et pour ce que il parloient haut en ma chapelle et que il faisoient noise au prestre, je leur alai dire que il se teussent, et leur dis que vileinne chose estoit de chevaliers et de gentilz homes qui parloient tandis que l'en chantoit la messe. **298** Et il me commencierent a rire et me distrent en riant que il li remarieroient[a] sa femme. Et je les enchoisonnai et leur dis que tiex paroles n'estoient ne bones ne beles, et que tost avoient oublié leur compaingnon. Et Dieu en fist tel vengance que l'endemain fu la grant bataille du quaresme prenant, dont il furent mort ou navrez a mort, par quoy il couvint leur femmes remarier toutes .VI.

299 Pour les bleceures que j'oi le jour de quaresme prenant me prist la maladie de l'ost de la bouche et des jambes, et une double tierceinne, et une reume si grant en la teste que la reume me filoit de la teste parmi les nariles ; et pour les dites maladies acouchai au lit malade en la mi quaresme. Dont il avint ainsi que mon prestre me chantoit la messe devant mon lit en mon paveillon, et avoit la maladie que j'avoie. **300** Or avint ainsi que en son sacrement il se pasma. Quant je vi que il vouloit cheoir, je, qui avoie ma cote vestue, sailli de mon lit tout deschaus et l'embraçai et li deis que il feist tout a trait et tout belement son sacrement, que je ne le leroie tant que il l'avroit tout fait. Il revint a soi et fist son sacrement et parchanta sa messe toute entierement, ne onques puis ne chanta[a].

301 Aprés ces choses prist le conseil le roy et le conseil le soudanc journee d'eulz acorder. Le traitié de l'acorder fu tel que l'en devoit rendre au soudanc Damiete, et le soudanc devoit rendre au roy le reaume de Jerusalem ; et li dut garder le soudanc les malades qui estoient a

---

298a remarioient *BL*   **300a** c. messe *BL*

297 La veille du mardi gras, je vis un fait étonnant que je veux vous raconter. Car ce jour même fut mis en terre messire Hugues de Landricourt, qui était avec moi portant bannière. Alors qu'il était en bière dans ma chapelle, six de mes chevaliers étaient appuyés sur plusieurs sacs pleins d'orge ; et comme ils parlaient haut dans ma chapelle et qu'ils dérangeaient le prêtre, j'allai leur dire de se taire, et je leur dis que c'était une chose indigne que des chevaliers et des gentilshommes qui parlaient tandis que l'on chantait la messe. **298** Et ils commencèrent à se moquer de moi et me dirent en riant qu'ils lui remarieraient sa femme. Et je leur fis des reproches et leur dis que de telles paroles n'étaient ni bonnes ni belles et qu'ils avaient tôt oublié leur compagnon. Et Dieu en tira telle vengeance que le lendemain eut lieu la grande bataille du mardi gras, au cours de laquelle ils furent tués ou blessés à mort ; à la suite de quoi il fallut que leurs femmes se remarient toutes les six.

299 À cause des blessures que je reçus le jour du mardi gras, la maladie de l'armée me prit à la bouche et aux jambes, ainsi qu'une double fièvre tierce et un écoulement si grand dans la tête que l'humeur me filait de la tête par les narines ; et à cause desdites maladies je me mis au lit, malade, le jour de la mi-carême. D'où il arriva que mon prêtre chantait pour moi la messe devant mon lit dans ma tente ; et il avait la maladie que j'avais. **300** Or il arriva qu'à la consécration il perdit connaissance. Quand je vis qu'il allait tomber, moi, qui étais vêtu de ma cotte, je sautai de mon lit sans chausses, et je le pris entre mes bras, et lui dis qu'il fasse tout doucement et tranquillement sa consécration, que je ne le laisserais pas tant qu'il ne l'aurait pas entièrement faite. Il revint à lui et fit sa consécration et chanta entièrement sa messe jusqu'au bout ; et jamais depuis il ne chanta.

301 Après ces faits, le conseil du roi et le conseil du sultan prirent jour pour conclure un accord. Les conditions de l'accord furent les suivantes : on devait rendre au sultan Damiette, et le sultan devait rendre au roi le royaume de Jérusalem ; et le sultan dut garder les malades qui étaient à

---

299. *la mi quaresme*, le 6 mars 1250.

Damiete, et les chars salees, pour ce que il ne mangoient
point de porc, et les engins le roy, jusques a tant que
le roy pourroit renvoier querre toutes ces choses. **302** Il
demanderent au conseil le roy quel seurté il donroient par
quoy il reussent Damiete. Le conseil le roy leur offri que
il detenissent un des freres le roy tant que il reussent
Damiete, ou le conte d'Anjou ou le conte de Poitiers. Les
Sarrazins distrent que il n'en feroient riens se en ne leur
lessoit le cors le roy en gage. Dont mon seigneur Geffroi
de Sergines, le bon chevalier, dit que il ameroit miex que
les Sarrazins les eussent touz mors et pris que ce que il
leur feust reprouvé que il eussent lessié le roy en gage.
303 La maladie commença a engregier en l'ost en tel
maniere que il venoit tant de char morte es gencives a
nostre gent que il couvenoit que barbiers ostassent la char
morte, pour ce que il peussent la viande mascher et avaler
aval. Grant pitié estoit d'oïr brere les gens parmi l'ost aus
quiex l'en copoit la char morte, car il breoient aussi
comme femmes qui traveillent d'enfant.

304 Quant le roy vit que il n'avoit pooir d'ilec demourer
que mourir ne le couvenist li et sa gent, il ordena et atira
que il mouvroit le mardi au soir a l'anuitier aprés les
octaves de Pasques pour revenir a Damiete[a]. *Il fist parler
aux marroniers qui avoient les gallees comment il leur
convenoit recueillir tous les mallades et les mener à
Damiette.* Le roy commanda a Josselin de Cornant[b] et a
ses freres et aus autres engingneurs que il copassent les
cordes qui tenoient les pons entre nous et les Sarrazins,
et riens n'en firent. **305** Nous nous requeillimes le mardi[a]
aprés diner de relevee *en mon vaissel*, et .II. de mes chevaliers que je avoie de remenant[b] *avecques mon autre* mes-
niee. Quant ce vint que il commença a anuitier, je dis a
mes mariniers que il tirassent leur ancre et que nous en
alissions aval ; et il distrent que il n'oseroient, pour ce

304*a* D. Il fist parler… mener à Damiette. L. *BL* D. et fist commander de
par lui aux mariniers des gallees qu'ilz apprestassent leurs vaisseaux et qu'ilz
recuillissent tous les malades pour les mener a Damiete *MP om. A –* **b** Cornaut *BL* Coruant *MP*   305*a* m. a rellevee en mon vaisseau moy e. *BL* je
me retiré en mon vaissel *MP* e.m.v. *om. A –* **b** r. et mes autres serviteurs *L*
de mes s. *B* avecques mon autre mesgnie *M* r. de ma m. *A*

Damiette, et les viandes salées, parce qu'ils ne mangeaient pas de porc, et les engins du roi, jusqu'à ce que le roi puisse envoyer chercher toutes ces choses. **302** Les Sarrasins demandèrent au conseil du roi quelle garantie il donnerait pour la restitution de Damiette. Le conseil du roi leur offrit de détenir un des frères du roi jusqu'à ce qu'ils aient recouvré Damiette, ou le comte d'Anjou, ou le comte de Poitiers. Les Sarrasins dirent qu'ils n'en feraient rien si on ne leur laissait en gage la personne du roi. Sur quoi messire Geoffroi de Sergines, le bon chevalier, dit qu'il aimerait mieux que les Sarrasins les eussent tous tués et pris, que de s'entendre reprocher d'avoir laissé le roi en gage. **303** La maladie commença à s'aggraver dans le camp de telle manière qu'il venait tant de chair morte aux gencives de nos gens qu'il fallait que les barbiers ôtent la chair morte pour qu'ils puissent mâcher la nourriture et l'avaler. C'était grande pitié d'entendre dans le camp hurler les gens à qui l'on coupait la chair morte, car ils hurlaient comme des femmes en travail d'enfant.

304 Quand le roi vit qu'il n'avait pas la possibilité de demeurer là sans qu'il lui faille mourir, lui et ses hommes, il organisa les choses et prit ses dispositions pour partir le mardi soir, à la tombée de la nuit, après l'octave de Pâques, pour revenir à Damiette. Le roi fit dire aux mariniers qui avaient les galères comment ils devraient recueillir tous les malades et les emmener à Damiette. Le roi donna à Jocelin de Cornant et à ses frères et aux autres ingénieurs l'ordre de couper les cordes qui tenaient les ponts entre nous et les Sarrasins ; et ils n'en firent rien. **305** Nous nous embarquâmes dans mon bateau le mardi après le repas dans l'après-midi, avec les deux chevaliers qui me restaient, et les autres hommes de ma maisonnée. Quand vint le moment que la nuit commença à tomber, je dis à mes mariniers de lever leur ancre et de nous faire descendre le cou-

---

304. *le mardi au soir*, le 5 avril 1250.

que les galies au soudanc, qui estoient entre nous et Damiete, nous occirroient. Les mariniers avoient fait grans feus pour requeillir les malades dedans leur galies, et les malades c'estoient trait sur la rive du flum. Tandis que je prioie[c] *les mariniers* que nous en alissions, les Sarrazins entrerent en l'ost ; et vi a la clarté du feu que il occioient les malades sus la rive. **306** Endementres que il tiroient leur ancre, les mariniers qui devoient mener les malades couperent les cordes de leur ancres et de leur galies[a] *et* acoururent[b] *encoste* nos petiz vessiaus et nous enclorrent l'un d'une par et l'autre d'autre part, que a pou se ala que il ne nous afondrerent en l'yaue. Quant nous fumes eschapés de ce peril et nous en alions contreval le flum, le roy, qui avoit la maladie de l'ost et menoison moult fort, se feust bien garanti es galies se il vousist, mes il dit que se Dieu plest, il ne leroit ja son peuple. Le soir se pasma par pluseurs foiz, et pour la fort menuison que il avoit li couvint coper le fons de ses braies toutes les foiz que il descendoit pour aler a chambre. **307** L'en escrioit a nous qui nagions par l'yaue que nous attendission le roy ; et quant nous ne le voulions attendre, l'en traioit a nous de quarriaus, par quoy il nous couvenoit arester tant que il nous donnoient congé de nager.

308 Or vous lerai[a] ici, si vous dirai comment le roy fu pris, ainsi comme il meismes le me conta. Il me dit que il avoit lessié la seue bataille et c'estoit mis entre li et

---

305c p. les maroniers *BL* p. mes mariniers *MP* le marinier *A*   **306.** *L présente, fol. 77, une peinture en demi page représentant un combat, avec la légende* Comment le roy fu prins   **306a** g. et a. *BL om. A* − *b* a. par a coste n. *BL* a. en n. *A je corrige par* encoste.   **308** *B présente p. 79, après 307 le titre :* Comment nostre sainct roys Loys fut prins de Sarrazins *avec ce texte :* Nostre sainct roy avoit de coustume que quant il passoit par dessus quelque pont, il disoit tousjours : « Surrexit Dominus de sepulcro qui pro nobis pependit in ligno. » Et disoit : « Se le pont est de pierre je ne doubte point a passer se le sepulchre ou Nostre Seigneur fut ensepvely estoit de pierre, et s'il est de boys, je ne doubte point a passer car la croix ou Nostre Seigneur fut mys estoit de boys », et par ainsy passoit seurement. *La p. 80 est blanche.*   **308a** *Le copiste avait écrit* dirai, di *a été biffé et* le *ajouté en marge par le reviseur*

rant ; et ils dirent qu'ils ne l'oseraient pas, parce que les galères du sultan, qui étaient entre nous et Damiette, nous tueraient. Les mariniers avaient fait de grands feux pour recueillir les malades dans leurs galères, et les malades s'étaient portés sur la rive du fleuve. Tandis que je priais les mariniers de nous faire aller, les Sarrasins entrèrent dans le camp ; et je vis à la clarté du feu qu'ils tuaient les malades sur la rive. **306** Pendant que mes mariniers levaient leur ancre, les mariniers qui devaient emmener les malades coupèrent les cordes de leurs ancres et de leurs galères et accoururent sur nos petits vaisseaux et nous enfermèrent les uns d'un côté, les autres de l'autre, en sorte que peu s'en fallut qu'ils ne nous fissent aller par le fond. Quand nous fûmes échappés de ce péril, et que nous descendions le fleuve, le roi, qui avait la maladie de l'armée et une très forte diarrhée, se fut trouvé bien en sûreté dans les galères, s'il avait voulu ; mais il dit que, s'il plaisait à Dieu, il n'abandonnerait certainement pas son peuple. Le soir, il perdit connaissance à plusieurs reprises ; et à cause de la violente diarrhée qu'il avait, il fallut lui couper le fond de ses braies toutes les fois qu'il descendait de cheval pour aller aux cabinets. **307** On nous criait, à nous qui naviguions au fil de l'eau, d'attendre le roi ; et quand nous ne voulions pas l'attendre, on tirait sur nous des carreaux d'arbalète, ce qui nous obligeait à nous arrêter jusqu'à ce qu'on nous donne l'autorisation de naviguer.

308 Or je vous laisserai ici, et je vous dirai comment le roi fut pris, ainsi que lui-même me le conta. Il me dit qu'il avait laissé son corps de bataille et qu'il s'était mis, lui et messire

---

306. Louis IX avait contracté le paludisme au cours de la campagne du Poitou en 1242 ; il souffrait de dysenterie et avait peut-être été atteint par le scorbut ; Filliozat et Huard, *Saint Louis et l'Orient* 1970, p. 38.

mon seigneur Geffroy de Sargines, et[b] en la bataille mon seigneur Gautier de Chasteillon, qui fesoit l'ariere garde. **309** Et me conta le roy que il estoit monté sur un petit roncin, une houce de soye vestue, et dit que dariere li ne demoura de touz chevaliers ne de touz serjans que mon seigneur Geffroy de Sergines, lequel amena le roy jusques[a] a Quazel, la ou le roy fu pris, en tel maniere que li roys me conta que mon seigneur Geffroy de Sergines le deffendoit des Sarrazins aussi comme le bon vallet deffent le hanap son seigneur des mouches ; car toutes les foiz que les Sarrazins l'aprochoient, il prenoit son espié, que il avoit mis entre li et l'arçon de sa selle, et le metoit desous s'esselle, et leur recouroit sus et les chassoit ensus du roy. **310** Et ainsi mena le roy jusques[a] a Kasel et le descendirent en une meson et le coucherent ou giron d'une bourjoise de Paris, aussi comme tout mort, et cuidoient que il ne deust ja veoir le soir. Illec vint mon seigneur Phelippe de Monfort, et dit au roy que il[b] *venoit de* l'amiral a qui il avoit traitié de la treve, que se il vouloit, il iroit a li pour la treuve refaire en la maniere que les Sarrazins vouloient. Le roy li pria que il y alast, et que il le vouloit bien. Il ala au Sarrazin, et le Sarrazin avoit ostee sa touaille de sa reste et osta son anel de son doy pour asseurer que il tenroit la treve. **311** Dedans ce avint une si grant mescheance a nostre gent que un traitres serjant[a], qui avoit a non Marcel, commença a crier a nostre gent : « Seigneurs chevaliers, rendés vous, que li roys le vous mande ; et ne faites pas occirre le roy ! » Touz cuiderent que le roy leur eust mandé, et rendirent leur espees aus Sarrazins. L'amiraut vit que les Sarrazins amenoient nostre gent prins ; l'amiraut dit a mon seigneur Phelippe que il n'aferoit pas que il donnast a nostre gent treves, car il veoit bien que il estoient pris. **312** Or avint ainsi que[a] mon seigneur Phelippe, que toute nostre gent estoient pris et il ne

308b et *BL* om. *M*   **309**a j. a Casel *BL* j. a une petite ville nommee Casel *MP*   **310**a j. a Kasel *BL* j. au lieu de Casel *MP —* b i. venoit de l'a... se il vouloit, il y retourneroit *BL* il venoit de veoir l'a... encores de rechief il lui en yroit parler *M* i. veoit l'a. *A*   **311**a s. de Paris q. *B*   **312**a a *BL*

Geoffroi de Sergines, dans le corps de bataille de messire Gaucher de Châtillon, qui faisait l'arrière-garde. **309** Et le roi me conta qu'il était monté sur un petit roncin, vêtu d'une housse de soie, et il dit que ne demeura derrière lui, de tous les chevaliers et de tous les sergents, que messire Geoffroi de Sergines, qui amena le roi jusqu'au village où le roi fut pris, de la manière que celui-ci me raconta : messire Geoffroi de Sergines le défendait des Sarrasins comme le bon serviteur défend la coupe de son maître des mouches ; car toutes les fois que les Sarrasins approchaient de lui, il prenait sa pique, qu'il avait placée entre lui et l'arçon de sa selle, et la mettait sous son aisselle et recommençait à les charger, et les chassait loin du roi. **310** Et ainsi il conduisit le roi jusqu'au village ; et on le descendit dans une maison, et on le coucha sur les genoux d'une bourgeoise de Paris avec les apparences de la mort, et on pensait qu'il ne devrait certainement pas voir le soir. Là arriva messire Philippe de Montfort, et il dit au roi qu'il revenait d'auprès de l'émir avec lequel il avait traité de la trêve ; que, s'il voulait, il irait à lui pour renégocier la trêve de la manière que les Sarrasins voulaient. Le roi le pria d'y aller, et dit qu'il le voulait bien. Messire Philippe se rendit auprès du Sarrasin ; et le Sarrasin avait enlevé son turban de la tête, et enleva son anneau de son doigt pour garantir qu'il observerait la trêve. **311** Sur ces entrefaites, il arriva un très grand malheur à nos gens, car un sergent, un traître, qui portait le nom de Marcel, commença à crier aux nôtres : « Seigneurs chevaliers, rendez-vous, le roi vous en donne l'ordre ; et ne faites pas tuer le roi ! » Tous pensèrent que c'était un ordre du roi, et ils rendirent leurs épées aux Sarrasins. L'émir vit que les Sarrasins amenaient nos gens prisonniers ; l'émir dit à messire Philippe qu'il ne convenait pas qu'il donne des trêves à nos gens, car il voyait bien

---

309a. Tous les mss sont d'accord pour faire ici par erreur de *quasel* ou *kasel* un nom propre de lieu ; cf. § 390, 391, 414.   **310.** Philippe de Montfort, neveu de Simon, était arrivé en Terre sainte avec la croisade de Thibaut de Champagne en 1239, et était de par sa femme seigneur de Toron (Tibnîn), à l'intérieur des terres, à une vingtaine de kilomètres à l'est de Tyr, dont il s'empara en 1243 ; Grousset 1936, Prawer 1970, aux index.   **311.** Il s'agirait d'un membre de la famille parisienne des Marcel ; R. Cazelles, *Étienne Marcel*, Paris, 1984, p. 28.

le fu pas, pour ce que il estoit message. Or a une autre mauvese maniere ou[b] païs en la paiennime, que quant le roy
envoie ses messages au soudanc ou le soudanc au roy, et le
roy meurt ou le soudanc avant que les messages revieing-
gnent, les messages sont prisons et esclaves, de quelque
part que il soient, ou crestiens ou Sarrazins.

313 Quant celle mescheance avint a nos gens que il
furent pris a terre, aussi avint a nous, qui fumes prins en
l'yaue, ainsi comme vous orrez ci aprés. Car le vent nous
vint de vers Damiete, qui nous toli le courant de l'yaue,
et les chevaliers que le roy avoit mis en ses courciers
pour nos malades deffendre s'enfouirent. Nos mariniers
perdirent le cours du flum et se mistrent en une noe, dont
il nous couvint retourner ariere vers les Sarrazins.

314 Nous, qui alions par yaue, venimes un pou devant ce
que l'aube crevast au passage la ou les galies au soudanc
estoient qui nous avoient tolu a venir les viandes[a] *de vers*
Damiete. La ot grant hutin, car il traioient a nous et a
nostre gent qui estoient sus la rive de l'yaue, a cheval, si
grant foison de pylés atout le feu grejois que il sembloit
que les estoiles[b] du ciel cheïssent.

315 Quant nos mariniers nous eurent ramenez du bras du
flum la ou il nous orent enbatus, nous trouvames les courciers le roy que le roy nous avoit establiz pour nos malades
deffendre, qui s'en venoient fuiant vers Damiete. Lors leva
un vent qui venoit de vers Damiete, si fort que il nous toli le
cours de l'yaue. **316** A l'une des rives du flum et a l'autre
avoit *trop*[a] grant foison de vaisselés a nostre gent qui ne
pooient aler aval, que les Sarrazins avoient pris et arestez, et
tuoient les gens et les getoient en l'yaue, et traihoient les
cofres et les harnois des nefz que il avoient gaaingnees a

qu'ils étaient prisonniers. **312** Or il arriva à messire Philippe que tous les nôtres étaient prisonniers, et qu'il ne le fut pas parce qu'il était messager. Or il y a une mauvaise coutume dans le pays, en pays païen, que lorsque le roi envoie ses messagers au sultan, ou le sultan au roi, et que le roi meurt, ou le sultan, avant que les messagers ne reviennent, les messagers sont prisonniers et esclaves, de quelque côté qu'ils soient, chrétiens ou sarrasins.

313 Quand ce malheur arriva aux nôtres d'être pris à terre, il nous en arriva autant à nous qui fûmes pris sur l'eau, comme vous l'entendrez ci-après. Car le vent se mit à souffler en venant de la direction de Damiette, et nous priva du courant de l'eau ; et les chevaliers que le roi avait placés sur ses bâtiments légers pour défendre nos malades s'enfuirent. Nos mariniers perdirent le cours du fleuve et s'engagèrent dans un bras mort, ce qui nous obligea à retourner en arrière vers les Sarrasins.

314 Nous, qui allions par eau, arrivâmes un peu avant que l'aube commence à poindre au passage où étaient les galères du sultan qui nous avaient privés de l'arrivée des vivres de Damiette. Il y eut là un grand tumulte, car les Sarrasins tiraient sur nous et sur nos gens qui étaient sur le rivage du fleuve, à cheval, une si grande quantité de traits avec le feu grégeois qu'il semblait que les étoiles du ciel tombaient.

315 Quand nos mariniers nous eurent ramenés du bras du fleuve où ils nous avaient engagés, nous trouvâmes les vaisseaux légers du roi que le roi nous avait fournis pour défendre nos malades, qui s'en allaient en fuyant vers Damiette. Alors se leva un vent qui venait de la direction de Damiette, si fort qu'il nous priva du courant de l'eau. **316** À l'une et l'autre rive du fleuve, il y avait une très grande quantité de petits vaisseaux à nos gens qui ne pouvaient aller vers l'aval, que les Sarrasins avaient pris et avaient arrêtés, et ils tuaient les gens et les jetaient à l'eau et ils tiraient des

---

312b. Foulet 1979, p. 226, considère *ou païs* comme une addition de *A*.

nostre gent. Les Sarrazins qui estoient a cheval sus la rive traioient a nous de pylés pour ce que nous ne voulions aler a eulz. Ma gent m'orent vestu un haubert a tournoier, le quel j'avoie vestu pour[b] *que* les pilés qui cheoient en nostre vessel ne me bleçassent. **317** En ce point, ma gent qui estoient en la pointe du vessel aval m'escrierent : « Sire, sire, vos mariniers, pour ce que les Sarrazins les menacent, vous vuelent mener a terre. » Je me fiz lever par les bras, si feble comme je estoie, et trais m'espee[a] *toute nue* sur eulz, et leur diz que je les occirroie se il me menoient a terre. Et il me respondirent que je preisse le quel que je vourroie, ou il me menroient a terre, ou il me ancreroient en mi le flum jusques a tant que le vent feust choit. Et je leur dis que j'amoie miex que il m'ancrassent en mi le flum que ce que il me menacent a terre, la ou je veoie nostre occision ; et il m'ancrerent.

318 Ne tarda gueres que nous veismes venir .IIII. galies du soudanc, la ou il avoit bien mil homes. Lors j'appelai mes chevaliers et ma gent, et leur demandai que il vouloient que nous feissions, ou de nous rendre aus galies le soudanc ou de nous rendre a ceulz qui estoient a terre. Nous acordames touz que nous amions miex que nous nous randissions aus galies le soudanc, pour ce que il nous tendroient[a] *tous* ensemble, que ce que nous nous randisson a ceulz qui *estoient*[b] a terre, pour ce que il nous esparpilleroient et vendroient aus Beduyns. **319** Lors dit un mien scelerier, qui estoit né de Doulevens : « Sire, je ne m'acorde pas a cest conseil. » Je li demandai au quel il s'acordoit, et il me dit : « Je m'acorde que nous nous lessons touz tuer, si nous en irons touz en paradis. » Mez nous ne le creumes pas.

320 Quant vi que prenre nous escouvenoit, je prins mon escrin et mes joiaus et les getai ou flum, et mes reliques aussi. Lors me dit un de mes mariniers : « Sire, se vous

---

bateaux les coffres et les équipements qu'ils avaient conquis sur nos gens. Les Sarrasins qui étaient à cheval sur la rive tiraient sur nous des traits parce que nous ne voulions pas aller à eux. Mes hommes m'avaient fait revêtir un haubert de tournoi que j'avais revêtu pour que les traits qui tombaient sur notre bateau ne me blessent pas. **317** Sur ces entrefaites, mes gens, qui étaient à la pointe du bateau en aval, me crièrent : « Sire, sire, vos mariniers, parce que les Sarrasins les menacent, veulent vous mener à terre. » Je me fis soulever par les bras, faible comme j'étais, et je tirai mon épée toute nue contre eux, et je leur dis que je les tuerais s'ils me menaient à terre. Et ils me répondirent que je choisisse ce que je voudrais : ou ils me mèneraient à terre, ou ils m'ancreraient au milieu du fleuve jusqu'au moment où le vent serait tombé. Et je leur dis que j'aimais mieux qu'ils m'ancrent au milieu du fleuve plutôt qu'ils me mènent à terre, où je voyais notre massacre ; et ils m'ancrèrent.

318 Nous ne tardâmes guère à voir venir quatre galères du sultan, où il y avait bien mille hommes. Alors je m'adressai à mes chevaliers et à mes gens, et je leur demandai ce qu'ils voulaient que nous fassions, ou nous rendre aux galères du sultan, ou nous rendre à ceux qui étaient à terre. Nous fûmes tous d'accord que nous aimions mieux nous rendre aux galères du sultan, parce que ces Sarrasins nous garderaient tous ensemble, que de nous rendre à ceux qui étaient à terre, parce qu'ils nous éparpilleraient et nous vendraient aux Bédouins. **319** Alors un cellerier de ma maison, qui était né à Doulevant, dit : « Sire, je ne donne pas mon accord à cet avis. » Je lui demandai auquel il donnait son accord, et il me dit : « Je suis d'avis que nous nous laissions tous tuer ; ainsi nous irons tous au Paradis. » Mais nous ne le crûmes pas.

320 Quand je vis que nous serions nécessairement pris, je pris mon écrin et mes joyaux et je les jetai dans le fleuve, et mes reliques aussi. Alors l'un de mes mariniers me dit : « Sire,

---

316. Le haubert de tournoi est en principe plus lourd, de manière à mieux protéger.   **319.** Le cellerier est chargé des provisions ; le mot est surtout utilisé dans les monastères.

ne me lessiés dire que vous soiés cousin au roy, l'en vous
occirra touz, et nous avec. » Et je diz que je vouloie bien
que il deist ce que il vourroit. Quant la premiere galie qui
venoit vers nous pour nous hurter nostre vessel en travers
oÿrent ce, il geterent lur ancres pres de nostre vessel.
321 Lors[a] *m'*envoia Diex un Sarrazin qui estoit de la terre
l'empereour[b] *et vestu de unes brayes de toilles escrue*, et
en vint noant[c] *parmy le fleuve* jusques a nostre vessel et
m'embraça par les flans et me dit : « Sire, vous estes
perdu se vous ne metés conseil en vous, car il vous
convient saillir de vostre vessel sur le bec qui est tison de
celle galie. Et se vous *saillés*[d], il ne vous regarderont ja,
car il entendent au gaaing de vostre vessel. » Il me geterent une corde de la galie, et je sailli sus l'estoc, ainsi
comme Dieu volt. Et sachiez que je chancelai[e] *tellement*
que se il ne fu sailli aprés moy pour moy soustenir, je
feusse cheu en l'yaue.

322 Il[a] me *tira* en la galie, la ou il avoit bien[b]. IIII[XX]. homes
de leur gens, et il me tint touz jours embracié ; et lors il
me porterent a terre et me saillirent sur le cors pour moy
coper la gorge, car cilz qui m'eust occis cuidast estre
honoré. Et ce Sarrazin me tenoit touz jours embracié et
crioit : « Cousin le roy ! » En tele maniere me porterent .II.
foiz par terre et une a genoillons, et lors je senti le coutel
a la gorge. En ceste persecucion me salva Diex par l'aide
du Sarrazin, le quel me mena jusques ou chastel la ou les
chevaliers sarrazins estoient. **323** Quant je ving entre
eulz, il m'osterent mon hauberc, et pour la pitié qu'il
orent de moy, il geterent sur moy un mien couvertouer
de escarlate fourré de menu ver que ma dame ma mere
m'avoit donné ; et l'autre m'aporta une courroie blanche,
et je me ceigny sur mon couvertouer, ou quel je avoie
fait un pertuis, et l'avoie vestu ; et l'autre m'aporta un
chaperon que je mis en ma teste. Et lors, pour la poour

321a L. m'e. *BLMP om. A* — **b** e. vestu... ecrue (e. *om. B*) e. *BL* e. qui
seullement avoit unes braies vestues d'une toille escrue (e. *om.* P) e. *MP om.*
A — **c** n. parmy le fleuve j. *BL* n. parmy l'eau j. *M om. A* — **d** saillez *BL*
faillés *A* — **e** chancelloie tellement q. *BL om. A*   **322a** il me tira *BL* je
fus tiré *MP* Il me mistrent *A* — **b** b. quatorze v. *BL* quatre v. *MP*

si vous ne me laissez pas dire que vous êtes cousin du roi, on vous tuera tous, et nous avec. » Et je dis que je voulais bien qu'il dise ce qu'il voudrait. Quand les gens de la première galère qui venait vers nous pour heurter notre bateau par le travers entendirent cela, ils jetèrent l'ancre près de notre bateau. **321** Alors Dieu m'envoya un Sarrasin qui était de la terre de l'empereur, vêtu de braies de toile écrue, et il vint à la nage dans le fleuve jusqu'à notre bateau, et il mit ses bras autour de mes flancs et me dit : « Sire, vous êtes perdu si vous ne prenez pas de décision ; car il faut que vous sautiez de votre bateau sur la pointe qui prolonge la quille de cette galère. Et si vous sautez, ils ne feront certainement pas attention à vous, car ils songent au butin de votre bateau. » On me jeta une corde de la galère ; et je sautai sur l'éperon, au vouloir de Dieu. Et sachez que je chancelai tellement que, si le Sarrasin n'avait sauté après moi pour me soutenir, je serais tombé à l'eau.

322 Il me tira dans la galère, où il y avait bien quatre-vingts hommes de leurs gens, et il me tint toujours entre ses bras ; et alors ils me jetèrent à terre et me sautèrent sur le corps pour me couper la gorge, car celui qui m'aurait tué aurait pensé que c'était un honneur. Et ce Sarrasin me tenait toujours entre ses bras et criait : « Cousin du roi. » De cette façon ils me jetèrent deux fois sur le sol, et une fois à genoux ; et alors je sentis le couteau sur la gorge. Dans cette situation critique, Dieu me sauva par l'aide du Sarrasin, qui me mena jusqu'au château où étaient les chevaliers sarrasins. **323** Quand je fus au milieu d'eux, ils m'ôtèrent mon haubert ; et pour la pitié qu'ils eurent de moi, ils jetèrent sur moi une mienne couverture de fin drap fourrée de menu vair que madame ma mère m'avait donnée ; et l'autre m'apporta une ceinture blanche, et je me ceignis par-dessus ma couverture, à laquelle j'avais fait un trou et que j'avais passée comme un vêtement ; et

---

320. Foulet 1979, p. 226, propose de corriger *l'en nous o. t. et vous a.*
321. *L'empereour* : il s'agit de Frédéric II ; le Sarrasin peut venir de Sicile, d'Italie du sud, ou d'une île de la Méditerranée. – *tison* ; Paris 1874, p. 408, propose de corriger *le bec dou tison*, ou *le bec qui est en son*.
323. L'écarlate est un drap de belle qualité, qui n'est pas toujours rouge.

que je avoie, je commençai a trembler bien fort, et pour
la maladie aussi. Et lors je demandai a boire, et l'en
m'aporta de l'yaue en un pot, et si tost comme je la mis
a ma bouche pour envoier aval, elle me sailli hors par les
narilles. **324** Quant je vi ce, je envoiai querre ma gent, et
leur dis que je estoie mort, que j'avoie l'apostume en la
gorge ; et il me demanderent comment je le savoie[a] ; *et
je leur moustray* ; et tantost *qu'*il virent que l'yaue *me*[b]
sailloit[c] par les narilles il pristrent a plorer. Quant les chevaliers sarrazins qui la estoient virent ma gent plorer, il
demanderent au Sarrazin qui sauvez nous avoit pour quoy
il ploroient ; et il respondi que il entendoit que j'avoie
l'apostume en la gorge, par quoy je ne pouoie eschaper.
Et lors un des chevaliers sarrazins dit a celi qui nous avoit
garantiz que il nous reconfortast, car il me donroit tel
chose a boivre de quoy je seroie gueri dedans .II. jours ;
et si fist il.

325 Mon seigneur Raoul de Wanou, qui estoit entour
moy, avoit esté esjareté a la grant bataille du quaresme
prenant et ne pooit ester sur ses piez ; et sachiez que un
vieil Sarrazin chevalier qui estoit en la galie le portoit aus
chambres privees a son col.

326 Le grant amiral des galies m'envoia querre et me
demanda se je estoie cousin le roy ; et je li dis que nanin,
et li conta comment et pour quoy le marinier avoit dit que
je estoie cousin le roy. Et il dit que j'avoie fait que sage,
car autrement eussions nous esté touz mors. Et il me
demanda se je tenoie riens de lignage a l'empereur Ferri
d'Alemaingne, qui lors vivoit, et je li respondi que je
entendoie que ma dame ma mere estoit sa cousine germainne ; et il me dit que tant[a] m'*en* amoit il miex.
327 Tandis que nous mangions, il fist venir un bourgois
de Paris devant nous. Quant le bourgois fu venu, il me
dit : « Sire, que faites vous ? – Que faiz je donc ? feiz je.

324a s. et je leur m. et si tost qu'i. *BL om. A* – **b** me *BL* li *A* – **c** s. par l. n. *BLM* s. par la gorge et par l. n. *A* **326a** t. m'en a. *BL om. A*

l'autre m'apporta un chaperon que je mis sur ma tête. Et alors, à cause de la peur que j'avais, je commençai à trembler bien fort, et à cause de la maladie aussi. Et alors je demandai à boire, et on m'apporta de l'eau dans un pot ; et aussitôt que je la mis dans ma bouche pour l'avaler, l'eau me jaillit dehors par les narines. **324** Quand je vis cela, j'envoyai chercher mes gens, et je leur dis que j'étais mort, que j'avais un abcès à la gorge ; et ils me demandèrent comment je le savais ; et je le leur montrai et, aussitôt qu'ils virent que l'eau me jaillissait par les narines, ils se mirent à pleurer. Quand les chevaliers sarrasins qui étaient là virent mes gens pleurer, ils demandèrent au Sarrasin qui nous avait sauvés pourquoi ils pleuraient ; et il répondit qu'il comprenait que j'avais un abcès à la gorge, à cause duquel je ne pouvais en réchapper. Et alors un des chevaliers sarrasins dit à celui qui nous avait protégés de nous réconforter ; car il me donnerait telle chose à boire dont je serais guéri dans les deux jours ; et ainsi fit-il.

325 Messire Raoul de Vanault, qui était dans mon entourage, avait eu les jarrets coupés à la grande bataille du jour du mardi gras, et ne pouvait se tenir sur ses pieds ; et sachez qu'un vieux chevalier sarrasin, qui était dans la galère, le portait aux cabinets à son cou.

326 Le grand amiral des galères m'envoya chercher et me demanda si j'étais cousin du roi ; et je lui dis que non, et je lui racontai comment et pourquoi le marinier avait dit que j'étais cousin du roi. Et il dit que j'avais agi en sage, car autrement nous aurions été tous tués. Et il me demanda si je tenais en quelque manière au lignage de l'empereur Frédéric d'Allemagne, qui alors vivait ; et je lui répondis que je savais que madame ma mère était sa cousine germaine ; et il me dit qu'il m'en aimait d'autant mieux. **327** Pendant que nous mangions, il fit venir un bourgeois de Paris devant nous. Quand le bourgeois fut venu, il me dit : « Sire, que faites-vous ? – Que fais-je donc ? dis-je. – Au nom de Dieu,

---

326. La mère de Joinville n'était pas cousine germaine, mais cousine au cinquième degré de Frédéric II.

– En non Dieu, fist il, vous mangez char au vendredi ! »
Quant j'oï ce, je bouté m'escuele arieres. Et il demanda
a mon Sarrazin pour quoy je avoie ce fait, et il li dit ; et
l'amiraut li respondi que ja Dieu ne m'en savroit mal gré,
puis que je ne l'avoi fait a escient. **328** Et sachez que
ceste response me fist le legat quant nous fumes hors de
prison. Et pour ce ne lessé je pas que je ne jeunasse touz
les vendredis de quaresme aprés en pain et en yaue, dont
le legat se courrouça moult forment a moy pour ce que il
n'avoit demouré avec le roy de riches homes que moy.
329 Le dymanche aprés, l'amiraut me fit descendre et
tous les autres prisonniers qui avoient esté pris en l'yaue
sur la rive du flum. Endementieres[a] *que* on trehoit mon
seigneur Jehan, mon bon prestre, hors de la soute de la
galie, il se pausma, et en le tua et le geta l'en ou flum.
Son clerc, qui se pasma aussi pour la maladie de l'ost que
il avoit, l'en li geta un mortier sus la teste, et fu mort et
le geta l'en ou flum. **330** Tandis que l'en descendoit les
autres malades des galies ou il avoient esté en prison, il
y avoit gens sarrazins appareilliez, les espees toutes nues,
que ceulz qui cheoient il les occioient et getoient touz ou
flum. Je leur fis dire a mon Sarrazin que il me sembloit
que ce n'estoit pas bien fait, car c'estoit contre les enseignements Salehadin, qui dit que l'en ne doit[a] nul home
occirre puis que[b] en li avoit donné a manger de son pain
et de son sel. Et il me respondi que ce n'estoient pas
homes qui vausissent riens, pour ce que il ne se pooient
aidier pour les maladies que il avoient. **331** Il me fist
amener mes mariniers devant moy, et me dit que il
estoient touz renoiés ; et je li dis que il n'eust ja fiance
en eulz, car aussi tost comme il nous avoient lessiez, aussi
tost les leroient il se il veoient ne leur point ne leur lieu.
Et l'amiraut me fist response tele que il s'acordoit a moy,
que Salehadin disoit que en ne vit[a] onques *de mauvais*
crestien bon Sarrazin, ne de *mauvais* Sarrazin bon crestien. **332** Et aprés ces choses, il me fist monter sus un
palefroy et me menoit encoste de li ; et passames un pont

329a E. que e. *BL om. A*   **330a** devoit *BLM* doit *A* — **b** q. on luy a.
BL q. en ne li a. *A*   **331a** v.o. de mauvais c. bon S., ne de mauvais S. bon
c. *BL* v. d'un c. bon S. n'aussi d'un bon S. (bon *add. P*) c. *MP* de bon c.
bon S. n. d. bon S. b. c. *A*

dit-il, vous mangez de la viande le vendredi ! » Quand j'entendis cela, je repoussai mon écuelle. Et l'amiral demanda à mon Sarrasin pourquoi j'avais fait cela, et il le lui dit ; et l'amiral lui répondit qu'assurément Dieu ne m'en saurait mauvais gré, puisque je ne l'avais pas fait sciemment. **328** Et sachez que c'est la réponse que me fit le légat, quand nous fûmes hors de captivité. Et pour cela je ne laissai pas de jeûner ensuite tous les vendredis du carême, au pain et à l'eau ; ce pourquoi le légat se fâcha très vivement contre moi, parce qu'il n'était resté avec le roi, parmi les hommes de haut rang, que moi. **329** Le dimanche après, l'amiral me fit débarquer sur la rive du fleuve avec tous les autres prisonniers qui avaient été pris sur l'eau. Pendant que l'on tirait messire Jean, mon bon prêtre, de la soute de la galère, il s'évanouit ; et on le tua et on le jeta dans le fleuve. Son clerc, qui s'évanouit lui aussi à cause de la maladie de l'armée qu'il avait, on lui lança un mortier à la tête ; et il fut tué et on le jeta dans le fleuve. **330** Tandis que l'on faisait débarquer les autres malades des galères où ils avaient été prisonniers, il y avait des Sarrasins prêts, les épées toutes nues, et tous ceux qui tombaient, ils les tuaient et les jetaient tous dans le fleuve. Je leur fis dire, par mon Sarrasin, qu'il me semblait que ce n'était pas bien fait, car c'était contre les enseignements de Saladin, qui dit que l'on ne devait tuer aucun homme après qu'on lui ait donné à manger de son pain et de son sel. Et l'amiral me répondit que ce n'étaient pas des hommes qui aient quelque valeur, puisqu'ils n'avaient pas l'usage de leurs membres à cause des maladies qu'ils avaient. **331** Il fit amener mes mariniers devant moi et me dit qu'ils étaient tous renégats ; et je lui dis qu'il n'ait jamais confiance en eux, car aussi vite qu'ils nous avaient abandonnés ils les abandonneraient, s'ils en voyaient le moment et le lieu. Et l'amiral me fit cette réponse qu'il était d'accord avec moi, car Saladin disait qu'on ne vit jamais un mauvais chrétien bon Sarrasin, ni un mauvais Sarrasin bon chrétien. **332** Et après ces événements, il me fit monter sur un palefroi et me conduisit à

331*a*. Il faut noter que la leçon de *A* est appuyée par *MP*. **332.** Joinville était cousin germain par sa mère du comte de Montbéliard et du frère de celui-ci, Aimé, sire de Montfaucon ; voir § 407.

de nez et alames a la Masourre, la ou le roy et sa gent
estoient pris. Et venimes a l'entree d'un grant paveillon
la ou les escrivains le soudanc estoient, et firent illec
escrire mon non. Lors me dit mon Sarrazin : « Sire, je ne
vous suivré plus, car je ne puis ; mez je vous pri, sire,
que cest enfant que vous avez avec vous, que vous le
tenez tous jour par le poing, que les Sarrazins ne le vous
toillent. » Et cel enfant avoit non Berthelemin, et estoit
filz au seigneur de Monfaucon de baat. **333** Quant mon
non fu mis en escrit, si me mena l'amiraut dedans le
paveillon la ou les barons estoient, et plus de .x. mille
persones avec eulz. Quant je entrai leans, les barons firent
touz si grant joie que en ne pooit goute oïr, et en louoient
Nostre Seigneur, et disoient que il me cuidoient avoir
perdu.

334 Nous n'eumes gueres demouré[a] illec quant *nous* fist
lever l'un des plus riches homes qui la feust, et nous mena
en un autre paveillon. Moult de chevaliers et d'autres
gens tenoient les Sarrazins pris en une court qui estoit
close de mur de terre. De ce clos ou il les avoient mis les
fesoient traire l'un aprés l'autre, et leur demandoient :
« Te weulz tu renoier ? » Ceulz qui ne se vouloient
renoier, en les fesoit mettre d'une part et coper les testes,
et ceulz qui se renoioient d'autre part. **335** En ce point
nous envoia le soudanc son conseil pour parler a nous,
et demanderent a cui il diroient ce que le soudanc nous
mandoit ; et nous leur deismes que il le deissent au bon
conte Perron de Bretaingne. Il avoit gens illec qui
savoient le sarrazinnois et le françois, que l'en appele
drugemens, qui enromançoient le sarrazinnois au conte
Perron. Et furent les paroles teles : « Sire, le soudanc nous
envoie a vous pour savoir se vous vourriés estre delivrés. » Le conte respondi : « Oïl. **336** – Et que *vous*[a] dour-
riés au soudanc pour vostre delivrance ? – Ce que nous
pourrions faire et soufrir par reson », fist le conte. « Et

    334a d. leans que on f. l. deux des p. r. h. q. la feust et nous mena l'on
e. *BL* Et ainsi que nous estions ensemble… nous ne demourasmes gueres que
ung grand richomme sarrazin nous mena *M* Or ainsi que nous estions e.
voicy venir ung. r. S. lequel nous vint prendre et nous mena *P* d.i. q. en f. l.
l'un des p. *A*   **336a** vous *BL* nous *A*

côté de lui ; et nous passâmes un pont de bateaux et allâmes à Mansûra, où le roi et ses gens étaient prisonniers. Et nous arrivâmes à l'entrée d'une grande tente, où étaient les scribes du sultan ; et là ils firent écrire mon nom. Alors mon Sarrasin me dit : « Sire, je ne vous suivrai plus, car je ne le peux. Mais je vous prie, sire, que cet enfant que vous avez avec vous, vous le teniez toujours par la main, pour que les Sarrasins ne vous l'enlèvent pas. » Et cet enfant s'appelait Barthélemin, et il était fils bâtard du sire de Montfaucon. **333** Quand mon nom fut inscrit, l'amiral me mena dans la tente où se trouvaient les barons, et plus de dix mille personnes avec eux. Quand j'entrai là, les barons manifestèrent tous une si grande joie que l'on n'entendait plus rien, et ils en louaient Notre-Seigneur, et disaient qu'ils croyaient m'avoir perdu.

334 Nous n'étions guère restés en ces lieux quand l'un des plus puissants personnages qui fût là nous fit lever, et nous mena dans une autre tente. Les Sarrasins tenaient de nombreux chevaliers et d'autres gens prisonniers dans une cour qui était close d'un mur de terre. De cet enclos où ils les avaient mis, ils les faisaient extraire l'un après l'autre et leur demandaient : « Veux-tu renier ? » Ceux qui ne voulaient pas renier, on les faisait mettre d'un côté et on leur faisait couper la tête, et ceux qui reniaient, d'un autre côté. **335** À ce moment, le sultan nous envoya ses conseillers pour nous parler ; et ils demandèrent à qui ils diraient ce que le sultan nous faisait dire ; et nous leur dîmes qu'ils le disent au bon comte Pierre de Bretagne. Il y avait là des gens qui savaient le sarrasin et le français, que l'on appelle drogmans, qui mettaient en français le sarrasin pour le comte Pierre. Et les paroles furent telles : « Sire, le sultan nous envoie à vous pour savoir si vous voudriez être délivrés. » Le comte répondit : « Oui. **336** – Et que donneriez-vous au sultan pour votre délivrance ? – Ce que nous pourrions raisonnablement faire et suppor-

---

334a. *MP* sont les seuls à donner un texte cohérent.   **336.** *Empereor d'Alemaingne :* Frédéric II (mort le 13 décembre 1250) jouissait d'une grande autorité en Terre sainte, mais c'est son fils Conrad, né de la dernière reine de Jérusalem, qui depuis sa majorité était le seul roi légitime de Jérusalem.

donriés vous, firent il, pour vostre delivrance nulz des chastiaus aus barons d'outre mer. » Le conte respondi que il n'i avoit pooir, car en les tenoit de l'empereor d'Alemaingne qui lor vivoit. Il demanderent se nous renderions nulz des chastiaus du Temple ou de l'Ospital pour nostre delivrance. Et le conte respondi que ce ne pooit estre, que quant l'en y metoit les chastelains, en leur fesoit jurer sur sains que pour delivrance de cors de[b] homme il ne renderoient nulz des chastiaus. Et il nous respondirent que il leur sembloit que nous n'avions talent d'estre delivrez, et que il s'en iroient et nous envoieroient ceulz qui joueroient[c] a nous des espees, aussi comme il avoient fait aus autres ; et s'en alerent.

337 Maintenant que il s'en furent alez se feri en nostre paveillon une grant tourbe de gent, de joenes Sarrazins, les espees çaintes[a], et amenoient avec eulz un home de grant vieillesce, tout chanu, lequel nous fist demander se c'estoit voir que nous creions en un Dieu qui avoit esté pris pour nous, navré et mort pour nous, et au tiers jour resuscité ; et nous respondimes : « Oÿl. » Et lors nous dit que nous ne nous devions pas desconforter se nous avions souffertes ces persecucions pour li, « car encore, dit il, n'estes vous pas mort pour li ainsi comme il fu mort pour vous ; et se il ot[b] pooir de li resusciter, soiés certein que il vous delivrera quant li plera. » **338** Lors s'en ala, et touz les autres joenes gens aprés li, dont je fu moult lié, car je cuidoie certeinnement que il nous feussent venu les testes trancher. Et ne tarja gueres aprés quant les gens le soudanc vindrent, qui nous distrent que le roy[a] avoit pourchacié nostre delivrance.

339 Aprés ce que le vieil home s'en fu alé qui nous ot reconfortez, revint le conseil le soudanc a nous, et nous dirent que le roy nous avoit pourchacié nostre delivrance,

336b de *BL* do *A* — *c* jouaient des espees. Et ainsi leur repondist le conte comme il avoit f. *BL M appuie A* **337a** traites *Credo* — *b le ms. L présente à partir d'ici une lacune qui s'étend jusqu'au § 434 au mot* hardiement **338a** r. nous a. *B*

ter, fit le comte. – Et donneriez-vous, firent-ils, pour votre
délivrance, aucun des châteaux des barons d'outre-mer ? »
Le comte répondit qu'il n'avait pas de pouvoir sur ces châteaux ; car on les tenait de l'empereur d'Allemagne, qui
était alors vivant. Ils demandèrent si nous ne rendrions
aucun des châteaux du Temple ou de l'Hôpital pour notre
délivrance. Et le comte répondit que cela ne pouvait être,
parce que, quand on y mettait les châtelains, on leur faisait
jurer sur les reliques que, pour la délivrance d'un être
humain, ils ne rendraient aucun des châteaux. Et ils nous
répondirent qu'il leur semblait que nous n'avions pas envie
d'être délivrés, et qu'ils s'en iraient et nous enverraient
ceux qui joueraient de l'épée avec nous, comme ils avaient
fait avec les autres. Et ils s'en allèrent.

337 Aussitôt qu'ils s'en furent allés, se jeta dans notre
tente un groupe nombreux de gens, des jeunes Sarrasins,
l'épée au côté ; et ils amenaient avec eux un homme d'une
grande vieillesse, tout blanc, qui nous fit demander s'il était
vrai que nous croyions en un Dieu qui avait été pris pour
nous, blessé et tué pour nous, et le troisième jour ressusci-
té ; et nous répondîmes : « Oui. » Et alors il nous dit que
nous ne devions pas perdre courage si nous avions souffert
ces persécutions pour lui, « car, dit-il, vous n'êtes pas
encore morts pour lui, ainsi qu'il est mort pour vous ; et,
s'il a eu le pouvoir de ressusciter, soyez certains qu'il vous
délivrera quand il lui plaira. » **338** Alors il s'en alla, et tous
les autres jeunes gens après lui ; ce dont je fus très content,
car je croyais avec certitude qu'ils étaient venus pour nous
couper la tête. Et il ne se passa guère de temps avant que
les gens du sultan viennent, qui nous dirent que le roi avait
négocié notre délivrance.

339 Après que le vieil homme qui nous avait réconfortés
s'en fut allé, les conseillers du sultan revinrent à nous et
nous dirent que le roi avait négocié notre délivrance, et

337a. Tous les manuscrits donnent *espees çaintes A, seintes BLMP*.
Wailly fait remarquer que dans le récit du même épisode, figurant dans
le *Credo*, Joinville a écrit *espees traites* ; cf. Wailly 1874, § 812,
n. 3.   **338.** On notera la répétition de la phrase au § 339.

et que nous envoison .IIII. de nos gens a li pour oÿr
comment il avoit fait. Nous y envoiames mon seigneur
Jehan de Waleri, le preudomme, mon seigneur Phelippe
de Monfort, mon seigneur Baudouyn[a] *d'Ibelin*, seneschal
de Cypre, et mon seigneur Guion[b] *d'Ibelin, son frere*
connestable de Cypre, l'un des miex entechez chevaliers
que je veisse onques, et qui plus amoit les gens de cest
paÿs. Ces .IIII. nous raporterent la maniere comment le
roy nous avoit pourchacié nostre delivrance ; et elle fu
tele.

340 Le conseil au soudanc essaierent le roy en la maniere
que il nous avoient essaiés, pour veoir se li roys leur vourroit promettre a delivrer nulz des chastiaus du Temple ne
de l'Ospital, ne nulz des chastiaus aus barons du païs. Et
ainsi comme Dieu voult, le roy leur respondi tout en la
maniere que nous avions respondu. Et il le menacerent et
li distrent que puis que il ne le vouloit faire, que il le
feroient mettre es bernicles. **341** Bernicles est le plus
grief tourment que l'en puisse[a] *faire souffrir a nully* ; et
sont .II. tisons ploians endentés au chief, et entre l'un en
l'autre et sont liés a fors courroies de beuf au chief. Et
quant il weulent mettre les gens dedans, si les couchent
sus leur costez et leur mettent les jambes parmi les chevilles dedans, et puis si font asseoir un home sur les
tisons, dont[b] *il avient ainsi qu'* il ne demourra ja demi pié
entier de os qu'il ne soit tout debrisiés. Et pour faire au
pis que il peuent, au chief de .III. jours que les jambes
sont enflees, si remettent les jambes enflees dedans les
bernicles et rebrisent tout de rechief. A ces menaces leur
respondi le roy que il estoit leur prisonnier et que il
pouoient fere de li leur volenté.

339*a* B. d'Ybelin *B* B. d'Ebelin *M* B. de Belin *P* B. dit Belin *A* – *b* G.
son frere c. *B* G. Ebelin son frere *M* G. de Belun son frere *P* dit Belin *A* s.
f. *om. A*   **341***a* p. faire s. a n. *B* faire a nully *M* donner a un homme *P*
puisse soufrir *A* – *b* d. il advient ainsi (ainsi *om. MP*) qu'il ne d. *BMP*
om. A

que nous envoyions vers lui quatre de nos gens pour entendre comment il avait fait. Nous y envoyâmes messire Jean de Vallery, le prud'homme, messire Philippe de Montfort, messire Baudouin d'Ibelin, sénéchal de Chypre, et messire Gui d'Ibelin, son frère connétable de Chypre, l'un des chevaliers les plus distingués que j'aie jamais vus, et celui qui aimait le plus les gens de ce pays. Ces quatre nous rapportèrent la manière dont le roi avait négocié notre délivrance ; et elle fut telle.

340 Les conseillers du sultan firent sur le roi un essai semblable à celui qu'ils avaient fait sur nous, pour voir si le roi voudrait promettre de livrer aucun des châteaux du Temple et de l'Hôpital, ou aucun des châteaux des barons du pays. Et comme Dieu le voulut, le roi leur répondit exactement de la manière dont nous avions répondu. Et ils le menacèrent, et lui dirent que, puisqu'il ne voulait pas le faire, ils le feraient mettre dans les bernicles. **341** Les bernicles sont la plus pénible torture que l'on puisse faire souffrir à quelqu'un ; et ce sont deux pièces de bois se repliant, pourvues au bout de dents ; et elles entrent l'une dans l'autre, et elles sont liées au bout par de fortes courroies de cuir de bœuf. Et quand ils veulent mettre les gens dedans, ils les font coucher sur le côté et leur mettent dedans les jambes à la hauteur des chevilles ; et puis ils font asseoir un homme sur les pièces de bois ; à la suite de quoi il arrive qu'il ne restera assurément pas un demi-pied entier d'os qui ne soit tout brisé. Et pour faire le pire qu'ils peuvent, au bout de trois jours, quand les jambes sont enflées, ils remettent les jambes enflées dans les bernicles, et les brisent tout de nouveau. À ces menaces le roi leur répondit qu'il était leur prisonnier, et qu'ils pouvaient faire de lui ce qu'ils voulaient.

342 Quant il virent que il ne pourroient vaincre le bon roy par menaces, si revindrent a li et li demanderent combien il voudroit donner au soudanc d'argent, et avec ce leur rendit Damiete. Et le roy leur respondi que se le soudanc vouloit prenre resonnable somme de deniers de li, que il manderoit a la royne[a] que elle les paiast pour leur delivrance. Et il distrent : « Comment est ce que vous ne nous voulez dire que vous ferez ces choses ? » Et le roy respondi que il ne savoit se la royne le vourroit faire, pour ce que elle estoit sa dame. Et lors le conseil s'en rala parler au soudanc, et raporterent au roy que se la royne vouloit paier .x[c]. mile besans d'or, qui valoient .v[c]. mile livres, que il delivreroit le roy. **343** Et le roy leur demanda par leur seremens se le soudanc les delivreroit pour tant, se la royne le vouloit faire. Et il ralerent parler au soudanc, et au revenir firent le serement au roy que il le delivreroient ainsi. Et maintenant que il orent juré, le roy dit et promist aus amiraus que il paieroit volentiers les .v[c]. mille livres pour la delivrance de sa gent, et Damiete pour la delivrance de son cors, car il n'estoit pas tel que il se deust desraimbre a deniers. Quant le soudanc oÿ ce, il dit : « Par ma foy, larges est le Frans, quant il n'a pas bargigné sut si grant somme de deniers. Or li alés dire, fist le soudanc, que je li donne .c. mile livres pour la reançon paier. »

344 Lors fist *entrer*[a] le soudanc les riches homes en .IIII. galies pour mener vers Damiete. En la galie la ou je fus mis fu le bon conte Pierre de Bretaingne, le conte Guillaume de Flandres, le bon conte Jehan de Soissons, mon seigneur Hymbert de Biaugeu, connestable de France, le bon chevalier mon seigneur *Baudouyn*[b] d'Ybelin et mon seigneur Gui, son frere, i furent mis. **345** Cil qui nous conduisoient en la galie nous ariverent devant une heberge que le soudanc avoit fet tendre sur le flum, de tel maniere comme vous orrez. Devant celle heberge avoit une tour de parches de sapin et close entour de telle tainte,

---

342a r. sa mere q. *B* sa mere *om. M*   **344a** f. entrer l. *B f. mettre MP* estre *A, cf. § 347* : entré nous estions – **b** Bauldoyn *BMP* Jehan *A*

342 Quand ils virent qu'ils ne pourraient venir à bout du bon roi par des menaces, ils revinrent à lui et lui demandèrent combien il voudrait donner d'argent au sultan ; et en plus il devait leur rendre Damiette. Et le roi leur répondit que, si le sultan voulait recevoir de lui une somme de deniers raisonnable, il ferait dire à la reine de les payer pour leur délivrance. Et ils lui dirent : « Comment se fait-il que vous ne voulez pas nous dire que vous ferez cela ? » Et le roi répondit qu'il ne savait si la reine voudrait le faire, parce qu'elle était sa dame. Et alors les conseillers retournèrent parler au sultan et rapportèrent au roi que, si la reine voulait payer un million de besants d'or, qui valaient cinq cent mille livres, ils rendraient la liberté au roi. **343** Et le roi leur demanda si le sultan rendrait la liberté aux prisonniers pour une telle somme, et de s'engager par serment là-dessus, si la reine voulait bien le faire. Et ils allèrent de nouveau parler au sultan, et au retour ils firent au roi le serment qu'ils lui rendraient la liberté à ces conditions. Et aussitôt qu'ils eurent juré, le roi dit et promit aux émirs qu'il payerait volontiers les cinq cent mille livres pour la délivrance de ses hommes, et rendrait Damiette pour la délivrance de sa personne ; car il n'était pas tel qu'il dût se racheter à prix d'argent. Quand le sultan entendit cela, il dit : « Par ma foi, il est large, le Franc qui n'a pas marchandé sur une si grande somme de deniers. Allez donc lui dire, fit le sultan, que je lui donne cent mille livres pour payer la rançon. »

344 Le sultan fit alors monter les hommes de haut rang à bord de quatre galères pour les mener vers Damiette. Dans la galère où je fus mis se trouvaient le bon comte Pierre de Bretagne, le comte Guillaume de Flandre, le bon comte Jean de Soissons, messire Humbert de Beaujeu, connétable de France ; le bon chevalier messire Baudouin d'Ibelin et messire Gui, son frère, y furent mis. **345** Ceux qui nous conduisaient dans la galère nous firent aborder devant un campement que le sultan avait fait dresser au bord du fleuve, de la façon que vous allez entendre. Devant ce campement, il y avait une tour de perches de

---

342. *la royne :* il s'agit de Marguerite de Provence, que le roi empêché considère comme souveraine.

et la porte estoit de la heberge. Et dedans celle porte estoit un paveillon tendu, la ou les amiraus, quant il aloient parler au soudanc, lessoient leur espees et leur harnois. Aprés ce paveillon ravoit une porte comme la premiere, et par celle porte entroit l'en en un grant paveillon qui estoit la sale au soudanc. Aprés la sale avoit une tel tour comme devant, par la quele l'en entroit en la chambre le soudanc. **346** Aprés la chambre le soudanc avoit un prael, et enmi le prael avoit une tour plus haute que toutes les autres, la ou le soudanc aloit veoir tout le pays et tout l'ost. Du prael movoit une alee qui aloit au flum, la ou le soudanc avoit fait tendre en l'yaue un paveillon pour[a] *soi* aler baigner. Toutes ses herberges estoient closes de treillis de fust, et par dehors estoient les treillis couvers de toiles yndes, pour ce que ceulz qui estoient dehors ne peussent veoir dedans ; et les tours toutes quatre estoient couvertes de telle.

347 Nous venimes le jeudi devant l'Ascencion en ce lieu la ou ces herberges estoient tendues. Les .iiii. galies la ou entré nous estions en prison *ancra*[a] *on* devant de la herberge le soudanc. En un paveillon qui estoit assez pres des herberges le soudanc descendi on le roy. Le soudanc avoit ainsi atiré que le samedi devant l'Ascencion en li rendroit Damiete et il rendroit le roy.

348 Li amiraut que le soudanc avoit osté de son conseil pour mettre les siens que il ot amenez d'estranges terres prisrent conseil entre eulz, et dit un sage home sarrazin en tel maniere : « Seigneur, vous veez la honte et la deshoneur que le soudanc nous fait, que il nous oste de l'onneur la ou son pere nous avoit mis. Pour la quel chose nous devons estre certeins que s'il se treuve dedans la forteresce de Damiete, il nous fera prenre et mourir en sa prison aussi comme son aieul fist aus amiraus qui pristrent le conte de Bar *et*[a] le conte de Monfort ; et pour ce

---

346a p. soi a. *B* p. s'a. *MP om. A*   347a p. ancra *B* entra ou *A* ; *cf. même faute § 147*   348a et *B om. A*

sapin, close tout autour de toile teinte, et c'était la porte du campement. Et à l'intérieur de cette porte, il y avait une tente tendue, où les émirs, quand ils allaient parler au sultan, laissaient leurs épées et leur équipement. Après cette tente, il y avait une autre porte semblable à la première, et par cette porte on entrait dans une grande tente qui était la salle du sultan. Après la salle il y avait une tour comme celle d'avant, par laquelle on entrait dans la chambre du sultan. **346** Après la chambre du sultan il y avait un jardin, et au milieu du jardin il y avait une tour plus haute que toutes les autres, où le sultan allait voir tout le pays et tout le camp. Du jardin partait une allée qui allait au fleuve, où le sultan avait fait tendre sur l'eau une tente pour aller se baigner. Tout ce campement était entouré d'un treillis de bois, et vers l'extérieur le treillis était recouvert de toiles bleues, afin que ceux qui étaient dehors ne puissent pas voir à l'intérieur ; et les tours étaient toutes les quatre recouvertes de toile.

347 Nous arrivâmes le jeudi avant l'Ascension en ce lieu où ces tentes étaient installées. On ancra les quatre galères où nous étions tous ensemble prisonniers devant le campement du sultan. On débarqua le roi dans une tente qui était tout près du campement du sultan. Le sultan avait réglé ainsi les choses : le samedi avant l'Ascension on lui rendrait Damiette, et il rendrait le roi.

348 Les émirs que le sultan avait évincés de son conseil pour placer les siens qu'il avait amenés de terres étrangères se concertèrent entre eux ; et un sage Sarrasin parla ainsi : « Seigneurs, vous voyez la honte et le déshonneur que le sultan nous a faits en nous ôtant de l'honneur où son père nous avait mis. C'est la raison pour laquelle nous devons être certains que, s'il se trouve dans la forteresse de Damiette, il nous fera arrêter et mourir dans sa prison, comme son aïeul a fait pour les émirs qui prirent le comte de Bar et le comte de Montfort ; et pour cela, il vaut

---

347. Le 28 avril 1250.

vaut il miex, si comme il me semble, que nous le façons
occirre avant qu'il nous parte des mains. »

349 Il alerent a ceulz de la Halequa et leur requistrent que
il occeissent le soudanc si tost comme il avroient mangé
avec le soudanc, qui les en avoient semons. Or avint ainsi
que aprés ce qu'il orent mangié, et le soudanc s'en aloit en
sa chambre et ot pris congé de ses amiraus, un des chevaliers de la Halequa qui portoit l'espee au soudanc feri le
soudanc de s'espee meismes parmi la main entre les .iiii.
dois, et li fendi la main jusques au bras. **350** Lors le soudanc se retourna a ses amiraus, qui ce li avoient fait faire,
et leur dit : « Seigneurs, je me pleing a vous de ceulz de la
Hauleca, qui me vouloient occirre, si comme vous le pouez
veoir. » Lors respondirent les chevaliers de la Haulequa a
une voiz au soudanc et distrent ainsi : « Puis que tu diz que
nous te voulons occirre, il nous vaut miex que nous t'oc-
cion que tu nous occies. »

351 Lors firent sonner les nacaires, et tout l'ost vint
demander que le soudanc vouloit ; et il leur respondirent
que Damiete estoit prise et que le soudanc aloit a
Damiete, et que il leur mandoit que il alassent aprés li.
Tuit s'armerent et ferirent des esperons vers Damiete. Et
quant nous veismes que il en aloient vers Damiete, nous
fumes a grant meschief de cuer, pour ce que nous cuidions que Damiete feust perdue. Le soudanc, qui estoit
joenes et legiers, s'enfui en la tour que il avoit fet faire
avec[a] .iii. de ses evesques qui avoient mangé avec li ; et
estoit la tour dariere sa chambre, aussi comme vous avés
oÿ ci devant. **352** Cil de la Haleca, qui estoient .v. cens
a cheval, abatirent les paveillons au soudanc et l'assiegerent entour et environ dedans la tour qu'il *avoit*[a] fet faire,
avec .iii. de ses evesques qui avoient mangé avec li, et li
escrierent[b] qu'il descendist. Et lors dit que si feroit il,
mes que il l'asseurassent ; et il distrent que il le feroient
descendre a force, et que il n'estoit mie dedans Damiete.

351a avec .iii. ... avec li *om.* BMP   **352a** i. avoit *B* avoient *A* — **b** escrierent *B* escrirent *A*

mieux, il me semble, que nous le fassions tuer avant qu'il ne nous échappe des mains. »

349 Ils allèrent trouver les hommes de la Halca et leur demandèrent de tuer le sultan dès qu'ils auraient mangé avec le sultan, qui les avait invités. Or il arriva ainsi qu'après qu'ils eurent mangé, et tandis que le sultan s'en allait dans sa chambre après avoir pris congé de ses émirs, un des chevaliers de la Halca, qui portait l'épée du sultan, le frappa soudain de sa propre épée à la main, entre les quatre doigts, et lui fendit la main jusqu'au bras. **350** Alors le sultan se retourna vers ses émirs qui lui avaient fait faire cela, et leur dit : « Seigneurs, je me plains à vous des hommes de la Halca, qui voulaient me tuer, comme vous pouvez le voir. » Alors les chevaliers de la Halca répondirent d'une seule voix au sultan, et dirent ainsi : « Puisque tu dis que nous voulons te tuer, il vaut mieux pour nous te tuer plutôt que tu nous tues. »

351 Alors ils firent sonner les timbales, et toute l'armée vint demander ce que voulait le sultan ; et ils leur répondirent que Damiette était prise et que le sultan allait à Damiette et qu'il leur donnait l'ordre d'y aller après lui. Tous s'armèrent et piquèrent des éperons en direction de Damiette. Et quand nous vîmes qu'ils s'en allaient vers Damiette, nous eûmes le cœur bien serré, parce que nous pensions que Damiette était perdue. Le sultan, qui était jeune et agile, s'enfuit dans la tour qu'il avait fait faire, avec trois de ses évêques, qui avaient mangé avec lui ; et la tour était derrière sa chambre, comme vous l'avez entendu ci-devant. **352** Les hommes de la Halca, qui étaient cinq cents à cheval, abattirent les tentes du sultan, et l'assiégèrent de tous les côtés à l'entour dans la tour qu'il avait fait faire, avec trois de ses évêques qui avaient mangé avec lui, et lui crièrent de descendre. Et alors il dit qu'il le ferait, à condition qu'ils lui donnent un sauf-conduit ; et ils dirent qu'ils le feraient descendre de force,

351. *evesques* : Joinville utilise la terminologie chrétienne pour désigner les imans. – *a. avec* III. *de ses e.q.a.m.a.li.* : Corbett considère que cette phrase a été introduite par erreur après *fet faire* (confusion avec le § 352) ; ce n'est pas vraisemblable.

Il li lancerent le feu grejois, qui se prist en la tour, qui estoit faite de planches de sapin et de telle de coton. La tour s'esprit hastivement, que onques si biau feu ne vi ne si droit. Quant le soudanc vit ce, il descendi hastivement et s'en vint fuiant vers le flum toute la voie dont je vous ai avant parlé. **353** Ceulz de la Halequa avoient toute la voie rompue a leur espees ; et au passer que le soudanc fist pour aler vers le flum, l'un d'eulz li donna d'un glaive parmi les costes ; et le soudanc s'enfui ou flum, le glaive trainnant. Et il descendirent la jusques a nou[a], et le vindrent occirre ou flum assez prés de nostre galie la ou nous estions. L'un des chevaliers, qui avoit a non Faraquataye, le fendi de s'espee et li osta le cuer du ventre. Et lors il en vint au roy, sa main toute ensanglantee, et li dit : « Que me donras tu, que je t'ai occis ton ennemi qui t'eust mort se il eust vescu ? » Et le roy ne li respondi onques riens.

354 Il en vindrent bien .xxx., les espees toutes nues es mains a nostre galie[a] et *au coul* les haches danoises. Je demandai a mon seigneur Baudouyn d'Ibelin, qui savoit bien le sarrazinnois, que celle gent disoient ; et il me respondi que il disoient que il nous venoient les testes trancher. Il y avoit tout plein de gens qui se confessoient a un frere de la Trinité qui[b] *avait nom Jehan et* estoit au conte Guillaume de Flandres. Mes endroit de moy, ne me souvint onques de pechié que j'eusse fait, ainçois m'apensai que quant plus me deffenderoie et plus me ganchiroie, et pis me vauroit. **355** Et lors me seignai et m'agenoillai au pié de l'un d'eulz, qui tenoit une hache danoise a charpentier, et dis : « Ainsi mourut saint Agnés. » Messire Gui d'Ybelin, connestable de Chypre, s'agenouilla encoste moy et se confessa a moy ; et je li dis : « Je vous asolz de tel pooir comme Dieu m'a donné » ; mez quant je me levai d'ilec, il ne me souvint onques de chose que il m'eust dite ne racontee.

353a a neuf *BM* neuf ou dix *P*　　**354a** g. les e. toutes nues es mains et les hasches d'armes *B* g. l. e.t.n.es mains et au coul leurs haches d'armes *MP* — **b** q. avait nom Jehan et e. *B* om. *A*

et qu'il n'était pas dans Damiette. Ils lui lancèrent le feu grégeois qui prit à la tour, qui était faite de planches de sapin et de toile de coton. La tour prit feu rapidement, et je ne vis jamais si beau feu ni si droit. Quand le sultan vit cela, il descendit en hâte, et se dirigea en fuyant vers le fleuve, en suivant l'allée dont je vous ai parlé auparavant. **353** Les hommes de la Halca avaient brisé avec leurs épées toute l'allée ; et quand le sultan se dirigea vers le fleuve, l'un d'eux l'atteignit au passage d'un coup de lance entre les côtes ; et le sultan s'enfuit au fleuve, en traînant la lance. Et ils descendirent là, jusqu'à se mettre à la nage et vinrent le tuer dans le fleuve, tout près de notre galère où nous étions. L'un des chevaliers, qui s'appelait Faracataye, le fendit avec son épée et lui arracha le cœur du ventre. Et alors il vint au roi, la main tout ensanglantée, et lui dit : « Que me donneras-tu, car je t'ai tué ton ennemi, qui t'aurait fait mourir s'il avait vécu ? » Et le roi ne lui répondit rien.

354 Il en vint bien trente à notre galère, les épées toutes nues à la main, avec des haches danoises au cou. Je demandai à messire Baudouin d'Ibelin, qui savait bien le sarrasin, ce que ces gens disaient ; et il me répondit qu'ils disaient qu'ils venaient nous trancher la tête. Il y avait une grande quantité de gens qui se confessaient à un frère de la Trinité qui s'appelait Jean et qui était de la maison du comte Guillaume de Flandre. Mais en ce qui me concerne, je n'arrivai pas à me rappeler un péché que j'eusse fait ; je songeais plutôt que plus je me défendrais et plus je me déroberais, pis cela vaudrait pour moi. **355** Et alors je fis le signe de la croix et je m'agenouillai aux pieds de l'un d'eux, qui tenait une hache danoise de charpentier, et je dis : « Ainsi mourut sainte Agnès. » Messire Gui d'Ibelin, connétable de Chypre, s'agenouilla à côté de moi et se confessa à moi ; et je lui dis : « Je vous absous, avec tel pouvoir que Dieu m'a donné. » Mais quand je me levai de là, je ne me souvenais plus de rien qu'il m'eût dit ni raconté.

---

353. *Faraquataye* : Fâras al-Dîn Aqtaï, commandant des mameluks d'Égypte, exécuté en septembre 1254 sur l'ordre du sultan Aïbeg.
355. Sainte Agnès, ayant miraculeusement survécu au bûcher, fut égorgée par le bourreau.

356 Il nous firent lever de la ou nous estions et nous mistrent en prison en la sente de la galie ; et cuiderent moult de nostre gent que il l'eussent fait pour ce que il ne nous voudroient pas assaillir touz ensemble, mes pour nous tuer l'un aprés l'autre. Leans fumes a tel meschief le soir, tout soir, que nous gisions si a estroit que mes piez estoient endroit le bon conte Perron de Bretaingne, et les siens estoient endroit le mien visage. **357** L'endemain nous firent traire les amiraus de la prison la ou nous estions, et nous dirent ainsi leur message que nous alissions parler aus amiraus pour renouveler les couvenances que le soudanc avoit[a] *eues* avec nous ; et nous dirent que nous feussions certein que se le soudanc eust vescu, il eust fait coper la teste au roy et a nous touz aussi. Cil qui y porent aler y alerent ; le conte de *Bretaingne*[b] et le connestable et je, qui estions griefs malades, demourames ; le conte de Flandres, le conte Jehan de Soissons, les .II. freres d'Ibelin et les autres qui se porent aidier y alerent.

358 Il acorderent aus amiraus en tel maniere que si tost comme en leur avroit delivré Damiete, il deliverroient le roy et les autres riches homes qui la estoient ; car le menu peuple en avoit fait mener le soudanc vers Babiloine, fors que ceulz que il avoit fait tuer ; et ceste chose avoit il fete contre les couvenances que il *avoit*[a] au roy, par quoy il semble bien que il nous eust fait tuer aussi, si tost comme il eust eu Damiete. **359** Et le roy leur devoit jurer aussi a leur faire gré de .II[c]. mille livres avant que il partisist du flum et .II[c]. mille livres en Acre. Les Sarrazins, par les couvenances qu'il avoient au roy, devoient garder les malades qui estoient en Damiete[a], les *arbalestres*, les *armeures, les engins*, les chars salees, jusques a tant que le roy les envoieroit querre.

357a a. eues a. *B* om. *A* – **b** Bretaing *A*　　**358a** avoit *BL* avoient *A*　　**359a** D. l. arbalestres, l. armeures, l. ch. s. et l. angins j. *B* D. avec l. arbalestes, armeures, engins et l. ch. s. j. *MP*, D. l. arbalestriers, l. armuriers, l. ch. s. j. *A*

356 Ils nous firent lever de là où nous étions et nous mirent en prison dans la cale de la galère ; et beaucoup de nos gens pensèrent qu'ils l'avaient fait parce qu'ils ne voulaient pas se jeter sur nous tous ensemble, mais nous tuer l'un après l'autre. Nous fûmes là-dedans dans des conditions si mauvaises que le soir, toute la soirée, nous étions couchés si à l'étroit que mes pieds touchaient le bon comte Pierre de Bretagne, et que les siens touchaient mon visage. **357** Le lendemain, les émirs nous firent tirer de la prison où nous étions, et leurs envoyés nous dirent d'aller parler aux émirs pour renouveler les accords que le sultan avait eus avec nous ; et ils nous dirent que nous soyons sûrs que, si le sultan avait vécu, il aurait fait couper la tête au roi et à nous tous aussi. Ceux qui purent y aller y allèrent. Le comte de Bretagne, le connétable et moi, qui étions bien malades, restâmes ; le comte de Flandre, le comte Jean de Soissons, les deux frères d'Ibelin et les autres qui étaient en possession de leurs moyens y allèrent.

358 Ils conclurent un accord avec les émirs aux conditions qu'aussitôt qu'on leur aurait livré Damiette, ils libéreraient le roi et les autres hommes de haut rang qui étaient là ; car le sultan avait fait conduire les petites gens vers Le Caire, excepté ceux qu'il avait fait tuer ; et il avait fait cela contrairement aux conventions qu'il avait conclues avec le roi, et pour cela il semble bien qu'il nous aurait fait tuer aussi, dès qu'il aurait eu Damiette. **359** Et le roi devait leur jurer aussi qu'il leur donnerait satisfaction de deux cent mille livres avant de quitter le fleuve, et de deux cent mille livres à Acre. Les Sarrasins, suivant les conventions faites avec le roi, devaient garder les malades qui étaient à Damiette, les arbalètes, les armures, les machines, les viandes salées jusqu'au moment où le roi les enverrait chercher.

---

357. *le connestable* : Imbert de Beaujeu, qui mourut peu après.

360 Les seremens que les amiraus devoient fere au roy
furent devisez et furent tiex que se il ne tenoient au roy
les couvenances, que il feussent aussi honni comme cil
qui par son pechié aloit en pelerinage a Mahommet a
Maques sa teste descouverte ; et feussent aussi honni
comme cil qui lessoient leur femmes et les reprenoient
aprés. De ce cas ne peuent lessier leur femmes, a la loy
de Mahommet, que jamez la puissent ravoir se il ne voit
un autre homme gesir a li avant que il la puisse ravoir.
361 Le tiers serement fu tel que se il ne tenoient les couvenances au roy, que il feussent aussi honnis comme le
Sarrazin qui manjue la char de porc. Le roy prist les seremens desus diz des amiraus[a] *a grei* par ce que mestre
Nichole d'Acre, qui savoit le sarrazinnois, dit que il ne
les *pooient*[b] plus forz faire selonc leur lai.

362 Quant les amiraus orent juré, il firent mettre en escrit
le serement que il vouloient avoir du roy[a], *qui* fu tel par le
conseil des proveres *qui*[b] *s'estoient*[c] renoié devers eulz, et
disoit l'escript ainsi, que se le roy ne tenoit les couvenances
aus amiraus[d], que il feust aussi honni comme le crestien qui
renie Dieu et sa Mere et *privé* de la compaingnie de ses .xii.
compaingnons, de touz les sains et de toutes les *saintes*[e] ; a
ce s'acordoit bien le roy. Le darenier point du serement fu
tel que se il ne tenoit les couvenances aus amiraus, que il
feust aussi honni comme le crestien qui renoie Dieu et sa
loy, et qui *en*[f] despit de Dieu crache sur la croiz et marche
desus. **363** Quant li roys oÿ ce, il dit[a] *que*, se Dieu plet,
cesti serement ne feroit il ja.

Les amiraus envoierent mestre Nichole, qui savoit le sarrazinnois, au roy, qui dit au roy tiex paroles : « Sire, les amiraus ont grant despit de ce que il ont juré quanque vous

361a p. a grei *B om. A* – **b** pouoient *B* pooit *A*   **362a** r. qui f. *BM* et
estoit t. ledict s. *P* qui *om. A* – **b** qu'il *A* – **c** estoyent *B* estoit *A* – **d** a. qu'il
feust privé de la compaignie de Dieu, de sa mere, de ses douze compaignons et
de tous les sainctz *B* q.i.f. separé d.l.c. de D. et d.s. digne M. des d. apostres et
de t.l.s. *MP* privé *om. A* – **e** sainctes *BMP om. A* – **f** en *B* est *A*
363a d. que s. *B om. A*

360 Les serments que les émirs devaient prêter au roi furent formulés, et furent les suivants : que, s'ils n'observaient pas à l'égard du roi les conventions, ils soient aussi déshonorés que celui qui, commettant son péché, allait en pèlerinage à Mahomet, à La Mecque, la tête découverte ; et aussi déshonorés que ceux qui laissaient leurs femmes et les reprenaient après. En ce cas, nul ne peut laisser sa femme, suivant la loi de Mahomet, et avoir jamais la possibilité de l'avoir de nouveau, à moins qu'il ne voie un autre homme coucher avec elle avant qu'il puisse l'avoir de nouveau. **361** Le troisième serment fut le suivant : que s'ils n'observaient pas les conventions avec le roi, qu'ils soient aussi déshonorés que le Sarrasin qui mange de la viande de porc. Le roi accepta les serments susdits des émirs parce que messire Nicole d'Acre, qui savait le sarrasin, dit qu'ils ne pouvaient pas en faire de plus forts suivant leur loi.

362 Quand les émirs eurent juré, ils firent mettre par écrit le serment qu'ils voulaient obtenir du roi, qui fut tel, suivant le conseil des prêtres qui avaient renié par-devers eux, et l'écrit disait ainsi : si le roi n'observait pas les conventions à l'égard des émirs, qu'il fût aussi déshonoré que le chrétien qui renie Dieu et sa Mère, et privé de la compagnie de ses douze compagnons, de tous les saints et de toutes les saintes ; le roi était bien d'accord sur ce point. Le dernier point du serment fut tel : si le roi n'observait pas les conventions à l'égard des émirs, qu'il fût aussi déshonoré que le chrétien qui renie Dieu et sa loi et qui, au mépris de Dieu, crache sur la croix et marche dessus. **363** Quand le roi entendit cela, il dit que, s'il plaisait à Dieu, il ne ferait certainement pas ce serment.

Les émirs envoyèrent au roi maître Nicole, qui savait le sarrasin, et qui dit au roi les paroles suivantes : « Sire, les émirs sont très mécontents de ce qu'ils ont juré tout ce que

---

360-361. Sur les clauses de ce serment, voir Monfrin 1991, p. 264-267.　　**362.** Foulet 1979, p. 226, considère que *A* a commencé à transcrire le second serment *que il fust aussi h. comme le c. qui renie Dieu et sa Mere* à la place du premier, puis, s'apercevant de son erreur, est revenu au premier, en répétant la phrase. *BMP* refléteraient la rédaction originale de Joinville.

requeistes, et vous ne voulez jurer ce que il vous requierent ; et soiés certein que se vous ne le jurez, il vous feront
la teste coper et a toute vostre gent. » Le roy respondi que
il en pooient faire leur volenté, car il amoit miex mourir bon
crestien que ce que il vesquist ou courrous Dieu et sa Mere[b]
et de ses saints.

364 Le patriarche de Jerusalem, vieil home et ancien de
l'aage de .IIII[XX]. ans, avoit pourchacié asseurement des Sarrazins et estoit venu vers le roy pour li aidier a pourchacier
sa delivrance. Or est tele la coustume entre les crestiens et
les Sarrazins que, quant le roy ou le soudanc meurt, cil qui
sont en messagerie, soit en paennime ou en crestienté, sont
prison et esclave ; et pour ce que le soudanc qui avoit donné
la seurté au patriarche fu mort[a], *le patriarche* fu prisonnier
aussi comme nous fumes. Quant le roy ot faite sa response,
l'un des amiraus dit que ce conseil li avoit donné le
patriarche, et dit aus paiens : « Se vous me voulés croire, je
ferai le roy jurer, car je li ferai, *dist il*[b], la teste du patriarche
voler en son geron. » **365** Il ne le vorent pas croire, ainçois
pristrent le patriarche, et le leverent de delez le roy et le lie-
rent a une perche d'un paveillon, les mains darieres le dos,
si estroitement que les mains li furent aussi enflees et aussi
grosses comme sa teste, et que le sanc li sailloit parmi[a] les
mains. Le patriarche crioit au roy[b] : « Sire[c], *pour Dieu* jurez
seurement, car je[d] prens le pechié sus l'ame de moy du serement que vous ferez, puis que vous le beez bien a tenir. » Je
ne sai pas comment le serement fu atiré, mez[e] *les amiraus*
se tindrent bien a paié du serement le roy et des autres riches
homes qui la estoient.

366 Des que le soudanc fu occis, en fist venir les estrumens au soudanc devant la tente le roy, et dit en au roy
que les amiraus avoient eu grant[a] conseil de li faire soudanc de Babiloine. Et il me demanda se je cuidoie que il
eust pris le royaume de Babiloine se il li eussent pre-

363b m. et de ses sainctz *BM* om. *A*   **364a** m. ledit patriarche f. *B* le p. *M* om.
A – **b** dist il *B* om. *A*   **365a** s.p. les ongles *B* s. de ses mains *MP* – **b** r. a haulte
voiz *B* – **c** s. pour Dieu j. *B* om. *A* – **d** j. en p. tout l. *B* – **e** m. les Sarrazins l.
B m. les admiraulx *M* m. l'amiral *A*   **366a** g. vouloir et c. *B* g. envie et par c. *M*

vous avez demandé et que vous ne voulez pas jurer ce qu'ils vous demandent ; et soyez certain que, si vous ne le jurez pas, ils vous couperont la tête ainsi qu'à tous vos hommes. » Le roi répondit qu'ils en pouvaient faire tout ce qu'ils voulaient, car il aimait mieux mourir bon chrétien que de vivre dans la colère de Dieu et de sa Mère et de ses saints.

364 Le patriarche de Jérusalem, un vieil homme et ancien, de l'âge de quatre-vingts ans, avait négocié un sauf-conduit avec les Sarrasins, et s'était rendu auprès du roi pour l'aider à négocier sa libération. Or telle est la coutume entre les Chrétiens et les Sarrasins : quand le roi ou le sultan meurent, ceux qui se trouvent en ambassade, soit en terre païenne soit en terre chrétienne, sont prisonniers et réduits en servitude ; et comme le sultan qui avait donné un sauf-conduit au patriarche était mort, le dit patriarche fut prisonnier comme nous le fûmes. Quand le roi eut rendu sa réponse, l'un des émirs dit que c'était le patriarche qui lui avait donné ce conseil, et dit aux païens : « Si vous voulez me croire, je ferai jurer le roi ; car je lui ferai, dit-il, voler la tête du patriarche sur les genoux. » **365** Ils ne voulurent pas le croire, mais se saisirent du patriarche et le firent se lever d'à côté du roi, et le lièrent à une perche d'une tente les mains derrière le dos, si étroitement que ses mains furent aussi enflées et aussi grosses que sa tête, et que le sang lui jaillissait des mains. Le patriarche criait au roi : « Sire, pour Dieu, jurez sans crainte ; car je prends sur mon âme tout le péché du serment que vous ferez, puisque vous avez bien l'intention de le tenir. » Je ne sais pas comment le serment fut arrangé, mais les émirs se tinrent pour bien satisfaits du serment du roi et des autres hommes de haut rang qui étaient là.

366 Dès que le sultan fut tué, on fit venir les instruments du sultan devant la tente du roi, et on dit au roi que les émirs avaient eu fortement l'intention de le faire sultan du Caire. Et il me demanda si je croyais qu'il eût pris le royaume du Caire, si on le lui avait offert ; et je lui dis

---

366. *Les estrumens :* cf. § 284.

senté ; et je li dis que il eust moult fait que fol, a ce que il avoient leur seigneur occis ; et il me dit que vraiement il ne l'eust mie refusé. **367** Et sachiez[a] *que on dist* que il ne demoura pour autre chose que pour ce que il disoient que le roy estoit le plus ferme crestien que en peust trouver. Et cest exemple en moustroient, a ce que quant il se *partoit*[b] de la heberge, il prenoit sa croiz a terre et seignoit tout son cors. Et *disoient*[c] que se Mahommet leur eust tant de meschief soufert a faire, il ne le creussent jamez ; et disoient que se celle gent fesoient soudanc de li, il les occirroit touz ou il devendroient crestiens.

368 Aprés ce que les couvenances furent acordees du roy et des amiraus et jurees, fu acordé que il nous deliverroient[a] *le lendemain* de l'Ascension, et que si tost comme Damiete seroit delivree aus amiraus, en deliverroit le cors le roy et les riches homes qui avec li estoient, aussi comme il est devant dit. Le jeudi au soir, ceulz qui menoient nos .IIII. galies vindrent ancrer nos .IIII. galies enmi le flum devant le pont de Damiete, et firent tendre un paveillon devant le pont, la ou le roy descendi.

369 Au solleil levant, mon seigneur Geffroy de Sergines ala en la ville et fist rendre la ville aus amiraus ; sur les tours de la ville mistrent les enseignes au soudanc. Les chevaliers sarrazins se mistrent en la ville, et commencerent a boivre des vins et furent maintenant touz yvres, dont l'un d'eulz vint a nostre galie et trait s'espee toute ensanglantee et dit que endroit de li avoit tué .VI. de nos gens. **370** Avant que Damiete feust rendue avoit l'en recueilli la royne en nos nez, et toute nostre gens qui estoient en Damiete, fors que les malades qui estoient en Damiete. Les Sarrazins les devoient garder par leur serement ; il les tuerent touz. Les engins le roy, que il devoient garder aussi, il les decoperent par pieces ; et les[a] *chairs salees* que il devoient garder, pour ce que il ne

367a s. que on dist q. *B om. A* – **b** partoit *B* partoient *A* – **c** disoient *B* disoit *A*   **368a** d. le lendemain d. *BMP om. A*   **370a** l. chars sallees *BM* l. pors salés *A*

qu'il aurait bien agi comme un fou, étant donné qu'ils avaient massacré leur seigneur ; et il me dit que certainement il ne l'aurait pas refusé. **367** Et sachez que l'on dit que cela ne se fit pas pour la seule raison que les Sarrasins disaient que le roi était le chrétien le plus ferme que l'on puisse trouver. Et ils donnaient cet exemple que, quand il quittait sa tente, il se mettait à terre les bras en croix et faisait le signe de croix sur toute sa personne. Et ils disaient que, si Mahomet avait permis qu'on leur fasse autant de mal, ils n'auraient jamais cru en lui : et ils disaient que, si ce peuple faisait de lui un sultan, il les tuerait tous, ou ils deviendraient chrétiens.

368 Après que les conventions du roi et des émirs eurent été arrêtées et jurées, il fut décidé qu'ils nous libéreraient le lendemain de l'Ascension ; et qu'aussitôt que Damiette aurait été livrée aux émirs, on libérerait le roi et les hommes de haut rang qui étaient avec lui, ainsi qu'il a été dit auparavant. Le jeudi soir, ceux qui menaient nos quatre galères vinrent ancrer nos quatre galères au milieu du fleuve, devant le pont de Damiette, et ils firent tendre devant le pont une tente où le roi descendit.

369 Au lever du soleil, messire Geoffroi de Sergines alla dans la ville, et fit rendre la ville aux émirs. Ils mirent sur les tours de la ville les enseignes du sultan. Les chevaliers sarrasins s'introduisirent dans la ville et commencèrent à boire des vins et furent tout de suite tous ivres ; à la suite de quoi l'un d'eux vint à notre galère, et tira son épée tout ensanglantée et déclara que, pour sa part, il avait tué six des nôtres. **370** Avant que Damiette fût rendue, on avait fait monter à bord de nos nefs la reine et tous nos gens qui se trouvaient dans Damiette, excepté les malades qui étaient dans Damiette. Les Sarrasins devaient les garder d'après leur serment ; ils les tuèrent tous. Les machines du roi, qu'ils devaient garder aussi, ils les mirent en pièces ; et les porcs salés qu'ils devaient garder

---

368. Le vendredi 6 mai 1250 ; le jeudi de l'Ascension est le 5 mai.   **370b.** L'addition de *B* relative aux engins brûlés est en contradiction avec le § 401 ; la leçon de *MP* est très remaniée ; voir *Estoire de Eracles*, Continuation Rothelin 1859, p. 621.

manjuent point de porc, il ne les garderent pas, ainçois firent[b] un lit de bacons et un autre de gens mors, et mistrent le feu dedans ; et y ot si grant feu que il dura le vendredi, le samedi et le dymanche.

371 Le roy et nous, que il durent delivrer des le solleil levant, il nous tindrent jusques a solleil couchant, ne onques n'i mangasmes ne les amiraus aussi, ainçois furent en desputoison tout le jour. Et disoit un amiraut pour ceulz qui estoient de sa partie : « Seigneurs, se vous me voulez croire, moy et ceulz qui sont ci de ma partie, nous occirrons le roy et ces riches homes qui ci sont ; car de sa .XL. ans n'avons mes garde, car leurs enfans sont petiz ; et nous avons Damiete devers nous, par quoy nous le poons faire plus seurement. » **372** Un autre Sarrazin, qui avoit non Sebreci, qui estoit nez de *Morentaigne*[a], disoit encontre, et disoit ainsi : « Se nous occions le roy aprés ce que nous avons occis le soudanc, en dira que les Egypciens sont les plus mauveses gens et les plus desloiaus qui soient ou monde. » Et cil qui vouloit que en nous occeist disoit encontre, *et disoit ainsi*[b] : « Il est bien voir que nous *nous*[c] sommes trop malement deffait de nostre soudanc que nous avons tué ; car nous sommes alés contre le commandament Mahommet, qui nous commande que nous gardons le nostre seigneur aussi comme la prunelle de nostre oeil ; et vez ci en cest livre le commandement tout escript. Or escoutez, fait il, l'autre commandement Mahommet qui vient aprés. » **373** Il leur tournoit un foillet ou livre que il tenoit, et leur moustroit l'autre commandemant Mahommet, qui estoit tel : « En l'asseurement de la foy occi l'ennemi de la loy. » « Or gardez comment nous avons mesfait contre les commandemens Mahommet de ce que nous avons tué nostre seigneur ; et encore ferons nous pis se nous ne tuons le roy, quelque asseurement que nous li aions donné, car c'est le plus fort ennemi que la loy paiennime *ait*[a]. » **374** Nostre mort fu pres que acordee ; dont il avint ainsi que un ami-

370b f. Ung lict des engins ung lict des lards, ung aultre l. des g. *B* et de tout firent ung (grant *P*) lict et y mirent *MP* ; *cf. § 401* **372a** Mortaing *B* Morentaigne *MP* Mortaig *A* – *b* e.d.a. *B* om. *A* – *c* n. *B* om. *A* **373a** ait *B* est *A* parce qu'ils ne mangent point de porc, ils ne les gardèrent pas ; mais ils firent une couche du porc salé, une autre des morts, et y mirent le feu ; et il y eut un si grand feu qu'il dura le vendredi, le samedi et le dimanche.

371 Ils devaient libérer le roi et nous dès le lever du soleil ; ils nous gardèrent jusqu'au coucher du soleil ; pendant ce temps nous ne mangeâmes pas, ni les émirs non plus, mais ils furent en discussion toute la journée. Et l'un des émirs disait, au nom de ceux qui étaient de son avis : « Seigneurs, si vous voulez m'en croire, moi et tous ceux qui sont de mon avis, nous tuerons le roi et ces hommes de haut rang qui sont ici ; comme cela nous n'avons rien à craindre d'ici quarante ans, car leurs enfants sont petits ; et nous avons Damiette entre nos mains ; c'est pourquoi nous pouvons le faire plus sûrement. » **372** Un autre Sarrasin, qui s'appelait Sebreci, qui était né en Mauritanie, parlait à l'encontre et disait ainsi : « Si nous tuons le roi après avoir tué le sultan, on dira que les Égyptiens sont les plus mauvaises gens et les plus déloyaux qui soient au monde. » Et celui qui voulait que l'on nous tue disait au contraire : « Il est bien vrai que nous avons agi très mal en nous défaisant de notre sultan que nous avons tué ; car nous sommes allés contre le commandement de Mahomet, qui nous commande que nous gardions notre maître comme la prunelle de notre œil ; et voici dans ce livre le commandement tout écrit. Or écoutez, fait-il, l'autre commandement de Mahomet, qui vient après. » **373** Il tournait devant eux un feuillet du livre qu'il tenait, et leur montrait l'autre commandement de Mahomet, qui était tel : « En dépit de la garantie donnée en engageant ta foi, tue l'ennemi de la loi. » « Regardez donc comment nous avons mal agi contre les commandements de Mahomet, car nous avons tué notre maître ; et nous ferons pis encore si nous ne tuons le roi, quelque garantie que nous lui ayons donnée ; car c'est le plus fort ennemi qu'ait la loi païenne. » **374** Notre mort

---

373. *En l'asseurement de la foy.* N. de Wailly comprend : « Pour la sûreté de la foi » ; je crois que la suite *(quelque asseurement que nous li aions donné)* justifie ma traduction.

raut qui estoit nostre adversaire cuida que en nous deust touz occirre, et vint sur le flum et commença a crier en sarrazinnois a ceulz qui les galies menoient, et osta sa touaille de sa teste et leur fist un signe de sa touaille. Et maintenant il nous desancrerent et nous remenerent bien une grant lieue ariere vers Babiloine ; lors cuidames nous estre touz perdus, et y ot maintes lermes plorees.

375 *Aussi*[a] comme Dieu voult, qui n'oublie pas les siens, il fu acordé entour solleil couchant que nous serions delivrez. Lors nous ramena l'en et mist l'en nos .iiii. galies a terre. Nous requeismes que en nous lessast aler ; il nous dirent que non feroient juesques a ce que nous eussions mangé, « car ce seroit honte aus amiraus se vous partiés de nos prisons a jeun ». **376** Et nous requeismes que en nous donnast la viande et nous mangerions ; et il nous distrent que en l'estoit alé querre en l'ost. Les viandes que il nous donnerent, ce furent begnes[a] de fourmages, qui estoient roties au solleil pour ce que les vers n'i venissent, et oefz durs cuis de .iiii. jours ou de .v. ; et pour honneur de nous en les avoit fait peindre par dehors de diverses couleurs par dehors.

377 En nous mist a terre, et en alames vers le roy qu'il amenoient du paveillon la ou il l'avoient tenu vers le flum ; et venoient bien .xx. mille Sarrazins les espees ceintes touz aprés li a pié. Ou flum devant le roy avoit une galie de Genevois la ou il ne paroit que un seul home desur. Maintenant que il vit le roy sur le flum, il sonna un siblet, et au son du siblet saillirent bien de la sente de

375a *l'enlumineur a peint par erreur un* E   **376a** bignetz BMP   **377** *Après le § 376 B présente le titre, p. 92*, Comment sainct Loys roy de France fut delivré des mains des Sarrazins. *La p. 93 est blanche.*

fut presque décidée ; de là il arriva qu'un des émirs qui était notre adversaire pensa que l'on devait tous nous tuer, et vint au bord du fleuve, et commença à crier en sarrasin à ceux qui conduisaient les galères, et enleva son linge de sa tête et leur fit un signe avec son linge. Et sur-le-champ ils levèrent l'ancre, et nous ramenèrent bien une grande lieue en arrière vers Le Caire. Nous pensâmes alors être tous perdus, et il y eut beaucoup de larmes versées.

375 Ainsi que Dieu le voulut, qui n'oublie pas les siens, il fut décidé, vers le coucher du soleil, que nous serions libérés. Alors on nous ramena et l'on mit à la rive nos quatre galères. Nous demandâmes qu'on nous laissât aller ; ils nous dirent qu'ils ne le feraient pas jusqu'à ce que nous ayons mangé, « car ce serait une honte pour les émirs, si vous partiez de nos prisons à jeun ». **376** Et nous demandâmes qu'on nous donne des vivres, et nous mangerions ; et ils nous dirent qu'on était allé en chercher au camp. Les vivres qu'ils nous donnèrent, ce furent des beignets de fromage qui étaient rôtis au soleil pour que les vers ne s'y mettent pas, et des œufs durs cuits depuis quatre jours ou cinq ; et en notre honneur, on les avait fait peindre à l'extérieur de diverses couleurs.

377 On nous mit à terre, et nous nous en allâmes vers le roi qu'ils amenaient de la tente où ils l'avaient gardé vers le fleuve ; et venaient bien vingt mille Sarrasins l'épée au côté, à pied, tous après lui. Sur le fleuve, devant le roi, il y avait une galère de Gênois, où n'apparaissait sur le pont qu'un seul homme. Aussitôt qu'il vit le roi au bord du fleuve, il donna un coup de sifflet ; et au son du sifflet

---

376. *begnes* : le contexte fait penser qu'il s'agit de « beignets », ce qu'ont d'ailleurs compris *BMP*. N. de Wailly a corrigé en *begniet*, et c'est cette forme que *TL* a enregistrée. *Le Mesnagier de Paris* (XIVᵉ s., éd. G.E. Brereton et J.M. Ferrier, Oxford, 1981 ; « Lettres gothiques », 1994) présente deux exemples du mot, dont la désinence *-et* est claire. Le troisième est écrit *bignes*, dont la désinence paraît féminine. Or le mot, dans *A*, est féminin, d'après l'accord *roties*. Il doit s'agir également chez Join-ville de la forme simple *begne, bugne* (*FEW*, 1, p. 628-629). Ces deux exemples constitueraient les plus anciennes attestations du mot. Le dérivé *beignet* apparaît pour la première fois dans le *Roman de Fauvel* (1314).

la galie .IIII^{XX}. arbalestriers bien appareillés, les arbalestres
montees, et mistrent maintenant les carriaus en coche.
Tantost comme les Sarrazins *les*[a] virent, il toucherent en
fuie aussi comme berbis, que onques n'en demoura avec
le roy fors que .II. ou .III. **378** Il geterent une planche a
terre pour requeillir le roy et le conte d'Anjou, son frere,
et mon seigneur Geffroi de Sergines et mon seigneur Phelippe[a] de Annemos, et le marechal de France que en appeloit *dou* Meis, et le mestre de la Trinité et moy. Le conte
de Poitiers il retindrent en prison jusques a tant que le
roy leur eust fait paier les .II^C. mille livres que il leur
devoit faire paier, avant que il partisist du flum, pour leur
rançon.

379 Le samedi *aprés*[a] l'Ascension, lequel samedi est
l'endemain que nous feumes delivrés, vindrent prenre
congié du roy le conte de Flandres et le conte de Soissons
et pluseurs des autres riches homes qui furent pris es
galies. Le roy leur dit ainsi que il li sembloit que il
feroient bien se il attendoient jusques a ce que le conte
de Poitiers, son frere, feust delivrés ; et il distrent que il
n'avoient pooir, car les galies estoient toutes appareillees.
En leur galies monterent et s'en vindrent en France ; et
en amenerent avec eulz le bon conte Perron de Bretaingne, qui estoit si malade que il ne vesqui puis que .III.
semainnes, et mourut sur mer.

380 L'en commença a fere le paiement le samedi au matin,
et y mist l'en au paiement faire le samedi et le dymanche
toute jour jusques a la nuit, que en les paioit a la balance ;
et valoit chascune balance .X. mille livres. Quant ce vint le
dymanche au vespre, les gens le roy qui fesoient le paie-

sortirent de la cale de la galère bien quatre-vingts arbalétriers bien équipés, les arbalètes bandées et ils mirent aussitôt les carreaux en coche. Dès que les Sarrasins les virent, ils se mirent à fuir comme des brebis, si bien qu'il n'en demeura avec le roi que deux ou trois. **378** Ils jetèrent une planche à terre pour embarquer le roi et le comte d'Anjou son frère et messire Geoffroi de Sergines et monseigneur Philippe de Nemours, et le maréchal de France que l'on appelait du Mez et le maître de la Trinité et moi. Le comte de Poitiers, ils le retinrent prisonnier jusqu'à ce que le roi leur eût fait payer les deux cent mille livres qu'il devait leur faire payer, avant qu'il partît du fleuve, pour leur rançon.

379 Le samedi après l'Ascension, samedi qui est le lendemain du jour où nous fûmes libérés, vinrent prendre congé du roi le comte de Flandre et le comte de Soissons et plusieurs autres personnages de haut rang qui furent pris sur les galères. Le roi leur dit qu'il lui semblait qu'ils feraient bien s'ils attendaient jusqu'à ce que le comte de Poitiers, son frère, fût libéré ; et ils dirent qu'ils n'en avaient pas la possibilité, car les galères avaient toutes appareillé. Ils montèrent à bord de leurs galères et revinrent en France ; et ils emmenèrent avec eux le bon comte Pierre de Bretagne, qui était si malade qu'il ne vécut ensuite que trois semaines, et mourut en mer.

380 On commença à faire le paiement le samedi matin, et on mit à faire le paiement tout le samedi et le dimanche toute la journée jusqu'à la nuit, car on les payait à la balance, et chaque balance valait dix mille livres. Quand arriva le dimanche à l'heure des vêpres, les gens du roi qui

---

378. Philippe de Nemours, qui devint chambellan de Louis IX. – Jean Clément, sire du Mez en Gâtinais ; cf. Pinoteau 1966, p. 24 ; J. Depoin, « Maréchaux de saint Louis », *Bulletin du comité des Travaux historiques*, 1912, p. 188-190 ; mais nous savons qu'un Henri Clément, sans doute le fils de Jean, accompagna Louis IX à la croisade ; Berger 1893, p. 215 et 217. – *Trinité* : ordre fondé en 1198 pour le rachat des captifs.   **379.** Le 7 mai 1250. – Joinville se contredit ; aux § 419 et 424, il dit que le comte de Flandre était encore à Acre.

ment manderent au roy que il leur failloit bien[a] *encores*
.xxx. mille livres. *Et*[b] avec le roy n'avoit que le roy de
Cezille et le marechal de France, le ministre de la Trinité
et moy, et touz les autres estoient au paiement fere.
381 Lors dis je au roy que il seroit bon que il envoiast
querre le commandeur et le marechal du Temple, car le
mestre estoit mort, et que il leur requeist que il li prestassent
.xxx. mile livres pour delivrer son frere. Le roy les envoia
querre, et me[a] dit le roy que je leur deisse. Quant je leur oy
dit, frere Estienne d'Otricourt, qui estoit commandeur du
Temple, me dit ainsi : « Sire de Joinville, ce conseil que
vous donnés[b] *au ròy* n'est ne bon ne resonnable, car vous
savés que nous recevons les commandes en tel maniere que
par nos seremens nous ne les poons delivrer mes que a
ceulz qui les nous baillent. » Assés y ot de dures paroles et
de felonnesses entre moy et li. **382** Et lors parla frere
Renaut de Vichiers, qui estoit marechal du Temple, et dit
ainsi : « Sire, lessiés ester la tençon du seigneur de Joinville
et de nostre commandeur, car aussi comme nostre
commandeur dit, nous ne pourrions riens bailler que nous
ne feussiens parjures. Et de ce que le seneschal vous loe que
ce nous ne vous en voulon prester, que vous en preignés,
ne dit il pas molt grans merveilles, et vous en ferés[a] *vostre*
volenté. Et se vous prenez du nostre, nous avons bien tant
du vostre en Acre que vous nous desdomagerés bien. »
383 Je dis au roy que je iroie se il vouloit, et il le me
commenda. Je m'en alé en une des galies du Temple, en la
mestre galie. Et quant je voulz descendre en la sente de la
galie la ou le tresor estoit, je demandé au commandeur du
Temple que il venist veoir ce que je prenraie, et il n'i dein-
gna onques venir. Le marechal dit que il venroit veoir la
force que je li feroie. **384** Si tost comme je fu avalé la ou
le tresor estoit, je demandé au tresorier du Temple, qui la
estoit, que il me baillast les clefz d'une huche qui estoit
devant moy. Et il, qui me vit megre et descharné de la maladie, et en l'abit que je avoie esté en prison, dit que il ne m'en
bailleroit nulles. Et je regardé une coignee qui gisoit illec,

---

380*a* b. encores *BMP om. A* – *b* Et n'y a. avec le r. q. *BM* Que n'y *A*
381*a* m. commanda q. *B* – *b* d. au roy *BMP om. A*   **382***a* f. vostre v.
BMP om. A

faisaient le paiement firent savoir au roi qu'il leur manquait encore bien trente mille livres. Et avec le roi il n'y avait que le roi de Sicile et le maréchal de France, le ministre de la Trinité et moi, et tous les autres étaient à faire le paiement. **381** Je dis alors au roi qu'il serait bon qu'il envoie chercher le commandeur et le maréchal du Temple, car le maître était mort, et qu'il leur demande de lui prêter les trente mille livres pour délivrer son frère. Le roi les envoya chercher, et le roi me dit que je le leur dise. Quand je le leur eus dit, frère Étienne d'Ostricourt, qui était commandeur du Temple, me dit ainsi : « Sire de Joinville, ce conseil que vous donnez au roi n'est ni bon ni raisonnable ; car vous savez que nous recevons les dépôts dans des conditions telles que, sur nos serments, nous ne pouvons les remettre qu'à ceux qui nous les confient. » Il y eut pas mal de propos durs et injurieux entre moi et lui. **382** Et alors frère Renaut de Vichiers, qui était maréchal du Temple, prit la parole et dit : « Sire, laissez de côté le débat entre le sire de Joinville et notre commandeur ; car, comme le dit notre commandeur, nous ne pourrions rien donner sans être parjures. Et quant à ce que le sénéchal vous conseille que, si nous ne voulons vous en prêter, vous en preniez, il ne dit pas quelque chose de bien extraordinaire, et vous en ferez ce que vous voudrez. Et si vous prenez du nôtre, nous avons bien tant du vôtre à Acre que vous nous dédommagerez bien. » **383** Je dis au roi que j'irais s'il le voulait ; et il m'en donna l'ordre. Je m'en allai à bord d'une des galères du Temple, celle du maître des galères. Et quand je voulus descendre dans la cale de la galère, où se trouvait le trésor, je demandai au commandeur du Temple de venir voir ce que je prendrais ; et il n'y daigna jamais venir. Le maréchal dit qu'il viendrait voir la violence que je lui ferais. **384** Sitôt que je fus descendu là où était le trésor, je demandai au trésorier du Temple, qui se trouvait là, qu'il me remît les clefs d'un coffre qui était devant moi. Et lui, qui me vit maigre et décharné par suite de la maladie, et avec les vêtements avec lesquels j'avais été prisonnier, me dit qu'il ne m'en

---

381. Le commandeur du royaume de Jérusalem est le trésorier de l'ordre du Temple (Demurger 1986, p. 83) ; d'autres trésoriers l'assistaient dans les diverses commanderies.

si la levai et dis que je feroie la clef le roy. Quant le marechal vit ce, si me prist par le poing et me dit : « Sire, nous
veons bien que c'est force que vous nous fetes, et nous vous
ferons bailler les clez. » Lors commanda au tresorier que
en les me baillast[a], *ce qu'il fist.* Et quant le marechal ot dit
au tresorier qui je estoie, il en fu moult esbahi. **385** Je trouvai que celle huche que je ouvri estoit a Nichole de Choysi[a],
un serjant le roy. Je jetai hors ce d'argent que je y trouvai
et me[b] *alai seoir* ou chief de nostre vessel qui m'avoit amené ; et pris le marechal de France et le lessai avec l'argent,
et sur la galie mis le ministre de la Trinité. Sus la galie, le
marechal tendoit l'argent au ministre, et le ministre le me
bailloit ou vessel la ou je estoie. Quant nous venimes vers
la galie le roy, et je commençai a hucher au roy : « Sire,
sire, esgardés comment je sui garni ! » Et le saint home me
vit moult volentiers et moult liement. Nous baillames a
ceulz qui fesoient le paiement ce que j'avoie aporté.
386 Quant le paiement fu fait, le conseil le roy, qui le paiement avoit fait, vint a li et li distrent que les Sarrazins ne
vouloient delivrer son frere jusques a tant que il eussent
l'argent par devers eulz. Aucuns du conseil y ot qui ne
louoient mie le roy que il leur delivrast les deniers jusques
a tant que il reust son frere ; et le roy respondi que il leur
deliverroit, car il leur avoit couvent, et il li retenissent les
seues couvenances se il cuidoient bien faire. Lors dit mon
seigneur Phelippe de *Anemoes*[a] au roy que on avoit for-
conté aus Sarrazins une balance de .x. mile livres. **387** Et
le roy se courrouça trop fort et dit que il vouloit que en leur
rendist les .x. mile livres, pour ce que il leur avoit couvent
a paier les .cc. mile livres avant que il partisist du flum. Et
lors je passé mon seigneur Phelippe sus le pié, et dis au roy

remettrait aucune. Et mon regard tomba sur une cognée qui était là à terre, je la levai, et je dis que j'en ferais la clef du roi. Quand le maréchal vit cela, il me prit par le poing et me dit : « Sire, nous voyons bien que c'est violence que vous nous faites, et nous vous ferons remettre les clefs. » Alors il donna au trésorier l'ordre de me les remettre, ce qu'il fit. Et quand le maréchal eut dit au trésorier qui j'étais, il en fut bien ébahi. **385** Je constatai que ce coffre que j'ouvris était à Nicole de Choisy, un sergent du roi. Je jetai hors du coffre ce que j'y trouvai d'argent, et allai m'asseoir à l'extrémité du bateau qui m'avait amené : et je pris le maréchal de France et je le laissai avec l'argent, et j'installai sur la galère le ministre de la Trinité. Le maréchal, sur la galère, tendait l'argent au ministre, et le ministre me le passait dans le bateau où je me trouvais. Quand nous vînmes près de la galère du roi, je commençai à crier au roi : « Sire, Sire, regardez comment je suis pourvu. » Et le saint homme me vit bien volontiers et avec beaucoup de joie. Nous remîmes à ceux qui faisaient le paiement ce que j'avais apporté. **386** Quand le paiement fut fait, les conseillers du roi qui avaient fait le paiement vinrent à lui et lui dirent que les Sarrasins ne voulaient pas libérer son frère avant qu'ils eussent l'argent par-devers eux. Il y eut certains conseillers du roi qui n'étaient pas d'avis qu'il leur remette les fonds avant le moment où il aurait récupéré son frère ; et le roi répondit qu'il les leur remettrait, car il s'y était engagé, et qu'ils observent de leur côté à son égard ses conventions, s'ils croyaient bien faire. Alors messire Philippe de Nemours dit au roi qu'on avait faussé le compte au détriment des Sarrasins d'une balance de dix mille livres. **387** Et le roi se mit très en colère et dit qu'il voulait qu'on

---

385. Joinville trouve dans le coffre de Nicole de Choisy une somme très considérable, puisqu'il manquait 30 000 livres et que ce prélèvement semble avoir suffi à les régler. Ce sergent paraît bien être le même que le maître sergent Nicolas de Soisy (§ 639), donc le responsable de tous les sergents du roi ; il avait été chargé d'acheminer à Chypre le ravitaillement accumulé par Louis IX ; *Estoire de Eracles* 1859, p. 436. Il est fort possible que les fonds détenus par ce personnage l'aient été au titre de sa charge et aient appartenu au roi. **386-387.** On trouve le même récit, d'après le témoignage de Joinville, dans Guillaume de Saint-Pathus, Delaborde 1899, p. 126-128. **387a.** La leçon de *B. saiges compteurs*, adoptée par Wailly est peut-être meilleure ; *MP* ne sont ici d'aucun secours.

qu'il ne le creust pas, car il ne disoit pas voir, car les Sarra-zins estoient les plus[a] forconteurs qui feussent ou monde ; et mon seigneur Phelippe dit que je disoie voir, car il ne le disoit que par moquerie[b]. Et le roy dit que male encontre eust tele moquerie : « Et vous commant, dit le roy a mon seigneur Phelippe, sur la foy que me devez comme mon home que vous estes, que se les .x. mile livres ne sont païes, que vous les facez paier[c] *sans nulle faute.* »

388 Moult de gens avoient loué au roy que il se traisist en sa nef, qui l'attendoit en mer, pour li oster des mains aus Sarrazins. Onques le roy ne volt nullui croire, ainçois disoit que il ne partiroit du flum, aussi comme il l'avoit couvent, tant que il leur eust paié .cc. mile livres. Si tost comme le paiement fu fait, le roy, sanz ce que nulz ne l'en prioit, nous dit que des ore mez estoit *son*[a] serement quitez et que nous nous partissions de la et alissons en la nef qui estoit en la mer. **389** Lors s'esmut nostre galie, et alames bien une grant lieue avant que l'un ne parla a l'autre pour la mesaise que nous avions[a] *de la prison* du conte de Poitiers. Lors vint mon seigneur Phelippe de Monfort en un galion et escria au roy : « Sire, sire, parlés a vostre frere le conte de Poitiers, qui est en cel autre vessel. » Lors escria le roy : « Alume ! alume ! » Et si fist l'en. Lors fu la joie si grant comme elle pot estre plus entre nous.

Le roy entra en sa nef, et nous aussi. Un povre pecherre ala dire a la contesse de Poitiers qu'il avoit veu le conte de Poitiers delivre, et elle li fist donner .xx. livres de parisis.

387a p. saiges compteurs *B* – b goderie *B* – c sans nulle faute *B om.*
A 388a sont *A* 389a a. de la prison d. *B* d'avoir lessé le conte de
P. en la prison *M* d'avoir laissé prisonnier le c. de *om. A*

leur rende les dix mille livres, parce qu'il s'était engagé à payer les deux cent mille livres avant de partir du fleuve. Et alors je pressai le pied de messire Philippe, et dis au roi qu'il ne le croie pas, car il ne disait pas la vérité, car les Sarrasins étaient les plus habiles à fausser les comptes qui soient au monde ; et messire Philippe dit que je disais la vérité, car il ne disait cela que par plaisanterie. Et le roi dit qu'une telle plaisanterie était malencontreuse. « Et je vous donne l'ordre, dit le roi à messire Philippe, sur la foi que vous me devez comme mon homme que vous êtes, si les dix mille livres ne sont pas payées, que vous les fassiez payer sans faute. »

388 Beaucoup de gens avaient conseillé au roi de se transporter sur sa nef, qui l'attendait en mer, pour se mettre hors des mains des Sarrasins. Jamais le roi ne voulut écouter personne, mais il disait qu'il ne partirait pas du fleuve, comme il s'y était engagé, avant qu'il leur eût payé deux cent mille livres. Sitôt que le paiement fut fait, le roi, sans que personne ne l'en prie, nous dit que désormais son serment était rempli et que nous partions de là et que nous allions sur la nef qui était en mer. **389** Alors notre galère se mit en mouvement, et nous allâmes bien une grande lieue avant que l'un ne parle à l'autre, à cause du malaise que nous avions au sujet du comte de Poitiers qui était prisonnier. Là-dessus arriva sur un navire léger messire Philippe de Montfort, et il cria au roi : « Sire, Sire, parlez à votre frère le comte de Poitiers, qui est sur cet autre bateau. » Alors le roi cria : « Allume ! Allume ! » Et ainsi fit-on. Alors la joie fut si grande entre nous qu'elle ne pouvait l'être plus.

Le roi monta à bord de sa nef, et nous aussi. Un pauvre pêcheur alla dire à la comtesse de Poitiers qu'il avait vu le comte de Poitiers libéré ; et elle lui fit donner vingt livres de parisis.

390 Je ne weil pas oublier aucunes besoignes qui avindrent en Egypte tandis que nous y estions. Tout premier, je vous dirai de mon seigneur Gaucher de Chasteillon, que un chevalier, qui avoit non mon seigneur Jehan de Monson, me conta que il vit mon seigneur de Chasteillon en une rue qui estoit ou kasel la ou le roy fu pris ; et passoit celle rue toute droite parmi le kasel, si que en veoit les champs d'une part et d'autre. En celle rue estoit mon seigneur Gaucher de Chasteillon, l'espee ou poing toute nue. **391** Quant il veoit que les Turs se metoient parmi celle rue, il leur couroit sus l'espee ou poing et les flatoit hors du cazel ; et au fuir que les Turs faisoient devant li, il, qui traioient aussi bien devant comme dariere, le couvrirent touz de pylez. Quant il les avoit chaciés hors du kazel, il se desflichoit de ces pilés qu'il avoit sur li et remetoit sa cote a armer *desus*[a] li et se dressoit sus ses estriers et estendoit les bras atout l'espee, et crioit : « Chasteillon, chevalier, ou sont mi preudomme ? » Quant il se retournoit et il veoit que les Turs estoient entrés par l'autre chief, il leur recouroir sus, l'espee ou poing, et les enchaçoit ; et ainsi fist par .IIII. foiz en la maniere desus dite. **392** Quant l'amiraut des galies m'ot amené devers ceulz qui furent pris a terre, je enquis a ceulz qui estoient entour li, ne onques ne trouvai qui me deist comment il fu pris, fors que tant que mon seigneur Jehan Fouinons, le bon chevalier, me dit que quant en l'amenoit pris vers la Massourre, il trouva un Turc qui estoit monté sur le cheval mon seigneur Gauchier de Chasteillon, et estoit la culiere[a] toute sanglante du cheval ; et il li demanda que il avoit fait de celi a qui le cheval estoit, et li respondi que il li avoit copé la gorge tout a cheval, si comme il apparut a la culiere, qui en estoit ensanglantee du sanc.

390 Je ne veux pas oublier certaines choses qui advinrent en Égypte tandis que nous y étions. Tout d'abord je vous parlerai de messire Gaucher de Châtillon ; un chevalier, qui s'appelait messire Jean de Monson, me raconta qu'il vit messire de Châtillon dans une rue qui était dans le village où le roi fut pris ; et cette rue traversait toute droite le village, si bien qu'on voyait les champs d'un côté et de l'autre. Dans cette rue était messire Gaucher de Châtillon, l'épée au poing, toute nue. **391** Quand il voyait que les Turcs s'introduisaient dans cette rue, il les chargeait, l'épée au poing, et les jetait hors du village ; et en fuyant devant lui, les Turcs, qui tiraient aussi bien en avant qu'en arrière, le couvrirent tous de traits. Quand il les avait chassés hors du village, il se débarrassait de ces traits qu'il avait sur lui, et remettait sur lui sa cotte d'armes, et se dressait sur ses étriers et étendait les bras avec l'épée et criait : « Châtillon, chevaliers ! où sont mes prud'hommes ? » Quand il se retournait et qu'il voyait que les Turcs étaient entrés par l'autre bout, il les chargeait de nouveau, l'épée au poing et les poursuivait ; et il fit ainsi par trois fois de la manière susdite. **392** Quand l'amiral des galères m'eut amené auprès de ceux qui furent faits prisonniers à terre, je m'enquis auprès de ceux qui étaient autour de lui, et je ne trouvai personne qui puisse me dire comment il fut pris, à ceci près que messire Jean Fouinons, le bon chevalier, me dit que, quand on l'amenait prisonnier à Mansûra, il trouva un Turc qui était monté sur le cheval de messire Gaucher de Châtillon ; et la croupière du cheval était toute sanglante ; et il lui demanda ce qu'il avait fait de celui à qui était le cheval ; et il lui répondit qu'il lui avait coupé la gorge alors qu'il était à cheval, comme il apparut par la croupière qui était ensanglantée de son sang.

---

392. Jean Fouinons est cité par Charles d'Anjou comme l'un des chevaliers de l'entourage immédiat du roi ; Riant 1884, p. 164-165 ; un personnage du même nom est bayle du royaume de Jérusalem en 1248-1249 ; *Estoire de Eracles* 1859, p. 436 et note g ; cf. J. Longnon, *Les Compagnons de Villehardouin*, Genève, 1978 (*École pratique des Hautes Études, IVe section*, V, 30), p. 62-63.

393 Il^a avoit un moult vaillant home en l'ost, qui avoit a non mon seigneur Jaque de Castel, evesque de Soissons. Quant il vit que nos gens s'en *revenoient*^b devers Damiete, il, qui avoit grant desirrer de aler a Dieu, ne s'en voult pas revenir en la terre dont il estoit né, ainçois se hasta d'aler avec Dieu, et feri des esperons et assembla aus Turs tout seul, qui a leur espees l'occistrent et le mistrent en la compaignie Dieu ou nombre des martirs.

394 Endementres que le roy attendoit le paiement que sa gent fesoient aus Turs pour la delivrance de son frere le conte de Poitiers, un Sarrazin molt bien atiré et moult *bel*^a home de cors vint au roy et li presenta lait pris en pos et fleurs de diverses^b manieres, de par les enfans le Nasac^c, qui avoit esté soudanc de Babiloine ; et li fist le present en françois. **395** Et le roy li demanda ou il avoit apris françois, et il dit que il avoit esté crestian ; et le roy li dit : « Alez vous en, que a vous ne parlerai je plus ! » Je le trais d'une part et li demandai son couvine. Et il me dit qu'il avoit esté né de Provins et que il estoit venu en Egypte avec le roy Jehan, et que il estoit marié en Egypte et grant riche home. Et je li diz : « Ne savez vous pas bien que se vous mouriés en ce point, que vous^a *seriez damné et* iriez en enfer ? » **396** Et il dit : « Oÿl », car il estoit certein que nulle *loi*^a n'estoit si bone comme la crestienne ; « mes je doute, se je aloie vers vous, la povreté la ou je seroie, et le reproche ; toute jour me diroit l'en : "Veez ci le renoié !" Si aimme miex vivre riche et aise que je me meisse en tel point comme je^b vois. » Et je li dis que le reproche seroit plus grant au jour du Jugement, la ou chascun verroit son mesfait, que ne seroit ce

393a *Le scribe a écrit* L'avoit *avec un* L *majuscule ; le réviseur a ajouté un* i *en marge* – **b** revenoient B revenoit A   **394a** bel BMP leal A – **b** d. couleurs et m. *add.* B om. MP – **c** Vassat B   **395a** v.s.d. et i. B que v. descendrez tout droit en e. et serez damné a jamais MP om. A   **396a** n. loy BMP om. A – **b** j. vous dis. E. B om. M

393 Il y avait dans l'armée un homme de haute valeur, qui s'appelait messire Jacques de Castel, évêque de Soissons. Quand il vit que les nôtres s'en revenaient vers Damiette, lui, qui avait un grand désir d'aller à Dieu, ne voulut pas revenir dans le pays où il était né, mais se hâta d'aller avec Dieu, piqua des éperons et se jeta tout seul sur les Turcs qui le tuèrent avec leurs épées et le mirent en la compagnie de Dieu, au nombre des martyrs.

394 Pendant que le roi attendait le paiement que ses gens faisaient aux Turcs pour la libération de son frère le comte de Poitiers, un Sarrasin très bien habillé et très bel homme de sa personne vint au roi et lui offrit du lait caillé dans des pots et des fleurs de diverses sortes, de la part des enfants du Nasac, qui avait été sultan du Caire ; et il fit le présent en français. **395** Et le roi lui demanda où il avait appris le français ; et il dit qu'il avait été chrétien ; et le roi lui dit : « Allez-vous-en : je ne vous adresserai plus la parole ! » Je le tirai à part et je le questionnai sur sa situation. Et il me dit qu'il était né à Provins, et qu'il était venu en Égypte avec le roi Jean, et qu'il était marié en Égypte et qu'il était un homme de très haut rang. Et je lui dis : « Ne savez-vous pas bien que, si vous mouriez en cet état, vous seriez damné et vous iriez en enfer. » **396** Et il répondit : « Oui », car il était certain qu'aucune loi n'était aussi bonne que la chrétienne ; « mais je crains, si j'allais vers vous, la pauvreté où je serais et les reproches. On me dirait toute la journée : "Voici le renégat !" J'aime mieux vivre riche et agréablement que de me mettre dans la situation comme je la vois. » Et je lui dis que le reproche serait plus grand le jour du Jugement, où chacun verrait son forfait, que ne serait ce

---

393. Joinville semble faire erreur, soit sur le nom, soit sur le siège. Jacques de Castel ne figure pas sur la liste épiscopale de Soissons ; il est très difficile de savoir s'il a été évêque, et où. L'évêque de Soissons s'appelait alors Gui de Château-Porcien, et l'*Estoire de Eracles, Continuation Rothelin* 1859, p. 615-616, dit que l'évêque de Soissons (sans donner son nom), qui avait voulu rester avec le roi, était mort ou prisonnier. Par ailleurs un nouvel évêque siège à Soissons à partir de 1250. **394.** N. de Wailly identifie *Nasac* avec Al-Nâsir al-Dawûd, qui eut des prétentions sur l'Égypte, 1874, Ecl. 8, p. 483-484. Je me demande si le nom du père de celui-ci, Al-Mû'azzam, sultan de Damas, frère d'Al-Kâmil, ne rendrait pas mieux compte de la forme française *Nasac* que Nâsir.

que il me contoit. Moult de bones paroles li diz, qui gue-rez ne valurent. Ainsi se departi de moy, n'onques puis ne le vi.

397 Or avez oÿ ci devant les grans persecucions que le roy et nous souffrimes, les quiex *persecucions*[a] la royne n'en eschapa pas, si comme vous orrez ci aprés. Car .IIII. jours devant ce que elle acouchast li vindrent les nou-velles que le roy estoit pris, des quiex nouvelles elle fu si effree que toutes les foiz que elle se dormoit en son lit, il li sembloit que toute sa chambre feust pleinne de Sarra-zins, et *s'escrioit*[b] : « Aidiés ! aidiés ! » Et pour ce que l'enfant ne feust periz dont elle estoit grosse, elle fesoit gesir devant son lit un chevalier ancien de l'aage de[c] .IIII[XX]. ans, qui la tenoit par la main ; toutes les foiz que la royne s'escrioit, il disoit[d] : « Dame, n'aiés garde, car je sui ci. » **398** Avant qu'elle feust acouchiee, elle fist vuidier hors toute sa chambre, fors que le chevalier ; et s'agenoilla devant li et li requist[a] *qu'il luy donnast* un don, et le chevalier li otria par son serement. Et elle li dit : « Je vous demande, fist elle, par la foy que vous m'avez baillee, que se les Sarrazins prennent ceste ville, que vous me copez la teste avant qu'il me preignent. » Et le chevalier respondi : « Soiés certeinne que je le ferai volentiers, car je l'avoie ja bien enpensé que vous occir-raie avant qu'il nous eussent pris. »

399 La royne acoucha d'un filz qui ot a non Jehan, et[a] l'appeloit l'en *en surnom* Tritant pour la grant douleur la ou il fu né. Le jour meisme que elle fu acouchee li dit l'en que ceulz de Pise et de Genes s'en vouloient fuir, et les autres communes. L'endemain que elle fu acouchiee, elle les manda touz devant son lit[b], si que la chambre fu

397a persecions *A* – **b** s'escrioi *A* – **c** XX *om. A* – **d** d. ainsi *B*
398a r. qu'il luy donnast u. *BM om. PA* **399a** e. l'appela a surnom *T*.
B J. qui ot en son (s. *om. P*) surnom *T*. *MP* en s. *om. A* – **b** l. et leur dist :
S. B et leur demanda et dist *M* et leur dist en ceste maniere *P om. A*

qu'il me contait. Je lui dis beaucoup de bonnes paroles qui ne servirent pas à grand-chose. C'est ainsi qu'il me quitta, et depuis je ne le vis plus jamais.

397 Vous avez entendu ci-devant les grands malheurs que le roi et nous nous eûmes à souffrir, et la reine n'échappa pas à ces malheurs, comme vous entendrez ci-après. Car trois jours avant son accouchement lui parvint la nouvelle que le roi était pris, nouvelle dont elle fut si effrayée, que, toutes les fois qu'elle dormait dans son lit, il lui semblait que toute sa chambre était pleine de Sarrasins, et elle s'écriait : « À l'aide, à l'aide ! » Et pour que ne périsse pas l'enfant dont elle était enceinte, elle faisait coucher auprès de son lit un vieux chevalier, âgé de quatre-vingts ans, qui la tenait par la main. Toutes les fois que la reine criait, il disait : « Dame, n'ayez pas peur, car je suis ici. » **398** Avant son accouchement, elle fit sortir tout le monde de sa chambre, à l'exception du chevalier, et se mit à genoux devant lui et lui demanda de lui accorder un don ; et le chevalier le lui accorda sur son serment. Et elle lui dit : « Je vous demande, fit-elle, par la foi que vous m'avez donnée, que, si les Sarrasins prennent cette ville, vous me coupiez la tête avant qu'ils ne me prennent. » Et le chevalier répondit : « Soyez certaine que je le ferai sans hésiter, car j'avais déjà bien pensé que je vous tuerais avant qu'ils ne nous aient pris. »

399 La reine accoucha d'un fils qui reçut le nom de Jean, et on l'appelait en surnom Tristan à cause de la grande douleur dans laquelle il était né. Le jour même de son accouchement, on lui dit que les Pisans et les Gênois voulaient s'enfuir, ainsi que les autres communautés. Le lendemain du jour où elle accoucha, elle les convoqua tous

---

397. *n'aiés garde* : cf. L. Foulet, *Romania*, t. 67, 1946, p. 333.
399. A. Foulet, « Jehan Tristan, son of Saint Louis, in History and Legend », *Romance Philology*, t. 13, 1958-1959, p. 235-240 ; Colette Beaune, *La Légende de Jean Tristan, fils de saint Louis*, dans *Mélanges de l'École française de Rome*, t. 98, I, 1986, p. 143-160 ; Foulet 1979, p. 277, considère avec *B* que c'est la reine qui donna ce surnom à son fils ; cf. *Tristan en prose*, éd. R. L. Curtis, § 229. – Des contingents des villes italiennes de Gênes et de Pise avaient été engagés par Louis IX.

toute pleinne, *et leur dist* : « Seigneurs, pour Dieu merci, ne lessiés pas ceste ville, car vous veés que mon seigneur le roy seroit perdu, et touz ceulz qui sont pris, se elle estoit perdue. Et s'i ne vous plest, si[c] vous preingne pitié de ceste chietive qui ci gist, que vous attendés tant que je soie relevee. » **400** Et il respondirent : « Dame, comment ferons nous ce, que nous mourrons *de*[a] fain en ceste ville ? » Et elle leur dit que ja par famine ne s'en iroient, « car je ferai acheter toutes les viandes en ceste ville ; et vous retieing touz des or endroit aus despens du roy ». Il se conseillerent, et revindrent a li et li otroierent que il demourroient volentiers. Et la royne, que Diex absoille, fist acheter toutes les viandes de la ville, qui li cousterent .CCC. et .LX. mille livres et plus. Avant sont terme la couvint relever, pour la cité que il couvenoit rendre aus Sarrazins. En Acre s'en vint la royne pour attendre le roy.

401 Tandis que le roy attendoit la delivrance son frere, envoia le roy frere Raoul, le frere preescheur, a un amiral qui avoit a non Faracataie, l'un des plus loiaus Sarrazins que je veisse onques, et li *manda*[a] que il se mervilloit moult comment li et les autres amiraus soufrirent comment en li avoit ses treves si villeinnement rompues, car en li avoit tué les malades que il devoient garder[b] et *fait* du merrien de ses engins, et avoient ars les malades et les chars salees de porc, que il devoient garder aussi. **402** Faracataie respondi a frere Raoul et dit : « Frere Raoul, dites au roy que par ma loy je n'i puis mettre conseil, et se poise moy ; et li dites de par moy que il ne face nul semblant que il li anuie tandis que il est en nostre main, car mort seroit. » Et li loa que si tost comme il venroit en Acre, que il li en souvieingne.

399c s. vous prie qu'il v. *B*   **400a** de *om. A*   **401-402** *om. MP*   **401a** m. *B* demanda *A* — *b* g. ses angins decouppez et ars avecques ses chairs sallees que il debvoient aussi garder *B* g. aussi et d.m. *A* ; *cf.* § 370

devant son lit, si bien que la chambre fut toute remplie, et leur dit : « Seigneurs, pour l'amour de Dieu, ne laissez pas cette ville, car vous voyez que messire le roi serait perdu, ainsi que tous ceux qui sont prisonniers, si elle était perdue. Et si cela ne vous plaît pas, ayez pitié de cette malheureuse qui est couchée ici, et attendez que je sois relevée. » **400** Et ils répondirent : « Dame, comment le ferons-nous ? Car nous mourrons de faim dans cette ville. » Et elle leur dit qu'ils ne partiraient sûrement pas par famine, « car je ferai acheter tous les vivres qu'il y a dans cette ville. Et je vous retiens désormais aux frais du roi ». Ils délibérèrent et revinrent à elle et lui octroyèrent qu'ils resteraient volontiers. Et la reine, que Dieu absolve ! fit acheter tous les vivres de la ville, qui lui coûtèrent trois cent soixante mille livres et plus. Elle dut se relever avant son terme, à cause de la cité qu'il fallait rendre aux Sarrasins. Et la reine s'en vint à Acre pour y attendre le roi.

401 Tandis que le roi attendait la libération de son frère, il envoya frère Raoul, un frère prêcheur, à un émir qui s'appelait Faracataye, l'un des Sarrasins les plus loyaux que j'aie jamais vu, et il lui fit savoir qu'il était très étonné que lui et les autres émirs aient accepté qu'on lui ait si honteusement rompu les accords de la trêve ; car on lui avait tué les malades qu'ils devaient garder, on avait fait du bois d'œuvre de ses machines et on lui avait brûlé ses malades et la viande salée de porc qu'ils devaient également garder. **402** Faracataye répondit à frère Raoul et dit : « Frère Raoul, dites au roi que par ma foi je n'y peux porter remède, et cela me cause de la peine ; dites-lui de ma part qu'il ne laisse en rien paraître que cela lui déplaît tant qu'il est entre nos mains ; car il serait mort. » Et il lui conseilla de se souvenir de cela dès qu'il arriverait à Acre.

403 Quant le roy vint en sa nef, il ne trouva onques que sa gent li eussent riens appareillé, ne lit ne robes ; ainçois li *convint*[a] gesir, tant que nous fumes en Acre, sus les materas que le soudanc li avoit baillez et *vestir*[b] les robes que le soudanc li avoit fet bailler et tailler, qui *estoient*[c] de samit noir forré de vair et de griz, et y avoit grant foison de noiaus touz d'or.

404 Tandis que nous fumes[a] *sur mer* par .VI. jours, je, qui estoie malade, me seoie touz jours decoste le roy. Et lors me conta il comment il avoit esté pris et comment il avoit pourchacié se reançon et la nostre, par l'aide de Dieu, et me fist conter comment je avoie esté pris en l'yaue ; et aprés, il me dit que je devoie grant gré savoir a Nostre Seigneur quant il m'avoit delivré de si grans perilz. Moult regretoit la mort du conte d'Artois, son frere, et disoit que moult envis se fu[b] *tant* souffert de li venir veoir comme le conte de Poitiers, que il ne le feust venu veoir es galies.

405 *Du*[a] conte d'Anjou, qui estoit en sa nef, se pleingnoit aussi a moy, qui nulle compaingnie ne li tenoit. Un jour demanda que le conte d'Anjou faisoit, et on li dit que il jouoit aus tables a mon seigneur Gautier d'Anemoes ; et il ala la tout chancelant pour la flebesce de sa maladie, et prist les dez et les tables, et les geta en la mer ; et se courouça moult fort a son frere de ce que il s'estoit si tost pris a jouer au deiz. Mes mon seigneur Gautier en fu le miex paié, car il geta touz les deniers qui estoient sus le tablier, dont il y avoit grant foison, en son geron, et les emporta.

403a couvin *A* – **b** vesti *A* – **c** estoit *A*   **404a** f. sur mer p. *MP om. BA* – **b** f. tant s. *B om. A*   **405a** *l'enlumineur a peint par erreur un P*

403 Quand le roi arriva à bord de sa nef, il ne trouva pas que ses gens lui aient rien préparé, ni lit ni vêtements ; il lui fallut coucher, jusqu'à ce que nous soyons arrivés à Acre, sur les matelas que le sultan lui avait donnés, et s'habiller avec les vêtements que le sultan lui avait fait donner et couper, qui étaient de satin noir, fourrés de vair et de petit-gris ; et il y avait une grande quantité de boutons tous en or.

404 Pendant que nous étions en mer durant six jours, moi, qui étais malade, je m'asseyais toujours à côté du roi. Et alors il me raconta comment il avait été pris et comment il avait négocié sa rançon et la nôtre, avec l'aide de Dieu, et il me fit raconter comment j'avais été pris sur l'eau ; et après il me dit que je devais avoir une grande reconnaissance à Notre-Seigneur, quand il m'avait délivré de si grands dangers. Il regrettait beaucoup la mort du comte d'Artois, son frère, et disait que, si celui-ci avait renoncé à venir le voir, c'eût été bien malgré lui, au contraire du comte de Poitiers, à venir le voir à bord des galères.

405 Il se plaignait aussi à moi du comte d'Anjou, qui était dans sa nef, qui ne lui tenait pas compagnie. Un jour, il demanda ce que faisait le comte d'Anjou ; et on lui dit qu'il jouait aux tables avec messire Gautier de Nemours ; et il alla là tout chancelant à cause de la faiblesse que lui causait sa maladie, et il prit les dés et les pions et les jeta à la mer ; et il se mit très en colère contre son frère parce qu'il s'était si tôt mis à jouer aux dés. Mais c'est messire Gautier qui s'en tira au meilleur compte, car il jeta tout l'argent qui était sur le tablier, et il y en avait beaucoup, dans le pan de sa robe, et l'emporta.

---

405. Gautier, fils de Philippe de Nemours, d'abord page du roi, deviendra maréchal de France et mourra à Tunis en 1270. – Le « jeu de tables » est une expression générique désignant un jeu consistant à faire avancer des pions, sur un tablier comportant des cases, suivant les points amenés par les dés, du type de notre jacquet ; Jean-Michel Mehl, *Les Jeux au royaume de France (...)*, Paris, 1990, p. 135-151.

406 Ci aprés orrez de pluseurs persecucions et tribulacions que j'oy en Acre, de quiex Dieu, a qui je m'atendoie
et a qui je m'attens, me delivra. Et ces choses ferai je
escrire pour ce que cil qui les orront aient fiance en Dieu
en leur persecucions et tribulacions, et Dieu leur aidera
aussi comme il fist moy.

407 Or disons dont que quant le roy vint en Acre, toutes
les processions d'Acre li vindrent a l'encontre recevoir
jusques a la mer a moult grant joie. L'en[a] *me* amena un
palefroi ; si tost comme je fu monté sus, le cuer me failli,
et je dis a celi qui le palefroy m'avoit amené que il me
tenist, que je ne cheïsse. A grant peinne me monta l'en
les degrez de la sale le roy. Je me assis a une fenestre, et
un enfant delez moy, et avoit entour .x. ans de aage, qui
avoit a non Berthelemin et estoit filz[b] *de bast* a mon seigneur Ami de Monbeliart, seigneur de Monfaucon.
408 Endementres que je seoie illec, la ou nul ne se prenoit garde de moy, la me vint un vallet en une cote vermeille a .ii. roies jaunes, et me salua et me demanda se je
le cognoissai[a] ; et je li dis nanin ; et il me dit que il estoit[b]
d'Oiselair, le chastel mon oncle. Et je li demandai a qui
il estoit, et il me dit que il n'estoit a nullui, et que il
demourroit avec moy se je vouloie ; et je dis que je le
vouloie moult bien. Il m'ala maintenant querre coifes
blanches et me pingna moult bien. **409** Et lors m'envoia
querre le roy pour manger avec li. Et je y alai atout le
corcet que l'en m'avoit fait en la prison des rongneures
de mon couvertouer, et mon couvertouer lessai a Berthelemin l'enfant, et .iiii. aunes de camelin que l'en m'avoit
donné pour Dieu en la prison. Guillemin, mon nouviau
varlet, vint trencher devant moy, et pourchassa de la
viande a l'enfant tant comme nous mangames.

410 Mon vallet novel me dit que il m'avoit pourchacié un
hostel tout delez les bains, pour moy laver de l'ordure et de
la sueur que j'avoie aportee de la prison. Quant ce vint le
soir, que je fus[a] ou baing, le cuer me failli et me pasmai,

407-415 *om. MP*   **407a** e. me a. *B* qu'on m'avoit amené *P om. MA*
– *b* f. de baat *B* bertart *A* ; *cf. § 332*   **408a** congnoissoye *B* – *b* e.
portier du ch. *B*   **410a** f. entré o. *B*

406 Vous entendrez ci-après plusieurs épreuves et tribulations que je connus à Acre, dont Dieu, en qui j'avais confiance et en qui j'ai confiance, me délivra. Et je ferai écrire cela pour que ceux qui l'entendront aient confiance en Dieu dans leurs épreuves et leurs tribulations ; et Dieu les aidera comme il l'a fait pour moi.

407 Disons donc maintenant que, quand le roi vint à Acre, toutes les processions d'Acre vinrent à sa rencontre le recevoir jusqu'à la mer, avec une très grande joie. On m'amena un palefroi ; sitôt que je fus monté dessus, le cœur me manqua, et je dis à celui qui m'avait amené le palefroi qu'il me tienne pour que je ne tombe pas. À grand-peine, on me fit monter les marches de la salle du roi. Je m'assis à une fenêtre, un enfant à côté de moi, et il avait environ dix ans d'âge, qui s'appelait Barthélemy, et c'était un fils bâtard de messire Ami de Montbéliard, seigneur de Montfaucon. **408** Pendant que j'étais assis là, où personne ne prenait garde à moi, un garçon en cotte rouge avec deux raies jaunes vint vers moi et me salua, et me demanda si je le connaissais ; et je lui dis que non ; et il me dit qu'il était d'Oiselair, le château de mon oncle. Et je lui demandai à qui il appartenait ; et il me dit qu'il n'appartenait à personne, et qu'il resterait avec moi si je le voulais ; et je lui dis que j'acceptais très volontiers. Il alla tout de suite me chercher des coiffes blanches et me peigna très bien. **409** Et alors le roi m'envoya chercher pour manger avec lui. Et j'y allai avec la robe de dessus que l'on m'avait faite quand j'étais prisonnier avec les restes de ma couverture ; et je laissai à l'enfant Barthélemy ma couverture et quatre aunes de camelot que l'on m'avait données pour l'amour de Dieu quand j'étais prisonnier. Guillemin, mon nouveau valet, vint trancher devant moi, et procura de la nourriture à l'enfant pendant que nous mangions.

410 Mon nouveau valet me dit qu'il m'avait procuré une maison tout à côté des bains, pour me laver de la saleté et de la sueur que j'avais apportées de la prison. Quand arriva le soir, quand je fus dans le bain, le cœur me manqua et

---

407. Voir § 332. – La forme *bertart* donnée par *A* n'est pas attestée ailleurs.

et a grant peinne m'en trait l'en hors du baing jusques a mon lit. L'endemain, un vieil chevalier, qui avoit non mon seigneur Pierre de Bourbonne, me vint veoir, et je le reting entour moy. Il m'apleja en la ville ce qu'il me failli pour vestir et pour moy atourner. **411** Quant je me fu areé, bien[a] .IIII. jours aprés ce que nous fumes venuz, je alai veoir le roy ; et m'enchoisonna et me dit que je n'avoie pas bien fet quant je avoie tant tardé a li veoir ; et me commenda, si chier comme j'avoie s'amour, que mangasse avec li adés et au soir et au main, jusques a tant que il eust areé que nous ferions, ou d'aler en France ou de demourer. **412** Je dis au roy que mon seigneur Pierre de *Courtenay*[a] me devoit .IIII[c]. livres de mes gajes, les quiex il ne me vouloit paier ; et le roy me respondi que il me feroit bien paier des deniers que il devoit au seigneur de *Courtenay*[a], et si fist il. Par le conseil mon seigneur Pierre de Bourbone, nous preismes .XL. livres pour nos despens, et le remenant commendames a garder au commandeur du palais du Temple. Quant ce vint que j'oi despendu les .XL. livres, je envoiai[b] le pere Jehan Caym, de Sainte Manehost, que je avoie retenu outre mer, pour querre autre .XL. livres. Le commandeur[c] li respondi que il n'avoit denier du mien, et que il ne me congnoissoit. **413** Je alai a frere Renaut de Vichiers, qui estoit mestre du Temple par l'aide du roy, pour la courtoisie que il avoit faite[a] *au roy* en la prison, dont je vous ai parlé, et me plainz a li du commandeur du palais, qui mes deniers ne me vouloit rendre que je li avoie commandez. Quant il oÿ ce, il s'esfrea fort et me dit : « Sire de Joinville, je vous aime moult. Mes soiés certein que se vous ne vous voulez soufrir de ceste demande, je ne vous aimeré james, car vous voulés fere entendant aus gens que nos freres sont larrons. » Et je li dis que je ne me soufferroie ja, se Dieu plet. **414** En ceste mesaise de cuer je fus .IIII. jours, comme cil qui n'avoit plus de touz[a] deniers pour despendre. Aprés ces .IIII. jours, le mestre vint vers moy tout riant et me dit que il avoit retrouvé mes

---

411*a* b. trois j. *B*   **412***a* Courcenai *AB deux fois* –   *b* le pere... outre mer *om. B* – *c* c. du pallais *B*   **413***a* f. au roy en *B om. A*   **414***a* touz *om. B*

je m'évanouis ; et à grand-peine on me sortit du bain jusqu'à mon lit. Le lendemain, un vieux chevalier, qui s'appelait messire Pierre de Bourbonne, vint me voir, et je le retins pour être dans mon entourage. Il se porta caution pour moi dans la ville de ce qu'il me manquait pour me vêtir et m'équiper. **411** Quand je me fus préparé, bien quatre jours après notre arrivée, j'allai voir le roi ; et il me fit des reproches et me dit que je n'avais pas bien agi quand j'avais tant tardé à venir le voir ; et il me commanda, dans la mesure du prix que j'attachais à son affection, de toujours manger avec lui et le soir et le matin jusqu'à tant qu'il ait organisé ce que nous ferions, soit aller en France soit rester. **412** Je dis au roi que messire Pierre de Courtenay me devait quatre cents livres de mes gages, qu'il ne voulait pas me payer ; et le roi me répondit qu'il me ferait bien payer sur les sommes qu'il devait au sire de Courtenay ; et il fit ainsi. Sur le conseil de messire Pierre de Bourbonne, nous prîmes quarante livres pour nos dépenses, et nous confiâmes le reste en garde au commandeur du palais du Temple. Quand vint le moment où j'eus dépensé les quarante livres, j'envoyai le père de Jean Caym de Sainte-Menehould, que j'avais pris à mon service outremer, chercher quarante autres livres. Le commandeur lui répondit qu'il n'avait pas d'argent à moi, et qu'il ne me connaissait pas. **413** J'allai trouver frère Renaut de Vichiers, qui était maître du Temple grâce à l'appui du roi, à la suite de la bonne manière qu'il avait eue envers lui quand celui-ci était prisonnier, dont je vous ai parlé, et je me plaignis à lui du commandeur du palais, qui ne voulait pas me rendre mon argent que je lui avais confié. Quand il entendit cela, il se mit fort en colère et me dit : « Sire de Joinville, je vous aime beaucoup ; mais soyez certain que, si vous ne voulez pas vous abstenir de cette demande, je ne vous aimerai plus, car vous voulez laisser entendre aux gens que nos frères sont des voleurs. » Et je lui dis que, plaise à Dieu, je ne m'abstiendrai certainement pas.

412a. La leçon *Corcenay* est une erreur. – *commandeur du palais* ; c'est le commandeur de la Maison du Temple à Acre. – **b.** Foulet 1979 p. 223 et Corbett corrigent arbitrairement *je envoiai a frere Estienne Caym de S. M.* **413.** Voir § 382 à 384. **414a.** Foulet 1979, p. 223, et Corbett suppriment *touz*, d'après *B*.

deniers. La maniere comment il furent trouvez, ce fu pour
ce que il avoit changé le commandeur du palais et l'avoit
envoié a un cazel que en appelle le Saffran ; et cil me rendi
mes deniers.

415 L'evesque d'Acre qui lors estoit, qui avoit esté né
de Provins, me fist prester la meson au curé de Saint
Michiel. Je avoie retenu Caym de Sainte Manehot, qui
moult bien me servi .II. ans, miex que home que j'eusse
onques entour moy[a] *ou pays, et plusieurs gens avoye rete-
nus avecques moy*. Or estoit ainsi que il avoit une logete
a mon chevés, par ou l'en entroit ou moustier. **416** Or
avint ainsi que une contenue me prist, par quoy j'alai au
lit, et toute ma mesnie aussi, ne onques un jour toute
jour je n'oy onques qui me peust aidier ne lever ; ne je
n'atendoie que la mort, par un signe qui m'estoit delez
l'oreille. Car il n'estoit nul jour que l'en n'aportast bien
.XX. mors ou plus au moustier, et de mon lit, toutes les
foiz que on les aportoit, je ouaie chanter LIBERA ME
DOMINE. Lors je plorai et rendi graces a Dieu, et li dis
ainsi : « Sire, aouré soies tu de ceste soufraite que tu me
fez, car mains bobans ai eulz a moy *couchier*[a] et a moy
lever ; et te pri, Sire, que tu m'aides et me delivre de
ceste maladie[b] », *et aussi fist il et tous mes gens*.

417 Aprés ces choses je requis a Guillemin, mon nouvel
escuier[a], *qu'il me rendist conte*, et si fist il ; et trouvai que
il m'avoit bien doumagé de .x. livres de tournois, et de
plus ; et me dit, quant je li demandai, que il les me rendroit quant il pourroit. Je li donné congié et li dis que je

415a m. ou p. et p... avecques moy B om. A.   **416a** couchier B chaucier A – **b** m. et a. fist il et t. m. g. B et a. fist il M m. moy et ma gent
A   **417-418** om. MP   **417a** e. qu'il me r.c.e. B om. A

414 Je fus quatre jours dans cette situation d'esprit pénible, comme un homme qui n'avait plus en tout un seul denier à dépenser. Après ces quatre jours, le maître vint vers moi tout souriant, et me dit qu'il avait retrouvé mon argent. La manière dont il fut retrouvé s'explique parce qu'il avait changé le commandeur du palais et l'avait envoyé à un village que l'on appelle Le Saffran ; et celui-ci me rendit mon argent.

415 L'évêque qui occupait alors le siège d'Acre, qui était né à Provins, me fit prêter la maison du curé de Saint-Michel. J'avais pris à mon service Caym de Sainte-Menehould, qui me servit très bien pendant deux ans, mieux que personne que j'eus jamais autour de moi au pays, et j'avais plusieurs personnes à mon service. Or il se trouvait qu'il y avait à mon chevet une petite pièce par où l'on entrait à l'église. **416** Or il arriva qu'une fièvre continue me prit, qui me fit aller au lit, et toute ma maisonnée aussi ; et jamais un jour de toute la journée je n'eus quiconque qui puisse m'aider ni me lever ; et je n'attendais que la mort, à cause d'un signe qui m'était tout près de l'oreille. Car il n'y avait pas de jour où l'on n'apportât bien vingt morts ou plus à l'église ; et de mon lit, toutes les fois qu'on les apportait, j'entendais chanter *Libera me Domine*. Alors je pleurai et je rendis grâce à Dieu, et lui dis ainsi : « Sire, sois adoré pour ce dénuement que tu m'imposes ; car bien des fois j'ai mis beaucoup d'ostentation à mon coucher et à mon lever ; et je te prie, Seigneur, que tu m'aides et que tu me délivres de cette maladie » ; et ainsi fit-il, et pour tous mes gens.

417 Après ces événements, j'exigeai de Guillemin, mon nouvel écuyer, qu'il me rendît des comptes ; et ainsi fit-il ; et je trouvai qu'il m'avait bien fait tort de dix livres tournois et de plus ; et il me dit, quand je les lui demandai, qu'il me les rendrait quand il pourrait. Je lui donnai

---

415. Gautier, évêque d'Acre, mort en 1253 ; cf. *Estoire de Eracles, Continuation Noailles* 1859, p. 441.   **416.** *Libera me* : chant de l'absoute des défunts. – *a.* Il s'agit certainement de *couchier*, et la leçon *chaucier* est inacceptable ; noter qu'elle se retrouve au § 645 ; l'explication de Corbett (il y aurait eu dans l'archétype *cauchier*) est insoutenable.

li donnoie ce que il me devoit, car il l'avoit bien deservi.
Je trouvai par les chevaliers de Bourgoingne, quant il
revindrent de prison, que il l'avoient amené en leur
compaignie, que c'estoit le plus courtois lierres qui
onques feust ; car quant il failloit a aucun chevalier coutel
ou courroie, gans ou esperons ou autre chose, il l'aloit
enbler et puis si li donnoit.

418 En ce point que le roy estoit en Acre se prirent les
freres le roy a jouer aus deiz. Et jouoit le conte de Poitiers
si courtoisement que quant il avoit gaaingné, il fesoit ouvrir
la sale et fesoit appeler les gentilz homes et les gentilz
femmes, se nulz en y avoit, et donnoit a poingnees aussi
bien les siens deniers comme il fesoit ceulz que il avoit
gaingnés ; et quant il avoit perdu, il achetoit par esme les
deniers a ceulz a qui il avoit joué, et a[a] son frere le conte
d'Anjou et aus autres, et donnoit tout, et le sien et l'autrui.

419 En ce point que nous estions en Acre envoia le roy
querre ses freres et le conte de Flandres et les autres
riches homes, a un dymanche, et leur dit ainsi : « Seigneurs, ma dame la royne, ma mere, m'a mandé et prié
tant comme elle peut que je m'en voise en France, car
mon royaume est en grant peril, car je n'ai ne pez ne
treves au roy d'Angleterre. Cil de ceste terre a qui j'ai
parlé, m'ont dit, se je m'en vois, ceste terre est perdue,
car il s'en venront touz[a] aprés moy, pour ce que nulz n'i
osera demourer a si pou de gent. Si vous pri, fist il, que
vous y pensez ; et pour ce que la besoingne est grosse, je
vous donne respit de moy respondre ce que bon vous
semblera juques a d'ui en .VIII. jours. » **420** *Dedans*[a] *ces*

418a a *ajouté en interligne par le réviseur* A　　**419a** en Acre *A om.*
BMP　　**420-421** *om. MP*　　**420a** Dedans... a moy *B om.* A.

congé et lui dis que je lui donnais ce qu'il me devait, car il l'avait bien mérité. J'appris par les chevaliers de Bourgogne, quand ils revinrent de prison – car ils l'avaient amené en leur compagnie –, que c'était le plus courtois voleur qui fût jamais ; car, lorsqu'il manquait à un chevalier un couteau, ou une ceinture, des gants ou des éperons ou autre chose, il allait le voler, et puis le lui donnait.

418 Au moment où le roi était à Acre, les frères du roi se mirent à jouer aux dés. Et le comte de Poitiers jouait si courtoisement que, lorsqu'il avait gagné, il faisait ouvrir la salle et faisait appeler les gentilshommes et les nobles dames, s'il y en avait, et donnait à poignées son propre argent aussi bien que celui qu'il avait gagné. Et quand il avait perdu, il achetait au jugé leurs gains à ceux avec qui il avait joué, à son frère le comte d'Anjou et aux autres, et il donnait tout, ce qui était à lui et ce qui était à autrui.

419 Au moment où nous étions à Acre, le roi envoya chercher ses frères et le comte de Flandre et les autres personnages de haut rang, un dimanche, et leur parla ainsi : « Seigneurs, madame la reine, ma mère, m'a fait dire et m'a prié, autant qu'elle peut, que je m'en aille en France, car mon royaume est en grand péril ; car je n'ai ni paix ni trêves avec le roi d'Angleterre. Ceux de cette terre à qui j'ai parlé m'ont dit que, si je m'en vais, cette terre est perdue, car ils viendront tous après moi, parce que personne n'osera demeurer dans le pays avec si peu de monde. Je vous prie, fit-il, de penser à cela ; et, comme l'affaire est d'importance, je vous donne un délai pour me répondre ce que bon vous semblera, jusqu'à aujour-

---

419. La date de ce dimanche n'est pas précisée, mais on peut la conjecturer : Joinville dit (§ 438) que le roi avait annoncé sa décision vers la Saint-Jean (24 juin) et qu'il avait déclaré, le lundi 25 juillet, que sa décision remontait à un mois. Il y a eu trois conseils trois dimanches de suite. On peut penser que le dernier – annonce de la décision de rester – a eu lieu le 26 juin, le second le 19, le premier le 12. Grousset 1936, p. 495, n. 3, sans doute par un raisonnement analogue, propose les 19 et 26 juin, et le 3 juillet. – Les relations avec l'Angleterre s'étaient cependant améliorées ; Berger 1895, p. 382-383. – *a. En Acre*, qui ne figure que dans *A*, paraît une erreur ; le roi veut sans doute dire que personne ne restera en Terre sainte après lui ; cf. § 436.

.VIII. *jours vint le legat a moy* et me dit ainsi que il n'entendoit mie comment li roys eust pooir de demourer, et me proia moult a certes que je m'en vousisse *revenir*[b] en sa nef. Et je li respondi que je n'en avoie pooir, car n'avoie riens, ainsi comme il le savoit, pour ce que j'avoie tout perdu en l'yaue la ou j'avoie esté pris. **421** Et ceste response ne li fis je pas pour ce que je ne feusse moult volentiers alé avec li, mez que pour une parole que monseigneur de Bollainmont[a], mon cousin germain, que Diex absoille, me dit quant je m'en alai outre mer : « Vous en alez outre mer, fist il. Or vous prenés garde au revenir, car nulz chevaliers, ne povres ne richez, ne peut revenir que il ne *soit*[b] honni se il lesse en la main des Sarrazins le peuple menu Nostre Seigneur en la quel compaingnie il est alé. » Le legat se courouça a moy et me dit que je ne le deusse pas avoir refusé.

422 Le dymanche aprés revenimes devant le roy ; et lors demanda le roy a ses freres et aus autres barons et au conte de Flandres quel conseil il li donroient, ou de s'alee ou de sa demource. Il respondirent touz que il avoient chargié a mon seigneur Guion Malvoisin le conseil que il vouloient donner au roy. Le roy li commanda que il deist ce que il li avoient chargié ; et il dit ainsi : **423** « Sire, voz freres et les riches hommes qui ci sont ont regardé a vostre estat, et ont veu que vous n'avez pooir de demourer en cest païs a l'onneur de vous ne de vostre regne, que de touz les chevaliers qui vindrent en vostre compaingnie, dont vous en amenates en Cypre .II[M]. et .VIII[C]., il n'en a pas en ceste ville .C. de remenant. Si vous loent il, sire, que vous en alez en France et pourchaciés gens et deniers par quoy vous puissés hastivement revenir en cest païs vous venger des ennemis Dieu, qui vous ont tenu en leur prison. » **424** Le roy ne se voult pas tenir a ce que mon seigneur Gui Malvoisin avoit dit, ains demanda au conte d'Anjou, au conte de Poitiers et au conte de Flandres et a pluseurs autres riches homes qui seoient emprés eulz,

---

420*b* revenir *B* venir *A*   **421***a* B. qui m.c.g. fut *B* —   *b* scet *A*

d'hui en huit. » **420** Au cours de ces huit jours le légat vint à moi et me dit qu'il ne comprenait pas comment le roi aurait la possibilité de rester, et il me pria très vivement d'accepter de revenir dans sa nef. Et je lui répondis que je n'en avais pas la possibilité, car je n'avais rien, comme il le savait, puisque j'avais tout perdu sur l'eau quand j'avais été pris. **421** Et si je lui fis cette réponse, ce n'était pas que je ne serais allé très volontiers avec lui, mais seulement à cause d'une parole que messire de Bourlémont, mon cousin germain, que Dieu absolve, me dit lorsque je m'en allai outre-mer : « Vous vous en allez outre-mer, dit-il, or prenez garde au retour, car aucun chevalier, ni pauvre ni riche, ne peut revenir sans être couvert de honte s'il laisse entre les mains des Sarrasins le menu peuple de Notre-Seigneur, en compagnie duquel il est allé. » Le légat se fâcha contre moi et me dit que je n'aurais pas dû refuser.

422 Le dimanche après, nous revînmes devant le roi ; et alors le roi demanda à ses frères et aux autres barons et au comte de Flandre quel conseil ils lui donneraient, ou de s'en aller ou de rester. Ils répondirent tous qu'ils avaient chargé messire Gui Malvoisin du conseil qu'ils voulaient donner au roi. Le roi lui donna l'ordre de dire ce dont ils l'avaient chargé ; et il parla ainsi : **423** « Sire, vos frères et les hommes de haut rang qui sont ici ont examiné votre situation, et ont vu que vous n'avez pas la possibilité de rester dans ce pays avec honneur pour vous et pour votre royaume, car, de tous les chevaliers qui vinrent en votre compagnie – vous en avez amené à Chypre deux mille huit cents il n'y en a pas dans cette ville cent de reste. Ils vous conseillent, sire, d'aller en France, et de vous procurer hommes et fonds, pour avoir le moyen de revenir rapidement dans ce pays vous venger des ennemis de Dieu qui vous ont retenu prisonnier. » **424** Le roi ne voulut pas s'en tenir à ce que messire Gui Malvoisin avait dit mais il posa la question au comte d'Anjou, au comte de Poitiers et au comte de Flandre et à plusieurs hommes

---

421. Une sœur de Simon de Joinville, Félicité, avait épousé Pierre de Bourlémont ; son fils Geoffroi était donc cousin germain de Joinville.

et tuit s'acorderent a mon seigneur Gui Malvoisin. Le
legat demanda au conte Jehan de Japhe, qui seoit emprés
eulz, que il li sembloit de ces choses. Le conte de Japhe
li proia qu'il se soufrist de celle demande, « pour ce, fist il,
que mes[a] chastiaus sont en marche, et se je loe[b] au roy la
demouree, l'en cuideroit que ce feust pour mon proufit ».
425 Lors li demanda le roy, si a certes comme il pot, que
il deist ce que il li en sembloit. Et il li dit que se il pooit
tant faire que il pooit herberge tenir aus chans dedans un
an, que il feroit sa grant honneur se il demouroit. Lors
demanda le legat a ceulz qui seoient aprés le conte de
Japhe, et touz s'acorderent a mon seigneur Gui Malvoisin.
426 Je estoie bien le .xiiiie. assis encontre le legat. Il me
demanda que il m'en sembloit, et je li respondi que je
m'acordoie bien au conte de Japhe. Et le legat me dit tout
courroucié, comment ce pourroit estre que le roy peut tenir
herberges a si pou de gent comme il avoit. Et je li respondi
aussi comme courroucié, pour ce que il me sembloit que
il le disoit pour moy atteïnner : « Sire, et je le vous dirai,
puis que il vous plest. **427** L'en dit, sire, je ne sai se c'est
voir, que le roy n'a encore despendu nulz de ses deniers,
ne mes que des deniers aus clers. Si mette le roy ses
deniers en despense, et envoit le roy querre chevaliers en
la Moree et outre mer. Et quant l'en orra nouvelles que
le roy donne bien *et*[a] largement, chevaliers li venront de
toutes pars, par quoy il pourra tenir herberges dedans un
an, se Dieu plet ; et par sa demouree seront delivrez les
povres prisonniers qui ont esté pris ou servise Dieu et ou
sien, qui jamés n'en istront se li roys s'en va. » Il n'avoit
nul illec qui n'eust de ses prochains amis en la prison,
par quoy nulz ne me reprist, ainçois se pristrent touz a
plorer. **428** Aprés moy demanda le legat a mon seigneur Guillaume de Biaumont, qui lors estoit marechal

---

424a mon chasteau est e. *B* — *b* je conseilloye *B*　　**427a** et *om. A* ;
cf. § 442

de haut rang qui étaient assis auprès d'eux ; et tous furent d'accord avec messire Gui Malvoisin. Le légat demanda au comte Jean de Jaffa, qui était assis auprès d'eux, ce qu'il lui semblait de cette affaire. Le comte de Jaffa le pria de renoncer à cette demande, « parce que, fit-il, mon château est dans la zone frontière ; et si je conseillais au roi de rester, on penserait que ce soit pour mon profit ».
425 Alors le roi lui demanda, avec toute la fermeté qu'il put, de dire ce qu'il lui en semblait. Et le comte lui dit que, s'il pouvait tant faire qu'il pût tenir la campagne pendant un an, il se ferait grand honneur s'il restait. Alors le légat posa la question à ceux qui étaient assis après le comte de Jaffa, et tous furent d'accord avec messire Gui Malvoisin. **426** J'étais bien le quatorzième assis en face du légat. Il me demanda ce qu'il m'en semblait ; et je lui répondis que j'étais bien d'accord avec le comte de Jaffa. Et le légat me dit, très en colère, comment pourrait-il se faire que le roi pût tenir la campagne avec aussi peu d'hommes qu'il en avait. Et je lui répondis aussi avec irritation, parce qu'il me semblait qu'il le disait pour me provoquer : « Sire, et je vous le dirai, puisqu'il vous plaît. **427** On dit, sire – je ne sais si c'est vrai –, que le roi n'a encore rien dépensé de son argent, mais seulement l'argent du clergé. Que le roi fasse emploi de son argent et que le roi envoie chercher des chevaliers en Morée et de l'autre côté de la mer. Et quand se répandra la nouvelle que le roi donne bien et largement, des chevaliers viendront à lui de toutes parts, qui lui permettront de tenir la campagne pendant un an, s'il plaît à Dieu ; et en restant, il fera libérer les pauvres prisonniers qui ont été pris au service de Dieu ou au sien, qui n'en sortiront jamais si le roi s'en va. » Il n'y avait là personne qui n'eût de ses proches amis en prison ; ce qui fit que personne ne me

---

426. Sur la question du rôle de Joinville au conseil, voir H.F. Delaborde, « Joinville et le conseil tenu à Acre en 1250 », *Romania*, t. 23, 1894, p. 148-152 ; A. Foulet, « Joinville et le conseil tenu à Acre en 1250 », *Modern Language notes*, t. 49 (1934), p. 464-468. Je crois que Joinville est de bonne foi, mais son avis n'a fait que conforter une décision déjà prise avant le conseil par le roi. **427.** *Deniers aus clers :* la contribution du clergé accordée au roi par le pape pour la croisade.

de France[a], *son semblant* ; et il dit que j'avoie moult bien
dit : « Et vous dirai[b], *dit il*, reson pour quoy. » Mon seigneur Jehan de Biaumont, le bon chevalier, qui estoit son
oncle, et avoit grant talent de retourner en France, l'escria
moult felonnessement et li dit : « Orde longaingne, que
voulez vous dire ? Raseez vous tout quoy ! » **429** Le roy
li dit : « Mesire Jehan, vous fetes mal ; lessiés li dire[a]. »
Et il respondit : « Certes, sire, non ferai. » Il le couvint
taire, ne nulz ne s'acorda onques puis a moy ne mes que
le sire de *Chacenai*[b].

Lors nous dit le roy : « Seigneurs, je vous ai bien oÿs, et
je vous respondré de ce que il me plera a fere de hui en
.VIII. jours. » **430** Quant nous fumes partis d'illec et l'assaut me *commença*[a] de toutes pars. « Or est fol, sire de
Joinville, li roys se il ne vous croit contre tout le conseil
du royaume de France ! » Quant les tables furent mises,
le roy[b] *me sist* delez li au manger la ou il me fesoit touz
jours seoir se ses freres n'i estoient. Onques ne parla a
moy tant comme le manger dura, ce que il n'avoit pas
acoustumé, que il ne gardat touz jous a moy en mangant ;
et je cuidoie vraiment que il feust courroucié a moy pour
ce que je dis que il n'avoit encore despendu nulz de ses
deniers, et que il *despendist*[c] largement. **431** Tandis que
le roy oÿ ses graces, je alai a une fenestre ferree qui estoit
en une reculee devers le chevet du lit le roy, et tenoie
mes bras par mi les fers de la fenestre ; et pensoie que se
le roy s'en venoit en France, que je m'en iroie vers le
prince d'Anthioche, qui me tenoit pour parent et qui
m'avoit envoié querre, jusques a tant que une autre ale[a]
me venist ou païs, par quoy les prisonniers feussent
delivré, selonc le conseil que le sire de *Boulainmont*[b]
m'avoit donné. **432** En ce point que je estoie illec, le roy

428a F. son semblant *B om. A* — **b** d. dist il r. *B om. A* **429a** d. et
il respondit *B om. A* — **b** Chacenay *B* Chatenai *A* **430a** commencerent
B commença *MP* commence *A* — **b** r. me sist auprès de l. *B om. A*
— **c** despendist *B* despendeit *A* **431a** allee *B* ale *A* — **b** Boulaincourt
A om. BM ; corr. d'après § 421

contredit, mais ils se mirent tous à pleurer. **428** Après moi, le légat demanda son avis à messire Guillaume de Beaumont, qui était alors maréchal de France ; et celui-ci dit que j'avais très bien parlé : « Et je vous en dirai, dit-il, la raison. » Messire Jean de Beaumont, le bon chevalier, qui était son oncle et qui avait grande envie de retourner en France, l'apostropha très brutalement et lui dit : « Sale ordure, que voulez-vous dire ? Rasseyez-vous et taisez-vous ! » **429** Le roi lui dit : « Messire Jean, vous agissez mal, laissez-le parler. » Et il répondit : « Certes, sire, je ne le ferai pas. » Il fallut que le maréchal se taise ; et depuis personne ne fut de mon avis, excepté le sire de Chacenay.

Alors le roi nous dit : « Seigneurs, je vous ai bien entendus, et je vous répondrai sur ce qu'il me plaira de faire d'aujourd'hui en huit jours. » **430** Quand nous fûmes partis de là, l'assaut commença contre moi de toutes parts : « Sire de Joinville, le roi est donc fou, s'il ne vous croit pas contre tout le conseil du royaume de France ! » Quand les tables furent mises, le roi me fit asseoir pour le repas à côté de lui, là où il me faisait toujours asseoir si ses frères n'y étaient pas. Il ne m'adressa pas la parole tant que dura le repas, ce qui n'était pas dans ses habitudes, car il faisait toujours attention à moi pendant qu'il mangeait ; et je pensais vraiment qu'il était irrité contre moi, parce que j'avais dit qu'il n'avait encore rien dépensé de ses fonds, et qu'il devait en dépenser largement. **431** Pendant que le roi entendait ses grâces, j'allai à une fenêtre grillagée qui était dans un renfoncement à côté du chevet du lit du roi, et je tenais mes bras passés dans les barreaux de la fenêtre ; et je pensais que, si le roi revenait en France, je m'en irais auprès du prince d'Antioche, qui me considérait comme son parent et qui m'avait envoyé chercher, jusqu'à ce qu'une autre expédition vienne à moi dans le pays, grâce à laquelle les prison-

---

431. Bohémond V, prince d'Antioche et comte de Tripoli, mort en janvier 1252. Il avait épousé en premières noces Alix de Champagne, veuve du roi Hugues Ier de Chypre ; je ne sais quel lien de parenté il pouvait avoir avec Joinville.

se vint apuier a mes espaules et me tint ses .II. mains sur
la teste ; et je cuidai que ce feust mon seigneur Phelippe
d'Anemos[a], qui trop d'ennui m'avoit fait le jour pour le
conseil que je li[b] avoie donné, et dis ainsi : « Lessiés moy
en pez, mon seigneur Phelippe ! » Par mal avanture, au
tourner que je fiz ma teste, la main le roy me cheï parmi
le visage, et cognu que c'estoit le roy a une esmeraude
que il avoit en son doy. Et il me dit : « Tenez vous tout
quoy ; car je vous weil demander comment vous feustes
si hardi que vous, qui estes un joennes hons, m'osastes
loer ma demouree encontre touz les grans hommes et les
sages de France, qui me looient m'alee. **433** – Sire, fis
je, *se je*[a] avoie la mauvestié en mon cuer, si ne vous loe-
roie je a nul fuer que vous la feissiés. – Dites vous, fist
il, que je feroie que mauvaiz se je m'en aloie ? – Si m'aïst
Diex, Sire, fis je, oÿl. » Et il me dit : « Se je demeure,
demourrez vous ? » Et je li dis que oÿl, « se je puis ne du
mien ne de l'autrui. – Or soiés tout aise, dit il, car je vous
sai moult bon gré de ce que vous m'avez loé ; mes ne le
dites a nullui ». Toute celle semainne **434** je fus plus aise
de celle parole et me deffendoie plus hardiement[a] contre
ceulz qui m'asailloient. En appelle les païsans du païs
poulains[b], *dont messire Pierre d'Avalon, qui demouroit a
Sur, oÿt dire que on me appeloit poullain pour ce que
j'avoye conseillé au roy sa demeuree avecques les poul-
lains.* Si me manda mon seigneur Pierre d'Avalon que je
me deffendisse vers ceulz qui m'apeloient « poulain » et
leur deisse que j'amoie miex estre poulain que roncin
recreu, aussi come il estoient.

432a Enemont *B* – *b* li *om. B*   **433a** j. si j'a. *B* se je *om. A*
434a *Fin de la lacune de L* – *b* p. dont m. P... avecques l. p. S. *BL* Et fu
adverty messire Pierre d'Avallon qui estoit mon cousin qu'on me appeloit
poulain pour ce que j'avoie conseillé au roy sa demeure avecques les poulains. S. *M* ; *P paraphrase M om. A*

niers seraient délivrés, selon le conseil que m'avait donné le sire de Bourlémont. **432** Au moment où j'étais là, le roi vint s'appuyer sur mes épaules, et me tint ses deux mains sur la tête ; et je pensai que c'était messire Philippe de Nemours, qui m'avait occasionné ce jour-là bien des ennuis à cause du conseil que j'avais donné au roi, et je dis ainsi : « Laissez-moi en paix, messire Philippe ! » Par un malheureux hasard, dans le mouvement que je fis en tournant la tête, la main du roi me tomba sur le visage, et je reconnus que c'était le roi à une émeraude qu'il avait à son doigt. Et il me dit : « Tenez-vous tranquille ; car je veux vous demander comment vous avez poussé l'audace, vous qui êtes un jeune homme, jusqu'à oser me conseiller de rester, contre tous les hommes de haut rang et les sages de France, qui conseillaient le départ. **433** – Sire, fis-je, si j'avais le mal en mon cœur, je ne vous conseillerais à aucun prix de le faire. – Dites-vous, fit-il, que je ferais une mauvaise action si je m'en allais ? – Que Dieu m'assiste, sire, oui. » Et il me dit : « Si je reste, resterez-vous ? » Et je lui dis que oui, « si je peux avec mes ressources ou avec celles d'autrui. – Soyez donc maintenant tranquille, dit-il, car je vous sais le meilleur gré de ce que vous m'avez conseillé ; mais ne le dites à personne ». Toute cette semaine, **434** je me sentis plus à l'aise de ce propos, et je me défendais plus hardiment contre ceux qui m'assaillaient. On appelle les gens originaires du pays *poulains* ; ce qui fit que messire Pierre d'Avallon, qui demeurait à Tyr, entendit dire qu'on m'appelait *poulain* parce que j'avais conseillé au roi de rester avec les poulains. Et messire Pierre d'Avallon me fit dire de me défendre contre ceux qui m'appelaient *poulain*, et que je devais leur dire que j'aimais mieux être poulain que roncin fourbu, comme eux-mêmes l'étaient.

432b. *li avoie donné : li* représente *le roy* qui figure dans la phrase précédente.   **433.** Wailly ne ferme les guillemets qu'après *celle semaine.* A. Henry propose avec de bons arguments de rattacher ces mots à la phrase suivante (*Romania*, 74, 1953, p. 223-224) ; le copiste d'*A* met d'ailleurs un point après *nullui*.   **434.** *Poulain :* mot du français d'Orient ; désigne non un métis, mais un Français né dans le pays ; M.R. Morgan, « Meanings of old French, Polain, latin : *Pullanus* », *Medium Aevum*, t. 47, 1979, p. 40-54.

435 A l'autre dymanche revenimes touz devant le roy. Et quant le roy vit que nous feusmes touz venus, si seigna sa bouche et nous dit ainsi, aprés ce que il ot appelé l'aide du Saint Esprit, si comme je l'entent ; car ma dame ma mere me dit que toute foiz que je voudroie dire aucune chose, que je appelasse l'aide du Saint Esperit et que je seignasse ma bouche. **436** La parole le roy fu tele : « Seigneurs, fist il, je vous merci moult a touz ceulz qui m'ont loé m'alee en France, et si rens graces aussi a ceulz qui m'ont loé ma demouree. Mes je me sui avisé que se je demeure, je n'i voy point de peril que mon royaume se perde, car ma dame la royne a bien gent pour le deffendre ; et ai regardé aussi que les barons de cest païs dient, se je m'en voiz, que le royaume de Jerusalem est perdu, que nulz n'i osera demourer aprés moy. **437** Si ai regardé que a nul feur je ne leroie le royaume de Jerusalem perdre, lequel je sui venu pour garder et pour conquerre. Si est mon conseil tel que je[a] *demourrai* comme a orendoit. Si dis je a vous, riches hommes qui ci estes, et a touz autres chevaliers qui vourront demourer avec moy, que vous veignez[b] parler a moy hardiement, et je vous donrai tant que la coulpe n'iert pas moie, mes vostre, se vous ne voulez demourer. » Moult en y ot qui oïrent ceste parole qui furent esbahiz, et moult en y ot qui plorerent.

437a Je suis d. a ceste fois *BL* A ceste cause j'ay resolu en moy de demourer encores en ceste terre sans m'en retourner en France *P. M omet la phrase* – *b* v.h. p. a moy et je si vous di que tout ce que j'auray n'est pas mien mais vostre tant que j'e viveray ; et ceulx qui ne vouldront demourer en facent leur volonté. Moult *BL* Ainsi Seigneurs je vous dy, et a tous les autres, qui vouldront demourer avecques moy, que le diez hardiement : et vous promets que je vous donneray tant que la couppe ne sera pas mienne mais vostre. Ceulx qui ne vouldront demourer, de par Dieu soit. Aprés ces paroles *M* Pour ce mes amys, je vous prie que tous ceulx qui s'en vouldront retourner, qu'ilz le dient hardiement, sans craincte ; et aussi ceulx qui vouldront demourer avec moy, vous asseurant qu'a ceulx qui vouldront demourer je leur congratuleray sy amplement qu'ilz en auront contentement et n'esparneray mes tresors a recompenser les merites de ceulx qui auront faict leur debvoir jusques que ma couppe en quoy je boy, ne sera pas mienne mais vostre. Ces paroles finies *P*

435 Le dimanche suivant, nous revînmes tous devant le roi. Et quand le roi vit que nous étions tous venus, il fit le signe de croix sur sa bouche après avoir invoqué l'aide du Saint-Esprit, comme je le pense ; car ma dame ma mère me dit que, toutes les fois que je voudrais dire quelque chose, je devais invoquer l'aide du Saint-Esprit, et faire le signe de croix sur ma bouche. **436** Tel fut le propos du roi : « Seigneurs, fit-il, je remercie vivement tous ceux qui m'ont conseillé le départ en France, et je rends grâce aussi à ceux qui m'ont conseillé de rester. Mais je me suis rendu compte que, si je reste, je ne vois point en cela de danger que mon royaume se perde, car ma dame la reine a bien du monde pour la défendre ; et j'ai considéré aussi que les barons de ce pays disent que, si je m'en vais, le royaume de Jérusalem est perdu, parce que nul n'osera y rester après moi. **437** J'ai donc considéré qu'à aucun prix je ne laisserai le royaume de Jérusalem se perdre, lui que je suis venu protéger et conquérir. Ma décision est telle que je resterai, comme à présent. Et je vous dis, hommes de haut rang qui êtes ici, et je dis à tous les autres chevaliers qui voudront demeurer avec moi, que vous veniez me parler hardiment, et je vous donnerai tant que la faute ne sera pas de mon côté, mais du vôtre, si vous ne voulez pas rester. » Il y en eut beaucoup qui entendirent cette parole qui furent ébahis ; et il y en eut beaucoup qui pleurèrent.

437a. *Je suis demouré* est apparemment une faute de *ABL* ; *MP* ne sont d'aucun secours. — *b.* Les variantes de *BLM* conservent peut-être, en la déformant, une phrase relative à ceux qui n'auront pas voulu rester.

438 Le roy ordena, si comme l'en dit, que ses freres *retourneroient*[a] en France ; je ne sai se ce fu a leur requeste ou par la volenté du roy. Ceste parole que le roy dit de sa demouree, ce fu entour la Saint Jehan. Or avint ainsi que le jour de la Saint Jaque, quel pelerin je estoie et qui maint biens m'avoit fait, le roy fu revenu en sa chambre de la messe et appela son conseil qui estoit demouré avec li ; c'est a savoir mon seigneur Pierre le Chamberlain, qui fu le plus loial homme et le plus droiturier que je veisse onques en hostel de roy ; mon seigneur Geffroy de Sergines, le bon chevalier et le preudomme, mon seigneur Giles le Brun, et bon chevalier et preudomme, cui li roys avoit donné la connestablie de France aprés la mort mon seigneur Hymbert de Biaugeu le preudomme. **439** A ceulz parla le roy en tel maniere tout haut, aussi comme en couroussant : « Seigneurs, il a ja un *moys*[a] que l'en scet ma demouree, ne je n'ai encore oÿ nouvelles que vous m'aiés retenu nulz chevaliers. – Sire, firent il, nous n'en poons mais, car chascun se fait si chier, pour ce que il s'en welent aler en leur païs, que nous ne leur oserions donner ce que il demandent. – Et qui, fist li roys, trouverrés a meilleur marché. – Certes, sire, firent il, le seneschal de Champaingne, mez nous ne li oserions donner ce qu'il demande. » **440** Je estoie[a] enmi la chambre le roy et oÿ ces paroles. Lors dit le roy : « Appelez moy le seneschal. » Je alai a li et m'agenoillé devant li, et il me fist seoir et me dit ainsi : « Senechal, vous savés que je vous ai moult amé, et ma gent me dient que il vous treuvent dur ; comment est ce ? – Sire, fiz je, je n'en puis maiz ; car vous savez que je fu pris en l'yaue, et ne me demoura onques riens que je ne perdisse tout ce que j'avoie. » Et il me demanda que je demandoie ; et je dis que je demandoie .II. mille livres jusques a Pasques pour les .II. pars de l'annee. **441** « Or me *dites*[a], fist il, avez vous barguigné nulz chevaliers ? » Et je dis : « Oÿl, mon seigneur Pierre de Pontmolain, li tiers a baniere, qui coustent .IIIIc. livres jusques a Pasques. » Et il conta par

---

438a retourneroient *BL* retournerent *A*   **439a** moys *BLMP* an *A*
440a e. a l'instant e. *BL*   **441a** dite *A*

438 Le roi donna l'ordre, à ce qu'on dit, que ses frères devraient retourner en France. Je ne sais si ce fut à leur requête, ou par la volonté du roi. Cette parole que le roi dit au sujet de sa décision de rester, ce fut aux environs de la Saint-Jean. Or il arriva ainsi que le jour de la Saint-Jacques, dont j'étais le pèlerin et qui m'avait prodigué ses bienfaits, le roi était revenu après la messe dans sa chambre et il appela ses conseillers qui étaient restés avec lui ; c'est à savoir messire Pierre le Chambellan, qui fut l'homme le plus loyal et le plus juste que j'aie jamais vu dans un hôtel de roi ; messire Geoffroi de Sergines, le bon chevalier et le prud'homme ; messire Gilles le Brun, à qui le roi avait donné la connétablie de France, après la mort de messire Humbert de Beaujeu le prud'homme. **439** Le roi adressa la parole de la manière suivante à ceux-ci en haussant le ton, comme en colère : « Seigneurs, il y a déjà un mois que l'on sait que je reste, et je n'ai pas encore entendu de nouvelles que vous m'ayez retenu aucun chevalier. – Sire, firent-ils, nous n'en pouvons mais, car chacun monte tellement son prix, parce qu'ils veulent aller dans leur pays, que nous n'oserions leur donner ce qu'ils demandent. – Et qui, fit le roi, trouverez-vous à meilleur marché ? – Certes, sire, firent-ils, le sénéchal de Champagne ; mais nous n'oserions pas lui donner ce qu'il demande. » **440** J'étais dans la chambre du roi, et j'entendis ces paroles. Alors le roi dit : « Appelez-moi le sénéchal. » J'allai à lui et je m'agenouillai devant lui, et il me fit asseoir et me parla ainsi : « Sénéchal, vous savez que j'ai beaucoup d'affection pour vous, et mes gens me disent qu'ils vous trouvent dur ; comment cela se fait-il ? – Sire, fis-je, je n'en puis mais ; car vous savez que j'ai été fait prisonnier sur l'eau et qu'il ne m'est absolument rien resté, si bien que j'ai perdu tout ce que j'avais. » Et il me demanda ce que je demandais ; et je lui dis que je demandais deux mille livres jusqu'à Pâques, pour les deux tiers de l'année. **441** « Or dites-moi donc, fit-il, avez-vous négocié avec quelques chevaliers ? » Et je

---

438. Saint Jacques, le 25 juillet 1250. – Pierre de Villebéon, chambellan de Louis IX, dit plus tard le Chambellan, et l'un de ses conseillers les plus écoutés ; il mourut au cours de la croisade de Tunis ; Griffiths 1970², p. 235-236.

ses doiz : « Ce sont, fist il, .xiic. livres que vos nouviaus[b] chevaliers cousteront. – Or regardez, sire, fiz je, se il me couvendra bien .viiic. livres pour moy monter et pour moy armer, et pour mes chevaliers donner a manger, car vous ne voulés pas que nous mangiens en vostre ostel. » Lors dit a sa gent : « Vraiement, fist il, je ne voi ci point d'outrage[c]. Et je vous retiens, fist il, a moy. »

442 Aprés ces choses atirerent les freres au roy leur navie, et les autres riches homes qui estoient en Acre. Au partir que il firent d'Acre, le conte de Poitiers empronta joiaus a ceulz qui ralerent[a] en France, et a nous qui demourames en donna bien et largement. Moult me prierent l'un frere et l'autre que je me preisse garde du roy, et me disoient que il n'i demouroit nullui en qui il s'atendissent tant. Quant le conte d'Anjou vit que requeillir le couvendroit en la nef, il mena tel deul que touz s'en merveillerent, et toute voiz s'en vint il en France.

443 Il ne tarda pas grandemant aprés ce que les freres le roy furent partis d'Acre que les messages l'empereur Ferri vindrent au roy et li apporterent lettre de creance, et dirent au roy que l'empereur les avoit envoiés pour nostre delivrance. Au roy moustrerent lettres que l'empereur envoioit au saudanc, qui mort estoit, ce que l'empereur ne cuidoit pas ; et li mandoit l'empereur que il creust ses messages de la delivrance le roy. Moult de gens distrent que il ne nous feust pas mestier que les messages nous eussent trouvez en la prison, car l'en cuidoit que l'empereur eust envoié ses messages plus pour nous encombrer que pour nous delivrer. Les messages nous trouverent delivres, si s'en alerent.

441b neuf *BL* – **c** o. Et me retint *BL* o. Et me va dire qu'il me retenoit a lui *M* par quoy, dist il, seneschal, je vous retiens a moy *P*   **442a** ralerent *L* retournerent *BMP*

dis : « Oui, messire Pierre de Montmoulin, avec deux hommes sous sa bannière, qui coûtent quatre cents livres jusqu'à Pâques. » Et il compta sur ses doigts : « Ce sont, fit-il, douze cents livres que vos nouveaux chevaliers coûteront. — Regardez donc, sire, fis-je, il me faudra bien huit cents livres pour me monter et pour m'armer, et pour donner à manger à mes chevaliers, car vous ne voulez pas que nous mangions à votre hôtel. » Alors, il dit à ses gens : « Vraiment, fit-il, je ne vois rien là d'excessif, et je vous prends, fit-il, à mon service. »

442 Après ces événements, les frères du roi préparèrent leur flotte, ainsi que les autres hommes de haut rang qui étaient à Acre. À leur départ d'Acre, le comte de Poitiers emprunta des joyaux à ceux qui retournèrent en France ; et à nous, qui restâmes, il en donna bien et largement. L'un et l'autre des frères me prièrent vivement de prendre soin du roi, et ils me disaient qu'il ne restait personne sur qui ils comptaient autant. Quand le comte d'Anjou vit qu'il devait monter à bord de la nef, il manifesta une telle douleur que tous en furent étonnés ; et toutefois il s'en vint en France.

443 Il ne se passa pas beaucoup de temps après le départ d'Acre des frères du roi jusqu'au moment où les messagers de l'empereur Frédéric vinrent au roi et lui apportèrent des lettres de créance, et dirent au roi que l'empereur les avait envoyés pour notre libération. Ils montrèrent au roi des lettres que l'empereur envoyait au sultan, qui était mort, ce que l'empereur ne pensait pas ; et l'empereur notifiait au sultan qu'il devait croire ses messagers au sujet de la libération du roi. Beaucoup de gens dirent qu'il n'aurait pas été bon pour nous que les messagers nous aient trouvés quand nous étions prisonniers, car on pensait que l'empereur avait envoyé ses messagers plus pour nous créer des difficultés que pour nous délivrer. Les messagers nous trouvèrent libérés, et ils s'en allèrent.

441c. *a moy* est probablement complément de *retenir*, comme le montrent les leçons de *MP* ; mais voir § 208.   **442.** Les frères du roi partirent le 10 août 1250 ; *Estoire de Eracles, Continuation Noailles* 1859, p. 438.   **443.** Les relations amicales de Frédéric II avec les Sarrasins rendaient l'empereur suspect aux yeux des croisés français ; Berger 1893, p. 317-320 ; Kantorowicz, *Frédéric II*, p. 171-186 ; Cahen 1970, p. 8-12.

444 Tandis que le roy estoit en Acre envoia le soudanc
de Damas ses messages au roy, et se plaint moult a li des
amiraus de Egypte, qui avoient son cousin le soudanc tué,
et promist au roy que se il li vouloit aidier, que il li deliverroit le royaume de Jerusalem, qui estoit en sa main.
Le roy ot conseil que il feroit response au soudanc de
Damas par ses messages propres, les quiex il envoia au
soudanc. Avec les messages qui la alerent ala frere Yves
le Breton, de l'ordre des Freres Preescheurs, qui savoit le
sarrazinnois. **445** Tandis que il aloient de leur hostel a
l'ostel du soudanc, frere Yves vit une femme vieille qui
traversoit parmi la rue, et portoit en sa main destre une
escuellee pleinne de feu et en la senestre une phiole
pleinne d'yaue. Frere Yves li demanda : « Que veus tu de
ce faire ? » Elle li respondi qu'elle vouloit du feu ardoir
paradis[a] et de l'yaue esteindre enfer[b], que jamez n'en feust
point. Et il li demanda : « Pourquoy veus tu ce fere ?
– Pour ce que je ne weil que nulz face jamez bien pour
le guerredon de paradis avoir ne pour la poour d'enfer,
mez proprement pour l'amour de Dieu avoir, qui tant vaut
et qui tout le bien nous peut faire. »

446 Jehan li Ermin, qui estoit artillier le roy, ala lors a
Damas pour acheter cornes et glus pour faire arbalestres.
Et vit un vieil home moult ancien seoir sus les estaus de
Damas. Ce vieil home l'appela et li demanda se il estoit
crestien ; et il li dit : « Oÿl ». Et il li dit : « Moult vous
devez haïr entre vous crestiens, que j'ai veu tele foiz que
le roy Baudouyn de Jerusalem, qui fu mezeaus, desconfit

---

444 Tandis que le roi se trouvait à Acre, le sultan de Damas envoya ses messagers au roi et se plaignit beaucoup à lui des émirs d'Égypte, qui avaient tué son cousin le sultan, et il promit au roi que, si celui-ci voulait l'aider, il lui livrerait le royaume de Jérusalem, qui était entre ses mains. Le roi décida qu'il rendrait réponse au sultan de Damas par ses propres messagers, qu'il envoya au sultan. Avec les messagers qui y allèrent, alla frère Yves le Breton, de l'ordre des Frères prêcheurs, qui savait le sarrasin.
445 Tandis qu'ils allaient de leur maison à l'hôtel du sultan, frère Yves vit une vieille femme qui traversait la rue et portait dans sa main droite une écuelle pleine de feu et dans la gauche une fiole pleine d'eau. Frère Yves lui demanda : « Que veux-tu faire de cela ? » Elle lui répondit qu'elle voulait, avec le feu, brûler le paradis et, avec l'eau, éteindre l'enfer, de façon qu'il n'en y eût plus jamais. Et il lui demanda : « Pourquoi veux-tu faire cela ? – Parce que je veux que personne ne fasse jamais le bien pour avoir la récompense du paradis, ni par peur de l'enfer, mais précisément pour avoir l'amour de Dieu, qui vaut tant, et qui peut nous faire tout le bien possible. »

446 Jean l'Ermin, qui était artilleur du roi, alla alors à Damas pour acheter des cornes et de la glu pour faire des arbalètes. Et il vit un vieil homme très âgé, assis sur les étals de Damas. Ce vieil homme l'appela et lui demanda s'il était chrétien, et il dit : « Oui. » Et l'autre lui dit : « Vous devez beaucoup vous haïr entre vous chrétiens, car j'ai vu la fois où le roi Baudouin de Jérusalem, qui

---

444. Al-Nâsir al-Yûsuf, émir d'Alep, devenu en 1250, à la mort de Tûrân Shâh, sultan de Damas. **445.** Frère Yves aura entendu raconter l'histoire d'une mystique musulmane, Râbi'a al-Adawiyya al-Kaysiyya, qui vivait à Bassora (714-801) ; une biographie plus ou moins légendaire lui attribue des propos tout à fait semblables à ceux que rapporte Joinville. Râbi'a al-Adawiyya prêchait donc l'amour pur au VIIIᵉ siècle, et frère Yves aura abusé de la crédulité de Joinville, à moins qu'il n'y ait eu un malentendu ; Marie-Thérèse d'Alverny, *La Connaissance de l'Islam au temps de saint Louis*, dans *Septième centenaire* 1976, p. 238 ; Charles Pellat, *Encyclopédie de l'Islam*, t. 8, fasc. 135-136, 1993, p. 367-369. **446.** Le Sarrasin fait sans doute allusion à la bataille que les chroniqueurs arabes ont appelée « journée de Ramla » (nov.-déc. 1177), où Saladin fut battu par Baudouin IV, le roi lépreux ; Prawer, I, 1969, p. 550-554, – *tel :* Paris 1874, p. 408, propose *telment.*

Salehadin, et n'avoit que .IIII^c. homes a armes et Salehadin
.III. milliers. Or estes tel mené par vos pechiés que nous
vous prenons aval les chans comme bestes. » **447** Lors li
dit Jehan l'Ermin que il se devoit bien taire des pechiez
aus crestiens, pour les^a pechiez que les Sarrazins fesoient,
qui moult sont plus grant ; et le Sarrazin respondi que
folement avoit respondu. Et Jehan li demanda pourquoy ;
et il li dit que il li diroit, mes il li feroit avant une
demande. Et li demanda se il avoit nul enfant, et il li dit :
« Oÿl, un filz. » Et il li demanda du quel il li anuieroit
plus, se en li donnoit une bufe^b, ou *de luy ou de* son filz ;
et il li dit que il seroit plus courroucié de son fil, se il le
feroit, que de li. **448** « Or te faiz, dit le Sarrazin, ma
response en tele maniere, que entre vous, crestiens, estes
filz de Dieu, et de son non de Crist estez appelez cres-
tians ; et tele courtoisie vous fet que il vous a baillez
enseigneurs^a par quoy vous congnoissiés quant vous faites
le bien et quant vous faites le mal. Dont Dieu vous sceit
pire gré d'un petit peché, quant vous le faites, que il ne
fait a nous d'un grant, qui n'en congnoissons point, et qui
soumes^b *si* aveugles que nous cuidons estre quite de touz
nos pechiez se nous nous poons laver en yaue avant que
nous mouriens, pour ce que Mahommet nous dit a la mort
que par yaue serions sauf. »

449 Jehan l'Ermin estoit en ma compaingnie, puis que je
reving d'outre mer, que je m'en aloie a Paris. Aussi
comme nous mangions ou paveillon, une grant tourbe de
povres gens nous demandoient pour Dieu, et fesoient
grant noise. Un de nos gens qui la estoit commanda et dit
a un de nos vallés : « Lieve sus et chace hors ces povres !
450 – A, fist Jehan l'Ermin, vous avez trop mal dit. Car
se le roy de France nous envoioit maintenant par ses messages a chascun .C. mars d'argent, nous ne les chacerions
pas hors, et vous chaciés ceulz envoié qui vous offrent

était lépreux, battit Saladin, et il n'avait que trois cents hommes d'armes, et Saladin trois milliers. Maintenant vous êtes réduits à un tel état, à cause de vos péchés, que nous vous prenons par les champs comme des bêtes. » **447** Alors Jean l'Ermin lui dit qu'il devait bien se taire à propos des péchés des chrétiens, à cause des péchés que commettaient les Sarrasins, qui sont beaucoup plus grands ; et le Sarrasin répondit qu'il avait répondu follement. Et Jean lui demanda pourquoi ; et l'autre lui dit qu'il le lui dirait, mais qu'auparavant il lui ferait une demande. Et il demanda s'il n'avait pas d'enfant ; et Jean lui dit : « Oui, un fils. » Et le Sarrasin lui demanda ce qui l'affecterait le plus si on lui donnait une gifle, si c'était lui [le Sarrasin] ou son propre fils. Et Jean lui dit qu'il serait plus irrité si c'était son fils qui le frappait que si c'était lui. **448** « Maintenant je te donne ma réponse, dit le Sarrasin, en telle manière : chez vous, chrétiens, vous êtes fils de Dieu, et de son nom de Christ vous êtes appelés chrétiens ; et il vous fait telle grâce qu'il vous a donné des maîtres qui vous permettent de connaître quand vous faites le bien et quand vous faites le mal. C'est pourquoi Dieu vous sait plus mauvais gré d'un petit péché, quand vous le commettez, qu'à nous d'un grand, qui n'en connaissons point et qui sommes aveugles au point de nous croire quittes de tous nos péchés si nous pouvons nous laver dans l'eau avant de mourir, parce que Mahomet nous dit qu'à la mort nous serions sauvés par l'eau. »

449 Jean l'Ermin était en ma compagnie, après mon retour d'outre-mer, alors que j'allais à Paris. Pendant que nous mangions sous la tente, une grande troupe de pauvres gens nous demandaient l'aumône pour l'amour de Dieu, et faisaient beaucoup de bruit. Un de nos hommes, qui se trouvait là, donna un ordre et dit à un de nos garçons : « Lève-toi, et chasse dehors ces pauvres. **450** – Ah, fit Jean l'Ermin, vous avez bien mal parlé. Car, si le roi de France nous envoyait maintenant par ses messagers cent marcs d'argent à chacun, nous ne les

qu'i vous dourront quanque l'en vous peut donner, c'est
a savoir que il vous demandent que vous leur donnez pour
Dieu, c'est a entendre que vous leur donnez du vostre et
il vous dourront Dieu. Et Dieu le dit de sa bouche que il
ont[a] pouoir de li donner a nous ; et dient les sainz que les
povres nous peuent acorder a li. En tel maniere que ainsi
comme l'yaue estaint le feu, l'aumosne estaint le péché.
Si ne vous avieigne jamez, dit Jehan, que vous chaciés
les povres ensus, mez donnés leur, et Dieu vous donra. »

451 Tandis que le roy demouroit en Acre vindrent les
messages au Vieil de la Montaingne a li. Quant le roy
revint de sa messe, il les fist venir devant li. Le roy les
fist asseoir en tel maniere que il y avoit un amiral devant,
bien vestu et bien atourné ; et darieres son amiral avoit
un bacheler bien atourné qui tenoit .iii. coustiaus en son
poing, dont l'un entroit ou manche de l'autre, pour ce que
se l'amiral eust esté refusé, il eust presenté au roy ces .iii.
coutiaus pour li deffier. Dariere celi qui tenoit les .iii.
coutiaus avoit un autre qui tenoit un bouqueran entorteillé
entour son bras, que il eust aussi presenté au roy pour
li ensevelir, se il eust refusee la requeste au Vieil de la
Montaigne.

---

chasserions pas ; et vous chassez ces envoyés qui vous offrent de vous donner tout ce qu'on peut vous donner, à savoir qu'ils vous demandent de leur donner pour l'amour de Dieu ; il faut comprendre : que vous leur donniez du vôtre, et ils vous donneront Dieu. Et Dieu le dit de sa bouche, qu'ils ont le pouvoir de nous faire don de lui ; et les saints disent que les pauvres peuvent nous mettre d'accord avec Dieu, de telle manière qu'aussi bien que l'eau éteint le feu, l'aumône éteint le péché. Qu'il ne vous arrive jamais, dit Jean, de chasser ainsi les pauvres ; mais donnez-leur, et Dieu vous donnera. »

451 Tandis que le roi demeurait à Acre, vinrent à lui les messagers du Vieux de la Montagne. Quand le roi revint de sa messe, il les fit venir devant lui. Le roi les fit asseoir en telle manière qu'il y avait un émir devant, bien habillé et bien équipé ; et derrière son émir se trouvait un jeune homme bien équipé, qui tenait dans sa main fermée trois couteaux, dont l'un entrait dans le manche de l'autre ; parce que, si l'émir n'avait pas obtenu de réponse favorable, le jeune homme aurait présenté ces trois couteaux au roi pour le défier. Derrière celui qui tenait les trois couteaux, il y en avait un autre qui tenait un tissu fin entortillé autour de son bras, qu'il eût aussi présenté au roi pour l'ensevelir s'il avait répondu défavorablement à la requête du Vieux de la Montagne.

---

451. Secte islamique ismaélienne ; les chefs de la secte faisaient assassiner par des disciples fanatisés les souverains ou les chefs qu'ils voulaient éliminer. Certains de ceux-ci tentaient de neutraliser cette menace terroriste par des versements réguliers. La secte avait son quartier général à Alamût, dans les montagnes, au nord de l'Iran ; au XIIᵉ s., elle s'installa également dans une zone montagneuse au centre de la Syrie. Leur chef en Syrie, à l'époque de la croisade, était un persan nommé Tâj al-Dîn. Le nom d'« Assassins » est à mettre en relation avec le mot *hachîchiyyîn*, « utilisateurs de hachich », expression de mépris appliquée à ces sectaires ; Bernard Lewis, *Les Assassins. Terrorisme et politique dans l'Islam médiéval*, Paris, 1982, p. 40, 47, 163-164, et *id.*, « The Sources for the History of the Syrian Assassins », *Speculum*, t. 27, 1952, p. 475-489, et notamment p. 483. – Le *bouqueran* est à l'origine un tissu de lin extrêmement fin ; ce doit être dans ce sens que l'emploie Joinville ; on en fit au XIVᵉ siècle des imitations en coton ; le sens de « toile forte gommée » n'apparaît qu'au XVIIᵉ siècle.

452 Le roy dit a l'amiral que il li deist sa volenté. Et l'amiral li bailla unes lettres de creance et dit ainsi : « Mes sire[a] *me* envoie a vous demander se vous le cognoissiés. » Et le roy respondi que il ne le congnoissoit point, car il ne l'avoit onques veu, mez il avoit bien oÿ parler de li[b]. *Et l'amiral dist au roy :* « Et quant vous avez oÿ parler de mon seigneur, je me merveille moult que vous ne li avez envoié tant du vostre que vous l'eussiez retenu a ami, aussi comme l'empereur d'Alemaingne, le roy de Honguerie, le soudanc de Babiloinne et les autres li font touz les ans, pour ce que il sont certeins que il ne peuent vivre mes que tant comme il plera a mon seigneur. **453** Et se ce ne vous plet a faire, si le faites aquiter du treü que il doit a l'Ospital et au Temple, et il se tendra a paié de vous. » Au Temple et a l'Ospital il rendoit lors treü pour ce que il ne doutoient riens les Assacis, pour ce que le Vieil de la Montaingne n'i peut riens gaaigner se il fesoit tuer le mestre du Temple ou de l'Ospital, car il savoit bien que se il en feist un tuer, l'en y remeist tantost un autre aussi bon ; et pour ce ne vouloit il pas perdre les Assacis en lieu la ou il ne peut riens gaaingner. Le roy respondi a l'amiral que il *revenist*[a] a la relevee.

454 Quant l'amiral fu revenu, il trouva que le roy seoit en tele maniere que le mestre de l'Ospital li estoit d'une part et le mestre du Temple d'autre. Lors li dit le roy que il li redeist ce que il li avoit dit au matin ; et il dit que il n'avoit pas conseil du redire mez que devant ceulz qui estoient au matin avec le roy. Lors li ditrent les .II. mestres : « Nous vous commandons que vous le dites. » Et il leur dit que il le diroit, puis que il le commandoient. Lors[a] *luy* firent dire les .II. mestres en sarrazinnois que il venist l'endemain parler a eulz en l'Ospital, et il si fist.

452a s. m'e. *BL* om. *A* — **b** l. Dist l'a *BL* Et l'admiral dist au roy *MP* om. *A*   **453a** reviensist *BL* reviensissent *M* revint *P* venist *A*   **454a** L. luy f. *BL* om. *A*

452 Le roi dit à l'émir de lui dire ce qu'il voulait. Et l'émir lui remit une lettre de créance et parla ainsi : « Mon maître m'envoie vous demander si vous le connaissez. » Et le roi répondit qu'il ne le connaissait point, car il ne l'avait jamais vu, mais il avait bien entendu parler de lui. Et l'émir dit au roi : « Et puisque vous avez entendu parler de mon maître, je m'étonne beaucoup que vous ne lui ayez pas envoyé tant du vôtre que vous vous en soyez fait un ami, comme l'empereur d'Allemagne, le roi de Hongrie, le sultan du Caire et les autres le font envers lui tous les ans, parce qu'ils sont certains qu'ils ne peuvent vivre que dans la mesure où il plaira à mon maître. **453** Et s'il ne vous plaît pas de faire cela, faites qu'il soit quitte du tribut qu'il doit à l'Hôpital et au Temple, et il se considérera comme satisfait de vous. » Il payait alors un tribut au Temple et à l'Hôpital, parce que ces ordres ne redoutaient en rien les Assassins, parce que le Vieux de la Montagne n'y pourrait rien gagner s'il faisait tuer le maître du Temple ou de l'Hôpital, car il savait bien que, s'il en faisait tuer un, on en remettrait aussitôt à sa place un autre aussi bon ; et pour cela il ne voulait pas perdre des Assassins là où il n'avait rien à gagner. Le roi répondit à l'émir de revenir dans l'après-midi.

454 Quand l'émir fut revenu, il trouva que le roi siégeait de telle manière qu'il avait d'un côté le maître de l'Hôpital, et de l'autre le maître du Temple. Le roi lui dit alors de lui dire à nouveau ce qu'il avait dit le matin ; et l'émir dit qu'il n'était pas disposé à le répéter, si ce n'était devant ceux qui étaient le matin avec le roi. Alors les deux maîtres lui dirent : « Nous vous donnons l'ordre de le dire. » Et il leur dit qu'il le dirait puisqu'ils le commandaient. Alors les deux maîtres lui firent dire en sarrasin qu'il vienne le lendemain parler avec eux à l'Hôpital ; et il fit ainsi.

455 Lors li firent dire les .II. mestres que moult estoit hardi *son*[a] seigneur quant il avoit osé mander au roy si dures paroles, et li firent dire que, ce ne feust pour l'*honneur*[b] du roy en quel message il estoient venus, que il les feissent noier en l'orde mer d'Acre en despit de leur seigneur. « Et vous commandons que vous en ralez vers vostre seigneur, et dedens quinzainne vous soiez ci ariere et apportez au roy tiex lettres et tiex joiaus de par vostre seigneur dont le roy se tieingne a paiéz et que il vous en sache bon gré. »

456 Dedans la quinzeinne revindrent les messages le Vieil en Acre, et apporterent au roy la chemise du Vieil et distrent au roy de par le *Vieil*[a] que c'estoit senefiance que aussi comme la chemise est plus pres du cors que nul autre vestement, aussi veult le Viex tenir le roy plus pres a amour que nul autre roy. Et il li envoia son anel, qui estoit de moult fin or, la ou son non estoit escript, et manda que par son anel respousoit il le roy, que il vouloit que des lors en avant feussent tout un. **457** Entre les autres joiaus que il envoia au roy il *envoia*[a] un oliphant de cristal moult bien fait, et une beste que l'en appelle orafle de cristal aussi[b], *pommes* de diverses manieres de cristal et jeuz de tables et de eschez. Et toutes ces choses estoient fleuretees de ambre, et estoit l'ambre lié sur le cristal a beles vignetes de bon or fin ; et sachiez que si tost comme les messages ouvrirent leur escrins la ou ces choses estoient, il sembla que toute la chambre feust embausmee, si souef fleroient.

458 Le roy renvoia ces messages au Vieil, et li renvoia grant foison de joiaus, escarlates, coupes d'or et frains d'argent ; et avecques les messages y envoia frere Yves le Breton, qui savoit le sarrazinnois. Et trouva que le Viel

---

455*a* son *BL* leur *A* – *b* honneur *BL* amour *A* 456*a* viel *BL* nostre seigneur *MP* roy *A* 457*a* envoya *BL* envoi *A* – *b* a. pommes d. *BL* un elephan de christal et des figures de hommes de diverses façons de c. *M* un e. de c. au roy et pluseurs et diverses figures d'hommes, faictes aussi de c. *P* peint *A*

455 Alors les deux maîtres lui firent dire que son maître était bien hardi quand il avait osé faire dire au roi des paroles aussi brutales ; et ils lui firent dire que, si ce n'avait été pour l'honneur du roi, auprès de qui ils étaient venus comme messagers, ils les auraient fait noyer dans la sale mer d'Acre, au mépris de leur maître. « Et nous vous commandons que vous retourniez près de votre maître et que dans la quinzaine vous soyez ici de retour, et que vous apportiez au roi, de la part de votre maître, des lettres et des joyaux tels que le roi se considère comme satisfait et qu'il vous en sache bon gré. »

456 Dans la quinzaine les messagers du Vieux revinrent à Acre et apportèrent au roi la chemise du Vieux, et ils dirent au roi, de la part du Vieux, que cela signifiait que, comme la chemise est plus près du corps qu'aucun autre vêtement, de même le Vieux veut tenir le roi dans son amour plus proche qu'aucun autre roi. Et il lui envoya son anneau, qui était d'or très fin, où son nom était écrit ; et il lui fit savoir que par son anneau il épousait le roi, car il voulait que dès lors ils fussent tout un. **457** Parmi les joyaux qu'il envoya au roi, il lui envoya un éléphant de cristal très bien fait et une bête que l'on appelle girafe, de cristal aussi, des pommes de cristal de diverses sortes, des jeux de tables et d'échecs. Et tous ces objets étaient parsemés de fleurs en ambre, et l'ambre était fixé sur le cristal par de petites feuilles de vigne de bon or fin. Et sachez que, dès que les messagers ouvrirent leurs écrins où étaient ces objets, il sembla que la chambre fût embaumée, tellement ils avaient une bonne odeur.

458 Le roi envoya à son tour ses messagers au Vieux, et lui envoya en retour une grande quantité de joyaux, pièces d'écarlate, coupes d'or et mors d'argent ; et avec les messagers il y envoya frère Yves le Breton, qui savait le sar-

---

457. *Orafle :* Joinville est le seul à connaître cette forme, empruntée directement à l'arabe, du mot *girafe.* – *b. peint* a bien l'air d'être une faute ; *pommes* de *BL* est préférable à *hommes* de *MP* ; l'usage de pommes d'ambre ou garnies d'ambre ou d'un autre parfum est bien attesté. **458.** Ali n'était pas l'oncle, mais le cousin et le gendre de Mahomet ; cf. § 249.

de la Montaingne ne creoit pas en Mahommet, ainçois creoit en la loy de Haali, qui fu oncle Mahommet. **459** Ce Haali mist Mahommet en l'onneur la ou il fu. Et quant Mahommet ce fu mis en la seigneurie du peuple, si *despita*[a] son oncle et l'esloingna de li ; et Haali, quant il vit ce, si trait a li du peuple ce que il pot avoir et leur aprist une autre creance que[b] Mahommet n'avoit enseignee. Dont encore il est ainsi que touz ceulz qui croient en la loy Haali dient que ceulz qui croient en la loy Mahommet sont mescreant, et aussi touz ceulz qui croient en la loy Mahommet dient que touz ceulz qui croient en la loy Haali sont mescreant.

460 L'un des poins de la loy Haali est que quant un homme se fait tuer pour faire le commandemant son seigneur, que l'ame de li en va en plus aisié cors qu'elle n'estoit devant ; et pour ce ne font force li Assacis d'eulz fere tuer quant leur seigneur leur commande, pour ce que il croient que il seront assez plus aise quant il seront mors que il n'estoient devant.

461 L'autre point si est tel que il[a] croient que nulz ne peut mourir que jeusques au jour que il li est jugé ; et ce ne doit nulz croire, car Dieu a pooir d'alongier nos vies et d'acourcir. Et en cesti point croient les *Beduyns*[b], et pour ce ne se weulent armer quant il vount es batailles, car il cuideroient faire contre le commendemant de leur loy ; et quant il maudient leur enfans, si leur dient ainsi : « Maudit soies tu comme le Franc qui s'arme pour paour de mort. »

462 Frere Yves trouva un livre au chevés du lit au Vieil, la ou il avoit escript pluseurs paroles que Nostre Seigneur dit a saint Pere quant il aloit par terre. Et frere Yves li dit : « Ha, pour Dieu, sire, lisiés souvent ce livre, car ce

459a despita *BLMP* desputa *A* – **b** que M. *BL* que a M. *A*   **461a** i.c. *BL* i. ne c. *A* – **b** Beduyns *BL* Beduys *A*

rasin. Et celui-ci trouva que le Vieux de la Montagne ne croyait pas en Mahomet, mais il croyait à la loi d'Ali, qui fut oncle de Mahomet. **459** Cet Ali plaça Mahomet dans la position honorable où il fut. Et quand Mahomet fut établi comme maître du peuple, il méprisa son oncle et l'éloigna de lui ; et quand Ali vit cela, il attira à lui tous ceux qu'il put avoir du peuple, et leur apprit une croyance autre que celle que Mahomet avait enseignée. Par suite de quoi il se trouve que tous ceux qui croient à la loi d'Ali disent que ceux qui croient à la loi de Mahomet sont mécréants, et aussi tous ceux qui croient à la religion de Mahomet disent que tous ceux qui croient à la religion d'Ali sont mécréants.

460 L'un des points de la loi d'Ali est que, lorsqu'un homme se fait tuer pour exécuter un ordre de son maître, son âme s'en va dans un corps plus heureux que celui où elle était auparavant ; et pour cette raison les Assassins ne font aucune difficulté à se faire tuer quand leur maître le leur commande, parce qu'ils croient qu'ils seront beaucoup plus heureux, quand ils seront morts, qu'ils ne l'étaient auparavant.

461 L'autre point est tel qu'ils croient que personne ne peut mourir avant le jour qui lui est assigné ; et personne ne doit croire cela, car Dieu a le pouvoir d'allonger nos vies et de les raccourcir. Et c'est un point auquel croient les Bédouins, et pour cette raison ils ne veulent point porter d'armes défensives quand ils vont au combat, car ils croiraient agir contre le précepte de leur loi ; et, quand ils maudissent leurs enfants, ils leur disent ainsi : « Maudit sois-tu comme le Franc qui s'arme par crainte de la mort. »

462 Frère Yves trouva un livre au chevet du lit du Vieux, où étaient écrites plusieurs paroles que Notre-Seigneur dit à saint Pierre lorsqu'il était sur terre. Et frère Yves lui dit : « Ah, pour Dieu, sire, lisez souvent ce livre, car ce

sont trop bones paroles. » Et il dit que si fesoit il, « car
j'ai moult chier mon seigneur saint Pere, car en l'encom-
mencement du monde, l'ame de Abel, quant il fut tué,
vint ou cors de Noé, et quant Noé fu mort, si revint ou
cors de Habraham ; et du cors Habraham, quant il morut,
vint ou cors saint Pierre quant Dieu vint en terre ».
463 Quant frere Yves oÿ ce, il li moustra que sa creance
n'estoit pas bonne, et li enseigna moult de bones paroles,
mes il ne le volt croire ; et ces choses moustra frere Yves
au roy quant il fu revenu a nous. Quant le Viex chevau-
choit, il avoit un crieur devant li qui portoit une hache
danoise a lonc manche tout couvert d'argent, atout plein
de coutiaus ferus ou manche, et crioit : « Tournés vous de
devant celi qui porte la mort des roys entre ses mains. »

464 Je vous avoie oublié a dire la response que le roy
fist au soudanc de Damas, qui fu tele, que il n'avoit
conseil d'aler a li jusques a tant que il sceust se les amiraus de Egypte li *adreceroient*[a] sa treve que il avoient
rompue, et que il envoieroit a eulz ; et se il ne vouloient
adrecier la treve que il li avoient rompue, il li aideroit a
venger volentiers de son cousin le soudanc de Babiloinne,
que il li avoient tué.

465 Tandis que le roy estoit en Acre, il envoia mon seigneur Jehan de Valenciennes en Egypte, lequel requist
aus amiraus que les outrages que il avoient faiz au roy et
les doumages, que il les rendissent ; et il li distrent que si
feroient il moult volentiers, mes que le roy se vousist alier
a eulz contre le soudanc de Damas. Mon seigneur Jehan
de Valenciennes les blasma moult des grans outrages que
il avoient faiz au roy, qui sont devant nommez, et leur

464*a* adresseroient *BL* acorderoient *A*

sont de très bonnes paroles. » Et le Vieux dit qu'il le faisait, « car j'ai une grande affection pour monseigneur saint Pierre, car, au commencement du monde, l'âme d'Abel, quand il fut tué, vint dans le corps de Noé ; et, quand Noé fut mort, elle passa dans le corps d'Abraham ; et du corps d'Abraham, lorsque celui-ci mourut, elle vint dans le corps de saint Pierre, quand Dieu descendit sur la terre ». **463** Quand frère Yves entendit cela, il lui expliqua que sa croyance n'était pas bonne, et lui enseigna beaucoup de bonnes paroles ; mais il ne voulut pas le croire ; et frère Yves expliqua ces choses au roi, lorsqu'il fut revenu auprès de nous. Quand le Vieux circulait à cheval, il avait devant lui un crieur qui portait une hache danoise à long manche entièrement recouvert d'argent, avec une grande quantité de couteaux fichés dans le manche, et criait : « Écartez-vous de devant celui qui porte la mort des rois entre ses mains. »

464 J'avais oublié de vous dire la réponse que le roi fit au sultan de Damas, qui fut telle : il n'avait pas l'intention d'aller à lui, jusqu'à ce qu'il sache si les émirs d'Égypte rétabliraient sa trêve qu'ils avaient rompue, et qu'il leur enverrait des messagers ; et s'ils ne voulaient pas rétablir la trêve qu'ils avaient rompue, il l'aiderait volontiers à venger son cousin, le sultan du Caire, qu'ils lui avaient tué.

465 Tandis que le roi était à Acre, il envoya messire Jean de Valenciennes en Égypte, qui exigea des émirs qu'ils réparent les outrages ainsi que les dommages qu'ils avaient faits au roi ; et ils lui dirent qu'ils le feraient volontiers, pourvu que le roi accepte de s'allier à eux contre le sultan de Damas. Messire Jean de Valenciennes les blâma vivement des graves outrages qu'ils avaient infligés au roi, qui sont exposés plus haut ; et il leur donna

464. cf. § 444. – *a.* La leçon de *BL adreceroient* est confirmée, deux lignes plus bas, par *adrecier* la trêve.   **465.** Jean de Valenciennes devait connaître le Proche-Orient ; il était en 1265 seigneur de Haïfa. Il joua un rôle diplomatique dans la préparation d'une nouvelle croisade après le retour de Louis IX en France. – Gautier IV, comte de Brienne, voir § 527-538.

loa que bon seroit que pour le cuer le roy adebonnairir
devers eulz, que il li envoiassent touz les chevaliers que
il tenoient en prison, et il si firent ; et d'aboundant li
envoierent touz les os le conte Gautier de Brienne pour
mettre en terre benoite. **466** Quant mon seigneur Jehan
de Valenciennes fu revenu en Acre atout .II^c. chevaliers
que il ramena de prison, sanz l'autre peuple, ma dame de
Soiete, qui estoit cousine le conte Gautier et seur mon
seigneur Gautier, seigneur de Rinel, cui fille Jehan, sire
de Joinville, prist puis a femme que il revint d'outre mer,
laquelle dame de Soiette prist les os au conte Gautier et
les fist ensevelir a l'Ospital en Acre. Et fist faire le servise
en tel maniere que chascun chevalier offri un cierge et un
denier d'argent, et le roy offri un cierge et un besant^a *d'or*
tout des deniers ma dame de Soiete ; dont l'en se mer-
veilla^b moult quant le roy fist ce, car l'en^b *ne l'*avoit
onques veu offrir que de ces deniers ; mez il le fist par sa
courtoisie^c.

467 Entre les chevaliers que mon seigneur Jehan de
Valenciennes ramena, je en y trouvai bien .XL. de la cort
de Champaingne. Je leur fiz tailler cotes et hargaus de
vert et les menai devant le roy, et li priai que il vousist
tant fere que il demourassent avec li. Le roy oÿ que il
demandoient et il se tut. **468** Et un chevalier de son
conseil dit que je ne fesoie pas bien quant je aportoie tiex
nouvelles au roy, la ou il avoit bien .VII^M. livrees^a d'outrage. Et je li dis que par male avanture en peust il parler,
et que entre nous de Champaingne avions bien perdu
.XXXV. chevaliers, touz baniere portans, de la cort de
Champaingne. Et je dis : « Le roy ne fera pas bien se il
vous en croit, au besoing que il a de chevaliers. » Aprés

466a b. d'or *BL om. A* — *b* On ne l'a. *BL* en n'a. *A* — *c* courtoise *A*
468a livres *BL*

l'avis qu'il serait bon, pour rendre favorable le cœur du roi à leur égard, qu'ils lui envoient tous les chevaliers qu'ils gardaient prisonniers, et ils firent ainsi ; et, de surcroît, ils lui envoyèrent tous les ossements du comte Gautier de Brienne, pour les mettre en terre bénite. **466** Quand messire Jean de Valenciennes fut revenu à Acre, avec deux cents chevaliers qu'il ramena de prison, sans compter les autres gens du peuple, madame de Sayette, qui était cousine du comte Gautier et sœur de messire Gautier, sire de Reynel, dont Jean, sire de Joinville, épousa la fille après son retour d'outre-mer, madame de Sayette prit les ossements du comte Gautier et les fit ensevelir à l'Hôpital à Acre. Et elle fit célébrer le service de manière telle que chaque chevalier offrit un cierge et un denier d'argent, et le roi offrit un cierge et un besant d'or, le tout aux frais de madame de Sayette ; et on s'étonna beaucoup de ce que le roi ait fait cela, car on ne l'avait jamais vu faire d'offrande que de ses deniers ; mais il le fit par courtoisie.

467 Parmi les chevaliers que ramena messire Jean de Valenciennes, j'en trouvai bien quarante de la cour de Champagne. Je leur fis couper des cottes et des housses de drap vert et les menai devant le roi, et le priai de vouloir tant faire qu'ils restent avec lui. Le roi écouta ce qu'ils demandaient, et il se tut. **468** Et un chevalier de son conseil dit que je ne faisais pas bien en apportant de telles nouvelles au roi, où il y avait bien sept mille livres de dépense excessive. Et je lui dis que puisse-t-il lui arriver malheur d'en parler ainsi, et qu'entre nous, de Champagne, nous avions bien perdu trente cinq chevaliers, tous portant bannière, de la cour de Champagne. Et je dis : « Le roi ne fera pas bien s'il vous en croit, avec le besoin qu'il a de chevaliers. »

---

466. Marguerite de Reynel, dame de Sayette ; Du Cange-Rey, p. 434-436. Gautier de Reynel mourut entre décembre 1261 et mai 1262 ; Delaborde 1894, *Cat.* n° 396 et 400. Joinville était déjà marié avec sa fille Alix en décembre 1261 (n° 396). – Le besant d'or valait probablement 10 sous tournois, soit 120 deniers ; Wailly 1874, p. 461. Les parents du défunt faisaient en général les frais de l'offrande ; seul le roi donnait de ses propres fonds ; il renonce ici par courtoisie à ce qui pouvait passer pour un privilège. **467.** Le *hargaus* est une sorte de vêtement de dessus.

celle parole, je commensai moult forment a plorer ; et le roy me dit que je me teusse, et il leur donroit quant que je li avoie demandé. Le roy les *retint*[b] tout aussi comme je voz et les mist en ma bataille.

469 Le roy respondi[a] *aux messagiers des admiraulx d'Egipte* que il ne feroit nulles treves a eulz se il ne li envoioient toutes les testes des crestiens qui pendoient entour les murs *du Kaire*[b] des le tens que le conte de Bar et le conte de Monfort furent pris, et se il ne li[c] *envoioient encores* touz les enfans[d] qui avoient esté pris petis et estoient renoiés, et se il ne li quitoient les .ɪɪ^cᴹ. livres que il leur devoit encore. Avec les messages aus amiraus d'Egypte envoia le roy mon seigneur Jehan de Valenciennes, vaillant home et sage.

470 A l'entree de quaresme s'atira le roy atout ce que il ot de gent pour aler fermer Sezaire, que les Sarrazins avoient abatue, qui estoit a .xɪɪ. lieues[a] *d'Acre* par devers Jerusalem. Mon seigneur Raoul de Soissons, qui estoit demouré en Acre malade, fu avec le roy fermer Cesaire. Je ne sai comment ce fu, ne mez que par la volenté Dieu, que onques ne nous firent[b] *les Sarrazins* nul doumage toute l'annee. Tandis que le roy fermoit Cesaire nous revindrent les messagiers des Tartarins, et les nouvelles que il nous aporterent vous dirons nous.

471 Aussi comme je vous diz devant, tandis que le roy sejornoit en Cypre vindrent les messages des Tartarins a li, et li firent entendant que il li aideroient a conquerre le

Après ces mots, je commençai à pleurer très fort ; et le roi me dit de me taire, et qu'il leur donnerait tout ce que je lui avais demandé. Le roi les prit à son service tout comme je voulus, et les plaça dans mon corps de bataille.

469 Le roi répondit aux messagers des émirs d'Égypte qu'il ne ferait aucune trêve avec eux s'ils ne lui envoyaient toutes les têtes de chrétiens qui pendaient autour des murs du Caire, depuis le temps où le comte de Bar et le comte de Montfort avaient été pris ; et s'ils ne lui envoyaient encore tous les enfants qui avaient été pris lorsqu'ils étaient petits et qui avaient renié ; et aussi s'ils ne le tenaient pas quitte des deux cent mille livres qu'il leur devait encore. Avec les messagers des émirs d'Égypte, le roi envoya messire Jean de Valenciennes, un homme de valeur et avisé.

470 Au début du carême, le roi prit des dispositions, avec tout ce qu'il avait de monde, pour aller fortifier Césarée, que les Sarrasins avaient abattue, qui se trouvait à douze lieues d'Acre en direction de Jérusalem. Messire Raoul de Soissons, qui était demeuré malade à Acre, alla avec le roi fortifier Césarée. Je ne sais comment il arriva – sinon par la volonté de Dieu – que les Sarrasins ne nous causèrent aucun dommage de toute l'année. Tandis que le roi fortifiait Césarée, revinrent auprès de nous les messagers des Tartares ; et nous vous dirons les nouvelles qu'ils apportèrent.

471 Comme je vous l'ai dit auparavant, tandis que le roi séjournait à Chypre, les messagers des Tartares vinrent à lui et lui firent entendre qu'ils l'aideraient à conquérir le

469a. La variante *MP* me paraît plus proche que celle de *BL* des habitudes de Joinville. – Le mur du Caire (Qâhira) avait été construit par Saladin ; cf. § 144. **470.** Le carême, en 1251, commençait le 1ᵉʳ mars. – Marie-Noëlle Toury, *Raoul de Soissons : Hier la croisade*, dans *Les Champenois et la croisade* 1989, p. 97-107. **471.** Cf. § 133-135. On trouvera une mise au point commode dans *Guillaume de Rubrouk, envoyé de saint Louis, Voyage dans l'empire mongol, 1253-1255*, traduction et commentaire de Claude et René Kappler, Paris, 1985, p. 39-58, nouvelle éd. illustrée, Paris, 1993 ; Denis Sinor, *Le Mongol vu par l'Occident*, dans *1274 – Année charnière – Mutations et continuités* (Colloques internationaux CNRS nᵒ 558), Paris, 1977, p. 55-72 ; Richard 1977², p. 63-97 ; Richard 1983, nᵒˢ XI-XV et XVII ; Bertold Spuler, *Les Mongols*, Paris, 1961.

royaume de Jerusalem sur les Sarrazins. Le roy leur renvoia ses messages, et par ses messages que il leur envoia
leur envoia une chapelle que il leur fist faire d'escarlate ;
et pour eulz atraire a nostre creance, il leur fist entailler
en la chapelle toute nostre crance, l'Anonciacion de
l'angre, la Nativité, le Bauptesme dont Dieu fu baptizié,
et toute la Passion et l'Ascension et l'avenement du Saint
Esperit, calices, livres et tout ce que il couvint a messe
chanter, et .II. freres preescheurs pour chanter les messes
devant eulz. **472** Les messagers le roy ariverent au port
d'Anthioche, et des Anthyoche jusques a leur grant roy
trouverent bien un an d'aleure a chevaucher .x. lieues le
jour. Toute la terre trouverent subjecte a eulz, et pluseurs
citez que il avoient destruites, et grans monciaus d'os de
gens mors. **473** Il enquistrent comment il estoient venus
en telle auctorité par quoy il avoient tant de gens mors
et[a] confondus ; et la maniere fu tele, aussi comme il le
raporterent au roy, que il *estoient*[b] venu et concreé d'une
grant berrie de sablon la ou il ne croissoit nul bien. Celle
berrie commensoit a unes tres grans roches merveilleuses
qui sont en la fin du monde devers Orient, les quiex
roches nulz hons ne passa onques, si comme les Tartarins
le tesmoingnent ; et disoient que leans estoient enclos le
peuple Got et Margoth, qui doivent venir en la fin du
monde, quant Antecrist vendra pour touz destruire.
474 En celle berrie estoit le peuple des Tartarins, et
estoient subjet a Prestre Jehan et a l'empereour de Perce,

473*a* et *ajouté en interligne* A —   *b* estoient *BL om.* A

royaume de Jérusalem sur les Sarrasins. Le roi à son tour leur envoya ses messagers, et, par ses messagers qu'il leur envoya, il leur envoya une chapelle qu'il fit faire de fine écarlate ; et pour les amener à notre foi, il fit broder sur la chapelle tout ce à quoi nous croyons, l'Annonciation de l'ange, la Nativité, le baptême dont Dieu fut baptisé, et toute la Passion et l'Ascension et la descente du Saint-Esprit ; il leur envoya aussi des calices, des livres et tout ce qu'il faut pour chanter la messe, et deux Frères prêcheurs pour chanter les messes devant eux. **472** Les messagers du roi abordèrent au port d'Antioche ; et depuis Antioche jusqu'à leur grand roi, ils trouvèrent bien un an de marche, à chevaucher dix lieues par jour. Ils trouvèrent tout le pays soumis aux Tartares et plusieurs cités qu'ils avaient détruites, et de grands amoncellements d'ossements de gens morts. **473** Ils cherchèrent à savoir comment les Tartares étaient parvenus à ce pouvoir, qui leur avait fait tuer et détruire tant de gens ; et la manière fut telle, ainsi qu'ils le rapportèrent au roi. Ils étaient venus et ils étaient originaires d'une grande plaine de sable, où rien ne poussait. Cette plaine commençait à des roches très grandes et extraordinaires, qui sont au bout du monde dans la direction de l'Orient, roches que nul homme ne passa jamais, comme l'attestent les Tartares ; et ils disaient qu'à l'intérieur était enfermé le peuple de Gog et Magog, qui doit venir à la fin du monde, quand l'Antéchrist viendra pour tout détruire. **474** Dans cette

---

473. Joinville rapporte la légende de Gengis Khan et de l'organisation qu'il donna au peuple mongol ; Simon de Saint-Quentin 1965, p. 27-29. – A.R. Anderson, *Alexander's Gate. Gog and Magog and the inclosed nations*, Cambridge (Mass.) 1932 (*The medieval Academy of America*, publ. n° 12). **474.** Le Prêtre Jean est un souverain imaginaire chrétien d'Orient, dont on a pensé en Occident qu'il pourrait venir au secours de la Terre sainte en prenant à revers les musulmans ; Richard 1976 n° XXVI, *L'Extrême-Orient légendaire au Moyen Âge. Roi David et Prêtre Jean ;* Simon de Saint-Quentin 1965, p. 27, n. 2 et 3 ; Jean Delumeau, *Une histoire du Paradis*, Paris, 1992, p. 99-127, ch. IV, *Le Royaume du Prêtre Jean*. Il s'agit probablement en réalité du roi des Kéraït, qui fut vaincu et dont le peuple fut enrôlé par Gengis Khan. – En 1219-1221, Gengis Khan s'attaqua au Shâh des Khwârizm, maître de la Transoxiane et de la plus grande partie de l'Iran, et le mit en fuite. C'est ce personnage que Joinville appelle l'« empereur de Perce ». Après leur défaite, les Khwârizmiens, chassés de leur pays, se répandirent en bandes au Proche-Orient, où ils inspirèrent la plus grande terreur. C'est une bande khwârizmienne qui prit Jérusalem en 1244.

cui terre venoit après la seue, et a pluseurs autres roys
mescreans a qui il rendoient treü et servage chascun an
pour reson du pasturage de leur bestes, car il ne vivoient
d'autre chose. Ce Prestre Jehan et l'empereur de Perce et
les autres roys les tenoient en tel despit les Tartarins que,
quant il leur aportoient leur rentes, il ne les vouloient
recevoir devant eulz, ains leur tournoient les dos.
475 Entre eulz out un sage home qui cercha toutes les
berries et parla aus sages hommes des berries et des liex,
et leur moustra le servage la ou il estoient, et leur pria a
touz que il meissent conseil comment il ississent du servage la ou il les tenoit. Tant fist que il les assembla trestous au chief de la berrie, endroit la terre Prestre Jehan,
et leur moustra ces choses ; et il li respondirent que il
devisast, et il feroient. Et il dit ainsi que il n'avoient pooir
de esploitier se il n'avoient un roy et un seigneur sur eulz,
et il leur enseigna la maniere comment il avroient roy ;
et il le creurent. **476** Et la maniere fu tele que de[a] .LII.
generacions que il y avoit, chascune generacion li aportast
une saiete qui feussent seignees de leur nons ; et par
l'acort de tout le peuple fu ainsi acordé que l'en metroit
ces .LII.[b] *saiettes* devant un enfant de .v. ans, et celle que
l'enfant prenroit premier, de celle generacion feroit l'en
roy. Quant l'enfant ot levee une des seetes, le sages hons
fist traire ariere toutes les autres generacions ; et fu establi
en tel maniere que la generacion dont l'en devoit faire
roy esliroient entre leur .LII. des plus sages homes et des
meilleurs que il avroient. Quant il furent esleu, chascun
y porta une saiete seignee de son non. **477** Lors fu acordé
que la saiete que l'enfant leveroit, de celle feroit l'en roy[a].
Et l'enfant en leva une *et par sort arriva que l'enfant
leva la saiette d'icelui saige homme qui ainsi les avoit
enseignés.* Et le peuple en furent si lié que chascun en
fist grant joie. Il les fist taire et leur dit : « Seigneurs, se
vous voulez que je soie vostre roy, vous me jurerez par
celi qui a fait le ciel et la terre que vous tendrés mes
commandemens. » Et il le jurerent.

476a d. LII g. *BLMP* d. L g. *A* − b cedulles *BL* saiettes *MP* om. *A*
477a Et par sort a. (si fu tel le s. *P*) que l'e. l. la s. d'i. s. h. qui ainsi les
avoit enseignés (q.l.a. conseillez *P*) *MP* Et l'e. en leva une. Et le p. *ABL*

plaine se trouvait le peuple des Tartares, et ils étaient sujets du Prêtre Jean et de l'empereur de Perse, dont la terre venait après la sienne, et de plusieurs autres rois païens, à qui ils payaient chaque année un tribut et un droit de servage, en raison du pâturage de leurs bêtes, car ils ne vivaient pas d'autre chose. Ce Prêtre Jean et l'empereur de Perse et les autres rois tenaient les Tartares en tel mépris que, quand ceux-ci leur apportaient leurs rentes, ils ne voulaient pas les recevoir face à eux, mais ils leur tournaient le dos. **475** Parmi eux il y eut un homme sage qui parcourut toutes les plaines, et parla aux hommes sages des plaines et des divers lieux, et leur montra la servitude où ils se trouvaient, et les pria tous de réfléchir au moyen de sortir de la servitude où on les tenait. Il fit tant qu'il les rassembla tous au bout de la plaine, en face de la terre du Prêtre Jean, et leur exposa cette situation ; et ils lui répondirent qu'il parle, et qu'ils agiraient. Et il dit qu'ils n'avaient pas la possibilité de réussir s'ils n'avaient un roi et un maître au-dessus d'eux, et il leur enseigna la manière suivant laquelle ils auraient un roi, et ils le crurent. **476** Et la manière fut telle que, de cinquante-deux tribus qu'il y avait, chaque tribu devait lui apporter une flèche qui fût marquée de son nom ; et, avec l'accord de tout le peuple, il fut convenu que l'on mettrait ces cinquante-deux flèches devant un enfant de cinq ans, et on choisirait un roi dans la tribu dont l'enfant prendrait la flèche en premier. Quand l'enfant eut ramassé une des flèches, le sage personnage fit se retirer en arrière toutes les autres tribus ; et les choses furent établies de telle manière que la tribu dans laquelle devait être désigné le roi choisirait parmi ses membres cinquante-deux des hommes des plus sages et des meilleurs qu'ils auraient. Quand ils furent choisis, chacun y apporta une flèche marquée de son nom. **477** Il fut alors convenu que l'on ferait roi celui dont l'enfant ramasserait la flèche. Et l'enfant en ramassa une, et le sort voulut que l'enfant ramasse celle de cet homme sage qui leur avait donné ces instruc-

---

477a. Je ne crois pas soutenable que la variante de *MP* soit, comme dit G. Paris 1898, p. 395-396, une « correction intelligente ».

478 Les establissemens que il leur donna, ce fu pour tenir le peule en paiz. Et furent tel que nul n'i ravist autrui chose ne que l'un ne ferist l'autre se il ne vouloit le poing perdre, ne que nulz n'eust compaingnie a autrui femme ne a autrui fille se il ne vouloit perdre le poing ou la vie. Moult d'autres bons establissemens leur donna pour pez avoir.

479 Aprés ce que ils les ot ordenez et areez, il leur dit : « Seigneurs, le plus fort ennemi que nous aions, c'est Prestre Jehan ; et je vous commant que vous soiés demain touz appareillez pour li courre sus. Et se il est ainsi que il nous desconfise, dont Dieu nous gart, face chascun le miex que il porra. Et se nous le[a] desconfison, je commant que la chose dure .III. jours et .III. nuis. Et que nulz ne soit si hardi que il mette main a nul[b] gaaing, mes que a gens occirre, car aprés ce que nous aurons eu victoire, je vous departirai le gaing si bien et si loialment que chascun s'en tendra a paié. » A ceste chose il s'accorderent touz.

480 L'endemain coururent sus leur ennemis et, ainsi comme Dieu vout, les desconfirent. Touz ceulz que il trouverent en armes deffendables occistrent touz ; et ceulz que il trouverent en abit de religion, les prestres et[a] les autres religions, n'occistrent pas. L'autre peuple de la terre Prestre Jehan, qui ne furent pas en la bataille, se mistrent touz en leur subjeccion.

479a le *BL* les *A* — *b* le *ms. L présente à partir d'ici une lacune jus-qu'au § 527, au mot* il alast. 480a et les *a. r. om. BMP*

tions. Et le peuple en fut si content que chacun manifesta une grande joie. Il les fit taire, et leur dit : « Seigneurs, si vous voulez que je sois votre roi, vous me jurerez, par celui qui a fait le ciel et la terre, que vous observerez mes commandements. » Et ils le jurèrent.

478 Et les règlements qu'il leur donna, ce fut pour tenir le peuple en paix. Et ils furent tels que nul ne devait ravir le bien d'autrui, et que nul ne devait frapper l'autre, s'il ne voulait perdre le poing ; et que nul n'ait de rapports avec la femme ou la fille d'autrui, s'il ne voulait perdre le poing ou la vie. Il leur donna beaucoup d'autres bons règlements pour avoir la paix.

479 Après qu'il les eut mis en ordre et qu'il les eut organisés, il leur dit : « Seigneurs, l'ennemi le plus fort que nous ayons, c'est le Prêtre Jean ; et je vous commande que vous soyez demain tous prêts à l'attaquer. Et s'il arrive qu'il nous batte, ce dont Dieu nous garde, que chacun fasse le mieux qu'il pourra. Et si nous le battons, je commande que l'affaire dure trois jours et trois nuits. Et que nul ne soit si hardi qu'il mette la main à aucun butin, mais seulement qu'il tue du monde, car, après que nous aurons eu la victoire, je vous partagerai si bien le butin et si justement que chacun s'en tiendra pour satisfait. » Ils donnèrent tous leur accord à ces dispositions.

480 Le lendemain ils attaquèrent leurs ennemis et, ainsi que Dieu le voulut, ils les battirent. Tous ceux qu'ils trouvèrent en armes capables de se défendre, ils les tuèrent tous ; et ceux qu'ils trouvèrent en habits religieux, les prêtres et les autres religieux, ils ne les tuèrent pas. Le reste du peuple de la terre du Prêtre Jean, ceux qui ne participaient pas à la bataille, se soumirent tous à eux.

---

479. *la chose dure :* Paris 1874, p. 408, propose *la chase ;* Wailly 1881, *l'enchaus.*

481 L'un des[a] *princes* de l'un des *peuples* devant nommé fu bien perdu .III. moys, que onques l'en n'en sot nouvelles ; et quant il revint, il n'ot ne fain ne soif, que il ne cuidoit avoir demouré que un soir au plus. Les nouvelles que il en *raporta*[b] furent teles que il avoit[c] *monté sus* un trop haut tertre et la sus *avoit*[d] trouvé[e] *grant nombre de gens*, les plus beles gens que il *eust*[f] onques veues, les miex vestus, les miex parés. Et ou bout du tertre vit seoir un roy, plus bel des autres, miex vestu et miex paré, en un throne d'or. **482** A sa destre seoient .VI. roys couronnez, bien parez a pierres precieuses, et a[a] *sa* senestre autant ; pres de li, a sa destre main, avoit une royne agenoillee, qui li disoit et prioit que il pensast de son peuple ; a sa senestre[b] avoit *agenouillé* un moult bel home qui avoit .II. elez resplendissans aussi comme le solleil ; et entour le roy avoit grant foison de[c] beles gens a elez. **483** Le roy appela celi prince et li dit : « Tu es venu de l'ost des Tartarins ? » Et il respondi : « Sire, se sui mon. – Tu[a] en iras *a ton roy* et li diras que il m'a veu, qui sui sire du ciel et de la terre, et li diras que il me rende graces de la victoire que je li ai donnee sus Prestre Jehan et sur sa gent ; et li diras encore de par moy que je li donne poissance de mettre en sa subjeccion toute la terre. – Sire, fist le prince, comment me croira il ? **484** – Tu li diras que il te croie a teles enseignes que tu iras combatre a l'empereur de Perse atout .IIIC. homes sanz plus de ta gent ; et pour ce que vostre grant roy *croie*[a] que je sui poissant de faire toutes choses, je te donrai victoire de desconfire l'empereur de Perse, qui se combatra a toy atout .IIIC. mile hommes et plus a armes.

481a d. princes de l'un des peuples *BL* d. peuples de l'un des princes *A* – b rapporte *B* rapporterent *A* – c a. monté au fort h.t. *B* a. monté (esté *P*) sus un t. *MP* a. trouvé *A* – d avoit *BMP* avoient *A* – e t. grand nombre de g. les p. b.g. *B* t. une grant quantité des p.b.g. *M* t. des p.b.g. *P* om. *A* – f eust *BMP* eussent *A*   **482**a a sa s. *BMP* om. *A* – b s. estoit agenouillé u. *B* s. y a. agenouillé u. *MP* om. *A* – c d. g.a e. moult beaulx *B* **483**a T. t'en retourneras et diras a ton roy (au r. de Tartarie *MP*) *BMP* Tu en i. a li et li d. *A*   **484**a e. affin que... croye *B* croit *A*

481 L'un des princes de l'un des peuples dont je viens de parler fut bien perdu trois mois, et personne n'en sut aucune nouvelle ; et quand il revint, il n'avait ni faim ni soif, et il se figurait qu'il n'était resté qu'une nuit au plus. Les nouvelles qu'il rapporta furent telles : il était monté sur un tertre très haut, et là-dessus, il avait trouvé une grande quantité de personnes, les plus belles personnes qu'il ait jamais vues, les mieux habillées, les mieux parées. Et au bout du tertre il vit assis un roi plus beau que les autres, mieux habillé et mieux paré, sur un trône d'or. **482** À la droite de ce roi étaient assis six rois couronnés, bien parés de pierres précieuses, et autant à sa gauche ; près de lui, sur sa droite, se trouvait une reine à genoux, qui lui disait et le priait de penser à son peuple ; à sa gauche était agenouillé un très bel homme, qui avait deux ailes aussi resplendissantes que le soleil, et, autour du roi, il y avait une très grande quantité de beaux personnages avec des ailes. **483** Le roi appela ce prince et lui dit : « Tu es venu de l'armée des Tartares ? » Et il répondit : « Sire, c'est assurément vrai. – Tu t'en retourneras à ton roi, et tu lui diras que tu m'as vu, moi qui suis maître du ciel et de la terre, et tu lui diras qu'il me rende grâce de la victoire que je lui ai donnée sur le Prêtre Jean et sur son peuple ; et tu lui diras encore, de ma part, que je lui donne le pouvoir de mettre en sa sujétion toute la terre. – Sire, fit le prince, comment me croira-t-il ? **484** – Tu lui diras qu'il te croie, à telles enseignes que tu iras combattre contre l'empereur de Perse avec trois cents hommes, sans plus, de ton peuple ; et pour que votre grand roi croie que j'ai le pouvoir de faire toutes choses, je te donnerai la victoire et tu battras l'empereur de Perse, qui combattra contre toi avec trois cent mille hommes d'armes et plus.

481-486. La même légende est racontée, avec des variantes, par Thomas de Cantimpré dans son *Bonum universale de apibus* (c. 1262-1263), et par le chroniqueur syrien, Bar Hebraeus ; le « prince » est sans doute le chaman Kököčü, dévoué à Gengis Khan. Georges est peut-être saint Georges de Cappadoce, dont le nom a pu être introduit ici, si Joinville n'invente pas, par des chrétiens nestoriens ; Lionel J. Friedman, « Joinville's Tartar Visionary », *Medium Aevum*, t. 27, 1958, p. 1-7.

Avant que tu voises combatre a li, tu requerras a vostre roy que il te doint les provaires et les gens de religion que il a pris en la bataille ; et ce que ceulz te tesmoingneront tu croiras fermement, et tout ton peuple. **485** – Sire, fist il, je ne m'en savrai aler se tu ne me faiz conduire. » Et le roy se tourna devers grant foison de chevaliers si bien armez que c'estoit merveille du regarder, et appela[a] *l'un* et dit : « George, vient ça ! » Et cil i vint et s'agenoilla, et le roy li dit : « Lieve sus, et me meinne cesti a *sa*[b] herberje sauvement » ; et si fist il en un point du jour. **486** Si tost comme son peuple le virent, il firent moult[a] grant joie, et tout l'ost aussi, que nulz ne pourroit raconter. Il demanda les provaires au grant roy, et il les y donna ; et ce prince et tout son peuple reçurent leur enseignemens si debonnairement que il furent touz baptiziés. Aprés ces choses, il prist .ccc. homes a armes et les fist confesser et appareiller, et s'en ala combatre a l'empereur de Perse, et le desconfist et chassa de son royaume, le quel s'en vint fuiant jusques ou royaume de Jerusalem. Et ce fu cel empereur qui desconfist nostre gent et prist le conte Gautier de Brienne, si comme vous orrez aprés.

487 Le peuple a ce prince crestien estoit si grant que les messagiers le roy nous conterent que il avoient en leur ost .viii[c]. chapelles sus chers.

La maniere de leur vivre estoit tele car il ne mangoient point de pain et vivoient de char et de let. La meilleur char que il aient, c'est de cheval, et la[a] mettent gesir en souciz et sechier aprés, tant que il la trenchent aussi comme pain noir. Le meilleur bevrage que il aient et le plus fort, c'est de lait de *jument*[b] confist en herbes. L'en presenta au grant roy des Tartarins un cheval chargé de farine qui estoit venu de .iii. moys d'aleure loing, et il la donna aus messagiers le roy.

_____

485a a. l'un e. *B* a. ung de ses belles gens e. *MP om. A* – **b** sa *B* son herbergement *MP* la *A* **486a** f. si g. *B* **487-492** *om. MP* **487a** l. couchent en soucis *B* – **b** jument *B* jugement *A*

Avant que tu ailles combattre contre lui, tu demanderas à votre roi qu'il te donne les prêtres et les religieux qu'il a pris dans la bataille ; et ce dont ceux-ci te rendront témoignage, tu le croiras fermement, toi et tout ton peuple. **485** – Sire, fit-il, je ne saurai pas m'en aller si tu ne me fais conduire. » Et le roi se tourna vers une très grande quantité de chevaliers si bien armés que c'était une merveille de les regarder, et il appela l'un et dit : « Georges, viens ici ! » Et celui-ci vint et s'agenouilla, et le roi lui dit : « Lève-toi, et mène-moi cet homme sain et sauf à sa tente. » Et il fit ainsi en un instant. **486** Aussitôt que ceux de son peuple le virent, ils manifestèrent une si grande joie, et toute l'armée aussi, que nul ne pourrait le raconter. Il demanda les prêtres au grand roi, et celui-ci les lui donna ; et ce prince et tout son peuple reçurent leur enseignement de manière si favorable qu'ils furent tous baptisés. Après cela, il prit trois cents hommes d'armes et les fit se confesser et se préparer, et s'en alla combattre contre l'empereur de Perse et le battit et le chassa de son royaume ; l'empereur s'en vint en fuyant jusqu'au royaume de Jérusalem. Et ce fut cet empereur qui défit nos gens et fit prisonnier le comte Gautier de Brienne, comme vous l'entendrez ci-après.

487 Le peuple de ce prince chrétien était si grand que les messagers du roi nous contèrent qu'ils avaient dans leur camp huit cents chapelles sur des chars.

Leur manière de se nourrir était telle qu'ils ne mangeaient pas de pain, et vivaient de viande et de lait. La meilleure viande qu'ils aient est celle de cheval, et ils la mettent à tremper dans une marinade et ensuite la font sécher tant qu'ils la coupent en tranches comme du pain noir. Le meilleur breuvage qu'ils aient et le plus fort est du lait de jument préparé avec des herbes. On fit présent au grand roi des Tartares d'un cheval chargé de farine, qui était venu d'une distance de trois mois de marche ; et il donna la farine aux messagers du roi de France.

---

486. Voir § 527-538   **487.** *Souciz :* il s'agit d'une marinade d'épices, de vinaigre et de sel ; *FEW*, 17, p. 269-270 ; F. Lecoy, *Mélanges de philologie et de littérature romanes*, Paris, 1988, p. 67-69. – *lait de jument :* c'est un breuvage fermenté connu sous le nom de « koumis ».

488 Il ont moult de peuple crestien qui croient en la loy
des Griex, et ceulz dont nous avons parlé et d'autres.
Ceulz envoient sur les Sarrazins quant il veulent guerroier
a eulz, et les Sarrazins envoient sus les crestiens quant il
ont afaire a eulz. Toutes manieres de femmes qui n'ont
enfans vont en la bataille avec eulz ; aussi bien donnent
il soudees aus femmes comme aus hommes, selonc ce que
elles sont plus viguereuses. Et conterent les messagers le
roy que les soudaiers et les soudaieres manjuent ensemble
es hostiex des riches homes a qui il estoient, et n'osoient
les homes toucher aus femmes en nulle maniere, pour la
loy que leur premier roy leur avoit donnee. **489** Toutes
manieres de chars[a] *qui moroient* en leur ost, il manjuent
tout. Les[b] femmes qui ont leur enfans conroient *les chevaux*, les gardent et atournent la viande a ceulz qui vont
en la bataille. Les chars crues il mettent entre leur celles
et leur paniaus ; quant le sanc en est bien hors, si la manjuent toute crue. Ce que il ne peuent manger jetent en un
sac de cuir ; et quant il ont fain, si oevrent le sac et man-
guent touz jours la plus viex devant. Dont je vi un Core-
myn qui fu des gens l'emperour de Perse, qui nous gardoit
en la prison, que quant il ouvroit son sac, nous nous bouchions, que nous ne pouions durer pour la puneisie qui
issoit du sac.

490 Or revenons a nostre matiere et disons ainsi que
quant le grant roy des Tartarins ot receu les messages et
les presens, il envoia querre par asseurement pluseurs
roys qui n'estoient pas encore venus a sa merci, et leur
fist tendre la chapelle et leur dit en tel maniere : « Sei-

489a c. qui mouroient en leur hostelz *B* c. il menerent en l.o. *A*
– *b* Toute les f. pencent et curent et atournent les chevaulx et sevrent les
viandes a ceux qui v. *B* f. qui o. leur e. conroient, les g. *A*

488 Ils ont une forte population chrétienne qui croit à la loi des Grecs, ceux dont nous avons parlé et d'autres. Ce sont eux qu'ils envoient contre les Sarrasins quand ils veulent faire la guerre contre ces derniers ; ils envoient les Sarrasins sur les chrétiens quand ils ont affaire à eux. Toutes sortes de femmes qui n'ont pas d'enfant vont au combat avec eux ; et ils paient une solde aussi bien aux femmes qu'aux hommes, en proportion de leur vigueur. Et les messagers du roi racontèrent que les hommes et les femmes soldats mangent ensemble dans les maisons des hommes de haut rang à qui ils appartiennent, et les hommes n'osent en aucune manière toucher aux femmes, à cause de la loi que leur premier roi leur avait donnée. **489** La viande de toute espèce d'animaux qui meurent dans leur camp, ils la mangent toute. Les femmes qui ont leurs enfants s'occupent des chevaux, les gardent et apprêtent la nourriture pour ceux qui vont au combat. Ils placent les viandes crues entre leurs selles et leurs coussinets de selle ; quand le sang en est bien sorti, ils la mangent toute crue. Ce qu'ils ne peuvent manger, ils le jettent dans un sac de cuir ; et quand ils ont faim, ils ouvrent le sac et mangent toujours la viande la plus vieille d'abord. À ce propos, je vis un Coremin qui appartenait aux troupes de l'empereur de Perse, qui nous gardait quand nous étions prisonniers, et quand il ouvrait son sac, nous nous bouchions le nez, car nous ne pouvions tenir à cause de la puanteur qui sortait du sac.

490 Revenons maintenant à notre sujet, et disons que, quand le grand roi des Tartares eut reçu les messagers et les présents, il envoya chercher, avec un sauf-conduit, plusieurs rois qui n'étaient pas encore venus à sa merci, et leur fit tendre la chapelle, et leur parla en telle manière : « Sei-

---

488a. Il s'agit des chrétiens nestoriens, très nombreux dans tout le Proche-Orient et l'Asie, notamment chez les Mongols ; leur doctrine n'a rien à voir avec le schisme byzantin.   **490-492.** Les Mongols considèrent qu'ils sont appelés à devenir maîtres du monde, et l'exigence d'une soumission inconditionnelle revient constamment dans la bouche de leurs ambassadeurs. Le Grand Khan Güyük étant mort, c'est sa veuve, Ogul Qaïmish, qui reçut André de Longjumeau et ses compagnons.

gneur, le roy de France est venu en nostre[a] sugestion, et
vez ci le treü que il nous envoie ; et se vous ne venez en
nostre merci, nous l'envoierons querre pour vous confondre. » Assés en y ot de ceulz qui, pour la poour du roy
de France, se mistrent en la merci de celi roy.

491 Avec les messages le roy vindrent[a] *li* leur, *si* aporterent lettres de leur grant roy au roy de France qui disoient
ainsi : « Bone chose est de pez, quar en terre de pez man-
guent cil qui vont a quatre piez l'erbe *paissant*[b], cil qui
vont a deus labourent la terre, dont les biens viennent,
passiblement. **492** Et ceste chose te mandons nous pour
toy aviser car tu ne peus avoir pez se tu ne l'as a nous[a],
car Prestre Jehan se leva encontre nous et tel roy et tel,
et moult en nommoient, et touz les avons mis a l'espee.
Si te mandons que tu nous envoies tant de ton or et de
ton argent chascun an que tu nous retieignes a amis, et se
tu ne le fais, nous destruirons toy et ta gent aussi comme
nous avons fait ceulz que nous avons devant nommez. »
Et sachiez qu'il se repenti fort quant yl y envoia.

493 Or revenons a nostre matere et disons ainsi que, tandis que le roy fermoit Cezaire, vint en l'ost mon seigneur
Alenars[a] de Senaingan, qui nous conta que il avoit fet sa
nef ou reaume de Nozoe[b], qui est en la fin du monde
devers Occident ; et au venir que il fist vers le roy envi-
ronna toute Espaingne, et le couvint passer par les des-
troiz de Marroch ; en grant peril passa avant qu'il venist
a nous. Le roy le retint li .x[e]. de chevaliers. Et nous conta
que en la terre de Nozoe, que les nuiz estoient si courtes

490*a* n. merci et s. *B*   491*a* v. les leur lettres de leur g.r. *B* v. si
leur a. *A* – *b* paissant *B* pesiblement *A*   492*a* n. car... nous e. *B, om.*
A   493*a* Everard *B* – *b* Neronne *B*

gneurs, le roi de France est venu en notre sujétion, et voici le tribut qu'il nous envoie ; et si vous ne venez pas à notre merci, nous l'enverrons chercher pour vous détruire. Il y en eut beaucoup parmi eux qui, par crainte du roi de France, se mirent à la merci de ce roi des Tartares. »

491 Avec les messagers du roi de France vinrent ceux des Tartares ; et ils apportèrent au roi de France des lettres de leur grand roi, qui disaient ainsi : « C'est une bonne chose que la paix ; car en terre de paix ceux qui vont à quatre pieds mangent en paissant l'herbe ; et ceux qui vont à deux travaillent paisiblement la terre, d'où viennent tous les biens. **492** Et nous te faisons savoir cette chose pour t'avertir que tu ne peux avoir la paix si tu ne l'as avec nous ; car Prêtre Jean s'est levé contre nous, ainsi que tel roi et tel – et ils en nommaient beaucoup ; et nous les avons tous passés au fil de l'épée. Nous t'invitons donc à nous envoyer chaque année tant de ton or et de ton argent que tu nous retiennes pour amis ; et, si tu ne le fais, nous détruirons toi et ton peuple comme nous l'avons fait de ceux que nous venons de nommer. » Et sachez que le roi se repentit fort de leur avoir envoyé des messagers.

493 Revenons maintenant à notre sujet et disons ainsi que, quand le roi fortifiait Césarée, arriva au camp messire Elnart de Seninghem, qui nous conta qu'il avait loué sa nef au royaume de Norvège, qui est au bout du monde en direction de l'Occident ; et, dans le trajet qu'il fit pour venir vers le roi, il contourna toute l'Espagne, et dut passer par les détroits du Maroc ; et il fit une traversée très dangereuse avant de venir jusqu'à nous. Le roi le prit à son service avec neuf autres chevaliers. Et il nous conta que, dans le pays de

---

491a. Le texte de *A* est fautif. *B*, seul autre témoin, est meilleur ; la correction de Wailly *vindrent li lour et a.* est meilleure que celle, insoutenable, de Corbett, *v. les leurs, si leur a.* – J'adopte, en la modifiant légèrement, la correction de Wailly : *v. li leur, si a.* **493.** Il est possible qu'Elnart de Seninghem ait amené des croisés norvégiens ; le roi Hakon IV avait bien pris la croix, mais il ne voulut jamais rejoindre la croisade ; Berger 1893, p. 223-228 et 344. – **c.** Le texte de *A* n'est pas clair, celui de *B* visiblement fautif. *MP* interprètent. On peut peut-être comprendre qu'au cours des nuits on voyait la clarté du jour telle qu'elle est à la tombée de la nuit, puis, sans interruption jusqu'à l'aube.

en l'esté que il n'estoit nulle nuit que[c] l'en ne veist la
clarté du jour a l'anuitier, et la clarté de l'ajournee. **494** Il
se prist, il et sa gent, a chacer aus lyons, et pluseurs em
pristrent moult perilleusement. Car il aloient traire aus
lyons en ferant des esperons tant comme il pooient, et
quant il avoient trait, le lyon mouvoit a eulz ; et maintenant les eussent attains et devorez, ce ne feust ce que il
lassoient cheoir aucune piesce de drap mauvaiz, et le
lyons s'arestoit desus, et dessiroit le drap et devoroit, que
il cuidoit tenir un home. Tandis que il desiroit ce drap, et
l'autre raloit traire a li et le lyon lessoit le drap[a] et li aloit
courre sus ; et si tost comme cil lessoit cheoir une piesce
de drap, le lyon rentendoit au drap. Et en ce faisant il
occioient les lyons de leur saietes.

495 Tandis que le roy fermoit Cezaire vint a li mon seigneur Nargoe de Toci ; et disoit le roy que il estoit son
cousin, car il estoit descendu d'une des seurs le roy Phelippe, que l'empereur meismes ot a femme. Le roy le
retint, li .x[e]. de chevaliers, un an ; et lors s'en parti, si
s'en rala en Constantinnoble, dont il estoit *venus*[a]. Il conta
au roy que l'empereur de Constantinnoble, il et les autres
riches homes qui estoient en Constantinnoble[b] lors
estoient alié a un peuple que l'en appeloit Commains,
pour ce que il eussent leur aide encontre Vatache, qui lors
estoit empereur des Griex. **496** Et pour ce que l'un aidast

493c q. on ne veid bien la c. du j. a la nuytez et a la clarté de la journee
B e. qu'il n'y avoit nuyt la ou l'on ne veist (voyait *P*) bien encores le jour
au plus tard de la nuyt *MP*   **494a** d. puis couroit a celuy qui derniere-
ment avoit tiré a luy *P*   **495a** venus *BM* revenus *A* – **b** C. s'e. *B*

Norvège, les nuits étaient si courtes en été qu'il n'y avait pas de nuit où l'on ne vît la clarté du jour à la tombée de la nuit, et la clarté du point du jour. **494** Et il se mit, lui et ses hommes, à chasser les lions, et ils en prirent plusieurs en courant de grands risques. Car ils allaient tirer sur les lions en piquant des éperons tant qu'ils pouvaient, et, quand ils avaient tiré, le lion se jetait sur eux ; et il les aurait atteints et dévorés à l'instant, n'eût été qu'ils laissaient tomber quelque pièce de mauvais drap, et le lion s'arrêtait dessus, et déchirait le drap et le dévorait, car il pensait tenir un homme. Tandis qu'il déchirait ce drap, un autre allait à son tour lui tirer dessus ; et le lion laissait le drap et allait attaquer le tireur ; et aussitôt que ce dernier laissait tomber un morceau de drap, le lion retournait au drap. Et, en faisant cela, ils tuaient les lions avec leurs flèches.

495 Tandis que le roi fortifiait Césarée, vint à lui messire Narjot de Toucy ; et le roi disait qu'il était son cousin, car Narjot descendait de l'une des sœurs du roi Philippe, que l'empereur lui-même avait eue pour femme. Le roi le prit à son service avec neuf autres chevaliers pendant un an ; et alors il s'en alla, et retourna à Constantinople d'où il était venu. Il conta au roi que l'empereur de Constantinople, lui et les autres hommes de haut rang qui étaient à Constantinople, étaient alors alliés à un peuple que l'on appelait les Coumans, pour avoir leur aide contre Vatatzès, qui était alors empereur des Grecs. **496** Et pour

---

495. Joinville se trompe ; il ne s'agit pas de Narjot, mais de son fils Philippe, dont on sait qu'il était présent à Césarée en juillet 1251 ; *Layettes*, 3954. Narjot de Toucy, qui fut bail de l'empire latin de Constantinople après 1228, était mort en 1241 ; il avait épousé une fille de Théodore Vranas et d'Agnès de France, fille de Louis VII et sœur de Philippe-Auguste, veuve de l'empereur Andronic Comnène. Philippe était donc cousin issu de germain de Louis IX. – À ce moment Jean Vatatzès menaçait l'empire latin ; Longnon 1949, p. 185-186. – Paris 1874, p. 408 corrige *meismes* en *Androines*.   **496.** Les Coumans sont un peuple de la steppe qui entretint des relations suivies avec l'empire latin. Longnon 1939, p. 119, n. 2 et 3, met en relation la cérémonie dont parle Joinville avec le mariage d'un arrière-petit-fils de Villehardouin, en 1240, avec une princesse coumane ; peu après, Narjot de Toucy épousa en secondes noces une fille du roi des Coumans ; le prince couman serait Ionas, mort en 1241 ; Jean Richard, « L'empire latin de Constantinople et les Mongols », *Journal des savants*, 1992, p. 116-118 ; Longnon 1949, p. 182-183.

l'autre de foy, couvint que l'empereur et les autres riches
homes qui estoient[a] *en Constantinople* avec li se seingnis-
sient et meissent de leur sanc en un grant hanap d'argent ;
et le roy des Commains et les autres riches hommes qui
estoient avec li refirent ainsi ; et mellerent leur sanc avec
le sanc de nostre gent et tremperent en vin et en yaue, et
en burent et nostre gent aussi ; et lors si distrent que il
estoient frere de sanc.

Encore firent passer un chien entre nos gens et la leur, et
descoperent le chien de leur espees, et nostre gent aussi ;
et distrent que ainsi feussent il decopé se il failloient l'un
a l'autre.

497 Encore nous conta une grant merveille[a] *qu'il veit*
tandis que il estoit en leur ost[b], que un riche chevalier
estoit mort, et li avoit l'en fet une grant fosse large en
terre, et l'avoit l'en assis moult noblement et paré en
une chaere, et li mist l'en avec li le meilleur cheval
que il eust et le meilleur sergent, tout vif. Le serjant,
avant que il feust mis en la fosse avec son seigneur[c],
il print congié au roy des Commains et aus autres
riches seigneurs ; et au prenre congié que il fesoit a
eulz, il li metoient en escharpe grant foison d'or et
d'argent et li disoient : « Quant je venré en l'autre
siecle, si me rendras ce que je te baille » ; et il disoit :
« Si ferai je bien volentiers. » **498** Le grant roy des
Commains li bailla unes lettres qui aloient a leur premier roy, que il li mandoit que[a] *celuy* preudomme avoit
moult bien vescu et que il l'avoit moult bien servi et
que il li guerredonnast son servise. Quant ce fu fait, il
le mistrent en la fosse avec son seigneur et avec le
cheval tout *vif*[b], et puis lancerent sus[c] la fosse planches
bien chevillees ; et tout l'ost courut a pierres et a terre,

496a e. en Constantinople *B* om. *A*   **497a** m. qu'il veid t. *B* om. *A*
– *b* o. car ung grand riche homme de leur ost e. *B* que e. mort ung grand
riche terrien (chrestien *P*) et prince *MP* – *c* s. il print congié au r. *B* il
prenait c. du r. *MP* s. avec le r. *A*   **498a** q. iceluy p. *BP* q. celui p. *M*
om. *A* – *b* vit *A* – *c* s. le pertuis de l. *B*

que les uns aident les autres en engageant leur foi, il fallut que l'empereur et les autres hommes de haut rang qui étaient à Constantinople avec lui se fissent saigner et mettent de leur sang dans un grand hanap d'argent ; et le roi des Coumans et les autres hommes de haut rang qui étaient avec lui firent la même chose de leur côté ; et ils mêlèrent leur sang avec le sang des nôtres, et le diluèrent dans du vin et de l'eau, et en burent et nos gens aussi ; et alors ils dirent qu'ils étaient frères de sang.

De plus, ils firent passer un chien entre nos gens et les leurs, et taillèrent en pièces le chien avec leurs épées, et nos gens aussi ; et ils dirent qu'ils devraient être taillés en pièces de la même façon s'ils manquaient les uns aux autres.

497 Il nous conta encore une chose bien étonnante qu'il vit tandis qu'il se trouvait dans leur camp : un chevalier de haut rang était mort, et on lui avait fait en terre une grande et large fosse et on l'avait noblement assis sur une chaise en habits d'apparat, et on mit avec lui le meilleur cheval qu'il eût et le meilleur serviteur, tout vivants. Le serviteur, avant qu'il fût mis dans la fosse avec son maître, prit congé du roi des Coumans et des autres seigneurs de haut rang ; et au moment où il prenait congé d'eux, ils lui mettaient dans son sac une grande quantité d'or et d'argent, et lui disaient : « Quand je viendrai dans l'autre monde, tu me rendras ce que je te donne. » Et il disait : « Ainsi le ferai-je bien volontiers. » **498** Le grand roi des Coumans lui remit une lettre adressée à leur premier roi, où il disait que ce prud'homme avait très bien vécu et qu'il l'avait très bien servi, et qu'il devait le récompenser de ses services. Quand ce fut fait, ils le mirent dans la fosse avec son maître et le cheval tout vivant ; puis ils lancèrent sur la fosse des planches bien chevillées ; et toute l'armée courut en jetant des pierres

et avant que il dormissent orent il fet en remembrance
de ceulz que il avoient enterré une grant montaingne
sur eulz.

499 Tandis que le roy fermoit Cezaire, j'alai en sa
heberge pour le veoir. Maintenant que il me vit entrer en
sa chambre, la ou il parloit au legat, il se leva et me trait
d'une part et me dit : « Vous savez, fist le roy, que je ne
vous reting que jusques a Pasques ; si vous pri que vous
me dites que je vous[a] donra *pour estre avecques moy* de
Pasques en un an. » Et je li dis que je ne vouloie que il
me donnast plus de ses deniers que ce que il m'avoit
donné, mes je vouloie fere un autre marché a li.
500 « Pour ce, fis je, que vous vous couroucies quant l'en
vous requiert aucune chose, si weil je que vous m'aiés
couvenant que se je vous requier aucune chose toute ceste
annee, que vous ne vous courrouciés pas ; et se vous me
refusés, je ne me courroucerai pas. » Quant il oÿ ce, si
commença a rire moult clerement et me dit que il me
retenoit par tel couvenant, et me prist par[a] *la main* et me
mena par devers le legat et vers son conseil, et leur
recorda le marché que nous avions fait ; et en furent moult
lié pour ce que je estoie le plus riche qui feust en l'ost.

501 Ci après vous dirai comment je ordenai et atirai mon
affere en .IIII. ans que je y demourai puis que les freres le
roy en furent venus. Je avoie .II. chapelains avec moy qui
me disoient mes hores ; l'un me chantoit ma messe si tost
comme l'aube du jour apparoit, et l'autre attendoit tant
que mes chevaliers et les chevaliers de ma bataille
estoient levés. Quant je avoie oÿ ma messe, je m'en aloie
avec le roy. Quant le roy vouloit chevaucher, je li fesoie
compaingnie ; aucune foiz estoit que les messages
venoient a li, par quoy il nous couvenoit besoigner a la
matinee.

499a p.e.a.m.d. *B*   **500a** p. la main *BMP* p. tel couvenant *A*   **501-
504** *om. BMP, il est probable que L, mutilé de 479 à 527 les omettait aussi.*

et de la terre ; et avant d'aller dormir, ils avaient fait, en mémoire de ceux qu'ils avaient enterrés, une grande montagne sur eux.

499 Tandis que le roi fortifiait Césarée, j'allai dans sa tente pour le voir. Aussitôt qu'il me vit entrer dans sa chambre, où il parlait avec le légat, il se leva, me tira à part et me dit : « Vous savez, fit le roi, que je ne vous ai pris à mon service que jusqu'à Pâques ; je vous prie de me dire ce que je devrai vous donner pour rester avec moi un an à partir de Pâques. » Et je lui dis que je ne voulais pas qu'il me donne plus de son argent que ce qu'il m'avait donné, mais je voulais faire un autre marché avec lui. **500** « Puisque, fis-je, vous vous mettez en colère quand on vous demande quelque chose, je veux que vous vous engagiez envers moi, si je vous demande quelque chose au cours de toute cette année, à ne pas vous mettre en colère ; et si vous me refusez, je ne me mettrai pas en colère. » Quand il entendit cela, il commença à rire d'un rire très clair, et me dit qu'il me prenait à son service à cette condition ; et il me prit par la main, et me mena vers le légat et vers son conseil, et leur rapporta le marché que nous avions fait ; et ils en furent bien joyeux parce que j'étais l'homme le plus riche qui fût dans le camp.

501 Je vous dirai ci-après comment je réglai et j'organisai mon affaire pendant les quatre ans que j'y restai après le départ des frères du roi. J'avais avec moi deux chapelains, qui me disaient mes heures ; l'un me chantait ma messe sitôt que paraissait l'aube du jour, et l'autre attendait que mes chevaliers et les chevaliers de mon corps de bataille soient levés. Quand j'avais entendu ma messe, je m'en allais auprès du roi. Quand le roi voulait monter à cheval, je lui tenais compagnie. Il arrivait certaines fois que des messagers venaient le trouver, ce qui nous obligeait à travailler toute la matinée.

---

499. Joinville avait été engagé jusqu'à Pâques (16 avril) 1251 ; le nouvel engagement expirait à Pâques (31 mars) 1252 ; cf. § 440 et 441.

502 Mon lit estoit fait en mon paveillon en tel maniere que nul ne pooit entrer ens que il ne me veist gesir en mon lit ; et ce fesoie je pour oster toutes mescreances de femmes. Quant ce vint contre la Saint Remy, je fesoie acheter ma porcherie de pors et ma bergerie de mes chastris, et farine et vin pour la garnison de l'ostel tout yver ; et ce fesoie je pour ce que les danrees enchierissent en yver, pour la mer qui est plus felonnesce en yver que en esté. **503** Et achetoie bien .c. tonniaus de vin, et fesoie touz jours boire le meilleur avant ; et fesoi tremprer le vin aus vallés d'yaue, et ou vin des escuiers moin d'yaue ; a ma table servoit l'en devant mes chevaliers d'une grant phiole de vin et d'une grant phiole d'yaue, si le temproient si comme il vouloient.

504 Li roys m'avoit baillé en ma bataille .L. chevaliers. Toutes les foiz que je mangoie, je avoie .x. chevaliers a ma table avec les miens .x. ; et mangoient l'un devant l'autre selonc la coustume du païs, et seoient sur nates a terre. Toutes les foiz que l'en crioit aus armes, je y envoioie[a] .v. chevaliers, que en appeloit diseniers, pour ce que il estoient leur disiesme. Toutes les foiz que nous chevauchions armé, tuit li .L. chevaliers manjoient en mon ostel au revenir. Toutes les festes anvees je semonnoie touz les riches hommes de l'ost ; dont il couvenoit que le roy empruntast aucune foiz de ceulz que j'avoie semons.

505 Ci aprés orrez les justices et les jugemens que je vis faire a Cesaire tandis que le roy y sejournoit.

502 Mon lit était fait dans ma tente de telle manière que personne ne pouvait pénétrer à l'intérieur sans me voir couché dans mon lit ; et je faisais cela pour écarter toute suspicion à propos de femmes. Quand on arriva aux alentours de la Saint-Remi, je faisais faire des achats pour remplir ma porcherie de porcs et ma bergerie de moutons, et de la farine et du vin pour l'approvisionnement de la maison tout l'hiver ; et je faisais cela parce que les denrées enchérissent en hiver, à cause de la mer qui est plus mauvaise en hiver qu'en été. **503** Et j'achetais bien cent tonneaux de vin, et je faisais toujours boire le meilleur d'abord ; et je faisais couper d'eau le vin des jeunes, et de moins d'eau le vin des écuyers. À ma table on servait, devant mes chevaliers, une grande bouteille de vin et une grande bouteille d'eau et ils le coupaient comme ils voulaient.

504 Le roi m'avait confié, dans mon corps de bataille, cinquante chevaliers. Toutes les fois que je mangeais, j'avais dix chevaliers à ma table avec les dix miens ; et ils mangeaient les uns en face des autres, selon la coutume du pays, et s'asseyaient sur des nattes, par terre. Toutes les fois que l'on criait aux armes, j'y envoyais cinq chevaliers que l'on appelait diseniers, parce qu'ils étaient chacun le dixième. Toutes les fois que nous chevauchions en armes, tous les cinquante chevaliers mangeaient dans ma maison au retour. Toutes les fêtes annuelles, j'invitais tous les hauts personnages de l'armée ; et il était parfois nécessaire que le roi emprunte certains de ceux que j'avais invités.

505 Vous entendrez ci-après les sentences et les jugements que je vis prononcer à Césarée tandis que le roi y séjournait.

---

502. La Saint-Remi, le 1ᵉʳ octobre.   **504a.** *A* est le seul témoin. Le chiffre de *.LIII.* doit être une erreur ; les chevaliers envoyés par Joinville lors d'un appel aux armes sont des *diseniers* ; comme sa troupe se compose de cinquante chevaliers, ces *diseniers* doivent être au nombre de cinq. G. Paris, 1874, p. 408-409, propose, en se fondant sur le § 571, de lire *.XL.* chevaliers, mais la correction au § 504 *(tuit li .L. chevaliers)* serait trop forte.

Tout premier vous dirons d'un chevalier qui fu pris au bordel, au quel l'en parti un jeu, selonc les usages du païs. Le jeu parti fu tel, ou que la ribaude le menroit par l'ost en chemise, une corde liee aus genetaires, ou il perdroit son cheval et s'armeure, et le chaceroit l'en de l'ost. Le chevalier lessa son cheval au roy et s'armeure, et s'en ala de l'ost. **506** Je alai prier au roy que il me donnast le cheval pour un povre gentil home qui estoit en l'ost, et le roy me respondi que ceste priere n'estoit pas resonnable, que le cheval valoit encore .IIII^{XX}. livres[a]. *Et je lui respondis* : « Comment m'avés vous les couvenances rompues, quant vous vous courouciés de ce que vous ai requis ? » Et il me dit tout en riant : « Dites quant que vous vourrez, je ne me courouce pas. » Et toute voies n'oi je pas le cheval pour le povre gentil home.

507 La seconde justice fu telle que les chevaliers de nostre bataille chassoient une beste sauvage que l'en appelle gazel, qui est aussi comme un chevrel. Les freres de l'Ospital s'enbatirent sur eulz et bouterent *et*[a] chacerent nos chevaliers. Et je me pleing au mestre de l'Ospital ; et le mestre de l'Ospital me respondi que il m'en feroit[b] le droit *a* l'usage de la Terre sainte, qui estoit tele que il feroit les freres qui l'outrage avoient faite manger sur leur mantiaus tant que cil les en leveroient a qui l'outrage avoit esté faite. **508** Le mestre leur[a] en tint bien couvenant. Et quant nous veismes que il orent mangé une piesce sur leur mantiaus, je alai au mestre et le trouvai manjant, et li priai que il feist lever les freres qui manjoient sur leur mantiaus devant li ; et les chevaliers aussi aus quiex l'outrage avoit esté faite l'en prierent. Et il me respondi que il n'en feroit nient, car il ne vouloit pas que les freres feissent vileinnie a ceulz qui *venoient*[b] en pelerinage en la Terre sainte. Quant je oÿ ce, je m'assis avec les freres et commençai a manger avec eulz, et li dis que je ne me leveraie tant que les freres se leveroient ; et

506a 1. Et je luy respondis (dis *MP*) *BMP om. A*   **507a** et *om. A* – b f.d.a l'u. *B* f. raison selon le d. et u. *M* d. et u. *A*   **508a** nous *B* – b venoient *B* venroient *A*

Tout d'abord nous vous parlerons d'un chevalier qui fut
surpris au bordel, auquel on proposa une alternative, suivant les usages du pays. Le choix proposé fut tel : ou la
fille le conduirait à travers le camp, en chemise, une corde
liée au sexe ; ou il perdrait son cheval et ses armes, et on
le chasserait du camp. Le chevalier laissa au roi son cheval et ses armes, et s'en alla du camp. **506** J'allai prier
le roi de me donner le cheval pour un pauvre gentilhomme qui était dans le camp ; et le roi me répondit que
cette prière n'était pas raisonnable, car le cheval valait
bien quatre-vingts livres. Et je lui répondis : « Comment
se fait-il que vous ayez rompu nos conventions, en vous
mettant en colère à propos de ce que je vous ai demandé ? » Et il me dit en riant beaucoup : « Dites tout ce que
vous voudrez, je ne me mets pas en colère. » Et cependant
je n'eus pas le cheval pour le pauvre gentilhomme.

507 La seconde sentence fut la suivante : les chevaliers
de notre corps de bataille chassaient une bête sauvage que
l'on appelle gazelle, qui est comme un chevreuil. Les
frères de l'Hôpital se jetèrent sur eux, les bousculèrent et
donnèrent la chasse à nos chevaliers. Et je me plaignis au
maître de l'Hôpital ; et le maître de l'Hôpital me répondit
qu'il m'en ferait droit suivant l'usage de la Terre sainte,
qui était tel : il ferait manger sur leurs manteaux les frères
qui avaient fait l'affront, jusqu'à ce que les en relèvent
ceux à qui l'affront avait été fait. **508** Le maître leur tint
bien sa promesse. Et quand nous vîmes qu'ils avaient
mangé un certain temps sur leurs manteaux, j'allai voir
le maître et le trouvai en train de manger, et je le priai de
faire lever les frères qui mangeaient sur leur manteau
devant lui ; les chevaliers à qui l'affront avait été fait l'en
prièrent également. Et il me répondit qu'il n'en ferait rien,
car il ne voulait pas que les frères fassent affront à ceux
qui venaient en pèlerinage en Terre sainte. Quand j'entendis cela, je m'assis avec les frères et commençai à manger
avec eux ; et je lui dis que je ne me lèverais pas jusqu'à

---

507. Les Hospitaliers fautifs devaient manger sur leurs manteaux étendus
à même le sol.   **508a.** *leur* : Foulet 1979, p. 227, choisit la leçon de *B*,
nous.

me dit que c'estoit force, et m'otroia ma requeste, et me
fist, moy et mes chevaliers qui estoient avec moy, manger
avec li ; et les freres alerent manger avec les autres a
haute table.

509 Le tiers jugement que je vi rendre a Cezaire si fu tel
que un serjant le roy, qui avoit a non le Goulu, mist main
a un chevalier de ma bataille. Je m'en alai pleindre au
roy. Le roy me dist que je m'en pooie bien souffrir, se li
sembloit, que il ne l'avoit fait que bouter. Et je li dis que
je ne m'en soufferroie ja, et se il ne m'en fesoit droit,
je leroie son servise, puis que ses serjans *bouttoient*[a] les
chevaliers. **510** Il me fist fere droit. Et li drois fu tel,
selonc les usages du païs, que le serjant vint en ma herberje deschaus[a], *en chemise* et en braies sanz plus, une
espee toute nue en sa main, et s'agenoilla devant le chevalier[b], *print l'espee par la poincte et tendit le plommeau
au chevalier*, et li dist : « Sire, je vous amende de ce que
je mis ma main a vous, et vous ai aportee ceste espee
pour ce que vous me copez le poing, se il vous plet. » Et
je priai au chevalier que il li pardonnast son mal talent,
et si fist il[c] *voulentiers*.

511 La quarte amende fu tele que frere Hugue de Joÿ,
qui estoit marechal du Temple, fu envoié au soudanc de
Damas de par le mestre du Temple pour pourchacier
comment le soudanc de Damas s'acordat que une grant
terre que le Temple soloit tenir, que le soudanc vousist
que le Temple en eust la moitié et il l'autre. Ces couvenances furent faites en tel maniere se li roy s'i acordoit.
Et amena frere Hugue un amiral de par le soudanc de
Damas, et aporta les couvenances en escript, que en appeloit « monte foy ». **512** Le mestre dit ces choses au roy,
dont le roy fu forment effraé, et li dist que moult estoit
hardi quant il avoit tenu nulles couvenances ne paroles

509a bouttoient *B* bateroient *A*   **510a** h. d. en (et en sa *M*) chemise
et en b. *BM* h. tout en chemise et d., une e. *P* en ch. *om. A* – *b* ch. print
l'e... au ch. et *B* ch... et lui t. l'espee par le p. et lui d. *MP om. A* – *c* i.
voulentiers *B om. A*   **511-514** *om. MP*

ce que les frères se lèvent ; et il me dit que c'était lui forcer la main, et m'accorda ma requête ; et il me fit, moi et mes chevaliers qui étaient avec moi, manger avec lui ; et les frères allèrent manger avec les autres sur une table haute.

509 Le troisième jugement que je vis rendre à Césarée fut tel : un sergent du roi, qui s'appelait le Goulu, porta la main sur un chevalier de mon corps de bataille. J'allai m'en plaindre au roi. Le roi me dit que je pouvais bien passer là-dessus, à ce qu'il lui semblait, car il n'avait fait que le bousculer. Et je lui dis que je ne passerais certainement pas là-dessus, et que, s'il ne me faisait pas droit, je laisserais son service, puisque ses sergents bousculaient mes chevaliers. **510** Il me fit faire droit. Et le droit fut tel, suivant les usages du pays : le sergent vint dans ma tente les pieds nus, en chemise et en braies, sans plus, une épée nue à la main, et il s'agenouilla devant le chevalier, prit l'épée par la pointe et tendit le pommeau au chevalier et lui dit : « Sire, je vous fais réparation de ce que j'ai porté la main sur vous ; et je vous ai apporté cette épée pour que vous me coupiez le poing, s'il vous plaît. » Et je priai le chevalier de lui faire grâce de son ressentiment, et ainsi fit-il volontiers.

511 La quatrième réparation fut telle : frère Hugues de Jouy, qui était maréchal du Temple, fut envoyé au sultan de Damas de la part du maître du Temple, pour négocier comment le sultan de Damas en viendrait à un accord au sujet d'une grande terre que le Temple tenait habituellement, au terme duquel le sultan accepterait que le Temple en eût la moitié et lui-même l'autre. Ces conventions furent faites de la manière dessus dite, si le roi donnait son accord. Et frère Hugues amena un émir envoyé par le sultan de Damas et apporta les conventions sous la forme d'un écrit que l'on appelait « monte foi ». **512** Le maître dit cela au roi, sur quoi le roi s'emporta très vivement, et lui dit qu'il

---

511. *Monte foi* ne paraît pas appartenir à la langue de la diplomatique ; il semble désigner ici un écrit qui fait foi, sans avoir le caractère d'authenticité (TL, 6, 227, Gdf. 5, 397 c).

au soudanc sanz parler a li ; et vouloit le roy que il li
feust adrecié. Et l'adrecement fu tel que le roy fist lever
les pans de .III. de ses paveillons, et la fu tout le commun
de l'ost qui venir y volt ; et la vint le mestre du Temple
et tout le couvent tout deschaus parmi l'ost, pour ce que
leur heberge estoit dehors l'ost. Le roy fist asseoir le
mestre du Temple devant li et le message au soudanc, et
dit le roy au mestre tout haut : **513** « Mestre, vous direz
au message le soudanc que ce vous poise que vous avez
fait nulles treves a li sanz parler a moy ; et pour ce que
vous n'en aviés parlé a moy, vous le quités de quanque
il vous ot couvent et li rendés toutes ses couvenances. »
Le mestre prist les couvenances et les bailla a l'amiral[a],
*et lors dist le maistre : « Je vous rends les convenances
que j'ay mal faictes, dont ce poise moy. »* Et lors dit le
roy au mestre que il se levast et que il feist lever touz ses
freres, et si fist il. « Or vous agenoillés[b], *dit le roy*, et
m'amendés ce que vous y estes alés contre ma volenté. »
514 Le mestre s'agenoilla et tendi le chief[a] de son mantel
au roy, et abandonna au roy quanque il avoient a prenre
pour s'amende, tele comme il la voudroit deviser. « Et je
dis[b], fist le roy, tout premier que frere Hugue, qui a faites
les couvenances, soit banni de tout le royaume de Jerusalem. » Le mestre[c], *qui estoit* compere le roy du conte
d'Alençon, qui fu né a Chastel Pelerin, ne onques la royne
ne[d] autres ne porent aidier frere Hue que il ne li couvenist
voider[e] la Terre sainte et *le* royaume de Jerusalem.

515 Tandis que le roy fermoit la cité de Cezaire revindrent les messages d'Egypte a li, et li aporterent la treve
tout ainsi comme il est devant dit que le roy l'avoit devi-

513a a. et lors... dont ce poise moy *B* om. *A* — **b** a. dist le roy *B*
om. *A*　**514a** le corps *B* — **b** devise *B* — **c** m. qui estoit c. *B* m. et frere
Hugue c. *A* — **d** ne *B* om. *A* — **e** v. le r. de J. et de toute la T. s. *B* s. et
du r. *A*

avait eu bien de l'audace d'avoir des conventions ou des entretiens avec le sultan sans lui en parler ; et le roi voulait qu'il lui en fût fait réparation. Et la réparation fut telle : le roi fit lever les panneaux de trois de ses tentes, et se trouva là tout le commun de l'armée qui voulut y venir ; et le maître du Temple vint là et tous les religieux, pieds nus, à travers le camp, parce que leurs tentes étaient en dehors du camp. Le roi fit asseoir le maître du Temple devant lui ainsi que l'envoyé du sultan, et le roi dit tout haut au maître : **513** « Maître, vous direz à l'envoyé du sultan que vous regrettez d'avoir fait une quelconque trêve avec celui-ci sans m'en parler ; et puisque vous ne m'en aviez pas parlé, que vous le tenez quitte de tout ce qu'il vous a promis et que vous lui rendez toutes ces conventions. » Le maître prit les conventions et les remit à l'émir, et alors le maître dit : « Je vous rends les conventions que j'ai faites mal à propos, ce que je regrette. » Et alors le roi dit au maître de se lever et de faire se lever tous ses frères, et il fit ainsi : « Maintenant, agenouillez-vous, dit le roi, et faites-moi amende de ce que vous êtes allé contre ma volonté. » **514** Le maître s'agenouilla et tendit l'extrémité de son manteau au roi et abandonna au roi tout ce que les Templiers avaient, à prendre en réparation, telle qu'il voudrait la fixer. « Et je dis, fit le roi, en premier lieu que frère Hugues, qui a fait les conventions, soit banni de tout le royaume de Jérusalem. » Ni le maître qui, comme parrain du comte d'Alençon, né au Château Pèlerin, était le compère du roi, ni la reine, ni autres ne purent jamais venir en aide à frère Hugues, et lui éviter d'être obligé de quitter la Terre sainte et le royaume de Jérusalem.

515 Tandis que le roi fortifiait la cité de Césarée, les ambassadeurs d'Égypte revinrent à lui et lui apportèrent la trêve, tout ainsi qu'il est dit plus haut que le roi l'avait

---

514. Renaut de Vichiers, grand maître du Temple, était donc le parrain de Pierre d'Alençon, cinquième fils de Louis IX. – Hugues de Jouy devint maître de l'ordre en Catalogne ; Demurger 1985, p. 187-188. – *a. Le corps* de *B* suggère la bonne leçon, *le cor*.   515. Voir la lettre de Louis IX à Alphonse de Poitiers du 11 août 1251 ; *Layettes*, 3936. Louis IX essaie une alliance avec les émirs mameluks d'Égypte contre le sultan de Damas ; Prawer 1970, p. 339-341, 346-349. – L'arrivée de Louis IX à Jaffa est d'avril ou mai 1252 ; il y restera jusqu'au 29 juin 1253.

see. Et furent les couvenances teles du roy et d'eulz que le roy dut aler, a une journee qui fu nonmee, a Japhe ; et a celle journee que le roy dut aler a Japhe, les amiraus d'Egypte devoient estre a Gadre par leur seremens pour delivrer[a] *au roy* le royaume de Jerusalem. La trive tele comme les messages l'avoient aportee jura le roy et les riches homes de l'ost, et que par nos sairemens nous leur devions aidier encontre le soudanc de Damas.

516 Quant le soudanc de Damas sot que nous nous estions aliez a ceulz d'Egypte, il envoia bien[a] .IIII^M. Turs bien atirés a Gadres, la ou ceulz d'Egypte devoient venir, pour ce que il sot bien que se il *pooient*[b] venir jusques a nous, que il y *pourroit*[c] bien perdre. Toute voiz ne lessa pas le roy que il ne se must pour aler a Jaffe. Quant le conte de Japhe vit que le roy venoit, il atira son chastel en tel maniere que ce sembloit bien estre ville deffendable, car a chascun des carniaus, dont il y avoit bien .v^c., avoit une targe de ses armes et un panoncel, la quel chose fu bele a regarder, car ses armes estoient d'or a une croiz de gueles patee. **517** Nous nous lojames entour le chastel, aus chans, et environnames le chastel, qui siet sur la mer, des l'une mer jusques a l'autre. Maintenant se prist le roy a fermer un neuf bourc tout entour le viex chastiau, des l'une mer jusques a l'autre. Le roy meismes y vis je mainte foiz porter la hote aus fossés pour avoir le pardon.

518 Les amiraus d'Egypte nous faillirent *des*[a] couvenances que il nous avoient promises, car il n'oserent venir a Gadres pour les gens au soudanc de Damas qui y estoient. Toute voiz nous tindrent il couvenant en tant que il envoierent au roy toutes les testes aus crestiens que il avoient pendues aus murs du chastel de Chaare, des que le conte de Bar et le conte de Monfort furent pris, les quiex le roy fist mettre en terre benoite ; et li envoierent

---

515a d. au roy *B* om. *A*   **516a** b. vingt mille *B* – b s. ceux d'Egypte povoient *B* s. il pooit *A* – c ilz y pourroient *AB*   **518a** des *BL* de *A*

fixée. Et les conventions entre le roi et eux furent telles que le roi devait aller, un jour qui fut précisé, à Jaffa ; et le jour où le roi devait aller à Jaffa, les émirs d'Égypte devaient par leur serment être à Gaza pour remettre au roi le royaume de Jérusalem. La trêve, telle que les ambassadeurs l'avaient apportée, fut jurée par le roi et les hauts personnages de l'armée, et, par notre serment, nous devions leur venir en aide contre le sultan de Damas.

516 Quand le sultan de Damas sut que nous étions alliés à ceux d'Égypte, il envoya bien quatre mille Turcs bien équipés à Gaza, où devaient venir ceux d'Égypte, parce qu'il se rendit bien compte que, s'ils pouvaient arriver jusqu'à nous, il y pourrait bien perdre. Toutefois le roi ne laissa pas de se mettre en route pour aller à Jaffa. Quand le comte de Jaffa vit que le roi arrivait, il prépara son château de telle manière que ce semblait bien une ville susceptible d'être défendue ; car à chacun des créneaux, dont il y avait bien cinq cents, se trouvaient une targe à ses armes et un panonceau ; c'était un très beau spectacle, car ses armes étaient d'or à une croix de gueules pattée. **517** Nous nous logeâmes aux champs autour du château, et nous nous déployâmes autour du château, qui est sur la mer, depuis un bord de mer jusqu'à l'autre. Aussitôt le roi entreprit de fortifier un bourg neuf tout autour du vieux château, d'un bord de mer jusqu'à l'autre. J'y vis maintes fois le roi lui-même porter la hotte aux fossés, pour avoir l'indulgence.

518 Les émirs d'Égypte faillirent aux conventions qu'ils nous avaient promises, car ils n'osèrent venir à Gaza à cause des troupes du sultan de Damas qui s'y trouvaient. Toutefois ils tinrent la promesse, en tant qu'ils envoyèrent au roi toutes les têtes des chrétiens qu'ils avaient pendues aux murs du château du Caire, depuis que le comte de Bar et le comte de Montfort avaient été pris ; le roi les fit mettre en terre bénite ; et ils envoyèrent aussi les enfants

---

518. *oliphant :* il semble que l'animal ait été transféré en France. Un compte de l'année 1256 (*Recueil des historiens de la France*, t. XXI, 1845, p. 355) mentionne un don de 20 sous fait par le roi au gardien d'un éléphant.

aussi les enfans qui avoient esté pris quant le roy fu pris,
la quel chose il firent envis, car il s'estoient ja renoiés.
Et avec ces choses envoierent au roy un oliphant que le
roy envoia en France.

519 Tandis que nous sejournions a Japhe, un amiraut qui
estoit de la partie au soudanc de Damas vint fauciller blez
a un kasel a .III. lieues de l'ost. Il fu acordé que nous li
courrions sus. Quant il nous senti venans, il toucha en
fuie. Endementres que il s'enfuioit, un joenne vallet gentil
home se mist a li chacer, et porta .II. de ses chevaliers a
terre, sanz la lance brisier, et l'amiral feri en tel maniere
que il li brisa le glaive ou cors.

520 *Les*[a] *messages* aus amiraus d'Egypte prierent le roy
que il leur donnast une journee par quoy il peussent venir
vers le roy, et il *y venroient*[b] sanz faute. Le roy ot conseil
que il ne le refuseroit pas, et leur donna journee ; et il li
orent couvent par leur serement que il a celle journee
seroient a Gadres.

521 Tandis que nous attendions celle journee que le roy
ot donnee aus amiraus d'Egypte, le conte d'Eu, qui estoit
escuyer[a], vint en l'ost et amena avec li mon seigneur
Ernoul de *Guinnes*[b], le bon chevalier, et ses .II. freres, li
.X[e]. Il demoura ou servise le roy, et au sien[c] le roy le fist
chevalier.

522 En ce point revint le prince d'Anthyoche en l'ost, et
la princesse sa mere, au quel li roys fist grant honneur, et
le fist chevalier moult honorablement. Son aage n'estoit
pas de plus que .XVI. ans, mes onques si sage enfant ne

520a *L'enlumineur a peint par erreur un* C Les messagers *B* Ce message
A — **b** viendroient *B* pourroient venir *MP* envoierent *A*   **521a** escuyer
B chevalier *A* — **b** Genyene *B* Guymene *MP* Guminee *A* — **c** au s. *om. B*

qui avaient été pris quand le roi fut pris, ce qu'ils firent à regret, car ceux-ci avaient déjà renié. Et avec cela ils envoyèrent au roi un éléphant que le roi envoya en France.

519 Tandis que nous séjournions à Jaffa, un émir qui était du parti du sultan de Damas vint couper les blés dans un village à trois lieues du camp. Il fut décidé que nous l'attaquerions. Quand il s'aperçut que nous venions, il prit la fuite. Pendant qu'il s'enfuyait, un jeune garçon de famille noble se mit à le poursuivre, et porta à terre deux de ses chevaliers sans briser sa lance, et il frappa l'émir de telle manière qu'il lui brisa sa lance dans le corps.

520 Les envoyés des émirs d'Égypte prièrent le roi de leur donner un jour où ils puissent se rendre auprès de lui, et ils y viendraient sans faute. Le roi décida qu'il ne le refuserait pas, et leur donna un jour ; et ils lui promirent par leur serment qu'ils seraient au jour dit à Gaza.

521 Tandis que nous attendions cette journée que le roi avait fixée aux émirs d'Égypte, le comte d'Eu, qui était écuyer, vint au camp, et amena avec lui messire Arnoul de Guines, le bon chevalier, et ses deux frères ; ils étaient neuf avec lui. Il demeura au service du roi, et le roi l'arma chevalier à son service.

522 Sur ces entrefaites le prince d'Antioche vint à son tour au camp, ainsi que la princesse sa mère ; le roi lui fit grand honneur et l'arma chevalier dans des conditions très honorables. Il n'avait pas plus de seize ans d'âge,

---

521. Jean, fils d'Alphonse de Brienne (mort à Tunis en 1270) et de Marie, comtesse d'Eu ; il était le petit-fils de Jean de Brienne, roi de Jérusalem ; il n'était pas encore comte d'Eu à l'époque. – *c. au sien* est difficile à comprendre ; j'hésite pourtant à supprimer ces mots, en suivant *B*.   **522.** Bohémond V, prince d'Antioche, était mort en janvier 1252 ; son fils, Bohémond VI, né de sa seconde femme, l'Italienne Lucienne de Segni, petitenièce d'Innocent III, n'avait que quinze ans ; Lucienne étant incapable et mal entourée, son fils était impatient de prendre le gouvernement de la principauté ; Cahen 1940, p. 702-708.

vi. Il requist au roy que il l'oïst parler devant sa mere ; le roy li otroia.

Les paroles que il dit au roy devant sa mere furent teles :
523 « Sire, il est bien voir que ma mere me doit encore tenir .IIII. ans en sa mainbournie, mes pour ce n'est il pas drois que elle doie lessier ma terre perdre ne decheoir ; et ces choses, sire, diz je pour ce que la cité d'Anthioche se pert entre ses mains. Si vous pri, sire, que vous li priez que elle me baille de l'argent[a] *et des gens* par quoy je puisse aler secourre ma gent qui la sont et aidier, et, sire, elle le doit bien faire, car se je demeure en la cité de *Tryple*[b] avec li, ce n'iert pas sanz[c] granz despens, et *le* grans despens que je ferai si yert pour nyent *fait*. »

524 Le roy l'oÿ moult volentiers, et pourchassa de tout son pooir a sa mere comment elle li baillast tant comme le roy pot traire de li. Si tost comme il parti du roy, il s'en ala en Anthioche, la ou il fist moult son avenant. Par le gré du roy, il escartela ses armes, qui sont vermeilles, aus *armes*[a] de France, pour ce que li roys l'avoit fait chevalier.

525 Avec le prince vindrent .III. menestriers de la Grant Hyermenie ; et estoient freres, et en aloient en Jerusalem en pelerinage. Et avoient .III. corz, dont les voiz des cors leur venoient parmi les visages ; quant il encommençoient a corner, vous deissiez que ce sont les voiz des cynes qui se partent de l'estant, et fesoient les plus douces melodies et les plus gracieuses, que c'estoit merveilles de l'oÿr.
526 Il fesoient[a] .III. merveilleus saus, car en leur metoit une touaille de sous les piez, et tournoient tout en estant

---

523a b. de l'a. et des gens p. *B* b. deniers et gens *MP om. A* – **b** Triple *B* Tyrple *A* – **c** sans g.d. que je y feroie qui y seroient pour n. faitz *B* s.g.d. et les grans despens... p.n. faite *A* **524a** armes *BM* autres *A* **525-526** om. *MP* **526a** f. trop corr. *G. Paris*

mais je ne vis jamais un enfant aussi intelligent. Il pria le roi de l'entendre parler en présence de sa mère ; le roi le lui accorda.

Les propos qu'il tint au roi en présence de sa mère furent tels : **523** « Sire, il est bien vrai que ma mère doit encore me tenir quatre ans en sa tutelle, mais il n'en est pas pour autant légitime qu'elle doive laisser perdre et déchoir ma terre ; et cela, sire, je le dis parce que la ville d'Antioche se perd entre ses mains. Je vous demande donc, sire, de la prier de me fournir de l'argent et des gens, avec lesquels je puisse aller au secours de mon peuple qui est là, et lui venir en aide ; et, sire, elle doit bien le faire, car, si je reste avec elle dans la cité de Tripoli, ce ne sera pas sans grandes dépenses, et la grande dépense que je ferai sera faite pour rien. »

524 Le roi lui prêta une oreille très favorable et fit tout ce qu'il pût auprès de sa mère pour que celle-ci lui fournisse tout ce que le roi put tirer d'elle. Sitôt qu'il quitta le roi, il s'en alla à Antioche où il fit ce qu'il lui convenait de faire. Avec l'accord du roi, il écartela ses armes, qui sont vermeilles, des armes du roi de France, parce que le roi l'avait fait chevalier.

525 Avec le prince vinrent trois ménétriers de la Grande Arménie ; et ils étaient frères, et ils allaient à Jérusalem en pèlerinage. Et ils avaient trois cors, et la voix des cors paraissait venir de leur visage ; quand ils commençaient à jouer du cor, vous auriez dit que c'étaient les voix des cygnes qui partent de l'étang ; et ils faisaient les mélodies les plus douces et les plus gracieuses, et c'était merveilleux de l'entendre. **526** Ils faisaient trois sauts extraordinaires ; car on leur mettait une serviette sous les pieds et

---

525. Ce que Joinville appelle la Grande Arménie correspond à l'Arménie actuelle, par opposition au royaume cilicien de la Petite Arménie. – *les voiz des cors* : Foulet 1979, p. 227, propose de supprimer *des cors*. **526a.** Wailly, qui avait imprimé en 1874 le texte de *A*, a corrigé en 1881, suivant la suggestion de G. Paris 1874, p. 409, qui corrige *trois* en *trop*. Cette correction, pas plus que celle de Corbett, approuvée par Foulet 1979, p. 223, *touz trois* ne s'impose pas. *MP* ne sont d'aucun secours.

si que leur piez revenoient tout en estant sur la touaille.
Les .II. tournoient les testes arieres, et[b] l'ainsné aussi ; et
quant en li[c] fesoit tourner la teste devant, il se[d] seignoit,
car il avoit paour que il ne se brisast le col au tourner.

527 Pour ce que bone chose est que la *memoire*[a] du conte
de Brienne, qui fu conte de Jaffe[b], *ne soit oubliee, vous
dirons nous cy aprés de luy, pour ce qu'il tint Japhe* par
pluseurs annees, et par sa vigour il la deffendi grant
temps ; et vivoit grant partie de ce que il gaaingnoit sus
les Sarrazins et sur les ennemis de la foy. Dont il avint
une foiz que il desconfit une grant quantité de Sarrazins
qui menoient grant foison de dras d'or et de soie, les
quiex il gaaingna touz ; et quant il les ot *amenés*[c] a Jaffe,
il departi tout a ses chevaliers, que onques riens ne li en
demoura. Sa maniere estoit tele que, quant il estoit parti
de ses chevaliers, il s'enclooit en sa chapelle et estoit
longuement en oroisons avant que il[d] alast le soir gesir
avec sa femme, qui moult fu bone dame et sage, et seur
au roy de Cypre.

528 L'empereur de Perse, qui avoit non Barbaquan, que
l'un des princes[a] *des Tartarins* avoit desconfit, si comme
j'ai dit devant, s'en vint atout[b] *son* ost ou royaume de
Jerusalem et prist le chastel de Tabarié, que mon seigneur
Huedes de Monbeliart, le connestable, avoit fermé, qui
estoit seigneur de Tabarié de par sa femme. Moult grant
doumage *fist*[c] a nostre gent, car il destruit quant que il
trouvoit hors Chastel Pelerin et dehors Acre et dehors le

526b e. les mains a. *B* – **c** les *B* – **d** soignoient... avoient... brisassent
B   **527a** memoire *BM* maniere *A* – **b** J. ne soit oubliee... tint J. *B*
appuyé par une rédaction remaniée de M om. A – **c** o. amenez a. *B*
gaaingnés *A* – **d** *le ms. L reprend à partir d'ici*   **528a** p. des Tartarins
a. *BLMP om. A* – **b** a. son o. *BL om. A* – **c** fist *BL* firent *A*

ils faisaient debout un saut périlleux et se retrouvaient debout les pieds sur la serviette. Deux faisaient le saut la tête en arrière, et l'aîné aussi ; et, quand on faisait faire à ce dernier le saut la tête en avant, il faisait le signe de la croix, car il avait peur de se briser le cou en sautant.

527 Comme il est une bonne chose que la mémoire du comte de Brienne, qui fut comte de Jaffa, ne soit pas oubliée, nous vous parlerons ci-après de lui, parce qu'il tint Jaffa pendant plusieurs années, et par son énergie il défendit longtemps la ville ; et il vivait en grande partie de ce qu'il gagnait sur les Sarrasins et sur les ennemis de la foi. Il arriva ainsi une fois qu'il battit une grande quantité de Sarrasins qui transportaient une grande abondance de draps d'or et de soie, dont il s'empara en totalité ; et, quand il les eut amenés à Jaffa, il partagea tout entre ses chevaliers, si bien qu'il ne lui en resta rien. Il avait l'habitude suivante : lorsqu'il avait quitté ses chevaliers, il s'enfermait dans sa chapelle, et était longuement en oraison avant d'aller, le soir, coucher avec sa femme, qui fut une dame très bonne et très sage, et elle était la sœur du roi de Chypre.

528 L'empereur de Perse, qui s'appelait Barbaquan, que l'un des princes des Tartares avait battu, comme je l'ai dit plus haut, s'en vint avec son armée dans le royaume de Jérusalem, et prit le château de Tibériade, qu'avait fortifié messire Eudes de Montbéliard, le connétable, qui était sire de Tibériade par sa femme. Il fit beaucoup de mal aux nôtres, car il détruisit tout ce qu'il trouva en dehors de Château Pèlerin, et en dehors d'Acre et en dehors de

---

527. *sa femme* : Marie, sœur du roi Henri de Chypre ; cf. § 88.
528. *Barbaquan* : il s'agit de Béréké Khan, chef de l'une des dernières bandes de Khwârizmiens, allié aux Égyptiens. – Eudes de Montbéliard avait été régent du royaume de Jérusalem quand le roi Jean de Brienne s'était rendu en Italie ; il en était devenu connétable ; il avait hérité de l'ancienne principauté de Tibériade du chef de sa femme Eschive, fille aînée de Raoul de Tibériade, et avait fortifié la ville vers 1240-1241 ; celle-ci fut prise en 1247, le 17 juin, par un émir commandant les forces égyptiennes ; Du Cange-Rey, p. 458-461 ; Grousset 1936, p. 394, 420 ; Prawer 1970, p. 212-213, 292, 315. – Les Khwârizmiens n'osèrent pas assiéger la forteresse de Safed (Le Saffar), mais ravagèrent le pays.

Saffar[d], et dehors Jaffe aussi ; et quant il ot fait ces doumages, il se trait a Gadres encontre le soudanc de Babiloine, qui la devoit venir pour grever et nuire a nostre
gent. **529** Les barons du pays orent conseil et le
patriarche que il se iroient[a] *combatre* a li avant que le
soudanc de Babiloinne deust venir ; et pour eulz aidier il
envoierent querre le soudanc de la Chamelle, l'un des
meilleurs chevaliers qui feust en toute paiennime, auquel
il firent si grant honneur en Acre que il li estendoient les
dras d'or et de soie par ou il devoit aler. Il en vindrent
jusques a Jaffre, nos gens et le soudanc avec eulz. **530** Le
patriarche tenoit escommenié le conte Gautier pour ce
que il ne li vouloit rendre une tour que il avoit en Jaffe,
que l'en appeloit la Tour le patriarche. Nostre gent prierent le conte Gautier que il alast avec eulz pour combatre
a l'empereur de Perse, et il dit que si feroit il volentiers
mez que le patriarche l'absousit jusques a leur revenir.
Onques le patriarche n'en voult riens faire, et toute voiz
s'esmut le conte Gautier et en ala avec eulz. Nostre gent
firent .III. batailles, dont le conte Gautier en ot une, le
soudanc de la Chamelle l'autre, et le patriarche et ceulz
de la terre l'autre ; en la bataille au conte de Brienne
furent les Hospitaliers. **531** Il chevaucherent tant que il
virent leur ennemis aus yex. Maintenant que nostre gent
les virent, il s'aresterent et cil, et les ennemis si firent .III.
batailles aussi. Endementres que les Corvins arreoient
leur batailles, le conte Gautier vint a nostre gent et leur
escria : « Seigneur, pour Dieu, alons a eulz, que nous leur
donnont *temps*[a] pour ce que nous nous sommes arestés ! »
Ne onques n'i ot nul qui *l'en*[b] vousist croire. **532** Quant
le conte Gautier vist ce, il vint au patriarche et li requist
absolucion en la maniere desus dite ; onques le patriarche

528*d* Saffat *BL*   **529***a* i. combatre a *BLMP om. A*   **531***a* temps *BL*
pouvoir *M* loysir *P* sens *A* —   *b* l'en v. *BLMP* me v. *A*

Safed, et en dehors de Jaffa aussi ; et, quand il eut fait ces ravages, il se dirigea vers Gaza à la rencontre du sultan du Caire, qui devait venir là pour faire du mal et nuire aux nôtres. **529** Les barons du pays et le patriarche prirent la décision d'aller combattre contre lui avant l'arrivée du sultan du Caire ; et, pour les aider, ils envoyèrent chercher le sultan de La Chamelle, l'un des meilleurs chevaliers qu'il y eût dans tout le pays païen, à qui ils rendirent de si grands honneurs à Acre qu'ils étendaient devant lui des draps d'or et de soie là où il devait passer. Ils parvinrent – les nôtres et le sultan avec eux – jusqu'à Jaffa. **530** Le patriarche tenait excommunié le comte Gautier, parce que celui-ci ne voulait pas lui rendre une tour qu'il avait à Jaffa, et que l'on appelait la Tour du patriarche. Les nôtres prièrent le comte Gautier de venir avec eux combattre l'empereur de Perse ; et le comte leur dit qu'il le ferait volontiers, à la condition que le patriarche lui donnât l'absolution jusqu'à leur retour. Le patriarche ne voulut jamais rien en faire ; et malgré cela le comte se mit en route et s'en alla avec eux. Nos gens firent trois corps de bataille ; le comte Gautier prit le commandement de l'un, le sultan de La Chamelle celui du second, le patriarche et les barons du pays celui du troisième ; dans le corps de bataille du comte de Brienne étaient les Hospitaliers. **531** Ils chevauchèrent jusqu'au moment où ils furent en vue de l'ennemi. Dès que les nôtres les virent, ils s'arrêtèrent, et les ennemis aussi ; et ceux-ci firent également trois corps. Pendant que les Coremins organisaient leurs corps de bataille, le comte Gautier vint aux nôtres et s'écria : « Seigneurs, pour Dieu, marchons sur eux ; nous leur donnons du temps parce que nous nous sommes arrêtés ! » Et il n'y eut à aucun moment personne qui voulut l'écouter. **532** Quand le comte Gautier vit cette

---

529. L'armée chrétienne s'était réunie à Acre, renforcée par celle de l'émir d'Homs (Edesse, La Chamelle), Al-Mansûr Ibrahim ; elle devait avoir l'appui du sultan de Damas. Les Égyptiens, commandés par Baïbars, et les Khwârizmiens se trouvaient vers Gaza. La bataille eut lieu au nord de Gaza, à Herbiyâ (La Forbie), le 17 octobre 1244, et se termina par un désastre pour les Francs et leurs alliés ; le comte Gautier de Brienne était parmi les prisonniers. Cet échec eut un grand retentissement, ce qui explique que Joinville en ait conservé l'écho ; Grousset 1936, p. 411-415 ; Prawer 1970, p. 310-319.   **530-532** Il s'agit du patriarche de Jérusalem, Robert, qui occupait encore son siège lors de la croisade de Louis IX.

n'en voult riens faire. Avec le conte de Brienne avoit un vaillant clerc qui estoit evesque de Rames, qui maintes beles chevaleries avoit faites en la compaingnie le conte ; et dit au conte[a] : « *Sire*, ne troublés pas vostre conscience quant le patriarche ne vous absolut, car il a tort et vous avés droit ; et je vous absoil en non du Pere et du Filz et du Saint Esperit. Alons a eulz ! » 533 Lors ferirent des esperons et assemblerent a la bataille l'empereour de Perse, qui estoit la dareniere. La ot trop grant foison de gens mors d'une part et d'autre, et la fu pris le conte Gautier, car toute nostre gent s'enfuirent si laidement que il en y ot pluseurs qui de desesperance se noierent en la mer.

Ceste[a] desesperance leur vint pour ce que une des batailles l'empereour de Perse assembla au soudanc de la Chamelle, lequel se deffendi tant a eulz que de .II. mille Turs que il y mena, il ne l'en demoura que .XIIII[XX]. quant il se parti du champ.

534 L'empereur prist conseil que il iroit assieger le soudanc dedans le chastel de[a] *la* Chamelle, pour ce que il leur sembloit que il ne se deust pas longuement tenir, a sa gent que il avoit perdue. Quant le soudanc vit ce, il vint a sa gent et leur dit que il se iroit combatre a eulz, car, se il se lessoit assegier, il seroit perdu. Sa besoingne atira en tel maniere que toute sa gent qui estoient mal armee, il les envoia par une valee[b] couverte ; et si tost comme il oïrent ferir les tabours le soudanc, il se ferirent en l'ost l'empereur par darieres et se pristrent a occirre les femmes et les enfans.

532a c. sire n. *B* c. monseigneur *P* om. *A*   **533a** *L'enlumineur a peint par erreur un* T *A*   **534a** d. la Ch. *BLM* om. *A* − **b** v.c. *BLM* qui estoit bien c. *P* v. mal c. *A*

situation, il vint au patriarche et lui demanda l'absolution à
la condition dite plus haut ; le patriarche ne voulut jamais
rien en faire. Avec le comte de Brienne, il y avait un homme
d'Église de valeur, qui était évêque de Rames, qui avait
fait, en compagnie du comte, de nombreuses prouesses ; et
il dit au comte : « Messire, ne troublez pas votre conscience
si le patriarche ne vous donne pas l'absolution ; car il a tort,
et vous avez raison. Et je vous donne l'absolution, au nom
du Père et du Fils et du Saint-Esprit. Marchons sur eux ! »
533 Alors ils piquèrent des éperons, et vinrent au contact
du corps de bataille de l'empereur de Perse, qui était le dernier. Il y eut là une grande quantité de morts de part et
d'autre, et là le comte Gautier fut fait prisonnier, car tous
nos gens prirent la fuite de manière si abjecte qu'il y en eut
beaucoup qui de désespoir se noyèrent dans la mer.

Ce désespoir leur vint parce qu'un corps de bataille de
l'empereur de Perse attaqua le sultan de La Chamelle, qui
se défendit tant contre eux que, sur les deux mille Turcs
qu'il y conduisit, il ne lui resta que deux cent quatre-
vingts lorsqu'il quitta le champ de bataille.

534 L'empereur prit la décision d'aller assiéger le sultan
dans le château de La Chamelle, parce qu'il avait le senti-
ment qu'il ne devrait pas tenir longtemps, vu le nombre
d'hommes qu'il avait perdus. Quand le sultan vit cela, il
vint à ses hommes et leur dit qu'il irait combattre les gens
de Perse, parce que, s'il se laissait assiéger, il serait perdu.
Il organisa son affaire de telle façon qu'il envoya tous ses
hommes qui étaient mal armés dans une vallée couverte ;
et, dès qu'ils entendirent battre les tambours du sultan, ils
se jetèrent dans le camp de l'empereur par l'arrière, et se
mirent à massacrer les femmes et les enfants.

534-535. Les bandes khwârizmiennes remontèrent vers le nord, assiégèrent en vain Jaffa ; le sultan d'Égypte Al-Salîh Aiyûb mit avec leur aide le
siège devant Damas ; une négociation arrêta les hostilités, mais les Khwârizmiens continuèrent à ravager le pays. L'émir d'Homs, Al-Mansûr Ibrahim, les battit au printemps de 1246, non loin d'Homs ; Béréké Khan fut
tué ; les débris devinrent de simples pillards, ou furent engagés au hasard
des conflits ; d'où leur présence à la grande bataille devant Mansûra, le
vendredi 11 février 1250 (§ 263-276) ; Grousset 1936, p. 419-420 ; Prawer
1970, p. 314-315.

535 Et si tost comme l'empereur, qui estoit issu aus chans pour combatre au soudanc, que il veoit aus yex, oÿ le cri de sa gent, il retourna en son host pour secourre leur femmes et leur enfans. Et le soudanc leur courut sus, il et sa gent, dont il li avint si bien que de .xxvᴹ. que il estoient, il ne leur demoura homme ne femme[a] *que tous ne feussent morts et livrez a l'espee.*

536 Avant que l'empereur de Perse alast devant la Chamelle, il amena le conte Gautier devant Jaffe, et le pendirent par les bras a unes fourches et li dirent que il ne le despenderoient point jusques a tant que il avroient le chastel de Jaffe. Tandis que il pendoit par les bras, il escria a ceulz du chastel que pour mal que il li feissent, que il ne rendissent la ville, et que se il la rendoient, il meismes les occirroit.

537 Quant l'empereur vit ce, il envoia le conte Gautier en Babiloinne et en fist present au soudanc, et du mestre de l'Ospital et de pluseurs prisonniers que il avoit pris. Ceulz qui menerent le conte en Babiloinne estoient bien .ɪɪɪᶜ., et ne furent pas occis quant l'empereur fu mort devant la Chamelle. Et ces Coremins assemblerent a nous le vendredi, que ils nous vindrent assaillir a pié ; leur banieres estoient vermeilles et estoient *endantees*[a] juesques vers les lances ; et sur leur lances avoient testes faites de cheveus, qui sembloient testes de dyables.

538 Pluseurs des marcheans de Babiloinne crioient aprés le soudanc que il leur feist droit du conte Gautier des grans doumages que il leur avoit faiz. Et le soudanc leur abandonna que il s'alassent venger de li, et il l'alerent occirre en la prison et martyrer, dont nous devons croire que il est es cielx ou nombre des martirs.

535 Et aussitôt que l'empereur, qui était sorti en rase campagne pour attaquer le sultan en vue duquel il était, entendit les cris de ses hommes, il retourna dans son camp pour porter secours à leurs femmes et à leurs enfants. Et le sultan et ses hommes les attaquèrent ; si bien qu'il en résulta que, sur vingt-cinq mille qu'ils étaient, il ne leur resta ni homme ni femme, que tous ne fussent tués et passés au fil de l'épée.

536 Avant que l'empereur de Perse allât devant La Chamelle, il amena le comte Gautier devant Jaffa, et ils le pendirent par les bras à un gibet, et lui dirent qu'ils ne le dépendraient pas jusqu'à ce qu'ils soient maîtres du château de Jaffa. Et tandis qu'il était pendu par les bras, il cria à ceux du château que, quelque mal qu'ils lui fassent, ils ne devaient pas rendre la ville, et que, s'ils la rendaient, il les tuerait de sa propre main.

537 Quand l'empereur vit cela, il envoya le comte Gautier au Caire et en fit présent au sultan, ainsi que du maître de l'Hôpital et de plusieurs prisonniers qu'ils avaient pris. Ceux qui conduisirent le comte au Caire étaient bien trois cents, et ils ne furent pas tués quand l'empereur fut tué devant La Chamelle. Et ces Coremins nous attaquèrent le vendredi, où ils vinrent nous attaquer à pied ; leurs bannières étaient vermeilles et elles étaient dentelées jusque vers les lances ; et sur leurs lances ils avaient des têtes faites de cheveux qui semblaient des têtes de diables.

538 Plusieurs des marchands du Caire criaient après le sultan pour qu'il leur fasse justice du comte Gautier en raison des grands dommages que celui-ci leur avait causés. Et le sultan le leur abandonna et les laissa aller se venger de lui, et ils allèrent le mettre à mort et le massacrer dans sa prison : et cela doit nous faire croire qu'il est au ciel au nombre des martyrs.

---

537. Le maître de l'Hôpital, Pierre de Vieille Bride ; Grousset 1936, p. 391 ; Prawer 1970, p. 297-298. – *Le vendredi,* cf. § 264.   **538.** Mort de Gautier ; Grousset 1936, p. 417, n. 2.

539 Le soudanc de Damas prist sa gent qui estoient a Gadres et entra en Egypte. Les amiraus se vindrent combatre a li ; la bataille du soudanc desconfist les amiraus a qui il assembla, et l'autre bataille des amiraus d'Egypte desconfist l'ariere bataille du soudanc de Damas ; aussi s'en vint le soudanc de Damas arriere a Gadres navré en la teste et en la main *aussi*[a]. Avant que il[b] se *partist* de Gadres envoierent les amiraus d'Egypte leur messages et firent paiz a li. Et nous faillirent de toutes nos couvenances, et feumes des lors en avant que nous n'eumes ne treves ne pez ne a ceulz de Damas ne a ceulz de Babiloine. Et sachez que quant nous estions le plus de gens a armes, nous n'estions nulle foiz plus de .XIIII. cens.

540 Tandis que le roy estoit en l'ost devant Jaffe, le mestre de Saint Ladre ot espié delez Rames, a .III. grans lieues[a] *de l'ost*, bestes et autres choses, la ou il cuidoit fere un grant gaaing ; et il, qui ne tenoit nul conroy en l'ost, ainçois fesoit sa volenté en l'ost sanz parler au roy, ala la. Quant il ot aqueillie sa praie, les Sarrazins li coururent sus et le desconfirent en tel maniere que de toute sa gent que il avoit avec li en sa bataille, il n'en eschapa que .IIII. **541** Si tost comme il entra en l'ost, il commença a crier aus armes. Je m'alai armer[a] et prié au roy que il me lessast aler la ; et il m'en donna congé et me commanda que je menasse avec moy le Temple et l'Ospital. Quant nous venimes la, nous trouvames que autres Sarrazins estranges[b] s'estoient embatus en la valee la ou le mestre de Saint Ladre avoit esté desconfit. Ainsi comme ces Sarrazins estranges regardoient ces mors, *le*[c] mestre des arbalestriers le roy leur *courut* sus ; et avant que nous venissiens la, nostre gent les orent desconfiz, et pluseurs en occirrent.

539a m. ainsi *A* – **b** il se p. *BL* durant qu'il se tinst a G. *M* qu'il estoit *P* i. se partirent *A*　　**540-542** *om. MP*　　**540a** l. de l'ost b. *BL* *om. A*　　**541a** a. et allay au roi et li p. *BL* – **b** e.s'e. combatus e. *BL* s *om. A* – **c** le maistre... courut *BL* les mestres... coururent *A*

539 Le sultan de Damas prit ses hommes qui étaient à Gaza et entra en Égypte. Les émirs vinrent lui livrer bataille ; le corps de bataille du sultan défit les émirs qu'il attaqua, et l'autre corps de bataille des émirs d'Égypte défit l'arrière-garde du sultan de Damas ; aussi le sultan de Damas rentra-t-il dans Gaza blessé à la tête et aussi à la main. Avant qu'il quitte Gaza, les émirs d'Égypte lui envoyèrent leurs ambassadeurs et firent la paix avec lui. Et ils manquèrent à toutes nos conventions ; et dès lors nous n'eûmes ni trêve ni paix, ni avec ceux de Damas ni avec ceux du Caire. Et sachez que, lorsque nous étions le plus d'hommes portant armes, nous n'étions jamais plus de quatorze cents.

540 Tandis que le roi était au camp devant Jaffa, le maître de Saint-Lazare avait su par ses espions, du côté de Rames, à trois grandes lieues, qu'il y avait des bêtes et d'autres choses dont il croyait faire un grand butin ; et lui, qui n'avait aucune fonction dans l'armée, mais y agissait à sa guise, y alla sans avertir le roi. Quand il eut ramassé son butin, les Sarrasins l'attaquèrent et le défirent de telle manière que, de tous les hommes qu'il avait avec lui dans son corps de bataille, il n'en échappa que quatre. **541** Dès qu'il rentra dans le camp, il commença à crier aux armes. J'allai m'armer, et je priai le roi de me laisser aller sur les lieux ; et il m'en donna l'autorisation, et me commanda d'emmener avec moi le Temple et l'Hôpital. Quand nous arrivâmes sur les lieux, nous constatâmes que d'autres Sarrasins étrangers avaient envahi la vallée où le maître de Saint-Lazare avait été battu. Pendant que ces Sarrasins étrangers regardaient les morts, le maître des arbalétriers du roi se jeta sur eux ; et avant que nous arrivions sur les lieux, nos hommes les avaient défaits et en avaient tué plusieurs.

---

539. Joinville revient au récit des événements de 1252. La paix entre l'Égypte et Damas date d'avril 1253 ; Prawer 1970, p. 348-349. **540.** *Rames* : Ramla, sur la route de Jaffa à Jérusalem. – L'ordre de Saint-Lazare est un ordre de chevaliers lépreux, fondé en 1112, destiné à soigner les lépreux ; il est devenu un ordre militaire.

542 Un serjant le roy et un des Sarrazins s'i porterent a
terre l'un l'autre de cop de lance. Un[a] *autre* serjans le
roy, quant il vit ce, il prist les .II. chevaus et les enmenoit
pour embler ; et pour ce que l'en ne le veist, il se mist
parmi les *murailles*[b] de la cité de Rames. Tandis que il
les enmenoit, une vielz citerne sur quoy il passa li fondi
desous ; li .III. cheval et il alerent au fons, et en le me dit.
Je y alai veoir, et vi que la citerne fondoit encore *sus*[c]
eulz, et que il ne failloit gueres que il ne feussent touz
acouvetés[d]. Ainsi en revenimes sanz riens perdre mes que
ce que le mestre de Saint Ladre y avoit perdu.

543 Si tost comme le soudanc de Damas fu apaisiés a
ceulz d'Egypte, il manda sa gent qui estoient a Gadres
que il en revenissent vers li ; et si firent il et passerent
par devant nostre ost a *moyns*[a] de .II. lieues, ne onques ne
nous oserent courre sus, et si estoient bien .XX. mile Sarrazins et .X. mile Beduyns. Avant que il venissent endroit
nostre ost les garderent[b] le mestre des arbalestriers le roy
et sa bataille .III. jours et .III. nuis, pour ce que il ne se
ferissent en nostre ost despourveument.

544 Le jour de la Saint Jehan qui estoit aprés Pasques,
oÿ le roy son sermon. Tandis que l'en sermonnoit, un
serjant du mestre des arbalestriers entra en la chapelle le
roy tout armé et li dit que les Sarrazins avoient enclos le
mestre arbalestrier. Je requis au roy que il m'y lessast
aler, et il le m'otria et me dit que je menasse avec moy
jusques a .IIII[C].[c] ou .V[C].[c] homes d'armes ; et les me nomma
ceulz que il voult que je menasse. Si tost comme nous
issimes de l'ost, les Sarrazins qui estoient mis entre le
mestre des arbalestriers[a] et l'ost s'en alerent a un amiral
qui estoit en un tertre devant le mestre des arbalestriers,
atout bien mil homes a armes. **545** Lors commença le
hutin entre les Sarrazins et les serjans au mestre des arbalestriers, dont il y avoit bien .XIIII[XX]., car a l'une des foiz

---

542*a* u. autre s. *BL* om. *A* − *b* murailles *BL* mirales *A* − *c* e. sus e.
BL sous *A* − *d* t. acouvetez *BL* couvers *A*   **543***a* moins *BL* moys *A*
− *b* wardia *L*   **544***a* a. de l'ost *L* a. et l'o. *B* a. et de l'o. *A*

542 Un sergent du roi et un des Sarrasins se jetèrent l'un l'autre à terre d'un coup de lance. Un autre sergent du roi, quand il vit cela, prit les deux chevaux et les emmenait pour les voler ; et, afin qu'on ne le vît pas, il se glissa entre les murs de la cité de Rames. Tandis qu'il les emmenait, une vieille citerne sur laquelle il passa s'effondra sous lui ; les trois chevaux et lui allèrent au fond, et on me le dit. J'allai y voir, et je vis que la citerne continuait à s'ébouler sur eux, et qu'il s'en fallait de peu qu'ils ne soient tout couverts. Ainsi, nous revînmes sans avoir eu de perte, excepté ce que le maître de Saint-Lazare avait perdu.

543 Aussitôt que le sultan de Damas eut fait sa paix avec ceux d'Égypte, il donna l'ordre à ses hommes, qui étaient à Gaza, de revenir vers lui ; et ainsi firent-ils, et ils défilèrent devant notre camp à moins de deux lieues, et jamais ils n'osèrent nous attaquer, et pourtant ils étaient bien vingt mille Sarrasins et dix mille Bédouins. Avant qu'ils ne viennent en face de notre camp, le maître des arbalétriers du roi et son corps de bataille les observèrent pendant trois jours et trois nuits, pour qu'ils ne se jettent pas à l'improviste sur notre camp.

544 Le jour de la Saint-Jean qui était après Pâques, le roi entendit son sermon. Tandis que l'on prononçait le sermon, un sergent du maître des arbalétriers entra tout en armes dans la chapelle du roi et lui dit que les Sarrasins avaient encerclé le maître arbalétrier. Je demandai au roi de m'y laisser aller, et il m'en donna l'autorisation, et me dit d'emmener avec moi jusqu'à quatre cents ou cinq cents hommes d'armes, et me donna les noms de ceux qu'il voulut que j'emmène. Aussitôt que nous sortîmes du camp, les Sarrasins qui s'étaient mis entre le maître des arbalétriers et le camp se dirigèrent vers un émir qui était sur un tertre devant le maître des arbalétriers avec bien mille hommes d'armes. **545** Alors commença le combat entre les Sarrasins et les sergents du maître des arbalétriers, qui étaient bien au nombre de deux

---

543. Prawer 1970, p. 349-350.   **544.** Le 6 mai 1253, fête de saint Jean devant la porte Latine.

que l'amiraut veoit que sa gent estoient *pressez*[a], il leur
envoioit secours et tant de gent que il metoient[b] nos serjans jusques en la bataille au mestre ; quant le mestre
veoit que sa gent estoient *pressez*[c], il leur envoioit[d] .c. ou
.vi[XX]. homes d'armes qui les remetoient jusques en la
bataille l'amiral.

546 Tandis que nous estions la, *le*[a] legas et les barons du
pays, qui estoient demourez avec le roy, distrent au roy
que il fesoit grant folie quant il me metoit en avanture ;
et par leur conseil le roy me renvoia querre, et le mestre
des arbalestriers aussi. Les Turs se departirent de la, et
nous revenimes en l'ost.

Moult de gens se merveillerent quant il ne se vindrent
combattre a nous ; et aucune gens distrent que il ne le
lesserent fors que pour tant que il et leur chevaus estoient
touz affamés a Gadres, la ou il avoient sejourné pres d'un
an.

547 Quant ces Sarrazins furent partis de devant Jaffe, il
vindrent devant Acre, et manderent le seigneur de l'Arsur,
qui estoit connestable du royaume de Jerusalem, que il
destruiroient les jardins de la ville se il ne leur envoioit
.L[M]. bezans[a] ; et il leur manda que il ne leur en envoieroit
nulz. Lors firent leur batailles ranger et s'en vindrent tout
le sablon d'Acre si pres de la ville que l'en y traisist bien
d'un arbaleste a tour. Le sire d'Arsur issi de la ville et
se mist ou Mont Saint[b] *Jehan*, la ou le cymetere Saint
Nicholas est, pour deffendre les jardins.

Nos serjans a pié issirent d'Acre et commencierent a hardier a eulz et d'arcz et d'arbalestres.

545a e. pressez *BLMP* e. prisee *A* — **b** remectoient *BL* — **c** e. pressez
BL e. des plus febles *M* e. prisee *A* — **d** l. renvoyoit *BL*   **546a** le *BL*
les *A*   **547a** e. cinquante mille b. *BLMP* e. L b. *A* — **b**. S. Jehan *BL om. A*

cent quatre-vingts ; car chaque fois que l'émir voyait que ses gens étaient serrés de près, il leur envoyait du secours et tant d'hommes qu'ils refoulaient nos sergents jusque sur le corps de bataille du maître ; quand le maître voyait que ses gens étaient serrés de près, il leur envoyait cent ou cent vingt hommes d'armes qui, à leur tour, refoulaient les Sarrasins jusque sur le corps de bataille de l'émir.

546 Tandis que nous étions là, le légat et les barons du pays, qui étaient restés avec le roi, dirent à celui-ci qu'il faisait une grande folie quand il m'exposait ; et, sur leur conseil, le roi envoya me chercher, et le maître des arbalétriers aussi. Les Turcs se retirèrent de là, et nous revînmes au camp.

Beaucoup de gens furent très étonnés qu'ils ne viennent pas combattre contre nous ; et certains dirent qu'ils ne s'en abstinrent que parce qu'eux-mêmes et leurs chevaux avaient tous souffert de la faim à Gaza, où ils avaient séjourné près d'un an.

547 Quand les Sarrasins furent partis de devant Jaffa, ils vinrent devant Acre et firent savoir au sire d'Arsur, qui était connétable du royaume de Jérusalem, qu'ils détruiraient les jardins de la ville si on ne leur envoyait cinquante mille besants ; et il leur fit dire qu'il ne leur en enverrait pas un seul. Alors ils firent ranger leurs corps de troupe, et vinrent le long des sables d'Acre, si près de la ville que l'on y eût bien pu tirer avec une arbalète à tour. Le sire d'Arsur sortit de la ville et prit position sur le mont Saint-Jean, là où se trouve le cimetière Saint-Nicolas, pour défendre les jardins.

Nos sergents à pied sortirent d'Acre, et commencèrent à les harceler par des tirs d'arc et d'arbalète.

---

547. Jean II d'Ibelin, sire d'Arsuf, bayle du royaume, connétable (1251), frère de Baudouin et de Gui d'Ibelin ; Du Cange-Rey, p. 224 et 622. – Le cimetière Saint-Nicolas est au nord-est d'Acre.

548 Le sire d'Arsur appela un chevalier[a] *de Gennes* qui avoit a non mon seigneur Jehan le Grant, et li commanda que il alast retraire la menue gent qui estoient issus de la ville d'Acre, pour ce que il ne se meissent en peril.

Tandis que il les ramenoit arieres, un Sarrazin li commença a escrier en sarrazinnois que il jousteroit a li se il vouloit ; et celi li dit que si feroit il volentiers. Tandis que mon seigneur Jehan aloit vers le Sarrazin pour jouster, il regarda sus sa main senestre, si vit un tropiau de Turs, la ou il y en avoit bien .VIII., qui c'estoient arestez pour veoir la jouste. **549** Il lessa la jouste du Sarrazin a qui il devoit jouster et ala au tropel de Turs qui se tenoient tout quoi pour la jouste regarder, et en feri un parmi le cors de sa lance et le geta mort. Quant les autres virent ce, il li coururent sus. Endementres que il revenoit vers nostre gent, et l'un le fiert grant cop d'une mace sus le chapel de fer ; et au passer que il fist, mon seigneur Jehan li donna de s'espee sur une touaille dont il[a] avoit sa teste entorteillee, et li fist la touaille voler enmi les champs. Il portoient lors les touailles quant il se vouloient combattre, pour ce que elles reçoivent un grant coup d'espee. **550** L'un des autres Turs feri des esperons a li et li vouloit donner de son glaive parmi les espaules ; et mon seigneur Jehan vit le glaive venir, si guenchi ; au passer que le Sarrazin fist, mon seigneur Jehan li donna ariere main[a] d'une espee parmi le[b] bras si que il li fist son glaive voler enmi les chans ; et ainsi s'en revint et ramena sa gent a pié. Et ses .III. biaus cops fist il devant le seigneur d'Arsur et les riches homes qui estoient en Acre, et devant toutes les femmes qui estoient sus les murs[c] pour veoir celle gent.

551 Quant celle grant foyson de gent sarrazins qui furent

548a ch. (qui estoit *MP*) de Gennes *BLMP om. A* **549a** i.a. *BL* i.y a. *A* **550a** m. de l'e. *BL* – **b** le *BL* les *A* – **c** m. venuz p. *BL*

548 Le sire d'Arsur fit venir un chevalier de Gênes, qui s'appelait messire Jean le Grand, et lui donna l'ordre de faire se retirer les troupes légères, qui étaient sorties de la ville d'Acre, pour qu'elles ne se mettent pas en danger.

Tandis qu'il les ramenait en arrière, un Sarrasin commença à lui crier en sarrasin qu'il jouterait avec lui s'il voulait ; et celui-ci lui dit qu'il le ferait volontiers. Tandis que messire Jean se dirigeait vers le Sarrasin pour jouter, il porta ses regards sur sa main gauche et il vit une petite troupe de Turcs, qui étaient au moins huit, qui s'étaient arrêtés pour voir la joute. **549** Il laissa la joute avec le Sarrasin avec qui il devait jouter, et se dirigea vers le groupe des Turcs qui se tenaient bien tranquillement pour regarder la joute, et il en frappa un de sa lance en plein corps et l'abattit mort. Quand les autres virent cela, ils l'attaquèrent. Pendant qu'il revenait vers nos troupes, l'un d'eux le frappa d'un grand coup de masse d'armes sur son chapeau de fer ; et, au passage, messire Jean lui donna un coup d'épée sur la bande d'étoffe dont il avait entortillé sa tête et fit voler l'étoffe dans les champs. Ils portaient alors des bandes d'étoffe quand ils voulaient combattre, parce qu'elles résistent à un grand coup d'épée. **550** L'un des autres Turcs piqua des éperons dans sa direction, et il voulait le frapper de sa lance entre les épaules ; et messire Jean vit venir la lance, et esquiva le coup ; au passage que fit le Sarrasin, messire Jean lui donna un coup d'épée de revers sur le bras, si bien qu'il lui fit voler sa lance parmi les champs ; et ainsi il s'en revint et ramena ses hommes à pied. Et il fit ces trois beaux coups devant le sire d'Arsur et les hommes de haut rang qui étaient dans Acre, et devant toutes les femmes qui étaient sur les murs pour voir ces gens.

551 Quand cette grande quantité de troupes sarrasines

548. la menue gent : troupes à pied ; cf. § 520. **550a.** Foulet 1979, p. 227, corrige d'après *BL de l'e.* **551.** *Symon de Monceliart* n'est pas identifié. Il est possible que Joinville se soit trompé et qu'il s'agisse du maître des arbalétriers Thibaut de Montliard, connu par ailleurs. – La citadelle de Saidâ (Sidon, Sayette) avait été érigée depuis quelques années ; l'attaque des Sarrasins date de mai-juin 1253 ; les travaux de fortification de la ville durèrent de fin juin 1253 à février 1254 ; Grousset 1936, p. 506-507 ; Prawer 1970, 350-353 ; Paul Deschamps, *Les Châteaux des croisés en Terre sainte*, Paris, I, 1934, p. 65 et pl. XIIIb ; II, 1939, p. 224-233.

devant Acre et n'oserent combatre a nous, aussi comme
vous avez oÿ, ne a ceulz d'Acre, il oïrent dire, et verité
estoit, que le roy fesoit fermer la cité de Sayete, et a pou
de bones gens[a] *d'armes* se traitrent en celle part. Quant
mon seigneur Symon de Monceliart, qui estoit mestre des
arbalestriers le roy et chevetain de la gent le roy a Saiette,
oÿ dire que ceste gent venoient[b], *si* se retrait ou chastel
de Saiette, qui est moult fort, et enclos est de la mer en
touz senz ; et ce fist il pour ce que il veoit bien que il
n'avoit pooir[c] a eulz. Avec li receta ce que il pot de gent,
mes pou en y ot, car le chastel estoit trop estroit. **552** Les
Sarrazins se ferirent en la ville, la ou il ne trouverent nulle
deffense, car elle n'estoit pas toute close ; plus de .II. mille
personnes occirent de nostre gent ; atout le gaaing que il
firent la s'en alerent en Damas.

Quant le roy oÿ ces nouvelles moult en fu courouciés, se
amender le peust ! et au barons du païs en fu moult bel,
pour ce que le roy vouloit aler fermer un tertre la ou il[a]
eut jadis un ancien chastel au tens des Machabiex. Ce
chastel siet ainsi comme l'en va de Jaffe en Jerusalem.
553 Les barons d'outre mer se descorderent du chastel
refermer, pour ce que c'estoit loing de la mer a .V. lieues,
par quoy nulle viande ne nous peut venir de la mer que
les Sarrazins ne nous tollissent, qui estoient plus fort que
nous n'estions. Quant ces nouvelles vindrent en l'ost[a] de
Sayette que le bourc estoit destruis, et vindrent les barons
du païs au roy, et li distrent que il li seroit plus grant
honneur de refermer le bourc de Saiette, que les Sarrazins
avoient abattu, que de fere une forteresse nouvelle ; et le
roy s'acorda a eulz.

551a g. d'armes *BLMP om. A* — **b** v. si s. *BL om. A* — **c** p. de resister
contre e. *BLMP om. A*   **552a** il y eut j. *BL* souloit avoir *MP
om. A*   **553a** o. du b. de S. qui e. *BL* o. de S. que le b. qui e. *A*

qui se trouvaient devant Acre et n'osaient engager le combat ni avec nous, comme vous l'avez entendu, ni avec les gens d'Acre, entendirent dire, et c'était la vérité, que le roi faisait fortifier la cité de Sayette, et avec peu de bons hommes d'armes, elles se dirigèrent de ce côté. Quand messire Simon de Montceliard, qui était maître des arbalétriers du roi et commandant des troupes du roi à Sayette, entendit dire que ces gens venaient, il se retira dans le château de Sayette, qui est très bien fortifié et entouré par la mer de tous côtés ; et il fit cela parce qu'il voyait bien qu'il n'était pas de force à leur résister. Avec lui il abrita ce qu'il put de monde ; mais il y en eut peu, car le château était trop petit. **552** Les Sarrasins se jetèrent dans la ville, où ils ne rencontrèrent aucune défense, car elle n'était pas entièrement fortifiée. Ils tuèrent plus de deux mille personnes des nôtres ; avec le butin qu'ils firent là, ils s'en allèrent à Damas.

Quand le roi apprit ces nouvelles, il en fut très affecté – s'il avait pu rétablir les choses ! Cela arrangea beaucoup les barons du pays, parce que le roi voulait aller fortifier une butte où il y avait jadis eu un ancien château au temps des Maccabées. Ce château est situé sur le trajet de Jaffa à Jérusalem. **553** Les barons d'outre-mer ne furent pas d'accord pour fortifier à nouveau le château, parce qu'il était éloigné de cinq lieues de la mer, ce qui faisait qu'aucun ravitaillement n'aurait pu nous venir de la mer sans que les Sarrasins, qui étaient plus forts que nous ne l'étions, ne nous l'enlèvent. Quand ces nouvelles vinrent de Sayette au camp, que le bourg était détruit, les barons du pays se rendirent auprès du roi et lui dirent que ce serait pour lui un plus grand honneur de fortifier à nouveau le bourg de Sayette, que les Sarrasins avaient ruiné, que de faire une nouvelle forteresse ; et le roi tomba d'accord avec eux.

---

552. Identification du château dans Prawer 1970, p. 355 et note.

554 Tandis que le roy estoit a Jaffe, l'en li dit que le
soudanc de Damas li soufferroit bien a aler en Jerusalem[a]
et par bon asseurement. Le roy en ot grant conseil ; et la
fin du conseil fu tel que nulz ne loa le roy que il y alast,
puis que il couvenist que il lessast la cité en la main des
Sarrazins.

555 L'en en moustra au roy un exemple qui fu tel que
quant le grant roy Phelippe se parti de devant Acre pour
aler en France, il lessa toute sa gent[a] demourer en l'ost
avec le duc Hugon de Bourgoingne, l'aieul cesti duc qui
est mort nouvellement. Tandis que le duc sejournoit a
Acre et le roy Richart d'Angleterre aussi, nouvelles leur
vindrent que il pooient prenre l'endemain Jerusalem se il
vouloient, pour ce que toute la force de la chevalerie le
soudanc de Damas s'en estoit alee vers li pour une guerre
que il avoit[b] a un autre soudanc. Il atirerent leur gent ; et
fist le roy d'Angleterre la premiere bataille, et le duc de
Bourgoingne l'autre aprés atout les gens le roy de France.
556 Tandis que il estoient a esme de prenre la ville, en
li manda de l'ost le duc que il n'alast avant, car le duc de
Bourgoingne s'en retournoit ariere, pour ce sanz plus que
l'en ne deist que les Anglois[a] eussent pris Jerusalem. Tandis que il estoient en ces paroles, un sien chevalier li
escria : « Sire, sire, venez juesques ci et je vous mousterrai Jerusalem ! » Et quant il oÿ ce, il geta sa cote a armer
devant ses yex tout en plorant et dit a Nostre Seigneur :
« Biau sire Diex, je te pri que tu ne seuffres que je voie
ta sainte cité, puis que je ne la puis delivrer des mains de
tes ennemis. »

554a J. et p. *BLMP om. A*   **555a** en *biffé aprés* gent *A* − **b** avoit
BLMP avoient *A*   **556a** A. eussent *BLMP* A. n'e. *A*

554 Tandis que le roi était à Jaffa, on lui dit que le sultan de Damas admettrait bien qu'il allât à Jérusalem, et avec un bon sauf-conduit. Le roi tint longuement conseil là-dessus ; et la conclusion du conseil fut telle que personne ne fut d'avis que le roi y aille, puisqu'il eût été nécessaire qu'il laissât la cité aux mains des Sarrasins.

555 On présenta à ce sujet au roi un exemple qui fut tel : quand le grand roi Philippe partit de devant Acre pour aller en France, il laissa toutes ses troupes demeurer dans le camp avec le duc Hugues de Bourgogne, l'aïeul de ce duc qui est mort récemment. Tandis que le duc séjournait à Acre, ainsi que le roi Richart d'Angleterre, des nouvelles leur parvinrent qu'ils pouvaient prendre le lendemain Jérusalem s'ils le voulaient, parce que toutes les forces des chevaliers du sultan de Damas étaient allées avec lui, à cause d'une guerre qu'il avait avec un autre sultan. Ils organisèrent leurs hommes ; et le roi d'Angleterre forma le premier corps de bataille, et le duc de Bourgogne l'autre après, avec les troupes du roi de France. **556** Tandis qu'ils se voyaient en mesure de prendre la ville, on fit savoir au roi Richard, du camp du duc de Bourgogne, qu'il ne devait pas aller plus avant, car le duc retournait en arrière, pour la seule raison que l'on ne dise pas que les Anglais avaient pris Jérusalem. Tandis qu'ils étaient dans ces échanges de propos, un de ses chevaliers lui cria : « Sire, sire, venez jusqu'ici, et je vous montrerai Jérusalem ! » Et quand Richard entendit cela, il jeta sa cotte d'armes devant ses yeux tout en pleurant, et dit à Notre-Seigneur : « Beau Sire Dieu, je te prie que tu ne permettes pas que je voie ta sainte cité, puisque je ne peux la délivrer des mains de tes ennemis. »

---

555. Sur le duc de Bourgogne *mort nouvellement*, voir Introduction, p. 70 – Le duc de Bourgogne en cause est Hugues III, qui commanda les troupes françaises en Terre sainte après le départ de Philippe-Auguste en juillet 1191. L'affaire est antérieure à juillet 1192 ; Grousset 1936, p. 80-82, Prawer 1970, p. 76-96 ; cet épisode est raconté en détail par la *Chronique d'Ernoul* 1871, p. 278-280, et par l'*Estoire de Eracles* 1859, p. 182-186. Joinville connaissait l'un ou l'autre, peut-être les deux ; cf. § 77.

557 Ceste exemple moustra l'en au roy pour ce que se il, qui estoit le plus grant roy des crestiens, fesoit son pelerinage sanz delivrer la cité des ennemis Dieu, tuit li autre roy et li autre pelerin qui aprés li venroient se tenroient touz a paiés de faire leur pelerinage aussi comme le roy de France avroit fet, ne ne feroient force de la delivrance de Jerusalem.

558 Le roy Richart fist tant d'armes outre mer a celle foys que il y fu que quant les chevaus aus Sarrazins avoient poour d'aucun bisson, leur mestre leur disoient : « Cuides tu, fesoient il a leur chevaus, que ce soit le roy Richart d'Angleterre ? »

Et quant les enfans aus Sarrazinnes breoient, elles leur disoient : « Tai toy, tai toy, ou je irai querre le roy Richart, qui te tuera. »

559 Le duc de Bourgoingne de quoy je vous ai parlé fu moult bon chevalier[a] *de sa main* mes il ne[b] fu onques tenu pour sage ne a Dieu ne au siecle ; et il y parut bien en ce fet devant dit. Et de ce dit le grant roy Phelippe, quant l'en li dit que le conte Jehan de Chalons avoit un filz et avoit a non Hugue pour le duc de Bourgoingne, il dit que Dieu le feist « aussi preu homme » comme le duc pour qui il avoit non Hugue. **560** Et en li demanda pour quoy il n'avoit dit « aussi preudomme ». « Pour ce, fist il, que il a grant difference entre "preu homme" et "preudomme". Car il a maint "preu homme" chevalier en la terre des crestiens et des Sarrazins, qui onques ne crurent Dieu[a] ne sa Mere. Dont je vous di, fist il, que Dieu donne grant don et grant grace au chevalier crestien que il seuffre estre vaillant de cors et que il seuffre en son servise en li gardant de pechié mortel ; et celi qui ainsi se demeinne doit l'en appeler "preudomme", pour ce que ceste proesse li *vient*[b] du don Dieu. Et ceulz de qui j'ai avant

559*a* c. de sa main m. *BLM om. A* – *b* i. ne f. *BLM om. A* **560***a* D. ne aymerent *BL* ne craignoient ne amoient D. *M* – *b* vient *BL* vint *A*

557 On présenta cet exemple au roi parce que, si lui, qui était le plus grand roi des chrétiens, faisait son pèlerinage sans délivrer la cité des ennemis de Dieu, tous les autres rois et les autres pèlerins qui viendraient après lui se considéreraient tout à fait quittes en faisant leur pèlerinage ainsi que le roi de France l'aurait fait, et ils ne se soucieraient pas de la délivrance de Jérusalem.

558 Le roi Richart fit tant d'exploits outre-mer la fois où il y fut que, quand les chevaux des Sarrasins avaient peur de quelque buisson, leurs maîtres leur disaient : « Crois-tu, faisaient-ils à leurs chevaux, que ce soit le roi Richart d'Angleterre ? »

Et quand les enfants des Sarrasines criaient, elles leur disaient : « Tais toi, tais-toi, ou j'irai chercher le roi Richart, qui te tuera ! »

559 Le duc de Bourgogne dont je vous ai parlé fut, de ses mains, un très bon chevalier ; mais il ne fut jamais tenu pour sage, ni à l'égard de Dieu, ni à l'égard du monde, et cela apparut bien dans le fait devant dit. Et à ce propos le grand roi Philippe, quand on lui dit que le comte Jean de Chalon avait un fils, et qu'il avait le nom d'Hugues à cause du duc de Bourgogne, dit que Dieu le fasse aussi « preux homme » que le duc en l'honneur de qui il avait le nom d'Hugues. **560** Et on lui demanda pourquoi il n'avait pas dit : « aussi prud'homme ». « Pour la raison, fit-il, qu'il y a grande différence entre "preux homme" et "prud'homme". Car il y a en la terre des chrétiens et des Sarrasins un grand nombre de chevaliers "preux hommes" qui ne crurent jamais ni en Dieu ni en sa Mère. D'où je vous dis, fit-il, que Dieu donne grand don et grande grâce au chevalier chrétien à qui il permet d'être vaillant de corps et à qui il permet d'être à son service en le gardant de péché mortel ; et celui qui se conduit ainsi, on doit l'appeler "prud'homme", parce que cette prouesse lui vient du don de Dieu. Et ceux dont

558. Cf. § 77.   **559-560.** Spitzer 1947 ; Bériou 1994.

parlé peut l'en appeler "preuz hommes", pour ce que il
sont preus de leurs cors et ne doutent Dieu ne pechié. »

561 Des[a] grans deniers que le roy mist a fermer Jaffe ne
couvient il pas parler, que c'est sanz nombre ; car il ferma
le bourc des l'une des mers jusques a l'autre, la ou il ot
bien .xxiiii. tours, et furent les fossés curez de lun dehors
et dedans ; .iiii. portes y avoit, dont le legat en fist l'une
et un pan du mur. **562** Et pour vous moustrer le coustage
que le roy i mist, vous foiz je a savoir que je demandai
au legat combien celle porte et ce pan du mur li avoit
cousté ; et il me demanda combien je cuidoie qu'elle eust
cousté ; et je esmai que la porte que il avoit fet faire li
avoit bien cousté .v[c]. livres, et le pan du mur .iii[c]. livres ;
et il me dit que se Dieu li aidast, que la porte que le pan
li avoit bien cousté .xxx[M]. livres. **563** Quant le roy ot
assouvie la forteresce du bourc de Jaffe, il prist conseil
que il iroit refermer la cité de Sayete, que les Sarrazins
avoient abatue. Il s'esmut pour aler la le jour de la feste
des apostres saint Pierre et saint Pol, et just le roy et son
ost devant le chastel d'Arsur, qui moult estoit fort. Celi
soir appela le roy sa gent et leur dit que se il s'acordoient,
que il iroit prenre une cité des Sarrazins que en appele
Naples, la quel cité les anciennes Escriptures appelent
Samarie. **564** Le Temple et l'Ospital[a] *et les barons du
païs* li respondirent d'un acort que il estoit bon que l'en
y essaiast a prenre la cité, mes il ne s'acorderoient ja que
son cors y alast, pour ce que ce aucune chose avenoit de
li, toute la terre seroit perdue. Et il dit que il ne les y leroit
ja aler se son cors n'i aloit avec ; et pour ce demoura celle
emprise, que les seigneur terrier ne s'i voudrent acorder
que il y alast. **565** Par nos journees venimes ou sablon
d'Acre, la ou le roy et l'ost[a] nous lojames. Illec au lieu
vint a moy un grant peuple de la Grant Hermenie qui aloit
en pelerinage en Jerusalem, par grant treü rendant aus
Sarrazins qui les conduisoient. A[b] un latimier qui savoit

561a *L'enlumineur a peint par erreur un* L ; *l'erreur se trouve aussi
dans* BL Des M   **564a** O. et les b. du p. r. *BL* T. les b. et les admiraulx
du p. *MP om. A*   **565a** o. nous n. l. *B − b* A *BL* Et A

j'ai parlé auparavant, on peut les appeler des "preux hommes", parce qu'ils sont preux de leur corps, et ne craignent ni Dieu ni péché. »

561 Des grandes sommes que le roi consacra à fortifier Jaffa, il ne convient pas de parler, parce qu'elles sont sans nombre ; car il fortifia le bourg d'un rivage de la mer jusqu'à l'autre, où il y eut bien vingt-quatre tours, et les fossés furent curés de la vase au-dehors et au-dedans ; il y avait trois portes, dont le légat fit l'une, ainsi qu'un pan du mur. **562** Et pour vous montrer la dépense que le roi y consacra, je vous fais savoir que je demandai au légat combien cette porte et ce pan de mur lui avaient coûté ; et il me demanda combien je croyais qu'elle avait coûté ; et j'estimai que la porte qu'il avait fait faire lui avait bien coûté cinq cents livres, et le pan de mur trois cents livres ; et il me dit – que Dieu lui vienne en aide – que tant la porte que le pan de mur lui avaient bien coûté trente mille livres. **563** Quand le roi eut terminé la fortification du bourg de Jaffa, il prit la décision d'aller relever les fortifications de la cité de Sayette que les Sarrasins avaient abattues. Il se mit en mouvement pour aller là le jour de la fête des apôtres saint Pierre et saint Paul, et le roi et son armée couchèrent sous les murs du château d'Arsur, qui était très fort. Ce soir-là le roi convoqua ses hommes et leur dit que, s'ils étaient de cet avis, il irait prendre une ville des Sarrasins qu'on appelle Naples, ville que les anciennes Écritures appellent Samarie. **564** Le Temple, l'Hôpital et les barons du pays lui répondirent d'un commun accord qu'il était bon que l'on tentât de prendre la cité ; mais qu'ils ne seraient pas d'avis qu'il y aille en personne parce que, s'il lui arrivait quelque chose, tout le pays serait perdu. Et il dit qu'il ne les y laisserait sûrement pas aller s'il n'y allait en personne avec eux ; et cette entreprise en resta là, parce que les seigneurs du pays ne voulurent pas consentir à ce qu'il y aille. **565** En marchant jour après jour, nous arrivâmes sur les sables d'Acre, où le roi, l'armée et nous logeâmes. En ce lieu vint à moi une grande troupe de gens de la Grande Arménie, qui allaient en pèlerinage à Jérusalem, en

---

563. Le 29 juin 1253. – Joinville donne un renseignement approximatif. Naplouse est l'ancienne Sichem, *Flavia Neapolis* ; Samarie se trouvait dans le voisinage (aujourd'hui Sébastiyé, Sébaste). **565.** *Sablon* : plaine côtière et dunes au sud d'Acre.

leur language et le nostre il me firent prier que je leur moustrasse le saint roy. **566** Je alai au roy la ou il se seoit en un paveillon, apuié a l'estache du paveillon, et seoit ou sablon sanz tapiz et sanz nulle autre chose desouz li. Je li dis : « Sire, il a la hors un grant peuple de la Grant Hermenie qui vont en Jerusalem, et me proient, sire, que je leur face moustrer le saint roy ; mes je ne bee ja a baisier vos os. » Et il rist moult clerement et me dit que je les alasse querre, et si fis je. Et quant il orent veu le roy, il le commanderent a Dieu, et le roy eulz. **567** L'endemain just l'ost en un lieu que en appelle Passe Poulain, la ou il a de moult beles eaues de quoy l'en arrose[a] ce dont le sucre vient. La ou nous estions logié illec, l'un de mes chevaliers me dit : « Sire, fist il, or vous ai je logié en plus biau lieu que vous ne feustes hyer. » L'autre chevalier qui m'avoit prise la place devant sailli sus tout effraez et li dit tout haut : « Vous estes trop hardi quant vous parlés de chose que je face ! » Et il sailli sus et le prist par les cheveus. Et je sailli sus et le feri du poing entre les .ii. espaules, et il le lessa ; et je li dis : « Or hors de mon hostel, car, si m'aïst Dieu, avec moy ne serez vous ja mez ! » **568** Le chevalier s'en ala si grant deul demenant, et m'amena mon seigneur Giles le Brun, le connestable de France ; et pour la grant repentance que il veoit que le chevalier avoit de la folie que il avoit faite, me pria si a certes comme il pot que je le remenasse en mon hostel ; et je respondi que je ne l'i remenroie pas se le legat ne me absoloit de mon serement. Au legat en alerent et li conterent le fait ; et le legat leur respondi que il n'avoit pooir *de moy*[a] absoudre, pour ce que le serement estoit resonnable, car le chevalier l'avoit moult bien deservi. Et ces choses vous moustré je pour ce que vous vous gardés de fere serement que il ne couvieingne faire par reson, car, ce dit le Sage : « Qui volentiers jure volentiers se parjure. »

567a a. les lieux d. *BL* a. les cannes d. *MP*　　**568a** de moy *BLMP* d'eulz *A*

payant un grand tribut aux Sarrasins qui les conduisaient. Par un interprète qui savait leur langue et la nôtre, ils me firent prier de leur montrer le saint roi. **566** J'allai au roi là où il était assis dans une tente, appuyé au poteau de la tente, et il était assis sur le sable, sans tapis et sans aucune autre chose sous lui. Je lui dis : « Sire, il y a là-dehors une grande troupe de gens de la Grande Arménie qui vont à Jérusalem, et ils me prient, sire, de leur faire voir le saint roi ; mais je ne souhaite pas encore baiser vos os. » Et il rit d'un rire très clair, et me dit d'aller les chercher, et ainsi fis-je. Et quand ils eurent vu le roi, ils le recommandèrent à Dieu, et le roi en fit autant pour eux. **567** Le lendemain l'armée coucha dans un lieu que l'on appelle Passe Poulain, où il y a de très belles sources, avec lesquelles on arrose la plante dont vient le sucre. Alors que nous étions logés là, un de mes chevaliers me dit : « Sire, dit-il, eh bien ! je vous ai logé dans un plus bel endroit que là où vous avez été hier. » L'autre chevalier qui m'avait choisi la place d'avant bondit, tout en fureur, et lui dit tout fort : « Vous avez bien de l'audace de parler de chose que je fais ! » Et il bondit et le prit par les cheveux. Et je bondis et le frappai du poing entre les deux épaules, et il le laissa ; et je lui dis : « Allez, hors de ma maison ! Car – aussi vrai que Dieu me vienne en aide ! – vous ne serez plus jamais avec moi. » **568** Le chevalier s'en alla en manifestant une grande douleur, et m'amena messire Gilles le Brun, le connétable de France ; et à cause du grand repentir que celui-ci voyait que le chevalier avait de la folie qu'il avait faite, il me pria, aussi vivement qu'il put, de le reprendre dans ma maison ; et je répondis que je ne le reprendrais pas, si le légat ne me déliait pas de mon serment. Ils allèrent trouver le légat et lui contèrent la chose ; et le légat leur répondit qu'il n'avait pas le pouvoir de me délier, parce que le serment était raisonnable, car le chevalier l'avait bien mérité. Et je vous raconte ces choses pour que vous vous gardiez de faire un serment que raisonnablement il ne convienne pas de faire ; car, comme dit le Sage : « Qui jure volontiers, volontiers se parjure. »

---

567. Passe Poulain (Râs al-Nâqûra), passage resserré et dangereux de la route côtière entre Acre et Tyr. À la sortie vers le Nord se trouve une région très fertile arrosée par une grande source que la tradition a identifiée avec la source du *Cantique des cantiques.* – **a.** Foulet 1979, p. 227, corrige avec *MP a. les canes dont.* **568.** *Le Sage :* Morawski, *Proverbes français*, n° 2062.

569 L'endemain s'ala loger le roy devant la cité *de Sur*[a], que l'en appele Tyri en la Bible. Illec appela le roy des[b] riches homes de l'ost et leur demanda conseil se il seroit bon que il alast prenre la cité de Belinas avant que il alast a Sayete. Nous loames tuit que il estoit bon que le roy y envoiast de sa gent, mez nulz ne li loa que son cors y alast ; a grant peinne l'en destourba[c] l'en. Acordé fu ainsi que le conte d'Eu iroit, et mon seigneur Phelippe de Montfort, le sire de Sur, mon seigneur Giles le Brun, connestable de France, mon seigneur Pierre le Chamberlain[d], le mestre du Temple et son couvent, le mestre de l'Ospital et son couvent et[e] *ses* frere aussi. **570** Nous nous armames a l'anuitier et venimes un pou aprés le point du jour en une pleinne qui est devant la cité que l'en appele Belinas, et l'appelle l'Escripture ancienne Cezaire Phelippe. En celle cité sourt une fonteinne que l'en appele Jour ; et enmi les plainnes qui sont devant la cité sourt une autre tres bele fonteinne qui est appelee Dan. Or est ainsi que quant ces .II. ruz de ces .II. fonteinnes viennent ensemble, ce appele l'en le fleuve de Jourdain, la ou Dieu fu bauptizié.

571 Par l'acort du Temple et du conte d'Eu, de l'Ospital et des barons du païs qui la estoient fu acordé que la bataille le roy, en la quele bataille je estoie lors pour ce que le roy avoit retenu les .XL. chevaliers qui estoient en ma bataille avec li, et mon seigneur Geffroy de Sergines le preudomme aussi, iroient entre le chastel et la cité ; et li terrier enterroient en la cité a main senestre, et l'Ospital a main destre, et le Temple enterroit en la cité la droite voie que nous estions venu. **572** Nous nous esmeumes lors tant que nous venimes delez la cité, et trouvames que

---

569a Sur *BLM* Arsur *A* — b ses *BL* — c destourna *BL* — d c. le m. de l'O. et son frere *BL* c. les m. du T. et de l'O. et leurs gens d'armes *MP* — e. e son f. a. *A*

569 Le lendemain le roi alla se loger devant la cité de Sur, que l'on appelle Tyr dans la Bible. Là le roi convoqua les hauts personnages de l'armée, et leur demanda conseil pour savoir s'il serait bon qu'il allât prendre la ville de Belinas avant d'aller à Sayette. Nous fûmes tous d'avis qu'il était bon que le roi y envoyât de ses hommes, mais nul ne lui conseilla d'y aller en personne ; on eut beaucoup de peine à l'en dissuader. Il fut décidé que le comte d'Eu irait avec messire Philippe de Montfort, le seigneur de Sur, messire Gilles le Brun, connétable de France, messire Pierre le Chambellan, le maître du Temple et ses religieux, le maître de l'Hôpital et ses religieux, ses frères, également. **570** Nous nous armâmes à la tombée de la nuit, et nous vînmes un peu après le point du jour dans une plaine qui est devant la cité qu'on appelle Belinas. Et les anciennes Écritures l'appellent Césarée de Philippe. Dans cette cité jaillit une source que l'on appelle JOUR et, au milieu des plaines qui sont devant la cité, jaillit une autre très belle source qui est appelée DAN. Et il se trouve que, quand les deux ruisseaux issus de ces deux sources se rejoignent, on appelle cela le fleuve du Jourdain, où Dieu fut baptisé.

571 Avec l'accord du Temple et du comte d'Eu, de l'Hôpital et des barons du pays qui se trouvaient là, il fut décidé que le corps de bataille du roi dans lequel je me trouvais alors, parce que le roi avait retenu avec lui les quarante chevaliers qui étaient dans mon corps de bataille, ainsi que messire Geoffroi de Sergines, le prud'homme, iraient entre le château et la cité ; et les seigneurs du pays entreraient dans la cité par la gauche, l'Hôpital par la droite, et le Temple entrerait dans la cité en suivant tout droit le chemin par lequel nous étions venus. **572** Nous nous mîmes alors

---

569b. Foulet 1979, p. 227, corrige en *ses* avec *BL* – *e.* la leçon de *A* est inacceptable, *frere* faisant double emploi avec *son couvent*. Les leçons sont éclatées à propos d'un passage qui a dû embarrasser les copistes.   **570.** *Belinas* : arabe, Baniyas, ville antique de Panéas, au pied de l'Hermon. Dominant la ville se trouve la forteresse damasquine de Soubeibé. L'identification avec Césarée de Philippe se trouve dans la *Chronique d'Ernoul* 1871, p. 63, de même que l'étymologie du Jourdain (p. 64) qui remonte à Isidore, *Étymologies*, XIII, XXI, 18.

les Sarrazins qui estoient en la ville orent desconfit les
serjans le roy et chaciés de la ville. Quant je vi ce[a] ving
aus preudeshomes qui estoient avec le conte d'Eu et leur
dis : « Seigneurs, se vous n'alés la ou en nous a
commandé entre la ville et le chastel, les Sarrazins nous
occirront nos gens qui sont entrés en la ville. » L'alee y
estoit si perilleuse, car le lieu la ou nous devions aler
estoit si[b] perilleus car il y avoit .III. paire de murs ses a
passer, et la coste estoit si roite que a peinne s'i pooit
tenir chevaus ; et le tertre la ou nous devions aler estoit
garni de Turs a grant foison a cheval. **573** Tandis que je
parloie a eulz, je vi que nos serjans a pié deffesoient les
murs. Quant je vi ce, je dis a ceulz a qui je parloie que
l'en avoit ordené que la bataille le roy iroit la ou les Turs
estoient, et puis que en l'avoit commandé, je iroie. Je
m'esdreçai, moy et mes .II. chevaliers, a ceulz qui deffesoient les murs ; et vi que un serjant a cheval cuidoit
passer le mur, et li cheï son cheval sus le cors. Quant je
vi ce, je descendi a pié et pris mon cheval par le frain.
Quant les Turs nous virent venir, ainsi comme Dieu voult
il nous lesserent la place la ou nous devions aler. De celle
place la ou les Turs estoient descendoit une roche taillee
en la cité. **574** Quant nous feumes la et les Turs s'en
furent partis, les Sarrazins qui estoient en la cité se desconfirent et lesserent la ville a nostre gent sanz debat.
Tandis que je estoie la, le marechal du Temple oÿ dire
que je estoie en peril, si s'en vint la amont vers moy.
Tandis que je estoie la amont, les Alemans qui estoient
en la bataille au conte d'Eu vindrent aprés moy ; et quant
il virent les Turs a cheval qui s'enfuioient vers le chastel,
il s'esmurent pour aler aprés eulz, et je leur dis[a] : « Seigneur, vous ne fetes pas bien, car nous sommes la ou en
nous a commandé, et vous alez outre commandement. »

572a c. je v. *BL* – **b** si *BL* le *A*   **574a** escriay *BL*

en mouvement jusqu'à ce que nous soyons arrivés près de la cité, et nous constatâmes que les Sarrasins qui étaient dans la ville avaient défait les sergents du roi et les avaient chassés de la ville. Quand je vis cela, je vins aux prud'hommes qui étaient avec le comte d'Eu et leur dis : « Seigneurs, si vous n'allez pas là où on nous en a donné l'ordre, entre la ville et le château, les Sarrasins nous tueront nos gens qui sont entrés dans la ville. » Aller là était très périlleux, car le lieu où nous devions aller était si périlleux qu'il y avait trois sortes de murs de pierres sèches à passer, et la côte était si raide qu'un cheval pouvait à peine s'y tenir ; et le tertre où nous devions aller était occupé par une grande quantité de Turcs à cheval. **573** Tandis que je parlais aux gens du comte d'Eu, je vis que nos sergents à pied défaisaient les murs. Quand je vis cela, je dis à ceux à qui je parlais que l'on avait ordonné que le corps de bataille du roi irait là où se trouvaient les Turcs, et, puisqu'on en avait donné l'ordre, j'irais. Je me dirigeai, moi et mes deux chevaliers, vers ceux qui défaisaient les murs, et je vis qu'un sergent à cheval essayait de passer le mur, et son cheval lui tomba sur le corps. Quand je vis cela, je mis pied à terre et pris mon cheval par la bride. Quand les Turcs nous virent venir, ainsi que Dieu le voulut, ils nous laissèrent la position où nous devions aller. Depuis la position où se trouvaient les Turcs, une falaise de rocher à pic descendait dans la cité. **574** Quand nous fûmes là et que les Turcs en furent partis, les Sarrasins qui étaient dans la cité se débandèrent et laissèrent la cité à nos gens sans résistance. Tandis que j'étais là, le maréchal du Temple entendit dire que j'étais en danger et s'en vint là-haut vers moi. Tandis que j'étais là en haut, les Allemands qui étaient dans le corps de bataille du comte d'Eu vinrent derrière moi ; et quand ils virent les Turcs à cheval qui s'enfuyaient vers le château, ils se mirent en mouvement pour les poursuivre, et je leur dis : « Seigneurs, vous ne faites pas bien, car nous sommes là où on nous en a donné l'ordre, et vous allez outre le commandement. »

---

574. *Les Alemans* : chevaliers teutoniques de l'ordre de Sainte-Marie des Teutons, créé à Acre en 1198.

575 Le chastiau qui siet desus la cité a non Subeibe, et siet bien demi lieue haut es montaignes de Libans ; et le tertre qui monte ou chastel est peuplé de grosses roches aussi comme li huges. Quant les Alemans virent que il chassoient a folie, il s'en revindrent ariere. Quant les Sarrazins virent ce, il leur coururent sus a pié et leur donnoient de sus les roches grans cops de leur maces et leur arrachoient les couvertures de leur chevaus. **576** Quant nos serjans virent le meschief, qui estoient avec nous, il se commencierent a effreer ; et je leur dis que se il s'en aloient, que je les feroie geter hors des gages le roy a touz jours mes. Et il me distrent : « Sire, le jeu nous est mal parti, car vous estes a cheval, si vous enfuirés, et nous soumes a pié, si nous occirront les Sarrazins. » Et je leur dis : « Seigneur, je vous asseure que je ne m'enfuirai pas, car je demourrai a pié avec vous. » Je descendi et envoiai mon cheval avec les Templiers, qui estoient bien une arbalestree darieres. **577** Au revenir que les Alemans fesoient, les Sarrazins ferirent un mien chevalier, qui avoit non mon seigneur Jehan de Bussey, d'un carrel parmi la gorge, et cheï[a] *mort* tout devant moy. Mon seigneur Hugues d'Escoz, cui niez il estoit, qui moult bien se prouva en la sainte Terre, me dit : « Sire, venés nous aidier pour reporter mon neveu laval. — Mal dehait ait, fiz je, qui vous y aidera, car vous estes alez la sus sanz mon commandemant ; se il vous en est mescheu, ce est a bon droit. Reportés *le*[b] laval en la longaingne, car je ne partirai de ci jusques a tant que l'en me revenra querre. »

578 Quant mon seigneur Jehan de Valenciennes oÿ le meschief la ou nous estions, il vint a mon seigneur Oliviers de Termes et a ces autres *chieveteins* de la[a] corte

---

577a c. mort d. *BL* c.d.m. tout mort *MP om. A* — **b** lei *A*   **578a** l.c.l. om. *BL* l. torte l. *MP*

575 Le château qui se trouve au-dessus de la cité s'appelle Subeibe et il se trouve à bien une demi-lieue, en hauteur dans les montagnes du Liban ; et le tertre qui monte au château est parsemé de grosses roches aussi grosses que des huches. Quand les Allemands virent qu'ils faisaient une folie en donnant la chasse, ils s'en revinrent en arrière. Quand les Sarrasins virent cela, ils se jetèrent sur eux à pied et ils leur donnaient de dessus les roches de grands coups de leurs masses, et leur arrachaient les couvertures de leurs chevaux. **576** Quand nos sergents qui étaient avec nous virent la mauvaise situation, ils commencèrent à prendre peur ; et je leur dis que, s'ils s'en allaient, je les ferais jeter hors des gages du roi à tout jamais. Et ils me dirent : « Sire, la partie n'est pas égale entre nous, car vous êtes à cheval, et vous vous enfuirez, et nous sommes à pied, et les Sarrasins nous tueront. » Et je leur dis : « Seigneurs, je vous assure que je ne m'enfuirai pas, car je demeurerai à pied avec vous. » Je descendis et envoyai mon cheval avec les Templiers, qui étaient bien à une portée d'arbalète derrière. **577** Pendant que les Allemands revenaient, les Sarrasins touchèrent un de mes chevaliers, qui s'appelait messire Jean de Bussy, d'un carreau d'arbalète à la gorge ; et il tomba mort tout devant moi. Messire Hugues d'Écot, qui fit très bien ses preuves en Terre sainte et dont Jean était le neveu, me dit : « Sire, venez nous aider pour rapporter mon neveu en bas. – Malheur, fis-je, à qui vous y aidera, car vous êtes allé là-haut sans mon commandement ; s'il vous en est arrivé malheur, c'est à bon droit. Reportez-le en bas aux latrines ; car je ne partirai pas d'ici jusqu'à tant que l'on vienne me chercher. »

578 Quand messire Jean de Valenciennes apprit la mauvaise situation où nous nous trouvions, il vint à messire Olivier de Termes et aux autres chefs de la langue d'oc

---

577a. Foulet 1979, p. 228, lit *chei tout m. d.* – **b.** *lei*, donné par *A*, ne peut être un pronom personnel masculin ; le mot est en fin de ligne et le *i* peut être un remplissage. **578a.** *corte laingue : BL* omettent ces mots, *MP* donnent *torte l. ;* le sens ne fait pas de doute : « langue d'oc ». Je n'ai, pas plus que Du Cange et A. Thomas (*Romania*, 17, 1888, p. 402) d'explication à proposer et je ne sais pas quelle est la bonne leçon. Voir sur la discussion la note de Ch. Anatole et J.-Cl. Dinguirard, « Langue tortue = Langue d'oc », *Lengas*, t. 8, 1980, p. 67-69.

laingue et leur dit : « Seigneurs, je vous pri et commant
de par le roy que vous m'aidiés a querre le seneschal. »
Tandis que il se pourchassa ainsinc, mon seigneur Guillaume de Biaumont vint a li et li dit : « Vous vous tra-
veillés pour nient, car le seneschal est mort. » Et il
respondi : « Ou de[b] la mort ou de la vie diré je nouvelles
au roy. » Lors il s'esmut et vint vers nous, la ou nous
estions montés en la montaingne ; et maintenant que il
vint a nous, il me manda que je venisse[c] *parler* a li, et si
fis je.

579 Lors me dit Olivier de Termes que nous estions illec
en grant peril, car se nous descendions par ou nous estions
monté, nous ne le pourrions faire sanz grant peril[a], pour
ce que la coste estoit trop male, et les Sarrazins nous
descendroient sur les cors. « Mes se vous me voulez
croire, je vous deliverrai sanz perdre. » Et je li diz que il
devisat ce que il vourroit, et je *le*[b] feraie. **580** « Je vous
dirai, fit il, comment nous eschaperons. Nous en iron, fist
il, tout ce pendant aussi comme[a] *se* nous devion aler vers
Damas ; et les Sarrazins qui la sont cuideront que nous
les weillons prenre par darieres. Et quant nous serons en
ces plainnes, nous ferrons des esperons entour la cité, et
avrons[b] *avant* passé le ru que il puissent venir vers nous.
Et si leur ferons grant doumage, car nous leur metrons le
feu en ses formens batus qui sont enmi ces chans. »
581 Nous feimes aussi comme il nous devisa ; et il fist
prenre canes de quoy l'en fet ces fleutes, et fist mettre
charbons dedans et ficher dedans les fourmens batus ; et
ainsi nous ramena Dieu a sauveté par le conseil Olivier
de Termes. Et sachiez quant nous venimes a la heberge
la ou nostre gent estoient, nous les trouvames touz
desarmés, car il n'i ot onques nul qui s'en preist garde.
Ainsi revenimes l'endemain a Sayete, la ou le roy estoit.

578*b* d. sa m.o.d. sa v. *BL* – *c* v. p. *BL om. A*   **579***a* perte *BL*
– *b* j. le f. *BL om. A*   **580***a* c. se n. *BLMP om. A* – *b* a. avant p. *BL
om. A*

et leur dit : « Seigneurs, je vous prie et commande, de par le roi, de m'aider à aller chercher le sénéchal. » Tandis qu'il se mettait ainsi en peine, messire Guillaume de Beaumont vint à lui et lui dit : « Vous vous donnez de la peine pour rien, car le sénéchal est mort. » Et il répondit : « Que ce soit de la mort, que ce soit de la vie, je donnerai des nouvelles au roi. » Là-dessus il se mit en route et vint vers nous, là où nous étions montés dans la montagne ; et, dès qu'il parvint jusqu'à nous, il me fit dire de venir lui parler ; et ainsi fis-je.

579 Alors Olivier de Termes me dit que nous étions là en grand péril, car si nous descendions par où nous étions montés, nous ne pourrions le faire sans grand péril parce que la côte était très mauvaise, et que les Sarrasins nous tomberaient dessus. « Mais si vous voulez me croire, je vous délivrerai sans perte. » Et je lui dis d'expliquer ce qu'il voudrait, et je le ferai. **580** « Je vous dirai, fit-il, comment nous échapperons. Nous nous en irons, fit-il, tout le long de cette pente, comme si nous devions aller vers Damas, et les Sarrasins qui sont là croiront que nous voulons les prendre par-derrière. Et quand nous serons dans ces plaines, nous piquerons des éperons autour de la cité et nous aurons passé la rivière avant qu'ils puissent arriver sur nous. Et nous leur ferons un grand dommage, car nous leur mettrons le feu à ces froments battus qui sont au milieu de ces champs. » **581** Nous fîmes ainsi qu'il nous expliqua ; et il fit prendre des roseaux dont on fait les flûtes, et fit mettre des charbons dedans, et les fit planter dans les froments battus ; et ainsi Dieu nous ramena en sécurité, grâce au conseil d'Olivier de Termes. Et sachez que, quand nous vînmes au camp où se trouvaient nos gens, nous les trouvâmes tous désarmés, car il n'y en eut pas un qui prît garde à la situation. Ainsi nous revînmes le lendemain à Sayette, où se trouvait le roi.

582 Nous trouvames que le roy son cors avoit fait enfouir les[a] *cors des* crestiens que les *Sarrazins*[b] avoient occis, aussi comme il est desus dit ; et il meismes son cors portoit les cors pourris et touz puans pour mettre en terre es fosses, que ja ne se estoupast, et les autres se estoupoient. Il fist venir ouvriers de toutes pars et se remist a fermer la cité de haus murs et de grans tours. Et quant nous venimes en l'ost, nous trouvames que il nous ot nos places mesurees, il son cors, la ou nous nous logerions. La moy place il prist de lez la place le conte d'Eu, pour ce que il savoit que le conte d'Eu amoit ma compaignie.

583 Je vous conterai des jeus que le conte d'Eu nous fesoit. Je avoie fait une meson la ou je mangoie, moy et mes chevaliers, a la clarté de l'uis. Or estoit l'uis[a] *devers le* conte d'Eu ; et il, qui moult estoit soutilz, fist une petite bible que il getoit ens ; et fesoit espier quant nous estions assis au manger, et dressoit sa bible du lonc de nostre table[b] *et la fesoit gecter* et nous brisoit nos pos et nos vouerres.

Je m'estoie garni de gelines et de chapons ; et je ne sai qui li avoit donné une joene *ourse*[c], la quele il lessoit aler a mes gelines ; et en avoit plus tost tué une douzainne que l'en ne venist illec ; et la femme que les gardoit batoit l'*ourse* de sa quenoille[d].

584 Tandis que le roy fermoit Sayete vindrent marcheans en l'ost, qui nous distrent et conterent que le roy des Tartarins avoit prise la cité de Baudas et l'apostole des Sarra-

582a l. cors des c. *BL* om. *A* – **b** Sarrazins *BL* crestiens *A*   **583-596** *om.* M,   **583** et **588-596** *om.* P   **583a** u. devers le c. *BL* u. au c. *A* – **b** t. et la f. g. e. *BL* om. *A* – **c** ourse *BL* oue *A* – **d** quenoille *BL* gounelle *A*

582 Nous trouvâmes que le roi en personne avait fait enterrer les corps des chrétiens que les Sarrasins avaient tués, comme il est dit plus haut ; et lui-même en personne portait les corps en putréfaction et tout puants pour les mettre en terre dans des fosses, sans se boucher le nez, et les autres se bouchaient le nez. Il fit venir des ouvriers de toute part et se remit à fortifier la cité de hauts murs et de grandes tours. Et quand nous arrivâmes au camp, nous trouvâmes qu'il nous avait, lui en personne, mesuré nos places où nous logerions. Il choisit ma place à côté de la place du comte d'Eu, parce qu'il savait que le comte d'Eu aimait ma compagnie.

583 Je vous conterai les tours que le comte d'Eu nous jouait. J'avais fait une maison où je mangeais, moi et mes chevaliers, à la clarté de la porte. Or la porte était vers le comte d'Eu ; et lui, qui était très malin, fit faire une petite baliste avec laquelle il envoyait des projectiles à l'intérieur ; et il faisait épier le moment où nous étions assis pour manger, et il dressait sa baliste dans la direction de notre table et la faisait tirer et nous brisait nos pots et nos verres.

J'avais fait provision de poules et de chapons ; et je ne sais qui lui avait donné une jeune ourse, qu'il laissait aller à mes poules ; et elle en avait tué une douzaine avant que l'on ait pu arriver là ; et la femme qui les gardait battait l'ourse avec sa quenouille.

584 Tandis que le roi fortifiait Sayette, vinrent dans le camp des marchands qui nous dirent et nous contèrent que le roi des Tartares avait pris la cité de Bagdad et le

---

583. L'anecdote, telle que la présente *A*, est difficilement compréhensible. On voit mal comment une oie, ou même un jars, suivant la suggestion ingénue de Corbett appuyé par Foulet (1979, p. 223) pourrait tuer en quelques instants une douzaine de poules. On comprend mieux que quelqu'un ait fait cadeau d'une jeune ourse à Jean d'Eu, lui donnant l'idée d'une mauvaise plaisanterie. La gardienne des poules aurait bien pu chasser l'oie à coups de tablier (Corbett), mais la *gonelle* est un vêtement long, et non un tablier. *MP* ne sont d'aucun secours pour ce passage.   **584.** Bagdad n'a été prise par les Mongols qu'en 1258. Mais des bruits ont pu circuler auparavant ; Guillaume de Nangis (*Chronique latine*, éd. H. Géraud 1843 [SHF] p. 211) la situe en 1254, Marco Polo vers 1255. L'*Estoire de Eracles, Continuation Rothelin* 1859, p. 636, et Hayton la placent correctement en 1258. L'histoire des joyaux racontée par Joinville se trouve aussi chez Marco Polo (*Milione, Le Divisament du Monde*, éd. G. Ronchi, Milan,

zins, qui estoit sire de la ville, le quel en appeloit le califre de Baudas. La maniere comment il pristrent la cité de Baudas et le[a] calife nous conterent les marcheans ; et la maniere fu tele car quant il orent la cité du calife assiegee, il manda au calife que il feroit volentiers mariage de ses enfans et des siens ; et le conseil[b] *du calife lui loua* que il *s'acordast* au mariage. **585** Et le roy des Tartarins li manda que il li envoiast jusques a .XL. personnes de son conseil et des plus grans gens pour jurer le mariage ; et le calife si fist. Encore li manda le roy des Tartarins que il li envoiast .XL. des plus riches et des meilleurs homes que il eust, et le calife si fist. A la tierce foiz li manda que il li envoiast .XL. des meilleurs[a] que il eust ; et il si fist. Quant le roy des Tartarins vit que il ot touz les chevetains de la ville, il s'apensa que le menu peuple de la ville ne s'avroit pooir de deffendre sanz gouverneur ; il fist a touz les .VI^{XX}. *riches*[b] homes coper les testes, et puis fist assaillir la ville et la prist et le calife aussi.

586 Pour couvrir sa desloiauté et pour geter le blasme sur le calife de la prise de la ville que il avoit fete, il fist prenre le calife et le fit mettre en une cage de fer, et le fist jeunner tant comme l'en peust faire homme sanz mourir. Et puis li *demanda*[a] se il avoit fain ; et le calife dit que oÿl, car se n'estoit pas merveille. Lors li fist aporter le roy des Tartarins un grant taillouer d'or chargé de joiaus[b] a pierres precieuses, et li dit : « Cognois tu ces joiaus ? » Et le calife respondi que oÿl : « Il furent miens. » Et il li demanda se il les amoit bien, et il respondi que oÿl. **587** « Puis que tu les amoies tant, fist le roy des Tartarins, or pren de celle part que tu vourras et manju. » Le califes li respondi que il ne pourroit, car ce n'estoit pas

---

584a le *BL* du *A* — *b* c. du caliphe (se accorda et *add. L*) advisa qu'il se devoit accorder au m. *BL P remanie* c. leur louerent que il s'acordassent au m. *A* 585a m. de sa compaignie ce que fit le calife *BL P remanie* — *b* riches *BL om. A* 586a demanda *BLP* manda *A* — *b* j. et p. *BLP*

pape des Sarrasins, qui était sire de la ville, que l'on appelait le calife de Bagdad. Les marchands nous contèrent la manière dont ils prirent la ville de Bagdad et le calife, et la manière fut telle : lorsqu'ils eurent assiégé la cité du calife, le roi des Tartares fit savoir au calife qu'il ferait volontiers un mariage entre ses enfants et les siens ; et le conseil du calife lui conseilla de donner son accord au mariage. **585** Et le roi des Tartares lui fit dire de lui envoyer jusqu'à quarante personnes de son conseil et des plus grands personnages pour jurer le mariage ; et le calife fit ainsi. De nouveau le roi des Tartares lui fit dire de lui envoyer quarante des plus riches et des meilleurs hommes qu'il avait ; et le calife fit ainsi. À la troisième fois, il lui fit dire de lui envoyer quarante des meilleurs qu'il avait ; et il fit ainsi. Quand le roi des Tartares vit qu'il avait tous les chefs de la ville, il pensa que le menu peuple de la ville n'aurait pas la possibilité de se défendre sans chefs ; il fit couper la tête à tous les cent vingt grands personnages, puis fit donner l'assaut à la ville et la prit, et le calife aussi.

586 Pour couvrir sa déloyauté, et pour rejeter sur le calife le blâme de la prise qu'il avait faite de la ville, il fit prendre le calife et le fit mettre dans une cage de fer et le fit jeûner tant que l'on peut faire jeûner un homme sans le faire mourir. Puis il lui demanda s'il avait faim ; et le calife dit que oui, car ce n'était pas étonnant. Alors le roi des Tartares lui fit apporter un grand plat d'or chargé de joyaux garnis de pierres précieuses et lui dit : « Connais-tu ces joyaux ? » Et le calife répondit que oui : « Ils furent miens. » Et il lui demanda s'il les aimait bien ; et il répondit que oui. **587** « Puisque tu les aimais tant, fit le roi des Tartares, prends-en donc la part que tu voudras et mange. » Le calife lui répondit qu'il ne pouvait, car ce n'était

---

1982, p. 329-331), chez Hayton, *La Flor des estoires de la terre d'Orient* (*Recueil des Historiens des Croisades. Documents arméniens*, t. II, 1906, p. 168-169 et 300-301) ; Guillaume de Nangis la résume en quelques mots ; cf. pour de lointains antécédents Paris 1898, p. 438.

586b. Foulet corrige avec *BL j. et p.*   **587a.** *au calice* me reste inintelligible ; *BL* remplacent ces mots par *maintenant* ; *MP* ne sont d'aucun secours.

viande que l'en peust manger. Lors li dit le roy des Tartarins : « Or peus veoir[a] au calice ta deffense. Car se tu
eusses donné ton tresor[b] *dont tu ne te peulx a ceste heure
ayder aux gens d'armes*, tu te feusses bien deffendu a
nous par ton tresor, se tu l'eusses despendu, qui au plus
grant besoing te faut que tu eusses onques. »

588 Tandis que le roy fermoit Sayete, je alai a *sa*[a] messe
au point du jour ; et il me dit que je l'attendisse, que il
vouloit chevaucher, et je si fis. Quant nous fumes aus
chans, nous venimes par devant un petit moustier et
veismes, tout a cheval, un prestre qui chantoit la messe.
Le roy me dit que ce moustier estoit fait en l'onneur du
miracle que Dieu fist du dyable que il geta hors du cors
de la fille a la veuve femme ; et il me dit que se je vouloie, que il orroit leans la messe que le prestre avoit
commenciee ; et je li dis que il me sembloit[b] *que ce estoit*
bon a fere. **589** Quant ce vint a la pez donner, je vi que
le clerc qui aidoit la messe a chanter estoit grant, noir,
megre et hericiés, et doutai que se il portoit au roy la
pez, que espoir c'estoit un Assacis, un mauvez homme,
et pourroit occirre le roy. Je alai prenre la pez au clerc et
la portai au roy. Quant la messe fu chantee et nous fumes
montez sus nos chevaus, nous trouvames le legat aus
champs ; et le roy s'aprocha de li et m'appela, et dit au
legat : « Je me pleing a vous dou seneschal, qui m'apporta
la pez et ne voult que le povre clerc la[a] *me ayt apportee.* »
590 Et je diz au legat la reson pour quoy je l'avoie fait, et
le legat dit que j'avoie moult bien fet ; et le roy respondi :
« Vraiement non fist. » Grant descort y ot d'eulz deuz, et
je en demourai en pez. Et ces nouvelles vous ai je contees
pour ce que vous veez la grant humilité de li.

587a v. maintenant t. *BL* v. ta grant faulte C. *P* – **b** t. dont tu ne te p.
a. c. h. a. aux g. d'a. t. *BL* t. que tu tenois si chers a tes g. d'a. pour les
souldoyer t. *P* t. d'or t. *A*　　**588-590** om. *B*　　**588a** sa *L* la *A* – **b** s.
que ce estoit b. *L* om. *A*　　**589a** c. la me ayt a. *L* m'apor *A*

pas nourriture que l'on puisse manger. Alors le roi des Tartares dit : « Tu peux voir comment tu aurais pu te défendre. Car, si tu avais donné aux gens d'armes ton trésor, dont tu ne peux maintenant t'aider, tu te serais bien défendu contre nous, si tu l'avais dépensé, ce trésor qui te fait défaut dans la plus grande nécessité que tu aies jamais eue. »

588 Tandis que le roi fortifiait Sayette, j'allai à sa messe au point du jour, et il me dit de l'attendre, car il voulait monter à cheval ; et je fis ainsi. Quand nous fûmes dans la campagne, nous vînmes devant une petite église et nous vîmes, étant à cheval, un prêtre qui chantait la messe. Le roi me dit que cette église avait été bâtie en l'honneur du miracle que Dieu fit quand il chassa le diable du corps de la fille de la femme veuve ; et il me dit que, si je voulais, il entendrait là la messe que le prêtre avait commencée ; et je lui dis qu'il me semblait qu'il était bon de faire cela. **589** Quand vint le moment de donner la paix, je vis que le clerc qui aidait à chanter la messe était grand, noir, maigre et hirsute et je craignis que, s'il portait la paix au roi, c'était peut-être un Assassin, un mauvais homme, et qu'il pourrait tuer le roi. J'allai prendre la paix au clerc et la portai au roi. Quand la messe fut chantée et que nous fûmes montés sur nos chevaux, nous trouvâmes le légat dans la campagne. Et le roi s'approcha de lui et m'appela et dit au légat : « Je me plains à vous du sénéchal, qui m'a apporté la paix, et qui n'a pas voulu que le pauvre clerc me l'apporte. » **590** Et je dis au légat la raison pourquoi je l'avais fait, et le légat dit que j'avais très bien fait ; et le roi répondit : « Vraiment non. » Il y eut une grande discussion entre eux deux, et je demeurai en paix. Et je vous ai conté cette histoire pour que vous voyiez sa grande humilité.

---

588 et 590. *Matth.* 15, 21-28, *Mc* 7, 24-30 ; le miracle a eu lieu dans la région de Tyr et de Sidon ; la citation de Joinville est exacte.   **589.** *la pez :* avant la communion l'officiant ou ses acolytes présentent à baiser aux fidèles, en signe de réconciliation, soit le missel ou les évangiles, soit, à partir du milieu du XIIIᵉ siècle, un objet spécial, sorte de tablette représentant le plus souvent un crucifix ; cf. la scène célèbre de *Flamenca*.

Du[a] miracle que Dieu fist a la fille de la[b] *vesve* femme
parle[c] l'evangile, qui dit que Dieu estoit, quant il fist le
miracle, IN PARTE TYRI ET SYNDONIS, car lors estoit la cité de
Sur que je vous ai *nommee*[d] appelee TYRI ; et la cité de
Sayette que je vous *ai*[e] devant nommee, Sydoine.

591 Tandis que *le*[a] roy fermoit Sayete vindrent a li les
messages a un grant seigneur de la parfonde Grece, le
quel se fesoit appeler le grand Commenie et sire de Tra-
fentesi. Au roy apporterent divers joiaus a present. Entre
les autres li apporterent ars de cor, dont les coches
entroient a vis dedans les ars ; et quant[b] en les sachoit
hors, si trouvoit l'en que il estoient dehors moult bien
tranchant et moult bien faiz. **592** Au roy requistrent que
il li envoiast une pucelle de son palais, et il la prenroit a
femme. Et le roy respondi que il n'en avoit nulles ame-
nees d'outre mer ; et leur loa que il alassent en Constantinnoble a l'empereour, qui estoit cousin le roy, et li
requeissent que il leur baillast une femme pour leur seigneur tele qui feust du lignage le roy et du sien. Et ce fist
il pour ce que l'empereur eust aliance a *cestuy*[a] grant riche
home contre Vatache, qui lors estoit empereur des Griex.

593 La royne[a] *Marguerite*, qui nouvellement estoit relevee de [b] *ma* dame Blanche, dont elle avoit geu a Jaffe,
arriva a Sayette, car elle estoit venue par mer. Quant j'oÿ
dire qu'ele estoit venue, je me levay de devant le roy, et
alai encontre li et l'amenai jusques ou chastel. **594** Et
quant je reving au roy, qui estoit en sa chapelle, il me
demanda se la royne et[a] les enfans estoient haitiés ; et je
li diz oïl. Et il me dit : « Je soy bien, quant vous vous
levates de devant moy, que vous aliés encontre la royne ;

590a Du m. *L* Ce m. *A* — **b** la vesve f. *L* om. *A* — **c** parle l'e. *L* par
l'e. *A* — **d** a. noumee *L* om. *A* — **e** de quoi je vous ay parlé *L* ai *om.*
A **591a** le *BL* om. *A* — **b** q. on les laschoit h. on t. que c'estoit chenivet
(chanivet *B*) dedens moult bien faictes et bien trenchans *BL* **592a** a
cestuy g. *BL* a son g. *A* **593a** r. Marguerite *BL* om. *A* — **b** de ma d.
BL om. *A* **594a** et son enffant *BL*

Du miracle que Dieu fit en faveur de la fille de la femme veuve, il est parlé dans l'Évangile, qui dit que Dieu était, lorsqu'il fit ce miracle, *in parte Tyri et Sidonis* ; car alors la cité de Sur dont je vous ai parlé était appelée Tyr ; et la cité de Sayette dont je vous ai parlé avant, Sydon.

591 Tandis que le roi fortifiait Sayette, vinrent à lui les messagers d'un grand seigneur du fin fond de la Grèce, qui se faisait appeler le grand Comnène et sire de Trébizonde. Ils apportèrent au roi divers joyaux en présent. Entre autres ils lui apportèrent des arcs de corne, dont les coches entraient en se vissant dans les arcs ; et, quand on les retirait, on trouvait qu'elles étaient dehors très tranchantes et très bien faites. **592** Ils demandèrent au roi d'envoyer à leur maître une jeune fille de son palais, et il la prendrait pour femme. Et le roi répondit qu'il n'en avait amené aucune d'outre-mer et leur conseilla d'aller à Constantinople auprès de l'empereur, qui était cousin du roi, et de lui demander de leur donner une femme pour leur maître, qui fût du lignage du roi et du sien. Et le roi fit cela pour que l'empereur ait l'alliance de ce très puissant personnage contre Vatatzès, qui était alors empereur des Grecs.

593 La reine Marguerite, qui était récemment relevée de madame Blanche, dont elle avait accouché à Jaffa, arriva à Sayette ; car elle était venue par mer. Quand j'entendis dire qu'elle était venue, je me levai de devant le roi et j'allai à sa rencontre et l'amenai jusqu'au château. **594** Et quand je revins au roi, qui était dans sa chapelle, il me demanda si la reine et les enfants étaient en bonne santé ; et je lui dis que oui. Et il me dit : « J'ai bien su, quand vous vous êtes levé de devant moi, que vous alliez à la

---

591. Manuel Ier Comnène, empereur de Trébizonde en Asie Mineure. – **b.** Le passage est difficile. Ces arcs sont des arcs orientaux, faits de pièces de rapport assemblées et collées. Les *coches* ne peuvent guère être que les cales sur lesquelles la corde est fixée à chacune des extrémités de l'arc. Ces pièces auraient été vissées dans l'arc. On peut imaginer qu'elles se soient prolongées par une lame de manière à constituer, lorsqu'elles sont sorties de leur logement, un petit couteau. C'est ce que suggèrent les leçons de *B* et de *L*, si l'on accepte les graphies, non attestées ailleurs, *chanivet / chenivet* pour *canivet*.

et pour ce je vous ai fet attendre au sermon. » Et ces choses vous ramentoif je pour ce que j'avoie ja esté .v. ans entour li, que encore ne m'avoit il parlé de la royne ne des[b] enfans, que je oïsse, ne a autrui ; et ce n'estoit pas bone maniere, si comme il me semble, d'estre estrange de sa femme et de ses enfans.

595 Le jour de la Touz Sains, je semons touz les riches homes de l'ost[a] en mon hostel, qui estoit sur la mer. Et lors un povre chevalier ariva en une barge, et sa femme et .IIII. filz que il avoient. Je les fiz venir manger en mon hostel. Quant nous eumes mangé, je appelai les riches homes qui leans estoient et leur diz : « Feson une grant aumosne et deschargons cest povre d'omme de ces enfans ; et preingne chascun le sien, et je en prenrai un. » Chascun en prist un, et se combatoient de l'avoir. Quant le povre chevalier vit ce, il et sa femme, il commencierent a plorer de joie. **596** Or avint ainsi que quant le conte d'Eu revint de manger de l'ostel le roy, il vint veoir les riches homes qui estoient en mon hostel, et me tolli le mien enfant, qui estoit de l'aige de .XII. ans ; le quel servi le conte si bien et si loialment que quant nous revenimes en France, le conte le maria et le fist chevalier. Et toutes les foiz que je estoie la ou le conte estoit, a peinne se pooit departir de moy, et me disoit : « Sire, Dieu le vous rende, car a cest honneur m'avez vous mis. » De ces autres .III. freres ne sai je que il devindrent.

597 Je prié au roy que il me lessast aler en pelerinage a Nostre Dame de Tortouze, la ou il avoit moult grant pelerinage, pour ce que c'est le premier autel qui onques feust fait en l'onneur de la Mere Dieu sur terre ; et y fesoit Nostre Dame moult grant miracles. Dont entre les autres i avoit un hors du senz, qui avoit le dyable ou cors. La ou ses amis qui l'avoient leans amené prioient la Mere

---

594b de ses e. *BL*　　**595a** o. et ainsi comme nous mangions e.m.h. qui e. tout s. la m., un p. *BL*

rencontre de la reine ; et, pour cela, je vous ai fait attendre pour le sermon. » Et je vous mentionne ces choses parce que j'avais déjà été cinq ans auprès de lui et il ne m'avait encore jamais parlé ni de la reine ni de ses enfants, du moins que j'aie entendu, ni à d'autres ; et ce n'était pas une bonne manière, comme il me semble, d'être si étranger à sa femme et à ses enfants.

595 Le jour de la Toussaint, j'invitai tous les hauts personnages du camp à ma maison, qui était sur la mer. Et alors un pauvre chevalier arriva dans une barque avec sa femme et quatre fils qu'ils avaient. Je les fis venir manger dans ma maison. Quand nous eûmes mangé, je m'adressai aux hauts personnages qui étaient là et leur dis : « Faisons une grande aumône, et déchargeons ce pauvre homme de ses enfants ; et que chacun prenne le sien, et j'en prendrai un. » Chacun en prit un, et ils se battaient pour l'avoir. Quand le pauvre chevalier vit cela, lui et sa femme, ils commencèrent à pleurer de joie. **596** Or il arriva que, quand le comte d'Eu revint de manger de l'hôtel du roi, il vint voir les hauts personnages qui étaient dans ma maison, et m'enleva mon enfant, qui avait l'âge de douze ans, et qui servit le comte si bien et si loyalement que, quand nous revînmes en France, le comte le maria et le fit chevalier. Et toutes les fois que je me trouvais où le comte était, il avait peine à se séparer de moi et me disait : « Messire, Dieu vous le rende ; car c'est vous qui m'avez placé à cet honneur. » Quant à ses trois autres frères, je ne sais ce qu'ils devinrent.

597 Je priai le roi de me laisser aller en pèlerinage à Notre-Dame de Tartous, où il y avait un très grand pèlerinage, parce que c'est le premier autel qui fût jamais fait sur terre en l'honneur de la Mère de Dieu ; et Notre-Dame y faisait de très grands miracles. Il y avait entre autres un forcené qui avait le diable au corps. Quand ses amis, qui l'avaient amené là, priaient la Mère de Dieu qu'elle lui

---

595. Le 1ᵉʳ novembre 1253. **597.** C'était un voyage de près de 200 km. Tortose est à environ 80 km au nord de Tripoli ; selon la tradition, l'église de Tortose aurait été fondée par saint Pierre. L'église du XIIᵉ siècle est conservée.

Dieu qu'elle li donnast santé, l'ennemi qui estoit dedans leur respondi : « Nostre Dame n'est pas ci, ainçois est en Egypte pour aidier au roy de France et aus crestiens, qui au jour d'ui ariveront en la terre, il a pié contre la paennime a cheval. » **598** Le jour fu mis en escript et fu aporté au legat[a], *qui mesmes* le me dit de sa bouche. Et soiés certein qu'elle nous aida et nous eust plus aidé se nous ne l'eussions courouciee et li et son Filz, si comme j'ai dit devant.

599 Le roy me donna congié d'aler la et me dit a grant conseil que je li achetasse .c. camelins de diverses couleurs pour donner aux Cordeliers quant nous vendrions en France. Lors m'assouaga le cuer, car je pensai bien que il n'i demourroit gueres. Quant nous venimes a Triple[a], mes chevaliers me demanderent que je vouloie faire des camelins, et que je leur deisse. « Espoir, fesoie je, si les[b] *robé je* pour gaaingner. »

600 Le prince, que Dieu absoille, nous fist si grant joie et si grant honeur comme il pot onques, et eust donné a moy et a mes chevaliers grans dons se nous les vousissons avoir pris. Nous[a] *ne* vousimes riens prenre ne mes que de ses reliques, des queles je aportai au roy avec les camelins que je li avoie achetez.

601 De rechief, je envoiai a ma dame la royne .IIII. camelins. Le chevalier qui[a] *les* porta les porta entorteillés en une touaille blanche. Quant la royne le vit entrer en la chambre ou elle estoit, si s'agenoilla contre li, et le chevalier se ragenoilla contre li aussi. Et la royne li dit : « Levez sus, sire chevalier, vous ne vous devez pas agenoiler, qui portés les reliques. » Mes le chevalier dit : « Dame, ce ne sont pas reliques, ains sont camelins que mon seigneur vous envoie. » Quant la royne oÿ ce et ses damoi-

598a 1. qui mesmes le *BL* 1. que mons 1. *A*   **599a** v. a T. *BLMP* v. en Cypre a T. *A* – *b* que les voulloye revendre p. *BL* que je les achetoie pour y g. *M* que je les a. pour les revendre et y g. *P* les robee p. *A*   **600a** N. ne v. *BL* ne *om. A*   **601a** q. les luy presenta les p. *BL* les *om. A*

donnât la santé, le diable qui était en lui leur répondit :
« Notre-Dame n'est pas ici, mais elle est en Égypte pour
aider le roi de France et les chrétiens qui arriveront
aujourd'hui dans le pays, eux à pied, contre les païens à
cheval. » **598** Ce jour même le miracle fut consigné par
écrit et fut apporté au légat, qui me le dit lui-même de sa
bouche. Et soyez certains que la Vierge nous aida ; et elle
nous eût aidés davantage si nous n'avions suscité sa
colère et celle de son Fils, comme j'ai dit auparavant.

599 Le roi me donna la permission d'aller là, et me dit
en grande confidence de lui acheter cent pièces de camelin de diverses couleurs, pour donner aux Cordeliers
quand nous viendrions en France. Alors mon cœur
s'apaisa, car je pensai bien que cela ne tarderait guère.
Quand nous arrivâmes à Tripoli, mes chevaliers me
demandèrent ce que je voulais faire de ces draps, et que
je le leur dise : « Peut-être, faisais-je, les ai-je volés pour
faire du profit. »

600 Le prince d'Antioche, que Dieu absolve, nous fit le
meilleur accueil et le plus grand honneur qu'il put, et il
nous aurait fait, à moi et à mes chevaliers, de grands dons,
si nous avions voulu les prendre. Nous ne voulûmes rien
prendre, sinon de ses reliques, dont j'apportai certaines au
roi, avec les pièces de camelin que je lui avais achetées.

601 En plus j'envoyai à madame la reine quatre pièces
de camelin. Le chevalier qui les porta les porta envelop-
pées dans un linge blanc. Quand la reine le vit entrer dans
la chambre où elle était, elle s'agenouilla devant lui, et le
chevalier s'agenouilla à son tour devant elle. Et la reine
lui dit : « Levez-vous, sire chevalier ; vous ne devez pas
vous agenouiller, vous qui portez les reliques. » Mais le
chevalier dit : « Dame, ce ne sont pas des reliques, mais ce
sont des pièces de camelin que mon seigneur vous envoie. »

---

600. Sur ces reliques, voir Introduction, p. 27.

selles, si commencierent[b] a rire ; et la royne dit a mon chevalier : « Dites a vostre seigneur que mal jour li soit donné, quant il m'a fet agenoiller contre ses camelins. »

602 Tandis que le roy estoit a *Sayette*[a], li aporta l'en une pierre qui se levoit par escales, la plus merveilleuse du monde, car quant l'en levoit une escale, l'en trouvoit entre les .II. pierres la forme d'un poisson de mer. De pierre estoit le poisson, mes il ne failloit riens en sa fourme, ne yex ne areste ne couleur ne autre chose, que il ne feust autretel comme s'il feust vif. Le roy[b] *me donna* une pierre et trouva une tanche dedans, de brune couleur et de[c] *tel* façon comme tranche doit estre.

603 A Sayette vindrent les nouvelles au roy que sa mere estoit morte. Si grant deul en mena que de .II. jours en ne pot onques parler a li. Après ce m'envoia querre par un vallet de sa chambre. Quant je ving devant li en sa chambre la ou il estoit tout seul et il me vit[a], et estandi ses bras et me dit : « A seneschal, j'ai pardue ma mere[b]. » *Et je luy respondi :* **604** « Sire, je ne m'en merveille pas, fis je, que a mourir avoit elle. Mes je me merveille que vous, qui estes un sage home, avez mené si grant deul. Car vous savez que le Sage dit que mesaise que l'omme ait ou cuer ne li doit *paroir*[a] ou visage ; car cil qui le fet en fet liez ses ennemis et en mesaise ses amis. » Moult de biaus servises en fit faire outre mer ; et après il envoia en France un sommier chargé de lettres de prieres aus esglises pour ce que il priassent pour li.

601b c. toutes a *BL*   **602a** Seette *BL* Sajecte *M* Layette *A* –   **b** r. me donna u. *BLP* r. manda u. *A* –   **c** de toutes telles aultres f. *BL* de te f. *A*   **603a** vit il e. *BL* v. il s'escria en me estendant les b. *MP* –   **b** m. Et je luy r. *BL* m. Et je lui dis *MP om. A*   **604a** paroir *BL* apparoir *MP* parer *A*

Quand la reine entendit cela, ainsi que ses demoiselles, elles commencèrent à rire ; et la reine dit à mon chevalier : « Dites à votre maître que maudit soit pour lui ce jour, puisqu'il m'a fait agenouiller devant ses pièces de camelin. »

602 Tandis que le roi était à Sayette, on lui apporta une pierre qui se fendait par écailles, la plus merveilleuse du monde. Car, lorsqu'on levait une écaille, on trouvait entre les deux pierres la forme d'un poisson de mer. Le poisson était de pierre, mais il ne manquait rien dans sa forme, ni yeux, ni arête, ni couleur, ni autre chose pour qu'il ne fût tel que s'il avait été vivant. Le roi me donna une pierre, et je trouvai dedans une tanche de couleur brune, et de telle façon que doit être une tanche.

603 À Sayette parvint au roi la nouvelle que sa mère était morte. Il en manifesta une si grande douleur que de deux jours on ne put jamais lui parler. Après cela, il m'envoya chercher par un valet de sa chambre. Quand je vins devant lui dans sa chambre, où il était tout seul, et qu'il me vit, il étendit ses bras et me dit : « Ah ! sénéchal, j'ai perdu ma mère. » **604** Et je lui répondis : « Sire, je ne m'en étonne pas, fis-je, car il fallait bien qu'elle meure. Mais je m'étonne que vous, qui êtes un homme sage, ayez manifesté une si grande douleur. Car vous savez que le Sage dit que la souffrance que l'homme peut avoir au cœur ne doit pas paraître sur son visage ; car celui qui la laisse paraître en rend ses ennemis joyeux et attriste ses amis. » Il lui fit faire beaucoup de très beaux services outre-mer ; et après il envoya en France un cheval de bât chargé de lettres de prières adressées aux églises, afin qu'on prie pour elle.

---

602. Ces fossiles sont très précisément localisés au nord de Beyrouth et ont été remarqués par les voyageurs ; C. Aranborg et L. Dubertret, *Les Poissons oligocènes de l'Iran, Liban, Syrie et bordure des pays voisins*, Paris 1967 (communication du P. M. Fiey et de Jean Richard).   **603.** La reine Blanche était morte le 26 ou le 27 novembre 1252 ; Berger 1895, p. 415. Geoffroy de Beaulieu 1840, p. 17, dit que le roi était à Jaffa lorsqu'il l'apprit, donc avant son départ pour Saïda, le 29 juin 1253. Il serait surprenant qu'une nouvelle aussi importante ne lui soit parvenue qu'en juillet, d'autant que les passages, interrompus pendant l'hiver, recommençaient en avril ou mai.

605 Ma dame Marie de Vertus, moult bone dame et moult sainte femme, me vint dire que la royne menoit moult grant deul, et me pria que j'alasse vers li pour la reconforter. Et quant ge ving la, je trovai que elle plouroit[a] ; et je li dis que voir dit celi qui dit que l'en ne doit femme croire, « car ce estoit la femme que vous plus haiés[b] *qui est morte* et vous en menez tel deul ». Et elle me dit que ce n'estoit pas pour li que elle ploroit, mes pour la mesaise que le roy avoit du deul que il menoit, et pour sa fille, qui puis fu royne de Navarre, qui estoit demouree en la garde des homes.

606 Les durtez que la royne Blanche fist a la royne Marguerite furent tiex que la royne Blanche ne vouloit soufrir a son pooir que son filz feust en la compaingnie sa femme ne mez que le soir quant il aloit coucher avec li. Les hostiex la ou il plesoit miex a demourer, c'estoit a Pontoise, entre le roy et la royne, pour ce que la chambre le roy estoit desus et la chambre la royne estoit desous. **607** Et avoient ainsi acordé leur besoigne que il tenoient leur parlement en une viz qui descendoit de l'une chambre en l'autre ; et avoient leur besoignes si atirees que quant les huissiers veoient venir la royne en la chambre le roy son filz, il batoient les huis de leur verges, et le roy s'en venoit courant en sa chambre[a] pour ce que sa mere l'i trouvast ; et ainsi refesoient les huissiers de la chambre la royne Marguerite, quant la royne Blanche y venoit, pour ce qu'elle y trouvast la royne Marguerite. **608** Une foiz estoit le roy decoste la royne sa femme, et estoit en trop grant peril de mort pour ce qu'elle estoit bleciee d'un enfant qu'elle avoit eu. La vint la royne Blanche, et prist son filz par la main et li dit : « Venés vous en, vous ne fetes riens ci. » Quant la royne Marguerite vit que la mere en menoit le roy, elle s'escria : « Helas ! Vous ne me lairés veoir mon seigneur ne morte ne vive ! » Et lors elle se pasma, et cuida l'en qu'elle feust

605 Madame Marie de Vertus, très bonne dame et très sainte femme, vint me dire que la reine manifestait une très grande douleur, et me pria d'aller vers elle pour la réconforter. Et, quand j'arrivai là, je trouvai qu'elle pleurait ; et je lui dis que disait vrai celui qui dit que l'on ne doit pas croire une femme : « Car c'était la femme que vous haïssiez le plus qui est morte, et vous en manifestez une telle douleur ! » Et elle me dit que ce n'était pas pour la reine qu'elle pleurait, mais pour la souffrance qu'avait le roi de la douleur qu'il manifestait, et pour sa fille, qui fut plus tard reine de Navarre, qui était restée à la garde des hommes.

606 Les duretés que la reine Blanche fit subir à la reine Marguerite furent telles : la reine Blanche ne voulait pas supporter, autant qu'elle pouvait, que son fils soit en compagnie de sa femme, si ce n'est le soir quand il allait coucher avec elle. La résidence où il plaisait le mieux de séjourner, aussi bien au roi qu'à la reine, était Pontoise, parce que la chambre du roi était au-dessus, et la chambre de la reine était au-dessous. **607** Et ils avaient ainsi réglé leur affaire qu'ils s'entretenaient dans un escalier à vis qui descendait d'une chambre à l'autre ; et ils avaient arrangé leur affaire de telle façon que, quand les huissiers voyaient venir la reine dans la chambre du roi son fils, ils frappaient les portes de leurs verges, et le roi venait en courant dans sa chambre pour que sa mère l'y trouve ; et à leur tour les huissiers de la chambre de la reine Marguerite en faisaient autant quand la reine Blanche y venait, afin qu'elle y trouve la reine Marguerite. **608** Une fois le roi était à côté de la reine sa femme, et elle était en très grand danger de mort, parce qu'elle était blessée à cause d'un enfant qu'elle avait eu. Survint la reine Blanche, et elle prit son fils par la main et lui dit : « Venez-vous en, vous n'avez rien à faire ici. » Quand la reine Marguerite vit que la mère emmenait le roi, elle s'écria : « Hélas, vous ne me laisserez voir mon mari ni morte ni

---

607a. La faute *ne l'i trouvast A* se retrouve dans *BL* ; *M* omet tout le passage, *P* le remanie de telle sorte qu'on ne peut savoir le texte qu'il lisait. Il est probable que la négation fautive remonte à l'archétype, à moins que Joinville se soit trompé.

morte ; et le roy, qui cuida qu'elle se mourut, retourna, et
a grant peinne la remist l'en a point.

609 En ce point que la cité de Sayete estoit ja pres que
toute fermee, le roy fist fere pluseurs processions en
l'ost ; et en la fin des processions fesoit prier le legat que
Dieu ordenast la besoigne le roy a sa volenté, par quoy
le roy en feist le meilleur au gré Dieu, ou de raler en
France ou de demourer la.

610 Aprés ce que les processions furent faites, le roy
m'apela la ou je me seoie avec les riches homes du pays
dela en un prael, et me fit le dos tourner vers eulz. Lors
me dit le legat : « Seneschal, le roy se loe moult de vostre
servise, et moult volentiers vous pourchaceroit vostre profit et vostre honneur. Et pour vostre cuer, me dit il, mettre[a]
a aise, me dit il que je vous deisse que il a atiree sa
besoingne pour aler en France a ceste Pasque qui vient. »
Et je li respondi : « Dieu l'en lait fere sa volenté ! »

611 Lors[a] *se leva le legat et* me dit que je le convoiasse
jusques a son hostel[b], *ce que je feis*. Lors s'enclost en sa
garde robe, entre li et moy sanz plus, et me mist mes .ii.
mains entre les seues et commensa a plorer molt durement. Et quant il pot parler, si me dit : « Seneschal, je sui
moult lié, si en rent graces a Dieu de ce que le roy[c], *vous*
et les autres pelerins eschapent du grant peril la ou vous
avés esté en celle terre ; et moult sui a mesaise de cuer et
de ce que il me couvendra lessier vos saintes compain-
gnies et aler a la court de Rome entre celle desloial gent
qui y sont. **612** Mes je vous dirai que je pense a fere.
Je pense encore a fere tant que je demeure un an aprés
vous, et bee a despendre touz mes deniers a fermer le

610a m. a aise *BL om. A* **611a** L. se l. le l. et me d. *BL om. A* — **b** h.
ce que je feis *BLM om. A* — **c** r. vous e. *BL om. A*

vivante. » Et alors elle perdit connaissance, et l'on crut qu'elle était morte ; et le roi, qui croyait qu'elle était en train de mourir, retourna ; et l'on eut grand-peine à la faire se rétablir.

609 Au moment où la cité de Sayette était déjà presque toute fortifiée, le roi fit faire plusieurs processions dans le camp ; et à la fin des processions le légat faisait prier pour que Dieu réglât les affaires du roi selon sa volonté, afin que le roi fasse ce qui serait le meilleur au gré de Dieu, soit revenir en France, soit demeurer là.

610 Après que les processions eurent été faites, le roi m'appela alors que j'étais assis avec les hauts personnages du pays dans un jardin, et me fit tourner le dos de leur côté. Alors le légat me dit : « Sénéchal, le roi se loue grandement de votre service, et vous assurerait très volontiers profit et honneur. Et, me dit-il, pour soulager votre cœur, il m'a dit de vous dire qu'il a arrangé ses affaires pour aller en France à cette Pâques qui vient. » Et je lui répondis : « Que Dieu lui en laisse faire sa volonté ! »

611 Alors le légat se leva et me dit de l'accompagner jusqu'à sa maison, ce que je fis. Alors il s'enferma dans la pièce où étaient rangés ses vêtements, lui et moi sans plus, et mit mes deux mains entre les siennes, et commença à pleurer très fort. Et quand il put parler, il me dit : « Sénéchal, je suis bien heureux, et j'en rends grâce à Dieu, que le roi, vous et les autres pèlerins échappent au grand danger où vous vous êtes trouvés dans cette terre ; et j'ai le cœur bien serré de ce qu'il me faudra quitter vos saintes compagnies, et aller à la cour de Rome, parmi ces gens déloyaux qui y sont. **612** Mais je vous dirai ce que je pense faire. Je pense tant faire encore que je resterai un an après vous, et je souhaite dépenser tous

---

610. Foulet 1979, p. 228, considère que la suite indique que c'est le légat et non le roi qui appelle Joinville, et propose de corriger en conséquence. *BL* donnent le même texte que *A* ; *MP* remanient, en expliquant que le légat se trouvait avec le roi, et qu'il s'adressa à Joinville en la présence de ce dernier. – Pâques, le 21 avril 1254.

fortbourc d'Acre, si que je leur mousterrai tout cler que je n'enporte[a] point d'argent, si ne me courront mie a la main. »

613 Je recordoie une foiz au legat .II. pechiez que un mien prestre m'avoit recordez. Et il me respondi en tel maniere : « Nulz ne scet tant de desloiaus pechiez que l'en fet en Acre comme je faiz. Dont il couvient que Dieu les venge, en tel maniere que la cité d'Acre soit lavee du sanc aus habiteurs, et que il y vieigne aprés autre gent qui y habiteront. » La prophecie du preudonme est avertie[a], ou partie, car la cité est bien lavee du sanc aus habiteurs, mes encore n'i sont pas venus cil qui y doivent habiter. Et Dieu les y envoit bons[b] *et telz qu'ilz soient* a sa volenté !

614 Aprés ces choses[a] *m'envoya querre et* me manda le roy que je m'alasse armer, et mes chevaliers. Je li demandé pour quoy ; et il me dit pour mener la royne et ses enfans jeusques a Sur, la ou il avoit .VII. lieues. Je ne li repris onques la parole ; et si estoit le commandement si perilleus que nous n'avions lors ne treves ne pez ne a ceulz d'Egypte ne a ceulz de Damas. La merci Dieu, nous y venimes tout en pez, sanz nul empeeschement, et a l'anuitier, quant[b] il nous couvint .II. foiz descendre en la terre de nos ennemis pour fere feu et cuire viande pour les enfans repestre et alaitier.

615 Quant que le roy se partist[a] *de* la cité de Sayete, que il avoit fermee de grans murs et de grans tours et de grans fossés curez dehors et dedans, le patriarche et les barons du païs vindrent a li et li distrent en tel maniere : **616** « Sire, vous avés fermee la cité de Sayete et celle de Cezaire et le bourc de Jaffe, qui moult est grant profit a la sainte Terre ; et la cité d'Acre avés moult enforciee des

612a j. ne reporte p. *BL*   **613** om. *MP* – **a** averee en p. *BL* – **b** b. et t. qu'ilz s. *BL* om. *A*   **614a** c. m'e. q. le r. et me commanda que *BL* om. *A* – **b** car *BL*   **615a** p. de l. *BL* p. a l. *A*

mes fonds à fortifier le faubourg d'Acre, de sorte que je leur montrerai bien clairement que je ne remporte point d'argent, et ainsi ils ne courront pas après moi. »

613 Je rapportais une fois au légat deux péchés qu'un de mes prêtres m'avait rapportés. Et il me répondit en telle manière : « Nul ne sait comme moi les péchés affreux que l'on fait à Acre. Et il faut que Dieu les venge, en telle manière que la cité d'Acre soit lavée par le sang des habitants, et qu'il y vienne après d'autres gens qui y habiteront. » La prophétie de ce prud'homme est vérifiée en partie, car la ville est bien lavée par le sang de ses habitants ; mais ceux qui doivent y habiter n'y sont pas encore venus. Et que Dieu les y envoie bons et tels qu'ils soient selon sa volonté !

614 Après cela, le roi m'envoya chercher et me donna l'ordre d'aller m'armer, ainsi que mes chevaliers. Je lui demandai pourquoi ; et il me dit que c'était pour mener la reine et ses enfants jusqu'à Sur, distante de sept lieues. Je ne lui fis aucune objection ; et pourtant l'ordre était plein de danger, car nous n'avions alors ni trêve ni paix ni avec ceux d'Égypte ni avec ceux de Damas. Dieu merci, nous y parvînmes paisiblement, sans aucune difficulté, à la tombée de la nuit, alors qu'il nous fallut deux fois mettre pied à terre dans le pays de nos ennemis pour faire du feu et cuire des aliments pour nourrir et allaiter les enfants.

615 Quand le roi partit de la cité de Sayette, qu'il avait fortifiée de grands murs et de grandes tours et de grands fossés curés au-dehors et au-dedans, le patriarche et les barons du pays vinrent à lui, et lui parlèrent en telle manière : **616** « Sire, vous avez fortifié la cité de Sayette et celle de Césarée et le bourg de Jaffa, ce qui est d'un grand profit pour la Terre sainte ; et vous avez beaucoup

---

613. Acre a été prise par les Sarrasins en avril 1291 ; la plupart des habitants furent massacrés. – *a. BL* donnent *averee* ; il faut comprendre *avertie*, « vérifiée ». La correction de Wailly et de Corbett est inutile. Foulet 1979, p. 278, corrige *ou* en *en*.   **616.** Le carême de 1254 commençait le 25 février.

murs et des tours que vous y avez fet. Sire, nous nous
soumes regardez entre nous que nous[a] *ne* veons que[b]
desormais vostre demouree puisse tenir point de proufit
au royaume de Jerusalem, pour laquel chose nous vous
loons et conseillons que vous alez en Acre a ce quaresme
qui vient, et atirez vostre passage, par quoy vous en
puissés aler en France aprés ceste Pasque. » Par le conseil
du patriarche et des barons, le roy se parti de Sayette et
vint a *Sur*[c], la ou la royne estoit, et des illec venimes a
Acre a l'entree de quaresme.

617 Tout le quaresme fist arreer le roy ses nefz pour
revenir en France, dont il y ot .XIII.[a] que nefz que galies.
Les nefz et les galies furent atirees en tel maniere que le
roy et la royne se requeillirent en leur nefz la vegile de
saint Marc aprés Pasques ; et eumes bon vent au partir.
Le jour de la saint Marc me dit le roy que a celi jour il
avoit esté né ; et je li diz[b] que encore pooit il bien dire
que il estoit renez *ceste journee, et que assez estoit rené*,
quant il de celle perilleuse terre eschapoit.

618 Le samedi veimes l'ille de Cypre et une montaingne
qui est en Cypre, que en appele la montaingne de la Croiz.
Celi samedi leva une bruine[a] *de la terre* et descendi de la
terre sur la mer ; et pour ce cuiderent nos mariniers que
nous feussion plus loing de l'ille de Cypre que nous n'estions, pour ce que il veoient la montaingne par desus la
bruine, et pour ce firent nager habandonnement, dont il
avint ainsi que nostre nef hurta a une queue de sablon qui

616a n. ne v. *BL om. A* – *b* q. desormais *BLM om. A* – *c* Sur *BLMP*
Arsur *A*   **617a** ot quatorze *BLMP* XIII *A* – *b* d. qu'il p. b. d. que il e.
encores r. ceste journee et que assez naist qui de celle p. *BL* d. qu'il p. b.
d. que encore il y avoit esté né et que assez estoit rené qui eschappoit de
celle p. t. ou nous avions esté tant longuement *M* d. qu'il p. b. d. qu'il estoit
rené attendu qu'il estoit eschappé de celle meme feste de saint Marc de
celle dangereuse t. ou nous avions tant enduré *P om. A* Le *ms. L présente
ici (f. 119) une peinture à mi-page représentant un vaisseau heurtant
des rochers avec la légende :* Comment le roy monta sur mer pour revenir
en France. *B donne la légende sans laisser de place pour une peinture.*   **618a** b. de la terre *Bl om. A*

renforcé la cité d'Acre avec les murs et les tours que vous y avez faits. Sire, nous avons examiné entre nous la situation et nous ne voyons pas que désormais votre séjour puisse apporter un profit au royaume de Jérusalem ; c'est pourquoi nous vous donnons l'avis et nous vous conseillons d'aller à Acre ce carême qui vient, et d'organiser votre traversée de manière à pouvoir aller en France après cette Pâques. » Sur le conseil du patriarche et des barons, le roi partit de Sayette et vint à Sur, où était la reine ; et de là nous vînmes à Acre à l'entrée du carême.

617 Tout le carême, le roi fit préparer ses navires pour revenir en France : il y en eut treize, tant nefs que galères. Les nefs et les galères furent préparées de telle manière que le roi et la reine montèrent à bord de leur nef la veille de la Saint-Marc après Pâques, et nous eûmes bon vent au départ. Le jour de la Saint-Marc, le roi me dit qu'il était né ce jour-là, et je lui dis qu'il pouvait bien dire qu'il était né de nouveau ce jour, et qu'il était vraiment rené quand il échappait à cette périlleuse terre.

618 Le samedi, nous vîmes l'île de Chypre, et une montagne qui est à Chypre, qu'on appelle la montagne de la Croix. Ce samedi s'éleva une brume de la terre et elle descendit de la terre sur la mer ; et, à cause de cela, nos marins estimèrent que nous étions plus loin de l'île de Chypre que nous n'étions en réalité, parce qu'ils voyaient la montagne au-dessus de la brume, et, à cause de cela, ils nous firent naviguer sans précaution ; par suite de quoi

---

617. *la vegile de Saint Marc*, le 24 avril 1254.   **618.** Cf. § 13-16 et 39. – *Le samedy*, le 25 avril. *Montagne de la Croix*, non identifiée.

estoit en la mer. Or avint ainsi que se nous n'eussions trouvé ce pou de sablon la ou nous hurtames, nous eussions hurté a tout plein de roches qui estoient couvertes, la ou nostre nef eust esté toute esmiee et nous touz *peril-lez*[b] et noiez. **619** Maintenant[a] *que nostre nef eust heurté*, le cri leva en la nef si grant que chascun crioit : « Helas ! » Et les mariniers et les autres batoient leur paumes pour ce que chascun avoit poour de noier. Quant je oÿ ce, je me levai de mon lit la ou je gisoie et alai ou chastel avec les mariniers[b]. Quant je ving la, frere *Remon*, qui estoit Templier et mestre desus les mariniers, dit a un de ses vallez : « Giete ta *plommee*[c] » ; et si fist il. Et maintenant que il l'ot getee, il s'escria et dit : « Halas ! nous soumes a terre ! » Quant frere Remon oÿ ce, il se desirra jusques a la courroie et prist a arracher sa barbe et crier[d] : « *Aï* mi ! aï mi ! » **620** En ce point me fist un mien chevalier, qui avoit non seigneur Jehan de Monson, pere l'abbé Guillaume de Saint Michiel, une grant debonnaireté, qui fu telle car il m'aporta sanz dire un mien seurcot forré et le me geta ou dos, pour ce que je n'avoie[a] *vestu* que ma cote. Et ge li escriai et li diz : « Que ai je a fere de vostre seurcot que vous m'aportez, quant nous noyons ! » Et il me dit : « Par m'ame, sire, je avraie plus chier que nous feussions touz naiez que ce que une maladie vous preit de froit, dont vous eussiez la mort. »

621 Les mariniers escrierent : « Sa la galie, pour le roy requeillir ! » Mes de .IIII. galies que le roy avoit la il n'i ot onques galie qui de la s'aprochast ; dont il firent moult que sage, car il avoit bien .VIIIᶜ. persones en la nef, qui touz feussent sailli es galies pour leur cors garantir, et ainsi les eussent effondees.

618*b* perilz *ABL* perillez *M*   **619***a* Sitost que nostre nef eust heurté l. *BL* om. *A* — *b* m. Je trouvay illec f. Remond q. e. t. et m. d. les autres m. qui d. *BL* Hamon *A* Remon *est confirmé par les § 619 et 622* — *c* plommee *BL* plomme *A* — *d* c. ouy moy, ouy moi *BL* c. Et m. ai m. *A*   **620-621.** *om. MP*   **620***a.* vestu q. *BL* om. *A*

il arriva ainsi que notre nef heurta un banc de sable qui était immergé. Il arriva donc que, si nous n'avions pas rencontré ce peu de sable que nous heurtâmes, nous aurions heurté une quantité de roches qui étaient recouvertes, sur lesquelles notre nef aurait été toute mise en pièces, et nous tous naufragés et noyés. **619** Aussitôt que notre nef eût heurté, le cri s'éleva si grand dans la nef que chacun criait « Hélas ! » et les marins et les autres frappaient des mains, parce que chacun avait peur de se noyer. Quand j'entendis cela, je me levai de mon lit où j'étais couché et j'allai au château avec les marins. Quand j'arrivai là, frère Rémon, qui était Templier et maître des mariniers, dit à un de ses aides : « Jette ta sonde », et il fit ainsi. Et aussitôt qu'il l'eût jetée, il se mit à crier et dit : « Hélas, nous sommes à terre ! » Quand frère Rémon entendit cela, il déchira ses vêtements jusqu'à la ceinture, et se mit à s'arracher la barbe, en criant « Aïe mi ! Aïe mi ! » **620** Sur ces entrefaites, un de mes chevaliers, qui s'appelait messire Jean de Monson, père de l'abbé Guillaume de Saint-Michel, eut à mon égard un geste de grande bonté, car il m'apporta sans rien dire un de mes surcots fourrés, et me le jeta sur le dos, parce que je n'avais sur moi que ma cotte. Et je lui dis en criant : « Qu'ai-je à faire de votre surcot, que vous m'apportez quand nous nous noyons. » Et il me dit : « Par mon âme, messire, j'aimerais mieux que nous soyons tous noyés que si vous attrapiez à cause du froid une maladie qui vous mette à la mort ! »

621 Les marins se mirent à crier : « Çà, la galère, pour recueillir le roi ! » Mais de quatre galères que le roi avait là, il n'y eut pas une galère qui s'approchât ; en quoi ils agirent très sagement, car il y avait bien huit cents personnes dans la nef qui auraient toutes sauté dans les galères pour se sauver, et elles les auraient envoyées par le fond.

---

620. Guillaume III, abbé de Saint-Michel-en-Thiérache ; *Gall. Christ.*, IX, 600.

622 Cil qui avoit la plommee geta la seconde foiz et revint a frere Remon et li dit que la nef n'estoit mes a terre. Et lors frere Remon[a] *le* ala dire au roy qui estoit en croiz[b] *adentz* sur le pont de la nef, tout deschaus, en pure cote et tout deschevelé, devant le cors Nostre Seigneur qui estoit en la nef, comme cil qui bien cuidoit noier.

Si tost comme il fu jour, nous veimes la roche devant nous la ou nous feussions hurté se la nef ne feust adhurtee[c] a la queue du sablon.

623 L'endemain envoia le roy querre[a] *les mestres notionniers* des nefz, les quiex *envoierent* .IIII. plungeurs en la mer aval, et plungerent en la mer. Et quant il revenoient, le roy et les[b] *mestres nothonniers* les oyoient l'un aprés l'autre, en tel maniere que l'un des plungeurs ne savoit que l'autre[c] avoit dit. Toute voiz trouva l'en par les .IIII. plungeurs que au froter[d] que nostre nef avoit fait ou sablon[e] *que le sablon* en avoit bien osté .III[f]. taises du tyson sur quoy la nef estoit fondee.

624 Lors *appela*[a] le roy les mestres nothonniers devant nous et leur demanda quel conseil il donroient du cop que sa nef avoit receu. Il se conseillerent ensemble et loerent au roy que il se descendist de la nef la ou il estoit et entrast en une autre. **625** « Et ce conseil vous loons nous[a], *firent ilz*, car nous entendons de certein que touz les es de vostre nef sont touz eslochez, par quoy nous doutons que quant vostre nef vendra en la haute mer, que elle ne puisse soufrir les cops des ondes qu'elle ne se despiesce. Car autel avint il quant vous venistes de France que une nef hurta aussi ; et quant elle vint en la haute mer, elle ne pot soufrir les cops des ondes, ainçoiz se

---

622a R. le a. *BL om. A* — *b* c., adentz s. *BL* adans *dans une phrase remaniée M* — *c* arrestee *BL*   **623a** q. les m. nothiers des n. l. q. envoyerent (qui amenerent *P*) quatre *BLMP* q. le m. n. des n. l. q. envoie *A* — *b* les m. nothiers *BL* le m. n. *A* — *c* les aultres avoient *BL* — *d* au froyer *BL* — *e* s. que le sablon e. *BL* que... le sable a. b. emporté *MP* — *f* trois *BLMP* (cf. § 13), .IIII. *A*   **624a** appela *BL* appele *A*   **625a** n. firent ilz *BL om. A*

622 Celui qui avait la sonde la jeta une seconde fois, et revint à frère Rémon et lui dit que la nef ne touchait plus le fond. Et alors frère Rémon alla le dire au roi, qui était les bras en croix face contre terre sur le pont de la nef, sans chausses, en simple cotte et tout échevelé, devant le corps de Notre-Seigneur qui était sur la nef, comme un homme qui croyait bien qu'il allait être noyé.

Dès qu'il fit jour, nous vîmes devant nous les rochers contre lesquels nous aurions heurté si la nef n'avait pas heurté le banc de sable.

623 Le lendemain, le roi envoya chercher les maîtres nautonniers des nefs, qui envoyèrent quatre plongeurs au fond de la mer, et ils plongèrent dans la mer. Et quand ils revenaient, le roi et les maîtres nautonniers les entendaient l'un après l'autre, de manière qu'un plongeur ne savait pas ce que l'autre avait dit. Toutefois on constata par les quatre plongeurs que, lorsque notre nef avait frotté le sable, le sable avait bien arraché quatre toises de la pièce de bois sur laquelle la nef était construite.

624 Alors le roi appela les maîtres nautonniers devant nous, et leur demanda quel avis ils donneraient sur le choc que sa nef avait reçu. Ils discutèrent à part entre eux, et conseillèrent au roi de débarquer de la nef où il était et de monter dans une autre. **625** « Et nous vous donnons cet avis, firent-ils, parce que nous considérons avec certitude que toutes les pièces de bois de votre nef sont toutes disloquées, ce qui nous fait craindre que, quand votre nef viendra en haute mer, elle ne puisse supporter le choc des vagues sans partir en morceaux. Car un fait semblable s'est produit quand vous êtes venu de France ; une nef a heurté aussi et, quand elle vint en haute mer, elle n'a pu

---

622. C'est par une permission spéciale du légat que le Saint-Sacrement était conservé dans la nef de Louis IX ; il était interdit de célébrer la messe en mer.

desrompi, et furent touz periz quant que il estoient en la
nef fors que une femme et son enfant, qui en eschaperent
sur une piesce de la nef. » Et je vous tesmoing que il
disoient voir, car je vi la femme et l'enfant en l'ostel au
conte de Joingny en[b] la cité de Baffe, que le conte norris-
soit[c] *pour Dieu.*

626 Lors demanda le roy a mon seigneur Pierre le Chamberlain, et a mon seigneur Gile le Brun, connestable de
France, et a mon seigneur Gervaise d'*Escroignes*[a], qui
estoit mestre queu le roy, et a l'arcedyacre de Nicocye,
qui portoit son seel, qui puis fu cardonnal, et a moy que
nous li loions de ces choses. Et nous li respondimes que
de toutes choses terriennes l'en devoit croire ceulz qui
plus en savoient : « Dont nous vous loons, devers nous,
que vous faciez ce que les nothonniers vous loent. »

627 Lors dit le roy aus nothonniers : « Je vous demant
sur voz loialtés, se la nef feust vostre et elle feust chargee
de vos marchandises, se vous en descendriés. » Et il respondirent touz ensemble que nanin, car il ameroient miex
mettre leur cors en avanture de noier que ce que il ache-
tassent une nef[a] *qui leur cousteroit* .IIII[M]. livres et plus.
« Et pour quoy me loez vous donc[b], *dit le roy*, que je
descende ? – Pour ce, firent il[c], *que* ce n'est pas geu parti,
car or ne argent ne peut esprisier le cors de vous, de
vostre femme et de vos enfans qui sont seans ; et pour ce
ne vous loons nous pas que vous metez ne vous ne eulz
en avanture. »

628 Lors dit le roy : « Seigneurs, j'ai oÿ vostre avis et
l'avis de ma gent. Or vous redirai je le mien, qui est tel
que se je descent de la nef, que il a ceans tiex .v[c]. persones et plus qui demorront en l'ille de Cypre pour la

625b e. l. c. de B *om. BL* qui estoient arrivés devant la cité de Baphe
(Japhe *P*) *MP* – *c* n. pour Dieu *BL* n. pour l'onneur D. *MP om.*
A   **626a** d'Escroignes *BL* desorainne *A*   **627a** n. qui l. c. dix mil l. e.
BL qui l. c. quarante ou cinquante mil l. e. *MP om. A* – *b* d. dist le roy
BL fist le roy *MP om. A* – *c* i. que c. *BL om. A*

supporter le choc des vagues, mais s'est brisée ; et tous
ceux qui se trouvaient dans la nef ont péri, à l'exception
d'une femme et de son enfant qui se sauvèrent sur un
débris de la nef. » Et je vous suis témoin qu'ils disaient
vrai, car je vis dans la maison du comte de Joigny, dans
la cité de Baffe, la femme et l'enfant que le comte nourrissait pour l'amour de Dieu.

626 Alors le roi demanda à messire Pierre le Chambellan, à messire Gilles le Brun, connétable de France, à
messire Gervaise d'Escrennes, qui était maître cuisinier
du roi, et à l'archidiacre de Nicosie, qui portait son sceau,
qui depuis fut cardinal, et à moi, que nous lui donnions
notre avis sur cette situation. Et nous lui répondîmes que,
dans toutes les choses de ce monde, on devait croire ceux
qui en savaient le plus : « Donc nous vous conseillons,
de notre côté, que vous fassiez ce que les maîtres nautonniers vous conseillent. »

627 Alors, le roi dit aux maîtres nautonniers : « Je vous
demande, sur votre honneur, si la nef était à vous et si
elle était chargée de marchandises vous appartenant, si
vous débarqueriez. » Et ils répondirent tous ensemble que
non, car ils aimeraient mieux exposer leurs personnes à
être noyées que d'acheter un navire qui leur coûterait
quatre mille livres et plus. « Et pourquoi me conseillez-
vous, dit le roi, de débarquer ? – Parce que, dirent-ils, il
n'y a pas partie égale, car on ne peut évaluer à prix d'or
ou d'argent votre personne, celles de votre femme et de
vos enfants qui sont ici ; et pour cela nous ne vous
conseillons pas de vous exposer, ni vous, ni eux. »

628 Alors le roi dit : « Seigneurs, j'ai entendu votre avis
et l'avis de mes gens. Et maintenant je vous dirai à mon
tour le mien, qui est tel : si je débarque de la nef, il y a
ici telles cinq cents personnes et plus qui resteront dans

---

626. Gervaise d'Escrennes ; cf. Griffiths 1970[2], p. 238-239. – *arcedyacre
de Nicocye*, Raoul Grosparmi, qui devint cardinal évêque d'Albano le
24 décembre 1261, mort à Tunis en 1270. Il n'y avait pas alors de chancelier
en titre.

poour du peril de leur cors, car il n'i a celi qui autant[a]
n'*aime* sa vie comme *je faiz la moie*, et qui jamez par
avanture en leur païz renterront. Dont j'aimme miex
mon cors et ma femme et mes enfans[b] mettre *en adventure* en la main Dieu que je feïsse tel doumage a ci grant
peuple comme il a ceans. »

629 Le grant doumage que le roy eut fait au peuple qui
estoit en sa nef peut l'en veoir a Olivier de Termes, qui
estoit en la nef le roy, le quel estoit un des plus hardis
hommes que je onques veïsse et qui miex c'estoit prouvé
en la Terre sainte[a]. N'osa demourer avec nous pour poour
de naier, ainçois demoura en Cypre et[b] *eut tant de destourbiers qu'il* fu avant un an et demi que il revenist au
roy ; et si estoit grant home et riche home et bien pooit
paier son passage. Or regardez que petites gens eussent
fet qui n'eussent eu de quoy paier, quant[c] tel homme ot
si grant destourbier.

630 De ce peril dont Dieu nous ot eschapez entrames en
un autre, car le vent qui nous avoit flatis sus Chypre, la
ou nous deumes estre noiés, leva si fort et si orrible car
il nous batoit a force sus l'ille de Cypre, car les mariniers
geterent leur ancres encontre le vent ne onques la nef ne
porent arester tant que il en i orent aportés .v. Les parois
de la chambre le roy couvint abatre, ne il n'avoit nulli
leans qui y osast demourer, pour ce que le vent ne les
enportast en la mer. En ce point le connestable de France,
mon seigneur Giles le Brun[a] *et moy* estiens couchié en la
chambre le roy ; et en ce point la royne ouvri l'uis de la
chambre et cuida trouver le roy en la seue. **631** Et je li
demandai qu'elle estoit venue querre. Elle dit qu'elle
estoit venue parler au roy pour ce que il promeist a Dieu

  628a a. n'ayme sa vie c. je fois la mienne et *BL* qui n'ayme a. son corps
c. je f. le mien e. *MP* a. n'ait en sa vie comme j'ai e. *A* – **b** e. en adventure
m. que je f. *BL* e. en danger et en la m. de D. que de f. *MP om.*
A   **629a** s. Et *add. Paris* – **b** C. et eut tant de (empeschemens et *M*)
destourbiers qu'il fut a. *BLM om. A* – **c** q. si riche homme eust si *BL* veu
que si grant r. h. y avait eu tant de d. *M*   **630a** B. et moy e. *BLMP om. A*

l'île de Chypre par peur de s'exposer au danger, car il n'y en a aucune qui n'aime sa vie autant que je fais la mienne, et qui jamais, peut-être, ne rentreront dans leur pays. Donc j'aime mieux exposer au hasard en la main de Dieu ma personne, ma femme et mes enfants que de causer un tel dommage à une aussi grande foule de gens qu'il y a ici. »

629 Le grand dommage que le roi aurait causé à tous les gens qui étaient dans sa nef, on peut le voir par Olivier de Termes, qui était dans la nef du roi, et qui était un des hommes les plus hardis que j'aie jamais vu et qui avait le mieux fait ses preuves en Terre sainte. Il n'osa pas rester avec nous par peur d'être noyé, mais il resta à Chypre, et il éprouva tant de difficultés qu'il fut un an et demi avant de revenir au roi ; et c'était un homme de haut rang et riche, et il pouvait bien payer son passage. Voyez donc ce qu'auraient fait de petites gens qui n'auraient pas eu de quoi payer, alors qu'un tel homme a eu de si grandes difficultés.

630 De ce péril auquel Dieu nous avait fait échapper, nous entrâmes dans un autre, car le vent qui nous avait jetés sur Chypre, où nous aurions dû être noyés, se leva si fort et si horrible qu'il nous rejetait avec force sur l'île de Chypre ; car les marins jetèrent leurs ancres contre le vent, et ils ne purent à aucun moment arrêter le bateau avant d'en avoir apporté cinq. Il fut nécessaire d'abattre les parois de la chambre du roi, et il n'y avait personne à l'intérieur qui osât y rester, de crainte que le vent ne l'emporte à la mer. À ce moment le connétable de France, messire Gilles le Brun et moi étions couchés dans la chambre du roi ; et à ce moment la reine ouvrit la porte de la chambre, pensant trouver le roi dans la sienne. **631** Et je lui demandai ce qu'elle était venue chercher.

628a. La correction, d'après *LBMP*, est confirmée par le § 15.
631. Célèbre lieu de pèlerinage lorrain ; P. Marot, *Saint-Nicolas-de-Port. La « Grande église » et le pèlerinage*, 1963 ; pour la nef, qui est perdue, voir p. 32-33 ; Charles Oman, *The Medieval Silver Nefs*, Londres, 1963, p. 1.

aucun pelerinage, ou a ses sains, par quoy Dieu nous delivrast de ce peril la ou nous estions, car les mariniers[a] *luy*
avoient dit que nous estions en peril de naier. Et je li diz :
« Dame, prometés la voie a mon seigneur saint Nicholas
de Warangeville, et je vous sui plege pour li que Dieu
vous remenra en France, et le roy et vos enfans. –
Seneschal, fist elle, vraiement je le feroie volentiers ; mez
le roy est si divers que se il le savoit que je l'eusse promis
sanz li, il ne m'i leroit jamez aler. **632** – *Au*[a] *moins, dis
je*, vous ferez une chose, que se Dieu vous rameinne en
France, que vous li promettrés une nef d'argent de .v.
mars pour le roy, pour vous et pour vos .iii. enfans ; et je
vous sui plege que Dieu vous ramenra en France ; car[b] je
promis a saint Nicholas que se il nous reschapoit de ce
peril la ou nous avions la nuit esté, que je l'iroie requerre
de Joinville a pié et deschaus. » Et elle me dit que la nef
d'argent de .v. mars, que elle la promettoit a saint Nicholas, et me dit que je l'en feusse plege ; et je li dis que si
seroie je moult volentiers. Elle se parti de illec et ne tarda
que un petit, si revint a nous et me dit : « Saint Nicholas
nous a garantis de cest peril, car le vent est cheu. »

633 Quant la royne, que Dieu absoille, feu revenue en
France, elle fist fere la nef d'argent a Paris ; et estoit en
la nef le roy, la royne et les .iii. enfans, touz d'argent, le[a]
marinier, le mat, le gouvernail et les cordes, tout d'argent,
et le voile tout d'argent ; et me dit la royne que la façon
avoit cousté .c. livres. Quant la nef fu faite, la royne la
m'envoia a Joinville pour fere conduire jusques a Saint
Nicholas, et je si fis. Et encore la vis je a Saint Nicholas
quant nous menames la sereur le roy a Haguenoe, au roy
d'Alemaingne.

631a m. luy a. *BLMP* om. *A*   **632a** A. m. dis je, f. v. u. *BL* A. m. ma
dame promectez *M* A. m., dame, feis je, pr. *P* om. *A* – **b** Car vraiement
je luy ay promis que s'il nous delivre de ce peril que je le yray requerre
depuis *J*. *BL* Et je promect moy mesmes que moy retourné a Jonville que
je le yray veoir *MP*   **633a** le m. le mat. le g. et les c. le tout cousu a fil
d'a. et me d. *BL* le m. le mast les c. et les g. tout d'a. et cousuz a fil d'a.
Laquelle nef elle m'envoia *MP*

Elle dit qu'elle était venue parler au roi pour qu'il pro-
mette à Dieu un pèlerinage, ou à ses saints, par quoi Dieu
nous délivre de ce péril où nous nous trouvions ; car les
marins lui avaient dit que nous étions en péril d'être
noyés. Et je lui dis : « Dame, promettez le voyage à monseigneur saint Nicolas de Varangéville et je vous suis
garant pour lui que Dieu vous ramènera en France, et le
roi et vos enfants. – Sénéchal, fit-elle, vraiment je le ferais
volontiers ; mais le roi est si difficile que, s'il savait que
je l'eusse promis sans lui, il ne m'y laisserait jamais aller.
632 – Au moins, dis-je, vous ferez une chose ; si Dieu
vous ramène en France, vous lui promettrez une nef d'argent de cinq marcs, pour le roi, pour vous et pour vos
trois enfants ; et je vous suis garant que Dieu vous ramènera en France ; car j'ai promis à saint Nicolas, s'il nous
faisait réchapper à ce péril où nous avions été la nuit,
d'aller le prier depuis Joinville à pied et sans chausses. »
Et elle me dit que la nef d'argent de cinq marcs, elle la
promettait à saint Nicolas, et me demanda que je lui en
sois garant ; et je lui dis que je le serais bien volontiers.
Elle partit de là et ne tarda qu'un court moment ; elle
revint à nous et me dit : « Saint Nicolas nous a garantis
de ce péril, car le vent est tombé. »

633 Quand la reine, que Dieu absolve, fut revenue en
France, elle fit faire la nef d'argent à Paris ; et il y avait
dans la nef le roi, la reine et les trois enfants, tout en
argent ; le marin, le mât, le gouvernail et les cordes, tout
en argent ; et les voiles toutes en argent ; et la reine me
dit que la façon avait coûté cent livres. Quand la nef fut
faite, la reine me l'envoya à Joinville pour la faire
conduire à Saint-Nicolas, et je fis ainsi. Et je l'ai vue
encore à Saint-Nicolas quand nous menâmes la sœur du
roi à Haguenau, au roi d'Allemagne.

632b. Foulet 1979, p. 228, considère que telle qu'elle est libellée dans
A, cette phrase ne s'adresse pas à la reine, mais au lecteur. Les rédactions
de *BL* et *MP* appartiennent clairement au propos tenus à l'intention de la
reine.   **633.** Blanche de France, sœur de Philippe le Bel, épousa
Rodolphe, fils de l'empereur Albert Ier de Habsbourg en février 1300 ;
Favier 1978, p. 305-306. – – *a.* Le texte de *A* paraît altéré. Les rédactions
divergentes de *BLMP* ne permettent pas de le rétablir.

634 Or revenons a nostre matiere et disons ainsi que aprés ce que nous fumes eschapé de ces .II. perilz, le roy s'asist sur le[a] ban de la nef et me fist asseoir a ses piez et me dit ainsi : « Seneschal, nous a bien moustré nostre Dieu son grant povoir, que un de ses petis vens, non pas[b] des .IIII. mestres vens, dut avoir naié le roy de France, sa femme et ses enfans et toute sa compaingnie. Or li devons gré et grace rendre du peril dont il nous a delivrez. »

635 « Seneschal, fist le roy, de teles tribulacions, quant elles aviennent aus gens ou de grans maladies ou d'autres persecucions, dient les sains que ce sont les menaces Nostre Seigneur. Car aussi comme Dieu dit a ceulz qui eschapent de grans maladies : "Or veez vous bien que je vous eusse bien mors se je vousisse", et ainsi peut il dire a nous : "Vous veez bien que je vous eusse[a] *tous* noiez se je vousisse."* **636** Or devons, fist le roy, regarder a nous que il n'i ait chose qui li desplaise[a] *par quoy il nous ai ainsi espentez, et se nous trouvons chose qui luy desplaise* que nous n'ostions hors ; car se nous le fesions autrement aprés ceste menace que il nous a faite, il ferra sus nous ou par mort ou par autre grant mescheance, au doumage des cors et des ames. »

637 Le roy dit : « Seneschal, le saint dit : "Sire Dieu, pour quoy nous menaces tu ? Car se tu nous avoies touz perdus, tu n'en seroies ja pour ce plus povre ; et se tu nous avoies touz gaaignés, tu n'en seroies ja plus riche pour ce. Dont nous poons veoir, fait le saint, que ces menaces que Dieu nous fet ne sont pas pour son preu avancier ne pour son doumage destourber, mez seulement, pour la grant amour que il a en nous, nous esveille par ses menaces pour ce que nous voions cler en nos defautes et que nous ostions[a] *de nous* ce qui li

---

634[a] l. bord d. *BL* il se leva sur le ban d. *MP* — *b* p. des quatre m. v. *BL* le mestre des .IIII. v. *A*　　635[a] e. tous n. *BLM* om. *A*　　636[a] d. par quoy... ch. qui luy desplaise que nous le mections h. *L* d. q. n. le mections hors *B* d. incontinant ouster et mectre hors *M* om. *A*　　637[a] o. de nous c. *BL* o. hors de noz consciences *M* om. *A*

634 Or revenons à notre matière et disons qu'après que nous eûmes échappé à ces deux périls, le roi s'assit sur le banc de la nef et me fit asseoir à ses pieds et me dit ainsi : « Sénéchal, notre Dieu nous a bien montré son grand pouvoir, car un de ces petits vents – non pas l'un des quatre maîtres vents – aurait dû noyer le roi de France, sa femme et ses enfants, et toute sa compagnie. Or nous devons lui savoir gré et lui rendre grâce pour le péril dont il nous a délivrés. »

635 « Sénéchal, fit le roi, de telles tribulations, quand elles arrivent aux gens, ou de grandes maladies, ou d'autres malheurs, les saints disent que ce sont les menaces de Notre-Seigneur. Car, de même que Dieu dit à ceux qui échappent à de grandes maladies : "Or vous voyez bien que je vous aurais bien fait mourir si je l'avais voulu", ainsi il peut nous dire : "Vous voyez bien que je vous aurais tous noyés si je l'avais voulu." **636** Nous devons alors, dit le roi, regarder en nous-mêmes qu'il n'y ait rien qui lui déplaise pour quoi il nous ait ainsi épouvantés ; et si nous trouvons quelque chose qui lui déplaise appliquons-nous à l'enlever de nous ; car, si nous agissons autrement après cette menace qu'il nous a faite, il frappera sur nous, ou par la mort ou par quelque autre grand malheur, au dommage de nos corps et de nos âmes. »

637 Le roi dit : « Sénéchal, le saint dit : "Sire Dieu, pourquoi nous menaces-tu ? Car si tu nous avais tous perdus, tu n'en serais sûrement pas pour cela plus pauvre ; et si tu nous avais tous gagnés, tu n'en serais certainement pas plus riche pour cela. D'où nous pouvons voir, fait le saint, que ces menaces que Dieu nous fait ne sont pas pour faire avancer son profit, ni pour empêcher son dommage ; mais seulement à cause du grand amour qu'il a envers nous, il nous réveille par ses menaces pour que nous voyions clair dans nos manquements, et que nous ôtions de nous ce qui

---

634-636. Cf. § 39-41.

desplet." Or le fesons ainsi, fist le roy, si ferons que
sages. »

638 De l'ille de Cypre nous partimes puis que nous
eumes pris en l'ille de l'yaue fresche et autres choses qui
besoing nous estoient. A une ylle venimes que en appelle
la Lempiouse, la ou nous preimes tout plein de connins.
Et trouvames un hermitage ancien dedans les roches, et
trouvames les courtilz que les[a] hermites qui *y demou-
roient* anciennement avoient fait. Olivier, figuiers, seps
de vingne et autres arbres y avoit ; le ru de la fonteinne
couroit parmi le courtil. Le roy et nous alames juesques
au chief du courtil, et trouvames un oratoire en la premiere voute, blanchi de chaus, et une croiz vermeille de
terre. **639** En la seconde voute entrames et trouvames .ii.
cors de gens mors, dont la char estoit tout pourrie ; *les*[a]
costes se tenoient encore toutes ensemble, et les os des
mains estoient sur leur piz ; et estoient couchez contre
Orient en la maniere que l'en met les cors en terre. Au
requeillir que nous feismes en nostre nef, il nous failli un
de nos mariniers, dont le mestre de la nef cuida que il
feust la demouré pour estre hermite. Et pour ce Nicholas
de Soisi, qui estoit mestre serjant le roy, lessa .iii. sacz
de becuiz sur la rive pour ce que cil les trouvast et en
vequist.

640 Quant nous fumes partis de la, nous veismes une
grant ylle en la mer, qui avoit a non Pantennelee, et estoit
peuplé de Sarrazins qui estoient en la subjeccion du roy
de Sezile et du roy de Thunes. La royne pria le roy que
il y envoiast .iii. galies pour prendre du fruit pour ses
enfans. Et le roy li otria et commanda aus[a] *maistres des*
galies que quant la nef le roy passeroit par devant l'ille,
que il feussent touz appareillés de venir a *luy*[b]. Les galies
entrerent en l'ylle par un port qui y estoit. Et avint que
quant la nef le roy passa par devant le port, nous n'oÿmes
onques nouvelles de nos galies. **641** Lors commencierent

638a l'h. qui y demouroit *BL* dormirent *A*   **639a** les *BL* le *A*
640a. a maistres des g. *Bl om. A* – **b** luy *BLP* moy *A*

lui déplaît." Faisons donc ainsi, dit le roi, et nous agirons en sages. »

638 Nous partîmes de l'île de Chypre après avoir pris dans l'île de l'eau fraîche et autres choses dont nous avions besoin. Nous vînmes à une île que l'on appelle Lampeduse, où nous prîmes tout plein de lapins. Et nous trouvâmes au milieu des rochers un ermitage ancien, et nous trouvâmes les jardins que les ermites qui y demeuraient anciennement avaient faits. Il y avait des oliviers, des figuiers, des ceps de vigne et d'autres arbres ; le ruisseau de la source coulait au milieu du jardin. Le roi et nous allâmes jusqu'au bout du jardin et nous trouvâmes dans la première voûte, un oratoire blanchi à la chaux, et une croix rouge en terre. **639** Nous entrâmes dans la seconde voûte et nous trouvâmes les corps de deux hommes qui étaient morts, dont la chair était toute en décomposition ; les côtes tenaient encore toutes ensemble et les os de leurs mains étaient sur leur poitrine ; et ils étaient couchés vers l'Orient, de la façon dont on met les corps en terre. Quand nous rembarquâmes dans notre nef, il nous manqua un de nos marins ; le maître de la nef supposa qu'il était demeuré là pour être ermite. Et pour cela Nicolas de Soisy, qui était maître sergent du roi, laissa trois sacs de biscuits sur le rivage, pour que celui-ci les trouve et qu'il en vive.

640 Quand nous fûmes partis de là, nous vîmes dans la mer une grande île qui s'appelle Pantelleria, et elle était peuplée de Sarrasins qui étaient dans la sujétion du roi de Sicile et du roi de Tunis. La reine pria le roi d'y envoyer trois galères pour prendre des fruits pour ses enfants. Et le roi le lui accorda, et donna l'ordre aux maîtres des galères d'être tout prêts, quand la nef du roi passerait devant l'île, à venir à lui. Les galères entrèrent dans l'île par un port qui s'y trouvait. Et il arriva que, quand la nef du roi passa devant le port, nous n'entendîmes aucune nouvelle de nos galères. **641** Les marins commencèrent

---

639. *Nicholas de Soisi :* cf. § 385.   **640.** *roy de Sezile :* Conrad II (Conradin), petit-fils de Frédéric II.

les mariniers a murmurer l'un a l'autre. Le roy les fist appeler et leur demanda que il leur sembloit de[a] *ceste oeuvre* ; et les mariniers li distrent[b] *qu'il leur sembloit* que les Sarrazins avoient pris sa gent et les galies. « Mes nous vous loons et conseillons, sire, que vous ne les attendés pas, car vous estes entre le royaume de Cezile et le royaume de Thunes, qui ne vous aimment gueres ne l'un ne l'autre ; et se vous nous lessiez nager, vous avrons encore ennuit delivré du peril, car nous vous avrons passé ce destroit. **642** – Vraiement, fist le roy, je ne vous en croirai ja que je lesse ma gent entre les mains des[a] Sarrazins que je n'en face au moins mon pouer d'eulz delivrer. Et vous commant que vous tournez vos voueles et leur alons courre sus. » Et quant la royne oÿ ce, elle commença a mener moult grant deul et dit : « Hé, lasse, ce ai je tout fet ! »

643 Tandis que l'en tournoit les voiles de la nef le roy et des autres, nous veismes les galies issir de l'ylle. Quant elles vindrent au roy, le roy demanda aus mariniers pour quoy il avoient ce fet. Et il respondirent que il n'en pooient mes, que ce firent les filz de bourjois de Paris, dont il y[a] avoit .VI. qui mangoient les fruiz des jardins, par quoy il ne les pooient avoir, et il ne les vouloient lessier. Lors commanda le roy que en les meist en la barje de cantiers ; et lors il commencerent a crier et a brere : « Sire, pour Dieu, raïmbez nous de quant que nous avons, mes que vous ne nous metiez la ou en met les murtriers et les larrons, car touz jours mes nous seroit reprouvé. » **644** La royne et nous touz feismes nos pooirs comment le roy se vousist souffrir, mez onques le roy ne voult escouter nullui, ainçois y furent mis et y demourerent tant que nous feumes a terre. A tel meschief y furent que quant la mer grossoioit, les ondes leur voloient par desus la teste, et les convenoit asseoir que le vent ne les emportast en la mer. Et ce fu a bon droit, que leur gloutonnie

641a de ces oeuvres *BL* cest heure *A* desdictes trois gallees *P* – **b** d. qu'il leur s. que *BLP* om. *A* **642a** des *BL* de *A* **643-644** *om. MP* **643a** y en a. *BL*

alors à murmurer entre eux. Le roi les fit appeler et leur demanda ce qu'il leur semblait de cette affaire ; et les marins dirent qu'il leur semblait que les Sarrasins avaient pris ses hommes et ses galères. « Mais nous vous donnons l'avis et le conseil, sire, de ne pas les attendre, car vous êtes entre le royaume de Sicile et le royaume de Tunis, qui ne vous aiment guère ni l'un ni l'autre ; et, si vous nous laissez naviguer, nous vous aurons encore, cette nuit même, sorti du danger, car nous vous aurons fait passer ce détroit. **642** – Vraiment, fit le roi, je ne vous en croirai pas et je ne laisserai pas mes hommes entre les mains des Sarrasins sans faire au moins ce que je pourrai pour les délivrer. Et je vous donne l'ordre de tourner vos voiles, et que nous allions les attaquer. » Et quand la reine entendit cela, elle commença à manifester une très grande douleur et dit : « Hé ! malheureuse, c'est moi qui ai fait tout cela ! »

643 Tandis que l'on tournait les voiles de la nef du roi et des autres, nous vîmes les galères sortir de l'île. Quand elles arrivèrent au roi, le roi demanda aux marins pourquoi ils avaient fait cela. Et ils répondirent qu'ils n'en pouvaient rien, que c'était la faute de fils de bourgeois de Paris, dont il y avait six qui mangeaient les fruits des jardins ; c'est pourquoi ils ne pouvaient pas les récupérer, et ils ne voulaient pas les laisser. Alors le roi donna l'ordre de les mettre dans la chaloupe ; et alors ils se mirent à crier et à hurler : « Sire, pour l'amour de Dieu, laissez-nous nous racheter de tout ce que nous avons, pourvu que vous ne nous mettiez pas là où l'on met les assassins et les voleurs, car cela nous serait reproché à jamais. » **644** La reine et nous tous fîmes tout ce que nous pûmes pour que le roi renonce à sa décision ; mais le roi ne voulut écouter personne ; bien au contraire ils y furent mis et ils y restèrent jusqu'à ce que nous fûmes à terre. Ils s'y trouvaient dans des conditions si pénibles que, quand la mer devenait grosse, les vagues leur

---

641. *Œuvre* : cf. § 653, *Que vous semble de cest oevre.*

nous fist tel doumage que nous en fumes delaiés .VIII.
bones journees, par ce que le roy fist tourner les nefs ce
devant deriere.

645 Un autre avanture nous avint en la mer avant que
nous venissions a terre, qui fu tele que une des beguines
la royne, quant elle ot la royne *couchee*[a] si ne se prist
garde, si jeta sa touaille de quoy elle avoit sa teste entorteillee au chief de la paielle de fer la ou la soigne la royne
ardoit. Et quant elle fu alee coucher en la chambre desous
la chambre la royne, la ou les femmes gisoient, la chandelle ardi tant que le feu se prist en la toaille, et de la
toaille se prist a telles dont les dras la royne estoient couvers. **646** Quant la royne se esveilla, elle vit la chambre
tout embrasee de feu, et sailli sus toute nue et pris la
toaille et la jeta[a] *tout ardant* en la mer, et prist les *toilles*[b]
et les estaint. Cil qui estoient en la barge de cantiers crierent basset : « Le feu ! Le feu ! » Je levai ma teste et vi
que la toaille ardoit encore a clere flambe sur la mer, qui
estoit moult quoye. Je vesti ma cote au plus tost que je
poi et alai seoir avec les mariniers. **647** Tandis que je
seoie la, mon escuier, qui gisoit devant moy, vint a moy
et me dit que le roy estoit esveillé et que il avoit demandé
la ou je estoie. « Et je li avoie dit que vous estiés aus
chambres ; et le roy me dit : "Tu mens !" » Tandis que
nous parlions illec, a tant es vous mestre Geffroy, le clerc
la royne, qui me dit : « Ne vous effreez pas, car il est
ainsi avenu. » Et je li diz : « Mestre Geffroy, alez dire a
la royne que le roy est esveillé, et qu'elle voise vers li
pour li apaisier. » **648** L'endemain, le connestable de
France et mon seigneur Pierre le Chamberlanc et mon
seigneur Gervaise[a] *le panetier* distrent au roy : « Que a
ce anuit esté que nous oïmes parler de feu ? » Et je ne dis
mot. Et lors dit le roy : « Ce soit par mal avanture la ou

645-649 *om.* BMP   **645a** couschee *L* chaucee *A, cf. § 416a*
646a j. toute ardant *L om. A – b* toilles *L* touaille *A*   **648a** G. le panetier d. *L om. A*

volaient par-dessus la tête, et il fallait les assurer pour que le vent ne les emporte pas à la mer. Et ce fut à bon droit, car leur gloutonnerie nous causa un tel tort que nous en fûmes retardés de huit bonnes journées, parce que le roi avait fait tourner les nefs sens devant derrière.

645 Il nous advint une autre aventure en mer, avant que nous touchions terre, qui fut telle qu'une des béguines de la reine, quand elle eut couché la reine, ne fit pas attention et jeta le linge dont elle avait entortillé sa tête à l'extrémité de la poêle de fer où brûlait la chandelle de la reine. Et quand elle fut allée se coucher dans la chambre au-dessous de la chambre de la reine où couchaient les femmes, la chandelle brûla tant que le feu se communiqua au linge, et du linge se communiqua aux toiles dont les vêtements de la reine étaient couverts. **646** Quand la reine s'éveilla, elle vit la chambre toute embrasée de feu ; elle sauta du lit toute nue et prit le linge et le jeta à la mer tout en feu, et prit les toiles et les éteignit. Ceux qui étaient dans la chaloupe crièrent à voix étouffée : « Le feu ! Le feu ! » Je levai la tête, et vis que le linge brûlait encore avec une flamme claire sur la mer, qui était très calme. Je revêtis ma cotte au plus tôt que je pus, et j'allai m'asseoir avec les marins. **647** Tandis que j'étais assis là, mon écuyer, qui couchait devant moi, vint à moi et me dit que le roi était réveillé et qu'il avait demandé où j'étais. « Et je lui avais répondu que vous étiez aux cabinets ; et le roi me dit : "Tu mens !" » Tandis que nous parlions là, voilà maître Geoffroi, le clerc de la reine, qui me dit : « Ne vous effrayez pas, car voilà ce qui est arrivé. » Et je lui dis : « Maître Geoffroi, allez dire à la reine que le roi est éveillé, et qu'elle aille le trouver pour l'apaiser. » **648** Le lendemain, le connétable de France et messire Pierre le Chambellan et messire Gervaise le panetier dirent au roi : « Qu'y a-t-il eu cette nuit que nous ayons entendu parler de feu ? » Et je ne dis mot. Et alors le roi

---

645. *beguines :* la reine Marguerite aurait donc été servie par de pieuses femmes ; je ne vois pas que le mot puisse avoir un autre sens. – *a.* Cf. § 416.   **647.** *chambres :* bien qu'il y ait le pluriel, je pense qu'il s'agit, comme au § 306, des lieux d'aisance ; cf. *Lancelot,* éd. Micha, t. VI, 1980, p. 174, § 35.

le seneschal est plus celant que je ne sui. Et je vous conterai, dist le roy, que ce est que nous deumes estre ennuit
touz ars. » **649** Et leur conta comment ce fu. Et me dit :
« Seneschal, je vous comment que vous ne vous couchiez
des or en avant tant que vous aiés tous les feus de ceans
estains, ne mez que le grant feu qui est en la soute de la
nef. Et sachiez que je ne me coucherai jeusques a tant
que vous reveignez a moy. » Et ainsi le fiz je tant comme
nous feumes en mer ; et quant je revenoie, si se couchoit
le roy.

650 Une autre avanture nous avint en mer car mon seigneur Dragonés, un riche home de Provence, dormoit la
matinee en *sa*[a] nef, qui bien estoit une lieu devant la nostre ; et appela un sien escuier et li dit : « Va estouper ce
pertuis, car le solleil me fiert ou visage. » Celi vit que il
ne[b] pooit estouper le pertuis se il n'issoit de la nef. De la
nef issi ; tandis que il aloit le pertuis estouper, le pié li
failli et cheï en l'yaue. Et celle n'avoit point de barge de
cantiers, car la nef estoit petite. Maintenant fu esloingnee
celle nef. Nous qui estions en la nef le roy[c] *le veismes et*
cuidions que ce feust une somme ou une bouticle, pour
ce que celi qui estoit cheu en l'yaue ne metoit nul conseil
en li. **651** Une des galies le roy le queilli et l'aporta en
nostre nef, la ou il nous[a] *compta* comment ce li estoit
avenu. Je li demandai comment ce estoit que il ne metoit
conseil en li garantir, ne par noer ne par autre maniere. Il
me respondi que il n'estoit nul mestier ne besoing que il
meist conseil en li, car si tost comme il commença a
cheoir, il se commenda a Nostre Dame[b] *de Vaulvert* et
elle le soustint par les espaules des que il cheï jusques a
tant que la galie le roy le requeilli. En l'onneur de ce
miracle, je l'ai fet peindre a Joinville, en ma chapelle, et
es verrieres de Blehecourt.

650*a* sa *L* la *A* — *b* i. ne p. *LM* om. *A* — *c* r. le veismes et c. *BLMP*
om. *A*   **651***a* n. compta c. *BL* om. *A* — *b* D. de Vaulvert (Valbert *M*) e.
BLMP om. *A*

dit : « Il faut que ce soit mal venu quand le sénéchal est plus secret que je ne suis. Et je vous raconterai, dit le roi, ce qui fait que nous aurions dû être tous brûlés cette nuit. » **649** Et il leur conta comment les choses se passèrent. Et il me dit : « Sénéchal, je vous donne l'ordre de ne pas vous coucher dorénavant avant que vous n'ayez éteint tous les feux d'ici dedans, sauf le grand feu qui est dans la soute de la nef. Et sachez que je ne me coucherai pas jusqu'à tant que vous reveniez auprès de moi. » Et je fis ainsi tant que nous fûmes en mer ; et quand je revenais, le roi se couchait.

650 Il nous advint une autre aventure en mer, car messire Dragonet, un haut personnage de Provence, dormait dans la matinée dans sa nef, qui était bien une lieue avant la nôtre ; et il appela un de ses écuyers et lui dit : « Va boucher ce trou, car le soleil me frappe au visage. » Celui-ci vit qu'il ne pouvait boucher le trou s'il ne sortait pas de la nef. Il sortit de la nef ; tandis qu'il allait boucher le trou, le pied lui manqua, et il tomba à l'eau. Et cette nef n'avait pas de chaloupe, car la nef était petite. Tout de suite la nef fut loin. Nous qui étions dans la nef du roi vîmes la chute, et nous croyions que c'était un ballot ou une barrique, parce que celui qui était tombé à l'eau ne faisait rien pour se sauver. **651** Une des galères du roi le recueillit et le porta dans notre nef, où il nous conta comment cela lui était arrivé. Je lui demandai comment il se faisait qu'il ne cherchait pas à se sauver, ni en nageant ni d'une autre manière. Il me répondit qu'il n'y avait ni utilité ni besoin de réagir, car, dès qu'il commença à tomber, il se recommanda à Notre-Dame-de-Vauvert ; et celle-ci le soutint par les épaules dès qu'il tomba, jusqu'à ce que la galère du roi l'ait recueilli. En l'honneur de ce miracle, je l'ai fait peindre à Joinville dans ma chapelle, et sur les vitraux de Blécourt.

---

650. Dragonet de Montauban est un personnage notable ; Berger 1893, p. 65, 74, 307-310.   **651.** Notre-Dame-de-Vauvert, dans le Gard, est un pèlerinage important ; Dragonet avait des intérêts dans la région. – Des fragments de ces vitraux étaient encore visibles au début du XIXᵉ siècle ; *Les Vitraux de Champagne-Ardenne* (*Corpus Vitrearum, France : Série complémentaire. Recensement des vitraux anciens*, vol. IV), Paris, 1992, s.v. Blécourt.

652 Aprés ce que nous eumes esté .x. semainnes en la mer arivames a un port qui estoit a .ɪɪ. lieues dou[a] chastel que en appeloit Yeres, qui estoit au conte de Provence, qui puis fu roy de Cezile. La royne et tout le conseil s'acorderent que le roy descendeist illec, pour ce que la terre estoit son frere. Le roy nous respondi que il ne descendroit ja de sa nef jeusques a tant que il venroit a Aigue Morte, qui estoit en sa terre. En ce point nous tint le roy le mecredi, le jeudi, que nous ne[b] *le* peumes onques vaincre. **653** En[a] ces nefz de Marseille a .ɪɪ. gouvernaus qui sont atachiez a .ɪɪ. tisons si merveilleusement que si tost comme l'en avroit tourné un roncin l'en peut tourner la nef a destre et a senestre[b]. Sur l'un des tisons des gouvernaus se seoit le roy le vendredi, et m'appela et me dit : « Seneschal, que vous semble de cest oevre ? » Et je li diz : « Sire, il seroit a bon droit que il vous en avenist aussi comme il fist a ma dame de Bourbon, qui ne voult descendre en cest port, ains se remist en mer[c] *pour aller* a Ague Morte et demoura puis .vɪɪ. semainnes sur mer. » **654** Lor appela le roy son conseil et leur dit ce que je li avoie dit, et leur demanda que il looient a fere ; et li loerent touz que il descendeist, car il ne feroit pas que sage se il metoit son cors, sa femme et ses enfans en avanture de mer puis que il estoit hors. Au conseil que nous li donames s'acorda le roy, dont la royne fu moult liee.

655 Ou chastel de Yeres descendi le roy de la mer et la royne et ses enfans. Tandis que le roy sejournoit a *Yeres*[a] pour pourchacier chevaus a venir en France, l'abbé de Clyngny, qui pui fu evesque de l'Olive, li presenta .ɪɪ. palefrois qui vauroient bien au jour d'ui .v[c]. livres, un

---

652a d'un *BL* – **b** n. le p. *BL om. A*　　**653a** En ces n... seoit le roy *om. B* – **b** s. ainsi comme on veult *L* – **c** m. pour aller a A. *BL* m. p. a. descendre en A. *MP om. A*　　**655-656** *jusqu'à* Lors appela *om. BL MP donnent à peu près litteralement l'épisode de l'abbé de Clu-ny*　　**655a** Yenres *A*

652 Après que nous ayons été dix semaines en mer, nous arrivâmes à un port qui était à deux lieues du château que l'on appelait Hyères, qui était au comte de Provence, qui depuis fut roi de Sicile. La reine et tout le conseil furent d'accord que le roi débarquât là, puisque la terre était à son frère. Le roi nous répondit qu'il ne débarquerait certainement pas de sa nef jusqu'à ce qu'il soit arrivé à Aigues-Mortes, qui était dans sa terre. Le roi nous tint en ce point le mercredi, le jeudi, et nous ne pûmes jamais le convaincre. **653** Dans ces nefs de Marseille, il y a deux gouvernails, qui sont attachés à deux pièces de bois si merveilleusement que l'on peut faire tourner la nef à droite ou à gauche, aussi vite que l'on aurait fait tourner un cheval. Le roi était assis, le vendredi, sur l'une des barres des gouvernails, il me fit venir et me dit : « Séné-chal, que vous semble-t-il de cette affaire ? » Et je lui dis : « Sire, ce serait bien juste qu'il vous en arrivât comme il est arrivé à madame de Bourbon, qui ne voulut pas débar-quer dans ce port, mais se remit en mer pour aller à Aigues-Mortes, et resta ensuite sept semaines en mer. » **654** Alors le roi fit venir son conseil, et leur dit ce que je lui avais dit, et leur demanda ce qu'ils conseillaient de faire ; et tous lui conseillèrent de débarquer, car il n'agi-rait pas sagement s'il exposait sa personne, sa femme et ses enfants aux hasards de la mer, puisqu'il y avait échappé. Le roi donna son accord au conseil que nous lui donnâmes, ce dont la reine fut bien contente.

655 Le roi débarqua au château d'Hyères, ainsi que la reine et ses enfants. Tandis que le roi séjournait à Hyères afin de se fournir de chevaux pour rentrer en France, l'abbé de Cluny, qui fut depuis évêque de l'Olive, lui fit présent de deux palefrois qui vaudraient bien aujourd'hui

---

653. Cf. Christiane Villain-Gandossi, « Terminologie de l'appareil de gouverne (IXᵉ-XVIIIᵉ siècles) », dans *Archeonautica*, t. 2, 1978, p. 285, 289, 294. – *Madame de Bourbon :* Yolande de Châtillon, veuve d'Archam-baud VII de Bourbon, mort à Chypre le 15 janvier 1249 ; sa femme l'avait accompagné à la croisade et avait ramené son corps ; M. Fazy, *Les Origines du Bourbonnais*, t. 2, Moulins, 1924, p. 83-84.   **655.** *abbé de Clyngny :* Guillaume de Pontoise, devenu évêque d'Olena, en Morée, vers 1258, mort le 18 décembre 1263 ; il connaissait alors diverses difficultés ; Berger 1893, p. 380, 415-416.

pour li et l'autre pour la royne. Quant il li ot presenté, si
dit au roy : « Sire, je venrai demain parler a vous de mes
besoignes. » Quant ce vint l'endemain, l'abbé revint. Le
roy l'oÿ moult diligenment et moult longuement. Quant
l'abbé s'en fu parti, je vinz au roy et li diz : « Je vous
weil demander, se il vous plet, se vous avez oÿ plus
debonnerement l'abbé de Clygni pour ce *que*[b] il vous
donna hyer ces .II. palefrois. » **656** Le roy pensa longuement et me dit : « Vraiement, oÿl. – Sire, fiz je, savez
pour quoy je vous ai fete ceste demande ? – Pour quoy ?
fist il. – Pour ce, Sire, fiz je, que je vous loe et conseille
que vous deffendés a tout vostre conseil juré, quant vous
venrez en France, que il ne preingnent de ceulz qui avront
a besoigner par devant vous. Car soiés certein, se il prennent, il en escouteront plus volentiers et plus diligenment
ceulz qui[a] leur donront, ainsi comme vous avez fet l'abbé
de Clyngni. »

Lors appela le roy tout[b] *son* conseil et leur recorda errant[c]
ce que je li avoie dit ; et il li dirent que je li avoie loé
bon conseil.

657 Le roy oÿ parler d'un cordelier qui avoit non frere
Hugue ; et pour la grant renommee dont il estoit, le roy
envoia querre celi cordelier pour[a] *le veoir et* li oÿr parler.
Le jour[b] qu'il *vint a Iere*[c], nous regardames ou chemin par
ou il venoit, et veismes que trop grant peuple le suivoit[d] *a
pié* de homes et de femmes. Le roy le fist sermonner. Le
commencement du sermon fu sur les gens de religion ; et
dit ainsi : « Seigneurs, fist il, je voi plus de gent de religion en la court le roy en sa compaignie... » Sur ces
paroles : « Je tout premier », fist il. Et dit ainsi que il ne
sont pas en estat d'eulz sauver, ou les saintes Escriptures
nous mentent, que il ne peut estre, **658** « car les saintes
Escriptures nous dient que le moinne ne peut vivre hors
de son cloistre sanz peché mortel ne que le poisson peut

655b ce *A*   **656a** les *biffé après* qui *A* – **b** t. son c. *BLMP om. A*
– **c** r. tout en riant c. *BL* en r. *MP*   **657a** p. le veoir *BLMP om. A*
– **b** j. qu'il vint (arriva *M*) a Y. *BLM* quant il arriva a I. *P* que nos venimes
A – **c** Ieure *A*   **d** s. a pié d. *BLMP om. A*

cinq cents livres, un pour lui et l'autre pour la reine. Quand il les lui eut offerts, il dit au roi : « Sire, je viendrai demain vous parler de mes affaires. » Quand arriva le lendemain, l'abbé revint. Le roi l'écouta très attentivement et très longuement. Quand l'abbé fut parti, je vins au roi et lui dis : « Je veux vous demander, s'il vous plaît, si vous avez écouté avec plus de bienveillance l'abbé de Cluny parce qu'il vous donna hier ces deux palefrois. » **656** Le roi réfléchit longuement et me dit : « Vraiment oui. – Sire, fis-je, savez-vous pourquoi je vous ai fait cette demande ? – Pourquoi ? fit-il. – Parce que, Sire, je vous donne l'avis et je vous conseille que vous défendiez à tous vos conseillers jurés, quand vous viendrez en France, de rien prendre de ceux qui auront à traiter une affaire devant vous. Car soyez certain que, s'ils reçoivent, ils en écouteront plus volontiers et plus attentivement ceux qui leur donneront, comme vous l'avez fait pour l'abbé de Cluny. »

Alors le roi convoqua tout son conseil et leur rapporta aussitôt ce que je lui avais dit ; et ils lui dirent que je lui avais donné un bon conseil.

657 Le roi entendit parler d'un cordelier qui s'appelait frère Hugues ; et à cause de la grande renommée qu'il avait, le roi envoya chercher ce cordelier pour le voir et l'entendre parler. Le jour où il vint à Hyères nous regardâmes vers le chemin par où il venait, et nous vîmes qu'une très grande foule d'hommes et de femmes le suivaient à pied. Le roi le fit prêcher. Le commencement du sermon fut sur les religieux, et il dit ainsi : « Seigneurs, fit-il, je vois plus de religieux à la cour du roi, en sa compagnie... » et sur ces mots : « Moi tout le premier », fit-il. Et il dit ainsi qu'ils ne sont pas en état de faire leur salut, ou les saintes Écritures nous mentent, ce qui ne peut être, **658** « car les saintes Écritures nous disent que le moine ne peut pas vivre hors de son cloître sans péché

---

657. Alessandra Sisto, *Figure del primo francescanesimo in Provenza, Ugo e Douceline di Digne*, Florence, 1971 ; J. Paul, « Le commentaire de Hugues de Digne sur la règle franciscaine », *Revue d'histoire de l'Église de France*, t. 61, 1975, p. 231-241. Hugues, qui prêchait l'observance rigoureuse de la règle franciscaine, était alors à la fin de sa vie.

vivre sanz yaue. Et se les religieus qui sont avec le roy
dient que ce soit cloistre, et je leur diz que c'est le plus
large que je veisse onques, car il dure de ça mer et de la.
Se il dient que en cesti cloistre l'en peut mener aspre vie
pour l'ame sauver, de ce ne les croi pas. Mes[a] *je vous
dis que* j'ai mangé avec eulz grant foison de divers mes
de char et[b] *beu* de bons vins fors[c] *et clers ;* de quoy je sui
certein que se il eussent esté en leur cloistre, il ne fussent
pas si aisié comme il sont avec le roy ».

659 Au roy enseigna en son sermon comment il se devoit
maintenir au gré de son peuple. Et en la fin de son sermon
dit ainsi que il avoit leue la Bible et les livres qui[a] vont
encoste la Bible, ne onques n'avoit veu, ne ou livre des
creans ne ou livre des mescreans, que nul royaume ne
nulle seigneurie feust onques perdue ne changee de seigneurie en autre ne de roy en autre fors que par defaut de
droit. « Or se gart, fist il, le roy, puis que il en va en
France, que il face tel droiture a son peuple que en
retiengne l'amour de Dieu en tel maniere que Dieu ne li
toille le royaume de France a sa vie. »

660 Je dis au roy que il ne le lessast pas partir de sa
compaignie[a]. *Il me dist qu'il l'en avoit ja prié* tant comme
il pot ; mes il n'en vouloit riens fere pour li. Lors me prist
le roy par la main et me dit : « Alons li encore prier. »
Nous venimes a li, et je li dis : « Sire, faites ce que mon
seigneur vous proie, de demourer avec li tant comme il
yert en Provence. » Et il me respondi moult ireement :
« Certes, sire, non ferai, ains irai en tel lieu la ou Dieu
m'amera miex que il ne feroit en la compaignie le roy. »
Un jour demoura avec nous, et l'endemain s'en ala. Ore
m'a l'en puis dit que il gist en la cité de Marseille, la ou[b]
il fet moult beles miracles.

─────────

658a M. je vous dis que j'a. *BL* M. quant j'a. *A* — **b** e. beu de *BL om.*
A — **c** f. et clers d. *BL om. A*   **659a** q. la suivent et o. *BL* et les autres
l. de l'Ecriture sainte mais que jamais n'a. *M*   **660a** c. Il me d... j. prié
m. *BL om. A* — **b** ou Dieu fait moult de b. m. pour luy *BL MP suivent A*

mortel, pas plus que le poisson ne peut vivre sans eau. Et si les religieux qui sont avec le roi disent que c'est un cloître, je leur dis, moi, que c'est le plus large que j'aie jamais vu, car il s'étend de ce côté de la mer et de l'autre. S'ils disent que dans ce cloître-là on peut mener une vie rude pour sauver son âme, sur cela je ne les crois pas. Mais je vous dis que j'ai mangé avec eux grande quantité de toutes sortes de plats de viande, et bu des bons vins forts et clairs ; après cela je suis certain que, s'ils avaient été dans leur cloître, ils n'auraient pas eu leurs aises comme ils les ont avec le roi ».

659 Il enseigna au roi, dans son sermon, comment il devait se conduire au gré de son peuple. Et à la fin de son sermon il dit ainsi, qu'il avait lu la Bible et les livres qui sont à côté de la Bible, et qu'il n'avait jamais vu, ni au livre des croyants ni au livre des mécréants, qu'aucun royaume ou qu'aucune seigneurie ait jamais été perdu ni ne soit passé d'un seigneur à un autre, ni d'un roi à un autre, sinon par défaut de justice. « Or que le roi prenne garde, fit-il, puisqu'il s'en va en France, de faire telle justice à son peuple qu'il obtienne en retour l'amour de Dieu, de telle manière que Dieu ne lui ôte en sa vie le royaume de France. »

660 Je dis au roi de ne pas le laisser partir de sa compagnie. Il me dit qu'il l'en avait déjà prié autant qu'il avait pu, mais celui-ci n'en voulait rien faire pour lui. Alors le roi me prit par la main et me dit : « Allons encore l'en prier. » Nous vînmes à lui, et je lui dis : « Seigneur, faites ce dont monseigneur vous prie, restez avec lui tant qu'il sera en Provence. » Et il me répondit avec une grande irritation : « Certes, messire, je ne le ferai pas, mais j'irai en tel lieu où Dieu m'aimera mieux qu'il ne le ferait en la compagnie du roi. » Il demeura un jour avec nous, et le lendemain s'en alla. Maintenant, on m'a dit depuis qu'il est enterré dans la cité de Marseille, où il fait beaucoup de beaux miracles.

659a. Cf. § 55. Les variantes de *BL* et de *MP* n'éclairent pas le passage. Il peut s'agir des apocryphes, ou des commentaires, ou plus probablement des livres de l'Antiquité païenne, comme au § 55. Je ne crois pas qu'il faille lire *encontre* comme le proposent Paris 1874, p. 410, et Corbett.

661 Le jour que le roy se parti de *Yeres*[a], il descendi a pié du chastel, pour ce que la coste estoit trop roite ; et ala tant a pié que, pour ce que il ne pot avoir son palefroi, que il le couvint monter sur le mien. Et quant[b] *son* palefrois *fut* venus, il courut sus[c] *de parolles* moult aigrement a Poince l'escuier. Et quant il l'ot bien mesamé, je li dis : « Sire, vous devez moult soufrir a Poince l'escuier, car il a servi vostre aieul et vostre pere et vous. **662** – Seneschal, fist il, il ne nous a pas servi, mes nous l'avons servi quant nous l'avons soufert entour nous aus mauveses taches que il a. Car le roy Phelippe, mon aïeul, me dit que l'en devoit guerredonner a sa mesnie, a l'un plus, a l'autre moins, selonc ce que il servent. » Et disoit encore que nul ne pooit estre bon gouverneur de terre se il ne savoit aussi hardiement[a] escondire comme il savoit donner. « Et ces choses, fist le roy, vous apren je pour ce que le siecle est si engrés de demander que pou sont de gent qui resgardent au sauvement de leur ames ne a l'onneur de leur cors, que il puissent traire l'autrui chose par devers eulz, soit a tort soit à droit. »

663 Le roy s'en vint par la contee de Provence jusques a une cité que en appele Ays en Provence, la ou l'en

661a Yeres *BLMP* mirres *A* La suite du § *661-662 om. MP* – *b* q. son p. fut v. *BL* ses p. furent v. *A* – *c* s. de parolles m. *BL om. A*   **662a** h. et aussi durement e. *BL*

661 Le jour où le roi quitta Hyères, il descendit à pied du château, parce que la côte était trop raide ; et il alla tant à pied que, parce qu'il ne put avoir son palefroi, il lui fallut monter sur le mien. Et quand son palefroi fut arrivé, il s'en prit avec des mots très âpres à Ponce l'écuyer. Et quand il l'eut bien réprimandé, je lui dis : « Sire, vous devez passer beaucoup de choses à Ponce l'écuyer ; car il a servi votre aïeul et votre père et vous. **662** – Sénéchal, fit-il, il ne nous a pas servis, mais c'est nous qui l'avons servi quand nous l'avons supporté auprès de nous, avec tous les défauts qu'il a. Car le roi Philippe, mon aïeul, m'a dit que l'on devait récompenser les gens de sa maison, l'un plus, l'autre moins, selon la façon dont ils servent. » Et il disait encore que nul ne pouvait être bon gouverneur d'une terre, s'il ne savait aussi hardiment et aussi durement refuser qu'il savait donner. « Et, fit le roi, je vous apprends cela parce que le monde est si âpre à demander qu'il y a peu de gens qui regardent au salut de leurs âmes ou à l'honneur de leurs personnes, s'ils peuvent tirer à eux le bien d'autrui, soit à tort, soit à raison. »

663 Le roi s'en vint par le comté de Provence jusqu'à une cité que l'on appelle Aix-en-Provence, où l'on disait

---

663. Le témoignage de Joinville est l'une des plus anciennes attestations du pèlerinage de la Sainte-Baume, et a fait l'objet de nombreuses discussions ; L. Duchesne, « La légende de sainte Marie-Madeleine », dans *Annales du Midi*, t. V, 1893, p. 20 ; Victor Saxer, « La crypte et les sarcophages de saint-Maximin dans la littérature latine du Moyen Âge, *Provence historique*, t. 5, 1955, p. 196-231 ; *id., Le Culte de Marie-Madeleine en Occident des origines à la fin du Moyen Âge*, Auxerre-Paris 1959, p. 210-212. – *b.* Foulet 1979, p. 228, considère *haut* comme un adverbe. – *ma nice :* la mère de Joinville, Béatrix d'Auxonne, avait été mariée avec Aimon de Faucigny avant d'épouser Simon de Joinville. Elle avait eu de ce mariage deux filles, Béatrix et Agnès, demi-sœurs de Joinville. Béatrix avait épousé Étienne II, sire de Thouars et de Villars ; leur fils, Henri de Villars, devint archevêque de Lyon (1295-1301). Agnès avait épousé en 1223 Pierre, qui devint comte de Savoie ; leur fille, Béatrix, se maria avec Guigue II, dauphin de Viennois ; c'est la dauphine de Viennois que Joinville appelle sa nièce ; cf. § 762. – Jean de Châlon était le frère de Béatrix d'Auxonne ; son fils Hugues avait épousé en 1236 Alix de Méranie, qui lui avait apporté le comté de Bourgogne.

disoit que le cors[a] a *la* Magdeleinne gisoit ; et fumes en
une voute de roche moult haut[b], la ou l'en disoit que la
Magdeleinne avoit esté en hermitage .XVII. ans. Quant le
roy vint a Biaukaire et je le vi en sa terre et en son pooir,
je pris congé de li et m'en ving par la daufine de Viennois, ma nice, et par le conte de Chalon, mon oncle, et
par le conte de Bourgoingne, son filz. **664** Et quant j'oi
une piesce demouré a Joinville et je oy fetes mes
besoignes, je me muz vers le roy, le quel je trouvai a
Soissons ; et me fist si grant joie que touz ceulz qui la
estoient s'en mervveillerent. Illec trouvai le conte Jehan de
Bretaigne et sa femme, la fille le roy Tybaut, qui offri ses
mains au roy de tele droiture comme[a] elle devoit avoir en
Champaingne ; et le roy l'ajourna au parlement a Paris,
et le roy Thybaut de Navarre le secont, qui la estoit, pour[b]
oÿr et pour droit fere aus parties.

665 Au parlement vint le roy de Navarre et son conseil,
et le conte de Bretaingne aussi. A ce parlement demanda
le roy Thybaut ma dame Ysabel, la fille le roy, pour avoir
a femme, qui estoit fille le roy. Et *pour*[a] les paroles que
nos gens de Champaigne menoient par dariere moy pour
l'amour que il orent veue que le roy m'avoit moustree a
Soissons, je ne lessai pas pour ce que je ne venisse au
roy de France pour parler du dit mariage. « Alez, dit le
roy, si vous apaisiés au conte de Bretaingne, et puis si
ferons nostre mariage. » Et je li dis que pour ce ne devoit
il pas lessier ; et il me respondi que a nul feur il ne feroit
le mariage jeusques a tant que la pez fust faite, pour ce
que l'en ne deist que il mariast ses enfans ou desherite-
ment de ses barons.

663a c. de la M. *BL* c. a M. *A* — **b** haute *BL* haut *M*   **664a** c. il d.
a. en Ch. de par sa femme *BL* — **b** p. eulx o. *BL*   **665a.** Les p... me
firent parler a luy du m. *BL* pour *om. A add.* Wailly

que reposait le corps de la Madeleine ; et nous fûmes dans une grotte de rocher, très haut, où l'on disait que la Madeleine avait été en ermitage dix-sept ans. Quand le roi vint à Beaucaire, et que je le vis dans sa terre et dans son domaine, je pris congé de lui et m'en vins par chez la dauphine de Viennois, ma nièce, et par chez le comte de Chalon, mon oncle, et par chez le comte de Bourgogne, son fils. **664** Et quand je fus resté un certain temps à Joinville et que j'eus fait ce que j'avais à y faire, je me rendis auprès du roi, que je trouvai à Soissons ; et il me manifesta une telle joie que tous ceux qui étaient là s'en émerveillèrent. Je trouvai là le comte Jean de Bretagne et sa femme, la fille du roi Thibaut, qui offrit l'hommage au roi de tous les droits qu'elle devait avoir en Champagne ; et le roi l'ajourna au parlement à Paris ainsi que le roi Thibaut de Navarre, le second du nom, qui était là, pour les entendre et pour faire droit aux parties.

665 Au parlement vint le roi de Navarre et son conseil, et le comte de Bretagne aussi. À ce parlement, le roi Thibaut demanda madame Isabelle, qui était la fille du roi, pour qu'elle devienne sa femme. Et malgré les propos que nos gens de Champagne faisaient entendre derrière moi, à cause de l'affection qu'ils avaient vue que le roi m'avait manifestée à Soissons, je ne manquai pas pour cela d'aller trouver le roi de France pour parler dudit mariage. « Allez, dit le roi, faites la paix avec le comte de Bretagne, et puis nous ferons notre mariage. » Et je lui dis que pour cette raison il ne devait pas le refuser ; et il me répondit qu'à aucun prix il ne ferait le mariage jusqu'à tant que la paix fût faite, pour qu'on ne dise pas qu'il mariait ses enfants en dépossédant ses barons.

---

664. *la fille le roy Thibaut* [Ier de Navarre, IV de Champagne] : Blanche de Champagne, qui avait épousé Jean, comte de Bretagne, en 1236. **665.** Il s'agissait du règlement de la succession de Thibaut IV, mort en 1253, entre ses enfants, Thibaut V né vers 1240, et Blanche et le mari de celle-ci ; Berger 1893, p. 417 et n. 1 ; d'Arbois de Jubainville, IV, 1865, p. 354-356. – Il est possible que la répétition *qui estoit fille le roy* remonte à Joinville ; cf. § 692. – *a.* G. Paris 1898, p. 335, n. l, suppose une lacune. Joinville voudrait dire que les Champenois le soupçonnaient d'être disposé, par amitié pour le roi, à sacrifier les intérêts de Thibaut V.

666 Je raportai ces paroles a la royne Marguerite de Navarre et au roy son filz et a leur autre conseil ; et quant il oïrent ce, il se hasterent de fere la pez. Et aprés ce que la pez fu faite, le roy de France donna au roy Thybaut sa fille, et furent les noces fetes a Meleun, grans et pleneres. Et de la la mena le roy Thybaut a Provins, la ou la venue fut faite a grant foison de barons[a] *et a granz despens.*

667 Aprés ce que le roy fu revenu d'outre mer, il se maintint si devotement que onques puis ne porta ne vair ne gris ne escarlatte, ne estriers ne esperons dorez. Ses robes estoient de camelin ou de pers ; ses pennes de ses couvertours et de ses robes estoient de gamites[a] ou de jambes de lievres[b] *ou d'aignaulx. Il[c] estoit si sobre de sa bouche qu'il ne devisoit nullement ses viandes fors[d] ce que les cuisiniers luy appareilloient[e], et on le mectoit devant luy et il mangeoit[f]. Son vin trampoit en ung gobellet de voirre[g], et selon ce que le vin estoit[h] il mectoit de l'eaue par mesure, et tenoit[i] le gobellet en sa main comme on luy trempoit son vin derriere sa table. Il faisoit tousjours manger ses paouvres et aprés manger leur faisoit donner de ses deniers.*

668 Quant les menestriers aus riches homes venoient leans et il apportoient leur vielles aprés manger, il attendoit a oïr ses graces tant que le menestrier eust fait[a] sa lesse ; lors se levoit et les prestres estoient devant li qui disoient ses graces. Quant nous estions priveement leans,

---

666a b. et de granz despens *BL* et a g. d. *M om. A*   667a garmites *BL* garnutes *M* garintes *P* – **b** *le passage manque dans A. J'insère dans le texte la version de L, et je donne ici les variantes de B, puis le texte de MP* – **c** De sa b. e. si s. *B* – **d** fors seulement *B* – **e** a. que on luy presentoit et *B* – **f** et on le m... mangeoit *om. B* – **g** v. ou d'austre *B* – **h** e. fors *B* – **i** et tenoit... vin *om. B* En sa b. fut il tres s. et jamais ne (si tres s. qu'oncques il ne *P*) devisa qu'on lui appareillast diverses viandes ne delicieuses, mais prenoit paciamment ce que on lui mectoit (p. de ce que on servoit *P*) devant lui. Son vin attrempeoit d'eaue selon la force du vin et beuvoit en ung verre (lui. Il b. toujours en un v. et attrempoit bien fort son v. *P*) Communement quant il mengeoit avoit il darrieres lui les pouvres (des p. grand quantité *P*) qu'il faisoit repaistre, et puis après (a. *om. P*) leur faisoit donner (l. donnoit *P*) de ses deniers *MP om. A*   668a f. scillence *BL*

666 Je rapportai ces paroles à la reine Marguerite de Navarre et au roi, son fils, et à leurs conseillers ; et quand ils entendirent cela, ils se hâtèrent de faire la paix. Et après que la paix fût faite, le roi de France donna sa fille au roi Thibaut, et les noces furent faites à Melun, grandes et solennelles. Et de là le roi Thibaut l'amena à Provins, où il fit son entrée au milieu d'une grande multitude de barons et avec de grandes dépenses.

667 Après que le roi fut revenu d'outre-mer, il se condui-sit si dévotement que depuis lors il ne porta jamais ni vair, ni petit gris, ni drap fin, ni étriers ni éperons dorés. Ses robes étaient de drap naturel ou de drap grossier bleu ; la garniture de fourrure de ses couvertures et de ses robes étaient de chamois ou de pattes de lièvre ou d'agneaux. Il était si sobre de sa bouche qu'il ne donnait aucun ordre pour ses plats en dehors de ce que les cuisiniers lui prépa-raient, et on le mettait devant lui et il mangeait. Il coupait son vin dans un gobelet de verre et, suivant ce qu'était le vin, il y mettait de l'eau à proportion et tenait le gobelet à la main tandis qu'on lui coupait son vin derrière sa table. Il faisait tous les jours manger ses pauvres et, après manger, il leur faisait donner de ses deniers.

668 Quand les ménestrels des hommes de haut rang venaient dans la salle et apportaient leurs vielles après le repas, il attendait pour entendre ses grâces que le ménes-trel ait fini son morceau ; alors il se levait et les prêtres étaient devant lui qui disaient ses grâces. Quand nous

---

666. Marguerite de Bourbon, troisième femme de Thibaut IV, régente à sa mort. – À Melun, le 6 avril 1255.   **667a.** *gamites :* le mot ne figure que dans Joinville ; cf. K. Baldinger, dans *Dictionnaire étymologique de l'ancien français, G,* Tübingen – Paris, 1974, col. 114-115. – Pour le vête-ment, cf. Beaune 1985, p. 131.   **668.** *quolibet :* mot emprunté à l'enseigne-ment scolastique ; la discussion *de q.* est une discussion sur un sujet librement choisi.

il s'asseoit aus piés de son lit ; et quant les Preescheurs
et les Cordeliers qui la estoient li ramentevoient aucun
livre qu'il oÿst volentiers, il leur disoit : « Vous ne me
lirez point, car il n'est si bon livre aprés manger comme
QUOLIBET, c'est a dire que chascun die ce que il veut. »
Quant aucunz riches homes[b] *estrange* mangoient avec li,
il leur estoit de bone compaingnie.

669 De sa *sapience*[a] vous dirai je. Il fu tel foiz que l'en
tesmoingnoit qu'il n'avoit si sage a son conseil comme il
estoit ; et parut a ce que[b] *quant on luy parloit d'aucunes
choses, il ne disoit pas : « Je m'en conseilleray », ains
quant il veoit le droit tout cler et appert, il respondoit*[c]
tout senz son conseil tout de venue. Dont je ay oï[d] *que* il
respondi a touz les prelas du royaume de France d'une
requeste que il li firent, qui fu tele :

670 L'esvesque Gui d'Aucerre li dit pour eulz touz :
« Sire, fist il, ces arcevesques et ces evesques qui ci sont
m'ont chargé que je vous die que la crietenté dechiet et
font entre vos mains, et decherra encore plus se vous n'i
metez conseil, pour ce que nulz ne doute hui et le jour
escommeniement. Si vous requerons, sire, que vous
commandez a vos baillifz et a vos serjans que il contreingnent les escommeniés[a] *qui auront soustenue la sentence
an et jour par quoy il facent satisfaccion a l'Esglise.* » Et
le roy leur respondi tout sanz conseil que il commanderoit
volentiers a ses bailliz et a ses serjans que il constreignis-
sent les escommeniés ainsi comme il le requeroient, mes

668*b* h. estrangiers (estrenge *M*) *BLM*   **669***a* sapience *BL* sagesse *M*
compaingnie *A* – *b* que quant on luy p... respondoit *BL om. A* – *c* r.
sans long sejourner. D. *BL* – *d* o. que *BL om. A* De sa s. vous dirai, car
il estoit tenu le plus sage homme qu'il eust (qui fust *P*) en tout son conseil
(et qui avait plus grand prudence *add. P*) Et quand il lui arrivait aucune
chose (d'importance *add. P*) dont il fallait repondre necessairement, jamais
il n'attendoit son conseil quand il veoit que la chose requerroit celerité et
droicture (et d. *om. P*) *MP*   **670***a* e. qui auront s. la s. a. *BL* c. tous ceulx
qui auront esté a. et j. en sentence d'excommuniement a se faire absoudre
et satisffaire a nostre mere sainte E. *P om. A*

étions là en privé, il s'asseyait au pied de son lit ; et, quand les Prêcheurs et les Cordeliers qui étaient là lui citaient quelque livre dont il entendrait volontiers la lecture, il leur disait : « Vous ne me ferez pas la lecture ; car il n'y a pas d'aussi bon livre après manger qu'un *quolibet*, c'est-à-dire que chacun dise ce qu'il veut. » Quand quelques hauts personnages étrangers mangeaient avec lui, il était pour eux de bonne compagnie.

669 Je vous parlerai de sa sagesse. Il y eut telle fois où l'on affirmait qu'il n'y avait personne à son conseil d'aussi sage que lui ; et cela se manifestait à ce que, lorsqu'on lui parlait de quelque affaire, il ne disait pas : « Je prendrai conseil », mais, quand il voyait le droit tout clair et évident, il répondait tout seul sans son conseil, sans aucune préparation. J'ai entendu dire qu'il répondit à tous les prélats du royaume de France sur une requête qu'ils lui firent, qui fut telle :

670 L'évêque Gui d'Auxerre lui dit pour eux tous : « Sire, fit-il, ces archevêques et ces évêques qui sont ici m'ont chargé de vous dire que l'autorité religieuse déchoit et se perd entre vos mains, et décherra plus encore si vous n'y avisez pas, parce qu'aujourd'hui personne ne redoute l'excommunication. Et nous vous demandons, sire, de donner l'ordre à vos baillis et à vos sergents de contraindre les excommuniés qui auront été sous le coup de la sentence pendant un an et un jour de faire satisfaction à l'Église. » Et le roi leur répondit sans consulter qu'il donnerait volontiers l'ordre à ses baillis et à ses sergents de contraindre les excommuniés comme ils en fai-

---

669a. *compaingnie* de *A* est repris de la fin du paragraphe précédent. Ni *sapience* ni *sagesse* ne se rencontrent ailleurs chez Joinville.   **670.** Cf. § 61-64.

que en li donnast la congnoissance se la sentence estoit
droituriere ou non. **671** Et il se conseillerent et respondirent au roy que de ce que il afferoit a la crestienté ne li
donroient il la congnoissance. Et le roy leur respondi
aussi que de ce que il afferoit a li ne leur donrroit il ja la
congnoissance, ne ne commanderoit ja a ses serjans que
il constreinsissent les excommeniés a eulz fere absoudre,
fu tort, fu droit, « car se je le fesoie, je feroie contre Dieu
et contre droit. Et si vous en moustrerrai un exemple, qui
est tel que les evesques de Bretaingne ont tenu le conte
de Bretaingne bien .VII. ans en excommeniement, et puis
a eu absolucion par la court de Rome ; et se je l'eusse
contreint des la premiere annee, je l'eusse contreint a
tort ».

672 Il avint[a], *quant* nous fumes revenu d'outre mer, que
les moinnes de Saint Urbain esleurent .II. abbés.
L'evesque Pierre de Chaalons, que Diex absoille, les
chassa touz .II. et beney en abbé mon seigneur Jehan de
Mymeri, et li donna la croce. Je ne[b] *le* voil recevoir, pour
ce qu'il avoit fet tort a l'abbé Geffroy, qui avoit appelé
contre li et estoit alé a Rome. Je ting tant l'abbaïe en ma
main que le dit Geffroi emporta la croce, et celi la perdi
a qui l'evesque l'avoit donnee ; et tandis que le contens
en dura, l'evesque me fist escommenier, dont il ot, a un
parlement qui fu a Paris, grant tribouil de moy et de
l'evesque Pierre[c] de *Chalons* et de la contesse Marguerite
de Flandres et de l'ercevesque de Rains, qu'elle desmanti.
673 A l'autre parlement qui vint aprés prierent touz les
prelas au roy que il venist parler a eulz tout seul. Quant
il revint de parler aus prelas, il vint a nous qui l'attendins

672-677 *om. MP* **672a** a. quant n. *BL* que *A —* **b** ne le voulu r. a
abbé p. *BL* le *om. A —* **c** P. de Flandres *A corrigé d'après le début du
paragraphe, om. BL*

saient la demande, à condition qu'on lui donne connaissance si la sentence était juste ou non. **671** Et ils se consultèrent et répondirent au roi que, de ce qui appartenait à l'autorité ecclésiastique, ils ne lui donneraient pas la connaissance. Et le roi leur répondit également que, de ce qui lui appartenait, il ne leur donnerait certainement pas la connaissance, et qu'il ne donnerait sûrement pas l'ordre à ses sergents de contraindre les excommuniés à se faire absoudre, que ce soit à tort ou à droit, « car, si je le faisais, j'agirais contre Dieu et contre le droit. Et je vais vous donner un exemple qui est tel : les évêques de Bretagne ont tenu le comte de Bretagne bien sept ans sous le coup de l'excommunication, et puis il a eu l'absolution de la cour de Rome ; et, si je l'avais contraint dès la première année, je l'aurais contraint à tort ».

672 Il arriva, quand nous fûmes revenus d'outre-mer, que les moines de Saint-Urbain élirent deux abbés. L'évêque Pierre de Châlons, que Dieu absolve, les chassa tous les deux et bénit comme abbé messire Jean de Mymeri, et lui donna la crosse. Je ne voulus pas le recevoir comme abbé, parce qu'il avait fait tort à l'abbé Geoffroi, qui avait appelé contre lui et était allé à Rome. Je tins tant l'abbaye en ma main que ledit Geoffroi obtint la crosse, et celui à qui l'évêque l'avait donnée la perdit ; et, tant que dura la contestation, l'évêque me fit excommunier. À la suite de quoi il y eut, à un parlement qui se tint à Paris, une grosse altercation entre moi et l'évêque de Châlons et la comtesse Marguerite de Flandre et l'archevêque de Reims, à qui elle donna un démenti. **673** À l'autre parlement qui vint après, tous les prélats prièrent le roi de venir leur parler tout seul. Quand il revint de parler aux

---

672. Pierre de Hans, évêque de Châlons, 1248-1261. – Thomas de Beaumetz, archevêque de Reims, 1251-1263.   **673.** L'affaire de Saint-Remi de Reims, en 1259, fit du bruit ; le Ménestrel de Reims s'en fait l'écho ; Wailly 1876, p. 240 ; Ch.-V. Langlois, *Textes relatifs à l'histoire du Parlement* [...], Paris, 1888, p. 49-57 ; Richard 1983, p. 393 ; P. Desportes, *Reims et les Rémois au XIIIᵉ et au XIVᵉ s.* Paris, 1979, p. 167-172. – *sains de ceans :* il s'agit des reliques de la Passion, conservées dans la Sainte-Chapelle. – Thomas de Beaumetz revendiquait probablement la garde de l'abbaye bénédictine de Saint-Corneille de Compiègne.

en la chambre *aux plaitz*[a], et nous dit tout en riant le tourment que il avoit eu aus prelas, dont le premier fu tel que l'ercevesque de Reins avoit dit au roy : « Sire, que me ferez vous de la garde Saint Remi de Reins que vous me tollez, car[b], *par les saincts de ceans*, je ne vouroie avoir un tel pechié comme vous avez, pour[c] *tout* le royaume de France ? – Par les sains de ceans, fist le roy, si feriés pour Compiegne, par la couvoitise qui est en vous ; or en y a un parjure. **674** L'evesque de Chartres me requist, fist le roy, que je li feisse recroire ce que je tenoie du sien. Et je li diz que non feroie jeusques a tant que mon chatel[a] seroit paiés ; et li dis que il estoit mon home de ses mains, et que il ne se menoit ne bien ne loialment vers moy quant il me vouloit desheriter. **675** L'evesque de Chalons me dit, fist le roy : "Sire, que me ferez vous du seigneur de Joinville, qui tolt a ce povre moinne l'abbaïe de Saint Urbain ?" Sire evesque, fist le roy, entre vous avez establi que l'en ne doit oÿr nul escommenié en court laie ; et j'ai veues lettres seelees de .xxxii. seaus que vous estes escommenié ; dont je ne vous escouterai jeusques a tant que vous soiés absoulz. » Et ces choses vous moustré je pour ce que[a] *vous voyez tout cler comme* il se delivra tout seul, par son senz, de ce que il avoit a fere.

676 L'abbé Geffroi de Saint Urbain, aprés ce que je li oz faite sa besoingne, si me rendi mal pour bien et appela contre moy. A nostre saint roy fist entendant que il estoit en sa garde. Je requis au roy que il feist savoir la verité se la garde estoit seue ou moy. « Sire, fist l'abbé, ce ne ferez vous ja, se Dieu plet, mez nous tenez en plet ordené entre nous et le seigneur de Joinville[a], que nous amons

---

673a c. aux plaitz *L* ou palais *A om. B* – **b** c. par les s. de c. j. *BL om. A* – **c** tout l. *BC om. A*   **674a** m. giste s. *BL*   **675a** q. v. v. t. c. c. i. *BL om. A*   **676-677** *om B*   **676a** J. que nul ne peult pas avoir nostre a. en g. que vous a qui est l'e. *L*

prélats, il vint à nous, qui l'attendions dans la chambre aux plaids, et nous dit tout en riant l'entretien orageux qu'il avait eu avec les prélats, dont le premier fut tel que l'archevêque de Reims avait dit au roi : « Sire, que me ferez-vous au sujet de la garde de Saint-Remi de Reims, que vous m'enlevez ? Car, par les saints qui sont ici, je ne voudrais pour tout le royaume de France avoir un péché comme celui que vous avez. – Par les saints qui sont ici, fit le roi, vous le feriez pour Compiègne, avec l'avidité qui est en vous. Or, il y en a un qui est parjure. **674** L'évêque de Chartres me demanda, fit le roi, que je lui fasse rendre ce que je tenais du sien. Et je lui dis que je ne le ferais pas, jusqu'à ce que mon dû soit payé ; et je lui dis qu'il était mon homme et m'avait fait hommage, et qu'il ne se conduisait ni bien ni loyalement envers moi quand il voulait me dépouiller. **675** L'évêque de Châlons me dit, fit le roi : "Sire, que déciderez-vous au sujet du sire de Joinville, qui enlève à ce pauvre moine l'abbaye de Saint-Urbain ?" Sire évêque, fit le roi, vous avez établi entre vous que l'on ne doit entendre aucun excommunié en cour laïque ; et j'ai vu une lettre scellée de trente-deux sceaux portant que vous êtes excommunié ; par conséquent je ne vous écouterai pas jusqu'à ce que vous soyez absous. » Et je vous raconte ces choses parce qu'il faut que vous voyiez bien clairement comment il se tira tout seul, par son intelligence, de ce qu'il avait à faire.

676 L'abbé Geoffroi de Saint-Urbain, après que je lui eus fait ses affaires, me rendit le mal pour le bien et appela contre moi. Il laissa entendre à notre saint roi qu'il était en sa garde. Je demandai au roi qu'il fasse savoir la vérité, si la garde était à lui ou à moi. « Sire, fit l'abbé, vous ne ferez pas cela, s'il plaît à Dieu, mais faites-nous comparaître en jugement régulier, nous et le sire de Join-

---

674. Probablement Mathieu de Champs († 31 déc. 1259), ou Pierre de Minci (12 fév. 1260-1276) ; l'évêque demandait la main-levée de la saisie de son temporel, opérée à propos d'une dette ; Richard 1983, p. 387.   **675.** Campbell 1960, p. 551, se trompe en pensant que c'est Joinville qui est excommunié.   **676.** Voir Introduction, p. 25 – *b. Nous*, de *A*, ne donne aucun sens ; l'abbé préfère que la garde de l'abbaye soit entre les mains du roi, qui est loin, qu'entre celles du sire de Joinville, seigneur de la plus grande partie des terres de l'abbaye.

miex avoir nostre abbaïe en vostre garde que *non*[b] a celi qui l'eritage est. » Lors me dit le roy : « Dient il voir que la garde de l'abbaïe est moye ? – Certes, sire, fiz je, non est, ains est moye. » **677** Lors dit le roy : « Il peut bien estre que l'eritage est vostre, mez en la garde de vostre abbaïe n'avés vous riens ; ains couvient, se vous voulés et selonc ce que vous dites et selonc ce que le seneschal dit, qu'elle demeure ou a moy ou a li ; ne je ne lerai ja pour chose que vous en dites que je n'en face savoir la verité. Car se je le metoie en plet ordené, je mesprenroie vers li[a] *qui* est mon home, se je li metoie son droit en plet, dou quel droit il me offre a fere savoir la verité clerement. » Il fist savoir la verité, et la verité seue, il me delivra la garde de l'abbaïe et me bailla ses lettres.

678 Il avint que le saint roy pourchassa tant que le roy d'Angleterre, sa femme et ses enfans vindrent en France pour traitier de la pez de li et d'eulz. De[a] la dite pez furent moult contraire ceulz de son conseil, et li disoient ainsi : « Sire, nous nous merveillons moult que vostre volenté est tele que vous voulez donner au roy d'Angleterre si grant partie de vostre terre que vous et vostre devancier avez conquise sus li, et par[b] *son* mesfait. Dont il nous semble que se vous entandez que vous n'i aiés droit, que vous ne fetez pas bon rendage au roy d'Angleterre se vous ne li rendez toute la conqueste que vous et vostre devancier avez faite ; et se vous entendez que vous y aiés droit, il nous semble que vous perdez quant que vous li rendez. » **679** A ce respondi le saint roy en tele maniere : « Seigneurs, je sui[a] *certain que* les devanciers au roy d'Angleterre ont perdu tout par droit la conqueste que je

676b non *L* nous *A*   **677a** l. qui e. *L om. A*   **678a** A laquelle paix faire estoient tres c. *M* –   **b** p. son m. *BLM* leur *A*   **679a** s. c. que l. *BL om. A*

ville, car nous aimons mieux avoir notre abbaye en votre garde qu'en celle de celui à qui est le bien. » Alors le roi me dit : « Disent-ils vrai, que la garde de l'abbaye est à moi ? – Certes, sire, elle ne l'est pas, mais elle est à moi. » **677** Alors le roi dit : « Il est bien possible que le bien soit à vous, mais que vous n'ayez rien en ce qui concerne la garde de votre abbaye. Mais il convient, si vous le voulez et selon ce que vous dites et selon ce que dit le sénéchal, qu'elle reste ou à moi ou à lui. Et je ne laisserai pas, malgré ce que vous trouvez à en dire, d'en faire savoir la vérité. Car, si je le faisais comparaître en jugement régulier, je commettrais une faute envers lui, qui est mon homme, en faisant juger de son droit, puisque, au sujet de ce droit, il m'offre de faire savoir clairement la vérité. » Il fit savoir la vérité ; et la vérité une fois connue, il me délivra la garde de l'abbaye et m'en remit ses lettres.

678 Il advint que le saint roi négocia tant que le roi d'Angleterre, sa femme et ses enfants vinrent en France pour traiter de la paix entre lui et eux. Les gens de son conseil furent tout à fait opposés à la dite paix, et lui disaient ainsi : « Sire, nous sommes extrêmement surpris que votre volonté soit telle que vous vouliez donner au roi d'Angleterre une si grande partie de votre terre, que vous et vos devanciers avez conquise sur lui, et par son forfait. Il nous semble donc que, si vous considérez que vous n'y avez pas droit, vous ne faites pas une juste restitution au roi d'Angleterre, en ne lui rendant pas toutes les conquêtes que vous et vos devanciers avez faites ; et, si vous considérez que vous y avez droit, il nous semble que vous perdez tout ce que vous lui rendez. » **679** À cela le saint roi répondit de la manière suivante : « Seigneurs, je suis certain que les devanciers du roi d'Angle-

---

677. Le roi, dans un premier temps, s'adresse à Joinville : « Il peut bien estre (...) riens » ; la seconde phrase : « Ains convient (...) ou a li » est à l'adresse de l'abbé.   **678.** Cf. § 65 ; traité conclu le 28 mai 1258, l'hommage d'Henri III eut lieu le 4 décembre 1259 ; Richard 1983, p. 347-356 ; Boutaric 1870 p. 89-96 ; M. Gavrilovitch, *Étude sur le traité de Paris*, Paris, 1899. – *a.* Foulet 1979, p. 229, préférerait la leçon de *M.*   **679.** Saint Louis fait allusion au « déshéritement » de Jean sans Terre par Philippe Auguste. – *cousin :* cf. § 65.

tieing ; et la terre que je li donne ne li donné je pas pour
chose que je soie tenu a li ne a ses hoirs, mes pour mettre
amour entre mes enfans et les siens, qui sont cousins germains. Et me semble que ce que je li donne emploie je
bien, pour ce que il n'estoit pas mon home, si en entre en
mon houmage. » **680** Se fu l'omme du monde qui plus
se traveilla de paiz entre ses sousgis, et especialment entre
les riches homes voisins et les princes du royaume, si
conme entre le conte de Chalon, oncle au seigneur de
Joinville, et son fils le conte de Bourgoingne, qui *avoient*[a]
grant guerre quant nous revenimes d'outre mer ; et pour
la pez du pere et du fil, il envoia de son conseil en Bourgoingne, et a ses despens ; et par son pourchas fu fete la
pez du pere et du fil.

681 Puis ot grant guerre entre le secont roy Tibaut de
Champaigne, et le conte Jehan de Chalon et le conte de
Bourgoigne, son filz, pour l'abbaïe de Lizeu ; pour la quel
guerre appaisier, mon seigneur le roy y envoya mon seigneur Gervaise d'Escrangnes, qui lors estoit mestre queu
de France, et par son pourchas il les apaisa.

682 Aprés ceste guerre que le roy appaisa revint une
autre grant guerre entre le conte Thybaut de Bar et le
conte Henri de Lucembourc, qui avoit sa sereur a femme.
Et avint ainsi que il se combatirent l'un a l'autre desouz
Priney, et prist le conte Thybaut de Bar[a] le conte Henri
de Lucembourc ; et prist le chastel de Lynei, qui estoit au
conte de Lucembourc de par sa femme. Pour celle guerre
appaisier envoia le roy mon seigneur Perron le Chamber-

680a avoient *BL* avoit *A*   **682a** B. le *BL* B. et le *A*

terre ont perdu tout à fait justement la conquête que j'occupe ; et la terre que je lui donne, je ne la lui donne pas en raison d'une obligation à laquelle je serais tenu envers lui et envers ses héritiers, mais pour établir l'amour entre mes enfants et les siens, qui sont cousins germains. Et il me semble que je fais un bon emploi de ce que je lui donne, parce qu'il n'était pas mon homme et que maintenant il entre en mon hommage. » **680** Ce fut l'homme du monde qui se donna le plus de peine pour la paix entre ses sujets, et spécialement entre les hauts personnages du voisinage et les princes du royaume ; par exemple entre le comte de Chalon, oncle du sire de Join-ville, et son fils le comte de Bourgogne, qui avaient une grande guerre quand nous revînmes d'outre-mer. Et pour mettre la paix entre le père et le fils, il envoya en Bour-gogne, et à ses dépens, des gens de son conseil ; et, par ses efforts, la paix fut faite entre le père et le fils.

681 Puis il y eut une grande guerre entre le roi Thibaut II de Champagne, et le comte Jean de Chalon et le comte de Bourgogne son fils, pour l'abbaye de Luxeuil ; pour mettre un terme à cette guerre, monseigneur le roi y envoya messire Gervaise d'Escrennes, qui était alors maître queux de France ; et par ses efforts il mit la paix entre eux.

682 Après cette guerre que le roi apaisa vint une autre grande guerre entre le comte Thibaut de Bar et le comte Henri de Luxembourg, qui avait pour femme la sœur du premier. Et il arriva ainsi qu'ils livrèrent combat l'un contre l'autre devant Prény, et le comte Thibaut de Bar fit prisonnier le comte Henri de Luxembourg, et prit le château de Ligny, qui était au comte de Luxembourg du chef de sa femme. Pour apaiser cette guerre, le roi envoya

---

680. Cf. § 663 ; Richard 1983, p. 342-343 ; la guerre entre Jean de Cha-lon et son fils commença en 1251 et se termina en 1256.   **681.** Les moines de Luxeuil s'étaient placés sous la garde de Thibaut de Champagne, 26 juillet 1258 ; la paix était rétablie en 1260. La guerre reprit en 1266 ; Richard 1983, p. 343 ; D'Arbois de Jubainville, IV, 1865, p. 389-392.   **682.** En 1265, terminée en septembre 1268 ; Richard 1983, p. 343-345 ; Berger 1902, p. XXVII-XII.

lain, l'omme du monde que il creoit plus, et aus despens le roy ; et tant fist le roy que il furent apaisié.

683 De ces gens *estranges*[a] que le roy avoit appaisié li disoient aucuns de son conseil que il ne fesoit pas bien quant il ne les lessoit guerroier, car se il les lessast bien apovrir, il ne li courroient pas sus si tost comme se il estoient bien riche. Et a ce respondoit le roy et disoit que il ne disoient pas bien, « car se les princes voisins veoient que je les lessasse guerroier, il se pourroient aviser entre eulz et dire : "Le roy par son malice nous lesse guerroier". Si en avenroit ainsi que par la hainne que il avroient a moy, il me venroient courre sus, dont je pourroie bien perdre[b], *sans* la hainne de Dieu que je conquerroie, qui dit : "Benoit soient tuit li apaiseur." » **684** Dont il avint ainsi que les Bourgoignons et les Looreins que il avoit apaisiés l'amoient tant et obeissoient que je les vi venir plaidier par devant le roy des descors que il avoient entre eulz a la court le roy[a] a Rains, a Paris et a Orliens.

685 Le roy ama tant Dieu et sa douce Mere que touz ceulz que il pooit atteindre qui disoient de Dieu ne de sa Mere chose deshoneste ne vilein serement, que il les fesoit punir griefment. Dont je vi que il fist mettre un orfevre en l'eschiele, a Cezaire, en braies et en chemise, les boiaus et la fressure d'un porc entour le col, et[a] *a* si grant foison que elles li avenoient jeusques au nez. Je oÿ dire que, puis que je reving d'outre mer, que il en fist cuire le nez et le balevre a un bourjois de Paris, mes je

messire Pierre le Chambellan, l'homme du monde en qui il avait le plus confiance, et à ses dépens ; et le roi fit tant qu'ils firent la paix.

683 À propos de ces étrangers entre lesquels le roi avait mis la paix, certains de son conseil lui disaient qu'il avait tort de ne pas les laisser se faire la guerre, car, s'il les laissait bien s'appauvrir, ils ne l'attaqueraient pas aussi facilement que s'ils étaient bien riches. Et le roi répondait à cela en disant qu'ils n'avaient pas raison : « Car, si les princes voisins voyaient que je les laissais se faire la guerre, ils pourraient bien entre eux s'en rendre compte et dire : "Le roi par sa malignité nous laisse faire la guerre" ; et il arriverait qu'à cause de la haine qu'ils auraient contre moi, ils viendraient m'attaquer et je pourrais bien y perdre, sans compter la haine de Dieu que je m'attirerais, lui qui dit : "Bénis soient tous les pacificateurs." » **684** La conséquence fut que les Bourguignons et les Lorrains entre qui il avait mis la paix l'aimaient et lui obéissaient si bien que je les vis venir plaider par-devant le roi, à propos de conflits qu'ils avaient entre eux, à la cour du roi à Reims, à Paris et à Orléans.

685 Le roi aima tant Dieu et sa douce Mère que tous ceux qu'il pouvait convaincre d'avoir dit de Dieu ou de sa Mère des choses malhonnêtes ou des jurements grossiers, il les faisait punir lourdement. Et je vis qu'il fit mettre un orfèvre au pilori à Césarée, en braies et en chemise, les boyaux et la fressure d'un porc autour du cou, et en si grande abondance qu'ils lui arrivaient jusqu'au nez. J'ai entendu dire que, depuis que je revins d'outremer, il fit pour la même faute brûler le nez et les lèvres

683. Matth. 5, 9.   **685.** À partir de cet endroit, Joinville s'inspire des *Grandes Chroniques*. Proche de *Gr. Chr.*, VII, ch. LXXIV, p. 188-189 = X, ch. XXX, p. 106-107, en particulier la phrase *il vourroit (...) royaume.* – Sur la répression contre les blasphémateurs, cf. Guillaume de Saint-Pathus 1899, p. 26-27 et 148-149 ; Geoffroi de Beaulieu 1840, p. 19 ; Jean de Vignay, additions à Primat 1876, p. 66 ; D. Townsend, *Versus de corona spinea of Henry d'Avranches*, dans *Mittellateinisches Jahrbuch*, t. 23, 1988, p. 154-170. – *les boiaus et la fressure :* il est probable que l'utilisation de ces viscères pour aggraver la peine du pilori tient à ce que l'on jurait fréquemment « par les boyaux et par la fressure [de Dieu, ou de la Vierge] ».

ne le vi pas. Et dist le saint roy[b] *qu'il vourroit* estre seigné
d'un fer chaut par tel couvenant que touz vileins seremens
feussent ostez de son royaume.

686 Je fu bien .XXII. ans en sa compaignie que onques
Dieu ne li oÿ jurer, ne sa Mere ne ses sains ; et quant il
vouloit aucune chose affermer, il disoit : « Vraiement il
fu ainsi », ou « Vraiement il yert[a] ainsi. »

687 Onques ne li oÿ nommer le dyable, se ce ne fu en
aucun livre la ou il afferoit a nommer, ou en la vie des
sains de quoy le livre parloit. Et c'est grant honte au
royaume de France et au roy quant il le seuffre, que a
peinne peut l'en parler que en ne die : « Que dyable y ait
part ! » Et c'est grant faute de language quant l'en appro-
prie au dyable l'omme ou la femme qui est donné a Dieu
des que il fu baptiziés. En l'ostel de Joinville, qui dit tel
parole, il doit la bufe ou la paumelle, et y est ce mauvez
language pres que tout abatu.

688 Il me demanda se je lavoie les piés aus povres le
jeudi absolu ; et je li respondi que nanin, que il ne me
sembloit pas bien. Et il me dit que je ne le devoie pas
avoir en despit, car Dieu l'avoit fait, « car moult envis
feriés ce que le roy d'Angleterre fet, qui lave les piez aus
mezeaus et beze ».

685b r. qu'il vouldroit *BLMP* je vourroie *A*   **686a** i. est a. *BL* i. n'en
va pas a. *M*

à un bourgeois de Paris, mais je ne le vis pas. Et le saint roi dit qu'il voudrait être marqué d'un fer rouge, si à ce prix tous les jurements grossiers étaient enlevés de son royaume.

686 J'ai été bien vingt-deux ans en sa compagnie, et je ne lui ai jamais entendu jurer le nom de Dieu, ni de sa Mère, ni des saints ; et, quand il voulait affirmer quelque chose, il disait : « Vraiment, il en a été ainsi » ou « Vraiment, il en sera ainsi. »

687 Je ne lui ai jamais entendu prononcer le nom du diable, si ce n'était dans quelque livre où il convenait de le nommer, ou dans la vie des saints dont parlait le livre. Et c'est une grande honte pour le royaume de France et pour le roi quand il le tolère, de sorte que l'on peut à peine parler sans dire : « Que le diable y ait part ! » Et c'est une grande faute de langage, quand on attribue au diable l'homme ou la femme qui sont donnés à Dieu dès qu'ils ont été baptisés. Dans la maison de Joinville, qui dit une semblable parole a droit à un soufflet ou à un coup dans la paume de la main, et cette mauvaise manière de parler y est presque toute abolie.

688 Il me demanda si je lavais les pieds aux pauvres le jeudi saint ; et je lui répondis que non, parce que cela ne me paraissait pas bien. Et il me dit que je ne devais pas tenir cela pour méprisable, car Dieu l'avait fait ; « car vous auriez bien de la peine à faire ce que fait le roi d'Angleterre, qui lave les pieds aux lépreux et les leur baise ».

685b. *son royaume :* la phrase commence dans *A* au style direct, et se termine au style indirect. J'ai corrigé cette légère incohérence, qu'effacent les autres manuscrits ; mais il n'est pas exclu qu'elle remonte à Joinville.
   686. Proche de *Gr. Chr.*, VII, ch. LXXVI, p. 194 = X, ch. XXXI, p. 112.   **688.** Proche de *Gr. Chr.*, VII, ch. LXXVII, p. 195 = X, ch. XXXII, p. 112. – Sur la piété d'Henri III, Berger 1895, p. 168 ; Folz 1984, p. 100, n. 128.

689 Avant que il se couchast en son lit, il fesoit venir ses enfans devant li et leur recordoit les fez des bons roys et des[a] *bons* empereurs, et leur disoit que a tiex gens devoient il prenre[b] *bon* exemple ; et leur recordoit aussi les fez des mauvez riches homes qui par[c] *leur* luxure et par leur rapines et par leur avarice avoient perdu leur royaumes. « Et ces choses, fesoit il, vous ramentoif je pour ce que vous vous en gardez, par quoy Dieu ne se courousse a vous. » Leur heures de Nostre Dame leur fesoit aprenre, et leur fesoit dire[d] *devant luy* leurs heures du jour pour eulz acoustumer a oÿr leur heures quant il tenroient leur terres.

690 Le roy fu si large aumosnier que partout la ou il aloit en son royaume, il fesoit donner aus povres esglises, a maladeries, a mesons Dieu, a hospitaulz et a povres gentilz hommes et gentilz femmes. Touz les jours il donnoit a manger a grant foison de povres, sanz ceulz qui mangoient en sa chambre ; et maintes foiz vi que[a] il *mesmes* leur tailloit leur pain et donnoit a boivre.

691 De son tens furent edefiees[a] pluseurs abbaïes, c'est a savoir Royaumont, l'abbaïe de Saint Antoinne delez Paris, l'abbaïe du Liz, l'abbaye de Malbisson et pluseurs autres religions de Preescheurs et de Cordeliers. Il fist la meson Dieu de Pontoise, la meson Dieu de *Vernon*[b], la meson des Aveugles de Paris, l'abbaïe des Cordelieres de Saint Clou, que sa seur ma dame Ysabiau fonda par son otroi.

689a d. bons e. *BL om. A* — **b** p. bon e. *BLM om. A* — **c** p. leur l. *BL om. A* — **d** d. devant luy l. *BL* f. oïr chacun jour et d. devant eulx les h. *M* d. l. *om. A*   **690a** luy mesmes l. *BLM om. A*   **691a** e. et faictes c'e. *BL* t. il a fait faire et e. p. eglises, monasteres et a. (et a. *om. P*) *MP.* — **b** Vernon *BLM* Vernoul *P* Brinon *A*

689 Avant de se coucher dans son lit, il faisait venir ses enfants devant lui et leur rapportait les actions des bons rois et des bons empereurs, et leur disait qu'ils devaient prendre bon exemple sur de tels personnages. Et il leur rapportait aussi les actions des mauvais hommes de haut rang, qui par leur luxure, par leurs rapines et par leur avarice avaient perdu leurs royaumes. « Et je vous remets, faisait-il, en mémoire ces faits pour que vous vous en gardiez, afin de ne pas provoquer la colère de Dieu contre vous. » Il leur faisait apprendre leurs heures de Notre-Dame et leur faisait dire devant lui les heures du jour pour les habituer à entendre leurs heures quand ils seraient les maîtres de leurs terres.

690 Le roi pratiqua si largement l'aumône que, partout où il allait dans son royaume, il faisait faire des dons aux églises pauvres, aux léproseries, aux hôtels-Dieu, aux hôpitaux, et aux hommes nobles et aux femmes nobles pauvres. Tous les jours il donnait à manger à une grande quantité de pauvres, sans parler de ceux qui mangeaient dans sa chambre. Et bien des fois je l'ai vu lui-même leur couper leur pain et leur donner à boire.

691 De son temps furent édifiées plusieurs abbayes, à savoir Royaumont, l'abbaye de Saint-Antoine près de Paris, l'abbaye de Lys, l'abbaye de Maubuisson et plusieurs autres couvents de Prêcheurs et de Cordeliers. Il établit l'Hôtel-Dieu de Pontoise, l'Hôtel-Dieu de Vernon, la maison des aveugles de Paris, l'abbaye des Cordelières de Saint-Cloud, que sa sœur madame Isabelle fonda avec son autorisation.

---

689. Proche de *Gr. Chr.*, VII, ch. LXXVIII, p. 196 = X, ch. XXXIII, p. 114.   **690.** Proche de *Gr. Chr.*, VII, ch. LXXX, p. 198 = X, ch. XXXV, p. 116-117.   **691.** Proche de *Gr. Chr.*, VII, ch. LXXX, p. 198-199 = X, ch. XXXV, p. 117-118. – L'abbaye cistercienne de Saint-Antoine ne figure pas dans les exemplaires des *Grandes Chroniques* que je connais. L'abbaye existait depuis la fin du XIIe siècle et avait été richement dotée par Louis VIII. Il n'est même pas sûr que saint Louis ait contribué à la construction de l'église, consacrée en 1233 ; A. Dimier 1954, p. 99-107 ; pour Le Lys et Maubuisson, Berger 1895, p. 319-322 ; pour Royaumont, Berger 1895, p. 107.

692 Quant aucuns benefices de sainte Esglise escheoit au roy, avant que il le donnast, il se conseilloit a bones persones de religion et d'autres avant que il le donnat[a]. Et quant il s'estoit conseillé, il leur donnoit les benefices de sainte Esglise en bone foy, loialment et selonc Dieu. Ne il ne vouloit nulz benefices donner a nulz clers se il ne renonçoit aus autres benefices des esglises que il avoit. En toutes les villes de son roiaume la ou il n'avoit onques esté, il aloit aus Preescheurs et aus Cordeliers, se il en y avoit nulz, pour requerir leur oroisons.

693 Comment le roy corriga ses bailliz, ses prevos, ses maieurs, et comment il establi nouviaus establissemens, et comment Estienne Boifliaue fu son prevost de Paris.

Après ce que le[a] roy Loys fu revenu d'outre mer en France, il se contint si *devotement*[b] envers Nostre Seigneur et si droiturierement envers ses subjez, si regarda et apensa que moult estoit belle chose[c] *et bonne* d'amender le royaume de France.

Premierement establi un general establissement sus les subjez par tout le royaume de France en la maniere qui s'en suit :

692a a. qu'il l. d. *om. BL*   **693a** l. sainct r. *BL* — **b** devotement *BL* doucement *A* — **c** c. et bonne d'a. *BL om. A*

692 Quand quelque bénéfice de la sainte Église revenait au roi, il prenait conseil, avant de le donner, de vertueux religieux et d'autres personnes. Et quand il avait pris conseil, il donnait les bénéfices de sainte Église en toute conscience, loyalement et selon Dieu. Et il ne voulait donner aucun bénéfice à aucun clerc si celui-ci ne renonçait pas aux autres bénéfices ecclésiastiques qu'il détenait. Dans toutes les villes de son royaume où il n'était encore jamais allé, il se rendait chez les Prêcheurs et chez les Cordeliers, s'il y en avait, pour demander leurs prières.

693 Comment le roi corrigea ses baillis, ses prévôts, ses maires et comment il établit de nouveaux établissements, et comment Étienne Boileau fut son prévôt de Paris.

Après que le roi Louis fut revenu d'outre-mer en France, il se conduisit très dévotement envers Notre-Seigneur, et très équitablement envers ses sujets ; il considéra et pensa que c'était une très belle et bonne chose d'amender le royaume de France.

Premièrement, il établit une ordonnance générale sur ses sujets dans tout le royaume de France, dans la manière qui s'ensuit :

---

692. Collation des bénéfices et visites aux couvents : proche de *Gr. Chr.*, VII, ch. LXXXI, p. 203 = X, ch. XXXVI, p. 119-121. – *avant que il le donnat* est repris à la fin de la phrase ; cf. § 665. **693.** Ce titre développé est le seul que Joinville ait introduit dans son texte. Il provient peut-être de l'exemplaire des *Grandes Chroniques* qu'il utilisait. La suite *Après ce que (...) qui s'en suit* est emprunté aux *Gr. Chr.*, VII, ch. LXXII, p. 183 = X, ch. XXIX, p. 100. – L. Carolus-Barré, *La Grande Ordonnance de 1254 sur la réforme de l'administration et la police du royaume*, dans *Septième centenaire* 1976, p. 85-96. Le texte de l'ordonnance a fait l'objet de plusieurs rédactions ; il a été introduit par Guillaume de Nangis dans les *Gesta Ludovici* 1840, p. 392-398, et est passé de là dans les *Grandes Chroniques*. Le texte varie suivant les exemplaires. Les versions longues des mss Bibl. nat., fr. 2615, et Londres (*Gr. Chr.*, X, p. 101-106) sont plus proches du texte conservé par Joinville que celle du ms. de Sainte-Geneviève (*Gr. Chr.*, VII, p. 183-186). – Le texte de l'ordonnance est abrégé et remanié par *MP*, et ne peut servir de contrôle que pour quelques passages. Les leçons de *BL* introduites dans le texte sont soutenues par le texte de l'ordonnance dans les *Grandes Chroniques*.

694 Nous Looÿs, par la grace de Dieu roy de France, establissons que touz nos baillifz, vicontes, prevoz, maires et touz autres[a], en quelque afere que ce soit ne *en quelque office* que il soient, facent serement que tant comme il soient en offices ou en bailliez, il feront droit a chascun sanz exception de persones, aussi aux povres comme aus riches et a l'estrange comme au privé, et garderont les us et les coustumes qui sont bones et esprouvees. **695** Et se il avient chose que les bailliz ou les vicontes ou autre, si comme serjant ou forestiers, facent contre leur seremens et il en soient attains, nous voulons que il en soient puniz en leur biens et en leur persones, se le[a] mesfait le requiert ; et seront les baillifz puniz par nous, et les autres par les baillifz.

696 De rechief, les autres *prevoz*[a], les baillifz et les serjans jureront que il garderont loialment nos rentes et nos droiz, ne ne souferront nos droiz que il[b] *soient* soustrait ne osté ne amenuisié. Et avec ce il jureront que il ne prenront ne ne recevront, par eulz ne par autres, ne or ne argent ne benefices par decoste ne autres choses, se ce n'est fruit ou pain ou vin ou autre present jeusques a la somme de .x. sols, et que la dite somme ne soit pas seurmontee. **697** Et avec ce il jureront que il[a] ne prenront ne ne feront *prendre* nul don, quel que il soit, a leur femmes ne a leur enfans ne a leur freres ne a leur seurs ne a autre persone tant soit privee d'eulz ; et si tost comme il savront que tiex dons seront receus, il les feront rendre au plus tost que il pourront. Et avec ce, il jureront que il ne *recevront*[b] don nul, quel que il soit, de home qui soit de leur baillie[c] *ne d'autre qui cause ayent ne qui plaident par devant eulx.*

694*a.* en quelque o. que il s. f. *BLMP om. A*   **695***a* l. cas l. *BL* selon l'esigence des cas *MP*   **696***a* prevostz *BLMP* privez *A* — *b* i. soient s. *BL om. A*   **697***a* il ne p. ne f. (laisseront *M*) prendre *BLM* il ne feront ne ne p. *A* — *b* recepvront *BL* retenront *A* — *c* b. ne d'a... par d. e. *BL om. A*

694 Nous Louis, par la grâce de Dieu roi de France, établissons que tous nos baillis, vicomtes, prévôts, maires et tous autres, en quelque affaire que ce soit et en quelque office qu'ils soient, prêtent serment que, tant qu'ils seront dans leur office ou dans leur baillage, ils feront droit à chacun, sans exception de personnes, aux pauvres aussi bien qu'aux riches, et à l'étranger aussi bien qu'à leurs proches, et ils garderont les us et coutumes qui sont bons et éprouvés. **695** Et s'il arrive que les baillis ou les vicomtes ou autres, comme sergents ou forestiers, agissent contre leurs serments et qu'ils en soient convaincus, nous voulons qu'ils en soient punis dans leurs biens et dans leurs personnes, si la faute le requiert ; et les baillis seront punis par nous, et les autres par les baillis.

696 De plus, les autres prévôts, les baillis et les sergents jureront qu'ils conserveront loyalement nos rentes et nos droits, et ne toléreront pas que nos droits soient soustraits ou supprimés ou diminués. Et avec cela ils jureront qu'ils ne prendront ni ne recevront, par eux-mêmes ou par d'autres, ni or ni argent, ni avantages indirectement, ni autre chose, à l'exception de fruits, de pain ou de vin, ou autre présent jusqu'à concurrence de la somme de dix sous, et cette somme ne doit pas être dépassée. **697** Et avec cela ils jureront qu'ils n'accepteront ni ne feront accepter aucun don, quel qu'il soit, ni à leurs femmes, ni à leurs enfants, ni à leurs frères, ni à leurs sœurs, ni à une autre personne, pour peu qu'elle leur soit proche ; et aussitôt qu'ils sauront que de tels dons auront été reçus, ils les feront rendre le plus tôt qu'ils le pourront. Et avec cela ils jureront qu'ils ne recevront aucun don, quel qu'il soit, d'une personne qui soit placée sous leur autorité, ou d'autres qui aient affaire ou qui plaident par-devant eux.

697b. Mauvaise leçon de *A retendront* répétée au § 698*b* ; cf. inversement *recevons* à la place de *retenons*, § 719*b*.

698 De rechief, il jureront que il ne donront ne n'envoieront nul don a home qui soit de nostre conseil, ne aus femmes ne aus enfans ne a ame[a] qui leur apartieingne, ne a ceulz qui leur contes *recevront*[b] de par nous, ne a nulz enquesteurs que nous envoions en leur baillies ne en leur prevostés pour leur fez enquerre. Et avec ce il *jureront*[c] que il ne partiront a *vente*[d] nulle *que on face* de nos rentes[e], *de nos baillages* ou de nostre monnoie ne a autres choses qui nous apartieingnent.

699 Et jureront et promettront que se il sevent *sous*[a] eulz nul[b] official, serjant ou prevost qui soient desloiaus, rapineurs, usurier ou plein d'autres vices par quoy il doivent perdre nostre servise, que il ne les soustieingnent par don ne par promesse ne par amour ne par autres choses, ainçois les puniront et jugeront[c] en bone foy.

700 De rechief, nos prevos, nos vicontes, nos maires, nos forestiers et nos autres serjans a pié ou a cheval jureront que il ne donront nulz dons a leur souverains, ne a femmes ne a enfans[a] *qui leur appartiengne*.

701 Et pour ce que nous voulons que ces seremens soient fermement establiz, nous voulons que il soient pris en pleinne assise, devant touz, et clers et lais, chevaliers et serjans, ja soit ce que il aient juré devant nous, a ce que il *doutent*[a] encore le vice de parjurer non pas tant seulement pour la paour de Dieu et de nous, mez pour la[b] *honte* du monde.

698a homme *BL* − **b** recepvront *BL* retenront *A* − **c** jureront *BL* jurerent *A* − **d** vente n. q. o. f. de n. *BL* rente *A* − **e** r. de n. b. o. *BL* om. *A* **699a** Sour *A* − **b** n. es offices qui s. *BL* − **c** corrigeront *BL* **700a** e. qui l. a. *BL* om. *A* **701a** craignent *BL* aient crainte *MP* doutoient *A* − **b** l. h. du m. *BLMP* l. bonté d. Dieu et du m. *A*

698 De plus, ils jureront qu'ils ne donneront ni n'enverront aucun don à une personne qui soit de notre conseil, ni aux femmes ni aux enfants ni à personne qui les touche, ni à ceux qui recevront leurs comptes en notre nom, ni à aucun enquêteur que nous envoyons dans leurs baillages ou dans leurs prévôtés pour faire enquête sur leurs agissements. Et avec cela ils jureront qu'ils ne seront partie à quelque vente que ce soit que l'on fasse de nos rentes, de nos baillages ou de notre monnaie, ni à autres choses qui nous appartiennent.

699 Et ils jureront et promettront que, s'ils ont connaissance en leur ressort qu'aucun officier, sergent ou prévôt soit déloyal, voleur, usurier, ou entaché d'autres vices par quoi ceux-là doivent perdre notre service, ils ne les soutiendront ni pour don, ni pour promesse, ni pour faveur ni pour autre chose, mais les puniront et jugeront en bonne foi.

700 De plus, nos prévôts, nos vicomtes, nos maires, nos forestiers et nos autres sergents à pied ou à cheval jureront qu'ils ne donneront aucun don à leurs supérieurs, ni à femmes ni à enfants qui leur appartiennent.

701 Et parce que nous voulons que ces serments soient fermement assurés, nous voulons qu'ils soient prononcés en pleine session, devant tous, et clercs et laïques, chevaliers et sergents, nonobstant le fait que les intéressés aient juré par-devant nous, afin qu'ils craignent d'encourir encore la faute de parjure, non pas seulement par crainte de Dieu et de notre personne, mais par honte devant le monde.

702 Nous voulons et establissons que tous nos prevoz et nos baillifz[a] se tieingnent de jurer parole qui tieingne au despit de Dieu ne de Nostre Dame et de touz sains, et se gardent de geu de dez *et*[b] de taverne. Nous voulons que la forge de deiz soit deffendue par tout nostre royaume, et que les foles femmes[c] soient boutees hors des mesons ; et quiconques louera meson a fole femme, il rendra au prevost ou au baillif le loier de la meson d'un an.

703 Aprés, nous deffendons que nos baillifz outreement n'achatent ne ne facent acheter, par eulz ne par autres, possessions ne terres qui soient en leur baillies ne en autre, tant comme il soient en nostre servise[a], *sans nostre congié ; et si telz achaptz se font, nous voullons qu'ilz soient et demourent en nostre main.*

704 *Nous deffendons a noz baillifz que tant comme ilz seront en nostre service* ne marient filz ne fille que il aient ne autres persones qui leur apartieingnent a nulle autre persone de leur baillie sanz nostre especial congié ; et avec ce, que il ne les mettent en religion[a] *de* leur *baillage* ne que il leur *acquierent*[b] benefice de sainte Esglise ne *possession*[c] nulle ; et avec ce, que il ne preingnent oeuvre[d] ne procuracions en meson de religion, ne pres d'eulz, aus despens des religieus. Ceste deffense des mariages et des possessions acquerre, si comme nous avons dit, ne voulons nous pas qu'elle se *extende*[e] aus prevos ne aus maires ne aus autres de meneur office.

***

702a b. et sergens s. *BL* – *b* dez et d. *BL* dez ne frequentans les t. *MP* et om. *A* – *c* f. f. communes s. *BL* f. f. de leurs corps et communes *MP*   **703a** service sans n. c... service *BL* s. sans nostre congié, licence et permission et que soions premierement acertainez de la chose. Et si au contaire le font, nous voulons et entendons lesdites terres et possessions estre confisquees en nostre main. Ne a semblable ne voulons point que noz dessusdiz officiers superieurs tant qu'ilz seront en nostre service *MP* om. *A* par saut du même au même mais la cohérence de la phrase est rétablie par l'insertion de nostre servise ne ne marient   **704a** r. de leur baillage n. *BL* r. du leur n. que *A* – *b* acquiere *A* – *c* possion *A* – *d* vivre *corr. Wailly* – *e* extendent *BL* esconde *A*

702 Nous voulons et établissons que tous nos prévôts et nos baillis s'abstiennent de jurer avec des paroles qui tournent au mépris de Dieu, de Notre-Dame et de tous les saints, et qu'ils évitent le jeu de dés et ne fréquentent pas les tavernes. Nous voulons que la fabrication des dés soit interdite dans tout notre royaume, et que les prostituées soient expulsées des maisons ; et quiconque louera une maison à une prostituée devra verser au prévôt ou au bailli le loyer de la maison pour un an.

703 Ensuite nous défendons expressément que nos baillis achètent ou fassent acheter, par eux ou par autres, possessions ou terres qui soient dans leur baillage ou dans un autre, tant qu'ils seront à notre service, sans notre autorisation ; et si de tels achats se font, nous voulons qu'ils soient placés et qu'ils demeurent entre nos mains.

704 Nous défendons à nos baillis, tant qu'ils seront à notre service, de marier fils ou filles qu'ils aient ni autre personne qui leur soit proche à aucune autre personne de leur baillage sans notre autorisation expresse ; et avec cela de les placer dans des établissements religieux de leur baillage, et de leur obtenir aucun bénéfice de la sainte Église, ni aucune possession ; et avec cela, d'exiger des corvées ou des droits de gîte des établissements religieux, ou auprès d'eux, aux dépens des religieux. Cette interdiction des mariages et de l'acquisition de possessions, comme nous l'avons définie, nous ne voulons pas qu'elle soit étendue aux prévôts, aux maires, et aux titulaires d'offices inférieurs.

---

704. Le droit de procuration ou droit de gîte est la fourniture de logement et de nourriture que doivent les établissements ecclésiastiques au souverain ou éventuellement à ses officiers lors de leurs déplacements. — *d.* oeuvre n'est pas clair ; s'agit-il de travaux exécutés dans les mêmes conditions ? Wailly a préféré corriger en *vivre* ; les textes de l'ordonnance parlent de *procurations ne gistes* ; *Gr. Chr.*, VIII, p. 185 = X, p. 103.

705 Nous commandons que baillifz ne prevos ne autres[a] ne tieingnent trop grant plenté de serjans ne de bediaus, pour ce que le peuple ne soit grevé ; et voulons que les bediaus soient nommez en pleinne assise, ou autrement ne soient pas tenu pour bediau. Ou nos serjans soient envoiés en aucun lieu loing ou en estrange pays, nous voulons que il ne soient pas creu sanz lettre de leur souverains.

706 Nous commandons que baillif ne prevost[a] qui soit en nostre office ne greve les bones[b] gens de leur justice outre droiture, ne que nulz de ceulz qui soient desous nous soient mis en prison pour debde que il doivent, ce ce n'est pour la nostre seulement.

707 Nous establissons que nulz de nos baillifz ne lieve amande pour debde que nous subjez doivent, ne pour malefaçon, se ce n'est en plein plet ou elle soit jugee et estimee, et[a] par conseil de bones[b] *gens*, ja soit ce que elle *ait esté gagiee*[c] par devant[d] eulx. **708** Et ce il avient que cil qui sera d'aucun blasmé ne weille pas attendre le jugement de la court qui offert li est, ainçois offre certeinne somme de deniers pour l'amende, si comme l'en a communement receu, nous voulons que la court reçoive la somme des deniers, se elle est resonnable et couvenable, ou se ce non, nous voulons que l'amende soit jugee selonc ce que il est desus dit, ja soit ce que le coupable se mette en la volenté de la court. Nous deffendons que le baillif ou le mere ou le prevost ne contreingnent, par menaces ou par poour[a] *ou par* aucune cavellacion, nos subjez a paier amende en repost[b] *ou en appert, et ne les accusent pas sans cause raisonnable.*

705a a. juges n. *BL*   **706a** p. ne autres q. *BL* – *b* povres *BL*   **707a** et om. *BL* – *b* b. gens j. *BL* om. *A* – *c* ait e. guaignee *BL* gagie *corr. Wailly* d'après les *Grandes Chroniques* est e. jugee *A* – *d* g. p. avant ce *BL*   **708a** p. ou par c. *BL* om. *A* – *b* r. ou en a... cause r. *BL* om. *A*

705 Nous commandons aux baillis, aux prévôts et aux autres de ne pas entretenir trop grande abondance de sergents ni de bedeaux, pour que la population ne soit pas grevée ; et nous voulons que les bedeaux soient nommés en pleine session, ou sinon qu'ils ne soient pas reconnus comme bedeaux. Au cas où nos sergents seraient envoyés en quelque lieu éloigné ou à l'étranger, nous voulons qu'ils ne soient pas accrédités sans lettres de leurs supérieurs.

706 Nous commandons que ni bailli ni prévôt qui soit à notre service ne fasse peser de charge sur les bonnes gens de leur ressort au-delà de ce qui est de droit, et qu'aucun de ceux qui sont nos sujets ne soit mis en prison pour dette qu'il doit, si ce n'est pour la nôtre seulement.

707 Nous établissons qu'aucun de nos baillis ne devra lever une amende pour dette que doivent nos sujets, ou pour faute, si ce n'est en session judiciaire, où elle soit jugée et estimée, et sur l'avis de bonnes gens, quoiqu'elle ait fait l'objet d'un gage par-devant ces baillis. **708** Et s'il arrive que celui qui fera l'objet d'une plainte de la part de quelqu'un ne veuille pas attendre le jugement de la cour qui lui est proposé, mais qu'il offre une certaine somme de deniers à titre d'amende, comme il est communément reçu, nous voulons que la cour reçoive la somme de deniers, si celle-ci est raisonnable et convenable ; dans le cas contraire, nous voulons que l'amende fasse l'objet d'un jugement comme il a été dit dessus, quoique le coupable s'en remette à la volonté de la cour. Nous interdisons au bailli ou au maire ou au prévôt de contraindre par menace, par crainte ou par un artifice de procédure, nos sujets à payer une amende, clandestinement ou au vu et au su de tous, et de les accuser sans cause raisonnable.

707c.-d. La leçon de *BL* est appuyée par le texte des *Grandes Chroniques*, X, p. 104.

709 Et etablissons que cil qui tendront les prevostez, viconté ou autre *baillies*[a], que il ne les puissent a autrui vendre sanz nostre congé. Et se pluseurs achatent ensemble les offices desus nommez, nous voulons que l'un des acheteurs face l'office pour touz les autres, et use de la franchise qui *appartient*[b] aus chevauchees, aux tailles et aus communes charges, si comme il est acoustumé.

710 Et deffendons que les diz offices il ne vendent a freres, a neveus et a cousins puis que il les avront achetés de nous, ne que il ne requierent debde que[a] en leur doie par eulz, ce ce n'est des debdes qui apartiennent a leur office ; mez leur propre debte requierent par l'auctorité du baillif, tout aussi comme se il ne fussent pas en nostre servise.

711 Nous deffendons que baillifz ne prevoz ne travaillent nos subjez en causes que il ont par devant eulz menees par muement de lieu en autre, ainçois *oient*[a] les besoingnez que il ont par devant eulz ou lieu la ou il ont esté acoustumez a oÿr, si que il ne lessent pas a poursuivre leur droit pour travail ne pour despens.

712 De rechief, nous commandons que il ne dessaisissent home de sesinne que il tieigne sanz congnoissance de cause ou sanz commandement especial de nous ; ne que il ne grevent nostre gent de nouvelles exactions de tailles et de coustumes nouvelles ; ne si ne semoingnent que l'en face chevauchee pour avoir de leur argent[a], *car nous voullons que nul qui doive chevaucee ne soit semont* d'aler en ost sanz cause necessaire, et ceulz qui voudront aler en ost en propres personnes ne soient pas contraint a racheter leur voie par argent.

709a baillages *BL* baillif *A* – **b** a. *BL* appartiennent *A* **710a** q. on d. *BL* q. n'e.l.d. *A* **711a** o. *BL* oiez *A* **712a** a. car n... s. d'a. *BL om.* *A*

709 Et nous établissons que ceux qui seront en charge de prévôtés, de vicomtés ou d'autres charges ne puissent les vendre à autrui sans notre autorisation. Et si plusieurs achètent ensemble les offices désignés plus haut, nous voulons que l'un des acheteurs exerce l'office pour tous les autres, et use de la franchise qui appartient aux chevauchées, aux tailles et aux charges communes, comme il est accoutumé.

710 Et nous leur défendons de vendre lesdits offices à leurs frères, neveux ou cousins après qu'ils les auront acquis de nous, et d'exiger par eux-mêmes une dette à eux due si ce n'est les dettes relatives à leur office ; mais leurs dettes personnelles doivent être exigées par l'autorité du bailli, exactement comme s'ils ne se trouvaient pas à notre service.

711 Nous défendons aux baillis et aux prévôts de molester nos sujets dans les causes qu'ils ont évoquées devant eux, par changement d'un lieu en un autre, mais ils doivent entendre les affaires qui sont évoquées devant eux au lieu où ils ont coutume de les entendre, de manière que les intéressés n'abandonnent pas la poursuite de leurs droits en raison de difficultés ou de dépenses.

712 De plus, nous leur commandons de ne dessaisir quiconque de la saisine qu'il tient sans connaissance de cause, ou sans notre commandement exprès, et de faire peser sur nos gens de nouveaux prélèvements de tailles et d'impositions nouvelles ; et de ne pas les convoquer à une chevauchée pour percevoir de leur argent, car nous voulons que nul qui doive chevauchée ne soit convoqué pour un service d'ost sans cause nécessaire ; et que ceux qui voudront effectuer de leur propre personne le service d'ost ne soient pas contraints de racheter à prix d'argent leur voyage.

713 Aprés, nous deffendons que bailliz ne prevos ne
facent deffendre de porter blé ne vin ne autres marchean-
dises hors de nostre royaume sanz cause necessaire ; et
quant il couvendra que deffense en soit fete, nous voulons
qu'elle soit faite communement en conseil de preu-
doumes, sanz souspeçon de fraude ne de boidie.

714 Item nous voulons que touz bailliz viés, vicontes,
prevos et maires soient, aprés ce que il seront hors de leur
offices, par l'espace de .XL. jours ou pays ou il ont tenu
leur offices, en leur propre persones ou par procureur[a],
affin qu'ilz puissent respondre aux nouveaulx baillifs de
ce que il avroient mesfet contre ceulz qui se vourroient
pleindre d'eulz.

Par cest establissement amenda moult le royaume.

715 La prevosté de Paris estoit lors vendue aus bourjois
de Paris, ou a aucuns ; et quant il avenoit que aucuns
l'avoit achetee, si soustenoient leurs enfans et leur neveus
en leur outrages ; car les jouvenciaus avoient fiance en
leur parens et en leur amis qui[a] *la prevosté* tenoient. Pour
ceste chose estoit trop le menu peuple defoulé, ne ne
povoient avoir droit des riches homes pour les grans presens et dons que il fesoient aus prevoz. **716** Qui a ce
temps disoit voir devant le prevost, ou qui vouloit son
serement garder, qu'i ne feust parjure, d'aucune debte ou

714a p. affin qu'ilz p... de c. *BL* p. especial affin qu'ilz respondent aux
nouveaux entrez esdictes offices a c. *MP om. A*　　**715a** q. la pr. t. *BL* q.
les t. *A*

713 Après, nous défendons aux baillis ou aux prévôts de faire défendre de porter hors de notre royaume blé, vin ou autres marchandises sans cause nécessaire ; et, quand il conviendra que défense en soit faite, nous voulons que cette défense soit faite en commun en conseil de prud'hommes, sans qu'il puisse y avoir soupçon de fraude ou de tromperie.

714 Item, nous voulons que tous les anciens baillis, vicomtes, prévôts et maires soient présents, après avoir quitté leur office, par l'espace de quarante jours dans le pays où ils auront tenu leur office, en leur propre personne ou par procureur, afin qu'ils puissent répondre aux nouveaux baillis sur les torts qu'ils pourraient avoir à l'égard de ceux qui voudraient se plaindre d'eux.

Par cette ordonnance la situation du royaume fut fortement améliorée.

715 La prévôté de Paris était alors vendue aux bourgeois de Paris, ou à certains d'entre eux, et, quand il arrivait que d'aucuns l'avaient achetée, ils soutenaient dans leurs excès leurs enfants et leurs neveux ; car les jeunes gens avaient confiance en leurs parents et en leurs amis qui tenaient la prévôté. Pour cette raison les petites gens étaient fort mal traitées, et ne pouvaient faire valoir leurs droits en face des puissants, à cause des grands présents et des dons qu'ils faisaient aux prévôts. **716** Celui qui en ce temps disait la vérité devant le prévôt, ou voulait faire

---

714. La phrase conclusive *Par cet establissement (...) royaume* vient des *Gr. Chr.*, VII, p. 186 = ms. fr. 2615, fol. 233 v°. Joinville l'a introduite immédiatement après le dernier article de l'ordonnance, rejetant, après le chapitre sur la prévôté de Paris, la clause finale, § 719 ; il répète d'ailleurs à cet endroit la phrase conclusive, sous une forme plus développée, conforme au texte des *Gr. Chr.* du ms. fr. 2615. **715-718.** Texte des *Gr. Chr.*, VII, ch. LXXIII, p. 186-188 ; manque dans le ms. de Londres et fr. 2615. – Sur la prévôté de Paris, cf. Cazelles 1972, p. 178-179 ; L.L. Borelli de Serres, *Une légende administrative : la réforme de la prévôté de Paris et Étienne Boileau*, dans *Recherches sur divers services publics du XIIIᵉ au XVIIᵉ s.*, Paris, 1895, t. I, p. 531-572. **716.** *autres seigneuries :* ce sont les censives (domaines) ecclésiastiques de Paris ; R. Cazelles, *Le Parisien au temps de saint Louis*, dans *Septième centenaire 1976*, p. 101.

d'aucune chose ou feust tenu de respondre, le prevost en levoit amende, et estoit puni. Par les grans *injures*[a] et par les grans rapines qui estoient faites en la prevosté, le menu peuple n'osoit demourer en la terre le roy, ains aloient demourer en autres prevostés et en autres seigneuries ; et estoit la terre le roy si vague que quant[b] *le prevost* tenoit ses plez, il n'i venoit pas plus de .x. personnes ou de .xii. **717** Avec ce il avoit tant de maulfeteurs et de larrons a Paris et dehors que tout le païs en estoit plein. Le roy, qui metoit grant diligence comment le menu peuple feust gardé, sot toute la verité ; si ne voult plus que la prevosté de Paris feust vendue, ains donna gages bons et grans a ceulz qui des or en avant la garderoient ; et toutes les mauveses coustumes dont le peuple pooit estre grevé il abati[a]. Et fist enquerre par tout le royaume et par tout le pays[b] *ou il pourroit trouver homme qui* feist bone justise et roide, et qui n'espargnast plus le riche home que le povre. **718** Si li fu endité Estienne Boilyaue, le quel maintint et garda si la prevosté que nul malfaiteur ne liarre ne murtrier n'osa demourer a Paris, qui tantost ne feust pendu ou destruit, ne parent[a] ne lignage ne or ne argent ne le pot garantir. La terre le roy conmença a amender, et le peuple y vint pour le bon droit que en y fesoit ; si moulteplia tant et amenda que les ventes, les saisinnes, les achas et les autres choses valoient a double que quant li roys y prenoit devant.

719 En toutes ces choses que nous avons ordenees pour le proufit de nos subjez[a] *et de* nostre royaume, nous *retenons*[b] a nostre majesté pooir d'esclarcir, d'amender, d'ajouster et d'amenuisier selonc ce que nous avrons conseil.

716a i. *BL* jures *A* – **b** q. le pr. t. *BLM* il *A*   **717a** a. et aneantist *BL* – **b** p. ou il p... h. qu'il f. *BL* p. ou il trouveroit quelque grant sage h. qui f. *M* p. ou il p. t. quelque bon justicier *P om. A*   **718a** parenté *L* **719a** s. et de n. *BL* s. a n. *A* – **b** retenons a nous *BL* recevons *A*

honneur à son serment pour ne pas être parjure à propos d'une dette ou d'une affaire où il était tenu de répondre, le prévôt le frappait d'une amende, et il était puni. Par suite des grandes injustices et des grandes malversations qui étaient faites dans la prévôté, le menu peuple n'osait pas rester dans la terre du roi, mais allait demeurer dans d'autres prévôtés et dans d'autres seigneuries ; et la terre du roi était si dépeuplée que, quand le prévôt tenait ses plaids, il n'y venait pas plus de dix personnes ou de douze. **717** Avec cela, il y avait tant de malfaiteurs et de voleurs à Paris et au-dehors que tout le pays en était plein. Le roi, qui apportait une grande attention à faire que le menu peuple soit protégé, sut toute la vérité ; et il ne voulut plus que la prévôté fût vendue, mais donna des gages bons et importants à ceux qui dorénavant la garderaient ; et il abolit toutes les mauvaises coutumes dont le peuple pouvait être accablé. Et il fit chercher à travers tout le royaume et à travers tout le pays où il pourrait trouver un homme qui fît bonne justice et rigide, et qui n'épargnât pas le riche plus que le pauvre. **718** On lui indiqua Étienne Boileau, qui maintint et garda la prévôté de façon qu'aucun malfaiteur, voleur ou meurtrier n'osa rester à Paris sans être aussitôt pendu ou mis à mort ; ni parent ni lignage, ni or ni argent ne le purent garantir. La terre du roi commença à s'améliorer, et le peuple y vint à cause de la bonne justice qu'on y faisait ; elle se repeupla tant et profita au point que les ventes, les saisines, les achats et les autres choses valaient le double de ce que le roi y percevait auparavant.

719 Dans toutes ces dispositions que nous avons ordonnées pour le profit de nos sujets et de notre royaume, nous réservons à notre majesté le pouvoir de faire la lumière, de corriger, d'ajouter ou de diminuer, suivant ce que nous aurons décidé.

---

719. Cf. § 714 ; cette disposition maladroite de la clause finale de l'ordonnance, suivie de la conclusion *Par cet establissement* (...), qui figure déjà au § 714, est certainement le résultat d'une erreur. Celle-ci remonte très haut, puisqu'on la retrouve dans *ABL. MP* ne sont pas significatifs. Contre l'avis de Foulet 1979, p. 229, je ne corrige pas.

Par cest establissement amenda moult le royaume de
France, si comme pluseurs sages et anciens tesmoignent.

720 Des le tens de s'enfance fu le roy piteus des povres
et des souffraiteus. Et acoustumé estoit que le roy, partout
ou il aloit, que .vi^{xx}. povres feussent tout adés repeu en
sa meson de pain, de vin, de char ou de poisson chascun
jour ; en quaresme et es auvens croissoit le nombre des
povres. Et pluseurs foiz avint que le roy les servoit et leur
metoit la viande devant eulz et leur trenchoit la viande
devant eulz, et leur donnoit au departir, de sa propre main,
des deniers ; **721** meismement aus hautes vegiles des
festes sollempnielx, il servoit ces povres de toutes ces
choses desus dites avant que il mangast ne ne beust. Avec
toutes ces choses avoit il chascun jour au disner et au
souper pres de li anciens homes et debrisiés, et leur fesoit
donner tel viande comme il mangoit ; et quant il avoient
mangé, il enportoient certeinne somme d'argent. **722** Par
desus toutes ces choses, le roy donnoit chascun jour si
grans et si larges aumosnes aus povres de religion, aus
povres hospitau, aus povres malades et aus autres povres
colleges, et aus povres gentilz homes et fames et damoi-
selles, a femmes decheues, a povres femmes veuves et a
celles qui gisoient d'enfant, et a povres^a *menestriers* qui
par vieillesce ou par maladie ne pooient labourer ne maintenir leur mestier, que a peinne porroit l'en raconter le
nombre. Dont nous poon bien dire que il fu plus bienaeu-
reus que *Titus*^{b}, l'empereur de Rome, dont les anciennes
escriptures racontent que trop se dolut et fu desconforté
d'un jour que il n'avoit donné nul benefice. **723** Des le
commencement que il vint a son royaume tenir et il se sot

722-725 *om.* MP   **722a** p. menestriers q. *BL om. A* — **b** Titus *BL*
Citus *A*

Par cette ordonnance, le royaume de France profita considérablement, comme plusieurs personnes sages et âgées l'attestent.

720 Dès l'époque de son enfance, le roi fut pitoyable aux pauvres et aux nécessiteux. Et la coutume était que le roi, partout où il allait, faisait toujours nourrir cent vingt pauvres dans sa maison, de pain, de vin, de viande ou de poisson, chaque jour ; pendant le carême et pendant l'avent, le nombre des pauvres croissait. Et il arriva plusieurs fois que le roi les servait et plaçait leur nourriture devant eux, et tranchait la nourriture devant eux, et quand ils partaient leur donnait, de sa propre main, des deniers ; **721** spécialement aux grandes vigiles des fêtes solennelles, il servait ces pauvres de toutes les choses dessus dites avant de manger et de boire. Avec tout cela, il avait chaque jour près de lui au déjeuner et au dîner des hommes âgés et estropiés, et leur faisait donner la même nourriture que celle qu'il mangeait ; et, quand ils avaient mangé, ils emportaient une certaine somme d'argent. **722** En plus de toutes ces choses, le roi donnait chaque jour de si grandes et de si larges aumônes aux pauvres religieux, aux pauvres hôpitaux, aux pauvres malades et aux autres pauvres communautés et aux pauvres nobles, hommes, femmes et demoiselles, aux femmes déchues, aux pauvres femmes veuves et à celles qui accouchaient, et aux pauvres ouvriers qui en raison de l'âge ou de la maladie ne pouvaient travailler ni continuer leur métier, qu'on pourrait à peine en raconter le nombre. Et pour cela nous pouvons bien dire qu'il fut plus heureux que Titus, l'empereur de Rome, dont les anciens écrits racontent qu'il s'affligea grandement et fut désespéré pour un jour où il n'avait accordé aucun bienfait. **723** Dès le moment où il prit possession de

---

720-722. *Des le tens de s'enfance* [...] *nul benefice* : ces paragraphes sont la copie des *Gr. Chr.*, VII, ch. LXXX, p. 198-199 = X. ch. XXXV, p. 116-117 ; la version suivie par Joinville est plus voisine du ms. de Londres. – Suétone, *Titus*, 8, 9, 11, propos passé dans un très grand nombre d'ouvrages moraux médiévaux. **723-729.** *Des le commencement* [...] *ville de Paris* : ces paragraphes sont la copie des *Gr. Chr.*, VII, ch. LXXX, p. 198-202 = X, ch. XXXV, p. 117-118 ; la version du ms. fr. 2615 paraît plus proche encore du texte de Joinville. Celui-ci semble avoir oublié qu'il s'est déjà inspiré librement de ce passage au § 691. On trouvera des précisions sur les fondations dans l'annotation des *Gr. Chr.*, VII.

aparcevoir, il commença a edefier moustiers et pluseurs maisons de religion, entre les quiex l'abbaye de Royaumont porte l'onneur et la hautesce. Il fist edefier pluseurs mesons Dieu, la meson Dieu de Paris, celle de Pontoise, celle de Compieingne et de Vernon, et leur donna grans rentes. Il fonda l'abbaye de Saint Mathé de Roan, ou il mist femmes de l'ordre des Freres Preescheurs, et fonda celle de Lonc Champ, ou il mist femmes de l'ordre des Freres Meneurs ; et leur donna grans rentes[a] *pour elles vivre.* **724** Et otroia a sa mere a fonder l'abbaïe du Liz delez Meleun sur Seinne, et celle delez Pontoise, que l'en nomme Malbisson[a] *et puis leur donna grandes rentes et possessions.* Et fist fere la meson des Aveugles delés Paris pour mettre les[b] *povres* aveugles de la cité de Paris ; il leur fist fere une chapelle pour oÿr[c] *le* servise Dieu. Et fist fere le bon roy la meson des Chartriers[d] au dehors de Paris[e] *qui a nom Vauvert, et assigna rentes suffisantes aux moynes qui illec estoient qui servoient Nostre Seigneur.* **725** *Assez tot aprés il fist faire une autre maison au dehors Paris ou chemin Saint Denis,* que fu appelee la meson au Filles Dieu ; et fist mettre grant multitude de femmes en l'ostel, qui par povreté[a] *s'*estoient mises en pechié de luxure, et leur donna .IIII[c]. livrees[b] de rente pour elles soustenir. Et[c] fist en pluseurs liex de son royaume mesons de beguines, et leur donna rentes pour elles vivre ; et commanda[d] que en y receust celles qui vourroient fere contenance a vivre chastement. **726** Aucun de ses *familiers*[a] groussoient de ce qu'il fesoit si larges aumosnes et que il y despendoit moult. Et[b] il disoit : « Je aimme miex que l'outrage de grans despens que je faiz soit fait en aumosne pour l'amour de Dieu que en boban ne en vainne gloire de ce monde. » Ja pour les grans despens que le roy fesoit en aumosne ne lessoit il pas a faire grans despens en son hostel chascun jour. Largement et liberalment se contenoit le roy aus parlemens et aus

723a r. pour elles v. E. *BL om. A*   724a M. et p. l. d. r. g. et possessions *BL om. A* – b l. p. a. *BL om. A* – c o. le s. *L* ch. ou ilz oyent le s. *B* o. leur s. *A* – d Chartreux *BL* – e P. qui a nom Vamur (Sammur *B*) et a... ch. Saint Denis q. *BL om. A*   725a p. s'e. *BL om. A* – b IIIe l. *BL* – c et f. *BL* et en f. *A* – d c. q. *BL*   726a f. *BL* familés A – – b Et il leur respondet et dist : J'a. *BL*

son royaume et où il put se rendre compte des choses, il commença à édifier des églises et plusieurs établissements religieux, parmi lesquels l'abbaye de Royaumont l'emporte en honneur et en grandeur. Il fit édifier plusieurs hôtels-Dieu : l'hôtel-Dieu de Paris, celui de Pontoise, celui de Compiègne et de Vernon, et leur donna de grandes rentes. Il fonda l'abbaye Saint-Mathieu de Rouen, où il plaça des femmes de l'ordre des frères Prêcheurs, et fonda celle de Longchamp, où il plaça des femmes de l'ordre des frères Mineurs et leur donna de grandes rentes pour qu'elles vivent. **724** Et il donna l'autorisation à sa mère de fonder l'abbaye du Lis, à côté de Melun-sur-Seine, et celle voisine de Pontoise, que l'on appelle Maubuisson, et leur donna ensuite de grandes rentes et propriétés. Et il fit faire la maison des aveugles à côté de Paris, pour y mettre les pauvres aveugles de la cité de Paris ; il leur fit faire une chapelle pour entendre le service divin. Et le bon roi fit faire la maison des Chartreux, en dehors de Paris, qui s'appelle Vauvert, et assigna des rentes suffisantes aux moines qui étaient là qui servaient Notre-Seigneur. **725** Peu de temps après, il fit faire une autre maison en dehors de Paris, sur le chemin de Saint-Denis, qui fut appelée la maison des Filles-Dieu ; et il fit placer dans la maison une grande multitude de femmes qui par pauvreté étaient tombées dans le péché de luxure, et leur donna quatre cents livres de rentes pour leur subsistance. Et il établit en plusieurs lieux de son royaume des maisons de béguines et leur donna des rentes pour qu'elles vivent et commanda que l'on y reçoive celles qui voudraient prendre la résolution de vivre chastement. **726** Certains de ses familiers grognaient de ce qu'il faisait de si larges aumônes et qu'il y dépensait beaucoup. Et il disait : « J'aime mieux que l'excès des grandes dépenses que je fais soit fait en aumônes pour l'amour de Dieu qu'en faste et en vaine gloire de ce monde. » Et, malgré les grandes dépenses que le roi faisait en aumônes, il ne laissait pas de faire de grands frais dans

assemblees des barons et des chevaliers ; et fesoit servir si courtoisement a sa court et largement et habandonneement et plus que il n'i avoit eu lonc tenps passé a la court de ses devanciers. **727** Le roy amoit toutes gens qui se metoient a Dieu servir et qui portoient habit de religion, ne nulz ne venoit a li qui faillist a avoir chevance de vivre. Il pourveut les freres du Carmé et leur acheta une place sus Seinne devers Charenton, et fist fere une leur meson et leur acheta vestemens, calices et tiex choses comme il apartient a fere le servise Nostre Seigneur. Et aprés il pourveut les freres de saint Augustin et leur acheta la granche a un bourjois de Paris et toutes les apartenances, et leur fist fere un moustier de hors la porte de Monmartre. **728** Les freres des Saz il les pourveut et leur donna place sur Seinne par devers Saint Germein des Prez, ou il se herbergerent ; mez il n'i demourerent gueres car il furent abatus assez tost. Aprés ce que les freres des Saz furent herbergiés revint *une*[a] autre maniere de freres que l'en appele l'ordre des Blans mantiaus, et requistrent au roy que il leur aidast que il peussent demourer a Paris ; le roy leur acheta une meson et vielz places entour pour eulz herberger, delez la viex porte du Temple, a Paris, assés pres des Tissarans ; iceulz Blans furent abatus au concile de Lyon, que[b] Gregoire le .xe. tint. **729** Aprés revint une autre maniere de freres qui se fesoient appeler freres de Sainte Croiz, et *portoient*[a] la croiz devant leur piz, et requistrent au roy que il leur aidast ; le roy le fist volentiers et les herberga en une rue qui *estoit*[b] appelee le Quarrefour du Temple, qui ore est appelee la rue Sainte Croiz. Einsi avironna le bon roy de gens de religion la ville[c] de Paris.

730 Aprés ces choses desus dites avint que le roy manda touz ces barons a Paris en un quaresme. Je me escusai ver li, pour une quartaine que j'avoie lors, et li priai que il me vousist souffrir ; et il me manda que

727-729 *om. MP*　　　**728a** un *A* —　*b* q. le pape *G. BL*　　　**729a** p. *BL* portent *A* —　*b* est *ABL* —　*c* cité *BL*

son hôtel, chaque jour. Le roi se conduisait largement et libéralement à l'occasion des parlements et des assemblées de
barons et de chevaliers ; et il faisait exécuter très courtoisement le service de sa cour et très largement et de manière très
peu regardante, et plus qu'il n'avait été fait depuis longtemps
à la cour de ses devanciers. **727** Le roi aimait toutes les
personnes qui entraient au service de Dieu et qui portaient
l'habit religieux ; et nul ne venait à lui qui manquât d'obtenir
des ressources pour vivre. Il pourvut les frères du Carmel et
leur acheta une place à bâtir sur la Seine vers Charenton ; et
il fit bâtir une maison pour eux et leur acheta vêtements,
calices et tous les objets nécessaires pour faire le service de
Notre-Seigneur. Et après il pourvut les frères de Saint-
Augustin, et leur acheta la grange d'un bourgeois de Paris
avec toutes ses dépendances et leur fit faire une église à l'extérieur de la porte de Montmartre. **728** Les frères des Sacs,
il les pourvut et leur donna un emplacement sur la Seine vers
Saint-Germain-des-Prés, où ils se logèrent ; mais il n'y
demeurèrent guère, car ils furent supprimés très rapidement.
Après que les frères des Sacs aient été logés, vint à son tour
une autre sorte de frères que l'on appelle l'ordre des Blancs-
Manteaux ; et ils prièrent le roi de les aider pour qu'ils puissent demeurer à Paris. Le roi leur acheta une maison et d'anciens emplacements autour pour se loger, à côté de la vieille
porte du Temple à Paris, tout près des Tisserands ; ces
Blancs-Manteaux furent supprimés au concile de Lyon que
tint Grégoire X. **729** Après vint encore une autre sorte de
frères, qui se faisaient appeler frères de la Sainte-Croix, et ils
portaient une croix sur le devant de la poitrine ; et ils demandèrent au roi de les aider ; le roi le fit volontiers et les logea
dans une rue qui était appelée le carrefour du Temple, et que
l'on appelle maintenant la rue Sainte-Croix. Ainsi le bon roi
entoura la ville de Paris de religieux.

730 Après les choses dessus dites, il advint que le roi
convoqua tous ses barons à Paris au cours d'un carême.
Je m'excusai auprès de lui à cause d'une fièvre quarte
que j'avais alors, et le priai de bien vouloir me dispen-

---

728. Concile de Lyon en 1274.   **730.** Au cours du carême 1267
(2 mars-16 avril).

il vouloit outreement que je y alasse, car il avoit illec
bon phisiciens qui bien savoient guerir de la quarteinne.
731 A Paris m'en alai. Quant je ving, le soir de la
vegile Nostre Dame en mars, je ne trouvai[a] *nully, ne
la royne* n'autre qui me sceut a dire pour quoy le roy
m'avoit mandé. Or avint, ainsi comme Dieu voult, que
je me dormi a matines ; et me fu avis en dormant que
je veoie le roy devant un autel a genoillons, et m'estoit
avis que pluseurs prelas revestus le vestoient d'une
chesuble vermeille de sarge de Reins. **732** Je appelai
aprés ceste vision mon seigneur Guillaume, mon
prestre, qui moult estoit sage, et li contai la vision ; et
il me dit ainsi : « Sire, vous verrés que le roy se
croisera demain. » Je li demandai pour quoy il le cuidoit, et il me dit que il le cuidoit par le songe que
j'avoie songé, « car le chasible[a] de sarge vermeille sene-
fioit la croiz, la quelle fu vermeille du sanc que Dieu
y espandi de son costé et de ses mains et de ses piez,
ce que le chasuble estoit de sarge de Reins senefie que
la croiserie sera de petit esploit, aussi comme vous
verrés se Dieu vous donne vie ».

733 Quant je oi oÿe la messe a la Magdeleinne, a Paris,
je alai en la chapelle le roy, et trouvai le roy qui estoit
monté en l'eschaufaut au reliques et fesoit aporter la vraie
Croiz aval. Endementres que le roy venoit aval, .II. chevaliers qui estoient de son conseil commencerent a parler
l'un a l'autre. Et dit l'un : « Jamez ne me creez, se le roy
ne se croise illec. » Et l'autre respondi que « se le roy ne
se croise, ce yert une des deluireuses journees qui onques
feust en France ; car se nous ne nous croisons, nous perdrons le roy, et se nous nous croisons, nous perdrons

_____

731*a* t. nully n... ne a. *BL* t. ne roy n'a. *A*   **732***a* le chasuble *LP* le (la
M) chasible *MA*

ser ; et il me fit savoir qu'il voulait absolument que j'y aille, car il avait là de bons médecins qui savaient bien guérir de la fièvre quarte. **731** Je m'en allai à Paris. Quand j'arrivai le soir de la veille de Notre-Dame en mars, je ne trouvai personne, ni la reine ni autre, qui sache me dire pourquoi le roi m'avait convoqué. Or il advint, suivant la volonté de Dieu, que je m'endormis pendant les matines ; et j'eus l'impression, en dormant, que je voyais le roi à genoux devant un autel ; et je croyais voir que plusieurs prélats, revêtus de leurs ornements, le revêtaient d'une chasuble vermeille de serge de Reims. **732** J'appelai, après cette vision, messire Guillaume, mon prêtre, qui était très savant, et je lui contai ma vision ; et il me dit ainsi : « Sire, vous verrez que le roi se croisera demain. » Je lui demandai pourquoi il le pensait ; et il me dit qu'il le pensait à cause du songe que j'avais songé, « car la chasuble de serge vermeille signifiait la croix, qui fut teinte en vermeil du sang que Dieu y répandit de son côté et de ses mains et de ses pieds ; que la chasuble ait été en serge de Reims signifie que la croisade n'aura que de médiocres résultats, comme vous le verrez si Dieu vous donne vie ».

733 Quand j'eus entendu la messe à la Madeleine, à Paris, j'allai à la chapelle du roi, et je trouvai le roi qui était monté sur la tribune des reliques, et faisait apporter en bas la vraie Croix. Pendant que le roi descendait, deux chevaliers qui étaient de son conseil commencèrent à parler l'un à l'autre, et l'un dit : « Ne me croyez jamais, si le roi ne se croise pas maintenant. » Et l'autre répondit que « si le roi se croise, ce sera une des plus douloureuses journées qui ait jamais été en France ; car, si nous ne nous croisons pas, nous perdrons le roi ; et, si nous nous

---

731. Le 24 mars 1267 ; Zink 1978, p. 36-38.   **732.** La serge de Reims est un tissu de qualité médiocre.   **733.** *La Magdeleinne :* petite église dans la Cité, proche du Palais ; Cazelles 1972, p. 191. – *eschafaut au reliques* ; cf. François Gébelin, *La Sainte-Chapelle* [...], Paris, s.d., p. 52-57. – La correction de Wailly et de Corbett est inutile ; *deluireus* est une graphie de *doloireus*, bien attesté à côté de *doloreus*.

Dieu, que nous ne nous croiserons pas pour Li[a] *mais pour paour du roy* ».

734 Or avint ainsi que le roy se croisa l'endemain et ses .III. filz avec li ; et puis est avenu que la croiserie fu de petit esploit, selonc la prophecie mon prestre. Je fu moult pressé du roy de France et du roy de Navarre de moy croisier. **735** A ce respondi je que tandis comme je avoie esté ou servise Dieu et le roy outre mer, et puis que je en reving, les serjans au roy de France et le roy de Navarre m'avoient destruite ma gent et apovroiez, si que il ne seroit jamés heure que moy et eulz n'en vausissent piz. Et leur disoie ainsi que se je en vouloie ouvrer au gré Dieu, que je demourroi ci pour mon peuple aidier et deffendre ; car se je metoie mon cor en l'*aventure*[a] du pelerinage de la croiz, la ou je verroie[b] tout cler que ce seroit au mal et au doumage de ma gent[c], *j'en courrouceroy Dieu*, qui mist son cors[d] pour son peuple sauver.

736 Je entendi que touz ceulz firent peché mortel qui li loerent l'alee, pour ce que ou point que il estoit en France, tout le royaume estoit en bone pez en li meismes et a touz ses voisins, ne onques puis que il en parti l'estat du royaume ne fist que empirer. **737** Grant peché firent cil qui li loerent l'alee, a la grant flebesce la ou son cors estoit, car il ne pooit souffrir ne le charier ne le chevaucher. La flebesce de li estoit si grant que il souffri que je le portasse des l'ostel au conte d'Ausserre, la ou je pris congé de li, jeusques aus Cordeliers, entre mes bras. Et si feble comme il estoit, se il feust demouré en France peust il encore avoir vescu assez et fait moult de biens[a].

733*a* l. mais p. p. d. r. *BL om. A*   **735***a* aventure *BL* aven *A* — *b* veoye *B* voy *L* — *c* g. j' en c. Dieu *BL om. A* — *d* c. a mort *BL* **737***a* b. et de bonnes ouvres *BL*

croisons, nous perdrons Dieu, parce que nous ne prendrons pas la croix pour Lui mais par peur du roi ».

734 Et il advint ainsi que le roi se croisa le lendemain, et ses trois fils avec lui ; et il est advenu ensuite que la croisade a eu de piètres résultats, suivant la prophétie de mon prêtre. Le roi de France et le roi de Navarre exercèrent de fortes pressions sur moi pour que je me croise. **735** À cela je répondis que, pendant que j'avais été outremer au service de Dieu et du roi et depuis que j'en revins, les sergents du roi de France et du roi de Navarre m'avaient réduit à rien mes hommes et les avaient appauvris, si bien qu'il n'y aurait jamais de moment où moi et eux soyons dans une situation pire. Et je leur disais ainsi que, si je voulais œuvrer suivant la volonté de Dieu, je resterais ici pour aider mon peuple et le défendre ; si j'exposais ma personne aux hasards du pèlerinage de la croix, quand je voyais bien clairement que ce serait au mal et au détriment de mes hommes, j'en susciterais la colère de Dieu, qui exposa son corps pour sauver son peuple.

736 Je considérai que tous ceux qui lui conseillèrent ce voyage firent un péché mortel, parce que, au point où en était la France, tout le royaume était en bonne paix à l'intérieur et avec tous ses voisins ; et, depuis qu'il en partit, l'état du royaume ne fit qu'empirer. **737** Ceux qui lui conseillèrent le voyage commirent un grand péché, compte tenu de la grande faiblesse où se trouvait son corps, car il ne pouvait supporter ni d'aller en voiture ni d'aller à cheval. Sa faiblesse était si grande qu'il accepta que je le porte dans mes bras de l'hôtel du comte d'Auxerre, où je pris congé de lui, jusqu'aux Cordeliers. Et, quoique étant faible comme il était, s'il était resté en France, peut-être aurait-il encore vécu longtemps, et fait beaucoup de bien.

---

737. Il existait à la fin du XIVe siècle un hôtel des comtes d'Auxerre, situé sur la rive droite, dont l'emplacement se trouve approximativement aujourd'hui rue de Rivoli, derrière l'Hôtel de Ville ; Sauval, t. II, p. 137. Cela est bien loin des Cordeliers, dont l'église existe encore rue de l'École-de-Médecine ; l'hôtel des évêques d'Auxerre était plus près, vers l'actuelle place Edmond Rostand ; Sauval, t. III, p. 67, et t. II, p. 264.

738 De la voie que il fist a Thunes ne weil je riens conter ne
dire, pour ce que je n'i fu pas, la merci Dieu, ne je ne weil
chose dire ne mettre en mon livre de quoy je ne soie certein.
Si parlerons de nostre saint roy, sanz plus, et dirons ainsi que
aprés ce que il fu arrivé a Thunes, devant le chastel de Carthage, une maladie le prist du flux du ventre[a], *et Philippes, son
filz aisné, fut mallade de fievre carte avec le flux de ventre que
le roy avoit*, dont il acoucha au lit, et senti bien que il devoit
par tens trespasser de cest siecle a l'autre. **739** Lors appela
mon seigneur Phelippe, son filz, et li commanda a garder,
aussi comme par testament, touz les enseignemens que il li
lessa, qui sont ci aprés escript en françois, les quiex enseignemens le roy escript de sa sainte main, si comme l'en dit.

740 « Biau filz, la premiere chose que je t'enseigne si est
que tu mettes ton cuer en amer Dieu, car sanz ce nulz ne
peut estre sauvé. Garde toy de fere chose qui a Dieu desplese, c'est a savoir pechié mortel, ainçois devroies sou-

738a v. et Philippes... roy avoit qui s' a. *BL* v. Et pareillement a monseigneur Phelippes son filz aisné print ladite maladie avecques les fievres
quartes. Le bon roy si a. *M* v. et a m. Ph. s. f. avec les f. q. *P* v. dont il a.
A

738 De l'expédition qu'il fit à Tunis, je ne veux rien conter ni dire, parce que je n'y fus pas, Dieu merci, et je ne veux rien dire ni mettre dans mon livre dont je ne sois pas certain. Nous parlerons de notre saint roi, sans plus, et nous dirons ainsi qu'après qu'il fut arrivé à Tunis, devant le château de Carthage, une maladie, la diarrhée, le prit, et Philippe, son fils aîné, fut malade d'une fièvre quarte avec la diarrhée que le roi avait ; et celui-ci se mit au lit, et se rendit bien compte qu'il devait passer à bref délai de ce monde dans l'autre. **739** Alors il fit venir messire Philippe, son fils, et lui commanda de garder, comme par testament, tous les enseignements qu'il lui laissa, qui sont écrits ci-après en français, enseignements que le roi écrivit de sa sainte main, ainsi que l'on dit.

740 « Beau fils, la première chose que je t'enseigne, c'est que tu mettes ton cœur à aimer Dieu, car sans cela nul ne peut être sauvé. Garde-toi de rien faire qui déplaise à Dieu, c'est à savoir le péché mortel, et tu devrais plutôt

---

738-739. *Une maladie le prit du flux de ventre (...) escript de sa sainte main* : copie des *Gr. Chr.*, VII, ch. CXIV, p. 277 = X, ch. LVII, p. 183.   **740-754.** La tradition du texte des *Enseignements* de saint Louis à son fils est extrêmement complexe ; les nombreux manuscrits français et latins présentent des versions divergentes, qui peuvent se ramener à deux, une version brève et une version développée. La version développée a été conservée dans deux états en français : la copie du registre *Noster* de la Chambre des comptes et la *Vie de saint Louis* de Guillaume de Saint-Pathus, et un état en traduction latine donnée par la compilation du moine Yves de Saint-Denis. Cette version développée remonte au texte qui fut produit pour l'enquête de canonisation. La version brève remonte à la traduction latine que Geoffroi de Beaulieu fit de l'original français qu'il dit avoir eu entre les mains. Elle est passée sous cette forme latine dans les *Gesta Ludovici IX* de Guillaume de Nangis et, de là, en français, dans les *Grandes Chroniques de France* et dans d'autres ouvrages encore. Mais les exemplaires des *Grandes Chroniques* présentent entre eux de grandes différences. Certains, comme celui du ms. 782 de la Bibl. Sainte-Geneviève (*Gr. Chr.*, VII, p. 277-280), sont abrégés, d'autres sont interpolés, comme celui du ms. 16 G VI de la British Library (*Gr. Chr.*, X, p. 183-186) et celui du ms. fr. 2615, qui présentent d'ailleurs entre eux quelques divergences. Le ms. des *Grandes Chroniques* que Joinville avait sous les yeux donnait un texte très voisin, tantôt plus proche du 16 G VI, tantôt plus proche du fr. 2615. La question de l'authenticité des différentes versions des *Enseignements* a soulevé des discussions complexes qui sont bien résumées par Langlois 1928, p. 23-24, avec une bonne traduction en français moderne du texte développé donné par le registre *Noster* (p. 35-46). Langlois considère que le texte français du registre *Noster* est une traduction du texte latin reproduit par Yves de Saint-Denis. Plus récemment, D. O'Connel, 1972, a donné une nouvelle édition des *Enseignements* d'après le registre *Noster*, qu'il considère, pour des raisons qui ne paraissent pas entièrement convaincantes, comme une copie dépendant directement de l'autographe de saint Louis. Le texte court et le texte

frir toutes manieres[a] de tormens que faire mortel peché.

741 Se Dieu t'envoie *adversité*[a], si le reçoif en patience, et en rent graces a Nostre Seigneur et pense que tu l'as deservi et que il te tournera tout a preu. Se il te donne *prosperité*[b], si l'en mercie humblement, si que tu ne soies pas pire, ou par orgueil ou par autres manieres, dont tu doies miex valoir, car l'en ne doit pas Dieu de ses dons guerroier.

742 Confesse toy souvent, et esli confesseur preudomme, qui te sache enseigner que tu doies faire et de quoy tu te doies garder ; et te doiz avoir et porter en tel maniere que ton confesseur et tes amis te *osent*[a] reprenre de tes mesfaiz. Le servise de sainte Esglise escoute devotement *sans bourder et truffer*[b] et de cuer et de bouche, especialment en la messe, que la consecracion est faite. Le cuer aies douz et piteus aus povres, aus chietis et aus mesaisiés, et les conforte et aide selonc ce que tu pourras.

743 Maintien les bones coustumes de ton royaume et les mauveses abesse ; ne couvoite pas sus ton peuple ; ne te charge pas de toute ne de taille[a] *si ce n'est pour ta grant necessité.*

744 Se tu as aucune mesaise de cueur, di le tantost a ton confesseur ou a aucun preudomme qui ne soit pas plein de vainnes paroles, si la porteras plus legierement.

740a m. de t. *BLMP* m. de vileinnies t. *A*   **741a** adversité *BLMP* perversité *A* — **b** p. *BLMP* proprieté *A*   **742a** osent *BL* osient *A* — **b** d. et sans truffer de b. *BL* d. de c. et de b. et par especial a la m. depuis que la c. du c. de N. S. sera (faite *add.* P) sans bourder ne truffer avecques autrui (caqueter a personne *P*) *MP om. A*   **743a** t. si c. ta g. n. *BL* t. si ce n'est par trop g. n. pour ton royaume defendre *M* t. si ce n'est pour la g. n. de ton r. *P om. A*

souffrir toute espèce de tourments que de faire un péché mortel.

741 Si Dieu t'envoie l'adversité, reçois-la avec patience et rends grâce à Notre-Seigneur, et pense que tu l'as méritée, et qu'il la tournera à ton profit. S'il te donne prospérité, remercie-l'en humblement afin que tu ne sois pas plus mauvais, ou par orgueil ou d'une autre façon, à cause de ce qui doit augmenter ta valeur ; car on ne doit pas combattre Dieu avec ses dons.

742 Confesse-toi souvent, et choisis pour confesseur un prud'homme, qui sache t'enseigner ce que tu dois faire et ce dont tu dois te garder ; et tu dois te tenir et te comporter de telle manière que ton confesseur et tes amis osent te reprendre de tes mauvaises actions. Écoute dévotement le service de sainte Église sans bavarder ni plaisanter, et de cœur et de bouche, spécialement à la messe, quand la consécration est faite. Aie le cœur doux et pitoyable pour les pauvres, les misérables et les malheureux, et réconforte-les et aide-les selon ce que tu pourras.

743 Maintiens les bonnes coutumes du royaume, et abolis les mauvaises ; n'aie pas de convoitise à l'égard de ton peuple, et ne charge pas ta conscience d'impôts ni de tailles, si ce n'est pour une grande nécessité.

744 Si tu as quelque poids sur le cœur, dis-le aussitôt à ton confesseur, ou à quelque prud'homme qui ne soit pas plein de vaines paroles ; ainsi tu le supporteras plus facilement.

---

long sont commodément édités par Delaborde 1912. Voir aussi J. Krynen, *L'Empire du roi*, Paris, 1993, p. 225-227.

742b. La phrase *escoute devotement s. b. et s. t. et de cuer et de b.* se construit mal dans *ABLMP*. Joinville a mal copié – ou le manuscrit des *Gr. Chr.* qu'il utilisait présentait une lacune. Le texte des *Enseignements* (*Gr. Chr.*, X, p. 184 et Delaborde 1912, p. 240, art. 6) porte : *oi devotement sans b. et t (...) mes prie Dieu ou de b. ou de c.*

745 Garde que tu aies en ta compaignie preudommes et loiaus qui ne soient pas plein de couvoitise, soient religieus, soient seculiers, et souvent parle a eulz ; et fui et eschieve la compaingnie des mauvez. Escoute volentiers la parole Dieu et la retien en ton cuer, et pourchace volentiers proieres et pardons. Aimme ton preu et ton bien et hai touz maus ou que il soient.

746 Nulz ne soit si hardi devant toy que il die parole qui[a] atraie et esmeuve *a* peché ne qui mesdie d'autrui par derieres en detraccions, ne ne seuffre que nulle vileinnie de Dieu[b], *ne de ses saincts* soit dite devant toy. Ren graces a Dieu souvent de touz les biens que il t'a faiz, si que tu soies digne de plus avoir.

747 A justices tenir et a droitures soies loiaus et roide[a] a tes subjez, sanz tourner a destre ne a senestre, mez aides[b] au droit et soustien la querelle du povre jeusques a tant que la verité soit desclairiee. Et se aucun a action[c] encontre toy[d] ne le croi pas jeusques a tant que tu en saches la verité ; car ainsi le jugeront tes conseilliers plus hardiement selonc verité, pour toy ou contre toy.

748 Se tu tiens[a] riens de l'autrui, ou par toy ou par tes devanciers, se c'est chose certeinne, rent le sanz demourer ; et se c'est chose douteuse, fai le enquerre par sages gens isnellement et diligenment.

749 A ce dois mettre t'entente comment tes gens et tes sougez vivent en pez et en droiture desouz toy. Meisme-

---

746a q. aproche a p. *BL* qui soit commencement d'esmouvoir nully (aucun *P*) a p. MP a *om. A* — *b* D. ne de ses saincts s. *BL* D. de sa digne mere ne de saint ou de sainte (ne des sainctz *P*) *MP om. A*   **747a** r. a t. *BL* r. et a t. *A* — *b* a. tousjours au *L om.* B la corr. *d'aides en adés n'est pas indispensable* — *c* a. ou querelle *BL* controversité ou a. *M* controverse ou a. *P* — *d* toy, si enquerres j. *BL*   **748a** *Le copiste avait écrit* tins ; *le réviseur a ajouté un* e *dans l'interligne inférieur*

745 Prends garde d'avoir en ta compagnie des prud'-hommes loyaux, qui ne soient pas pleins de convoitise, ou religieux, ou séculiers, et parle souvent avec eux. Fuis et évite la compagnie des mauvais. Écoute volontiers la parole de Dieu et retiens-la dans ton cœur, et recherche volontiers prières et indulgences. Aime ce qui t'est profitable et ton bien, et hais tous les maux où qu'ils soient.

746 Que nul n'ait l'audace de dire devant toi une parole qui incite et provoque au péché, ou de médire d'autrui par derrière en le calomniant ; ne permets pas qu'aucune vilenie soit dite devant toi sur Dieu et sur ses saints. Rends souvent grâce à Dieu de tous les biens qu'il t'a faits, pour être digne d'en avoir davantage.

747 Pour rendre la justice et faire droit à tes sujets, sois loyal et rigide, sans tourner à droite ni à gauche, mais apporte ton aide au droit, et soutiens la plainte du pauvre jusqu'à ce que la vérité soit manifestée. Et, si quelqu'un intente une action contre toi, ne le crois pas jusqu'à ce que tu en saches la vérité ; car ainsi tes conseillers rendront plus hardiment leur jugement selon la vérité, pour toi ou contre toi.

748 Si tu tiens quelque chose du bien d'autrui, ou par toi ou par tes devanciers, si c'est chose certaine, rends-le sans délai ; et, si c'est chose douteuse, fais en faire une enquête par des individus sages, rapidement et avec diligence.

749 Tu dois mettre ton attention à ce que tes gens et tes sujets vivent sous toi en paix et suivant le droit. Égale-

---

746b. *ne de ses saincts* est appuyé par le texte des *Gr. Chr.*, X, ch. LVIII, p. 184, et celui de Delaborde, 1912, p. 242, art. 13. **747.** Rédaction plus satisfaisante du texte bref, Delaborde 1912, p. 242, art. 16, et du long, *ibid.*, p. 258, art. 17. **749a.** *coustumes* est une faute de *ABL ; MP* donnent *es bonnes villes et citez ; citez* représente la bonne leçon, *communes*, que donne le ms. fr. 2615. Cf. Delaborde 1912, p. 243, n. 22 ; le ms. de la British Library 16 G VI (*Gr. Chr.*, X, p. 185) omet le passage, sans doute par suite d'un bourdon.

ment les bones villes et les *communes*[a] de ton royaume garde en l'estat et en la franchise ou tes devanciers les ont gardees ; et se il y a aucune chose a amender, si l'amende et adresce, et les tien en faveur et en amour, car par la force et par les richesces des grosses villes douteront les privez[b] *et* les estranges de mesprendre vers toy, especialment tes pers et tes barons.

750 Honneure et aime toutes les personnes de sainte Esglise, et garde que en ne leur soustraie ne apetise leur dons et leur aumosnes que tes devanciers leur avront donné. L'en raconte *du*[a] roy Phelippe, mon aieul, que une foiz li dit un de ses conseillers que moult de[b] torfaiz li fesoient ceulz de sainte Esglise, en ce que il li tolloient ses droitures et apetissoient ses justices ; et estoit moult grant merveille comment il le souffroit. Et le bon roy respondi que il le creoit bien, mez il regardoit les bontés et les courtoisies que Dieu li avoit faites, si vouloit miex lesser aler de son droit que avoir contens a la gent de sainte Esglise.

751 A ton pere et a ta mere porte honneur et reverence, et garde leur commandemens. Les benefices de sainte Esglise donne a bones personnes et de nette vie, et si le fai par conseil de preudommes et de nettes gens.

752 Garde toy de esmouvoir guerre sans grant conseil contre home crestien ; et se il le te couvient fere, si garde sainte Esglise et ceulz qui riens n'i ont mesfait. Se guerres et contens meuvent entre tes sousgis, apaise les au plus tost que tu pourras.

753 Soies diligens d'avoir bons prevos et bons baillis, et enquier souvent d'eulz et de ceulz de *ton*[a] hostel comme il se maintiennent, et se il a en eulz aucun vice de trop

749a bonnes villes et citez *MP* coustumes *ABL* communes *corr.* Wailly d'après fr. 2615 – **b** p. et e. *BL* om. *A*   **750a** d'un r. *ABL* du r. *MP* – **b** d. tortz et de forfaiz *BL*   **753a** ton *BL* son *A*

ment, garde les bonnes villes et les communes de ton royaume dans l'état et avec les libertés où tes prédécesseurs les ont gardées ; et, s'il y a quelque chose à corriger, corrige-le et remets-le en ordre, et tiens-les en faveur et en amour, car par la force et la richesse des villes importantes les personnes privées et les étrangers craindront de se mal conduire envers toi, spécialement tes pairs et tes barons.

750 Honore et aime toutes les personnes de la sainte Église, et prends garde qu'on ne leur soustraie ou réduise les dons et les aumônes que tes devanciers leur auront donnés. On raconte à propos du roi Philippe, mon aïeul, qu'une fois un de ses conseillers lui dit que les gens de sainte Église lui causaient beaucoup de torts et de préjudices, en ce qu'ils lui usurpaient ses droits et réduisaient ses justices ; et que c'était une chose bien étonnante que la façon dont il le supportait. Et le bon roi répondit qu'il le croyait bien ; mais il considérait les bontés et les courtoisies que Dieu lui avait faites, et il préférait laisser aller de son droit que d'avoir des conflits avec les gens de la sainte Église.

751 Porte honneur et respect à ton père et à ta mère, et garde leurs ordres. Donne les bénéfices de sainte Église à des personnes de bien et de vie pure, et fais-le avec le conseil de prud'hommes et de gens de vie pure.

752 Garde-toi de commencer une guerre contre un chrétien sans grande délibération ; et, s'il est nécessaire que tu le fasses, alors respecte la sainte Église et ceux qui n'ont rien fait de mal. Si des guerres et des conflits éclatent entre tes sujets, apaise-les le plus tôt que tu pourras.

753 Sois attentif à avoir de bons prévôts et de bons baillis, et enquiers-toi à leur sujet et au sujet de ceux de ton hôtel, pour savoir comment ils se conduisent et s'il y a

grant couvoitise ou de fauseté ou de tricherie. Travaille[b] que touz vilains pechiez soient osté de ta terre, especialement vileins seremens, et heresie fai abatre a ton pooir. Pren te garde que les despens de ton hostel soient resonnable[c] *et admesurez.*

754 Et en la fin, tres douz filz, que tu faces messes chanter pour m'ame et oroisons dire par tout ton royaume, et que tu m'otroies especial part et planiere en touz les biens que tu feras.

Biau chier fil, je te donne toutes les beneissons que bon pere peut donner a fil ; et la benoite Trinité et tuit li saint te gardent et deffendent de touz maulx ; et Diex te doint grace de fere sa volenté touz jours, si que il soit honoré par toy et que tu et nous puissions aprés ceste mortel vie estre ensemble avec li et li loer sanz fin. Amen. »

755 Quant le bon roy ot enseignié son filz mon seigneur Phelippe, l'enfermeté que il avoit commença a croistre forment ; et demanda les sacremens de sainte Esglise et les ot en sainne pensee et en droit entendement, ainsi comme il apparut, car quant l'en l'enhuilioit et en disoit[a] les .VII. pseaumes, il disoit les vers d'une part. **756** Et oÿ conter mon seigneur le conte d'Alençon, son filz, que quant il aprochoit de la mort, il appela les sains pour li aidier et secourre, et meismement mon seigneur saint Jaque, en disant s'oroison, qui commence : ESTO DOMINE, c'est a dire : « Dieu soit[a] saintefieur et garde de vostre peuple. » Mon seigneur saint Denis de France appela lors en s'aide en disant s'oroison qui vaut autant a dire : « Sire Dieu, donne nous que nous puissons[b] despire la *prosperité* de ce monde, si que nous ne doutiens nulle adversité. » **757** Et oÿ dire lors a mon seigneur d'Alençon[a], *que Dieu absoulle,* que son

753b t. toy q. BL — c r. et admesurez BL r. de mesure MP om. A   **755a** d. les vers des .VII. p. d'une part il respondoit d'aultre. E. B d. les .VII. p. d'une part E. L d. les VII p. lui mesmes respondoit les versetz MP   **756a** D. Soyez L om. B on attendroit sois — b p. resister contre la propriété BL mectre en oubli la propreté (prosperité P) MP l'aspreté A   **757a** A. que Dieu absoulle BL om. A

en eux quelque vice de trop grande avidité, de fausseté ou de tromperie. Donne-toi de la peine pour que tous les péchés honteux soient enlevés de ta terre ; spécialement fais disparaître, autant que tu le peux, les juremens honteux et l'hérésie. Prends garde que les dépenses de ton hôtel soient raisonnables et mesurées.

754 Et enfin, très doux fils, fais chanter des messes pour mon âme et dire des prières dans tout ton royaume, et octroie-moi une place spéciale et entière en tous les biens que tu feras.

Beau cher fils, je te donne toutes les bénédictions qu'un bon père peut donner à son fils ; et que la benoîte Trinité et tous les saints te gardent et te défendent de tous maux ; et que Dieu te donne la grâce de toujours faire sa volonté, en sorte qu'il soit honoré par toi, et que toi et nous puissions, après cette vie mortelle, être ensemble avec lui et le louer sans fin. Amen. »

755 Quand le bon roi eut donné ces enseignements à son fils, monseigneur Philippe, la maladie qu'il avait commença à croître fortement ; et il demanda les sacrements de la sainte Église, et il les reçut en toute lucidité et en pleine conscience, comme il apparut, car, lorsqu'on lui faisait les onctions d'huile et qu'on disait les sept psaumes, il disait de son côté les versets. **756** Et j'ai entendu raconter à monseigneur le comte d'Alençon, son fils, que, quand il approchait de la mort, il appela les saints pour l'aider et le secourir, et spécialement monseigneur saint Jacques, en disant son oraison qui commence : *Esto, Domine,* c'est-à-dire : « Dieu, sanctifiez et protégez votre peuple. » Il appela alors à son aide monseigneur saint Denis de France, en disant son oraison dont le sens est : « Sire Dieu, donne-nous de pouvoir mépriser la prospérité de ce monde, afin que nous ne redoutions nulle adversité. » **757** Et j'ai alors entendu dire à monseigneur d'Alençon,

---

755. *Quant le bon roy ot enseignié (...) d'une part :* copie des *Gr. Chr.*, VII, ch. CXVI, p. 280-281 = X, ch. LIX, p. 186-187.   **756.** Malgré la référence à Philippe d'Alençon, ce paragraphe est presque entièrement tiré des *Gr. Chr.*, VII, ch. CXVI, p. 281 = X, ch. LIX, p. 187-188.   **757.** *Après se fist (...) mourut en la croix,* copie des *Gr. Chr.*, VII, ch. CXVI, p. 281 = X, ch. LIX, p. 188.

pere reclamoit[b] *ma dame* sainte Genevieve. Aprés se fist le saint roy coucher en un lit couvert de cendre et mist ses mains sus sa poitrine ; et en regardant vers le ciel rendi a nostre Createur son esperit, en celle hore meismes que le Filz Dieu morut[c] *pour le salut du monde* en la croiz.

758 *Piteuse*[a] chose et digne est de plorer le trespassement de ce saint prince, qui si saintement et loialment garda[b] son royaume, et qui tant de belles aumosnes y fist et qui tant de biaus establissemens y mist. Et ainsi comme l'escrivain qui a fait son livre, qui l'enlumine d'or et d'azur, enlumina le dit roy son royaume de belles abbaïes que il y fist[c] *et de la grant quantité* des mansions Dieu, des Preescheurs, des Cordeliers et des autres religions qui sont ci devant nommees.

759 L'endemain de feste saint Berthemi l'apostre trespassa de cest siecle le[a] bon roy Loÿs, en l'an de l'incarnacion Nostre Seigneur l'an de grace mil .cc. et[b] .lxx. Et furent ses os gardés en un escrin[c] *et apportez* et enfouis a Saint Denis en France, la ou il avoit esleue sa sepulture, ou quel lieu il fu enterré, la ou Dieu a[d] *puis* fait maint biau miracle pour li par ses desertes.

760 Aprés ce, par le pourchaus du roy de France et par

757b r. lors m. d. s. *L om. A* − *c* m. pour le salut du monde (de son peuple *M*) e. *BLM om. A*   **758** *om. B* − *a* Precieuse *AL* Piteuse *MP* − *b* g. son peuple et r. *L* − *c* f. et de la grant quantité de m. *L om. A*   **759a** le *BL* .I. *A* − *b* MCLXX *BL* MCC et X *A* − *c* e. et apportez et ensepulturez a S. *BL* et en fut apporté le corps a S. *M om. A* − *d* a puis f. *BL om. A*

que Dieu absolve, que son père invoquait madame sainte Geneviève. Après le saint roi se fit coucher sur un lit couvert de cendre, et mit ses mains sur sa poitrine, et en regardant vers le ciel il rendit son esprit à notre Créateur, à l'heure même où le Fils de Dieu mourut sur la Croix pour le salut du monde.

758 C'est chose charitable et digne de pleurer le trépas de ce saint prince, qui garda si saintement et si justement son royaume, et qui y fit tant de belles aumônes, et qui y installa tant de beaux établissements. Et, de la même manière que le scribe qui a fait son livre et qui l'enlumine d'or et d'azur, le dit roi enlumina son royaume de belles abbayes qu'il y fonda, de la très grande quantité d'hôtels-Dieu et de couvents de Prêcheurs, de Cordeliers et d'autres ordres qui sont ci-devant nommés.

759 Le lendemain de la fête de saint Barthélemy apôtre le bon roi Louis quitta ce monde, en l'an de l'Incarnation de Notre-Seigneur l'an de grâce mil deux cent soixante-dix. Ses ossements furent gardés dans un coffre et apportés et ensevelis à Saint-Denis en France, où il avait élu sa sépulture, lieu où il fut enterré, où Dieu a fait depuis maint beau miracle pour lui, par ses mérites.

760 Après cela, à la diligence du roi de France et par le

---

758. Comme le remarque N. de Wailly, la phrase est inspirée par Geoffroi de Beaulieu, *Pium quidem et congruum est flere* (...) (*HF*, p. 23 D) ; elle se retrouve dans les *Grandes Chroniques*, VII, p. 281. Mais il y a, comme ici, un flottement. Le ms. de base écrit *Precieuse chose est et digne* (...), tandis que le ms. de la British Library, 16 G VI (X, p. 188) donne *Piteuse chose est* (...). **759.** *l'endemain* (...) *par ses desertes* : copie des *Gr. Chr.*, VII, ch. CXVI, p. 282 = X, ch. LIX, p. 188. – Louis IX mourut le 25 août 1270. Les entrailles et les chairs furent ensevelies en Sicile dans la cathédrale de Montreale ; seuls le cœur et les ossements furent ramenés à Saint-Denis. **760.** Guillaume de Flavacourt, archevêque de Rouen de mars 1278 à avril 1306 ; Hauréau, *HLF*, t. 27, 1877, p. 397-402 ; A. Thomas, dans *Ann. du Midi*, t. 4, 1892, p. 255-256. – Jean de Samois, O.F.M., évêque de Rennes, 1297, puis de Lisieux, 1299, mort en décembre 1302 ; Hauréau, *HLF*, t. 26, 1873, p. 458-460 ; Lecoy de La Marche, *La Chaire française au Moyen Âge*, Paris, 1886, p. 518. – Le pape était Martin IV (1281-1285). L'enquête eut lieu du 12 juin au 20 août 1282 ; voir Guillaume de Saint-Pathus 1899, p. 7-15. – Le pape est Boniface VIII, la canonisation eut lieu le 11 août 1297 ; L. Carolus-Barré, *Les Enquêtes pour la canonisation de saint Louis – de Grégoire X à Boniface VIII – et la bulle Gloria Laus, du 11 août 1297*, dans *Septième centenaire de saint Louis* 1971, p. 19-30, et maintenant Carolus-Barré 1994.

le commandement l'apostelle vint l'ercevesque de Roan
et frere Jehan de Samoys, qui puis fu evesque ; vindrent
a Saint Denis en France, et la demourerent lonc temps
pour enquerre^a *de* la vie, des oeuvres et *des*^b miracles^c *du*
sainct roy. Et en me manda que je alasse a eulz, et me
tindrent .II. jours. Et après ce que il orent enquis a moy
et a autrui, ce que il orent trouvé fu porté a la court de
Rome. Et diligenment virent l'apostelle et les cardonnaulz
ce que en leur porta ; et selonc ce que il virent, il li firent
droit et le mistrent ou nombre des^d confesseurs, **761** dont
grant joie fu et doit estre a tout le royaume de France, et
grant honeur a toute sa lignee qui a li vourront retraire de
bien faire^a, et grant honeur a touz ceulz de son lignage qui
par bones oevres le vourront ensuivre ; grant deshoneur a
son lignage qui mal voudront fere, car en les mousterra
au doi, et dira l'en que le saint roy dont il sont estrait
feist envis une tele mauvestié.

762 Après ce que ces bones nouvelles furent venues de
Rome, le roy donna journee l'endemain de la Saint Berthelemi, a laquele journee le saint cors fu levé. Quant le
saint cors fu levé, l'arcevesque de Reins qui lors estoit,
que Dieu absoille, et mon seigneur Henri de Villers, mon
neveu, qui lors estoit archevesque de Lyon, le porterent
devant, et pluseurs^a, que arcevesques que evesques^b *après*
que je ne sai nommer ; ou chafaut que l'en ot establi fu
porté.

763 Illec sermona frere Jehan de Samois ; et entre les
autres granz fez que nostre saint roy avoit faiz ramen-
teut *l'un*^a des grans fais que je leur avoie tesmoingnez
par mon serement et que j'avoie veus ; et dit ainsi :

760a e. de l. *BLM om. A* — **b** des *BLM* de *A* — **c** m. du sainct roy *BL*
du bon r. saint Loys *M om. A* — **d** d. c. *BLM* martirs *biffé avant* confesseurs *A*   **761a** f. et g. deshonneur a t. c. de son l. qui par b. oevres ne
le vouldront ensuivre, g. d. dis je a son lignage qui mal v. f. *BL om. M*
762a p. autres tant a. que e. *BL* — **b** e. après *BLM om. A*   **763a** l'un
BL l'en *A*

commandement du pape vint l'archevêque de Rouen, et frère Jean de Samois, qui fut depuis évêque ; ils vinrent à Saint-Denis en France, et demeurèrent là longtemps pour faire une enquête sur la vie, les œuvres et les miracles du saint roi. Et on me fit dire d'aller à eux, et ils me tinrent deux jours. Et après qu'ils eurent fait leur enquête auprès de moi et d'autres, ce qu'ils avaient trouvé fut porté à la cour de Rome. Et le pape et les cardinaux examinèrent attentivement ce qu'on leur apporta ; et, suivant ce qu'ils virent, ils lui rendirent justice et le mirent au nombre des confesseurs. **761** À la suite de quoi il y eut et il doit y avoir grande joie dans tout le royaume de France, et grand honneur à toute sa lignée pour ceux qui voudront lui ressembler en agissant bien, et grand honneur à tous ceux de son lignage qui voudront le suivre par de bonnes œuvres ; grand déshonneur à son lignage pour ceux qui voudront mal agir ; car on les montrera du doigt et l'on dira que le saint roi dont ils sont issus aurait eu de la répugnance à accomplir une telle mauvaise action.

762 Après que ces bonnes nouvelles furent venues de Rome, le roi assigna une journée le lendemain de la Saint-Barthélemy, journée où l'on procéda à l'élévation du saint corps. Quand le saint corps fut élevé, l'archevêque de Reims qui était alors, que Dieu absolve, et messire Henri de Villars, mon neveu, qui était alors archevêque de Lyon, le portèrent par-devant, et plusieurs, tant archevêques qu'évêques, que je ne sais nommer, par-derrière ; il fut porté sur l'estrade que l'on avait établie.

763 Là prêcha frère Jean de Samois ; et parmi les autres hauts faits que notre saint roi avait accomplis, il rappela l'un des hauts faits sur lequel je leur avais apporté sous serment un témoignage, et que j'avais vu, et il dit ainsi :

761a. Wailly et Corbett ont préféré le texte de *BL* ; je conserve celui de *A*, qui donne un sens aussi satisfaisant.   **762.** Le 25 août 1298. – Archevêque de Reims : Pierre Barbet, 1273-oct. 1298 ; V. Le Clerc, *HLF*, t. 21, 1847, p. 640-642. – Henri de Villars, voir § 663.

764 « Pour ce que vous puissiez veoir que c'estoit le plus loiaus homme qui onques feust en son temps, vous weil je dire que il fu si loiaus car envers les Sarrazins vot il tenir couvenant aus Sarrazins[a] de ce que il leur avoit promis par sa simple parole ; et se il fust ainsi que il[b] *ne* leur eust tenu, il eust *gaigné* .x[M]. livres et plus. » Et leur recorda tout le fait si comme il est ci devant escript. Et quant il leur ot le fait recordé, si dit ainsi : « Ne cuidés pas que je vous mente, que je vois tel home ci qui ceste chose m'a tesmoingné par son serement. »

765 Aprés ce que le sermon fu failli, le roy et ses freres en reporterent le saint cors en l'esglise par l'aide de leur lignage, que il durent fere honneur ; car grant honneur leur est faite[a] se en eulz en ne demeure, ainsi comme je vous ai dit devant. Prions a li que il weille prier a Dieu que il nous doint ce que besoing nous yert aus ames et aus cors. Amen.

766 Encore weil je[a] *cy aprés* dire de nostre saint roy *aucunes*[b] choses[c] *que je veïs de lui en mon dormant* qui seront a l'onneur de li, c'est a savoir que il me sembloit en mon songe que je le veoie devant ma chapelle, a Joinville ; et estoit, si comme il me sembloit, merveilleusement lié et aise de cuer ; et je meismes estoie moult aise pour ce que je le veoie en mon chastel, et li disoie : « Sire, quant vous partirés de ci, je vous herbergerai a une moie meson qui siet en une moie ville qui a non Chevillon. » Et il me respondi en riant et me dit : « Sire de Joinville, foi que doi vous, je ne bee mie si tost a partir de ci. »

767 Quant je me esveillai, si m'apensai et me sembloit que il plesoit a Dieu et a li que je le herberjasse en ma

---

764a a. S. *om. L lacune B* – **b** il ne l. e. t. il e. gaigné X[m] *BL* Ne pour avoir perdu cent mil livres, il ne leur eust voulu faillir de promesse *M* il l. eust t. il eust perdu *A* **765a** creue *BL* **766a** j. cy aprés d. *BL om. A* – **b** qucunes *A* – **c** c. que je veis de luy en mon d. qu'il (car il *B*) me sembloit *BL* ung jour... il me fut advis en dormant *P om. AM*

764 « Pour que vous puissiez voir que c'était l'homme le plus loyal qui fût jamais en son temps, je veux vous dire qu'il fut si loyal qu'envers les Sarrasins, il voulut tenir son engagement – à l'égard des Sarrasins – au sujet de ce qu'il leur avait promis sur sa simple parole ; et, s'il était arrivé qu'il ne le leur avait pas tenu, il aurait gagné dix mille livres et plus. » Et il leur rappela toute l'affaire comme il a été écrit ci-devant. Et, quand il leur eut raconté le fait, il dit ainsi : « Ne pensez pas que je vous mente, car je vois ici tel homme qui m'a témoigné sous serment cette chose. »

765 Après que le sermon fut terminé, le roi et ses frères rapportèrent le saint corps dans l'église avec l'aide de leur lignage, car ils durent faire honneur à ce corps ; car un grand honneur leur est fait – cela ne tient qu'à eux –, ainsi que je vous l'ai dit ci-devant. Prions-le pour qu'il veuille prier Dieu de nous donner ce dont nous aurons besoin, pour nos âmes et nos corps. Amen.

766 Je veux encore dire ci-après au sujet de notre saint roi certaines choses qui seront à son honneur, que je vis de lui tandis que je dormais. C'est à savoir qu'il me semblait en mon songe que je le voyais devant ma chapelle à Joinville ; et il était, comme il me semblait, extraordinairement joyeux et allègre de cœur ; et moi-même j'étais bien aise parce que je le voyais dans mon château et je lui disais : « Sire, quand vous partirez d'ici, je vous hébergerai dans une maison à moi qui se trouve dans une ville qui m'appartient, qui s'appelle Chevillon. » Et il me répondit en riant et me dit : « Sire de Joinville, par la foi que je vous dois, je ne désire pas sitôt partir d'ici. »

767 Quand je m'éveillai, je réfléchis et il me semblait qu'il plaisait à Dieu et à lui que je l'héberge dans ma

---

764. Voir § 21 et 387. – *a.* Corbett, appuyé par Foulet 1979, p. 224, considère la répétition de *aus S.* comme une erreur de *A.*   **765.** Le roi Philippe le Bel, ses frères Charles, comte de Valois, et Louis, comte d'Évreux.   **766.** C'est la seule fois où saint Louis appelle Joinville « Sire de Joinville » ; partout ailleurs dans le livre, le roi dit : « Sénéchal » ; Zink 1978, p. 41-43 ; L. Foulet 1950, p. 191-197.   **767.** *En ma chapelle :* voir Introduction, p. 78.

chapelle. Et je si ai fet, car je li ai establi un autel à l'onneur de Dieu et de li[a] *la ou l'on chantera a tous jours mais en l'honneur de luy*, et y a rente perpetuelment establie pour ce faire. Et ces choses ai je ramentues a mon seigneur le roy Looys, qui est heritier de son non ; et me semble que il fera le gré Dieu et le gré nostre saint roy Looys, s'i pourchassoit des reliques le vrai cors saint et les envoioit a la dite chapelle de saint Lorans a Joinville, par quoy cil qui venront a son autel que il y eussent plus grant devocion.

768 Je fais savoir a touz que j'ai ceans mis grant partie des faiz nostre saint roy devant dit, que je ai veu et oÿ, et grant partie de ses faiz que j'ai trouvez, qui sont en un romant, les quiex j'ai fet escrire en cest livre. Et ces choses vous ramentoif je pour ce que cil qui orront ce livre croient fermement en ce que le livre dit, que j'ai vraiment veus et oÿes[a]. *Et les autres choses qui sont escriptes ne vous tesmoigne que soient vrayes par ce que je ne les ay veues ne oÿ*. **769** Ce fu escript en l'an de grace mil .ccc. et .ix., ou moys d'octovre.

767*a* l. la ou... de luy et j'ay establi r. *BL* l. et la ay estably une messe perpetuelle par chacun jour fondee en l'onneur de Dieu et de Monseigneur saint Loys. Et ces ch. *M* l. et y fonday une messe perpetuelle par chascun jour *P om. A*   768*a* o. Et les autres choses qui ne (n'y *B*) sont escriptes ne vous (vueil, *une déchirure a enlevé les deux mots suivants sans doute* tesmoigner que *B*) tesmoigne que soient vrayes parce que je ne les ay veues ne oÿz *BL* o. Et les autres choses que je ne tesmoigne que par oïr prenez les en bon sens s'il vous plaist *M* o. Et quant a ce que je recite avoir ouÿ, je le tiens de gens dignes de croire *P om. A*.

chapelle. Et ainsi ai-je fait, car je lui ai établi un autel en l'honneur de Dieu et de lui, où l'on chantera à perpétuité en l'honneur de lui ; et il y a une rente établie à perpétuité pour ce faire. Et j'ai rapporté ces choses à monseigneur le roi Louis, qui est héritier de son nom ; et il me semble qu'il ferait chose agréable à Dieu et à notre saint roi Louis, s'il se procurait des reliques du véritable corps saint et les envoyait à ladite chapelle Saint-Laurent à Joinville, pour que ceux qui viendront à son autel lui aient une plus grande dévotion.

768 Je fais savoir à tous que j'ai mis ici une grande partie des actions de notre saint roi devant dit, que j'ai vues et entendues, et une grande partie de ses actions que j'ai trouvées dans un livre en français, que j'ai fait écrire dans ce livre. Et je vous rappelle ces choses pour que ceux qui entendront ce livre croient fermement ce que le livre dit, que j'ai vraiment vu et entendu. Et je ne vous certifie pas que les autres choses qui y sont écrites soient vraies, parce que je ne les ai ni vues ni entendues. **769** Ce fut écrit en l'an de grâce mil trois cent neuf, au mois d'octobre.

768a. La rédaction du paragraphe final paraît altérée dans *A*. Il y a trop de flottement entre les manuscrits pour qu'il soit possible de retrouver le texte original. La restitution de N. de Wailly est vraisemblable : *Et les autres choses qui y sont escriptes ne vous tesmoigne que soient vrayes, par ce que je ne les ay veues ne oÿes.*

TABLE DES NOMS DE LIEU ET DE PERSONNE

En principe, la table relève tous les noms de lieu et de personne qui se rencontrent dans le texte, avec toutes les formes et toutes les références.

Noms de lieu et noms de personne ont été présentés dans une même série alphabétique, la plupart des personnages étant désignés par leur nom de baptême suivi du nom de la localité dont ils sont seigneurs ou simplement originaires. Aucune différence dans l'emploi des caractères ne les distingue, mais il ne peut guère y avoir d'ambiguïté sur ce point. J'ai utilisé les trois types de caractère dont je disposais pour distinguer rigoureusement, d'une part, les formes citées telles qu'elles ont été relevées dans le texte (romain), d'autre part, les formes modernes servant au regroupement (petites capitales), et enfin les explications ou commentaires (italique). Les chiffres renvoient aux paragraphes numérotés de N. de Wailly et de mon édition.

J'ai toujours indiqué, à côté du nom, le titre que donne Joinville aux personnages, ainsi que la formule de politesse qu'il emploie pour s'adresser à eux ou parler d'eux. L'origine géographique a pu être déterminée dans la plupart des cas.

TABLE DES NOMS DE LIEU
ET DE PERSONNE

A

Arsûf, *État d'Israël*, chastel d'Arsur, 563 ; – *Sire, v.* Jean d'Ibelin-Arsûf.

Arsur, *v.* Arsûf, *et var.* Sur.

Artaud de Nogent, Ertaut de Nongent, 89, Ertaut de Nogent, 90, Ertaut, 91.

Artois (Robert d'), *v.* Robert.

Assacis, *v.* Assassins.

Assassins, les Assacis, 249, 453, un Assacis, 589.

Athlîth, *État d'Israël*, Chastel Pelerin, 514, 518.

Aubert de Narcy (mon seigneur), 176.

Aubigois, Aubijois, *v.* Albigeois.

Aubigoiz (l'), *chevalier*, 208.

Aucerre, *v.* Auxerre.

Aumassoure (l'), *v.* Mansûra (Al-).

Auphons, *v.* Alphonse, *comte de Poitiers.*

Ausone, *v.* Auxonne.

Autrèches, *Oise, arr. de Compiègne, cant. d'Attichy* ; – *v.* Gaucher.

Auxerre, *Yonne.* – Comte, *v.* Jean de Chalon ; *évêque, v.* Gui.

Auxonne, *Côte d'Or, arr. de Dijon*, Ausone, 123, Ausonne, 119 ; – *v.* Béatrix.

Avallon, *Yonne, v.* Pierre.

Aveugles (meson des), *v.* Paris.

Ays, *v.* Aix-en-Provence.

B

Babiloine, Babiloinne, *v.* Caire (Le).

Baffe, *v.* Pafos.

Bagdad, *Irak*, la cité de Baudas, 584 ; *calife, v.* Musta'sim (Al-).

Baïbars, Rukn al-Dîn Bundukdârî, *commandant des troupes égyptiennes, puis sultan d'Égypte*, Boudendart, 286, un vaillant sarrasin, 261-266.

Baidjou, *commandant de l'armée mongole dans le Caucase*, roy des Tartarins, 143.

Bâniyâs *de la Damascène, Palestine*, Belinas, 569, 570.

Baphe, *v.* Pafos.

Bar-le-Duc, *Meuse.* – Comtes, *v.* Henri, Thibaut ; *v.* Marguerite.

Barbaquan, *v.* Béréké Khan.

Barbarie, 128, *les pays de l'Afrique du Nord.*

Baruch, *v.* Beyrouth.

Barthélemy *(saint), sa fête, le 24 août*, feste saint Berthemi l'apostre, 759, la Saint Berthelemi, 762.

Baudas, *v.* Bagdad.

Baudoin II, *empereur de Constantinople*, son seigneur, 139, l'empereur de Constantinople, 495, 592 ; – *sa femme, v.* Marie de Brienne.

Baudoin d'Ibelin, *sénéchal de Chypre*, mesire Baudouin, 268, m.s. Baudouyn d'Ibelin, seneschal de Chypre, 339, m.s. Baudouyn d'Ibelin (Ybelin), 344, 354, les .II. freres d'Ibelin, 357.

C

E

F

G

H

I

J

M

Q

R

S

T

V

W

Y

Ybelin, *v.* IBELIN.

YEBNÂ, *État d'Israël, v.* IBELIN.

Yere, Yeres, *v.* HYÈRES.

Ylles, *v.* ISLE-AUMONT.

Ymbert, *v.* HUMBERT.

YOLANDE DE BRETAGNE, *fille de Pierre Mauclerc, conte de Bretagne*, la fille au conte Perron de Bretaingne, 80.

YOLANDE DE DREUX, *fille de Robert III, comte de Dreux, femme d'Hugues IV, duc de Bourgogne*, la fille au conte Robert de Dreues, 82.

Ysabel, Ysabiau, *v.* ISABELLE.

YVES LE BRETON, *frère prêcheur*, frere Yves le Breton, 444, 445, 458, 462, 463.

Table

Le Livre de Poche s'engage pour l'environnement en réduisant l'empreinte carbone de ses livres. Celle de cet exemplaire est de :

1,1 kg éq. CO$_2$

PAPIER À BASE DE FIBRES CERTIFIÉES

Rendez-vous sur www.livredepoche-durable.fr

Imprimé en France par CPI en avril 2017
N° d'impression : 2028904
Dépôt légal 1re publication : septembre 2002
Édition 04 – avril 2017
LIBRAIRIE GÉNÉRALE FRANÇAISE – 21, rue du Montparnasse – 75298 Paris Cedex 06

30/4565/5